F. Scott Fitzgerald

Der letzte Kuss

Erzählungen
Herausgegeben von Silvia Zanovello
Aus dem Amerikanischen
von Christa Hotz, Renate Orth-Guttmann,
Harry Rowohlt, Alexander Schmitz,
Walter Schürenberg und Melanie Walz
Mit einem Nachwort von Verena Lueken

Diogenes

Nachweis der einzelnen Erzählungen
am Schluss des Bandes
Umschlagillustration:
George Barbier, ›Das Feuer‹, 1925

www.diogenes.ch
30/09/44/1
ISBN 978 3 257 06724 8

Inhalt

Sieh nur, der arme Pfau!

I

Miss McCrary stülpte den Lederschutz über die Schreibmaschine. Da es das letzte Mal war, kam Jason herüber und half ihr in den Mantel, was sie eher verlegen machte.

»Mr. Davis, denken Sie daran, falls irgendetwas anfällt, an das ich in meinem Memo nicht gedacht habe, rufen Sie mich einfach an. Die Post ist erledigt; die Akten in Ordnung. Am Montag wird wegen der Maschine angerufen.«

»Sie waren sehr freundlich.«

»Oh, nicht der Rede wert. Es war mir eine Freude. Es tut mir nur leid, dass –«

Jason murmelte die übliche Floskel: »Wenn die Zeiten wieder besser werden –«

Kaum war sie gegangen, da tauchte ihr Gesicht noch einmal im Eingang auf:

»Alles Liebe für die Kleine. Und ich hoffe, dass es Mrs. Davis wieder bessergeht.«

Augenblicklich war es einsam im Büro. Nicht etwa aufgrund von Miss McCrarys körperlicher Abwesenheit – ihre Gegenwart war ihm oft lästig –, sondern weil sie *für immer* gegangen war. Als er sein Jackett anzog, fiel Jasons

Blick auf ihr letztes Memorandum – nichts war dabei, was noch heute erledigt werden musste – auch nicht in drei Tagen. Es war angenehm, einen aufgeräumten Schreibtisch zu haben, aber er erinnerte sich an Zeiten, da ihn das Geschäft derart in Atem, ja auf Trab hielt, dass er seine Anweisungen telefonisch aus der Eisenbahn durchgab oder von Schiffen hierher telegraphierte.

Als er nach Hause kam, spielten Jo und zwei andere kleine Mädchen im Wohnzimmer Greta Garbo. Jo wirkte so glücklich und so rührend lächerlich, so clownesk mit dem kindlichen Klecks Rouge und Mascara, dass er beschloss, bis nach dem Lunch zu warten, ehe er ihr die Tragödie verkündete.

Auf dem Weg durch die Diele warf er den immer noch verkleideten kleinen Mädchen einen verkniffenen Blick zu und begriff, dass er schon bald eine Phantasieblase würde zum Platzen bringen müssen. Das Mädchen, das Mae West spielte – bis hin zu dem Spruch *»Come up and see me sometime«* –, gestand, dass man ihr noch nie erlaubt hatte, Mae West auf der Leinwand zu *sehen;* dieses Privileg war ihr zu ihrem vierzehnten Geburtstag versprochen worden.

Jason war alt genug gewesen für den Krieg; er war achtunddreißig. Sein Schnurrbart war grau meliert, er war mittelgroß und machte sich gut in dem ersten Anzug von der Stange, den er je besessen hatte.

Jo kam zu ihm und fragte in schnellem Französisch: »Dürfen die Mädchen zum Essen bleiben?«

»Pas aujourd'hui.«

»Bien.«

Doch jetzt musste sie es erfahren. Er wollte ihr die schlechten Nachrichten nicht am Abend überbringen, wenn sie müde sein würde.

Nach dem Lunch, als sich das Hausmädchen zurückgezogen hatte, sagte er:

»Ich muss jetzt mit dir etwas besprechen, etwas Ernstes.«

Die Ernsthaftigkeit seines Tonfalls ließ sie ihren Blick von einem herumliegenden Krümel abwenden. »Es ist wegen der Schule«, sagte er.

»Wegen der Schule?«

Er stürzte sich in seinen Vortrag.

»Es gab viele Rechnungen vom Krankenhaus, aber im Geschäft wenig zu tun. Ich habe einen Haushaltsplan aufgestellt – du weißt, was das ist: Da steht drin, wie viel man hat, und auf der anderen Seite, wie viel man ausgeben kann. Für Kleidung und Essen und Schule und so weiter. Miss McCrary hat mir dabei geholfen, bevor sie gegangen ist.«

»Sie ist *gegangen*? Warum denn?«

»Ihre Mutter ist krank, und sie hatte das Gefühl, sie sollte besser zu Hause bleiben und sich um sie kümmern. Und jetzt, Jo, ist der größte Posten in unserem Haushaltsplan die Schule.«

Ohne recht zu begreifen, worauf er abzielte, nahm Jos Gesicht langsam den unglücklichen Ausdruck ihres Vaters an.

»Es ist eine teure Schule mit all den Extras und so weiter – eine der teuersten Tagesschulen hier im Osten.«

Er kämpfte sich an sein Hauptanliegen heran, und der ihr bevorstehende Schmerz schnürte ihm selbst die Kehle zu.

»Es sieht ganz so aus, als könnten wir sie uns in diesem Jahr nicht mehr leisten.«

Jo begriff noch immer nicht recht, aber im Esszimmer herrschte Totenstille.

»Du meinst, ich kann dieses Halbjahr nicht zur Schule gehen?«, fragte sie endlich.

»O doch, zur Schule schon. Aber nicht mehr nach Tunstall.«

»Also gehe ich am Montag nicht nach Tunstall in die Schule«, sagte sie mit leiser Stimme. »Aber wohin denn dann?«

»Du machst das zweite Halbjahr in einer ganz normalen, öffentlichen Schule. Die sind heute sehr gut. Mama ist nie in eine Privatschule gegangen.«

»Daddy!« Endlich begriff sie, ihre Stimme klang schockiert.

»Wir dürfen aus einer Mücke keinen Elefanten machen. Wahrscheinlich kannst du ja nächstes Jahr schon wieder in deine alte Schule zurück und dort abschließen –«

»Aber, *Daddy*! Tunstall gilt als die beste. Und du hast selbst gesagt, dass du dieses Semester mit meinen Zensuren zufrieden warst –«

»Das hat doch damit nichts zu tun. Wir sind zu dritt, Jo, und wir müssen an alle drei denken. Wir haben sehr viel Geld verloren. Wir haben einfach nicht genug, um dich weiter dorthin schicken zu können.«

Zwei überquellende Tränen passierten die Grenze ihrer Augen und erkundeten ihre Wangen.

Unfähig, ihren Kummer zu ertragen, sprach er automatisch weiter: »Was ist denn wohl besser – zu viel ausgeben und Schulden machen – oder den Gürtel für einige Zeit etwas enger schnallen?«

Noch immer weinte sie leise. Auf der ganzen Fahrt zum Krankenhaus zu ihrem wöchentlichen Besuch vergoss sie unfreiwillig Tränen.

Jason hatte sie zweifellos verwöhnt. Zehn Jahre lang hatte der Haushalt der Familie Davis verschwenderisch in Paris gelebt; von dort war Jason von Stockholm bis nach Istanbul gereist, um amerikanisches Kapital in viele Unternehmen zu investieren. Es war ein prächtiges Unterfangen – solange es von Dauer war. Sie bewohnten ein schönes Haus in der Avenue Kleber oder eine Villa in Beaulieu. Es gab eine englische Kinderschwester und später eine Gouvernante, die Jo das Gefühl einimpfte, ihr Vater verfüge über fast unbegrenzte Macht. Sie wurde mit der gleichen kostspieligen Einfachheit erzogen wie die Kinder, mit denen sie auf den Champs-Élysées spielte. Genau wie sie akzeptierte auch Jo die Vorstellung, dass man für Luxus im Leben nichts weiter tun musste, als hineinzuwachsen – für das Recht auf eine privilegierte Stellung, auf große Motoren, schnelle Boote, Logen in der Oper und beim Ballett; Jo hatte sich schon früh angewöhnt, heimlich das meiste des Übermaßes an Geschenken wegzugeben, mit denen sie überhäuft wurde.

Vor zwei Jahren dann begann sich alles zu ändern. Die Gesundheit ihrer Mutter verschlechterte sich, und ihr Vater war nicht mehr länger der mysteriöse Mann, der immer gerade aus Italien zurückkehrte, mit einer ganzen Familie Lenci-Puppen für sie. Doch sie war jung und anpassungsfähig und fügte sich in das Leben in der Tunstall-Schule, ohne sich bewusst zu werden, wie sehr sie an dem alten Leben hing. Jo versuchte aufrichtig, auch das neue Leben liebzugewinnen, denn sie liebte Dinge und Menschen, und sie war auch bereit, diese neueste Veränderung zu mögen. Allerdings dauerte das eine gewisse Zeit aufgrund der Tatsache, dass sie liebte, dass sie geschaffen war zu lieben, tief und auf ewig zu lieben.

Als sie beim Krankenhaus ankamen, sagte Jason:

»Sag Mutter nichts von der Schule. Sie könnte merken, dass es dich ziemlich getroffen hat, und das würde sie unglücklich machen. Wenn du dich ein bisschen daran gewöhnt hast, können wir es ihr immer noch sagen.«

»Ich sage nichts.«

Sie folgten einem ihnen mittlerweile bekannten gekachelten Durchgang zu einer offenen Tür.

»Dürfen wir hereinkommen?«

»Ob ihr *dürft*?«

Gemeinsam nahmen Vater und Tochter sie, fast eifersüchtig, von beiden Seiten des Bettes aus in die Arme. In tiefer Stille drängten sie Arme und Hals aneinander.

Annie Lees Augen füllten sich mit Tränen.

»Setzt euch doch. Nehmt euch doch Stühle. Miss Carson, wir brauchen noch einen Stuhl.«

Sie hatten die Anwesenheit der Schwester kaum bemerkt.

»So, und jetzt erzählt mir alles. Nehmt euch Pralinen. Tante Vi hat sie geschickt. Sie kann sich nie merken, was ich essen darf und was nicht.«

Ihr Gesicht veränderte sich selten – elfenbeinkalt im Winter, im Frühling vor Schmerzen zart wildrosa, dann im

Sommer bleich wie die weißen Tasten eines Klaviers. Nur die Ärzte und Jason wussten, wie krank sie wirklich war.

»Alles in bester Ordnung«, sagte er. »Wir halten das Haus in Schwung.«

»Was ist mit dir, Jo? Was macht die Schule? Hast du deine Prüfungen bestanden?«

»Natürlich, Mama.«

»Gute Zensuren, *viel* besser als letztes Jahr«, fügte Jason hinzu.

»Was ist mit dem Stück?«, fuhr Annie Lee ahnungslos fort. »Wirst du jetzt die Titania spielen?«

»Ich weiß noch nicht, Mama.«

Jason wechselte das Thema auf »die Farm«, einem Überbleibsel der einst ausgedehnten Besitzungen von Annie Lee.

»Ich würde sie verkaufen, wenn ich könnte. Ich verstehe einfach nicht, wie deine Mutter es geschafft hat, damit etwas zu verdienen.«

»Das hat sie aber. Bis zu dem Tag, an dem sie starb.«

»Es war die Wurst. Und es sieht so aus, als gäbe es dafür heute keinen Markt mehr.«

Die Krankenschwester ermahnte sie, dass die Besuchszeit zu Ende sei. Als wollte sie die kostbaren Minuten bewahren, streckte Annie Lee beiden eine weiße Hand entgegen.

Als sie in den Wagen stiegen, fragte Jo:

»Daddy, was ist eigentlich mit unserem Geld passiert?«

Nun – man sagte es ihr besser, als sie darüber brüten zu lassen.

»Das ist ziemlich kompliziert. Die Europäer konnten keine Zinsen mehr auf das bezahlen, was wir ihnen geborgt hatten. Du weißt, was Zinsen sind?«

»Natürlich. Hatten wir schon im zweiten Jahr.«

»Meine Aufgabe war es zu beurteilen, ob ein Geschäft Gewinn versprach, und wenn ich das glaubte, haben wir ihnen Geld geliehen. Als schlechte Zeiten kamen und sie nicht mehr zahlen konnten, haben wir ihnen auch nichts mehr geliehen. Deshalb wurde mein Job überflüssig, und wir kamen nach Hause.«

Er erzählte weiter, dass das Geld, das er in das Unternehmen investiert hatte – oh, Tausende von Dollar, ach egal, wie viel genau, Jo – und jetzt war das ganze Geld »gebunden«.

Unter dem Schutz des alten Schrotturms hielten sie bei einer Werkstatt an, um zu tanken.

»Warum hältst du so gern an dieser Tankstelle, Daddy? So nah an diesem hässlichen alten Schornstein da drüben?«

»Das ist kein Schornstein. Weißt du denn nicht, was das ist? Während des Unabhängigkeitskriegs mussten sie Blei heruntertropfen lassen, aus dem sie die Kugeln machten, mit denen sie dann auf die Briten geschossen haben. Das ist ein historisches Monument.«

... Sie umrundeten das Denkmal für die Opfer des Sezessionskrieges. Plötzlich sprach Jo wieder:

»Amerikaner haben es schwer, nicht, Daddy? Lauter Kämpfe um nichts.«

»Ach, weißt du, wir sind nun mal ein kämpferischer Menschenschlag. Darum haben wir es ja überhaupt bis hier hinüber geschafft.«

»Aber man ist nicht glücklich hier – wie in Europa.«

»Die haben auch ihre Sorgen. Aber du warst auch nur ein Kind und von allem abgeschirmt.« Und als sie vor ihrem Haus hielten, fügte er hinzu: »Und nun?«

»Mami ist herzkrank, und du hast dein Geld verloren, und –«

»Um Himmels willen, fang bloß nicht an, dir selber leidzutun!«, sagte er schroff. »Das verdirbt den Charakter. Wir haben ja schließlich immer noch ein hübsches Haus.« Er verspürte bei diesen Worten heftige Gewissensbisse, denn er wusste, dass sie auch das würden aufgeben müssen, aber er wollte ihr an einem einzigen Tag nicht zu viel zumuten.

Doch auch im Flur war Jo noch in die Geschichte versunken, die sich in ihrem Innern abzeichnete.

»Daddy, wir sind wie die Figuren in *Kleine Waise Annie*, nur dass wir nicht diesen Hund haben, der immerzu ›Arp‹ sagt. Ich hab noch nie einen Hund ›Arp‹ sagen hören, du etwa? Jetzt haben sie in den Comicstrips immer solche Hunde, die ›Arp‹ oder ›Wuff‹ sagen, und ich hab noch keinen Hund gehört, der eins von beiden sagen kann.«

Er war erleichtert über die Wendung, die das Gespräch genommen hatte.

»Ich finde sowieso nur die Gumps gut. Außer wenn ich mich schlecht fühle, dann finde ich auch Dick Tracy und X-9 gut.«

Jo seufzte, als sie auf ihr Zimmer zusteuerte.

»Nichts ist so richtig schlimm – wenn man nur darüber lesen muss«, sagte sie bekümmert.

II

Fast noch bevor sich Jo an die öffentliche Schule gewöhnt hatte, erfuhr sie vom bevorstehenden Umzug. Es war ein himmelweiter Unterschied zwischen dem geräumigen Haus mit den gemeinsamen zaunlosen Rasenflächen der neuen Vorstädte und dem kleinen Apartment – in das das große Sofa und das große Bett einfach nicht hineinpassen wollten und deshalb eingelagert werden mussten, wie so viele andere Dinge auch. Jo schöpfte melancholischen Trost aus der Erlaubnis, als Innendekorateurin fungieren zu dürfen. Mit einiger Mühe hielt ihr Vater seine Erheiterung im Zaum.

»Ich finde, es sieht *wunder*schön aus, Baby.«

»Oh, ich weiß, dass du das nicht tust. Aber *Da*ddy, ich dachte, ich hole im Laden Stanniol und mache das ganze Zimmer silbrig, wie ein Zimmer in *Schöner Wohnen.* Aber es ist zer*knittert.* Und jetzt geht es nicht mehr *runter* – ich kann machen, was ich will – es wird nur noch schlimmer!«

Am Feiertag zu Washingtons Geburtstag strich sie ihre Möbel neu. Der Mann von der chemischen Reinigung betrachtete fassungslos den Teppich, den er restaurieren sollte. Und an diesem Abend in der Tanzschule befahlen die Mütter ihren Kindern, sich von dem schlimmen Ausschlag auf ihren Armen fernzuhalten, und waren entsetzt – eine Untertreibung ist nicht möglich – über das eindeutig lepröse Aussehen der grünen oder rosafarbenen Flecken, die wie drohende Augen – stumpfe und düstere Augen – aus ihrem Haar herausstarrten. Man hatte nichts dagegen ausrichten können; Haare werden von Tränen nicht sauber.

Die Flecken blieben, blieben sogar wochenlang. Nach vierzehn Tagen nahmen sie eine nicht unattraktive Färbung an – das heißt, attraktiv für jedermann außer für Jo selbst –, die Färbung der Dächer in vielen europäischen Dörfern, von einer Lawine heruntergewaschen. Und sie variierte. Variierte extrem.

Die Katastrophe entmutigte Jo dermaßen, dass sie den Tanzunterricht in Beacon's Barn aufgeben wollte.

Jason aber machte sich dafür stark – er war nicht teuer.

»Aber es hat keinen *Sinn*«, sagte sie, »– jetzt, wo ich nicht mehr in meine alte Schule gehe. Sie haben Geheimnisse vor mir. Ich mag jetzt viele von den Leuten in der neuen Schule.«

»Solltest du auch«, sagte ihr Vater.

»Wieso sagst du, ich *sollte*?«

In ihrer neuen Isolation sprachen und kämpften die beiden miteinander wie Erwachsene, fast den alten, immerwährenden Disput zwischen Mann und Frau.

Jason hasste es, dass es so sein musste, hasste es, dass sie ihn immer wieder so mutlos erlebte.

»Lass uns raus zur Farm fahren«, sagte er an einem Samstag beim Frühstück. »Du warst noch nie dort.«

»Können wir uns denn den Wagen überhaupt noch leisten?«

»Jo, kannst du nicht mal eine Minute vergessen, dass ich arm bin? Ich hab's dir doch erklärt; in der Textilbranche gibt es nur drei oder vier Vertretungen, die Provision bringen. Das ist ungefähr so was wie Zinsen. Du hast doch gesagt, du hättest das verstanden.«

»Ja.«

»Und die Agenten, die sie haben, halten sie natürlich zurück – sie hatten sie schon, bevor ich hierherkam. Solange ich zweitklassige Ware verkaufen muss an – …vergessen wir das Ganze und genießen die Fahrt.«

»Der ist aber ganz schön schnell, Daddy. Können wir es uns wirklich leisten, ihn zu fahren?«

»Es ist billiger, wenn man schnell fährt. Ich möchte gerne dort sein, bevor sie den ersten Schub Würste fertig haben.«

Vor ihnen lagen siebzig Meilen zwischen Feldern voll reifüberzogenen Gerölls, zwischen der ewigen Grenze der purpurnen Schultern der Appalachen, zwischen Dörfern, deren Namen er nie hatte erfragen wollen, so sehr liebte er ihr Bild in seinem Herzen …

Jos Herz jedoch war immer noch in Frankreich. Sie dachte nach, anstatt sich umzusehen.

»Daddy – warum können wir eigentlich nicht einfach mit der Farm einen Haufen Geld verdienen? So wie Großmutter. Und einfach davon leben. Und reich werden?«

»Aber ich sage dir doch, es gibt gar keine Farm mehr. Da gibt's nur noch einen – nur noch einen großen Schweinestall!«

Er nahm seinen ruppigen Ton zurück, als er sah, wie sich ihr Gesicht verzog.

»Na, ganz so ist es nun auch wieder nicht, Baby. Der junge Seneca baut ein bisschen Gemüse an –«

»Wer ist der junge Seneca?«

»Es gab mal einen alten Seneca, und jetzt gibt's eben einen jungen Seneca –«

»Als sie noch eine große Farm war, wie groß war sie da, Daddy?«

»So weit man sehen kann.«

»Bis zu den Bergen?«

»Nicht ganz.«

»Es war eine große Farm, stimmt's?«

»Schön und groß – sogar für diese Gegend«, antwortete er, in den hiesigen Dialekt verfallend.

Nach einer Weile fragte Jo: »Wie machen sie denn die Wurst, Daddy?«

»Habe ich schon fast vergessen. Ich glaube – wart mal –, ich glaube, das Rezept ist sechzehn Pfund mageres Fleisch auf sechzehn Pfund fettes Fleisch. Und dann drehen sie alles zusammen durch den Wolf. Dann kneten sie die Gewürze hinein – neun Esslöffel Salz, neun Pfeffer, neun Salbei –«

»Warum gerade *neun*?«

»So hat es deine Großmutter immer gemacht.«

– Jason hatte Jos unersättliche Neugierde mit allem gefüttert, was ihm von dem Vorgang in Erinnerung geblieben war, bis sie in den ausgewaschenen Pfad einbogen, der zur Farm führte.

Der junge Seneca, eben noch in seine Arbeit vertieft, eilte herbei, um sie zu begrüßen.

»Wie geht's?«, fragte Jason.

»Grad angefangen, Mr. Davis. Wir haben gestern Abend geschlachtet. Dann dachten ein paar von den Jungs, sie hätten das Recht, den ganzen Tag zu verschlafen. Muss ich sie für diese Zeit auch bezahlen? Sie halten ja doch nur die Hunde ab.«

»Die *Hunde*?«, wollte Jo wissen.

Erst jetzt bemerkte er sie.

»Richtig, Missy. Die Hunde hier unten sind nicht zu unterschätzen. Hier sagt man: ›Ein armer Hund ist der, der sich nicht selber erhalten kann.‹«

Sie stiegen aus dem Wagen und machten sich auf den Weg zum Räucherhaus.

»Wir bezahlen diese Handlanger gut«, sagte Jason. »Sie bekommen doch noch Gekröse und Grieben und Schweinsköpfe?«

»Sie kriegen das Übliche, Mr. Davis. Sogar die, die schaufeln müssen, arbeiten wirklich hart. Nehmen Sie nur mal Tante Rose, die schon für Ihre Schwiegermutter gearbeitet hat – die hat diese Würze da geknetet, bis ihr fast die Arme abgefallen sind.«

Die fragliche Schwarze grüßte sie fröhlich.

»Tag! Mr. Davis. Tag! Junge Dame.«

Sie unterbrach ihre Arbeit, um das Kind zu inspizieren, und wischte sich an einem großen alten Küchenhandtuch die scharfen Gewürze von den Händen.

»Und *siehst* du nicht genauso aus wie deine Mutter?«

Jo spazierte ins Räucherhaus hinein. Sie ging an Fässern voll Mehl, Salz, Schmalz vorbei – voll Rohzucker, gelbem Farinzucker, Kristallzucker. Im Hinausgehen stieß sie mit einem farbigen Mädchen zusammen, das einen Eimer Milch auf dem Kopf trug.

»Tut mir leid.«

Ohne im Geringsten aus dem Gleichgewicht zu geraten, lachte die junge Frau sie fröhlich an.

»Braucht dir nicht leidzutun. Ein paar Gören drohen

mir schon drei Jahre, sie würden mich umschmeißen, aber geschafft hat's noch keine.«

…Jo kam aus dem Räucherhaus heraus und fand ihren Vater in eine Diskussion mit dem jungen Seneca verwickelt, der sich zwischendurch immer wieder unterbrach, um seinen Helfern Anweisungen zuzurufen.

»Das ist ein Mehlsieb, was du da hast, Tante Jinnie. Du musst ein Maismehlsieb nehmen, damit du die Salbeistiele rauskriegst.«

Jo konnte sich nicht entscheiden, ob sie das Gespräch ihres Vaters mit dem jungen Seneca verfolgen oder lieber zusehen sollte, wie das Fleisch durch den Wolf gedreht wurde.

»Wir machen hier schließlich keine Billigwurst, und hör dir mal das an.«

Er zog einen Brief aus der Tasche und las laut vor: »›Wir sehen uns wegen der zahlreichen Stornierungen außerstande, Ihr Produkt noch länger zu vertreiben.‹ Ich kann nicht mehr glauben, dass das nur an den schlechten Zeiten liegen soll. Früher war das die bekannteste Wurst dieser Art im ganzen Osten. Die Qualität hat nachgelassen. Wo ist dein Stolz geblieben, Mann? Früher konnten sie den Bestellungen kaum nachkommen. Irgendwas stimmt doch nicht.«

»Aber ehrlich, ich weiß nicht, was es ist, Mr. Davis.«

Als sie sich auf den Rückweg machten, flackerte ein Hickoryfeuer vor den weißen Platanen, und es war kalt.

»Daddy, wenn das hier meine Farm wäre, würde ich versuchen herauszufinden, was mit der Wurst los ist.«

Jeden Tag verlor Jo ein wenig mehr Vertrauen in ihren

Vater. Früher einmal war Vater »wunderbar« gewesen, und das behielt sie bei, weil man sie auf die Vorstellung geeicht hatte, Pflichterfüllung sei alles. Früh schon war ihr beigebracht worden, sich mit Haut und Haaren dieser großen Erkenntnis zu verschreiben – Arbeit besteht nicht nur aus Enthusiasmus, obwohl er ein wesentlicher Bestandteil ist; in der langen Hektik und Mühe des Lebens besteht die Arbeit häufiger aus etwas, das man nicht mehr länger tun möchte.

III

In der Highschool lag Jo zwar in einigen Fächern zurück, aber bei den Sprachen bestand ihre einzige Schwierigkeit darin, ihren Akzent auf das Niveau der anderen herunterzuschrauben; ihr schwächstes Fach war Alte Geschichte, die sie bis dahin noch nie belegt hatte – ihre Bemerkung, Julius Cäsar sei König von Ägypten gewesen, eine vage Erinnerung an eine flüchtige Lektüre von *Antonius und Kleopatra*, wurde zur Lieblingsanekdote des gesamten Lehrkörpers. Sie schloss nur wenige Freundschaften in der Schule; sie war in einem Alter, in dem man hauptsächlich in der eigenen Phantasie existiert.

Für Jason wiederum bedeutete es in diesem trüben Spätwinter nicht gerade eine Hilfe zu wissen, dass Jo ihren Glauben an ihn verlor. Ihr Recht auf Sicherheit und auch auf besondere Privilegien – diese Tatsache stellte ebenso einen Teil von ihr dar wie ihr Verantwortungsgefühl – erzeugte Reibungen zwischen ihnen beiden. Doch etwas war nicht mehr da – Jos Achtung vor dem All-Wissenden, dem allzeit Gerechten, dem All-Versorgenden.

Er versuchte indessen, seine Moral durch Sport und unermüdliche Jagd nach besseren Textilvertretungen aufrechtzuerhalten. Der kärgliche Fluss von Provisionsgeldern reichte kaum aus, seinen Kopf über Wasser zu halten. Mit einer der ganz großen würde er wieder festen Boden unter die Füße bekommen; denn er genoss hier einen guten Ruf. Wohlgesonnene Großhändler versuchten ihm entgegenzukommen, doch sie wurden von einer Warenqualität abgehalten, auf die sie in ihrem Sortiment keinen Wert legten.

Dann kam der schwarze Tag, an dem er einbrach – der blauschwarze, violettschwarze, grünschwarze Tag für diejenigen, die nicht daran gewöhnt sind. Am Morgen kam die Frau des Lebensmittelhändlers; laut sagte sie im Wohnzimmer, sie und ihr Mann seien nicht länger bereit, für ihn anzuschreiben.

»Seien Sie doch leise!«, beschwor er sie. »Warten Sie doch, bis die Kleine zur Schule gegangen ist.«

»Ihre Kleine! Und was ist mit meiner? Hundertzehn Dollar –«

Jos Schritte waren auf der Treppe zu hören.

»Morgen, Daddy. Oh! Morgen, Mrs. Deshhacker.«

»Guten Morgen.«

Jos Unerschütterlichkeit hatte Mrs. Deshhacker einen Moment lang entwaffnet, aber sobald sie ins Esszimmer hinübergegangen war, stellte sie ihr Ultimatum umso resoluter. Jason konnte nur sagen:

»Ich versuch's ... Mitte nächster Woche ... Auf jeden Fall eine Teilzahlung.«

Es gab noch das Silber: Bestimmte Stücke waren unantastbar – die Schale vom Obersten Bundesgericht, die Teelöffel mit dem Wappen seines Großvaters –

Jason hatte das Ladenschild viele Male gesehen. Mr. Cale akzeptierte jede Art von Sicherheit – war äußerst großmütig, äußerst verlässlich.

»Wie geht es Ihnen, Sir?«

Mit den unfehlbar guten Manieren des Marylanders, die sogar unter den bescheideneren Ständen herrschten, wartete er ab. Seine Käuflichkeit drang kaum durch seine Maske hindurch.

Jason murmelte etwas mit beschämtem Gesichtsausdruck. Mr. Cale war das gewohnt und unterbrach ihn.

»Sie wollen Geld leihen?«

»Ja – auf etwas Silber.«

»Welcher Art?«

»Tafelsilber. Einige Pokale, die lange Zeit –« Er brach ab – die Schmach war unerträglich – »und ein Kaffeeservice.«

»Natürlich müssen Sie mir die Stücke erst zeigen.«

»Selbstverständlich. Vielleicht gibt es da auch noch anderes – einige Möbel. Ein paar wenige Stücke – ich werde sie in einem Monat etwa wieder einlösen.«

»Oh, bestimmt werden Sie das.«

Sicher, todsicher wird er das, fügte er in Gedanken aus Erfahrung hinzu ...

Im Krankenhaus wurde er im Korridor von der Stationsschwester aufgehalten und aufgefordert, Platz zu nehmen. Doktor Keyster sei gleich mit seiner Visite fertig und wolle mit ihm sprechen, bevor er zu seiner Frau hineingehe.

»Worüber denn?«

»Das hat er nicht gesagt.«

»Geht es ihr *schlechter*?«

»Ich weiß es nicht, Mr. Davis. Er will einfach mit Ihnen sprechen –«

Sie reinigte Fieberthermometer, während sie mit ihm sprach.

Eine halbe Stunde später sagte ihm Dr. Keyster in einem kleinen Aufnahmezimmer die Wahrheit.

»Nichts schlägt bei ihr an. Sie hat nichts mehr vor sich, außer jahrelanger Bettruhe, das ist alles, was ich sagen kann – jahrelange Bettruhe. Wir haben sie hier alle sehr liebgewonnen, aber ich würde Ihnen keinen Dienst erweisen, wenn ich Ihnen etwas vormache.«

»Sie wird nie wieder gesund?«

»Wahrscheinlich nicht.«

»Sie glauben nicht, dass sie je wieder gesund wird?«, fragte Jason noch einmal.

»Es *hat* schon solche Fälle gegeben –«

…Dann gab es in seinem Leben keinen Frühling mehr. April, Mai und Juni, das alles war vorbei.

…April, als sie zu ihm kam wie ein Bach voll Liebreiz. Mai, als sie ein Berghang war. Juni, als sie sich so eng umschlungen hielten, dass es nichts anderes mehr gab als die Wimpern an ihren Augen…

Dr. Keyster sagte:

»Sie können sich ebenso gut damit abfinden, Mr. Davis.«

Wieder einmal auf dem Heimweg von einer der vielen Pietas zu seiner Liebe, durchquerte Jasons Taxi einen wimmelnden Fleischmarkt; ein Agitator der Gewerkschaft sprach zur Menge; als er Jason in seinem Taxi erblickte, wälzte er die Last seiner Rede auf ihn ab:

»Da haben wir so einen! Und hier sind *wir*! Wir werden sie umdrehen und so lange schütteln, bis die Pfennige und Groschen nur so herausrollen!«

Jason fragte sich, was wohl aus ihm herausrollen würde. Er hatte gerade noch genug, um das Taxi zu bezahlen.

Oben in seinem Schlafzimmer prüfte er zum dritten Mal die Ausbalancierung des 38er Revolvers – die Lebensversicherung war voll bezahlt.

»Hilf mir, mich umzubringen!«, betete er. »Jetzt nicht schlappmachen. Steck ihn in den Mund.«

– Das Telefon schrillte durchdringend, und er warf die Waffe auf das leere Doppelbett.

Eine Frauenstimme sagte: »Sind Sie Mr. Davis? Hier spricht die Sekretärin von Rektor McCutcheon. Einen Moment, bitte.«

Dann die Stimme eines Mannes, ruhig und direkt.

»Hier spricht Mr. McCutcheon von der Highschool. Eine unangenehme Sache, Mr. Davis. Wir müssen Sie ersuchen, Ihre Tochter Josephine von unserer Schule zu nehmen.«

Jasons verkrampfter Atemzug blieb ihm in der Kehle stecken.

»Ich hielt es für besser, Sie davon zu unterrichten, bevor

sie nach Hause kommt. Ich habe es zuerst in Ihrem Büro versucht. Es entspricht zwar gar nicht unserem Feingefühl, aber wir sind gezwungen, drei der Mädchen von der Schule zu verweisen, wegen eines Verhaltens, das nicht mehr entschuldigt werden kann. Wenn ein Schüler unter das Niveau der Schule fällt, dann muss das Individuum zugunsten der Mehrheit geopfert werden. Ich habe eine Lehrerkonferenz einberufen, Mr. Davis, und sie waren der gleichen Ansicht wie ich.«

»Welcher Art war das Vergehen denn?«

»Das möchte ich am Telefon nicht näher erläutern, Mr. Davis. Ich stehe Ihnen gerne nach Absprache an irgendeinem Nachmittag außer donnerstags zwischen zwei und vier zur Verfügung. Ich muss hinzufügen, dass wir alle mehr als überrascht waren, dass ausgerechnet Josephine in diese Sache verwickelt war. Sie war immer – also, ich muss sagen, eher reserviert; sie hat auch nicht versucht, sich bei den Lehrern lieb Kind zu machen, aber – nun ja, da haben wir's.«

»Ich verstehe«, sagte Jason trocken.

»Guten Tag, Sir.«

Jason griff nach dem Revolver und begann, die Patronen aus dem Magazin herauszunehmen.

– Ich muss es noch – ein bisschen länger aushalten, dachte er.

Jo kam eine halbe Stunde später nach Hause, ihr sonst so lebendiger Mund zu einer harten Linie zusammengepresst. Dunkle Tränenspuren liefen kreuz und quer über ihre Wangen.

»Hallo.«

»Hallo, mein Schatz.« Er hatte unten auf sie gewartet; er wartete, bis sie Hut und Mantel abgelegt hatte.

»Worum geht's eigentlich überhaupt?«

Wütend drehte sie sich zu ihm herum.

»Das sag ich dir nicht. Du kannst mich schütteln, Daddy! Du kannst mich verhauen!«

»Um *Gottes* willen – was soll denn das alles? Wann hab ich dich jemals verhauen?«

»Das wollten sie heute Morgen, weil ich nicht gesagt habe, was sie wissen wollten.«

Jo warf sich in eine Ecke der großen Couch und weinte hinein. Er ging im Zimmer auf und ab, besorgt und verlegen.

»Ich will's ja gar nicht wissen, Jo. Was du auch tust, ich bin damit einverstanden. Ich vertraue dir, Baby, ganz und gar. Ich werd mich nicht einmal erkundigen.«

Sie schaute mit müden Augen zu ihm auf.

»Bestimmt nicht? Versprichst du's, Ehrenwort?«

»Ja. – Ich habe eine Idee, eine wirklich gute Idee. Falls ich nicht – oder, sagen wir mal, bis ich die Gehrbohm-Vertretung bekomme, habe ich nachmittags jede Menge Zeit. Wie wär's, wenn ich eine Zeitlang dein Privatlehrer wäre? Ich war früher in Latein und Algebra ganz gut. Und für die Sprachen holen wir uns eine Bücherliste aus der Bücherei.«

Wieder schluchzte sie tief in die großen Kissen hinein.

»Oh, Baby! Hör auf. Wir sind doch keine Miesmacher, du und ich. Nimm erst mal ein Bad, und dann machen wir uns was zum Abendessen.«

Als sie in ihr Zimmer gegangen war, versuchte Jason an

irgendetwas anderes als an sich selbst zu denken. Dann fiel ihm wieder ein, was Annie Lee ihm in der kurzen Viertelstunde an diesem Morgen gesagt hatte.

»Ich kann das mit der Farm überhaupt nicht begreifen – es war doch alles so einfach. Da war die Gewürzmischung – neun Esslöffel Salz, neun Löffel Hickory-Asche, dann der Pfeffer und der Salbei. Und natürlich immer das Lendenstück –«

»Hickory-Asche?«, hatte Jason ausgerufen. »Lendenstück?«

Aufgeschreckt durch seine Bestürzung, hatte sie sich im Bett aufgesetzt, so dass er sie wieder sanft in die Kissen schob. »Jetzt sag bloß nicht, der junge Seneca nimmt kein Lendenstück – tut nicht die Esslöffel *Hickory-Asche* dazu?«

– Im Wohnzimmer des Apartments setzte Jason sich hin und schrieb an den jungen Seneca.

Als Jo herunterkam, sagte er: »Bring das hier hinüber zur Post, ja? Es geht um die Farm.«

Nachdem sie die Adresse studiert hatte, wollte Jo wissen:

»Vater – meinst du das *ernst,* dass du mich unterrichten willst?«

»Und ob! Jede Wette! Ich bringe dir alles bei, was ich weiß.«

»In Ordnung.«

Doch in der grauen Abenddämmerung saß er noch immer über das zerfledderte Lehrbuch gebeugt.

»Cäsar«, sagte er angesichts des ersten Textes. »Das richtet sich auch noch an die verdammten Helvetier!«

Er übersetzte:

»In der Schweiz neckten sie die Götter und die Männer –«

»*Was,* Daddy?«

»Moment mal. Nein, so: In der Schweiz neckten sie die Männer, und dann neckten sie die Götter – Das ist jetzt aber schwierig – Latein scheint auch nicht mehr das zu sein, was es zu meiner Zeit mal war.«

Ärgerlich wandte Jason sich an Jo. »Geben sie euch denn nicht so Sätze zum Konstruieren? *Helvetii qui nec Deos nec homines verebantur* – das heißt Zittern, glaube ich – *magnum dolorem.* Das heißt, dass die Geschichte sehr traurig ausgeht. Warum hast du mich überhaupt gebeten, das zu übersetzen?«

»Das *hab* ich nicht. Den Teil kenne ich. Das heißt, die Helvetier, die weder Götter noch Menschen fürchteten, gerieten in großen Kummer, weil sie von allen Seiten von Bergen eingekesselt waren.«

Er las noch einmal: »*Patiebantur quod ex omnibus partibus,* und das heißt ein Wall von zehn Fuß«, rief er frohlockend im Schein der Lampe.

»Jaha! Das hast du in einer Fußnote gelesen.«

»Habe ich nicht«, log er.

»Ehrenwort?«

»Reden wir von was anderem.«

»Und du hältst dich für einen Lehrer.«

Damit endete am ersten Abend die Lateinstunde.

Jo blätterte in ihrem Buch, fand die gesuchte Stelle und las laut und langsam vor:

»›Wenn die Staatseinnahmen aus Steuern von einer Milliarde Dollar im Jahre 1927 auf fünfhundert Milliarden Dollar im Jahre 1929 stiegen, wie groß ist dann der prozentuale Zuwachs?‹«

»Weiter«, sagte Jason.

»Mach du weiter, Daddy. Du bist doch der tolle Mathematiker. Und versuch mal die hier!«

»Lass mich selber lesen: ›Wenn die Summe der Kehrwerte zweier aufeinanderfolgender gerader Zahlen Null ist; und wenn die Summe zweier anderer aufeinanderfolgender Zahlen 11/60 ist – wie lauten dann die Zahlen?‹«

Jason sagte: »Für einen unbekannten Wert setzt man immer ein x. Man muss die Sache ja schließlich mit System angehen, nicht?«

»Tolles System.«

»Irgendwo muss man ja anfangen.« Er beugte sich wieder darüber: »Wenn die Staatseinnahmen von fünf Milliarden im Jahre 1927 auf –«

Vorläufig war er am Ende seiner Weisheit angelangt.

»Liebling«, sagte er. »In einer Woche weiß ich mehr darüber –«

»Ja, Daddy.«

»Zeit für dich. Ab ins Bett.«

Bedeutungsschwangere Stille.

»Ich weiß.«

Sie kam zu ihm herüber und küsste ihn flüchtig auf eine alte Baseballnarbe an der Stirn.

IV

Um diese Chronik voranzubringen, müssen die Tage übersprungen werden, an denen Annie Lees Farm zu neuem Leben erwachte – als der junge Seneca nämlich begriff, dass Mr. Davis tat*säch*lich *Lende* in der Wurst haben wollte – an dem Tag, an dem ihm ein wichtiger Zusatz wieder einfiel: *neun Esslöffel Hickory-Asche.*

Die Aufträge für große Mengen begannen wieder zuzunehmen. Nachdem sie sich lange Zeit lediglich noch selbst getragen hatte, begann die Farm tröpfchenweise Profit abzugeben.

V

Manchmal ging Jason nachts in ihr Zimmer und setzte sich zu ihr an den Bettrand. An diesem Abend jedoch nicht. Im Wohnzimmer nahm er die Ausgabe von *Cäsar – Der Gallische Krieg* zur Hand.

Die Helvetier, die weder Götter noch Menschen fürchteten, gerieten …

›Wer bin ich, dass ich mich fürchte?‹, dachte Jason. Er, der acht Bauernjungen aus Ohio in einen Stall in Frankreich und in den Tod geführt hatte und selbst wieder herausgekommen war, ohne mehr dabei zu verlieren als die Spitze seines linken Schulterblatts!

Die Helvetier, die weder Götter noch Menschen fürchteten, gerieten –

Er zog die Lampe näher heran.

Die Nacht schleppte sich in einem Wirbel aus Verben und Partizipien voran. Gegen elf klingelte das Telefon.

»Hier spricht Mr. McCutcheon.«

»Oh, ja.«

»Ihrer Tochter ist ernsthaft Unrecht angetan worden. Es scheint, als habe ein wilder Streifzug in den Umkleideraum der Jungen stattgefunden – dazu wurde jemand zum Schmierestehen vor der Tür postiert. Dieses Mädchen war weggelaufen, aber Jo war dort und versuchte, sie genau in dem Augenblick zu warnen, als die beaufsichtigenden Schüler auftauchten.

Es tut mir aufrichtig leid, Mr. Davis. In solchen Fällen können wir leider nicht sehr viel tun – außer unser aufrichtiges Bedauern auszudrücken.«

»Ich weiß.«

Das Telefon schaltete nun auf die Stimme von Mr. Halklite um.

Da war sie! Die Vertretung von Pan-American Textile.

»Hallo, Mr. Davis! Ich bin gerade in Philadelphia. Wir stehen ja seit einiger Zeit in Briefkontakt – ich bin morgen in Ihrem Teil der Welt und dachte, ich komme mal auf einen Sprung vorbei. Entschuldigen Sie die späte Störung …«

Das Frühstück wartete, als Jason, der bereits eine Fahrt zu seinem Büro und zurück hinter sich hatte, sein Schlafzimmer betrat – fast augenblicklich klopfte Jo, die ihn kommen gehört hatte, an seine Tür und wollte aufgeregt wissen:

»Was ist los?«

»Ich bin einfach nur müde. Ich habe die ganze Nacht gearbeitet. Hör mal, wenn du deine Freundinnen hier hast zum Mittahessn« – die Wörter schienen ihm außergewöhnlich schwierig und lang –, »dann räum nachher das Zimmer auf. Sehr wichtig. Geschäftliche Besprechung.«

»Verstehe, Daddy.«

Er schwankte bedrohlich, hielt sich am Bettpfosten fest. »Ganze Zukunft hängt von diesem Mann ab. Mach's schön gemütlich für ihn.«

Ohne weitere Vorwarnung fiel er kopfüber vorwärts aufs Bett.

VI

Um elf Uhr öffnete das farbige Hausmädchen Mr. Halklite, der unerwartet vor der Tür stand. Auf seiner Inspektionsreise war Mr. Halklite gezwungenermaßen immer weniger und weniger freundlich geworden, obwohl er von Natur aus ein freundlicher Mensch war. Sein Scharfsinn war im Geschäftsleben ein großes Plus – wenn es auch zeitweilig langweilig wurde, diese Eigenschaft einzusetzen, so war es doch eine Notwendigkeit, Erschöpftes und Untaugliches auszumerzen. Halklite konnte die Toten von den Lebendigen unterscheiden, und das war auch der halbe Grund dafür, warum er gerade zum Vizepräsidenten von Pan-American Textile gewählt worden war. Allerdings, wie gesagt, nur der halbe. Die andere Hälfte erklärte sich durch seine Freundlichkeit.

Ein kleines Mädchen betrat das Zimmer.

»Guten Morgen. Ist dein Vater da? Ich glaube, er erwartet mich.«

»Möchten Sie nicht hereinkommen? Vater hat sich erkältet – er hat sich hingelegt.«

In Jasons Schlafzimmer schüttelte und rüttelte Jo den erschöpften Körper vergebens. Sie kehrte ins Wohnzimmer zurück.

»Daddy steht sofort auf«, sagte sie. »Es tut ihm leid, dass er noch nicht angezogen ist, um Sie zu empfangen.«

»Oh, das ist schon in Ordnung. Du bist Mr. Davis' kleine Tochter?«, fragte Mr. Halklite.

Fast beiläufig ging Jo zur Klavierbank hinüber und drehte sich, plötzlich entschlossen, zu ihm um.

»Mr. Halklite, Vater hat eine Grippe gehabt, und der Doktor möchte nicht, dass er aufsteht. Er versucht's aber trotzdem.«

»Oh, das dürfen wir aber nicht zulassen!«

»Der Doktor wollte es nicht. Aber Daddy ist eben so. Wenn er sagt, dass er etwas tut, dann tut er's auch. Daddy braucht eine Frau, die sich um ihn kümmert. Und ich muss so viel für die Schule machen –«

»Sag ihm, er soll nicht aufstehen«, wiederholte Mr. Halklite.

»Ich weiß nicht mal, ob er's überhaupt schafft.«

»Dann sag ihm, das macht gar nichts.«

Sie ging in das Zimmer ihres Vaters und kam nach kurzer Zeit wieder zurück. »Er lässt Sie herzlich grüßen. Es tut ihm so leid, dass er Sie nicht sehen kann.«

Sie stand Todesqualen aus. Sich diese Qual nicht anmerken zu lassen war das Schwerste, das sie je hatte tun müssen.

»Ich bin doch gar nicht böse, es tut mir nur leid«, sagte

Mr. Halklite. »Ich wollte ihn nur mal sprechen. Wie alt ist denn dein Vater, kleines Fräulein?«

»Das weiß ich nicht genau. Ich glaube, so um die achtunddreißig.«

»Aber mit achtunddreißig kann ein Mann doch noch jung sein«, protestierte er. »Ist denn dein Vater nicht mehr jung?«

»Daddy ist jung, doch. Aber er ist sehr ernst.« Sie zögerte.

»Sprich ruhig weiter«, sagte Halklite. »Erzähl mir von ihm. Ich lasse dich wieder zu deinen Schulaufgaben, wenn ich die Zigarette hier aufgeraucht habe. Aber ich glaube, du solltest nicht in das Zimmer deines Vaters gehen, solange er krank ist.«

»Tue ich auch nicht.«

»Du hast deinen Daddy gern?«

»Ja – jeder hat ihn gern.«

»Geht er viel aus?«

»Nicht viel – oh, etwas schon. Einmal die Woche geht er Mama besuchen. Und dann geht er eine halbe Stunde spazieren, wenn ich ins Bett gehe. Er geht los, wenn ich mich fürs Bett bereitmache, und dann ruf ich runter, wenn ich höre, wie er beim Zurückkommen die Tür aufmacht – *pour dire bonsoir.*«

»Du sprichst Französisch?« Sie bedauerte, dass sie das preisgegeben hatte, aber dann räumte sie doch ein: »Ich bin in Frankreich groß geworden.«

»Und dein Daddy auch?«

»O nein, Daddy ist sehr amerikanisch. Eigentlich kann er auch gar nicht so viel Französisch.«

Halklite stand auf, traf seine Entscheidung schnell, vielleicht irrational.

»Sag deinem Vater, dass wir ihm die Vertretung für unsere Firma übertragen. Vielleicht muntert ihn das ein bisschen auf, und er wird schneller gesund. ›Pan-Am-Tex‹. Kannst du das behalten? Er wird Bescheid wissen.«

VII

Und wieder war es April, und sie gingen in den Zoo.

»Das war ein hartes Jahr, Jo.«

»Ich weiß, Daddy. Aber schau doch mal! Die Pfauen!«

»Das ist deine Erziehung, Jo. Das meiste von dem, was du je über das Leben lernen wirst. Später einmal wirst du das verstehen.«

»Ich weiß, dass wir es schwer hatten, Daddy. Aber jetzt ist alles wieder besser, stimmt's? Sieh dir die Pfauen an, *mon père. Die* machen sich keine Sorgen.«

»Na gut, wenn du unbedingt willst; setzen wir uns auf die Bank da und starren sie an.«

Jo saß eine Weile schweigend da. Dann sagte sie: »Wir waren auch mal Pfauen, nicht wahr?«

»Wie?«

»Wahrscheinlich haben sie auch manchmal Kummer und Sorgen, wenn ihre Schwänze nicht wachsen wollen.«

»Vermutlich. In welche Schule möchtest du eigentlich nächstes Jahr? Du kannst es dir aussuchen.«

»Ich glaube, das ist nicht mehr so wichtig. Sieh mal den Pfau da – sieh nur! Der eine da, der versucht, außerhalb des

Käfigs herumzupicken. Den mag ich besonders – du auch?«

Jason sagte: »Eigentlich war es, alles in allem gesehen, gar kein so schlimmes Jahr.«

»Was?« Jo wandte sich von dem Käfig ab, zu dem sie hinübergegangen war, um – erfolglos – zu versuchen, dem Vogel eine geschälte Erdnuss zu verfüttern.

»Daddy, wir wollen uns keine Sorgen mehr machen, ja? Ich dachte, damit hätten wir schon vor Monaten aufgehört. Mutter kommt nächste Woche nach Hause. Vielleicht sind wir ja irgendwann mal wieder drei Pfauen.«

Jason trat an den Zaun heran.

»Vermutlich haben Pfauen auch so ihre Probleme.«

»Vermutlich. Sieh mal, Daddy! Der hier frisst mein Popcorn.«

Die intimen Fremden

War sie glücklich? Ihre Strandschuhe fühlten sich auf den Klavierpedalen eigenartig an; der Wind blies vom Sund herüber durch die offene Verandatür herein, blies ihr eine Locke übers Auge, blies auf die gewagt entblößten Knie über knallblauen Socken. Man schrieb das Jahr 1914.

»The key is in the door«, sang sie,

»The fire is laid to light

But the sign upon my heart, it says ›To let‹.«

›Blas nur, Brise des Sunds, Brise meiner Jugend‹, dachte sie und improvisierte Akkorde zu den Untertönen der Melodie, die ihr nicht aus dem Kopf ging. ›Hier kann ich mich all die Dinge fragen, die ich in Frankreich nie fragen kann. Ich bin einundzwanzig. Meine kleine Tochter ist am Strand und backt Kuchen aus nassem Sand, mein verlorenes Baby schläft auf einem Friedhof in der Bretagne; in zwanzig Minuten wird mein kleines Söhnchen zum letzten Mal von mir selbst genährt werden. Dann folgt eine Stunde voll von Himmel und Meer und den Rufen alter Freunde: ‘He, Sara! Hast du deine Ukulele mitgebracht, Sara? Du musst bald einmal wiederkommen, hörst du, Sara? Bitte, mach doch noch mal den alten Tanzlehrer nach, der uns den Turkey Trot zeigt!’‹

Schreib an die Botschaft in Washington, sagte ein hartnäckiger Unterton in der Melodie. Sag Eduard, du wirst zu ihm kommen und dort bei ihm wie ein gutes kleines Eheweib leben, bis ihr wieder abreist. Du fängst an, dein Heimatland allzu gernzuhaben für jemanden, der aus eigenem freien Entschluss einen Franzosen geheiratet hat.

»I must ask you, Mr. Agent, 'bout a problem of today
And I hope that you can solve it all for me.
I have advertised with smiles and sighs in every
sort of way
But there isn't any answer I can see …«

Wieder spürte sie den Wind, der in die Notenblätter fuhr. Sie spürte, wie sich das Leben in sie drängte, in ihren kindlichen, wendigen Körper mit den Beinen eines Kindes und der Zappligkeit eines Kindes, der jedoch in ihrem Fall zu einer virtuosen Sparsamkeit der Bewegung gedrillt war, so dass sie, wann immer sie es wollte (was häufig der Fall war), den Blick anderer Leute dazu bringen konnte, jede noch so kleine Geste zu verfolgen, die sie machte; sie spürte, wie sich das Leben in ihren Verstand drängte, der vom Wind gezaust und jeden Morgen neu beflügelt wurde (»Eduard weiß ja gar nicht, was er da geheiratet hat«, seufzten seine Verwandten in ihren Schlupfwinkeln draußen im Faubourg und prophezeiten die Katastrophe: »Eines Tages lässt er ihr zu viel Freiheit, und dann flattert sie ihm davon, einfach so.«); das Leben drängte sich in ihre Stimme, eine würzige Stimme mit viel Lachen darin, ein wenig Liebe, viel stiller Freude und riesiger Sympathie für die Menschen. »*To let* – zu vermieten« oder auch nicht, ihr Herz jedenfalls ergoss sich in ihre Stimme, die das lange helle Musikzimmer erfüllte, während sie das Lied beendete:

»The key is in the door, you'll find
The fire is laid to light
But the sign upon my heart …«

Sie brach beim Luftholen ab, als sie bemerkte, dass sie plötzlich nicht mehr allein auf der Klavierbank saß. Ein sehr großgewachsener Mann, mit einer Figur wie ein Footballspieler von einem Reklameplakat und einem Gesicht, auf dem sich der gleiche kontrollierte Überschwang abzeichnete wie auf ihrem eigenen, hatte sich neben sie gesetzt und klimperte jetzt die letzten Töne im Diskant mit Fingern ab, die für die Tasten zu groß waren.

»Wer sind Sie?«, fragte sie, obwohl sie es im selben Augenblick ahnte.

»Ich bin der neue Mieter, den Sie eben erwähnt haben«, antwortete er. »Ich lasse meine Möbel heute Nachmittag nachkommen.«

»Sie sind Abbys Verehrer. Wie war noch Ihr Name – Killem Dead oder so was?«

»Killian. Killian, der Silberzüngige. Sind Sie dann die sogenannte Madame Sans-Gêne oder Königin von Frankreich?«

»Das muss ich wohl sein«, gestand sie.

Sie musterten sich, starrten einander einen Moment an, beide gleichzeitig mit leicht geöffnetem Mund. Dann mussten sie lachen, krümmten sich nebeneinander fast über dem

Klavier – und einen Augenblick später spielten sie zu zweit *To let* in einem improvisierten Arrangement für zwei Stimmen, spielten es laut als Ragtime, sangen es, wechselten erste und zweite Stimme ohne den Schatten eines Misstons.

Sie hörten auf, starrten sich wieder an; lachten noch einmal. Sein blauer Anzug war staubig, und auf seiner Stirn klebten Schmutz und etwas Blut. Sein Zähne waren sehr regelmäßig und weiß; seine Augen, so aufrichtig und offen er sie auch blicken lassen wollte, als bemühe er sich darum angestrengt seit frühester Kindheit, verhießen irgendjemandem deutlich Ärger. Er hatte ihren Fuß sanft vom Diskantpedal gedrängt, und sie dachte, wie komisch ihr anderer Strandschuh wohl neben diesem monumentalen Sockel aus staubigem Ziegenleder aussah. Zwei gelbe Schweinsledertaschen und ein Gitarrenkasten standen hinter ihm.

»Abby ist mit den andern unten am Strand«, sagte sie.

»Oh, tatsächlich? Schaun Sie, kennen Sie das …?«

… Zwanzig Minuten später sprang sie plötzlich auf.

»Himmel! Ich sollte schon längst meinem Sohn zu trinken geben – der arme Kleine – bis gleich im Wasser!«

Sie stürzte hinaus zum Kinderzimmer. Margot empfing sie seelenruhig an der Tür.

»Sie hätten sich gar nicht so zu beeilen brauchen, Madame. Ich hab ihm die Flasche gegeben, und er hat sie wie ein Vielfraß ausgetrunken. Der Doktor hat gesagt, es kommt nicht darauf an, ob man heute oder morgen damit anfängt.«

»Oh.«

Es kam sehr wohl darauf an. Sara kniete sich neben das Kinderbettchen.

»Ein ganz kleines Lebewohl«, flüsterte sie. »Ein ganz kleines Lebewohl, kleiner Sohn. Wir sehen uns wieder.«

Ihre Brust war schwer von mehr als nur Milch.

›... Dann kann ich sie ihm ja heute Nacht geben‹, dachte sie.

Aber nein. Wie konnte man über einen so kleinen Meilenstein sentimental werden. In einem plötzlichen Stimmungswechsel dachte sie:

›Ich bin doch erst einundzwanzig – das Leben fängt ganz von vorne an.‹ Und in einer stürmischen Anwandlung gab sie Margot einen Kuss und stürzte treppab zum Strand hinunter.

Nach dem Schwimmen zogen sich Sara und Killian rasch wieder an; Saras Kamm zitterte in ihrem Haar, sie musste dreimal Anlauf nehmen, bis sie einen ordentlichen Scheitel hinbekam, und schließlich rief ihre Stimme Abby falsche Antworten zu, im falschen Ton oder mit bedeutungslosen Ausrufen, die in ihren eigenen Ohren nur »Schnell! Schnell!« bedeuteten.

Er wartete auf der Klavierbank. Sie sangen *Not That You Are Fair, Dear*, und sein Bariton folgte ihrem kleinen Alt mit vier Noten und vier Wörtern Abstand – das war zu jener Zeit die Mode. Ihre Augen tanzten und tanzten miteinander. Als Abby hereinkam, war Sara auf den Beinen und spielte für ihn den Clown, und Abby war erschrocken, aber auch gebannt angesichts der freudestrahlenden Atmosphäre, die um die beiden herum entstanden war. Sobald ihnen ihre Anwesenheit voll bewusst wurde – was einige Minuten dauerte –, behandelten sie sie mit größter Aufmerksamkeit. Abby nahm es sportlich – Sara besaß nun mal die privilegierte Position eines lebenslangen Vorbildes – und ihr eigener Anspruch auf Killian bestand nur aus einer zärtlichen Hoffnung. Außerdem war Sara ja glücklich verheiratet mit dem Marquis de la Guillet de la Guimpé und würde schon sehr bald mit ihm zusammen nach Frankreich zurückreisen.

Drei Tage später schrieb der Marquis von der französischen Botschaft in Washington aus an seine Frau:

»… ich bin aus zwei Gründen froh, dass wir wieder abreisen werden, mein liebes Kleines; wenn die Situation in Europa noch ernster wird, möchte ich dort sein, wo ich mich meinem Regiment anschließen kann, und nicht in einem neutralen Land an einen Schreibtisch gefesselt.«

Als er diese Zeilen schrieb, war Sara gerade dabei, ihrem rotbraunen Haar den letzten Schliff mit einem Kamm zu geben, der ihren Fingern wieder ständig zu entgleiten, zu entschlüpfen drohte.

»… zweitens, und das ist weit wichtiger, weil ich nicht möchte, dass meine kleine Amerikanerin vergisst, dass sie jetzt einem anderen Land angehört, dass dies hier nichts weiter ist als eine angenehme Reise in die Vergangenheit – denn ihre Zukunft liegt noch vor ihr und in Frankreich.«

Als er diese Zeilen schrieb, sorgte sich Sara weniger um das Klappern ihrer Absätze auf den stillen Stufen als um den Schlag ihres Herzens, den jedermann hören musste, weil er zu einem dröhnenden Trommeln angeschwollen war.

»… als wir heirateten, erschienen uns die zwanzig Jahre, die zwischen uns liegen, als eine lange Zeit, aber je älter du wirst und dich entwickelst, desto kürzer und kürzer wird sie uns vorkommen …«

Als er den Brief in Washington versiegelte, enthüllte das Sternenlicht über einer Veranda auf Long Island gerade den dunklen Streifen eines Arms um Saras schemenhafte zarte Figur, und es erklangen zwei leise Stimmen, wie zwei Menschen im Duett:

»Ja ...«

»O ja ...«

»Überallhin, es ist mir egal ...«

»So etwas ist mir noch nie passiert, nicht einmal annähernd.«

»Ich wusste nicht, dass es das überhaupt gibt.«

»Ich habe von so etwas schon gelesen, aber nicht geglaubt, dass es das auch wirklich gibt.«

»Ich war völlig ahnungslos.«

Sie trafen ihren Entschluss, als sie am Strand entlanggingen, die Schuhe voller Sand, die Hände ineinander verschlungen wie die Hände zweier Kinder.

... Sie saßen in einem Zug nach North Carolina. Killian hatte seine Gitarre und Sara ihre Ukulele. Sie veranstalteten mindestens sechs Stunden Konzert pro Tag, aus schierem Überschwang, schierer Lust am Radau, am Verkünden: »Hier sind wir!« Sie waren wie eine Kavallerieeinheit, die sich nach einem Überraschungsangriff hinter die eigenen Linien zurückzieht, die donnernden Hufe eines aufgestachelten Feindes dicht hinter ihr. Manchmal legten sie die Instrumente beiseite und imitierten eine typische deutsche Kapelle: Sara spielte mit den Händen an den Lippen das Kornett, Killian grollte die tiefen Töne der Tuba. Sie schlossen spontan Freundschaft mit Schaffnern und Bremsern und Kellnern, und immer wenn die Tür zu ihrem Abteil offen stand, zog es die anderen Passagiere des Wagens auf die Sitze gleich nebenan. Selbst wenn sie es versucht hätten, hätten sie keine breitere Spur hinterlassen können, doch wenn die Sprache darauf kam, gerieten sie durcheinander, ganz verwirrt von so vielen Dingen, die sie sich zu sagen hatten.

»... und dann gingst du also von Harvard ab.«

»Fast. Ich bekam dieses Angebot von den Red Sox, und ich wollte es annehmen. Ich hatte keine Lust, noch länger zu studieren. Na ja, und Vater sagte, ich sollte mich ruhig so zum Narren machen, wie ich wollte, aber Mutter bekam einen Nervenzusammenbruch. Du kannst dir ja vorstellen, wie meine Mutter ist – ich heiße Cedric, weißt du. Irgendwann zeige ich dir mal ein Bild von mir mit Löckchen und Röckchen.«

»Im Stil vom kleinen Lord.«

»Der kleine Lord war ein Straßenbengel im Vergleich zu mir. Aber dann hab ich sie alle reingelegt – ich wurde größer als alle. Na, jedenfalls, anstatt nach Süden zu den Red Sox zu gehen ...«

»Mach die Tür zu.«

Er machte sie zu.

Wenn sie wirklich allein waren, hatten sie überhaupt kein Alter mehr – sie waren nur noch eine einzige unauflösliche Verquickung von Glück und Gelächter. Erst jetzt ging Sara die Last dieser letzten vier Jahre schwieriger Anpassung auf, eine Last, die sie anmutig und fröhlich getragen hatte, durch die Disziplin ihres Trainings, eines Trainings in Stolz.

Als sie in Asheville ausstiegen und in einem erbärmlichen Bus über die damals erbärmlichen Straßen aus rutschigem rotem Lehm den Aufstieg nach Saluda begannen, liefen hinter ihnen bereits die Telegraphendrähte heiß. Mrs. Caxton Bisby, die älteste von Saras Schwestern, berief in New York einen Kriegsrat ein, eine berühmte Detektei nahm die Suche auf, ein Reporter verdiente sich eine Gehaltserhöhung mit einem skrupellosen Sensationsbericht, und es dauerte eine ganze Woche, bis das österreichische Ultimatum an Serbien die Affäre auf die zweite Seite zu verdrängen vermochte. Die Welle der Erregung erreichte den Faubourg St. Germain, und die Ehrenwerte (und unermüdliche) Mrs. Burne-Dennison, eine weitere Schwester, telegraphierte von London aus, die Stellung zu halten, sie sei auf dem Weg.

In der Zwischenzeit hatte Killian unter der Hand ein Blockhaus gemietet, eine wildromantische, baufällige Hütte oberhalb der Schneegrenze, in der sie hundert selige Stunden damit verbrachten, das Feuer zu schüren und sich zu lieben. Nichts war verkehrt, das rosige Licht auf dem Schnee um fünf Uhr früh, das Wiedereindösen, das Aufwachen mit einem halbgeformten Namen auf den Lippen, als würde ein Hornsignal sie wecken.

Als Wermutstropfen gab es lediglich einen zerrissenen Kalender in dem Anbau, in dem das Holz lagerte, ein Kalender mit einem Farbdruck der Madonna mit dem Kinde. Als sie ihn zum ersten Mal sah, betroffen und entsetzt, veränderte sich Saras Gesicht nicht weiter – sie stand einfach nur da, absolut regungslos, und Wasser lief ihr aus den Augen. Danach schaute sie nie wieder zu dem Kalender hinüber, wenn sie Holz holen ging.

Zeit zum Pläneschmieden blieb ihnen nicht. Es gab keinerlei Ausflüchte, nichts zu sagen. Eine Woche nachdem sie New York verlassen hatten, kehrte Sara zurück, saß schweigend in der angespannten Atmosphäre der Salons, ohne etwas zu verneinen oder zu bestätigen. Man stellte ihr eine Frage, und sie antwortete abwesend: »Was?« Wo Killian war, wusste niemand.

Wenige Tage später schiffte sie sich mit ihrem Mann und den Kindern nach Frankreich ein. Das ist der erste Teil der Geschichte.

Der Krieg bestand für Sara aus einem einzigen Abschiednehmen – Abschied von Offizieren, die sie kannte, von Soldaten, die sie versuchte mehr sein zu lassen als bloße Nummern an Lazarettbetten. Der Abschied von noch unversehrten Männern auf Türschwellen oder Bahnsteigen war oft härter als der Abschied von den Sterbenden. Zwischen Männern und Frauen ging in jenen Tagen alles sehr schnell vor sich, nach allem wurde hastig gegriffen, unendlich kleine Zeitabschnitte hatten einen Wert, den sie zuvor niemals besessen hatten …

So war es auch, als Sara in einem Korridor des Ritz Hotels um die Ecke bog und für einen Moment vor einer offenen Tür stehen blieb, die nicht die ihre war. ›Stehen blieb‹ ist nicht ganz das richtige Wort – sie zögerte eher, sie schwankte. Nach einem weiteren Schritt allerdings blieb sie stehen, denn eine Stimme aus dem Zimmer rief nach ihr.

»Wohin so eilig?«

Sie gehörte einem gutaussehenden Mann, der sich gerade mit äußerster Sorgfalt vor einem Spiegel eine zivile Krawatte band.

»Einen Flur entlang.«

»Also, hören Sie – bleiben Sie hier. Kommen Sie doch eine Minute herein.«

Wie schon bemerkt, ging in jenen Tagen alles schnell vor sich. Im nächsten Augenblick saß Sara auf der Armlehne eines Sessels in dem Zimmer, die Tür gerade so weit zugezogen, dass niemand sie sehen konnte.

»Weshalb haben Sie gerade zu mir hereingeschaut?«, wollte der Mann wissen.

»Ich weiß nicht. Männer sind manchmal anziehend, wenn sie es selber nicht wissen – Sie waren so vertieft und konzentriert wegen Ihrer Krawatte.«

»Ich wollte, dass sie richtig sitzt. Ich kaufe dauernd Zivilkleidung und komme doch nie dazu, sie zu tragen. Muss morgen zurück an die Front.«

»Ich muss morgen Abend auch wieder zurück sein.«

»Was sind Sie denn?«

»Krankenschwester – bei den Franzosen.«

Offensichtlich zufrieden mit sich selbst, schlüpfte er in eine weiße Weste und nahm ihr gegenüber Platz. Ihre leuchtenden, sternengleichen Augen waren im Spiegel den seinen begegnet, ihre geschmeidige Gestalt, die den Eindruck erweckte, sie schwanke ständig sorglos am Rande des Nichts, ihre ausdrucksvollen Lippen, die jedes Wort, das sie aussprachen, gestochen klar formten, wirkten unmittelbar anziehend. Sein Herz, in Aufruhr wegen der Veränderung, die der nächste Tag bringen würde, ging für sie auf.

»Warum essen wir heute Abend nicht zusammen? Ich habe zwar eine Verabredung, aber ich rufe an und sage ab.«

»Das kann ich unmöglich«, sagte Sara. »Zu welcher Division gehören Sie?«

»Sechsundzwanzigste Neuengland. Ich bin praktisch ein Puritaner – schauen Sie, es wäre bestimmt sehr lustig.«

»Ich kann nicht.«

»Aber warum haben Sie dann zu mir hereingeschaut?«

»Das habe ich Ihnen gesagt. Wegen der Art, wie Sie Ihre Krawatte gebunden haben.« Sie lachte auf. »Der erste junge Kerl, in den ich mich je verliebt habe, war ein Schiffstrompeter; weil seine Hosen immer so eng und glatt waren, wenn er sich zum Blasen vorbeugte.«

»Überlegen Sie es sich noch einmal.«

»Nein – tut mir leid.«

In ihrem Zimmer am Ende des Korridors zog sich Sara nachdenklich für den Abend um. Sie hatte keine Verabredung zum Dinner, obwohl es eine Menge Ziele gab, wo sie hätte hingehen können. Ihr eigenes Haus in der Rue du Bac war unbewohnt; Eduard befand sich bei Verwandten in Grenoble, wo er sich von einer Wirbelsäulenverletzung erholte, die seine Beine für den Rest seines Lebens zu lähmen drohte; von dort war sie gerade zurückgekehrt. Der Krieg zog sich nun müde vier Jahre hin, und während sie gemeinsam mit vielen Millionen Menschen diesen langen Alptraum durchlebte, gab es ab und zu einfach Momente, in denen sie allein sein musste, weg von den gebrochenen Männern, die unaufhörlich an ihrem Herzen zerrten. Einst hatte sie alles Glück des Lebens in ihren Fingerspitzen gefühlt – jetzt klammerte sie sich an kleine Ereignisse der Gegenwart oder Vergangenheit, fröhliche wie traurige. Sollte ihr Herz sterben, würde sie auch sterben.

Als sie wenig später in der Hotelhalle saß, kam der amerikanische Offizier auf sie zu.

»Ich wusste doch, dass Sie es sich anders überlegen würden«, sagte er. »Ich habe angerufen und die andere Verabredung abgesagt. Kommen Sie – ich habe einen Wagen.«

»Aber ich habe Ihnen doch gesagt …«

»Nun stellen Sie sich nicht so an – das sieht Ihnen gar nicht ähnlich.«

»Woher wollen Sie wissen, was mir ähnlich sieht?«

Sie fuhren durch die dunkle »Lichterstadt« und dinierten – dann gingen sie in einen der wenigen, aber populären Nachtclubs – dieser, geleitet von einem unternehmungslustigen Amerikaner, zog alle vierundzwanzig Stunden um, um die Aufmerksamkeit der Gendarmerie nicht auf sich zu ziehen. Sie tanzten oft und entdeckten viele gemeinsame Bekannte; und wohl deshalb, weil ein Gespräch mit einem Mann, der zurück an die Front musste, etwas von einem Selbstgespräch hatte, sprach Sara von Dingen, von denen sie seit Jahren nicht mehr gesprochen hatte.

»Nein, ich bin nicht einsam hier in Frankreich«, sagte sie. »Meine Mutter war sehr klug, und sie hat uns beigebracht, nur auf ein Glück zu zählen, zu dessen Entstehen wir selbst etwas beigetragen haben.«

»Und Sie waren nie in Ihren Mann verliebt?«

»Nein, ich war nie in meinen Mann verliebt.«

»Waren Sie überhaupt noch nie verliebt?«

»Doch, einmal war ich verliebt«, sagte sie sehr leise.

»Wann war das?«

»Vor vier Jahren. Ich war nur zwei Wochen mit ihm zusammen. Ich … ich habe erfahren, dass er inzwischen geheiratet hat.«

Sie fügte nicht hinzu, dass sie seit jenen zwei Wochen immer Killians Stimme um sich herum singen hörte, seine Gitarre aus jeder Melodie heraushörte, seine Hand vor jedem Feuer berührte. Den ganzen Krieg hindurch hatte sie seine Wunden verbunden, seinen Sorgen zugehört, für ihn Briefe geschrieben, seine Hände zum letzten Mal zusammengelegt und war mit ihm gestorben, denn alle Männer waren Killian – Killian, der Erzengel, der Silberzüngige.

... Sie stand früh auf und begleitete den Offizier zur Gare du Nord. Er wirkte völlig verändert, mit seinem Trenchcoat, der Proviantasche und dem glänzenden Revolver.

»Sie sind etwas ganz Besonderes«, sagte er zärtlich. »Das ist eine sehr merkwürdige Sache gewesen. Ich hätte vielleicht ... also, deutlicher werden sollen gestern Nacht, aber ...«

»Nein, nein ... es ist viel besser so.«

Dann fuhr der Zug hinaus, dem Donner entgegen, und hinterließ eine Leere aus grauem Himmel.

Im Kino lässt sich so leicht zeigen, wie die Zeit vergeht – der Film blendet aus auf einem Verbandsplatz hinter der Westfront und blendet wieder ein auf einem Opernball in Paris, die durchlöcherten Uniformen sind durch Fräcke ausgetauscht, die Schwesternhauben durch Diademe. Und warum auch nicht? Wir wollen ja nur von den einschneidenden oder glamourösen Augenblicken des Lebens hören. Nach dem Krieg besuchte Sara Bälle in Paris und London, und die Schauspielerin in ihr ließ sie für die Dummen die Flatterhafte spielen, für die Intelligenten die Anfängerin, für die Snobs die große Dame und – was zuweilen das Schwierigste von allem war – für ganz wenige sich selbst.

Schwierig war es, weil sie das Gefühl hatte, gar kein eigenes Selbst zu besitzen. Sie verbrachte eine schöne und fröhliche Zeit mit ihren Kindern; sie ging während der letzten Jahre seines Lebens neben dem Rollstuhl des Marquis de la Guillet de la Guimpé, doch sie verfügte über überschüssige Energie, die sie oft dazu trieb, verrufene Straßen zu erforschen oder sich stundenlang auf die Zaunpfähle von verschrobenen Bauersleuten zu setzen; einfache Leute sagten weise und drollige Dinge zu ihr, die ihr irgendwie Trost brachten. Sie wiederholte sie für sich und machte dadurch das Beste aus diesen Dingen. Die Leute waren gern mit Sara zusammen – sogar jene, die ihr die Fröhlichkeit neideten, behandelten sie gönnerhaft als unverbesserliche *gamine*.

Als der Krieg acht Jahre zurücklag und der Marquis zwölf Monate in der Gruft seiner Vorfahren ruhte, ging Sara erneut auf einen Ball; sie ging allein, glühte vor Aufregung und fühlte sich sehr frei – am Eingang blieb sie stehen, und ihre Augen leuchteten beim Anblick eines Lakaien noch heller auf.

»Paul Péchard!«, rief sie aus.

»Madame hat nicht vergessen.«

»Himmel, nein! Sind Sie noch mal verwundet worden? Haben Sie Virginie geheiratet?«

»Ich habe geheiratet, aber nicht Virginie. Ich habe eine alte Freundin von Madame geheiratet – Margot, die die *Bonne* für Ihre Babys war. Sie arbeitet auch in diesem Haus hier.«

»Aber das ist ja herrlich! Hören Sie – ich muss jetzt hinaufgehen und ein bisschen höflich sein – danach komme ich hintenherum wieder runter und treffe Sie und Margot im

Anrichteraum, und dann können wir uns richtig unterhalten. Na?«

»Madame sind zu liebenswürdig.«

Sie eilte in ihren kleinen goldenen Slippern die Stufen empor, Jahre jünger aussehend als dreiunddreißig, alterslos eigentlich, huschte die Begrüßungsschlange entlang, in der Namen aus den Schriften von Saint-Simon und Mme de Sévigné figurierten und jedermann sich schrecklich erfreut zeigte, sie endlich wieder in die Gesellschaft zurückgekehrt zu sehen – auch wenn vielen ein Jahr insgeheim doch als eine sehr kurze Trauerfrist erschien –, sie eilte weiter, schüttelte Männer ab, die versuchten, sich an sie zu hängen, und lief eine schmale Hintertreppe hinunter. Sara hatte gefühlt, dass auf diesem Ball etwas geschehen würde, weshalb sie die Missbilligung ihrer Schwägerin über ihr Ausgehen ignoriert hatte. Und da waren sie, Paul Péchard und Margot, riefen Erinnerungen an intensivere Tage wach.

»Madame sind ja noch schöner als –«

»Aufhören – ich möchte von Ihnen und Paul hören.«

»Ich glaube, wir haben geheiratet, weil wir Sie kannten, Madame.«

Das traf wahrscheinlich zu. So viele Dinge können geschehen im Schutz einer beschirmenden Persönlichkeit.

»Madame sind verwundet worden, haben wir gehört, und haben einen Orden bekommen.«

»Nur ein Splitter in der Ferse. Ich humple halt ein bisschen beim Gehen – darum renne oder tanze ich immer.«

»Madame sind immer schon gerannt oder getanzt. Ich kann Madame noch sehen, wie sie ins Kinderzimmer rennt und wieder hinaustanzt.«

»Ihr Lieben … hört zu, ich möchte gerne auf die hohe Galerie über der Tanzfläche – schauen die Dienstmädchen und alle anderen in diesem Haus den Bällen immer noch von dort aus zu? Das erinnert mich daran, wie ich als Kind den Festen im Nachthemd durch einen Türspalt zugeschaut habe. Es sieht immer alles so strahlend aus, wenn man so zuschaut.«

Sie stiegen hinauf zu der halbdunklen Galerie und blickten hinunter auf die vorüberziehenden Juwelen und schillernden Roben, auf frisiertes Haar, das im Licht der Kronleuchter glänzte, und all das vor dem schimmernden Hintergrund des Fußbodens. Von Zeit zu Zeit wurde ein Kopf lachend in den Nacken geworfen oder zur Seite gedreht, um einen stummen, heimlichen Blick zu tauschen, womit er das Gefüge genau berechneter Perfektion ebenso zerstörte wie runde Blumen zwischen den geraden Linien eines Raums; über diesem Kaleidoskop vermischte sich die Musik mit feinem Puderstaub, um zu den Beobachtern am Himmel emporzuschweben.

Margot neigte sich zu Sara hin.

»Ich habe heute Morgen einen alten Freund von Madame gesehen«, sagte sie zögernd, »als ich auf der Fähre das älteste Kind aus England zurückbegleitet habe.«

In einer einzigen aufwühlenden Sekunde wusste Sara, was kommen würde.

»… Ich hab Mr. Killian gesehen … den großen, gutaussehenden Amerikaner.«

Oft schreiben wir bestimmten Menschen, dass wir »immer an Dich denken«, und dabei lügen wir natürlich; allerdings nicht ganz. Denn einige wenige sind immer bei uns, so tief in uns drinnen, dass sie zu einem Teil von uns werden. Manchmal bilden sie tatsächlich das Mark in unseren Knochen, so dass sie, wenn sie sterben, in uns weiterleben. Sara brauchte nur in sich hineinzuschauen, um Killian zu finden.

›Er weiß, dass ich frei bin, und er ist gekommen, mich zu finden‹, dachte sie. ›Ich muss sofort nach Hause.‹

Schon während sie die Treppe hinunterging, erklangen die Gitarrenakkorde von vor einem Dutzend Jahren lauter als die Musik; sie verschmolzen mit dem Juniwind in den Kastanienbäumen. Ihr Wagen war nicht bestellt, also rief sie sich ein Taxi, drängte es, schneller zu fahren.

»Hat irgendjemand angerufen?«

»Ja, Madame – Mrs. Selby und Madame de Villegris.«

»Sonst niemand?«

»Nein, Madame.«

Es war elf. Er war schon den ganzen Tag lang in Paris, aber vielleicht reiste er in Gesellschaft. Oder vielleicht war er müde und wollte erst einmal schlafen, um sich von seiner besten Seite zeigen zu können.

Sie betrachtete sich im Spiegel, genauer als je zuvor in ihrem ganzen Leben. Sie war sehr herausgeputzt und von der Aufregung etwas zerzaust, und sie wünschte sich, er könnte sie so sehen. Aber zweifellos würde er am Morgen anrufen. Der Morgen war seine beste Zeit – er war ein typischer Früh-zu-Bett-Geher. Dennoch stellte sie einen Schalter um, damit das Telefon an ihrem Bett klingeln würde.

Den ganzen Morgen blieb sie im Haus, leicht müde um die Augen von einer unruhigen Nacht. Nach dem Mittagessen legte sie sich mit Fettcreme auf dem Gesicht hin und tat, als würde sie schlafen, um Noël, ihrer Schwägerin, aus dem Weg zu gehen, die sich fragte, ob Saras frühe Heimkehr von dem Ball nicht andeutete, dass man ihr die kalte Schulter gezeigt hatte, weil sie so bald wieder in die Gesellschaft zurückgekehrt war.

... Sicher würde er zur Teezeit anrufen, der sanfteren, süßeren Stunde, und sie nahm die Fettcreme ab, damit sie ihm nicht so gegenübertrat, auch nicht am Telefon. Sie lauschte mit Tellerohren; sie hörte, wie in den Cafés der Champs-Élysées die Teetassen abgeräumt wurden, sie hörte das Geplapper der Menschen, die um halb sechs aus den Läden strömten, sie hörte das Klirren von Geschirr, mit dem im Ritz und im Ciro's zum Abendessen gedeckt wurde – dann das Klappern von Tellern, die gestapelt und weggeräumt wurden. Sie hörte schwarze Glocken die Stunde schlagen, dann Taxis ohne Hupe – es war spät. Sara versuchte, sehr vernünftig und logisch zu denken; warum sollte sie auch mit seinem Besuch rechnen – er konnte ja seit dem Krieg ein Dutzend Mal in Paris gewesen sein. Um zwölf löschte sie das Licht.

Etwa um drei weckte sie das Telefon. Eine Stimme sagte mit schwerer Zunge auf Englisch:

»Ich möchte gern die Dame des Hauses sprechen – die Marquise.«

»Wer spricht denn dort?«, murmelte Sara, und dann hellwach: »Ist dort ... bist ...«

Sie hörte ein Klicken, als ein zweiter Hörer im Haus abgenommen wurde.

»Qui parle?«

»Schon in Ordnung, Noël«, sagte Sara rasch. »Ich

glaube, ich weiß, wer dran ist.« Doch der andere Hörer fiel nicht wieder auf die Gabel zurück.

»Ist dort Sara?«, sagte der Mann.

»Ja, Killian.«

»Ich bin gerade angekommen. Tschuldige den späten Anruf, hatte hier geschäftlich zu tun.«

»Wo bist du?«

»Irgendwo in Montmartre – hast du Lust rüberzukommen?«

– Ja, überallhin.

»Nein, natürlich nicht.«

»Dann komm ich zu dir.«

»Es ist zu spät.« Sie zögerte. »Wo wohnst du?«

»M… Meurice.«

Killian, der Silberzüngige, der ungeschickt nach Worten tastete – und dabei hasste Sara Betrunkenheit mehr als alles in der Welt. Sie erkannte ihre eigene Stimme kaum, als sie sagte:

»Trink zwei Tassen schwarzen Kaffee, und ich treffe dich in der Halle im Meurice, auf eine Stunde.«

Der Hörer in Noëls Zimmer klickte unmittelbar vor ihrem eigenen.

In Gedanken hatte Sara schon längst das richtige Kleid für jede Tageszeit ausgesucht, zu der er anrufen könnte. Im unteren Flur erwartete sie Noël.

»Du gehst natürlich nicht.«

»Doch, Noël.«

»Du – die Witwe meines Bruders trifft sich um drei Uhr morgens in einer öffentlichen Hotelhalle mit einem Mann?«

»Bitte, ich …«

»… und ich weiß sehr genau, wer der Mann ist.«

Beinahe geistesabwesend ging Sara an ihr vorbei und zur Tür hinaus. Sie fand ein Taxi an der Ecke der Avenue du Bois und flog durch die Stadt, fühlte sich immer beschwingter und beschwingter, rauschte durch all die verlorenen Monate, die mit jedem Platz, den sie überquerten, einer nach dem anderen in den Kalender zurückkehrten …

Er sah gut aus, straff wie ein Athlet und makellos in Schale in seinem Abendanzug – er schwankte leicht.

»Hast du keine Suite hier?«, wollte sie wissen. »Können wir da nicht hinaufgehen?«

Er nickte. »Nett von dir zu kommen.«

»Ich wäre auch einen weiteren Weg als diesen gekommen, Killian.«

Dunkel und verworren murmelte er: »Immer wenn Mond war … weißt du … Mondschein.«

Zwei Gitarren lehnten am Sofa – Sara stimmte die eine leise –, Killian ging zum Fenster, steckte den Kopf weit hinaus und atmete Nachtluft ein.

»Wollte dich eigentlich besuchen«, sagte er, in einem Sessel am Fenster sitzend. »Auf der Fähre hab ich dann zu viele Leute kennengelernt. War danach nicht mehr in Form, dich zu sehn.«

»Ist schon gut. Ich verstehe schon. Sprich nicht darüber. Komm her zu mir.«

»Moment noch.«

Die aufgeblähten Vorhänge flatterten um seinen Kopf, verhüllten ihn; sie stieß einen trockenen Schluchzer aus, den sie allzu lange in ihrer Kehle zurückgehalten hatte.

»Was ist denn?«

»Nichts – außer dass du auf einer Zechtour warst. Das hast du doch früher nie gemacht, Killian – du warst doch immer so stolz auf deinen schönen Körper.«

Sie spürte, wie ihr etwas zu entgleiten begann, und griff voller Verzweiflung nach der Gitarre.

»Komm, singen wir etwas zusammen. Wir dürfen doch nach all den Jahren nicht über so dumme Dinge reden.«

»Aber ...«

»Sch-sch-sch!« Tief in ihrer Kehle sang sie:

»Beside an Eastbound box-car
A dying hobo lay ...«

Dann sagte sie:

»Jetzt sing du was für *mich* – doch, du kannst. Ich möchte es aber ... bitte, Killian.«

Er berührte unwillig die Saiten, und dann kam sein milder Bariton allmählich zum Klingen.

»... He had a million dollars and
He had a million dimes
He knew because he counted them
a million times.«

Während er sang, dachte Sara nach: ›Ist dieser Halbwüchsige der Mann, den ich so geliebt habe, den ich noch immer liebe? Was jetzt?‹ Sie brachte ihn dazu, weiterzusingen, wie um Zeit zu gewinnen, weiter- und weiterzusingen, bis seine Finger schwächere und immer schwächere Akkorde strichen und seine Stimme zu einem schläfrigen Gemurmel geworden war.

»Aber das kann ich nicht«, rief sie plötzlich laut.

»Was?«

»Nichts.«

Ihr Ausruf war die Antwort auf den Gedanken: ›Kann ich die Erinnerung töten, von der ich so lange gelebt habe?‹ Ach, wäre er doch nie gekommen!

»Bist du frei?«, fragte sie ihn plötzlich. »Bist du gekommen, um mich zu fragen, ob ich deine Frau werden will?«

»So hatte ich es mir eigentlich gedacht. Türlich siehst du mich in ziemlich schlechtem Licht. Kann nicht abstreiten, dass ich letzte Woche einen zu viel über den Durst getrunken habe, und das ist nicht das erste Mal.«

»Aber das ist jetzt natürlich vorbei«, sagte sie hastig.

Und doch, wie konnte sie das wissen? Sie mussten sich ja beide so verändert haben, und sie musste ihn von Zeit zu Zeit nur deshalb ansehen, um sich sogar von seinem guten Aussehen zu überzeugen. Der düstere Schalk in seinen Augen funkelte ihr quer durchs Zimmer entgegen. ›Wenn es nur das wäre‹, seufzte sie.

Und doch konnte sie die junge Frau nicht vergessen, die in einer Berghütte wildes Entzücken erfahren hatte …

Killian döste, Sara bewegte sich durch den Raum, begutachtete ihn dreist aus verschiedenen Blickwinkeln, seine wie von Rodin geformten Füße, seine Kleider, die aus ganzen Stoffballen geschneidert waren, seine große Hand, die unbeweglich auf dem Griffbrett der Gitarre lag. Er wimmerte leise im Schlaf, und sie weckte ihn auf – augenblicklich entströmte ihm wieder seine Stimme, tief und voll, und die plumpen Finger begannen die Saiten zu schlagen.

»Oh, Killian, Killian.« Sie musste gegen ihren Willen lachen und fiel in seinen Gesang ein:

»So merry you make me I'm bent up double,
What is it in your make-up that drives away trouble ...«

Die Morgendämmerung drang ganz plötzlich durch die Fenster, und ihr fiel ein, dass dies der längste Tag des Jahres war. Als sei er ungeduldig zu beginnen, klingelte das Telefon.

»Der *beau-frère* und die *belle-sœur* von Madame sind unten und wünschen Madame umgehend zu sehen; es geht um eine Sache von größter ...«

»Ich komme.«

Sanft schaukelte sie Killian in seinem Sessel aus einem neuen Schlummer, und als sich seine Augen widerwillig öffneten, legte sie ihre Wange an die seine, um ihm ins Ohr zu flüstern: »Ich gehe für eine halbe Stunde weg, aber ich komme zurück.«

»In Ordnung«, murmelte er. »Ich werd so lange Gitarre spielen.«

Die Besucher warteten in einem kleinen Empfangszimmer – Noël und Comte Paul, Eduards Bruder. Als sie die Aufregung auf ihren Gesichtern sah, die von der frühen Stunde gezeichnet waren, wusste sie, dass sich die Szenen von vor zwölf Jahren wiederholen würden.

»Das ist außergewöhnlich ...«, begann Paul, aber Noël fiel ihm ins Wort.

»Dich hier zu finden, Sara! Dich, die Witwe eines Helden, die Mutter des Sohnes, der seinen Namen trägt, hier in einem *Hotel* zu dieser Stunde.«

»Du kannst nicht sehr überrascht sein«, sagte Sara kalt. »Du wusstest doch, wo du mich finden würdest.«

»Damals, als mein Bruder noch lebte, da hast du seinen Namen schon einmal durch alle Zeitungen gezerrt – jetzt, wo er in einem Heldengrab liegt und nicht mehr für sich selber sprechen kann, da hast du wieder die gleiche Absicht.«

»Eduard wollte, dass ich glücklich bin …«

Sie hielt inne – sie war ja gar nicht glücklich, nur elend und durcheinander. Müde nach zwei durchwachten Nächten, wollte sie jetzt vor allem schlafen. Doch sie wagte es nicht, schlafen zu gehen; sie konnte nicht riskieren, dass ihr diese Sache noch einmal aus den Händen glitt.

»Wie wär's mit einem Kaffee?«, schlug sie vor.

Noël lehnte ab, aber Paul stimmte lebhaft zu und ging, ihn zu bestellen.

»Bist du denn eine verblendete alte Frau, dass du einen hübschen Gigolo willst?«, rief Noël. »Gibt es denn nicht Hunderte anderer Männer mit Kultur und Ansehen, die du kennenlernen könntest – du, die du dich in der besten Gesellschaft Europas bewegt hast? Ja, sogar Männer zum Heiraten, wenn es unbedingt sein muss, nach einer schicklichen Zeitspanne.«

»Du glaubst, dass ich Killian heiraten will?«

Noël zuckte zusammen.

»Nun, willst du das denn nicht? Ist das nicht deine …«

Paul kam aus der Halle zurück.

»Was uns hauptsächlich am Herzen liegt, das sind die Kinder«, sagte er. »Henri trägt den Titel des Erstgeborenen; er ist der einzige Marquis in Frankreich, der dank der Zuvorkommenheit des *Grand Monarque* Umgang mit Herzögen pflegt.«

»Das weiß ich alles. Ich bin auch stolz auf den Namen meines Sohnes, und ich habe versucht, ihn zu lehren, darauf stolz zu sein. Aber meine Rolle ist schon fast zu Ende – nächste Woche reisen sie für den Sommer in die Bretagne, und im Herbst wird Miette fünfzehn sein und Henri dreizehn, und sie kommen ins Internat.«

»Dann hast du dich also entschlossen, ihn zu heiraten, diesen … dieses Musterexemplar eines Sechstagerennfahrers?«, sagte Paul. »Oh, wir haben von Zeit zu Zeit durchaus unsere Nachforschungen über ihn angestellt – unter anderem hat er sich auch als Boxpromoter betätigt. Widerlich!«

»Ich habe nichts vom Heiraten gesagt.«

Sie trank schnell ihren Kaffee aus – in Gegenwart der beiden ließ sich nur schwer ein klarer Gedanke fassen. Wenn sie an diverse öffentliche Skandale und Mesalliancen zurückdachte, wunderte sie sich, wie diese im allgemeinen Klatsch oder in einer Zeitungsschlagzeile immer so sonnenklar hatten erscheinen können. Ohne Zweifel steckten hinter jedem dieser Fälle in die Enge getriebene, konfuse Menschen, die das Für und Wider abwägten, ehe sie eine Fahrkarte nach nirgendwo kauften, zu einem unbekannten Preis.

Der Portier brachte ihr ein Telegramm – sie las es und sagte zu Noël:

»Du hast an Martha Burne-Dennison in London telegraphiert.«

»Das habe ich«, sagte Noël trotzig. »Und nach New York habe ich auch telegraphiert, und was das gekostet hat!«

Die Nachricht lautete:

DU KANNST DICH NICHT WEGWERFEN AN EINEN WILDEN
AUS DEM NICHTS DENK AN UNS UND DIE KINDER
ANKOMME GARE ST. LAZARE UM FÜNF.

Als Sara das Blatt zerknüllte, fragte sie sich, ob wohl die Sonne oben Killian in die Augen schien und ihn am Einschlafen hinderte.

»Du kommst jetzt mit nach Hause«, sagten sie. »Wir werden uns ausruhen; und bald wirst du deine Verpflichtungen in einem ganz anderen Licht sehen.«

– Und dann wird es zu spät sein. Panikerfüllt erkannte sie, dass die beiden sie immer enger umzingelten. Ach, wenn Killian doch nur direkt zu ihr gekommen wäre, ganz frisch und nüchtern.

»Mein Mantel ist noch oben.«

»Wir können ihn holen lassen.«

»Nein, ich gehe selber.«

Oben blinzelte Killian ihr schläfrig zu.

»Du hast aber lange gebraucht.«

Sie stieß eine Art stöhnendes Lachen aus.

»Hast du den Eindruck, du hättest die ganze Zeit Gitarre gespielt?«

Mit einem Mal stand er auf, schien sich überhaupt zusammenzureißen. Er streckte sich; seine Kleider rutschten an ihren Platz; seine Augen waren klar wie die eines Kindes, und die Farbe kehrte fast unmerklich wieder in sein Gesicht zurück. Mit dieser Veränderung kam eine weitere. Die leichte Albernheit der vergangenen Nacht schwand aus seinen Zügen, und die alte Rücksichtnahme, all der Trost, der Inbegriff unablässiger Fröhlichkeit und unermüdlicher Energie kehrten wieder in sie zurück. Er sah sie an, als sähe er sie zum ersten Mal, tat einen Schritt – und dann wurde ihr Kleid gegen seine Hemdbrust gepresst, sein Kragenknopf drückte auf ihren Hals wie ein Klingelknopf und ließ ihr Herz davonhasten und weinen. Und da wusste sie es.

»Wir müssen uns beeilen«, keuchte sie, indem sie sich losriss. »Fang an zu packen.« Sie hob den Hörer ab und sagte, während sie auf die Verbindung wartete, mit ersticktem Lachen: »Wir brennen schon wieder durch – sie werden wieder hinter uns her sein – was für ein Spaß, nicht? Wir heiraten in Algier – Abbys Mann ist dort Generalkonsul. Oh, ist das nicht wunderbar?!

Hallo … Henriette? Henriette, pack mir mein blaues Reisekostüm ein … Schuhe und alles … Toilettenartikel … meinen persönlichen Schmuck … und deinen eigenen Koffer … und sei in einer Stunde an der Gare de Lyon.«

In Killians Bad rauschte bereits die Dusche. Dann wurde es still, und er rief hinaus:

»Ich habe ganz vergessen, dass ich gar keinen Straßenanzug habe, überhaupt kein Gepäck, nur ein paar getragene Frackhemden. Hab die Abendfähre von Southampton genommen, und meine ganzen Sachen sind am Zoll hängengeblieben …«

»Macht nichts, Killian«, rief sie zurück. »Wir haben mehr als genug – dich und mich – und zwei Gitarren.«

Ihre Strandschuhe fühlten sich auf den Klavierpedalen eigenartig an – der Wind blies vom Sund herüber durch die Fliederbäume, blies auf ihre nackten braunen Schultern, ihre braunen Kinderbeine – man schrieb das Jahr 1928.

›Blas nur, Brise von Amerika, Brise meiner Jugend‹, dachte sie.

›Ich bin sechsunddreißig; meine Tochter ist fast schon erwachsen, und jeden Morgen reitet sie im Bois de Boulogne aus; mein Sohn ist den Sommer über hier bei mir in Amerika. Gleich folgt eine Stunde voll von Himmel und Meer und den Rufen alter Freunde. '*Bitte,* mach doch noch mal die Französin nach, die Englisch unterrichtet, Sara!'‹

Plötzlich schwang sie sich auf der Klavierbank herum.

»Gefällt dir das hübsche Bild?«, wollte sie von Abby wissen.

»Welches Bild?«

»Das Bild von Killian und Sara.«

»Warum nicht?«

»Du kannst deinen Besuch hier genauso gut ohne Illusionen beenden«, sagte Sara. »Ich habe keine Ahnung, wo Killian in den letzten vier Tagen steckt – ich wusste nicht, dass er weggehen würde, wohin er gegangen ist, wann er zurückkommt – falls überhaupt. Das ist schon zweimal passiert, seit wir verheiratet sind. Jedenfalls habe ich in diesen vier Tagen über eine Menge nachgedacht – es kommt mir so vor, als ließe sich die Zeit, die ich in meinem Leben mit Nachdenken verbracht habe, in ein paar Wochen hineinzwängen –, und es ist durchaus möglich, dass ich nicht die richtige Frau für ihn bin. Ich habe versucht, ein zivilisiertes Haus zu führen, aber er scheint sich manchmal urplötzlich nach der Gesellschaft von freundlichen Polizisten zu sehnen.«

»Aber, Sara…«

»Killian ist nie erwachsen geworden – das ist alles. Manchmal versuche ich, es als Witz zu sehen – Herr und Frau Spaßvogel.«

»Aber wenn mein Mann nicht auch manchmal losziehen würde…«

»Das ist es ja nicht allein, Abby. Ich hatte nur gedacht, diesmal würde ich endlich einmal in meinem Leben den ganzen Kuchen haben, und nicht nur ein Stück. Ich bin mit Killian zum Boxen gegangen und zum Baseball und zum Sechstagerennen, und obwohl es mir das Herz brach, habe ich auf niedliche, kleine Wachteln geschossen. Ich habe seinen flaschengrünen Jagdanzug bewundert und mit ihm auf Partys Minstrel-Shows abgezogen, aber wir sprechen einfach nicht miteinander. Langsam lerne ich mich selbst sehr gut kennen.«

»Du liebst Killian«, sagte Abby.

»Ja, ich liebe ihn – alles, was ich von ihm kenne. Manchmal sage ich mir, dass ich etwas abbüße – da haben wir ein hübsches neues Wort. Killian und ich haben falsch angefangen, und darum habe ich jetzt die Rolle der Büßerin inne. ›Die ehemalige Marquise de la Guillet de la Guimpé war wunderbar in ihrer Rolle als Mrs. Buße.‹« Sie unterbrach sich selbst, als schämte sie sich. »Ich habe bis jetzt noch nie darüber gesprochen – von meinem Stolz ist wohl nicht mehr viel übrig.«

Killian kam kurz vor dem Abendessen nach Hause und sah genauso aus wie jemand, der vier Tage unterwegs gewesen war. Sara hatte ihren Auftritt gut vorbereitet.

»Liebling! Ich wusste, du würdest heute Abend heimkommen.« Sie zog weiter vor dem Spiegel ihre Lippen nach. »Geh gleich und rasier dich und nimm ein Bad, weil wir in die Oper gehen. Deine Karte habe ich.«

Ihre Stimme klang ruhig, doch in der unendlichen Erleichterung über seine Heimkehr malte sie sich drei rote Schnurrbärte auf die Oberlippe.

Auf der Rückfahrt nach Hause war er wieder ganz er selbst, aber die Angelegenheit kam erst am folgenden Morgen zur Sprache.

»Du warst ziemlich lieb wegen dieser Sache«, sagte er.

Wenn er doch nur mehr sagen würde – was hatte ihn dazu gebracht, einfach so zu verschwinden? Wenn doch nur etwas mehr zwischen ihnen wäre als jene alte elektrische Anziehung. Seit einiger Zeit lebten sie in wachsender Stille miteinander, und ihre Intuition sagte ihr, dass es sich dabei um eine der entscheidenden Ruhephasen handelte, in denen Dinge geklärt werden. Man lieferte sich noch keine Schlacht; die Botschaft, sofern es eine Botschaft gab, konnte noch immer übermittelt werden.

Am Nachmittag ritt er aus, und Sara ertappte sich dabei, dass sie ihn entsetzlich vermisste. Mit der vagen Vorstellung, dass sie vielleicht außerhalb der eigenen Wände freier miteinander würden sprechen können – Wände, deren Funktion darin besteht, Menschen voneinander zu trennen –, fuhr sie die Landstraßen entlang, die er häufig wählte. Eine halbe Stunde später sah sie ihn weit entfernt vor sich – zuerst als eine Gestalt, die irgendein Mann auf irgendeinem Pferd hätte sein können, und dann war da auf der nächsten Anhöhe Killian auf seiner großen Rotschimmelstute. Die eindrucksvolle Gestalt vor dem Hintergrund des Himmels faszinierte sie – sie hielt ihren Wagen an, bis er durch eine neue Senke ihren Blicken entschwand.

Auf dem nächsten Hügel war er noch immer nicht wieder zu sehen, weshalb sie zu einem anderen Aussichtspunkt fuhr, von dem aus sie meilenweit sehen konnte – doch kein Killian in Sicht, er war wohl irgendwo von der Straße in die Felder abgebogen.

Sie drehte um und fuhr langsam zurück – nach einer Viertelmeile sah sie die Stute an einem Wiesenabhang nicht weit von der Straße grasen. Sie ließ den Wagen stehen und ging den Hügel hinauf. Dort, in einem kleinen Gehölz von einem halben Dutzend Bäumen, fand sie ihn.

Er lag seitlich auf dem Boden, den Kopf in eine Hand gestützt. Da es ihr widerstrebte, ihn in seiner Einsamkeit zu überraschen, blieb Sara still stehen. Nach ein paar Minuten kam er auf die Füße, schüttelte verwirrt den Kopf hin und her, schlug mehrere Male seine Handschuhe gegeneinander und wandte sich dann zum Gehen. In dem Moment, da er sich bewegte, sah sie einen Grabstein, an dem ein Strauß frischer Blumen lehnte.

Er kam auf sie zu, die Stirn leicht gerunzelt.

»Killian …«

Er nahm ihre Hand, und gemeinsam gingen sie den Hügel hinunter.

»Das ist Dorothys Grab«, sagte er. »Manchmal bringe ich Blumen her.«

Eine gewaltige Stille kam über Sara. Killian hatte seine erste Frau seit ihrer Heirat kaum ein paarmal erwähnt.

»Oh, ich verstehe.«

»Sie liebte diesen kleinen Hügel hier … ich bin fast sicher, dass es dieser Hügel war, ziemlich sicher …«, ein Anflug von Besorgtheit schlich sich in seine Stimme, »… und wir sprachen davon, darauf ein Haus zu bauen. Und darum habe ich nach ihrem Tod das Stück Land gekauft.«

Das alte Hinken vom Krieg her ließ Sara plötzlich straucheln, und er umfasste ihre Taille, trug sie halb im Weitergehen. Erst als sie Asphalt und kein Gras mehr unter ihren Füßen spürte, sagte sie: »Sie stand dir sehr nahe, Killian?«

Er nickte, und sie nickte, als stimmte sie ihm zu.

»Es ist lange her«, sagte er. »Aber sie mochte meine wilden Phasen genauso wenig wie du, und offenbar stärkt es mich, wenn ich ab und an hierherkomme.«

Was er sagte, klang in Saras Ohren unwirklich – sie hatte immer angenommen, er habe seine erste Frau aus Enttäuschung, als Ersatz geheiratet.

Ein paar Worte lösten sich von ihrem Herzen, die sie augenblicklich bedauerte:

»Du hast mich sofort danach vergessen.«

Er zögerte; dann sagte er geradeheraus:

»Ich liebe dich heute so sehr, dass ich es dir sagen kann – dass ich damals, als wir zusammen durchbrannten, nicht wirklich in dich verliebt war. Am Anfang war mir überhaupt nicht klar, wie unglücklich du danach sein würdest.«

Sie nickte, überrascht von ihrer eigenen Ruhe.

»Ich fange an, einige Dinge zu begreifen«, sagte sie. »Es erklärt Paris.«

»Du meinst damals im Krieg?«

»Damals, als ich dich wiedertraf, wie du dir im Ritz vor einem Spiegel die Krawatte gebunden hast und wir die ganze Zeit so taten, als wären wir Fremde, die einander gerade aufgegabelt haben. Ich habe nie ganz verstanden, warum du in dieser Nacht nicht zärtlicher mit mir wurdest. Ich nahm an, weil mein Mann verwundet war und du mir helfen wolltest, das Richtige zu tun.« Sie machte eine gedankenverlorene Pause. »Dabei hast du die ganze Zeit nur deine Frau daheim geliebt.«

Sie standen am Wagen, ihre Hände noch immer fest umklammert. »Sie war sehr hübsch«, sagte Sara wie im Selbstgespräch. »Ich habe einmal ein Bild von ihr in einer Zeitschrift gesehen.«

»Ich sah keinen Nutzen darin, zu unserer Hochzeit Dorothys Geist zu beschwören«, sagte Killian. »Du glaubtest, dass du und ich die ganzen Jahre hindurch immer dasselbe füreinander gefühlt hätten – und ich ließ dich in diesem Glauben. Aber heute weiß ich, dass das verkehrt war – wenn man erst mal anfängt, Dinge in einem Schrank zu verschließen, dann wird man schnell so, dass man nie mehr auch nur die Hälfte von dem sagt, was man wirklich denkt.«

Das waren ihre eigenen Worte, die da zu ihr zurückkehrten.

»Was hat dich nach dem Krieg zu mir zurückgebracht?«, fragte sie unbeirrt, um dann rasch hinzuzufügen: »Ach, was soll's – du bist gekommen, und das war genug.«

Ihre natürliche Lebensfreude versuchte, im Kampf mit

ihrem Stolz wieder die Oberhand zu gewinnen. Sie hatte doch nur den Fehler gemacht zu glauben, Killians Herz sei der Spiegel ihres eigenen.

»Ich liebe dich jetzt mehr als noch vor zehn Minuten«, sagte sie.

Sie umarmten sich innig, Wange an Wange; ihre schmale Silhouette hätte die junger Liebender sein können, die sich einander gerade eine Stunde zuvor versprochen hatten. Kurz darauf wurde seine Aufmerksamkeit von ihr abgelenkt. Er rief:

»Jetzt schau dir diese verdammte Stute an!«

»Keine Sorge – die kriegen wir schon – schnell, steig ein!«

Als sie die Stute eingeholt hatten, stieg Killian aus und fing sie ein, Sara fuhr weiter und drehte sich an der nächsten Kurve um, um ihm zuzuwinken. An der übernächsten Kurve jedoch verschwamm die Straße für kurze Zeit vor ihren Augen, und sie hielt noch einmal an, in Gedanken an den grünen Hügel und die Blumen.

»Schlaf nur ruhig, Dorothy«, flüsterte sie. »Ich kümmere mich um ihn.«

Während der ganzen Dinnerparty an diesem Abend dachte sie darüber nach, versuchte sie die Tatsache zu akzeptieren, dass ein Teil von Killian und ein Teil ihrer selbst einander immer fremd bleiben würden. Sie fragte sich, ob das ihr eigenes, spezielles Schicksal war oder ob es allen so erging. Seit ihrer frühesten Kindheit, erinnerte sie sich, hatte sie immer einen Menschen ganz für sich allein gewollt.

Nach dem Kaffee erfüllten sie eine allgemeine Bitte,

schoben die Klavierbank in die Mitte des Zimmers und ließen nur das Licht des Kamins den Raum erleuchten. Sie setzte sich neben Killian, schnitt eine ihrer typischen Grimassen, die mehr nach Lachen als nach Lächeln aussah, die Finger über ihrem Herzen zu einer Pyramide aneinandergepresst, während er peinlich genau seine Gitarre stimmte. Auf sein Nicken hin fingen sie an. Zuerst kam der russische Kauderwelsch-Song – ohne ein Wort der Sprache zu kennen, hatten sie doch Tonfall und Klang so gut erfasst, dass es bald keine Parodie mehr war, sondern etwas Unheimliches, das jedermanns Blick an ihre Gesichter fesselte und jedermanns Ohren auf die moskowitische Verzweiflung einstimmte, die sie voll Inbrunst in das Ende jeder Strophe legten. Danach ließen sie ihre stets beliebte »deutsche Kapelle« folgen, dann die spanische Nummer und dann die Spirituals, und vor jeder neuen Nummer trafen sich für einen Moment ihre Blicke.

»Du bist doch nicht traurig, oder?«, flüsterte er ihr einmal zu.

»Nein, du alter Wüstling«, spöttelte sie munter zurück. »He! He! Schubs eine Marquise, und sie fällt dir sofort in die Arme.«

Niemand wollte Killian und Sara aufhören lassen, niemand konnte genug kriegen, und während sie weitersangen, ihre Gesichter vor Aufregung und Vergnügen gerötet wie Kindergesichter, wuchs in Sara die Überzeugung, dass sie doch miteinander sprachen, dass sie sich Dinge sagten in jeder Note, in jedem Takt, die sie im Einklang vortrugen.

Sie sprachen miteinander so klar wie mit Worten – einander inniger verbunden als jedes andere Paar in diesem

Raum. Und plötzlich war sie für immer versöhnt – das würde immer da sein, so wie sie es von Anfang an besessen hatten: gemeinsame Musik, gemeinsames Lachen, und das war genug – das und die Gewissheit, dass sie gleich, sobald die Gäste gegangen waren, in seinen Armen liegen würde.

Das Bild im Herzen

Der Zug fuhr in die französische Kleinstadt ein wie in einen staubigen Garten. Als beim Bremsen der Boden des Waggons wackelte und bebte, gerieten die reglosen Menschen vor dem Zugfenster auf einmal ebenso in Bewegung wie der Zug und liefen neben ihm her. Und sobald die Gepäckträger auf dem Bahnsteig genauso schnell liefen, wie der Zug fuhr, sah es aus, als gingen die Passagiere in der Landschaft auf.

Sie erwartete ihn; acht Monate waren eine lange Zeit, und im ersten Augenblick waren beide etwas gehemmt. Sie hatte helles Haar, zartes, schimmerndes, bewusst zurückgehaltenes, ganz eigenes Haar, nicht so frisiert, wie blonde Frauen es in jenen Tagen bevorzugten, sondern so, als wäre es dazu bestimmt, irgendwann an irgendeinem Ort für einen einzigen Menschen herabgelassen zu werden. Es hatte nichts Herausforderndes, und ihr Gesicht besaß die unauffälligen Proportionsmakel, die verhinderten, dass sie glatt und auf den ersten Blick hübsch aussah. Doch es war ihr gelungen, mit ihren neunzehn Jahren das Schönheitsideal von zwei oder drei Männern zu verkörpern, denn Tudy war schön für diejenigen, für die sie schön sein wollte.

Sie stiegen in eine der altmodischen Pferdedroschken, die in Südfrankreich ihre letzte Zuflucht gefunden haben, und als das Pferd sich auf dem Kopfsteinpflaster der Straße in Bewegung setzte, wandte der Mann sich an das Mädchen neben ihm und fragte: »Willst du mich noch heiraten?«

»Ja, Tom.«

»Gott sei Dank.«

Sie hakten sich beieinander ein und hielten einander an den Händen. Obwohl die Droschke einen der Abhänge der Altstadt so langsam hinauffuhr, dass die Passanten mit ihnen Schritt halten konnten, fanden sie es nicht nötig, den Kutscher anzutreiben. In dem warmen provenzalischen Sonnenlicht war alles, als müsse es so sein.

»Die Zeit wollte nicht vergehen, bis du kamst«, murmelte Tudy. »So endlos. Der Kurs endet nächste Woche, und dann ist meine Ausbildung beendet.«

»Du hörst nach nur einem Jahr auf.«

»Ja. Aber dieses eine Jahr war mir lieber als irgendein Damenpensionat, erst recht, weil du es mir geschenkt hast.«

»Ich musste dir schließlich mein eigenes Niveau vermitteln«, sagte er obenhin. »Kommst du dir jetzt gebildet vor?«

»Und wie! Du denkst vielleicht, diese französischen Universitäten hätten kein Niveau. Aber –« Plötzlich hielt sie inne: »Tom, da drüben, das bist du – siehst du? Der französische Offizier, der aus dem *magasin de tabac* kommt und über die Straße geht? Er könnte dein Doppelgänger sein.«

Tom sah zu dem verschlafenen Gehsteig, erblickte den Mann und stimmte ihr zu. »Er sieht mir wirklich ähnlich, besser gesagt, er sieht so aus wie ich vor zehn Jahren. Wenn er hier lebt, müssen wir ihn kennenlernen.«

»Das habe ich schon, er ist seit einer Woche auf Urlaub

hier. Er ist ein Marinepilot aus Toulon. Ich wollte ihn kennenlernen, weil er dir so ähnlich sieht.«

Der Mann war dunkelblond und gutaussehend wie Tom, mit einem Funkeln im Blick wie Feuer über den hohen Backenknochen. Tom, der seit Jahren nicht über sein Aussehen nachgedacht hatte, starrte den Marineoffizier an, der winkte, als er Tudy sah, und sagte versonnen: »So sehe ich also aus.«

Sekunden später klapperte die Droschke in die grüne Abgeschiedenheit eines Pappelbaldachins; unter diesem grünen Dach schlief das Hôtel des Thermes so friedlich wie in seinen Tagen als römisches Bad vor zweitausend Jahren.

»Natürlich bleibst du in deiner Pension, bis Mutter kommt«, sagte er.

»Das muss ich, Tom. Ich bin ja noch Studentin. Ist das nicht absurd, wenn man bedenkt, dass ich Witwe bin?«

Die Kutsche war vor der Tür vorgefahren. Der Concierge verbeugte sich.

»Mutter wird in zehn Tagen hier sein, dann heiraten wir, und dann geht es nach Sizilien.«

Sie drückte seine Hand.

»In einer halben Stunde in der Pension Duval«, sagte sie. »Ich werde im Vorgarten warten.«

»Sobald ich mich frisch gemacht habe«, sagte er.

Als die Droschke ohne ihn abfuhr, drückte Tudy sich in eine Ecke. Sie versuchte, einen Gedanken zu unterdrücken, der sich ungebeten immer wieder einstellte:

»Bin ich ein verworfenes Geschöpf? Ich empfinde überhaupt nicht, was ich empfinden sollte. Ach, wäre er doch nur eine Woche früher gekommen!«

Sie hatten einander schon lange vor diesem Rendezvous in Frankreich gekannt. Besser gesagt, Tom hatte ihre Familie gekannt, denn bis zu einem Tag an Rehoboth Beach im vergangenen Jahr war sie für ihn ein kleines Mädchen gewesen. An jenem Tag hatte sich im Hotel herumgesprochen, dass der junge Ehemann eines erst seit einer Woche verheirateten Paares am Morgen unter tragischen Umständen ertrunken war. Tom hatte sich sofort um sie gekümmert; es hatte sich herausgestellt, dass sie mutterseelenallein auf der Welt und völlig mittellos war. Er verliebte sich in sie und in ihre Hilflosigkeit, und nach einigen Monaten konnte er sie dazu überreden, sich von ihm Geld leihen zu lassen, damit sie ein Jahr lang im Ausland studieren und Abstand zu ihrer Vergangenheit gewinnen konnte. Bedingungen waren nicht damit verbunden – kein Wort war gefallen –, doch er wusste, dass sie ihm so weit entgegenkam, wie ihre Trauer erlaubte; ihr Briefwechsel wurde zunehmend vertrauter, und nach einigen Monaten schrieb er ihr seine Bitte, ihn zu heiraten.

Sie antwortete mit einem glühenden Brief – und so war es gekommen, dass er nun hier war. Dass sie ihm an diesem Abend in einem Gartenrestaurant an der Rue de Provence gegenübersaß. Hinter dem Laub enthüllte der schwache Wind ab und zu die elektrische Beleuchtung, die Tudys Kopf einen weißgoldenen Heiligenschein verlieh.

»Oh, du warst so gut zu mir«, sagte sie. »Und ich habe sehr fleißig gelernt und den Aufenthalt hier genossen.«

»Deshalb will ich hier heiraten, weil ich so oft an dich in dieser alten Stadt gedacht habe – mein Herz war acht Monate lang hier.«

»Und ich habe mir vorgestellt, wie du als Junge hier warst, wo es dir so gut gefallen hat, dass du mich hergeschickt hast.«

»Hast du wirklich an mich gedacht, wie es in deinen Briefen steht?«

»Jeden Tag«, antwortete sie schnell. »Jeder Brief sagt die Wahrheit. Manchmal kam ich fast nicht schnell genug nach Hause, um dir zu schreiben.«

Wäre er doch nur eine Woche früher gekommen!

Tom sprach weiter: »Und gefällt dir der Vorschlag, nach Sizilien zu fahren? Ich habe zwei Monate frei. Wenn du lieber woanders –«

»Nein. Sizilien ist in Ordnung – ich meine, Sizilien ist wunderbar.«

Vier Männer, zwei davon Marineoffiziere, waren mit einem Mädchen in das kleine Café gekommen. Ein Gesicht zeigte sich in den hundert kleinen Lichtblitzen und den dunklen Flecken der Blätter, das Gesicht des Lieutenant de Marine Riccard, des Mannes, den Tudy ihm am Nachmittag gezeigt hatte. Die Gruppe ließ sich an einem Tisch gegenüber nieder und wechselte lachend die Plätze.

»Lass uns gehen«, sagte Tudy plötzlich. »Lass uns zur Universität fahren.«

»Aber ist das nicht mein Doppelgänger? Ich bin neugierig darauf, ihn kennenzulernen.«

»Oh, er ist – sehr jung. Er ist nur auf Urlaub hier und reist wahrscheinlich bald ab, glaube ich; er will sich sicher mit seinen Freunden unterhalten. Lass uns gehen.«

Gehorsam winkte er dem Kellner, doch es war zu spät. Riccard hatte sich erhoben, ebenso wie zwei seiner Begleiter.

»–sieur Croirier.«

»–sieur Silvé.«

»–chanté.«

»Erstaunlich, wie ähnlich wir uns sehen«, sagte Tom zu Riccard.

Riccard lächelte höflich.

»Verzeihung? O ja, ich verstehe, ja, ein wenig wenig.« Dann räumte er ziemlich hochmütig ein: »Ich bin der englische Typus, meine Großmutter war Schottin.«

»Sie sprechen sehr gut Englisch.«

»Ich hatte mit Engländern und Amerikanern zu tun.« Immer wieder glitt sein Blick schnell zu Tudy. »Sie sprechen sehr gut Französisch. Ich wünschte, mein Englisch wäre auch so gut. Sagen Sie«, fragte er neugierig, »kennen Sie irgendwelche Zauberkunststücke?«

»Zauberkunststücke?«, fragte Tom überrascht zurück.

»Amerikaner kennen immer Zauberkunststücke, und in dieser Hinsicht bin ich wie ein Amerikaner. Wir haben heute Abend Zauberkunststücke ausprobiert, bevor wir hergekommen sind. Kennen Sie das Kunststück, wenn man die Gabel so führt« – er zeigte es mit einer Armbewegung – »und sie dann im Glas landen lässt?«

»Gesehen habe ich es. Aber ich kann es nicht nachmachen.«

»Ich kann es meistens auch nicht, aber manchmal schon. *Garçon*, bringen Sie eine Gabel. Es gibt auch Kunststücke mit Streichhölzern, sehr interessant. Diese Kunststücke bringen einen zum Nachdenken.«

Plötzlich fiel Tom ein, dass er einen Scherzartikel für einen Neffen gekauft und in seinem Gepäck im Hotel hatte, obwohl solche Dinge nicht seine Art von Zeitvertreib waren. In Riccards Augen wäre es wahrscheinlich die Krönung aller Scherzartikel. Erfreut über diesen Einfall sah er zu, wie die Franzosen ihre bereitwillige Konzentration, ihre Freude an einfachen Dingen, die kompliziert wurden, auf die Gabeln und Streichhölzer und Taschentücher richteten, die nun zum Einsatz kamen. Es machte ihm Vergnügen, ihnen zuzusehen; mit ihnen fühlte er sich jung; er lachte zusammen mit Tudy – es war schön, neben ihr in der weichen, balsamischen provenzalischen Nachtluft zu sitzen und Franzosen dabei zuzusehen, wie sie am Ende eines Tages Unsinn machten …

Er war ein aufmerksamer Mann, aber er war so in seinen Traum von Tudy versunken, dass ihm erst zwei Abende später auffiel, dass etwas nicht stimmte. Sie hatten verschiedene ihrer Freunde von der Universität und Lieutenant Riccard zum Abendessen in dem gleichen Café eingeladen. Tom führte das Zauberkunststück mit dem Mitbringsel aus seinem Gepäck vor, einem uralten Scherzartikel, bestehend aus zwei kleinen Gummibällen, die durch einen dünnen Schlauch verbunden waren.

Einen der Bälle legte Tom unter dem Tischtuch unter Riccards Teller, und wenn er auf der anderen Seite des Tisches den anderen Ball drückte, vollführte der Teller des Franzosen unerklärliche Bewegungen, Hopser und Sprünge, er kippte und drehte sich und betrug sich insgesamt geradezu übernatürlich. Es war nicht gerade das, was Tom sich unter besonders geistreicher Unterhaltung vorstellte, aber Riccard hatte es so gewollt, und als alberner Streich war die Sache bisher ein voller Erfolg.

»Ich weiß wirklich nicht, was heute Abend mit meiner Gabel los ist«, sagte Riccard kummervoll. »Sie Amerikaner werden mich für einen Barbaren halten. Da! Schon wieder! Kann es sein, dass meine Hände zittern?« Besorgt betrachtete er seine Hände. »Nein – aber da, schon wieder – heute fällt mir alles hin. Das ist eines der Dinge im Leben, die nicht zu erklären sind –«

Er zuckte zusammen, als das Messer auf seinem Teller zustimmend leise klirrte.

»*Mon Dieu!*« Wieder versuchte er, die Situation logisch zu ergründen, doch nach wie vor beunruhigt ließ er seinen Teller nicht aus den Augen. »Das kommt davon, dass ich seit zehn Tagen nicht geflogen bin«, befand er zuletzt. »Ich bin so an Luftströmungen und plötzliche Änderungen in der Atmosphäre gewöhnt, dass ihr Ausbleiben mich dazu verleitet, mir einzubilden –«

Es war eine warme Nacht, doch auf seiner jungen Stirn entstanden zusätzliche Schweißtropfen, und dann durchschnitt Tudys Stimme sehr klar und durchdringend die stille Luft.

»Hör auf, Tom. Hör auf!«

Er sah sie an, nicht weniger erstaunt als Riccard. Um nicht zu viel Heiterkeit zu provozieren, hatte er ihren Blick gemieden, doch nun sah er, dass ihre Miene nicht die Spur von Heiterkeit zeigte, sondern nur überwältigendes Mitgefühl.

Wie Riccards Teller drehte Toms Welt sich für einen Augenblick, bevor sie wieder ins Gleichgewicht kam; er erklärte Riccard den Mechanismus und schenkte ihm den Scherzartikel wie zur Entschuldigung. Riccard suchte sich sofort ein ahnungsloses Opfer, um seine Schmach zu tilgen, und verleitete den Restaurantbesitzer zum Mitmachen, doch Tom konnte an nichts anderes denken als an Tudys Gesichtsausdruck, als sie ihn angeschrien hatte. Was bedeutete es, dass sie so viel Mitgefühl für einen anderen aufbrachte? Vielleicht war es ihre angeborene Weichherzigkeit, vielleicht war ihre Mütterlichkeit so ausgeprägt, dass er später einmal froh sein würde, dass sie so für ihre Kinder empfand. Oh, sie war gutherzig, und dennoch nagte es an ihm, wie heftig, wie dringlich sie ihm Einhalt geboten hatte, und auf dem Rückweg fragte er sie in der Droschke:

»Interessierst du dich vielleicht zufällig für diesen Franzosen? Wenn ja, hätte ich Verständnis dafür. Wir waren so lange getrennt, und falls deine Ansichten sich geändert haben –«

Sie nahm sein Gesicht zwischen ihre Hände und sah ihm in die Augen.

»Wie kannst du so etwas sagen?«

»Nun ja, ich dachte mir, dass du vielleicht aus lauter Dankbarkeit –«

»Mit Dankbarkeit hat das nichts zu tun. Du bist der beste Mensch, den ich je kennengelernt habe.«

»Die Frage ist aber, ob ich für dich attraktiv bin.«

»Natürlich bist du das – andere Männer werden unwichtig, wenn du in der Nähe bist. Deshalb lege ich keinen Wert auf ihre Anwesenheit. O Tom, ich wünschte, deine Mutter käme bald, und wir könnten heiraten und abreisen –«

Als er sie in die Arme nahm, schluchzte sie auf, und es durchfuhr ihn wie ein Messer. Doch als die Minuten vergingen und sie im Schatten des Droschkenverdecks in seinen Armen lag, war seine Liebe zu ihr so übermächtig und fühlte er sich ihr so nahe, dass er sich nicht vorstellen konnte, es könne irgendetwas ernstlich nicht stimmen.

Tudy legte ihre Prüfungen ab. »Nicht dass es etwas zu bedeuten hätte, denn ich höre ja auf. Aber dafür hast du mich schließlich hergeschickt. Jetzt bin ich ›gebildet‹. Liebling, sehe ich aus, als wäre ich gebildet?«

Er betrachtete sie anerkennend.

»Vermutlich hast du genug Französisch gelernt, um in Schwierigkeiten zu geraten«, sagte er. »Vielleicht bist du ein bisschen bezaubernder, aber nicht sehr viel – das Potential war schon vorher fast ausgeschöpft.«

»Oh, aber ich habe nicht nur Französisch gelernt. Auch Siamesisch zum Beispiel. In einem Lektürekurs saß ich die ganze Zeit neben dem niedlichsten kleinen Siamesen, den man sich vorstellen kann, und er hat sich die größte Mühe gegeben, mit mir Schritt zu halten. Ich habe gelernt, auf Siamesisch zu sagen: ›Nein, ich werde heute Nacht nicht aus dem Fenster des Pensionats klettern.‹ Willst du es hören?«

Es war ein wunderschöner Morgen; er hatte sie um acht Uhr abgeholt und begleitete sie zur Universität. Arm in Arm schlenderten sie dahin.

»Was wirst du tun, während ich meine Prüfungen ablege?«, fragte sie.

»Ich hole den Wagen ab –«

»Unseren Wagen – ich kann es kaum erwarten, ihn zu sehen.«

»Es ist ein komisches kleines Gefährt, aber es wird uns durch ganz Italien bringen –«

»Und was tust du in der übrigen Zeit, wenn du den Wagen abgeholt hast?«

»Na ja, ich werde eine Probefahrt machen, und gegen Mittag halte ich wahrscheinlich vor dem Café und trinke ein Bier, und vielleicht läuft mir Riccard oder einer deiner französischen Freunde über den Weg –«

»Worüber sprichst du mit Riccard?«, fragte sie.

»Ach, wir machen Zauberkunststücke. Wir sprechen nicht miteinander, jedenfalls nicht im Wortsinn.«

Sie zögerte. »Ich kann nicht verstehen, warum du dich für Riccard interessierst«, sagte sie schließlich.

»Er ist sehr nett, sehr ungestüm und hitzig –«

»Ich weiß«, sagte sie überraschend. »Er hat mir einmal erzählt, er würde sein Offizierspatent zurückgeben, wenn ich bereit wäre, mit ihm nach China zu fliegen und dort zu kämpfen.«

Als sie das sagte, stießen sie auf die anderen Studenten, die in die Universitätsgebäude strömten. Tudy schloss sich ihnen an, als hätte sie nichts weiter gesagt.

»Adieu, Liebling. Um eins warte ich hier an der Ecke.«

Nachdenklich ging er zu der Garage. Sie hatte ihm eine Menge Dinge verraten. Er wollte nicht mit ihr nach China fliegen; er wollte ruhige Flitterwochen in Sizilien mit ihr verbringen. Was er ihr anbot, war Sicherheit, nicht Abenteuer.

›Nun ja, es ist albern, auf diesen Mann eifersüchtig zu sein‹, dachte er. ›Ich werde offenbar vor der Zeit alt.‹

Und deshalb veranstaltete er in der Woche bis zur Ankunft seiner Mutter Picknicks und Schwimmen und Ausflüge nach Arles und Nîmes, zu denen er Tudys Studienfreunde einlud, und sie tanzten und sangen und waren sehr fröhlich in den kleinen Gartenrestaurants und *bistros* in diesem Teil der Provence, und alle waren so friedlicher, fauler und verschwenderischer Sommerstimmung, dass es Tom, der nur den einen Wunsch hatte, mit Tudy allein zu sein, fast gelang, sich einzureden, er amüsiere sich prächtig …

… bis zu dem Abend, als er auf den Treppenstufen vor Tudys Pension den Mund aufmachte und sagte, dass es sich nicht so verhielt.

»Vielleicht überlegst du es dir besser noch einmal«, sagte er.

»Was soll ich mir überlegen, Tom?«

»Ob du mich genug liebst, um mich zu heiraten.«

Fassungslos rief sie: »Aber Tom, natürlich tu ich das!«

»Da bin ich mir nicht so sicher. Ich will, dass du dich amüsierst, aber ich gehöre nicht zu den Ehemännern, denen es nichts ausmacht, als Hintergrund zu fungieren.«

»Aber du bist doch kein Hintergrund! Ich will es dir nur recht machen, Tom; ich dachte, du wolltest dich mit jungen Leuten umgeben und ganz provenzalisch leben, ›die Carmagnole tanzen‹ und dergleichen.«

»Es sieht aber so aus, als wäre es Riccard, der sie mit dir tanzt. Und dass du ihn heute Abend geküsst hast, war nicht nötig.«

»Du warst selbst dabei. Es war nichts Heimliches. Es war vor einer Menge Leute.«

»Es passt mir trotzdem nicht.«

»O Tom, es tut mir so leid, ich wollte dich nicht kränken. Es war nur Getändel. Manchmal ist so etwas mit einem Mann schlecht zu vermeiden, wenn man sich nicht töricht vorkommen will. Schuld war die Provence und die zauberhafte Nacht, und in wenigen Tagen werde ich ihn sowieso nie wiedersehen.«

Tom schüttelte ernst den Kopf.

»Nein, ich habe es mir anders überlegt. Ich glaube, wir werden ihn gar nicht wiedersehen.«

»Wie?« Klang in ihrer Stimme Erschrecken oder Erleichterung mit? »Ja, dann, Tom – gut. Du weißt es am besten.«

»Du bist einverstanden?«

»Ja, du hast völlig recht«, wiederholte sie nach einem Augenblick. »Aber ich finde, wir können ihn noch einmal sehen, bevor er abreist.«

»Ich werde ihn morgen sehen«, sagte er beinahe schroff. »Du bist kein Kind mehr, und er ist es auch nicht. Du bist schließlich keine Debütantin, die einem liebeskranken Galan den Laufpass gibt.«

»Warum können wir dann nicht wegfahren, bis er weg ist?«

»Das wäre weglaufen – ein schöner Anfang für unsere Ehe.«

»Na gut, tu, was du willst«, sagte sie, und im Sternenlicht sah er, wie angespannt ihre Miene war. »Du weißt, dass ich dich heiraten will, mehr als alles andere auf der Welt.«

Am nächsten Tag begegnete er Riccard auf der Rue de Provence; in wortloser Übereinkunft setzten sie sich an den nächstbesten Cafétisch.

»Ich muss mit Ihnen sprechen«, sagte Riccard.

»Ich wollte auch mit Ihnen sprechen«, sagte Tom.

Riccard klopfte sich auf die Brusttasche.

»Ich habe hier einen Brief von Tudy, der mir heute Morgen überbracht wurde.«

»Ja?«

»Sie müssen wissen, dass ich Sie, Tom, auch sehr gern mag und dass die ganze Sache mich sehr traurig macht.«

»Und?«, fragte Tom ungehalten. »Wenn Tudy Ihnen geschrieben hat, dass sie Sie liebt –«

Riccard klopfte wieder auf seine Brusttasche.

»Geschrieben hat sie das nicht. Ich kann Ihnen den Brief zeigen –«

»Ich will ihn nicht sehen.«

Allmählich waren beide gereizt.

»Sie bringen Tudy durcheinander«, sagte Tom. »Lassen Sie sie gefälligst in Ruhe.«

Riccards Antwort war demütig, aber seine Augen waren stolz.

»Ich habe kein Geld«, sagte er.

Und Tom empfand auf einmal Mitleid mit ihm. »Ein Mädchen muss sich entscheiden«, sagte er freundlich. »Sie sind jetzt im Weg.«

»Das weiß ich sehr gut. Ich sollte vielleicht meinen Urlaub abbrechen. Ich werde mir ein Flugzeug leihen und zurückfliegen, und wenn ich abstürze, umso besser.«

»Das ist Unsinn.«

Sie schüttelten einander die Hand, und Tom erwiderte die förmliche kleine Verbeugung seines Gegenübers, knapp wie ein militärischer Gruß …

Eine Stunde später holte er Tudy vor ihrer Pension ab. Sie sah bezaubernd aus in ihrem tintenblauen Musselinkleid, über dem ihr Haar wie der Heiligenschein eines Silberengels leuchtete. Als sie losfuhren, sagte er: »Ich komme mir vor wie ein Unhold. Aber zwei Männer kann man nicht haben, oder? So als wäre man ein junges Mädchen auf einem Ball?«

»Oh, ich weiß – bitte rede nicht mehr davon, Liebling. Es ging alles von ihm aus. Ich habe nichts getan, was du nicht wissen dürftest.«

Riccard hatte mehr oder weniger das Gleiche gesagt. Was Tom Sorgen machte, war das Ebenbild in ihrem Herzen.

Sie fuhren in südliche Richtung, vorbei an Klippen, auf denen einst römische Wachen postiert gewesen sein mochten oder hinter denen sich Barbaren versteckt hatten, die darauf warteten, Felsbrocken auf römische Legionen zu werfen, wenn sie durch einen Engpass marschierten.

Tom fragte sich immer wieder: »Wer von uns beiden ist der Römer und wer der Barbar, Riccard oder ich?«

Oberhalb einer Klippe kam ein summender Punkt in Sicht, eine dunkle Biene, ein Falke – ein Flugzeug. Sie sahen müßig hinauf, und dann dachten beide das Gleiche und fragten sich, ob es Riccard auf dem Rückflug zu seinem Marinestützpunkt in Toulon war.

»Vermutlich ist er es.« Ihre Stimme klang kalt und unbeteiligt.

»Für mich sieht es wie eine altmodische Eindeckermaschine aus.«

»Oh, ich nehme an, dass er alle Typen fliegen kann. Er war für irgendeinen Flug nach Brasilien vorgesehen, der dann gestrichen wurde. Es stand in der Zeitung, bevor du kamst –«

Sie hielt inne, weil das Geschehen am Himmel sich unversehens verändert hatte. Nachdem es über sie hinweggeflogen war, hatte das Flugzeug gewendet, und nun beschrieb es eine langsame Spirale, deren Mittelpunkt die Straße einige hundert Meter vor ihnen zu bilden schien.

»Was hat er vor?«, rief Tom. »Will er Blumen über uns abwerfen?«

Tudy sagte nichts. Innerhalb weniger als einer Minute näherten sich Wagen und Flugzeug derselben Stelle. Tom hielt an.

»Falls das eines seiner Kunststücke ist, steigen wir besser aus.«

»Oh, er würde niemals –«

»Aber sieh doch!«

Das Flugzeug hatte seinen Senkflug beendet, sich wieder waagerecht ausgerichtet und kam ihnen nun direkt entgegen. Tom packte Tudy an der Hand und wollte sie aus dem Wagen zerren, doch er hatte sich verschätzt, und das Flugzeug raste bereits unter ohrenbetäubendem Dröhnen auf sie zu – und war im nächsten Augenblick über sie hinweg- und davongeflogen.

»Schwachkopf!«, rief Tom.

»Er ist ein großartiger Pilot.« Ihre Miene war ruhig und unbewegt. »Es hätte ihn das Leben kosten können.«

Tom stieg wieder ein und sah sie einen Augenblick lang an. Dann wendete er und fuhr in die Richtung zurück, aus der sie gekommen waren.

Lange fuhren sie schweigend. Zuletzt fragte sie:

»Was willst du jetzt tun? Mich nach Amerika zurückschicken?«

Die Schlichtheit ihrer Frage verwirrte ihn; es war ausgeschlossen, sie für einen Zwischenfall zu bestrafen, den sie nicht verschuldet hatte, doch genau das war seine Absicht gewesen, als er gewendet hatte.

»Was willst *du* jetzt tun?«, fragte er, um Zeit zu gewinnen.

Ihr Gesicht trug den Ausdruck schicksalsergebener Hilflosigkeit, den er damals vor zehn Monaten gesehen hatte, als er ihr eröffnen musste, dass ihr Ehemann nichts hinterlassen hatte. Und der Wunsch, sie zu lieben und zu beschützen, der ihn damals überwältigt hatte, überwältigte ihn auch nun wieder. Im selben Augenblick begriff er, dass die Tragödie ihrer Ehe, die so schnell über sie hereingebrochen war, dass sie es kaum fassen konnte, ihr nicht zur Reife verholfen hatte. Und indem er sie vor den Folgen beschützt hatte, hatte er ihre Unreife unterstützt.

»Du bist eigentlich noch ein Kind«, sagte er laut. »Ich vermute, es ist meine Schuld.«

Falls ja, dann war er noch immer für sie verantwortlich, und tief in seinem Herzen wusste er, dass er dies auch sein wollte, unabhängig von ihrem unpassenden Kokettieren, das die dürftigen Ausreden mehr schlecht als recht kaschierten. Im Gegenteil griff er es dankbar auf als Grund, sie nicht zu verstoßen.

»Du wirst eine kleine Reise machen«, sagte er, als sie sich der Stadt näherten. »Aber nicht nach Amerika. Ich möchte, dass du für einige Tage nach Paris fährst, um einzukaufen. Ich fahre unterdessen nach Marseille und hole Mutter ab.«

Bei diesem Vorschlag lebte Tudy sichtlich auf.

»Dann kann ich mein Kleid für den Studienabschluss und meine Aussteuer gleichzeitig besorgen.«

»In Ordnung, aber ich möchte, dass du noch heute Nachmittag abreist. Pack also gleich deine Siebensachen.«

Eine Stunde später standen sie im Bahnhof.

»Die Prüfung morgen werde ich verpassen«, sagte sie.

»Dafür gebe ich dir die Chance, wieder auf den Boden der Tatsachen zu kommen.«

Er verabscheute die Worte, während er sie sagte: Wieder auf den Boden der Tatsachen zu kommen – welcher Frau sollte so eine Aussicht verlockend erscheinen?

»Auf Wiedersehen, mein liebster, geliebter Tom.«

Als der Zug anfuhr, lief er einen Augenblick lang nebenher und warf ihr ein Päckchen ins Waggonfenster, das zwei bunte Taschentücher enthielt, die ihr auf einem Bazar gefallen hatten.

»Danke – oh, danke!«

Es war ein langer Bahnsteig, und als er am Ende des Bahnsteigs ins Sonnenlicht kam, blieb er stehen. Sein Herz fuhr mit dem Zug davon, und er spürte das Reißen, als der Schatten des letzten Waggons sich vom Bahnhofsdach löste.

Sie schrieb ihm sofort aus Paris.

Tom, Du fehlst mir so. Und die Provence fehlt mir auch. (Danach war viel radiert worden.) *Mir fehlt alles, was ich in diesem Jahr so liebgewonnen habe. Aber der einzige Mensch, der mir fehlt, bist Du!*

Auf den Straßen sind keine Amerikaner zu sehen – vielleicht gehören wir längst nach Hause zurück und haben es immer getan. Die Franzosen führen ein Leben, das sie vor uns verbergen. Sie planen ihr Leben ganz anders als

wir. Wir Amerikaner leben so sonderbar, dass wir nie etwas vorhersehen können. Wie die Wirbelstürme in Florida und die Tornados und die Überschwemmungen. Uns passiert alles unversehens, und wir wissen nicht, wie uns geschieht.
Aber ich denke mir, dass uns das gefällt, denn sonst wären unsere Ahnen nicht nach Amerika gekommen. Wirst Du daraus schlau? Jemand ist an der Tür mit einer Sendung. Später mehr.

Später:

Liebling, es war mein Brautkleid, und ich habe ein ganz kleines bisschen darauf geweint, an einer Stelle, die ich auswaschen kann. Und es hat mich an mein anderes Brautkleid erinnert, Liebling, und daran, wie gut Du zu mir warst und wie sehr ich Dich liebe.
Es ist blau – oh, von allerzartestem Blau. Allmählich fürchte ich, dass ich die Tränen nicht herausgewaschen bekomme.

Später:

Es hat geklappt – und jetzt hängt es im Kleiderschrank bei offener Tür und ist so bezaubernd. Es ist acht Uhr – l'heure bleue, *wie Du weißt, wenn alles sich wirklich blau ausnimmt –, und ich werde die Avenue de l'Opéra entlang bis zur Oper und dann wieder zurück zu meinem Hotel gehen.*
Bevor ich mich schlafen lege, werde ich an Dich denken

und Dir für das Kleid danken und für das herrliche Jahr und das neue Leben, das Du mir schenkst.

Deine Dir ergebene und Dich liebende

TUDY

PS: Ich denke noch immer, ich hätte bleiben sollen und Dich begleiten, um Deine Mutter in Marseille zu begrüßen. Sie –

Tom brach die Lektüre ab und kehrte zur Unterschrift zurück. »Deine Dir ergebene und Dich liebende«. Was davon war sie? Er las den Brief nochmals und verharrte bei jeder radierten Stelle, denn das Radieren steht oft für ein Ausweichen, eine Überlegung im Nachhinein. Und ein Liebesbrief sollte wie ein frischer Quell aus dem Herzen fließen, ohne Blätter auf der Oberfläche.

Am nächsten Morgen ein zweiter Brief:

Ich bin so froh über Dein Telegramm – mein Brief wird Dich erreichen, kurz bevor Du nach Marseille aufbrichst. Richte Deiner Mutter meine allerherzlichsten Grüße aus und wie leid es mir tut, sie nicht abholen zu können, und wie schön ich es fände, sie in der Provence willkommen zu heißen.

(Es folgten zwei durchgestrichene und neu geschriebene Zeilen.) *Übermorgen komme ich zurück. Wie komisch, so einzukaufen, wenn man noch nie so viel Geld zum Ausgeben zur Verfügung hatte – 225 Dollar, wie ich ausgerechnet habe, nachdem ich die Hotelrechnung gesehen hatte und sogar noch genug Bargeld übrig behalten hatte, um nicht völlig abgebrannt zurückzukommen.*

Ich hoffe, Du hast nichts dagegen, dass ich zwei Geschenke gekauft habe, eines für Deine Mutter und eines für jemand anderen, nämlich für Dich. Und denke bitte nicht, ich hätte geknausert und würde keine hübsche Braut für Dich abgeben! Um das noch vor dem Hochzeitstag herauszufinden, habe ich ein halbes Dutzend Mal alles angezogen und mich im Spiegel studiert.
Ich bin froh, wenn alles vorbei ist. Du nicht auch, Liebling? Ich will sagen, ich bin froh, wenn es endlich beginnt – Du nicht auch, Liebling?

Unterdessen war Tom am Morgen nach ihrer Abreise auf der Straße Riccard begegnet. Er hatte ihm kühl zugenickt, noch immer verärgert über das Flugzeugmanöver, doch Riccard wirkte so frei von jedem Schuldbewusstsein und schien den Vorfall so harmlos zu finden wie den Gummiball unter seinem Teller, dass Tom nichts weiter dazu sagte und sich eine Weile mit ihm im unruhigen Schatten der Pappeln unterhielt.

»Sie sind also doch nicht abgereist«, sagte er.

»Oh, ich werde schon abreisen, aber erst morgen. Und wie geht es Madame – ich meine Tudy?«

»Sie ist nach Paris gefahren, um Einkäufe zu machen.«

Beim Anblick von Riccards enttäuschter Miene verspürte er boshafte Genugtuung.

»Wo hält sie sich dort auf? Ich würde ihr gerne ein Abschiedstelegramm schicken.«

Nein, das willst du nicht, dachte Tom. Laut log er: »Ich weiß es nicht genau – das ursprünglich vorgesehene Hotel war ausgebucht.«

»Wann kommt sie zurück?«

»Übermorgen, am frühen Morgen. Ich werde sie in Avignon mit dem Wagen abholen.«

»Ah, ja.« Riccard zögerte für einen Augenblick. »Ich hoffe, Sie werden sehr glücklich sein«, sagte er.

Seine Miene war traurig und strahlend zugleich; er war ein ritterlicher und bezaubernder junger Mann, und Tom bedauerte für einen Augenblick, dass sie einander nicht unter anderen Umständen begegnet waren.

Doch als er am Tag darauf nach Marseille fuhr, kam ihm ein völlig anderer Gedanke. Angenommen, Riccard führe nach Paris, statt sich an diesem Tag zum Stützpunkt in Toulon zu begeben. Die Anzahl guter Hotels war begrenzt, und wenn er einen halben Tag lang suchte, konnte er Tudys Hotel herausfinden. Und wer wollte wissen, was in den unvermeidlichen Gefühlswallungen eines »letzten Wiedersehens« alles geschehen konnte.

Die Besorgnis wurde so übermächtig, dass Tom den Marineluftwaffenstützpunkt in Toulon anrief, sobald er in Marseille angekommen war.

»Ich möchte Lieutenant Riccard sprechen«, sagte er.

»Ich verstehe Sie nicht.«

»Lieutenant Riccard.«

»Dort spricht doch nicht etwa Lieutenant Riccard?«

»Nein. Ich möchte Lieutenant Riccard *sprechen*.«

»Ah.«

»Ist er da?«

»Riccard – warten Sie, ich muss erst im Parolebuch nachsehen ... Ja ... er ist hier – jedenfalls war er hier.«

Tom krampfte sich das Herz zusammen.

»Er ist hier«, sagte die Stimme. »Er ist in der Messe. Eine Sekunde.«

Tom legte den Hörer ganz vorsichtig in die Gabel. Zuerst empfand er instinktiv Erleichterung – Riccard konnte nicht mehr rechtzeitig nach Paris gelangen; dann schämte er sich seines Argwohns. Als er am nächsten Morgen durch den Hafen schlenderte, in dem sich so viele gewichtigere Dinge ereignet hatten, dachte er wieder nicht ganz ohne Eifersucht an Tudy. Er wusste selbstverständlich, dass Liebe einfacher und freundlicher sein sollte; doch jeder liebt aus etwas Innerem heraus, das sich nicht verändern lässt, und wenn er besitzergreifend und eifersüchtig liebte, dann konnte er daran nichts ändern.

Bevor er seine Mutter von dem Dampfer abholte, telegraphierte er Tudy in Paris und bat sie um Antwort, geleitet von einem letzten Hintergedanken, dass sie verschwunden sein könnte. Als er seine Mutter zum Lunch in das Hotel brachte, fragte er den Concierge:

»Haben Sie ein Telegramm für mich?«

Es war da. Seine Hände zitterten, als er es öffnete.

WO SOLLTE ICH SONST SEIN STOP FAHRE HEUTE UM SECHS UHR ABENDS AB UND KOMME IN AVIGNON UM FÜNF UHR MORGENS AN
TUDY

Als er nachmittags mit seiner Mutter durch die Provence fuhr, sagte er:

»Es ist bewundernswert, dass du noch mit achtundsiebzig Jahren auf eigene Faust die Welt erkundest.«

»Vielleicht, ja«, sagte sie. »Aber dein Vater und ich wollten Japan und China bereisen – was dann nicht sein sollte, und manchmal würde ich gerne stellvertretend für ihn hinfahren, als könnte er es miterleben.«

»Ihr habt euch geliebt, nicht wahr?«

Sie sah ihn an, als wäre seine Frage eine jugendliche Unverschämtheit.

»Selbstverständlich.« Dann sagte sie plötzlich: »Tom, macht dich irgendetwas unglücklich?«

»Aber nein. Sieh nur, was wir gerade überqueren, Mutter – du siehst ja gar nicht hin.«

»Es ist ein Fluss, vermutlich die Rhône, nicht wahr?«

»Ja, das ist die Rhône. Und sobald ich dich im Hôtel des Thermes untergebracht habe, fahre ich diesen Fluss entlang bis nach Avignon und hole dort mein Mädchen ab.«

Doch als er am nächsten Tag um vier Uhr morgens das große Stadttor von Avignon passierte, konnte er die unbestimmte Furcht nicht abschütteln, keine Tudy vorzufinden. Der dünne Singsang des Motors, die bedrohlich abweisenden Häuserfronten der dunklen Dörfer, der graue Tagesanbruch am Himmel waren ihm wie eine Vorwarnung erschienen. Er trank ein Glas Bier im Bahnhofsbuffet, in dem mehrere italienische Auswandererfamilien ihren mitgebrachten Proviant aßen. Dann ging er auf den Bahnsteig und winkte einen Gepäckträger her.

»Ich erwarte eine Dame mit viel Gepäck.«

Schließlich kam der Zug aus der blauen Morgendämmerung. Tom stand in der Mitte des Bahnsteigs und versuchte, hinter einem Fenster oder einer Tür ein Gesicht auszumachen, aber kein Gesicht war zu sehen, als der Zug langsam zum Stillstand kam. Tom ging an den Schlafwagenabteilen entlang, doch nur ein ungeduldiger Schaffner lud Kleingepäck aus. Tom trat hinzu, um nachzusehen, ob es vielleicht ihr Gepäck war, neue Koffer, die er noch nicht kannte, doch plötzlich setzte der Zug sich in Bewegung. Wieder sah Tom den Bahnsteig in beide Richtungen entlang.

»Tom!«

Sie war da.

»Tudy – da bist du ja.«

»Hast du mich nicht erwartet?«

Im schwachen Morgenlicht sah sie blass und erschöpft aus. Am liebsten hätte er sie hochgehoben und zu seinem Wagen getragen.

»Ich wusste nicht, dass es einen zweiten *wagon-lit* gab«, sagte er aufgeregt. »Gott sei Dank.«

»Liebling, ich bin so froh, dich zu sehen. Das ist alles meine Aussteuer, von der ich dir erzählt habe. Seien Sie vorsichtig, Dienstmann, die Henkel halten wahrscheinlich nicht.«

»Stellen Sie das Gepäck in den Wagen«, sagte Tom zu dem Gepäckträger. »Wir trinken im Buffet Kaffee.«

»*Bien*, Monsieur.«

In dem Buffet holte Tudy mehrere kleine Päckchen aus ihrer Handtasche.

»Das ist für deine Mutter. Ich habe einen ganzen Vormittag lang danach gesucht, aber ich will es dir auf keinen Fall vorher zeigen.«

Sie förderte ein weiteres Päckchen zutage.

»Das ist für dich, aber ich mache es noch nicht auf. Oh, ich wollte soo sparsam sein, aber ich habe zwei Geschenke für dich gekauft. Ich habe keine zehn Franc übrig behalten. Ein Glück, dass du mich abgeholt hast.«

»Liebling, du redest so viel, dass du nicht zum Essen kommst.«

»Das habe ich ganz vergessen.«

»Jetzt iss – und trink deinen Kaffee. Du musst dich nicht beeilen, es ist erst halb fünf Uhr morgens.«

Sie fuhren zurück und in einen Tag hinein, der bereits lachte; auf den Feldern waren Bauern, die ihnen nachblickten, als sie vorbeifuhren, sich auf ein Knie stützten und über die Spitzen der jungen Reben hersahen.

»Was tun wir als Nächstes?«, sagte sie. »Ach ja, jetzt heiraten wir.«

»Das tun wir allerdings, und zwar morgen Vormittag. Wenn man in Frankreich heiratet, weiß man, dass man verheiratet ist. Den ganzen ersten Tag nach deiner Abreise habe ich damit zugebracht, Papiere zu unterschreiben. Einmal musste ich deine Unterschrift fälschen, aber ich habe dem Beamten zehn Franc gegeben –«

»O Tom«, unterbrach sie ihn leise. »Sei eine Minute lang still. Der Morgen ist so schön, ich will einfach schauen.«

»Aber sicher, Liebling.« Er sah sie an. »Ist etwas?«

»Nein. Ich bin nur durcheinander.« Sie glättete ihr Gesicht mit den Händen, als teilte sie es in der Mitte. »Mir ist, als hätte ich etwas vergessen, aber ich weiß nicht, was es war.«

»Hochzeiten bringen einen immer durcheinander«, sagte er beruhigend. »Ich müsste eigentlich den Ring vergessen oder dergleichen, wie es die Tradition verlangt. Stell dir das mal vor: Der Bräutigam darf nicht vergessen, den Ring zu vergessen.«

Sie lachte und wirkte unbeschwerter, doch wenn Tom sie im Verlauf des Tages zwischen Packen und Hochzeitsvorbereitungen hin und wieder sah, fiel ihm auf, dass sie noch immer verwirrt und unschlüssig wirkte. Als er sie jedoch um neun Uhr am nächsten Morgen in ihrer Pension abholte, erschien sie ihm so wunderschön mit ihrem weißgoldenen Haar, das über dem zarten blauen Kleid schimmerte, dass er nichts anderes denken konnte, als wie sehr er sie liebte.

»Zerdrück nicht meinen Brautstrauß«, sagte sie. »Bist du wirklich sicher, dass du mich willst?«

»Hundertprozentig sicher.«

»Obwohl – obwohl ich ziemlich töricht war?«

»Aber ja.«

»Obwohl –«

Er küsste sanft ihre Lippen.

»Das genügt«, sagte er. »Ich weiß, dass du ein bisschen in Riccard verliebt warst, aber das ist jetzt alles vorbei, und wir werden nie wieder davon sprechen – einverstanden?«

Für einen Augenblick schien sie zu zögern. »Ja, Tom.«

Und so wurden sie getraut. Es war sehr seltsam, in Frankreich getraut zu werden. Danach luden sie ein paar Freunde zu einem kleinen Frühstück im Hotel ein, und nach dem Frühstück ging Tudy, die am Vortag von der Pension in das Hotel umgezogen war, hinauf, um sich umzuziehen und fertigzupacken, während Tom zu seiner Mutter ging und eine Zeitlang bei ihr saß. Sie begleitete sie nicht, sondern würde sich einige Tage ausruhen und dann nach Marseille zurückfahren, um dort ein Schiff zu nehmen.

»Ich mache mir Sorgen, dass du allein reist«, sagte er.

»Ich finde mich schon zurecht, Junge. Kümmere du dich um Tudy – vergiss nicht, dass du ihr acht Monate lang freie Hand gelassen hast und dass sie möglicherweise etwas Strenge braucht. Du bist zwölf Jahre älter als sie und müsstest um den gleichen Faktor vernünftiger sein –« Sie verstummte und sagte dann: »Aber jede Ehe funktioniert auf ihre eigene Art.«

Tom verließ das Zimmer seiner Mutter und ging zur Rezeption, um zu zahlen.

»Jemand wünscht Monsieur zu sprechen«, sagte der Portier.

Es war ein französischer Eisenbahnschaffner mit einem Päckchen.

»*Bonjour*, Monsieur«, sagte er höflich. »Haben Sie die junge Dame geheiratet, die gestern mit dem P. L. M. gereist ist?«

»Ja.«

»Ich wollte Madame an diesem Morgen nicht stören, aber sie hat etwas im Zug liegenlassen. Einen Umhang.«

»O ja«, sagte Tom. »Den hat sie heute Morgen gesucht.«

»Ich habe frei und dachte deshalb, ich bringe es persönlich vorbei.«

»Sehr aufmerksam von Ihnen. Hier haben Sie fünfzig – nein, hundert Franc.«

Der Schaffner staunte über Toms Trinkgeld und seufzte.

»Das kann ich nicht annehmen. Das ist zu großzügig.«

»Unsinn! Ich habe gerade geheiratet.«

Er drückte dem Mann das Geld in die Hand.

»Sie sind sehr liebenswürdig, Monsieur. *Au revoir*, Monsieur. Aber halt –« Er suchte in seiner Tasche. »Ihre Großzügigkeit hat mich so überwältigt, dass ich das hier fast vergessen hätte. Noch ein Gegenstand, den ich gefunden habe und der vielleicht Madame oder ihrem Bruder gehört, der in Lyon ausgestiegen ist. Ich weiß nicht, worum es sich dabei handelt. Noch einmal *au revoir*, Monsieur, und vielen Dank. Einen amerikanischen Gentleman weiß ich zu schätzen –«

Er winkte zum Abschied und ging die Treppenstufen hinunter.

Tom hielt etwas in der Hand, was aus zwei Gummibällen bestand, die durch einen langen Schlauch verbunden waren. Wenn man den einen Ball drückte, gelangte die Luft aus ihm durch den Schlauch in den anderen Ball.

Als er in Tudys Zimmer kam, starrte sie aus dem Fenster in Richtung der Universität.

»Ich werfe einen letzten Blick auf meine Bildungsanstalt«, sagte sie. »Was ist los?«

Er dachte schneller als je zuvor in seinem Leben.

»Hier ist dein Umhang«, sagte er. »Der Zugschaffner hat ihn gebracht.«

»Oh, gut! Er ist zwar alt, aber –«

»Und das hier –« Er zeigte ihr, was er in der Hand hielt. »Das hat dein Bruder offenbar im Zug liegenlassen.«

Ihre Mundwinkel sanken herab, und ihre Augen zwangen ihre junge Stirn in zahllose unvertraute Falten. Innerhalb von Sekunden drückte ihr Gesicht alle Seelenqual der Welt aus.

»Gut«, sagte sie nach einem Augenblick. »Ich weiß, dass ich es dir hätte sagen sollen. Heute Morgen habe ich es versucht. Riccard ist nach Paris geflogen und hat mich am Bahnhof abgepasst und herbegleitet. Ich wusste nicht, was er vorhatte.«

»Aber sicherlich warst du angenehm überrascht«, sagte Tom sarkastisch.

»Nein, das war ich nicht, ich war wütend. Ich hatte keine Ahnung, woher er wusste, dass ich mit diesem Zug fahren würde. Das war alles, Tom – er ist bis Lyon mitgefahren. Ich wollte es dir sagen, aber du warst heute Morgen so glücklich, dass ich es nicht über mich gebracht habe.«

Ihre Blicke begegneten einander, und ihr Blick schweifte ab und hinaus zu den großen Pappeln, die sich leise wiegten.

»Ich weiß, dass du mir nicht glauben wirst, dass es so war«, sagte sie tonlos. »Ich nehme an, dass wir die Ehe annullieren lassen können.«

Das Sonnenlicht fiel auf die rechtwinkligen Ecken ihres Gepäcks, das reisefertig dastand.

»Ich stieg gerade ein, als ich ihn sah«, sagte sie. »Ich konnte nichts tun. Oh, es ist so entsetzlich – und wenn er nicht dieses abscheuliche Spielzeug liegengelassen hätte, hättest du es nie erfahren.«

Tom ging eine Minute lang auf und ab.

»Ich weiß, dass du mit mir fertig bist«, sagte Tudy. »So oder so würdest du mir mein ganzes Leben lang Vorwürfe machen. Wir machen besser Schluss. Wir können es beenden.«

Wir können auch sterben, dachte er. Nichts hatte er sich je sehnlicher gewünscht, als er sich nun wünschte, ihr glauben zu können. Aber er musste sich entscheiden – nicht was die Wahrheit war, denn das würde er nie mit Gewissheit sagen können, sondern ob er die Sache sofort und für alle Zeiten aus seinen Gedanken verbannen konnte oder ob sie ihre Ehe wie ein Gespenst heimsuchen würde. Und er fasste seinen Entschluss:

»Nein, wir machen nicht Schluss. Wir wollen es versuchen. Und es wird nie ein Wort des Vorwurfs geben.«

Ihre Miene erhellte sich; sie stand auf und kam auf ihn zu, und er hielt sie für einen Augenblick an sich gedrückt.

»Wir fahren jetzt gleich«, sagte er.

Eine Stunde später verließen sie das Hotel, beide kurzzeitig aufgeheitert durch die Erregung, eine Reise zu beginnen, mit dem kleinen Wagen, der vor Gepäck überquoll, und mit neuen Horizonten, die sich vor ihnen eröffneten. Doch als sie nachmittags durch die Provence kurvten, waren sie eine Zeitlang schweigend in ihre jeweiligen Gedanken versunken. Er dachte daran, dass er es nie erfahren würde – und was sie dachte, muss unergründet bleiben, unergründbar vielleicht in dem dunklen Bereich am Grunde des Herzens jeder Frau.

Gegen Abend erreichten sie die Küste und fuhren nach Osten an der lichterfunkelnden Riviera entlang, und sie tauchten aus ihren Gedanken auf und waren fröhlich miteinander. Als die Sterne sich hell im Wasser spiegelten, sagte er:

»Wir werden unsere Liebe aufbauen und nicht niederreißen.«

»Ich muss sie nicht aufbauen«, sagte sie aufrichtig. »Sie ist schon oben im Himmel.«

Um Mitternacht gelangten sie ans Ende Frankreichs und sahen einander voll unendlicher Hoffnung an, als sie die Brücke nach Italien überquerten, hinüber in die neue süße warme Dunkelheit.

Einfach süß

I

Bryan wusste nicht genau, warum Mrs. Hannaman gekommen war. Er nahm an, dass es damit zu tun hatte, dass er ein Witwer war, auf den man irgendwie aufpassen musste. Er war früh aus dem Büro nach Hause gekommen, um sich über bestimmte Aspekte seiner Tochter Aufklärung zu verschaffen.

»Sie hat so wunderbare Umgangsformen«, sagte Mrs. Hannaman gerade. »Altmodische Umgangsformen.«

»Danke«, sagte er. »Wir haben Gwen europäisch erzogen, und als wir hierher zurückkamen, haben wir versucht, diesen Erziehungsstil beizubehalten.«

»Haben Sie ihr Sprachen beigebracht und all diese Dinge?«

»Du lieber Himmel, nein! Ich habe nie mehr Französisch gelernt, als man im Restaurant benötigt, aber mit Gwen bin ich sehr streng. Ich lasse sie zum Beispiel nicht ins Kino gehen –«

Spielte Mrs. Hannamans Gedächtnis ihr einen Streich, oder hatte sie ihre kleine Nichte Clara sagen hören, sie und Gwen hätten dreimal hintereinander *Top Hat* angeschaut und würden wieder in den Film gehen, sobald er in einem der kleineren Kinos lief?

»Wir haben ein Grammophon«, fuhr Bryan Bowers fort, »und Gwen kann die Musik spielen, die ihr gefällt, aber ein Radio käme mir nicht ins Haus. Kinder sollen ihre eigene Musik machen.«

Er hörte seine Worte, von denen er nur halbherzig überzeugt war, und wünschte, Gwen käme nach Hause.

»Spielt sie Klavier?«

»Sie hat es gespielt. Sie hat jahrelang Klavierunterricht genommen, aber dieses Jahr hatte sie in der Schule so viel zu tun, dass wir auf den Klavierunterricht verzichtet haben. Besser gesagt, wir haben eine Pause eingelegt. Sie ist erst dreizehn und hat noch genug Zeit.«

»Sicherlich«, pflichtete ihm Mrs. Hannaman sarkastisch bei.

Als Mrs. Hannaman gegangen war, kümmerte Bryan sich wieder um die Wohnung. Endlich hatten sie sich eingerichtet. Besser gesagt, er hatte sich eingerichtet, denn es machte nicht den Eindruck, als würde Gwen dieses Stadium je erreichen. Als er einen Blick in das Zimmer seiner Tochter warf, seufzte er gottergeben. Alles sah aus wie immer, seit drei Wochen. Er hatte dem Hausmädchen eingeschärft, außer dem Bett nichts anzurühren; Gwen sollte selbst aufräumen. Im Sommer war sie im Ferienlager gewesen; wenn das hier die Ordnung war, die sie dort gelernt hatte, war der Aufenthalt reine Zeitverschwendung gewesen. Eine zerknautschte Reithose lag in der Ecke, in der sie ausgezogen worden war, und ein Teil der Hose ragte vorwurfsvoll empor, als hätte er versucht, sich aus eigener Kraft in Ordnung zu bringen; ein Stapel Briefe von Freunden, den früher einmal ein Gummi ordentlich zusammengehalten hatte, lag auf dem Schreibtisch aufgefächert wie ein Kartenspiel; drei Strickpullover in verschiedenen Anfangsstadien der Entstehung und die Ansätze zu allen möglichen Aufräumaktionen waren wie aufgegebene Fundamente im ganzen Zimmer verstreut. Die Ordnung sollte immer bis zum nächsten Sonntag hergestellt sein, doch der Sonntag war der Tag, an dem sich stets Unvorhergesehenes einstellte: Gwen wurde eingeladen, um etwas sehr Gesundes zu tun, oder sie hatte furchtbar viele Hausaufgaben, oder er musste sie mitnehmen, weil er sie nicht allein zu Hause lassen wollte. Eine Zeitlang hatte ihm der Gedanke zugesagt, sie in diesem Chaos leben zu lassen, bis sie von selbst den Drang verspürte, etwas zu ändern, doch als der Oktober in den November überging, war die Unordnung nur noch schlimmer geworden. Gwen kam immer zu spät, weil sie nie etwas finden konnte. Das Hausmädchen beschwerte sich, weil es inzwischen unmöglich war, den Boden im Zimmer zu putzen, es sei denn, man bewegte sich so vorsichtig wie Eliza auf den Eisschollen des Ohio bei ihrer Flucht in *Onkel Toms Hütte*.

Noch während er dieses Problem wälzte, hörte er seine Tochter kommen und ging ins Wohnzimmer hinüber, ihr entgegen.

Sie blickten einander fröhlich an. Sie glichen einander. Er hatte früher gut ausgesehen, doch das mittlere Alter hatte ihn Fleisch an den Stellen ansetzen lassen, an denen es nicht gerade attraktiv macht. Wenn er von der Vergangenheit erzählte, konnte Gwen ihn sich nie in romantischen Situationen vorstellen. Sie war eine umwerfende kleine Schönheit, schwarzäugig, mit weichem kastanienbraunen Haar und mit einem unwiderstehlich ansteckenden Lachen, einem seltenen Lachen, herzhaft, das jedoch niemandem auf die Nerven ging.

Sie hatte sich der Länge nach auf ein Sofa geworfen und ihre Schulbücher auf dem Boden verstreut. Als Bryan hereinkam, bewegte sie ihre Füße, bis sie über die Seitenlehne des Sofas ragten. Er sah es und schlug vor:

»Zieh deinen Rock über die Knie, oder zieh ihn gleich ganz aus.«

»Daddy! Sei doch nicht so ordinär!«

»Das ist die einzige Möglichkeit, hin und wieder zu dir durchzudringen.«

»Daddy, in Geometrie habe ich eine Plusnote bekommen. Süß, nicht?«

»Was ist eine Plusnote?«

»Zweiundneunzig Punkte.«

»Warum heißt es dann nicht gleich so?«

»Daddy, hast du die Karten für das Spiel von Harvard?«

»Ich hatte gesagt, dass ich sie besorgen würde.«

Sie nickte und sagte dann wie in Gedanken: »Dizzys Vater geht mit ihr zum Harvard-Spiel und zum Navy-Spiel. Und ihr Onkel nimmt sie mit zu dem Spiel von Dartmouth. Ist das nicht süß?«

»Was soll daran süß sein? Weißt du, was du neulich zu Dr. Parker gesagt hast, als er dich gefragt hat, was du von Cäsar hältst? Du hast gesagt, du fändest ihn süß.« Er lachte kopfschüttelnd und ging im Zimmer auf und ab. »Ein Mann erobert die ganze bekannte Welt seiner Zeit, und ein kleines Schulmädchen findet das tausend Jahre später einfach süß!«

»Zweitausend Jahre«, warf Gwen unbeeindruckt ein …

»Daddy, Mr. Campbell nimmt sie in seinem neuen Wagen nach Harvard mit. Ist das nicht – ist das nicht nett?«

So war sie immer in der ersten halben Stunde, wenn sie von der Schule oder von einer Party kam, aus jenen Außenwelten, in denen sie mit einer solchen Intensität lebte, dass sie sie in den gemächlicheren Lebensrhythmus zu Hause mitbrachte wie Wetterspuren an ihren Schuhen. Deshalb sagte sie: »So wie du fährst, würde es eine Ewigkeit dauern, Daddy.«

»Ich fahre schnell genug.«

»Einmal bin ich neunzig Sachen gefahren –«

Erschrocken sah er sie an; Gwen hätte wissen müssen, dass sie klug daran getan hätte, diese Behauptung herunterzuspielen, doch unter dem ungebrochenen Zauberbann ihres anderen Lebens sprach sie weiter: »– auf dem Weg nach Turtle Lake im Sommer.«

»Mit wem war das?«

»Mit einem Mädchen.«

»Ein Mädchen in deinem Alter am Steuer eines Wagens!«

»Nein. Das Mädchen war neunzehn, sie ist die Schwester eines Mädchens, bei dem ich zu Besuch war. Aber ich sage dir nicht, wie sie heißt, weil du mich sonst nie wieder hinfahren lässt, Daddy.«

Sie bereute heftig, dass ihr diese Sache entschlüpft war.

»Du kannst es mir ruhig sagen. Ich weiß, bei wem du im Sommer zu Besuch warst, und ich kann herausfinden, wer eine neunzehnjährige Schwester hat. Ich werde nicht zulassen, dass du an einem Telegraphenmasten zerschmettert wirst, nur weil irgendein junges –«

Bis auf weiteres wurde Gwen durch das Hausmädchen gerettet, das ihren Vater ans Telefon holte. Fast wie zur Buße hängte sie ihren Mantel an die Garderobe, sammelte ihre Schulsachen ein und ging in ihr Zimmer.

Wie jedes Mal betrachtete sie das Zimmer mit höchstem Erstaunen. Sie wusste, dass es einen ziemlich schrecklichen Anblick bot, doch sie hatte ein eigenes System, mit der Unordnung zu Rande zu kommen, ein System, das allerdings nie richtig funktionierte. Mit einem Schrei stürzte sie sich auf den Papierkorb; darin lag ihre Platte mit *Cheek to Cheek*, zerbrochen, aber aufbewahrt zur Erinnerung, sich eine neue zu besorgen. Sie drückte sie an die Brust, und als erinnerte dies sie an etwas anderes, beschloss sie, Dizzy Campbell anzurufen. Das erforderte ein gewisses Maß an Diplomatie. Bryan war unnachgiebig geworden, was lange Telefongespräche betraf.

»Es geht um Latein«, versicherte sie ihm.

»Schon gut, aber fass dich kurz, Tochter.«

Er las im Wohnzimmer die Zeitung, während er auf das Abendessen wartete; eine Zeitlang war er sich anhaltenden Gemurmels gewahr gewesen, das sich in seinen Gedanken mit den fernen Waffenklängen in Äthiopien und China vermischte. Erst als er sich dem Wirtschaftsteil zuwandte und den Tageskurs von American Tel & Tel las, sprang er auf.

»Sie hängt schon wieder am Telefon!«, sagte er sich ingrimmig, doch noch während die Zeitung gewellt vor ihm zu Boden segelte, erschien eine strahlende und hektische Gwen.

»O Daddy, stell dir nur vor! Du musst mich gar nicht zu dem Spiel mitnehmen! Ich meine, zu dem Spiel schon, aber du musst mich nicht hinfahren. Dizzys Tante, Mrs. Charles Wrotten Ray oder so ähnlich, eine vertrauenswürdige Person, altvertraut, wohlbekannt und so weiter –«

Sie holte Luft, und er erkundigte sich höflich:

»Was ist mit ihr? Hat man sie in die Mannschaft von Princeton aufgenommen?«

»Nein. Sie wohnt dort oben, und sie hat ein paar Neffen oder Onkel oder so ähnlich – es war alles ziemlich kompliziert am Telefon –, die eine Art Schule besuchen und ungefähr in unserem Alter sind, fünfzehn oder sechzehn –«

»Ich dachte, du wärst dreizehn.«

»Der Junge ist immer älter«, versicherte sie ihm. »Jedenfalls hat sie –«

»Sag niemals ›sie‹.«

»Entschuldige bitte, Daddy. Also jedenfalls hat diese Person, du weißt schon, nicht ›sie‹, sondern diese Mrs. Wrotten Ray oder wie sie heißt, sie hat Dizzy vorgeschlagen –«

»Beruhige dich, beruhige dich.«

»Kann ich nicht, Daddy; sie wartet am Telefon.«

»Wer? Mrs. Wrotten Ray?«

»Oh, so heißt sie nicht wirklich, aber so ähnlich schon. Jedenfalls hat Mrs. Wrotten Ray angeboten, Dizzy könne Clara Hannaman und noch ein Mädchen zu einem kleinen Tanz an dem Abend vor dem Spiel mitbringen. Und Dizzy möchte, dass ich dieses Mädchen bin, und darf ich fahren?«

»Das kommt alles etwas plötzlich. So etwas mag ich nicht mitten im Schuljahr, das weißt du.« Aber er schlug ihr nicht gern etwas ab, denn bis auf vereinzelte kleine Ausrutscher in der Wortwahl war sie ein zuverlässiges Kind, das gute Schulnoten hatte und gewissenhaft gegen sein überschäumendes Temperament ankämpfte.

»Daddy, darf ich? Dizzy wartet; sie muss es wissen.«

»Vermutlich spricht nichts dagegen.«

»Oh, danke. Mrs. Campbell wird dich anrufen, aber Dizzy wollte es mir unbedingt vorher sagen. Süß, nicht?«

Sie enteilte, und sogleich setzte das leise Gemurmel hinter der Tür wieder ein.

Etwas in Bryan sagte ihm, dass sie im Internat ein leichteres Leben hätte, aber hatte Helen Hannaman heute nicht ihre altmodischen Umgangsformen erwähnt? Dieses Jahr konnte er sich das Internat sowieso nicht leisten, und außerdem war es schön, so ein aufgewecktes junges Ding um sich zu haben.

Aber wenn er geahnt hätte, dass die Kinoindustrie diesen *Top Hat* hervorbringen würde ... Die Schallplatte mit *Cheek to Cheek* hatte sie zerbrochen, aber es gab noch die andere mit dem Lied, in dem der Sänger auf seinem Zylinderhut sitzt und an der eigenen Hemdbrust hinaufklettert ...

Neugierig öffnete er die Tür zum Esszimmer und entdeckte das laufende Grammophon und davor seine kauernde Tochter mit ausgebreiteten Armen, vorgestrecktem Kopf und halb geschlossenen Augen. Als sie ihn erblickte, richtete sie sich auf.

»Ich dachte, diese *Cheek by Jowl* wäre zerbrochen«, sagte er.

»Ist sie auch, aber innen kann man sie noch ein bisschen spielen. Siehst du, schon vorbei. Gegen so wenig Schallplatte kannst du doch nichts einzuwenden haben.«

»Leg sie noch mal auf«, schlug er scherzhaft vor, »dann tanzen wir dazu.«

Sie warf ihm einen Blick voll grenzenlosen Mitgefühls zu.

»Für wen hältst du dich, Daddy? Für Fred Astaire? Ich will nur wissen, ob ich nach Princeton fahren darf.«

»Ich habe doch ja gesagt, oder?«

»Aber du hast es nicht so gesagt, als wäre es dein Ernst.«

»Dann im Ernst: Ja. Los, zieh Leine, du Galgenstrick.«

»Ich darf wirklich fahren?«

»Ja, natürlich. Warum nicht? Was denkst du denn, wohin du fährst? Zum Collegeball? Natürlich kannst du fahren.«

II

Die drei Mädchen durften im Zug lunchen und waren vor Aufregung völlig aus dem Häuschen. Clara Hannaman und Dizzy Campbell waren vierzehn, ein Jahr älter als Gwen, und Clara war schon etwas größer, doch alle drei waren ähnlich gekleidet und trugen Kostüme wie die ihrer Mütter. Ihr Schmuck bestand aus schmalen Ringen und Ketten, großmütterlichen Erbstücken, ergänzt durch protzigen Strass aus dem Ramschladen, und ihre Mäntel hatten in einem früheren Leben möglicherweise auf Kosenamen wie Pussy, Bunny oder Nanny gehört. Doch was zweifelsfrei ihr Alter verriet, das waren ihre hysterischen Anfälle.

Clara hatte gefragt: »Was ist das für eine Kaschemme, in die es uns verschlägt?« Sie stand zurzeit ganz im Bann von

Una Merkel und Hardboiled-Filmen, und ihre Frage bewirkte eine so heftige Explosion des Gelächters, dass sie nicht weiteressen konnten und sich ihre Servietten vor den Mund halten mussten. Ein Wort genügte in der Regel, um Lachsalven hervorzurufen, oft ein Jungenname, der für sie eine besondere Bedeutung hatte, und einen ganzen Nachmittag oder Abend lang tat dieses Wort unfehlbar seine Wirkung. Zu anderen Zeiten überkam sie eine merkwürdige Ernsthaftigkeit, eine große Ruhe. Sie blickten in beide Richtungen: in die Welt, die sie gerade verließen, und in die Welt, die sie noch nicht kannten, und genau diesen Widerspruch drückte ihre hysterische Heiterkeit aus.

Dann beruhigten sie sich kurz und blickten zu dem Mädchen hinüber, das in diesem Jahr Debütantin war und zum Collegeball fuhr. Sie betrachteten sie mit Respekt, sogar mit einer gewissen Ehrfurcht, beeindruckt von ihrer Ungezwungenheit und Gelassenheit angesichts der bevorstehenden Feuerprobe. Sie kamen sich plötzlich sehr jung und linkisch vor und waren gleichermaßen froh wie traurig, dass sie für den Collegeball zu jung waren. Im Vorjahr war das Mädchen gegenüber noch Kapitän der Basketballmannschaft ihrer Schule gewesen, und jetzt gehörte sie zur Welt der Erwachsenen; die Männer, die sie auf dem Bahnsteig mit Blumen und Beschwörungen, nicht mit »irgendwelchen Verehrern« anzubandeln, die »frühestens in fünf Jahren« eigenes Geld verdienen würden, verabschiedet hatten, waren von den drei Mädchen sehr wohl registriert worden.

Nach dem Lunch wollten sie lernen; gewissenhaft hatten sie ihre Schulbücher mitgenommen, doch die Zugfahrt war so aufregend, dass sie nur bis zu der Wendung »juwelenbesetztes Mieder« in einem Unterrichtstext gelangten, die daraufhin zu ihrer Tageslosung wurde. Princeton erreichten sie in einem Zustand unheimlicher, explosionsträchtiger Ruhe, denn Dizzy behauptete, sie hätte ihr juwelenbesetztes Mieder im Zug vergessen, doch ihr unbändiges Gekicher wich wohlerzogener Zurückhaltung, als sie auf dem Bahnsteig begrüßt wurden – von der jungen, bezaubernden, zwanzig Jahre alten Miss Ray.

Wo waren die Jungen? Sie hielten in der frühen Dämmerung nach ihnen Ausschau; sie rechneten nicht mit einem Empfang, wie ihn Mädchen erwarten konnten, die zum Collegeball kamen, doch sie hätten gern jemanden ihres eigenen Alters gesehen, denjenigen, für den sie sich in den letzten vierundzwanzig Stunden zurechtgemacht hatten, von dem sie geträumt und für den sie ihre Locken geschüttelt hatten. Als sie das Haus erreichten, ließ Miss Ray die Bombe hochgehen; während sie ihre Mäntel ablegten, sagte sie: »Ich muss euch eine Enttäuschung bereiten. Ich habe euch telegraphisch und telefonisch zu benachrichtigen versucht, aber ihr wart schon unterwegs.«

Alle Blicke richteten sich auf sie, ahnungsvoll und bereits niedergeschlagen.

»Offenbar geht es Großmutter nicht gut, und Mutter hatte den Eindruck, dass sie besser nach Albany führe. Deshalb hat sie alle Gäste angerufen und unseren kleinen Tanzabend abgesagt, noch bevor ich auf den Beinen war. Ich habe es rückgängig zu machen versucht, aber es war schon zu spät.«

Ihre Mienen waren völlig ausdruckslos.

»Mutter war aufgeregt, weiter nichts«, fuhr Miss Ray fort. »Großmutter wird sicher hundert Jahre alt. Ich war den ganzen Nachmittag am Telefon, um euch Mädchen für heute Abend etwas Gesellschaft zu besorgen, aber die Stadt ist das reinste Tollhaus, niemand hat Zeit; die Jungen wären für unseren Tanz aus New York gekommen. Herrje, wäre ich bloß vor elf Uhr aufgestanden!«

»Es macht uns nichts aus«, log Dizzy höflich. »Wirklich nicht, Esther. Wir können uns auch allein amüsieren.«

»O Liebling, ich weiß, wie euch zumute ist!«

»Ja«, antworteten sie wie aus einem Mund, und Dizzy fragte: »Wo ist Shorty? Musste er mit nach Albany fahren?«

»Nein, er ist hier. Aber er ist erst sechzehn, und – ich weiß nicht recht, wie ich es erklären soll, aber er ist der Jüngste in seiner Klasse am College und sehr klein, und dieses Jahr ist er einfach irrsinnig schüchtern. Als die Party abgeblasen wurde, hat er sich rundheraus geweigert, als einziger Junge anwesend zu sein; er hat gesagt, er will in seinem Zimmer bleiben und Chemie lernen, und dort steckt er jetzt. Freiwillig kommt er nicht heraus.«

Gwen stellte sich ihn vor. Sollte er ruhig in seiner Einsiedlerklause bleiben; sie würden sich ohne ihn besser amüsieren.

»Wenigstens könnt ihr euch auf das Spiel morgen freuen.«

»Ja«, sagten sie wie aus einem Mund.

Das war es einstweilen. Oben packten sie ihre Abendkleider aus, die, modernen Gepflogenheiten entsprechend, so lang und elegant waren wie die erwachsener Frauen, und legten sie auf ihre Betten. Sie holten ihre seidene Unterwäsche hervor, ihre goldenen oder silbernen Abendsandaletten und betrachteten das glitzernde Tableau. Ihre Mütter hätten im gleichen Alter Rüschen, Volants und Baumwollstrümpfe getragen, was sie als Heranwachsende gekennzeichnet hätte. Doch dieser historische Sachverhalt, der ihnen jahrelang vorgebetet worden war, bot jetzt nur geringen Trost.

Nachdem sie sich angekleidet hatten, sah alles etwas rosiger aus, auch wenn sie sich nur füreinander herausputzten; als sie zum Abendessen hinuntergingen, wirkten sie so liebenswürdig und fröhlich, dass sogar Esther Ray sich täuschen ließ. Eine schwere Probe war es allerdings, als Miss Rays Begleiter erschien, um sie zu dem Harvard-Princeton-Konzert abzuholen, und das schien sie ihren Augen abzulesen.

»Ich habe eine Idee«, sagte sie. »Ich glaube, wir können euch in das Konzert schmuggeln, aber ihr müsst euch mit Stehplätzen begnügen.«

Das war in der Tat ein Vorschlag. Sie schöpften Hoffnung. Sie eilten los, um ihre Mäntel zu holen, und Gwen erhaschte einen Blick auf einen jungen Mann, der sehr hastig mit einem Teller in einer Hand und einer Tasse in der anderen den Flur im oberen Stockwerk durchquerte, doch er verschwand in seinem Zimmer, bevor sie ihn deutlich sehen konnte.

Das Konzert nahm den für improvisierte Veranstaltungen charakteristischen turbulenten Verlauf – der Saal war überfüllt, und die drei mussten hinter Reihen größerer Leute stehen und quälendem Gelächter und Liederfetzen lauschen, während Claras zwei Handbreit zusätzliche Körpergröße ihnen diejenigen Informationen verschaffte, die sie brauchten, um sich zumindest vorstellen zu können, was auf der Bühne vor sich ging.

Nach dem Konzert wurden sie mit dem glücklichen, erregten Publikum hinausgetragen, zu den Rays zurückgefahren und fast abrupt vor der Tür abgesetzt.

»Gute Nacht. Vielen Dank.«

»Herzlichen Dank.«

»Es war herrlich!«

»Danke. Gute Nacht.«

Oben bewegten sie sich schweigend, beäugten sich ab und zu flüchtig im Spiegel und fingerten an verrutschtem Putz herum, der nun nicht mehr gebraucht wurde. Dizzy hatte ihre Kette aus Zuchtperlen schon abgelegt, als Gwen plötzlich sagte: »Ich will zum Collegeball gehen.«

»Wer wollte das nicht?«, sagte Clara. Dann warf sie Gwen einen scharfen Blick zu und sagte: »Was soll das heißen, Gwen?«

Gwen zog sich vor dem Spiegel mit Dizzys Lippenstift die Lippen nach. Sie hätte selbst einen mitgebracht, wenn ihrer nicht im Sommer in Alabama auf der Fahrt zur Ranch geschmolzen wäre, so dass der Verschluss sich nicht mehr abschrauben ließ. Clara sah ihr zu, bis Gwen sagte: »Wie würdest du dich schminken, wenn du zum Collegeball gehen würdest?«

»So wie du«, schlug Clara vor.

Sekunden später waren alle drei vor dem Spiegel beschäftigt.

»Nicht so; das sieht zu gewöhnlich aus.« Und: »Vergesst nicht, das ist Esthers Augenbrauenstift. Dizzy, nicht so dick.«

»Mit Puder wirkt es nicht so.«

Innerhalb einer halben Stunde war es ihnen gelungen, sich um Jahre älter zu machen; sie riefen: »Man bringe mir mein juwelengeschmücktes Mieder«, und stolzierten, tanzten und hopsten im Zimmer herum.

»Ich sag euch was«, sagte Gwen. »Ich will mir den Collegeball wenigstens aus der Ferne ansehen. Ich will keinen Unsinn machen, das wisst ihr, aber ich will wissen, wie so etwas aussieht.«

»Und wenn Esther uns sieht?«

»Die sieht uns nicht«, sagte Gwen überlegen. »Sie amüsiert sich bestimmt, genau wie das Mädchen aus dem Zug, Marion Lamb, ihr wisst doch, wir kennen sie noch aus der Schule. Und wenn lauter Debütantinnen zusammenkommen«, fuhr sie fort, »dann sind sie garantiert mit sich selbst beschäftigt – süß, was?, falls ihr versteht, was ich meine.«

Dizzy war so bleich wie ein Handtuch, und sogar ihre Augen waren so klar und rein, dass ihre Worte die zwei anderen fast erschreckten:

»Wir tun es – wir gehen zu dem Collegeball. Wir haben mehr zu bieten als die meisten Mädchen auf dem Ball.«

»Und wir sind ja nicht in der Stadt«, sagte Clara unsicher. »Hier ist es völlig harmlos, nicht viel anders, als würde man auf dem eigenen Grundstück spazieren gehen.«

Diese Bemerkung beruhigte sie ein wenig, doch eigentlich hatten sie keine Angst vor Entführern oder Lustmolchen, sondern nur vor Gwens Plan. Aber Gwen hatte gar keinen Plan. Sie hatte sich bei ihrem Vorschlag nichts weiter gedacht; in ihrem Kopf gab es nur die Diskrepanz zwischen einer Gwen, die nachts mit rotgeschminkten Lippen über einen Campus strolchte, und einer kleinen Szene, die vor einer Woche stattgefunden hatte, als sie sich mit ihrem Vater gestritten hatte, weil sie ihr Puppenhaus in ihrem Zimmer behalten wollte, statt es wegzugeben.

Den Ausschlag gab, dass die Erwachsenen sie betrogen hatten. Obwohl Bryan Mrs. Ray gar nicht kannte, schien er eine gewisse Mitschuld daran zu tragen, dass ihre vormittägliche Erregung so enttäuschend geendet hatte. Es war genau das passiert, was von Eltern als Menschenschlag zu erwarten war. Das, wofür sie die Verantwortung trugen. Bevor Gwen und Dizzy auch nur ein Wort der Zustimmung äußerten, beugten sie sich schon zum Spiegel vor und bearbeiteten ihre Gesichter, bis die Bühnenaufmachung einer geziemenderen Hautfärbung gewichen war, wie man ihr auf einem Diplomatenball begegnen konnte. Mit einem letzten Rest von konservativem Elan wischten sie sich die Augenpartien sauber und hinterließen nur schwächste Spuren abendlicher Schminke auf Lippen und Nasen. Die Zehn-Cent-Kronjuwelen verschwanden im Handumdrehen von Ohren und Handgelenken und Hälsen, und als die Mädchen hinuntergingen, war nichts Ordinäres mehr an ihnen. Der gute Geschmack hatte gesiegt.

Sie traten in eine klare, sternenfunkelnde Novembernacht und gingen eine prächtige Hauptstraße entlang, unter den dunklen Bäumen von Liberty Place, wenngleich ihnen das nichts sagte. Ein Hund hinter einer Hecke erschreckte sie kurz, doch weiteren Hindernissen begegneten sie nicht, bis sie das helle Licht einer Bogenlampe an der Mercer Street durchqueren mussten.

»Wohin gehen wir?«, fragte Clara.

»Dorthin, wo wir den Ball hören können.«

Sie blieb stehen. Gestalten kamen ihnen entgegen, und sie hakten sich Schutz suchend beieinander ein, doch es waren nur zwei farbige Frauen, die einen Wäschekorb trugen.

»Kommt«, sagte Gwen.

»Wohin?«

»Dorthin, wo wir hingehen.«

Sie erreichten ein kathedralenähnliches Gebäude, das Clara als Teil des Campus wiedererkannte, und instinktiv betraten sie einen Bogengang, gelangten zu einem verlassenen Kreuzgang und danach auf ein Gelände mit Terrassen und gotischen Gebäuden, wo auf einmal Musik zu hören war. Nach einigen hundert Metern bedeutete Dizzy den anderen, stehen zu bleiben.

»Ich kann es sehen«, flüsterte sie. »Es ist das große Gebäude da drüben mit den vielen Lichtern. Das ist die Turnhalle.«

»Lasst uns näher rangehen«, sagte Gwen. »Hier draußen ist niemand. Wenigstens so nahe, dass wir die Leute sehen.«

Untergehakt marschierten sie im Schatten der langen Gebäude vorwärts. Allmählich kamen sie dem Zentrum der Aktivitäten gefährlich nahe, konnten Gestalten vor der verschwommenen Helligkeit des Eingangs der Turnhalle ausmachen und hörten in den Pausen zwischen den Musikstücken Beifall. Wieder blieben sie stehen, unschlüssig, ob sie weitergehen oder warten sollten, denn aus der Dunkelheit näherten sich Stimmen und Schritte.

»Schnell da rüber«, riet Clara. »Dort ist es dunkel, und wir können uns ganz nah ranschleichen.«

Sie verließen den Weg, liefen über den Rasen und blieben atemlos im Schutz einer Gruppe geparkter Wagen stehen. Wortlos kauerten sie dort nebeneinander und kamen sich vor wie Spione hinter den feindlichen Linien. Hinter den großen, dicken Mauern in fünfzig Meter Entfernung verkündete eine Kapelle klangvoll das Gefühl, dass jemand herumalbere, erklärte jemanden zu ihrem Glücksstern und wollte wissen, ob es nicht ein herrlicher Tag sei, um sich vom Regen überraschen zu lassen. Hinter diesen Mauern gab es unverwüstliche Romantik – einen orchideenfarbenen Traum, in dem Zukunftsvisionen ihrer selbst schwebten, umringt, umkämpft, umschwärmt von unzähligen Jungen. Sie schwiegen; dem, was die Kapelle ihren jungen Herzen sagte, gab es nichts hinzuzufügen, und als die Musik verstummte, blieben sie stumm; doch auf einmal merkten sie, dass sie nicht allein waren.

»Wir können später essen«, sagte eine Männerstimme.

»Ich muss überhaupt nicht essen, wenn ich mit dir zusammen sein kann.«

Die drei Mädchen holten erschrocken Luft und ergriffen einander am Arm. Die Stimmen kamen aus einem Wagen, der keine zwei Meter von ihnen entfernt war; er stand mit dem Heck zur Turnhalle, und deshalb waren die Mädchen im Schutz der Musik hergelangt, ohne von den Wageninsassen gehört zu werden.

»Was bedeutet schon ein Abendessen«, fuhr die Frauenstimme fort, »wenn ich an all die Abendessen denke, die wir das ganze Leben lang teilen werden?«

»Vom nächsten Juni an, Liebling.«

»Vom nächsten Juni an, Liebling, Liebling, Liebling.«

Und wieder fuhr den Lauschenden ein Schreck in die Glieder. Denn die Stimme war die Marion Lambs, der Debütantin aus dem Zug.

Es war eine kühle Nacht, und Dizzys Abendmantel war dünn, und deshalb musste sie an dieser Stelle niesen – laut und deutlich und gleich noch einmal.

III

»Aber wie sollen wir uns darauf verlassen können, dass ihr dichthaltet?«, fragte der Mann. Er wandte sich an Marion: »Kannst du ihnen klarmachen, wie wichtig es ist, dass sie den Mund halten? Du musst ihnen erklären, dass es deinen Eintritt in die Gesellschaft zu Hause ruinieren würde.«

»Aber das wäre mir egal, Harry. Ich wäre stolz –«

»Mir ist es nicht egal. Es darf sich einfach nicht herumsprechen.«

»Wir sagen kein Wort«, riefen die drei Mädchen wie aus einem Mund. Und Gwen fügte hinzu: »Wir finden es süß.«

»Ist euch klar, dass außer euch niemand etwas weiß?«, fragte er streng. »Niemand! Und wenn es herauskäme, wüsste ich, wo die undichte Stelle zu suchen ist, und –«

Seine Stimme klang so finster und drohend, dass die drei unwillkürlich einen Schritt zurücktraten.

»So darfst du nicht mit ihnen sprechen«, sagte Marion. »Ich kenne diese Mädchen von der Schule, und ich weiß, dass sie uns nicht verraten werden. Außerdem wissen sie, dass es nichts weiter zu bedeuten hat, weil ich mich alle paar Wochen mit einem anderen verlobe.«

»Marion!«, rief der junge Mann. »Wie kannst du so etwas sagen?«

»O Harry, ich wollte dich nicht kränken!«, sagte sie atemlos und ebenso entsetzt wie er. »Du weißt, dass es nie einen anderen als dich gegeben hat!«

Er stöhnte.

»Und wie wollen wir unser Publikum zum Schweigen bringen?« Nervös tastete er in der Hosentasche nach Geld.

»Nein, Harry. Sie werden nichts sagen.« Doch beim Anblick der sechs Augen beschlichen sie ernsthafte Zweifel. »Hört mal, was würdet ihr drei euch mehr als alles andere wünschen?«

»Wahrscheinlich die Teilnahme am Collegeball«, sagte Gwen unumwunden. »Aber das dürfen wir natürlich nicht. Unsere Eltern würden es nicht erlauben, selbst wenn wir eingeladen wären – ich meine –«

»Ich habe eine Idee«, sagte Harry. »Ich weiß, was wir tun werden. Ich kenne einen Seiteneingang, durch den man zur Galerie gelangt. Wie wäre es, wenn ihr dort oben im Dunkeln sitzen und alles sehen könntet, ohne dass euch jemand sieht?«

»Toll!«, sagte Dizzy.

»Wenn ich euch hinbringe, gebt ihr mir dann euer feierliches Ehrenwort, dass ihr kein Sterbenswörtchen über das, was ihr vorhin gehört habt, ausplaudert?«

»Klar!«, riefen die drei wie aus einem Mund.

IV

Während wir die drei in luftiger Höhe zurücklassen, muss unser Auge sich kurz auf das Gedränge der Tanzenden auf dem Parkett richten – oder eher auf den Rand des Geschehens, den soeben eine Person erreicht hatte, die bisher in unserer Geschichte nur eine kleine und bescheidene Rolle gespielt hatte und nun unsicher dort stand, den Blick versperrt durch eine wogende Reihe von Harvard-Princeton-Studenten. Hätte eine halbe Stunde zuvor jemand Shorty Ray prophezeit, dass er sich um elf Uhr in dieser Situation befinden würde, hätte er nicht einmal müde gelächelt. Manche Knaben von geringer Körpergröße machen diesen Umstand durch besonders ausgeprägte Kühnheit wett. Nicht so Shorty; seit er ein Jugendlicher war, konnte er Mädchen nicht einmal mit einem Rest von Würde entgegentreten. Der Tanzabend zu Hause war Teil einer Kampagne, die ihn von seiner Schüchternheit kurieren sollte, und es war ihm als Glücksfall erschienen, dass das Befinden seiner Großmutter, wenn es sich denn verschlechtern musste, sich dafür ausgerechnet diesen Tag ausgesucht hatte.

Wie zur Strafe für diesen ketzerischen Gedanken war ein Telegramm aus Albany an seine Schwester in genau dem Augenblick abgegeben worden, in dem er sich angeschickt hatte, das Licht zu löschen.

Ein Erwachsener hätte das Telegramm geöffnet und gelesen, aber alles Versiegelte war Shorty heilig, und ein Telegramm war etwas Dringendes. Er hatte keine Wahl: Er musste es Esther so schnell wie möglich in die Turnhalle bringen.

Eines wusste er: Er würde sich nicht auf das Tanzparkett begeben, um sie zu suchen. Nachdem er die Hürde des Türstehers überwunden hatte, stand er hilflos da, als Dizzy ihn von oben erspähte.

»Da ist Tommy!«, rief sie.

»Wo?«

»Der Kleine neben der Tür. Nicht zu fassen, wenn ihr mich fragt! Erst würdigt er uns zu Hause keines Blicks, und dann geht er auf den Collegeball.«

»Er scheint sich nicht gerade königlich zu amüsieren«, sagte Clara.

»Wir können runtergehen und ihn aufheitern«, schlug Gwen vor.

»Ohne mich«, sagte Dizzy. »Die Rays sollen nicht wissen, dass wir hier sind.«

»Das hatte ich ganz vergessen.«

»Egal, er ist sowieso verschwunden.«

Verschwunden war er tatsächlich, aber nicht, wie sie dachten, in den Wirbel der Tanzenden. In seiner Ratlosigkeit war er zuletzt auf die Idee gekommen, zur Galerie hochzusteigen und von dort aus Esther unter den Tanzenden ausfindig zu machen. Und noch während Dizzy sprach, tauchte er zu beider Erstaunen neben ihr auf.

»Ich dachte, du wärst im Bett!«, rief er, als er seine Cousine erkannte.

»Ich dachte, du müsstest lernen.«

»Ich habe auch gelernt, aber dann kam ein Telegramm, und jetzt muss ich Esther finden.«

Er wurde mit großer Förmlichkeit den Damen vorgestellt, und Gwen und Clara benahmen sich sofort so, als hätten sie von seinem Vorhandensein am selben Ort nicht die geringste Ahnung gehabt.

»Esther war vorhin in einer der Logen«, sagte Gwen. »Nummer achtzehn.«

Tommy wandte sich an Dizzy.

»Hättest du was dagegen, ihr dieses Telegramm zu bringen?«

»Das hätte ich allerdings«, sagte Dizzy. »Warum bringst du es ihr nicht selber? Wir haben hier nichts zu suchen.«

»Ich auch nicht; der Türsteher hat mich reingelassen. Aber ich kann nicht allein über das Parkett gehen, während ihr es könnt«, sagte er in vollem Ernst.

Gwen beäugte ihn mit merkwürdiger Neugier. Er sah ganz anders aus, als sie erwartet hatte – ja sie fand, dass er einer der bestaussehenden Jungen war, die sie je zu sehen bekommen hatte.

»Ich bringe es ihr«, sagte sie überraschend.

»Oh, wirklich?« Zum ersten Mal schien er Gwen zu bemerken – ein Mädchen, das aussah wie die Bilder in den Zeitschriften und trotzdem kleiner war als er. Er hielt ihr das Telegramm hin. »Danke! Mensch, ich bin wirklich –«

»Ich gehe nicht allein runter«, unterbrach sie ihn. »Du musst mich wenigstens bis unten begleiten.«

Als sie hinuntergingen, sah er sie wieder aus dem Augenwinkel an; am Eingang blieb er stehen.

»Jetzt kannst du es ihr bringen«, sagte er.

»Am einfachsten wäre es, wenn wir es gemeinsam täten.«

»O nein!«, rief er. »Davon war keine Rede. Ich gehe nicht über das Parkett.«

»Das habe ich auch nicht gemeint. Wenn wir gingen, würden uns alle anstarren, aber wenn wir zu ihrer Loge tanzten, würde uns niemand beachten.«

»Du hast gesagt, dass du es ihr bringst!«, sagte er empört.

»Tue ich auch, aber du musst mich begleiten.« Und unschuldig fügte sie hinzu: »So ist es für uns beide leichter.«

»Kommt nicht in Frage«, erklärte er.

»Dann kannst du es ihr selber bringen.«

»Nie im Leben –«

Bevor er begriff, wie ihm geschah, hielt er sie im Arm, seine Hand berührte etwas, was offenbar die unsichtbare Naht ihres Kleides zwischen den Schulterblättern war, und sie bewegten sich über den Tanzboden.

Durch die Männer am Rand hindurch und in das Kaleidoskop hinein. Gwen bewegte sich ganz selbstverständlich; alle Unsicherheit ob ihres gewagten Einfalls war genauso verschwunden wie die Anspannung eines Footballspielers nach dem Anstoß. Durch ein unumstößliches Recht war dies ihre Welt. Es war vielleicht nicht der vorhergesehene Zeitpunkt für ihren Eintritt in diese Welt, doch möglicherweise hatte ihr Alter weiter nichts zu bedeuten, da ihre Generation sich nicht mehr in der alten Welt euklidischer Gesetze bewegte. Sie kam sich nicht jünger vor als die anderen Mädchen auf dem Parkett.

Und dann, o Wunder, wurde die Beleuchtung schummerig, und im selben Augenblick wurde der göttliche Funke von einer Kapelle an die nächste weitergereicht, und Gwen tanzte in atemloser Trance zur Melodie von *Cheek to Cheek*.

In der Loge des Laurel Club begannen die Damen sich zu langweilen. Das Amt der Anstandsdame, so befanden sie, wurde allzu leichtfertig übernommen und allzu schäbig entlohnt. Sie waren der endlosen Abfolge aufgeregter, bezaubernder, selbstgewisser Gesichter überdrüssig, und eine von ihnen äußerte sich darüber in Gegenwart eines Mannes mittleren Alters neben ihr. Auch seine Miene brachte zum Ausdruck, wie sehr er sich nach einem kühlen Kopfkissen und der Seligkeit ungestörter Ruhe sehnte.

»Ich musste herkommen«, sagte sie, »aber warum du gekommen bist, kann ich immer noch nicht verstehen.«

»Vielleicht weil ich in der Morgenzeitung gesehen habe, dass du nach all den Jahren hier sein würdest.«

»Das ist nicht der richtige Ort, um einer Frau meines Alters solche Komplimente zu machen; neben den jungen Dingern komme ich mir sehr alt vor. Sieh nur das komische Pärchen dort – wie ein Paar Zwerge. Die sehe ich zum ersten Mal.«

Er sah hin, doch wie alles Wunderliche schien das skurrile Pärchen in seinen Wachtraum geradewegs hineinzutanzen, und er begnügte sich damit, aufs Geratewohl zu antworten: »Sind sie nicht süß?«, und mit offenen Augen weiterzuträumen, bis sie bemerkte: »Da sind sie wieder! So ein kleines Paar. Das Mädchen – sie ist höchstens vierzehn und benimmt sich schon wie eine blasierte, abgeklärte Zwanzigjährige. Kannst du dir vorstellen, was ihre Eltern sich dabei gedacht haben, sie heute Abend hierherkommen zu lassen?«

Er sah wieder hin, und nach einer langen Pause sagte er mit müder Stimme: »Ja, das kann ich.«

»Findest du das etwa in Ordnung?«, fragte sie. »Also für meine Begriffe –«

»Nein, Helen, ich wollte nur sagen, dass ich mir vorstellen kann, was sie denken würden, wenn sie wüssten, dass sie hier ist. Das Mädchen sieht nämlich aus, als wäre es meine Tochter.«

V

Bryan wäre nicht im Traum auf die Idee gekommen, auf die Tanzfläche zu stürzen und Gwen wegzuholen. Sollte sie wieder an ihm vorbeikommen, wollte er sich sehr förmlich verneigen und ihr den nächsten Schritt überlassen. Er war ihr nicht böse – er nahm an, dass ihre Gastgeberin hinter der Sache steckte –, doch er ärgerte sich über ein Gesellschaftssystem, das zuließ, dass ein kleines Kind in der Maskerade einer jungen Frau, einer heiratsfähigen jungen Frau, auf einem halböffentlichen Ball tanzte.

Am nächsten Tag wanderte er beim Treffen mit seinen Studienfreunden von einem Grüppchen zum anderen und wechselte hie und da ein paar Worte, doch immer auf der Suche nach Gwen, mit der er sich im Club verabredet hatte. Als der Raum sich leerte und alle zum Sportplatz eilten, rief er bei den Rays an, wo Gwen sich tatsächlich immer noch aufhielt.

»Wir treffen uns besser gleich beim Spiel«, sagte er; er war froh, dass er ihr ihre Eintrittskarte vorher gegeben hatte. »Ich gehe jetzt schon hin und sehe den Mannschaften beim Warmlaufen zu.«

»Daddy, es ist mir peinlich, aber ich habe meine Karte verloren.« Ihre Stimme war leise und ernst. »Ich habe überall gesucht, und dann ist mir eingefallen, dass ich sie zu Hause zusammen mit ein paar Einladungen in den Rahmen des Spiegels gesteckt hatte, um auszuprobieren, wie das aussieht, und dann habe ich vergessen –«

Die Verbindung wurde unterbrochen, und eine Männerstimme fragte, ob es freie Zimmer zum Übernachten im Club gebe und ob der Steward Thomas Pickering auf Zimmer sechsundneunzig ein braunes Lunchpaket gebracht habe. Zehn Minuten lang hörte Bryan wirren Lärm aus dem Hörer; er wollte Gwen sagen, sie solle sich eine Karte für einen schlechten Platz ganz hinten kaufen und sich zu ihm vordrängeln, doch der Telefondienst in Princeton war offenbar von der Massenhysterie der Besucher infiziert.

An der Telefonzelle kamen Leute vorbei, die auf die Uhr sahen und sich beeilten, um den Anstoß nicht zu verpassen; fünf Minuten später kam niemand mehr vorbei, und Bryan begann zu schwitzen. Am College hatte er in den ersten Semestern Football gespielt; es war für ihn, was für seinen Großvater Krieg oder Schach gewesen sein mochten. Plötzlich erfasste ihn Gehässigkeit.

›Schließlich hat sie sich gestern vergnügt, und ich habe jetzt ein Recht auf mein Vergnügen. Soll sie das Spiel doch verpassen. Es interessiert sie sowieso nicht.‹

Doch auf dem Weg zum Stadion war er hin- und hergerissen zwischen dem lauten Geschrei, das hinter den dicken Mauern von Zeit zu Zeit erscholl, und der Vorstellung von Gwen, die verzweifelt noch einmal nach der kostbaren Spielmarke suchte, die nutzlos zu Hause im Spiegel glänzte.

Er wollte nicht weich werden.

»Das kommt von ihrer Unordnung. Das wird ihr eine bessere Lehre sein als jede Strafpredigt.«

Am Eingang verharrte Bryan abermals; er und Gwen waren einander sehr nahe, und er konnte sie noch immer abholen, doch dann nahm ihm lautes, anschwellendes Geschrei aus der Arena die Entscheidung ab; mit den allerletzten Besuchern ging er hinein.

Als er seinen Sitzplatz erreichte, sah er eine Hand, die ihm winkte, und er hörte eine Stimme, die ihn rief.

»O Daddy, wir sind hier! Wir dachten, du wärst vielleicht –«

»Setz dich«, befahl er flüsternd und schlüpfte atemlos auf seinen Platz. »Die Leute wollen das Spiel sehen. Hast du deine Karte gefunden?«

»Nein, Daddy; es war schrecklich, aber das hier ist Tommy Ray, Daddy. Er hat hier keinen Sitzplatz; er hat nur deinen Platz freigehalten. Er kann überall sitzen, weil er –«

»Psst, Baby! Das kannst du mir später erzählen. Wie steht es auf dem Spielfeld? Wie sieht der Punktestand aus?«

»Punktestand?«

Von der Treppe, auf die er sich zurückgezogen hatte, meldete Tommy, dass der Punktestand null zu null betrage; Bryan richtete seine ungeteilte Aufmerksamkeit auf das Spiel.

Nach dem ersten Spielviertel lehnte Bryan sich zurück und fragte: »Wie bist du reingekommen?«

»Weißt du, Tommy Ray«, sie senkte die Stimme, »der

Junge neben mir, ist einer der Kontrolleure. Und ich wusste, dass er hier irgendwo anzutreffen sein würde, denn gestern Abend hat er mir gesagt, dass er deshalb nach Hause müsse –«

Sie hielt inne.

»Verstehe«, sagte Bryan sarkastisch. »Ich hatte mich schon gefragt, worüber ihr euch in eurer auffallenden Position als Tanzpaar unterhalten habt.«

»Du warst dort?«, rief sie entsetzt. »Du –«

»Hör, was die Harvard-Kapelle spielt«, unterbrach er sie, »sie verjazzt alte Marschlieder, ganz schön frech. Aber du hättest wahrscheinlich lieber, dass sie *Cheek by Jowl* spielen.«

»Daddy!«

Doch für einen Augenblick war ihr Blick weit weg in die graue Ferne gerichtet, und sie lauschte nicht der Kapelle, sondern einer süßeren und weit älteren Melodie.

»Was hast du dir gedacht?«, fragte sie nach einer Weile. »Ich meine, als du mich auf einmal gesehen hast?«

»Was ich mir gedacht habe? Ich dachte mir, dass du einfach süß aussahst.«

»Das ist nicht wahr! Mir ist egal, wie du mich bestrafst, aber sag bitte nie wieder dieses grässliche Wort!«

Nachmittag eines Schriftstellers

I

Beim Erwachen fühlte er sich besser, als es seit Wochen der Fall gewesen war, was sich durch eine Negation bemerkbar machte: Er fühlte sich nicht krank. Eine Zeitlang lehnte er an dem Türrahmen zwischen Schlafzimmer und Bad, bis er sich davon überzeugt hatte, dass ihm nicht schwindelig war. Kein bisschen, nicht einmal, als er unter dem Bett nach einem Hausschuh suchte.

Es war ein schöner Aprilmorgen; er hatte keine Ahnung, wie spät es sein mochte, denn er hatte seine Uhr seit langem nicht mehr aufgezogen, doch als er durch die Wohnung in die Küche ging, sah er, dass seine Tochter gefrühstückt und das Haus verlassen hatte und dass die Post da war; es musste also nach neun Uhr sein.

»Ich glaube, heute gehe ich an die frische Luft«, sagte er zu dem Hausmädchen.

»Wird Ihnen guttun, ein herrlicher Tag.« Sie stammte aus New Orleans und hatte Züge und Kolorit einer Araberin.

»Ich möchte zwei Eier wie gestern und Toast, Orangensaft und Tee.«

Er hielt sich eine Weile in dem Teil der Wohnung auf, der

das Reich seiner Tochter war, und las seine Post. Es war verdrießliche Post, nichts Aufheiterndes – hauptsächlich Rechnungen und die tägliche Reklame mit dem Schuljungen aus Oklahoma und seinem aufgeklappten Autogrammalbum. Sam Goldwyn würde womöglich einen Tanzfilm mit Spessiwitza drehen oder auch nicht – das würde sich erst herausstellen, wenn Mr. Goldwyn aus Europa zurückkam und möglicherweise ein halbes Dutzend neuer Einfälle mitbrachte. Paramount wollte die Genehmigung für die Verwendung eines Gedichts aus einem Buch des Schriftstellers, wobei man nicht wusste, ob es von ihm war oder ein Zitat. Vielleicht wollten sie einen Titel daraus machen. Anspruch auf diesen geistigen Besitz hatte er sowieso nicht mehr; die Stummfilmrechte hatte er schon vor Jahren verkauft, die Tonfilmrechte im vergangenen Jahr.

»Du hast einfach kein Glück beim Film«, sagte er sich. »Schuster, bleib bei deinem Leisten.«

Während des Frühstücks sah er aus dem Fenster zu den Studenten, die auf dem Collegegelände gegenüber von einem Kurs zum anderen wechselten.

»Vor zwanzig Jahren war ich einer von denen«, sagte er zu dem Hausmädchen. Sie lachte ihr Debütantinnenlachen.

»Bevor Sie aus dem Haus gehen, brauche ich einen Scheck«, sagte sie.

»Oh, ich gehe nicht so bald. Ich habe einige Stunden zu tun. Ich wollte später am Nachmittag gehen.«

»Nehmen Sie den Wagen?«

»Die alte Kiste? Auf keinen Fall; die würde ich für fünfzig Dollar verkaufen. Ich fahre oben in einem Doppeldeckerbus.«

Nach dem Frühstück legte er sich für eine Viertelstunde hin. Dann ging er in sein Studierzimmer und machte sich an die Arbeit.

Die Schwierigkeit bestand darin, dass die Geschichte für eine Zeitschrift, an der er schrieb, in der Mitte so dünn geworden war, dass sie Gefahr lief, sich in Luft aufzulösen. Die Handlung kam ihm vor wie eine endlose Treppe, er hatte keine Überraschung in der Hinterhand, und die Figuren, die zwei Tage zuvor so wacker ins Leben getreten waren, hätten nicht einmal mehr den Anforderungen einer Fortsetzungsschmonzette genügt.

›Ja, ich muss zweifellos an die frische Luft‹, dachte er. ›Ich würde am liebsten nach Shenandoah Valley fahren oder eine Schifffahrt nach Norfolk machen.‹

Beide Wünsche waren illusionär, denn ihre Umsetzung erforderte Zeit und Geld, beides Mangelware, und das Wenige, das vorhanden war, musste für die Arbeit aufgespart werden. Er arbeitete sich durch das Manuskript, unterstrich gelungene Stellen mit Rotstift, und nachdem er sie auf ein eigenes Blatt übertragen hatte, zerriss er den Rest der Geschichte und warf die Schnipsel in den Papierkorb. Dann ging er im Zimmer auf und ab und rauchte und hielt ab und zu Selbstgespräche.

»Hm, hm, mal sehen …«

»Und als Nächstes – wäre das Beste …«

»Ja, hm, mal sehen …«

Nach einer Weile setzte er sich. ›Ich bin einfach ausgepumpt; ich hätte die letzten zwei Tage keinen Stift anrühren dürfen‹, dachte er sich.

Er las, was unter der Überschrift »Einfälle« in seinem

Notizbuch stand, bis das Hausmädchen kam und sagte, seine Sekretärin sei am Telefon – seine Teilzeitsekretärin, seit er krank geworden war.

»Es gibt nichts zu tun«, sagte er. »Ich habe gerade alles zerrissen, was ich geschrieben hatte. Es war völlig unbrauchbar. Ich gehe heute Nachmittag raus.«

»Wird Ihnen guttun. Heute ist schönes Wetter.«

»Kommen Sie lieber morgen Nachmittag vorbei; es gibt einen Berg Post und Rechnungen zu erledigen.«

Er rasierte sich und ruhte sich vorsichtshalber für fünf Minuten aus, bevor er sich ankleidete. Es war aufregend, aus dem Haus zu gehen. Er hoffte, die Liftboys würden nicht sagen, sie freuten sich, ihn zu sehen, und er entschloss sich, den hinteren Aufzug zu nehmen, wo man ihn nicht kannte. Er zog seinen besten Anzug an, Jackett und Hose aus verschiedenem Stoff. Er hatte in sechs Jahren nur zwei Anzüge gekauft, doch von bester Qualität – allein das Jackett dieses einen Anzugs hatte einhundertzehn Dollar gekostet. Da er ein Ziel haben musste – es war nicht gut, ziellos herumzuwandern –, steckte er eine Tube Kurshampoo für den Besuch beim Barbier und ein Fläschchen Luminal ein.

›Der Neurotiker, wie er im Buche steht‹, dachte er, als er sich im Spiegel betrachtete. ›Abfallprodukt einer Idee, Schlacke eines Traums.‹

Er ging in die Küche und verabschiedete sich von dem Hausmädchen, als wäre er auf dem Weg nach Little America in der Antarktis. Im Krieg hatte er einmal aus reinem Bluff eine Lokomotive requiriert und sie von New York nach Washington dirigiert, so dass ihm keine unerlaubte Abwesenheit von der Truppe zur Last gelegt werden konnte. Nun wartete er gehorsam an der Straßenkreuzung, bis die Ampel umschaltete, während die jungen Leute unter nonchalanter Missachtung des Verkehrs an ihm vorbeieilten. An der Bushaltestelle im Schatten der Bäume war es grün und kühl, und ihm fielen Stonewall Jacksons letzte Worte ein: »Lasst uns den Fluss überqueren und im Schatten der Bäume rasten.« Die Bürgerkriegsgeneräle hatten offenbar ganz plötzlich bemerkt, wie müde sie waren – Lee, der bis zur Unkenntlichkeit geschrumpft war, Grant, der am Ende seines Lebens wie ein Besessener seine Memoiren schrieb.

Der Bus enttäuschte ihn nicht: Es war nur ein einziger Mitpassagier im Obergeschoss. Ganze Straßenzüge hindurch wischten die grünen Zweige an jedem einzelnen Busfenster entlang. Wahrscheinlich würde man sie zurückschneiden müssen, eigentlich schade. Es gab so viel zu sehen. Er versuchte, die Farbe einer Häuserzeile zu definieren, doch ihm fiel nur ein alter Abendumhang seiner Mutter ein, der voller Schattierungen gewesen war und sich doch keiner zuordnen ließ, ein bloßer Reflektor. Von irgendwo erklangen Kirchenglocken, die *Venite adoremus* spielten, und er wunderte sich, denn es waren noch acht Monate bis Weihnachten. Er mochte keine Glocken, obwohl es sehr bewegend gewesen war, als sie bei dem Begräbnis des Gouverneurs *Maryland, My Maryland* gespielt hatten.

Auf dem Footballspielfeld des Colleges arbeiteten Männer mit Walzen, und ihm kam der Titel für eine Erzählung in den Sinn: »Rasenmeister« oder aber »Das Gras wächst«, etwas über einen Mann, der jahrelang den Rasen walzt und sich abrackert, damit sein Sohn einst aufs College gehen und dort Football spielen kann. Doch der Sohn stirbt in jungen Jahren, und der Mann arbeitet auf dem Friedhof und legt Rasen über seinen Sohn statt unter dessen Füße. Es wäre ein Text, wie sie oft in Anthologien stehen, nichts für ihn – nichts als gefühlsduselige Antithetik, so konventionell wie eine Illustriertengeschichte und leicht zu schreiben. Viele Leute würden sie sicherlich für hervorragend halten, weil sie Tiefgang hätte, melancholisch wäre und nicht schwer zu verstehen.

Der Bus fuhr an einem Bahnhof aus hellem Stein und in griechischem Stil vorbei, den die blauen Kittel und roten Mützen der Gepäckträger vor dem Eingang belebten. Die Straße verengte sich, wo das Geschäftsviertel begann und auf einmal buntgekleidete Mädchen zu sehen waren, allesamt sehr hübsch – es kam ihm vor, als hätte er nie zuvor so hübsche Mädchen gesehen. Männer gab es auch, doch sie wirkten eher albern, ähnlich wie er, wenn er sich im Spiegel betrachtete, und es gab alte unscheinbare Frauen, und dann gab es auf einmal auch abstoßende Gesichter unter den Mädchen, doch insgesamt waren sie reizend, zwischen sechs und dreißig Jahre alt und buntgekleidet, die Mienen frei von Plänen oder Sorgen und von bezaubernder

Schwerelosigkeit, herausfordernd und heiter. Für einen Augenblick liebte er das Leben mit schmerzlicher Intensität, klammerte sich mit aller Kraft daran. Vielleicht war es ein Fehler gewesen, so früh nach draußen zu gehen.

Er verließ den Bus, hielt sich unterwegs überall vorsichtig am Geländer fest und ging so einen Häuserblock weit bis zum Barbier des Hotels. Er kam an einem Sportgeschäft vorbei und sah gleichgültig in die Auslage, bis sein Blick auf einen Baseballhandschuh fiel, dessen Handfläche sich schon dunkel verfärbt hatte. Nebenan war ein Herrenausstatter; vor dessen Auslage blieb er lange stehen und betrachtete die dunkelfarbenen Hemden und die mit Karo- und Schottenmuster. Vor zehn Jahren hatten er und ein paar Freunde an der Riviera im Sommer dunkelblaue Arbeiterhemden gekauft und damit offenbar diese Mode eingeleitet. Die karierten Hemden sahen hübsch aus, so schmuck wie Uniformen, und er wünschte, er wäre zwanzig und auf dem Weg zu einem Strandclub, herausgeputzt wie ein Sonnenuntergang bei Turner oder eine Morgendämmerung von Guido Reni.

Der Barbiersalon war groß, glitzernd und parfümiert. Es war mehrere Monate her, dass der Autor zuletzt hergekommen war, und er erfuhr, dass sein gewohnter Barbier mit Arthritis darniederlag; deshalb erklärte er dem Neuen, wie mit dem Haarpflegemittel zu verfahren sei, lehnte die angebotene Zeitung ab und saß verhältnismäßig zufrieden da und genoss das körperliche Wohlbefinden, während kräftige Finger seine Kopfhaut massierten und er sich einer angenehm diffusen Erinnerung an alle Barbiere überließ, die er je besucht hatte.

Er hatte einmal eine Geschichte über einen Barbier geschrieben. 1929 hatte der Inhaber seines Lieblingsbarbiersalons in der Stadt, in der er damals wohnte, mit den Finanztipps eines örtlichen Industriellen ein Vermögen von dreihunderttausend Dollar gemacht und dachte, er könne in Ruhestand gehen. Der Schriftsteller hatte keine derartigen Investitionen getätigt, sondern stand im Begriff, sich für einige Jahre nach Europa aufzumachen und all sein Erspartes mitzunehmen. Als er im Herbst jenes Jahres erfuhr, dass der Barbier sein ganzes Vermögen verloren hatte, ließ er sich dazu verleiten, eine Geschichte daraus zu machen: Aufstieg und Fall eines Barbiers – natürlich unter Verwischen aller Spuren. Dennoch bekam er später zu hören, dass die Geschichte am Ort des Geschehens wiedererkannt worden war und einiges Befremden bewirkt hatte.

Die Haarpflege war beendet. Als der Autor ins Hotelfoyer trat, hatte in der Cocktailbar gegenüber eine Kapelle zu spielen begonnen, und er blieb eine Zeitlang in der Tür stehen und hörte zu. Er hatte so lange nicht mehr getanzt, vielleicht zweimal in den letzten fünf Jahren, doch in einer Besprechung seines letzten Buchs war er als jemand dargestellt worden, der Nachtclubs liebte; in derselben Besprechung war er auch als unermüdlich bezeichnet worden. Etwas am Klang dieses Wortes in seinen Gedanken erschütterte ihn mit einem Mal, und er musste sich abwenden, weil er spürte, wie ihm Tränen der Schwäche in die Augen stiegen. Es war wie am Anfang vor fünfzehn Jahren, als man ihn »fataler Leichtfertigkeit« bezichtigt hatte, woraufhin er wie ein Galeerensklave an jedem Satz feilte, um diesem Klischee auf keinen Fall zu entsprechen.

»Ich werde wieder bitter«, sagte er sich. »Das ist gar nicht gut, gar nicht gut – ich muss nach Hause.«

Der Bus ließ lange auf sich warten, doch der Schriftsteller mochte keine Taxis, und er hoffte noch immer, dass er vom Obergeschoss aus auf der Fahrt durch den grünen Blätterbaldachin des Boulevards etwas Interessantes sehen würde.

Als der Bus schließlich kam, fiel es ihm nicht ganz leicht, die Stufen zu erklimmen, doch es war die Mühe wert. Das Erste, was er erblickte, waren ein Junge und ein Mädchen – Highschoolschüler –, die auf dem hohen Sockel der Lafayette-Statue saßen, völlig selbstvergessen und ganz ineinander versunken. Ihre Weltvergessenheit rührte ihn. Er wusste, dass er das beruflich verwerten konnte, und sei es nur als Kontrastbild zu der zunehmenden Abgeschiedenheit seines eigenen Lebens und der immer mühsameren Erfordernis, eine bereits gründlich ausgequetschte Vergangenheit immer wieder auszuquetschen. Er brauchte eine Aufforstung, das war ihm nur allzu bewusst, und er hoffte, dass sich dem Boden noch ein letzter Ertrag abringen ließ. Es war nie ein besonders fruchtbarer Boden gewesen, denn er hatte schon früh eine Schwäche dafür gehabt anzugeben, statt zuzuhören und zu beobachten.

Da war sein Apartmenthaus; er blickte hinauf zu den Fenstern seiner Wohnung im obersten Stock, bevor er das Haus betrat.

»Der Wohnsitz des erfolgreichen Schriftstellers«, sagte er sich. »Ich frage mich, welche imponierenden Bücher er da oben gerade aus dem Ärmel schüttelt. Muss toll sein, so ein Talent zu haben – sich einfach mit Stift und Papier hinzusetzen. Zu arbeiten, wann es einem passt, zu tun, was einem gerade gefällt.«

Sein Kind war noch nicht zu Hause, aber das Hausmädchen kam aus der Küche und sagte: »Hatten Sie einen netten Nachmittag?«

»Sehr nett«, antwortete er. »Ich war Rollschuh fahren und kegeln und habe mit Man Mountain Dean herumgealbert und mich danach im Türkischen Bad erholt. Irgendwelche Telegramme?«

»Nicht eines.«

»Seien Sie so nett und bringen Sie mir ein Glas Milch, ja?«

Er ging durch das Esszimmer in sein Arbeitszimmer, für einen Augenblick geblendet vom Glanz seiner zweitausend Bücher im spätnachmittäglichen Sonnenschein. Er war richtig müde; er würde sich für zehn Minuten hinlegen und dann versuchen, in den zwei Stunden vor dem Abendessen auf eine Idee zu kommen.

Die Mutter eines Schriftstellers

Sie war eine schüchterne alte Dame in einem schwarzen Seidenkleid und einem Hut mit lächerlich hohem Kopfteil, den eine Putzmacherin ihr im Vertrauen auf nachlassende Sehkraft angedreht hatte. Sie war aus einem bestimmten Grund in die Stadt gekommen; inzwischen ging sie nur noch einmal in der Woche einkaufen und versuchte möglichst viel an einem Vormittag zu erledigen. Der Arzt hatte ihr gesagt, sie könne den Grauen Star operativ entfernen lassen, doch sie war über achtzig, und der Gedanke an die Operation erschreckte sie.

An diesem Vormittag wollte sie vor allem ein Geburtstagsgeschenk für ihren Sohn kaufen. Sie hatte an einen Bademantel gedacht, doch als sie durch die Buchabteilung des Kaufhauses ging und stehen blieb, um zu sehen, was es an Neuerscheinungen gab, fiel ihr Blick auf einen großen Band über Niaco, wo er den Winter zu verbringen beabsichtigte, und sie blätterte darin und fragte sich, ob ihm dieses Buch besser gefallen würde oder ob er es vielleicht schon besaß.

Ihr Sohn war ein erfolgreicher Schriftsteller. Nicht dass sie ihn in der Wahl dieses Berufs unterstützt hätte – sie hätte es lieber gesehen, wenn er Berufsoffizier geworden wäre oder Geschäftsmann wie sein Bruder. Ein Schriftsteller war etwas so Fremdartiges; in der Stadt im Mittleren Westen, in der sie geboren war, hatte ein einziger Schriftsteller gelebt, und der hatte als gesellschaftlicher Außenseiter gegolten. Wenn ihr Sohn ein Schriftsteller wie Longfellow gewesen wäre oder wie Alice und Phoebe Cary – das wäre etwas anderes gewesen, aber an die Namen der Verfasser der dreihundert Romane und Biographien, die sie jedes Jahr überflog, konnte sie sich beim besten Willen nicht erinnern. Gewiss erinnerte sie sich an Mrs. Humphrey Ward, und inzwischen gefiel ihr Edna Ferber, doch als sie sich an diesem Vormittag in der Buchabteilung umsah, kehrten ihre Gedanken immer wieder hartnäckig zu den Gedichten Alice und Phoebe Carys zurück. Was für reizende Gedichte das gewesen waren! Vor allem das eine über das Mädchen, das dem Künstler erklärte, wie er das Porträt seiner Mutter malen sollte. Dieses Gedicht pflegte ihre eigene Mutter ihr vorzulesen. Aber die Bücher ihres Sohns hatte sie nicht in lebhafter Erinnerung, und obwohl sie in gewisser Weise stolz auf ihn war und sich immer freute, wenn ein Buchhändler ihn erwähnte oder wenn jemand sie fragte, ob sie seine Mutter sei, fand sie seinen Beruf doch riskant und exzentrisch.

Es war ein warmer Tag; nach dem Einkaufen an diesem Vormittag war ihr ein wenig schwindelig, und sie bat den Verkäufer, sich einen Augenblick hinsetzen zu dürfen.

Er holte ihr höflich einen Stuhl, und als wolle sie ihn dafür belohnen, indem sie ihm etwas auftrug, hörte sie sich fragen: »Haben Sie die Gedichte von Alice und Phoebe Cary?«

Er wiederholte die Namen.

»Warten Sie mal – nein, ich glaube, da haben wir nichts vorrätig. Die Lyrikabteilung habe ich gestern erst inspiziert. Wir bemühen uns immer, alle zeitgenössischen Dichter auf Lager zu haben.«

Sie lächelte still über seine Ignoranz.

»Diese Dichterinnen sind seit langen Jahren tot«, sagte sie.

»Ich glaube, ich habe die Namen noch nie gehört – aber ich könnte das Buch für Sie bestellen.«

»Nein, danke – es war nur eine Frage.«

Er schien ein entgegenkommender junger Mann zu sein, und sie versuchte, ihren Blick auf ihn zu richten, denn sie fand höfliche junge Männer angenehm, doch die Bücherstapel verschwammen auf einmal, und sie dachte, sie solle besser nach Hause zurückgehen und den Bademantel für ihren Sohn telefonisch bestellen.

Direkt vor dem Eingang des Kaufhauses stürzte sie. Ein paar Minuten lang war sie sich undeutlich eines störenden Durcheinanders bewusst, das sich um sie herum abspielte, und dann wurde sie allmählich gewahr, dass sie auf einer Art Bett in einem Gefährt lag, das offenbar ein Automobil war.

Der weißgekleidete Mann, der neben ihr saß, sagte freundlich: »Wie fühlen Sie sich jetzt?«

»Oh, mir geht es gut. Bringen Sie mich nach Hause?«

»Nein, Mrs. Johnston, wir bringen Sie ins Krankenhaus; wir wollen die Wunde an Ihrer Stirn behandeln. Ich habe mir erlaubt, in Ihrer Einkaufstasche nachzusehen, deshalb weiß ich, wie Sie heißen. Wären Sie so nett, mir Namen und Adresse Ihrer nächsten Verwandten anzugeben?«

Wieder begann ihr Bewusstsein sich zu umwölken, und sie sagte etwas Unzusammenhängendes über ihren Sohn, der Geschäftsmann im Westen war, und ihre Enkelin, die vor kurzem ein Modewarengeschäft in Chicago eröffnet hatte. Doch bevor er etwas Konkretes in Erfahrung bringen konnte, wechselte sie das Thema, als wäre es nebensächlich, und versuchte sich von der Bahre zu erheben.

»Ich will nach Hause. Ich weiß nicht, warum Sie mich in ein Krankenhaus bringen wollen – ich war noch nie in einem Krankenhaus.«

»Mrs. Johnston, Sie müssen wissen, dass Sie beim Verlassen des Kaufhauses gestolpert und eine Treppe hinuntergefallen sind, und dabei haben Sie sich leider etwas verletzt.«

»Mein Sohn wird darüber schreiben.«

»Was!«, sagte der Arzt ein wenig überrascht.

Ohne sich näher zu äußern, wiederholte die alte Frau: »Mein Sohn wird darüber schreiben.«

»Ist Ihr Sohn journalistisch tätig?«

»Ja – aber Sie dürfen ihm nichts verraten. Sie dürfen ihn nicht stören –«

»Mrs. Johnston, sagen Sie jetzt für einen Augenblick nichts. Ich möchte diesen kleinen Schnitt zusammenhalten, bis wir Ihre Wunde versorgen können. Sie hatten einen Schwindelanfall.«

»Mein Sohn ist kein Schwindler, mein Sohn ist Schriftsteller, habe ich gesagt.«

»Das war ein Missverständnis, Mrs. Johnston. Ich sprach von Ihrem Schwindelanfall und Ihrem Sturz. Wir müssen Ihre Wunde versorgen …«

Ihr Puls wurde unregelmäßig, und er gab ihr Riechsalz, um sie bei Bewusstsein zu halten, bis sie das Krankenhaus erreichten.

»Nein, mein Sohn ist kein Schwindler«, wiederholte sie. »Warum behaupten Sie das? Er ist Schriftsteller.« Sie sprach sehr langsam, als wären ihr die Worte unvertraut, die aus ihrem müden Mund kamen. »Ein Schriftsteller ist jemand, der Bücher schreibt.«

Sie hatten das Krankenhaus erreicht, und der Arzt war damit beschäftigt, sie aus dem Krankenwagen zu bugsieren. »Ja, Mrs. Johnston, ich verstehe. Halten Sie jetzt bitte Ihren Kopf möglichst ruhig.«

»Meine Wohnung hat die Nummer Drei-Null-Fünf«, sagte sie.

»Wir möchten nur, dass Sie für ein paar Stunden ins Krankenhaus kommen. Was für Bücher schreibt Ihr Sohn, Mrs. Johnston?«

»Oh, er schreibt alle möglichen Bücher.«

»Versuchen Sie, Ihren Kopf so ruhig wie möglich zu halten, Mrs. Johnston. Unter welchem Namen schreibt Ihr Sohn?«

»Hamilton B. Johnston. Aber er ist kein Schwindler, sondern ein Schriftsteller. Sind Sie ein Schwindler?«

»Nein, Mrs. Johnston. Ich bin Arzt.«

»Aber hier sieht es nicht aus wie in meiner Wohnung.« Mit einer Handbewegung hielt sie zusammen, was noch von ihr übrig war, und sagte: »Stören Sie bitte nicht meinen Sohn John oder meine verstorbene Schwiegertochter oder meinen Sohn Hamilton, der –« Sie raffte sich zu einer letzten Anstrengung auf und sprach eingedenk des einzigen

Buchs, das sich ihrem Herzen unauslöschlich eingeschrieben hatte, die verblüffenden Worte: »– meinen Sohn Hamilton, der die Gedichte von Alice und Phoebe Cary geschrieben hat.« Ihre Stimme erstarb, und als ihre Tragbahre in den Aufzug gelangte, wurde ihr Puls zunehmend schwächer, und der Arzt wusste, dass die Wunde nicht mehr versorgt werden musste, denn die Natur hatte der alten Stirn ihre letzte Kerbe eingeprägt. Doch ihre letzten Gedanken konnte er nicht erraten, und er konnte nicht ahnen, dass Alice und Phoebe Cary gekommen waren, um sie abzuholen, und sie an den Händen hielten und behutsam in das Land zurückgeleiteten, das sie verstehen konnte.

Ein Fall von Alkoholismus

I

»Lassen Sie sie los – au! Also bitte, wollen Sie wohl? Fangen Sie doch nicht wieder zu trinken an! Kommen Sie – geben Sie mir die Flasche. Ich habe es Ihnen ja versprochen: Ich bleibe auf und gebe Ihnen etwas. Also kommen Sie. Wenn Sie so weitermachen – in welchem Zustand wollen Sie dann nach Hause entlassen werden? Kommen Sie – überlassen Sie sie mir. Ich hebe die Hälfte für Sie auf. Ach bitte! Sie wissen doch, was Dr. Carter gesagt hat. Ich bleibe auf und gebe sie Ihnen, oder ich fülle etwas für Sie ab – bitte – wie ich Ihnen schon sagte: Ich bin zu müde, um die ganze Nacht mit Ihnen zu ringen ... Also gut, wenn Sie sich denn zu Tode trinken wollen ...«

»Möchten Sie etwas Bier?«, fragte er.

»Nein, ich will kein Bier. Oh, wenn ich mir vorstelle, dass ich Sie wieder einmal in betrunkenem Zustand erleben muss. Großer Gott!«

»Dann will ich wenigstens Coca-Cola trinken.«

Das Mädchen setzte sich zitternd auf die Bettkante.

»Glauben Sie denn an gar nichts?«, fragte sie.

»Nicht, an was Sie glauben – vorsichtig, Sie werden etwas verschütten.«

Es ging sie nichts an, dachte sie, es war nicht ihre Sache, ihm helfen zu wollen. Wieder rangen sie miteinander, aber diesmal saß er hinterher eine Weile still, den Kopf in den Händen vergraben, ehe er sich wieder herumwarf.

»Wenn Sie's noch mal versuchen, schmeiß ich sie kaputt«, sagte sie rasch. »Jawohl, auf den Fliesen im Badezimmer.«

»Dann könnte ich auf die Scherben treten, oder Sie.«

»So lassen Sie schon los – ach, Sie haben es doch versprochen ...«

Plötzlich ließ sie die Flasche fallen wie ein Torpedo; sie entglitt ihr, und im Fallen blitzte rot und schwarz das Etikett auf: SIR GALAHAD, DISTILLED LOUISVILLE GIN. Er hob die Flasche am Hals auf und warf sie durch die offene Tür ins Badezimmer.

Dort lag sie nun in Stücken. Eine Zeitlang blieb alles ruhig; sie las in *Vom Winde verweht* von großartigen Begebenheiten, die sich vor langer Zeit zugetragen hatten. Dann wurde sie unruhig, er müsste vielleicht ins Badezimmer gehen und könnte sich dort die Füße verletzen. Von Zeit zu Zeit blickte sie auf, um zu schauen, ob er sich dorthin bewegte. Sie war todmüde – als sie zum letzten Mal aufsah, weinte er und sah aus wie ein alter Jude, den sie einmal in Kalifornien gepflegt hatte; der hatte sehr oft ins Badezimmer gemusst. Aber dieser Fall machte sie so besonders unglücklich, und sie dachte:

›Wenn ich diesen Patienten nicht mögen würde, wäre ich wahrscheinlich nicht so lange bei ihm geblieben.‹

Mit plötzlich wieder erwachendem Bewusstsein stand sie auf und rückte einen Stuhl vor die Tür zum Badezimmer. Sie hätte gern geschlafen, denn er hatte am Morgen ganz früh nach ihr verlangt, damit sie ihm eine Zeitung mit dem Bericht von dem Spiel Yale gegen Dartmouth hole, und sie war den ganzen Tag über nicht zu Hause gewesen. Am Nachmittag war ein Verwandter von ihm zu Besuch gekommen, und sie hatte die ganze Zeit draußen im zugigen Flur gewartet und keinen Pullover bei sich gehabt, um ihn über ihre Schwesternbluse zu ziehen.

So gut es ging, machte sie ihn zum Schlafen zurecht, legte ihm, während er zusammengesunken an seinem Schreibtisch saß, eine Decke um die Schultern und eine Decke über die Knie. Sie setzte sich in den Schaukelstuhl, aber die Schläfrigkeit war ihr vergangen; sie hatte noch viel auf der Karte nachzutragen, und so ging sie leise auf die Suche nach einem Bleistift; dann schrieb sie:

Puls 120

Atmung 25

Temperatur 38 –38,4 –38,2

Bemerkungen –

Was konnte sie da nicht alles schreiben:

Patient versuchte, Ginflasche zu bekommen, warf sie weg, und sie zerbrach.

Dann korrigierte sie:

Im Gerangel fiel die Flasche zu Boden und zerbrach. Patient war im Allgemeinen schwierig.

Schon wollte sie als Teil ihres Berichts dazuschreiben: *Ich möchte nie wieder einen Alkoholiker pflegen,* aber das gehörte nicht hierher. Sie war sicher, von selbst um sieben aufzuwachen, dann konnte sie alles aufräumen, bevor seine Nichte aufstand. Das gehörte alles zu ihrem Dienst. Doch als sie sich wieder setzte, blickte sie zu seinem bleichen und erschöpften Gesicht hinüber, zählte seine Atemzüge und fragte sich, wie das alles hatte passieren können. Gerade heute war er so nett zu ihr gewesen, hatte eine ganze Reihe seiner Cartoons für sie gezeichnet und ihr geschenkt. Sie würde sie einrahmen und in ihrem Zimmer aufhängen. Wieder fühlte sie seine schmalen Handgelenke und wie er die ihren gepackt hatte und dachte an seine hässlichen Reden; auch was der Arzt gestern zu ihm gesagt hatte, ging ihr durch den Kopf:

»Sie sind viel zu schade, um sich das anzutun.«

Sie war müde und wollte die Scherben im Badezimmer nicht auffegen, denn sobald er gleichmäßig atmete, wollte sie ihn ins Bett bringen. Dennoch entschloss sie sich, zuerst die Scherben wegzuschaffen; während sie auf den Knien einen letzten Splitter suchte, dachte sie: ›Das sollte ich nicht nötig haben. Und er sollte das auch nicht nötig haben.‹

Unmutig stand sie auf und betrachtete ihn wieder. Aus seiner schmalen, feingezeichneten Nase kam ein leiser Schnarchton, wie ein fernes Seufzen, ohne Hoffnung oder Trost. Der Arzt hatte auf eine gewisse Art den Kopf geschüttelt, und sie wusste, dass dieser Fall ihre eigenen Möglichkeiten überstieg. Dabei hatte sie auf den Rat älterer Kolleginnen auf ihrer Karteikarte in der Agentur vermerkt: »Keine Alkoholiker.«

Sie hatte ihre Pflicht bis zum Äußersten erfüllt, doch alles, woran sie denken konnte, war der Moment, als sie mit ihm durch das ganze Zimmer tobte und um die Ginflasche kämpfte. Da hatte er sie in einer Verschnaufpause gefragt, ob sie sich den Ellbogen an der Tür gestoßen habe, und sie hatte geantwortet: »Sie mögen von sich denken, was Sie wollen, aber Sie wissen ja gar nicht, wie die Leute über Sie reden …«, denn sie wusste, dass ihm das seit langem gleichgültig war.

Die Glasscherben waren aufgesammelt. Als sie einen Handbesen holte, um auch das Letzte zu beseitigen, wurde ihr bewusst, dass die einzelnen Scherben fast so etwas waren wie eine Fensterscheibe, durch die sie einander einen Augenblick lang angesehen hatten. Er wusste nichts von ihrer Schwester und von Bill Markoe, den sie beinahe geheiratet hatte, und sie wusste nicht, wie er so weit hatte herabsinken können, wo doch auf seinem Schreibtisch ein Foto stand von seiner jungen Frau, seinen beiden Söhnen und ihm selbst, gut in Form und ausgesprochen attraktiv; so hatte er wohl vor fünf Jahren ausgesehen. Was für einen Sinn ergab das alles? Während sie ihren Finger verband, an dem sie sich beim Scherbenaufsammeln geschnitten hatte, fasste sie den Entschluss, dass sie nie wieder einen Alkoholismusfall übernehmen wollte.

II

Es war früh am folgenden Abend. Irgendein Halloween-Spaßvogel hatte die Seitenfenster des Busses beschädigt, und sie wechselte ganz nach hinten in die Sitzreihen für die Schwarzen, denn sie fürchtete, die Scheiben könnten herausfallen. Sie hatte den Scheck ihres Patienten in der Tasche, aber keine Möglichkeit mehr, ihn um diese Zeit einzulösen; in ihrem Portemonnaie waren nur ein Vierteldollar und ein Cent.

Im Vorraum von Mrs. Hixsons Vermittlungsbüro warteten zwei Pflegerinnen, die sie kannte.

»Was für einen Fall hatten Sie zuletzt?«

»Einen Alkoholiker«, sagte sie.

»Richtig – Gretta Hawks erzählte mir davon – der Cartoonzeichner, der im Forest-Park-Hotel wohnt.«

»Ja, da war ich.«

»Er soll recht zudringlich sein.«

»Er ist mir nie irgendwie zu nahe gekommen«, log sie. »Man kann sie ja auch nicht wie Verbrecher behandeln ...«

»Oh, nichts für ungut. Ich hörte nur so in der Stadt davon. Sie wissen ja, die wollen immer, dass man etwas mit ihnen anfängt ...«

»So schweigen Sie doch!«, sagte sie, überrascht von dem Unwillen, der in ihr aufstieg.

In diesem Augenblick kam Mrs. Hixson heraus, bat die beiden anderen zu warten und winkte sie in ihr Büro.

»An sich betraue ich junge Frauen nicht gern mit solchen Fällen«, begann sie. »Ihr Anruf vom Hotel wurde mir ausgerichtet.«

»Ach, es war nicht so schlimm, Mrs. Hixson. Er wusste nicht, was er tat, und hat mich nicht irgendwie verletzt. Ich war viel mehr um meinen Ruf bei Ihnen besorgt. Gestern war er den ganzen Tag wirklich sehr nett. Er hat mir etwas gezeichnet ...«

»Ich wollte Sie nicht zu diesem Fall schicken.« Mrs. Hixson blätterte in der Kartei. »Sie übernehmen auch TBC-Fälle, nicht wahr? Ja, ich sehe schon. Ich habe da einen –«

Das Telefon klingelte unaufhörlich. Die Schwester hörte, wie Mrs. Hixson in bestimmtem Ton sagte:

»Will sehen, was ich tun kann – es hängt eben ganz vom Arzt ab … Darüber habe ich nicht zu befinden … Oh, hallo, Hattie, nein, ich kann jetzt nicht. Sag, hast du eine Schwester, die gut mit Alkoholikern zurechtkommt? Da ist einer im Forest-Park-Hotel, der braucht eine. Ruf mich wieder an, ja?«

Sie legte den Hörer auf. »Vielleicht warten Sie besser draußen. Was für ein Mann ist er übrigens? Hat er Sie belästigt?«

»Er hat meine Hand festgehalten«, sagte sie, »so dass ich ihm keine Injektion machen konnte.«

»Oh, also ein kranker Vertreter des starken Geschlechts«, knurrte Mrs. Hixson. »Die gehören ins Sanatorium. In zwei Minuten bekomme ich einen Fall, bei dem Sie sich etwas erholen können. Eine alte Dame …«

Wieder klingelte das Telefon. »Oh, hallo Hattie … Ja? Wie ist's denn mit dem kräftigen Svensen-Mädchen? Die müsste doch mit einem Alkoholiker fertig werden können … Und Josephine Markham? Wohnt die nicht bei dir im Haus? … Gib sie mir mal.« Dann, nach einem Moment: »Jo, könnten Sie den Fall eines bekannten Zeichners oder Künstlers oder wie sich das nun nennt übernehmen, im Forest-Park-Hotel? … Nein, ich weiß nicht, aber Dr. Carter ist der behandelnde Arzt und wird gegen zehn dort sein.«

Es folgte eine lange Pause; von Zeit zu Zeit sprach Mrs. Hixson:

»Ja, ich sehe schon … Natürlich kann ich Ihren Standpunkt verstehen. Ja, aber es scheint nicht gefährlich zu sein, nur ein bisschen schwierig. Ich schicke nicht gern junge

Frauen in ein Hotel, denn ich weiß, auf was für ein Gesindel man dort trifft... Nein, ich finde schon jemand. Auch jetzt noch. Macht nichts, und vielen Dank. Sagen Sie Hattie, ich hoffe, dass der Hut zum Négligé passt...«

Mrs. Hixson legte den Hörer auf und machte sich auf dem vor ihr liegenden Block Notizen. Sie war eine sehr tüchtige Frau. Sie war selbst Schwester gewesen und hatte die härtesten Etappen durchgemacht, war eine stolze, idealistische, überarbeitete Lernschwester gewesen, hatte sich von den schlauen Stationsschwestern ausnutzen und die Zumutungen ihrer ersten Patienten über sich ergehen lassen, die wohl dachten, sie wäre eine, die man direkt mitnehmen und für den vorzeitigen Dienst an den Alten verpflichten könnte. Plötzlich drehte sie sich vom Schreibpult wieder herum.

»Was für Fälle wollen Sie also? Ich sagte schon, ich habe da eine nette alte Dame...«

In den braunen Augen der Schwester blitzte ein Feuerwerk von Gedanken auf – der Film über Pasteur, den sie gerade gesehen hatte, und das Buch über Florence Nightingale, das sie als Ausbildungsschwestern alle gelesen hatten. Und wie stolz waren sie gewesen, wenn sie bei kaltem Wetter durch die Straßen von Philadelphia schwebten, so stolz auf ihre neuen Capes wie die Debütantinnen auf ihre Pelze, in denen sie zu den Bällen in die Hotels gingen.

»Ich ... ich glaube, ich möchte es mit dem Patienten noch einmal versuchen«, sagte sie in ein wirres Telefongeläute hinein. »Ich kann's ebenso gut machen, wenn Sie niemand anders finden.«

»Aber eben sagten Sie noch, Sie wollten nie wieder einen

Alkoholiker betreuen, und nun sagen Sie, dass Sie doch wieder zu einem zurückwollen.«

»Ich habe wohl die Schwierigkeiten etwas überschätzt. Wirklich, ich glaube, ich könnte ihm helfen.«

»Wie Sie wollen. Aber wenn er Sie doch am Handgelenk packte …«

»Er konnte aber nichts ausrichten«, sagte die Schwester. »Sehen Sie nur meine Arme: Ich habe auf der Waynesboro-Highschool zwei Jahre Basketball gespielt. Ich bin durchaus imstande, ihn zu pflegen.«

Mrs. Hixson sah sie eine lange Minute an. »Also gut«, sagte sie. »Aber denken Sie dran: Diese Menschen sagen in betrunkenem Zustand alles Mögliche, was sie nicht sagen würden, wenn sie nüchtern wären – ich habe das alles auch durchgemacht. Verabreden Sie mit einem Hotelbediensteten, dass Sie ihn rufen können, denn man kann nie wissen – manche Alkoholiker sind freundlich und harmlos, andere wieder nicht, aber alle können sehr gemein werden.«

»Ich werde dran denken«, sagte die Schwester.

Sie trat hinaus in einen seltsam hellen Abend; ein dünner Graupelschauer ging schräg hernieder und ließ den blauschwarzen Himmel fast weiß erscheinen. Der Bus war derselbe, mit dem sie in die Stadt gekommen war, aber er hatte jetzt noch mehr zerbrochene Fensterscheiben. Der Busschaffner war darüber sehr wütend und redete nur davon, was er mit den Übeltätern anstellen würde, wenn er sie erwischte. Sie wusste, er redete über ganz allgemeinen Verdruss, so wie sie gerade an den Verdruss dachte, den man mit einem Alkoholiker hatte. Sie würde zu ihm ins Hotel hinaufkommen, ihn hilflos und jämmerlich vorfinden, und sie würde ihn zugleich verachten und bemitleiden.

Als sie aus dem Bus stieg und über die breiten Stufen zum Hotel ging, fühlte sie sich durch die kalte Luft leicht beschwingt. Sie würde sich seiner annehmen, weil das sonst niemand tat und weil die Besten in ihrem Beruf sich nun mal für die Fälle interessierten, die sich sonst niemand zutraute.

Sie klopfte an die Tür seines Arbeitszimmers und wusste genau, was sie ihm sagen würde.

Er kam selbst. Er war im Abendanzug, sogar mit einem Derbyhut – nur fehlten die Hemdknöpfe und die Schleife. »Oh, hallo«, sagte er gleichmütig. »Fein, dass Sie wieder da sind. Ich bin aufgewacht und habe mich entschlossen auszugehen. Haben Sie eine Nachtschwester gefunden?«

»Ich bin selbst die Nachtschwester«, sagte sie. »Ich habe mich zu einem Vierundzwanzigstunden-Dienst bereit erklärt.«

Er lächelte wohlwollend, gleichgültig.

»Ich merkte, dass Sie fort waren, aber irgendwas sagte mir, Sie würden wiederkommen. Bitte suchen Sie doch meine Hemdenknöpfe. Sie sind entweder in einer kleinen Schildpattdose oder ...«

Er rückte ein wenig an seinem Anzug zurecht und schob die Manschetten in die Rockärmel.

»Dachte schon, Sie wollten mich endgültig verlassen«, sagte er beiläufig.

»Das dachte ich auch.«

»Auf dem Tisch«, sagte er, »finden Sie einen ganzen Cartoonstrip, den ich für Sie gezeichnet habe.«

»Mit wem wollen Sie sich treffen?«, fragte sie.

»Mit dem Sekretär des Präsidenten«, sagte er. »Ich hatte meine liebe Mühe, fertig zu werden. Wollte es schon aufgeben, da kamen Sie herein. Wollen Sie mir einen Sherry bestellen?«

»Aber nur ein Glas«, willigte sie müde ein.

Kurz darauf rief er aus dem Badezimmer: »O Schwester, Schwester, Licht meines Lebens, wo ist der andere Hemdenknopf?«

»Ich werde ihn Ihnen einknöpfen.«

Im Badezimmer bemerkte sie die fiebrige Blässe auf seinem Gesicht und dass sein Atem nach Pfefferminz und Gin roch. »Sie kommen aber bald wieder zurück?«, fragte sie. »Dr. Carter will um zehn hier sein.«

»So ein Unsinn! Sie kommen doch mit.«

»Ich?«, rief sie aus. »In Pullover und Rock? Wo denken Sie hin!«

»Dann gehe ich auch nicht.«

»Schön, dann gehen Sie zu Bett. Da gehören Sie sowieso hin. Können Sie diese Leute nicht auch morgen treffen?«

»Nein, natürlich nicht!«

Sie trat hinter ihn und band ihm, über seine Schultern langend, die Schleife. Seine Hemdbrust war an den Stellen, wo er versucht hatte, die Knöpfe hineinzutun, schon ganz zerknittert, deshalb schlug sie ihm vor: »Wollen Sie nicht ein anderes anziehen, wo Sie doch Leute treffen, an denen Ihnen liegt?«

»Gut, aber ich will's selbst machen.«

»Warum soll ich Ihnen denn nicht helfen?«, fragte sie verzweifelt. »Warum wollen Sie sich nicht mit dem Anziehen von mir helfen lassen? Wozu ist denn eine Schwester da – was kann ich sonst schon machen?«

Er setzte sich plötzlich auf den Toilettendeckel.

»Gut, also los.«

»Aber nicht meine Hände festhalten«, sagte sie, und gleich darauf: »Verzeihen Sie bitte.«

»Keine Sorge. Es hat nicht weh getan. Gleich werden Sie es sehen.«

Sie hatte ihm schon Rock, Weste und Smokinghemd ausgezogen, aber ehe sie ihm das Unterhemd über den Kopf streifen konnte, tat er einen Zug aus seiner Zigarette, und es gab wieder eine Verzögerung.

»Jetzt passen Sie mal auf«, sagte er. »Eins – zwei – drei.«

Sie streifte ihm das Unterhemd hoch; gleichzeitig stieß er das graurot glimmende Ende der Zigarette wie einen Dolch gegen sein Herz und zerdrückte es über seiner linken Rippe an einer Kupferplatte, so groß wie ein Silberdollar; dabei sagte er »Au!«, als ihm ein verirrter Funke auf den Bauch fiel.

Jetzt kam es darauf an, sich nicht einschüchtern zu lassen, dachte sie. Sie wusste, dass er drei Weltkriegsmedaillen in seinem Schmuckkästchen hatte, aber auch sie hatte so mancher Gefahr ins Auge gesehen: Tuberkulose und einmal noch etwas Schlimmeres, ohne es zu wissen, was sie dem Arzt, der es ihr verheimlicht hatte, bis heute nicht ganz verzieh.

»Das hat Ihnen wohl viel zu schaffen gemacht«, sagte sie unbefangen, während sie ihn wusch. »Wird das nie ausheilen?«

»Nie, ist ’ne Kupferplatte.«

»So, aber noch kein Anlass, sich zugrunde zu richten, wie Sie es tun.«

Er heftete seine großen braunen Augen auf sie, durchdringend und zugleich entfernt, verlegen. In dieser einen Sekunde gab er ihr zu verstehen, dass er durchaus sterben wollte, und sie wusste, dass sie bei all ihrer Übung und Erfahrung nie etwas wirklich Entscheidendes für ihn würde tun können. Er stand auf, stützte sich auf das Waschbecken und richtete sein Auge starr auf etwas direkt gegenüber.

»Wenn ich schon hierbleiben soll, werden Sie aber nichts von diesem Getränk dort bekommen«, sagte sie.

Plötzlich merkte sie, dass er gar nicht danach Ausschau hielt. Er blickte in die Ecke, in die er am Vorabend die Flasche geschleudert hatte. Sie starrte in das attraktive Gesicht, das weich und trotzig zugleich war – sie fürchtete sich, auch nur die kleinste Bewegung zu machen, denn in jener Ecke – das wusste sie –, genau in der Richtung seines Blicks hockte der Tod. Sie kannte den Tod, sie hatte ihn gehört, seine unverkennbare Ausdünstung gerochen, aber sie hatte ihn noch nie leibhaftig gesehen, bevor er in einen Menschen eingetreten war, und dieser Mann – auch das wusste sie – hatte ihn in der Ecke des Badezimmers erblickt. Da stand der Tod und sah seinerseits auf den Mann, der unter schwachem Husten etwas Speichel verlor und den Auswurf in seinem Hosenbund verrieb. Dort schimmerte es feucht, knisterte gleichsam einen Augenblick, wie zum Beweis dieser letzten Geste, die er im Leben tat.

Am nächsten Tag versuchte sie, Mrs. Hixson ihr Gefühl auszudrücken:

»Es ist nichts, was man irgendwie besiegen kann –

wie sehr man sich auch bemüht. Dieser Mann hätte mir die Handgelenke umdrehen können bis zum äußersten Schmerz; das hätte mir nicht viel ausgemacht. Es ist nur, dass man ihnen nicht wirklich helfen kann, und das nimmt einem allen Mut – es ist alles umsonst.«

Der langsame Abgang

I

Es war von einigen älteren Schlössern in der Touraine die Rede, und dabei kamen wir auch auf den eisernen Käfig zu sprechen, in welchem Ludwig XI. den Kardinal Balue sechs Jahre gefangen hielt, dann auf die Verliese und ähnliche Greuel. Ich hatte mehrere solcher Verliese besichtigt: nichts weiter als ausgetrocknete Brunnen von zehn oder zwölf Meter Tiefe, in die man einen Mann hineinwarf und warten ließ – auf nichts. Da ich nun derart zur Klaustrophobie neige, dass ich schon in einem Pullman-Schlafwagen unweigerlich Zustände bekomme, machten mir diese Verliese einen unvergesslichen Eindruck. So fühlte ich mich denn recht erleichtert, als ein Arzt die folgende Geschichte erzählte – zumindest zu Beginn, denn da schien es, als habe sie mit jenen längst vergangenen Greueln nichts zu tun.

Sie handelte von einer jungen Frau, Mrs. King, die sehr glücklich mit ihrem Gatten lebte. Sie waren wohlhabend und sehr verliebt ineinander, aber bei der Geburt ihres zweiten Kindes fiel sie in eine lange Bewusstlosigkeit, aus der sie mit eindeutigen Symptomen von Schizophrenie oder einem »gespaltenen Ich« erwachte. Ihre Wahnvorstellungen, die irgendwie mit der Unabhängigkeitserklärung zusammenhingen, hatten mit dem Fall an sich wenig zu tun und begannen mit zunehmender Gesundung zu verschwinden. Nach Ablauf von zehn Monaten war sie Rekonvaleszentin, kaum noch belastet von dem, was ihr zugestoßen war, und sehr begierig, wieder in die Welt hinauszukommen.

Sie war erst einundzwanzig, eine fast mädchenhafte, anziehende Erscheinung und bei dem Personal des Sanatoriums sehr beliebt. Als sie so weit wiederhergestellt war, dass sie versuchsweise eine Reise mit ihrem Gatten unternehmen konnte, interessierte man sich allgemein für dieses Vorhaben. Eine der Schwestern war mit ihr zum Einkauf eines neuen Kostüms nach Philadelphia gefahren, eine andere kannte die nahezu romantischen Umstände, unter denen sie sich in Mexiko in ihren Mann verliebt hatte, und jedermann hatte ihre beiden kleinen Kinder gesehen, wenn sie ins Krankenhaus zu Besuch kamen. Das Ziel des fünftägigen Ausflugs sollte Virginia Beach sein.

Es war ein Vergnügen, sie bei ihren Vorbereitungen zu beobachten, wie sie sich ankleidete, sorgfältig den Koffer packte und ganz unbeschwert in so trivialen Dingen wie Dauerwellen und Ähnlichem aufging. Eine halbe Stunde vor der Abfahrt war sie schon fertig, besuchte noch diesen und jenen auf der Etage in ihrem graublauen Kostüm und mit ihrem neuen Hut, der wie ein Sonnenstrahl nach einem Aprilregen aussah. Ihr zartes, liebliches Gesicht, auf dem – wie oft nach Krankheiten – noch ein Schatten von Verstörtheit und Trauer lag, war von freudiger Erwartung aufgehellt.

»Wir werden gar nichts unternehmen«, sagte sie. »Das

ist mein Ehrgeiz. Drei Morgen hintereinander aufstehen, wann ich Lust habe, und drei Abende hintereinander lange aufbleiben. Mir ganz allein einen Badeanzug kaufen und selbst eine Mahlzeit bestellen.«

Als es so weit war, entschloss sich Mrs. King, nicht auf ihrem Zimmer, sondern unten zu warten. Während sie, von einem Pfleger, der ihren Koffer trug, begleitet, durch die Korridore schritt, winkte sie den anderen Patienten zu und bedauerte sie, dass sie nicht auch eine so wundervolle Reise vorhatten. Der Verwaltungsdirektor wünschte ihr alles Gute, und zwei Schwestern fanden einen Vorwand, noch bei ihr stehen zu bleiben und sich mit ihr zu freuen.

»Und was für eine gesunde Farbe Sie bekommen werden, Mrs. King.«

»Aber schreiben Sie uns bestimmt eine Ansichtskarte.«

Etwa zu dem Zeitpunkt, da sie ihr Zimmer verlassen hatte, wurde das Auto ihres Mannes auf dem Weg aus der Stadt von einem Lastwagen erfasst. Ihr Mann erlitt schwere innere Verletzungen, und man rechnete nicht damit, dass er die nächsten Stunden überleben würde. Die Nachricht wurde im Sanatorium in der verglasten Telefonzentrale entgegengenommen, von der aus man die Halle, wo Mrs. King wartete, überblicken konnte. Die Telefonistin sah Mrs. King und wusste, dass der Glaskasten nicht schalldicht war. Daher ließ sie sofort die Oberschwester kommen. Die Oberschwester lief entsetzt zu einem der Ärzte, und dieser entschied, was zu tun sei. Solange ihr Mann noch am Leben sei, sage man ihr am besten nichts, aber natürlich müsse man ihr beibringen, dass er heute nicht kommen würde.

Mrs. King war tief enttäuscht.

»Eigentlich dumm von mir, es so aufzunehmen«, sagte sie. »Nach all den Monaten ein Tag mehr, was macht das schon. Er hat doch gesagt, dass er morgen kommt, nicht wahr?«

Die Schwester kam in große Verlegenheit, aber es gelang ihr, ausweichend zu antworten, bis die Patientin wieder in ihrem Zimmer war. Dann schickte man eine besonders erfahrene und gleichmütige Schwester zu ihr, die sie von den übrigen Patienten fernhalten und verhindern sollte, dass sie Zeitungen las. Am nächsten Tag würde man so oder so zu einem Entschluss kommen müssen.

Aber der Gatte lebte noch, und man konnte nur weiter Ausflüchte machen. Am nächsten Mittag kurz vor zwölf ging eine der Schwestern gerade über den Korridor, als sie auf Mrs. King stieß – in der gleichen Aufmachung wie am Tag zuvor, nur dass sie diesmal ihren Koffer selbst trug.

»Ich gehe meinem Mann entgegen«, erklärte sie. »Gestern ist er aufgehalten worden, aber heute kommt er, zur selben Zeit.«

Die Schwester ging mit ihr. Mrs. King hatte volle Bewegungsfreiheit im Haus, und es war nicht gut möglich, sie gewaltsam in ihr Zimmer zurückzuführen; auch wollte die Schwester nicht durch irgendeine Notlüge zu ihren Vorgesetzten in Widerspruch geraten. Als sie in der Empfangshalle ankamen, machte sie der Telefonistin ein Zeichen, das zum Glück verstanden wurde. Mrs. King prüfte sich ein letztes Mal im Spiegel und sagte:

»Am liebsten hätte ich ein Dutzend genau solcher Hüte, damit ich immer daran erinnert werde, so glücklich zu sein wie jetzt.«

Als eine Minute darauf die Oberschwester mit gerunzelter Stirn erschien, fragte sie:

»Sie wollen mir doch nicht sagen, dass George sich wieder verspätet hat?«

»Ich fürchte: ja. Bleibt nichts übrig, als sich in Geduld zu fassen.«

Mrs. King lachte etwas kläglich. »Er sollte mich aber in meinem Kostüm sehen, solange es ganz neu ist.«

»Ach, da ist noch kein Fältchen drin.«

»Bis morgen hält's wohl noch. Ich sollte mich nicht aufregen wegen eines Tages mehr, wo ich doch so glücklich bin.«

»Ganz gewiss nicht.«

In dieser Nacht starb ihr Mann, und bei der Ärztebesprechung am folgenden Morgen gab es eine längere Diskussion darüber, was zu tun sei – es ihr zu sagen oder es ihr zu verheimlichen barg ein gleich großes Risiko. Schließlich entschied man sich, ihr durch die Mitteilung, Mr. King sei plötzlich abberufen worden, die Hoffnung auf ein sofortiges Wiedersehen zu nehmen. Wenn sie sich damit abgefunden hätte, konnte man ihr später die Wahrheit sagen.

Als die Ärzte von der Konferenz kamen, blieb einer stehen und wies mit dem Finger in eine Richtung. Den Korridor hinab zur Eingangshalle schritt Mrs. King, ihren Koffer in der Hand.

Dr. Pirie, der Mrs. King vornehmlich behandelt hatte, hielt den Atem an.

»Das ist ja entsetzlich«, sagte er. »Ich glaube, ich sage es ihr besser jetzt. Ihr vorzumachen, er sei verreist, hat keinen Zweck, da sie doch gewöhnlich zweimal die Woche Nachricht von ihm bekommt, und wenn wir ihr sagen, er sei krank, wird sie ihn besuchen wollen. Ist vielleicht sonst jemand bereit, das zu übernehmen?«

II

Einer der Ärzte, die bei der Konferenz waren, trat an jenem Nachmittag seinen zweiwöchigen Urlaub an. Am Tag seiner Rückkehr, auf dem gleichen Korridor zur gleichen Stunde, stutzte er beim Anblick einer kleinen Prozession, die ihm entgegenkam – ein Krankenpfleger mit dem Koffer, eine Schwester und Mrs. King in dem graublauen Kostüm und mit ihrem Frühjahrshut.

»Guten Morgen, Doktor«, sagte sie. »Ich treffe mich gleich mit meinem Mann, wir wollen nach Virginia Beach fahren. Ich gehe schon in die Halle hinunter, um ihn nicht unnötig warten zu lassen.«

Er sah ihr ins Gesicht, das so rein und glücklich war wie das eines Kindes. Die Schwester bedeutete ihm verstohlen, dass es so angeordnet sei; also verbeugte er sich lediglich und sagte irgendetwas über das schöne Wetter.

»Ja, ein herrlicher Tag«, sagte Mrs. King, »aber selbst wenn es regnete, wäre es natürlich ein herrlicher Tag für mich.«

Der Arzt blickte ihr nach, verwirrt und ungehalten. ›Warum lassen sie das so weiterlaufen?‹, dachte er. ›Was kann dabei Gutes herauskommen?‹

Als er Dr. Pirie traf, fragte er ihn.

»Wir haben versucht, es ihr zu sagen«, antwortete der.

»Sie lachte nur und meinte, wir wollten sie auf die Probe stellen, ob sie noch krank sei. Hier können Sie das Wort ›undenkbar‹ in seiner eigentlichen Bedeutung anwenden – sein Tod ist für sie undenkbar.«

»Aber das kann doch nicht immer so weitergehen.«

»Theoretisch nicht«, sagte Dr. Pirie. »Als sie vor ein paar Tagen wie gewöhnlich ihre Sachen packte, wollte die Schwester sie davon abhalten hinunterzugehen. Ich stand draußen in der Halle und konnte ihr Gesicht sehen, sah, wie sie im Begriff war zusammenzubrechen – zum ersten Mal, denken Sie nur. Ihre Muskeln waren angespannt, ihre Augen glasig, und ihre Stimme klang gepresst und schrill, als sie – durchaus höflich – die Schwester eine Lügnerin nannte. Eine Minute lang stand es auf Messers Schneide – entweder würden wir eine umgängliche Patientin haben oder einen Fall für die Gummizelle. Da ging ich hinein und wies die Schwester an, sie hinunter in die Halle zu führen.«

Er brach ab, denn die Prozession, die soeben vorübergezogen war, erschien wieder auf ihrem Rückweg ins Krankenzimmer. Mrs. King blieb stehen und sprach zu Dr. Pirie.

»Mein Mann ist aufgehalten worden«, sagte sie. »Natürlich bin ich enttäuscht, aber man sagt mir, dass er morgen kommt, und nach so langer Wartezeit kommt es auf einen Tag mehr nicht an, finden Sie nicht, Doktor?«

»Gewiss, das meine ich auch, Mrs. King.«

Sie nahm ihren Hut ab.

»Ich muss diese Kleider weghängen, damit sie morgen noch genau so frisch sind wie heute.« Sie betrachtete eingehend ihren Hut. »Ein Staubfleck, aber ich denke, ich krieg ihn wieder ab. Er wird's wohl nicht merken.«

»Ganz bestimmt nicht.«

»Wirklich gar nicht so schlimm, noch einen Tag zu warten. Schon bald ist's wieder morgen um diese Zeit, nicht wahr?«

Als sie weitergegangen war, sagte der jüngere Arzt:

»Aber da sind doch noch die beiden Kinder.«

»Ich glaube, die Kinder sind nicht so entscheidend. Als sie sich ›fallen ließ‹, verband sich in ihrer Vorstellung diese Reise mit dem Willen, gesund zu werden. Wenn wir ihr das nähmen, wäre alles verloren, und sie würde wieder von unten anfangen müssen.«

»Könnte sie das denn?«

»Dafür gibt es keine Prognose«, sagte Dr. Pirie. »Ich wollte lediglich erklären, weshalb wir sie heute wieder hinuntergehen ließen.«

»Aber dann kommt der morgige Tag und der übernächste.«

»Immer wieder eine Chance«, sagte Dr. Pirie, »dass er eines Tages da sein wird.«

Hier beendete der Arzt seine Geschichte einigermaßen abrupt. Als wir in ihn drangen, uns zu erzählen, was sich weiter ereignet hatte, sträubte er sich. Der Rest werde nur alle Erwartungen enttäuschen – alles Mitgefühl nutze sich nun einmal ab, und schließlich habe die Leitung des Sanatoriums sich einfach mit der Tatsache abgefunden.

»Und geht sie immer noch hinab, um ihren Mann zu treffen?«

»O ja, es ist immer dasselbe. Doch die anderen Patienten, die neuen ausgenommen, blicken kaum noch hin, wenn sie durch die Halle geht. Die Schwestern schieben ihr jedes

Jahr einen neuen Hut unter, aber immer noch trägt sie dasselbe Kostüm. Jedes Mal ist sie ein wenig enttäuscht, aber sie versteht es, damit fertig zu werden, übrigens auf eine sehr liebenswürdige Art. Sie ist nicht einmal unglücklich, soweit sich erkennen lässt, und komischerweise nehmen sich die anderen Patienten an ihrer ruhigen, ausgeglichenen Art ein Beispiel. Doch sprechen wir um Gottes willen von etwas anderem – kommen wir auf die Verliese zurück.«

Der Gast aus Zimmer neunzehn

Mr. Cass wusste, dass er nicht einschlafen würde; er band seine Krawatte wieder um und ging in die Lobby zurück. Alle Gäste waren zu Bett gegangen, doch von einem halbbeendeten Bilderpuzzle schien noch eine leise Atmosphäre der Aktivität auszugehen, und der Nachtportier legte gerade einen großen Holzklotz ins Feuer.

Mr. Cass hinkte langsam über den weichen Teppich, blieb hinter dem Mann stehen und brummte: »Schwer?«

Der Nachtportier, ein drahtiger Alter mit dem Aussehen eines Bergbauern, warf einen schnellen Blick über die Schulter.

»Hundert Pfund. Noch nicht trocken – bis der richtig brennt, wird es ein Uhr werden.«

Mr. Cass ließ sich vorsichtig in einen Sessel sinken. Im Vorjahr war er noch ganz rüstig gewesen, hatte seinen Wagen selbst gefahren, doch letzten Monat hatte er einen Schlaganfall erlitten, bevor er in den Süden gekommen war, und nun kam ihm das Leben vor wie das Warten auf einen unwillkommenen Zug. Er fühlte sich sehr einsam.

Der Nachtportier ordnete brennende Holzscheite um den feuchten Klotz herum an.

»Hielt Sie für jemand anderen, als Sie reinkamen«, sagte er.

»Für wen haben Sie mich gehalten?«

»Ich dachte, Sie wären der Bursche, der immer so spät kommt. Am ersten Abend, als ich Dienst hatte, kam er um zwei Uhr morgens lautlos rein und hat mir einen Mordsschrecken eingejagt. Er kommt jede Nacht so spät.«

Nach einer Pause fragte Mr. Cass: »Wie heißt er?«

»Das habe ich ihn nie gefragt.«

Wieder eine Pause. Das Feuer flackerte zu verfrühter, kurzlebiger Glut auf.

»Woher wissen Sie, dass er ein Gast ist?«

»Oh, das ist er.« Doch der Nachtportier dachte zum ersten Mal über die Sache nach. »Ich höre, wie er den Flur entlanggeht und dann um die Ecke, und dann höre ich, wie er seine Tür schließt.«

»Vielleicht ist er ein Einbrecher«, sagte Mr. Cass.

»O nein, das ist er nicht. Er hat gesagt, dass er schon seit längerem herkommt.«

»Hat er Ihnen gesagt, dass er kein Einbrecher ist?«

Der Nachtportier lachte.

»Das habe ich ihn nie gefragt.«

Der Holzklotz verrutschte, und der alte Mann rückte ihn wieder zurecht; Mr. Cass beneidete ihn um seine Kraft. Wenn er Kraft gehabt hätte, wäre er aus dem Haus gelaufen, alle Straßen der Welt entlanggeeilt – die Straßen, die zurückführten –, statt dazusitzen und zu warten.

Fast jeden Abend spielte er mit den zwei Hotelangestellten Bridge; in der vergangenen Woche war er eines Abends während des Spiels einfach ohnmächtig geworden, hatte sich wie Rauch durch die Zimmerdecken hindurch verflüchtigt. Er hatte hinunter auf seinen über den Tisch gebeugten Körper und auf die weiße Faust geblickt, welche die Karten hielt. Er hatte die Einsätze und seine eigene Stimme gehört, und dann hatten die zwei Angestellten ihm in sein Zimmer geholfen. Einer von ihnen war bei ihm geblieben, bis der Arzt kam …

Nach einer Weile musste Mr. Cass auf die Toilette gehen, und er beschloss, die Hoteltoilette zu benutzen. Das nahm einige Zeit in Anspruch. Als er in die Lobby zurückkam, sagte der Nachtportier: »Der Bursche ist wieder spät gekommen. Ich habe gesehen, dass er Nummer neunzehn hat.«

»Und wie heißt er?«

»Das wollte ich ihn nicht fragen. Ich kann es ja über seine Zimmernummer herausfinden.«

Mr. Cass setzte sich.

»Ich habe Nummer achtzehn«, sagte er. »Ich dachte, im Zimmer neben mir wären Frauen.«

Der Nachtportier ging hinter den Schalter zum Schlüsselfach. Nach einem Augenblick kam er zurück.

»Das ist komisch – er hat kein Fach. Nummer achtzehn ist Mr. Cass –«

»Das bin ich.«

»– und dann kommt Nummer zwanzig im ersten Stock. Offenbar habe ich ihn falsch verstanden.«

»Ich sagte Ihnen ja, dass er ein Einbrecher ist. Wie sieht er aus?«

»Na ja, er ist nicht alt, und er ist auch nicht jung. Er sieht aus, als wäre er krank gewesen, und er hat lauter kleine Narben im Gesicht.«

Obwohl die Beschreibung nicht sehr ausführlich war,

stellte sich vor Mr. Cass' innerem Auge ein Bild ein. Sein Geschäftspartner John Canisius hatte weder alt noch jung ausgesehen und kleine Narben im Gesicht gehabt.

Mit einem Mal überkam Mr. Cass die gleiche Empfindung wie an dem Abend in der Woche zuvor. Undeutlich nahm er wahr, dass der Nachtportier zur Tür gegangen war, und undeutlich hörte er sich selbst sagen: »Lassen Sie sie offen«; dann blies die kalte Luft herein, und sein Geist verließ ihn und wirbelte mit dem Luftzug im Zimmer herum. Er sah John Canisius, der zu der offenen Tür hereinkam, zu ihm hersah und sich ihm näherte, und dann bemerkte er auf einmal den Nachtportier, der ihm aus einem Pappbecher Wasser in den Mund träufelte und auf seinen Kragen verschüttete.

»Danke.«

»Fühlen Sie sich wieder besser?«

»Bin ich ohnmächtig geworden?«, flüsterte er.

»Sie sind ganz komisch weggesackt. Bringe Sie wahrscheinlich besser auf Ihr Zimmer.«

Vor der Tür von Nummer achtzehn blieb Mr. Cass stehen und deutete mit seinem Stock auf das Nachbarzimmer.

»Welche Nummer ist das?«

»Siebzehn. Und das Zimmer ohne Nummer gehört dem Manager. Es gibt keine Nummer neunzehn.«

»Meinen Sie, ich sollte wirklich da reingehen?«

»Unbedingt.« Der Nachtportier senkte die Stimme. »Falls Sie sich Gedanken über den Burschen machen, den habe ich ganz sicher falsch verstanden. Ich kann ihn jetzt nicht suchen gehen.«

»Er ist hier drinnen«, sagte Mr. Cass.

»Nein, bestimmt nicht.«

»Doch, ist er. Er wartet auf mich.«

»Unsinn; ich gehe mit Ihnen rein.«

Er öffnete die Tür, schaltete das Licht ein und sah sich schnell um.

»Sehen Sie? Niemand hier.«

Mr. Cass schlief gut, und am nächsten Tag herrschte Frühlingswetter, so dass er sich zu einem Spaziergang entschloss. Er brauchte lange, um vom Hotel aus den Hügel hinunterzugehen, und das Überqueren der Straßenbahnschienen dauerte gut und gern drei Minuten, doch das war quasi ein gemütlicher Landspaziergang, verglichen mit der Herausforderung, die der Highway für ihn bedeutete, den er zur Begleitung eines lauten Hupkonzerts und quietschender Bremsen zu überqueren versuchte. Ein Willkommenskomitee erwartete ihn am Straßenrand und begleitete ihn in den Drugstore, wo er, erschöpft von seinem Abenteuer, ein Taxi rief, um sich zurückfahren zu lassen.

Dann war er eingeschlafen, noch während er sich auszog, und um zwölf Uhr erwachte er bedrückt und mit einem unguten Gefühl. Es fiel ihm schwer aufzustehen, und er klingelte nach dem Nachtportier.

»Bin Ihnen gerne zu Diensten, Mr. Cass, wenn Sie fünf Minuten warten. Es ist wieder kalt geworden, und ich will einen großen Holzklotz holen.«

»Oh«, sagte Mr. Cass. Und: »Ist der Gast schon zurück?«

»Er ist gerade gekommen.«

»Haben Sie ihn gefragt, ob er ein Einbrecher ist?«

»Er ist kein Einbrecher, Mr. Cass. Er ist ein netter Bursche. Er hilft mir den großen Holzklotz tragen. Ich bin sofort wieder da.«

»Hat er gesagt, welches Zimmer –«

Doch der Nachtportier war schon wieder weg, und Mr. Cass musste sich damit abfinden zu warten.

Er wartete fünf Minuten, zehn Minuten. Dann wurde ihm allmählich klar, dass der Nachtportier nicht wiederkommen würde. Es war offenkundig, dass nach dem Nachtportier gerufen worden war.

Jedermann gab sich Mühe, traurige Nachrichten vor Mr. Cass zu verbergen, und erst am nächsten Abend erfuhr er aus dem Getuschel an der Rezeption, was geschehen war. Der Nachtportier war zusammengebrochen, als er einen Holzklotz hochheben wollte, der zu schwer für ihn war. Mr. Cass sagte nichts, weil er wusste, dass alte Leute sich mit ihren Worten in Acht nehmen müssen. Aber er wusste, dass der Nachtportier nicht allein gewesen war.

Nach Ostern lief die kurze Saison des Hotels langsam aus, und es lohnte sich nicht, einen neuen Nachtportier einzustellen. Mr. Cass' Nächte waren weiterhin einsam, und er saß oft in der Lobby, nachdem die anderen Gäste sich zurückgezogen hatten. In einer Aprilnacht döste er dort eine Zeitlang vor sich hin, und als er erwachte, stellte er fest, dass es nach zwei Uhr morgens war und dass er nicht allein war.

Vielleicht hatte ihn der kühle Luftzug geweckt; ein Mann, den er nicht kannte, war soeben hereingekommen.

Das Alter des Mannes war schwer zu schätzen, doch sogar in dem schwachen Nachtlicht konnte Mr. Cass sehen, dass der Mann sehr blass war, dass er kleine Narben im Gesicht hatte wie die Spuren einer Krankheit und dass er nicht wie sein Partner John Canisius aussah.

»Guten Abend«, sagte der Fremde.

»Hm«, sagte Mr. Cass, doch als der Mann sich anschickte, den Flur entlangzugehen, sagte er mit fester Stimme: »Sie sind spät unterwegs.«

»Ja, ziemlich spät.«

»Sind Sie Gast hier?«

»Ja.«

Mr. Cass richtete sich mühsam auf und stützte sich auf seinen Stock. »Ich nehme an, Sie wohnen in Zimmer Nummer neunzehn«, sagte er.

»So ist es tatsächlich.«

»Sie müssen mir nichts vormachen«, sagte Mr. Cass. »Ich bin kein unwissender Bergbauer. Sind Sie ein Einbrecher – oder sind Sie gekommen, um jemanden zu besuchen?«

Das Gesicht des Mannes schien noch blasser zu werden.

»Ich verstehe Sie nicht«, sagte er.

»Wie auch immer, ich will, dass Sie verschwinden«, sagte Mr. Cass. Er geriet in Zorn, und das verlieh ihm eine gewisse Kraft. »Wenn nicht, wecke ich das ganze Hotel.«

Der Fremde zauderte.

»Das ist nicht nötig«, sagte er ruhig. »Das wäre nur –«

Mr. Cass hob seinen Stock, hielt ihn ihm drohend entgegen und senkte ihn dann langsam.

»Warten Sie«, sagte er. »Ich möchte, dass Sie etwas für mich tun.«

»Und was?«

»Es wird kalt hier drinnen. Ich möchte, dass Sie mir helfen, einen Holzklotz für das Feuer hereinzuholen.«

Dieses Ansinnen schien den Fremden zu erschrecken.

»Sind Sie dafür stark genug?«, fragte er.

»Selbstverständlich bin ich das.« Mr. Cass stand sehr aufrecht und straffte seine Schultern.

»Ich kann ihn allein holen.«

»Nein, das können Sie nicht. Entweder Sie helfen mir, oder ich wecke alle im Haus.«

Sie gingen hinaus und die Hintertreppe hinunter, und Mr. Cass nahm den angebotenen Arm des Fremden nicht. Er stellte sogar fest, dass er viel besser gehen konnte, als er erwartet hatte, und er ließ seinen Stock neben der Treppe liegen, um beide Hände für den Holzklotz frei zu haben.

Es war dunkel in dem Holzschuppen, und der Fremde entzündete ein Streichholz. Im Schuppen lag nur ein Klotz, der mehr als hundert Pfund wog, wahrhaftig groß genug, um den kleinen Kamin auszufüllen.

»Sollte ich das nicht besser tun?«, fragte der Fremde.

Mr. Cass antwortete nicht, sondern bückte sich und legte seine Hände auf die rauhe Oberfläche. Die Berührung schien ihn zu beleben – er spürte keinerlei Schmerzen oder Verspannung in seinem Rücken.

»Packen Sie mit an«, befahl er.

»Sind Sie sicher –«

»Packen Sie an!«

Mr. Cass atmete einen tiefen Zug kühler Luft ein und tastete den Holzklotz ab. Seine Arme spannten sich an, dann seine Schultern und seine Rückenmuskeln.

»Anheben«, schnaufte er. Und auf einmal bewegte sich der Klotz, erhob sich mit ihm, als er sich aufrichtete, und für einen Augenblick des Triumphs stand er fest auf seinen

Beinen und hielt den Holzklotz an sich gedrückt. Dann ging er hinaus in die Weite, in den Armen den Holzklotz, der immer leichter zu werden und unter seiner Berührung wegzuschmelzen schien. Er hätte dem Fremden gern etwas Scherzhaftes, Spöttisches zugerufen, doch er war schon zu weit weg, unterwegs auf den alten Straßen, die dorthin führten, wohin er sich zurückwünschte.

Alle im Hotel bedauerten den Verlust von Mr. Cass – ganz besonders der Direktor, der auf Mr. Cass' Schreibtisch den geöffneten Brief gelesen hatte, in dem stand, dass in diesem Jahr kein Geld mehr überwiesen werden könne.

»Wie traurig. Er war seit so vielen Jahren unser Gast, dass wir ihn gerne unentgeltlich beherbergt hätten, bis sich eine Lösung gefunden hätte.«

Mr. Cass war die Art Gast, die man sich wünscht, und mit Rücksicht auf Gäste wie ihn hatte der Direktor den ganzen Winter hindurch versucht, seinen Bruder versteckt zu halten.

Der Bruder, der einiges auf dem Kerbholz hatte, wirkte sehr mitgenommen von dem, was passiert war.

»Das ist der Lohn dafür, dass man den Leuten helfen will«, sagte er. »Ich hätte es mir gleich denken können. Die beiden alten Knaben sahen jeder wie der leibhaftige Tod aus.«

Finnegans Finanzen

I

Finnegan und ich haben denselben Literaturagenten, der unsere Arbeiten vertreibt, aber sooft ich auch in Mr. Cannons Büro gewesen bin, kurz vor oder kurz nach einem von Finnegans Besuchen, habe ich ihn doch nie dort getroffen. Ebenso hatten wir den gleichen Verleger, und oft, wenn ich dorthin kam, war Finnegan gerade fort. Aus dem gedankenvoll seufzenden Unterton, mit dem sie von ihm sprachen –

»Ah, Finnegan ...«

»Ja, ja, Finnegan war hier.«

– entnahm ich, dass der Besuch des prominenten Autors wohl nicht so ganz glatt verlaufen war. Gewisse Bemerkungen deuteten darauf hin, dass er beim Weggehen etwas mitgenommen hatte – Manuskripte, dachte ich, einen seiner großen erfolgreichen Romane. Er hatte jene Sache mitgenommen für eine letzte Durchsicht, eine endgültige Fassung, von denen er, wie es hieß, zehn machte, um jene Leichtflüssigkeit, jenen sprühenden Witz zu erreichen, die sein Werk auszeichneten. Erst nach und nach entdeckte ich, dass die meisten von Finnegans Besuchen mit Geld zu tun hatten.

»Schade, dass Sie fortmüssen«, sagte Mr. Cannon dann etwa zu mir, »morgen kommt Finnegan.« Und nach einer gedankenschweren Pause: »Wahrscheinlich werde ich ihm einige Zeit widmen müssen.«

Ich weiß nicht, welcher Ton in seiner Stimme mich an ein Gespräch mit einem nervösen Bankdirektor erinnerte, dem gemeldet wurde, Dillinger sei in der Gegend. Seine Augen blickten abwesend, und er sprach wie zu sich selbst:

»Es kann natürlich sein, dass er ein Manuskript mitbringt. Er arbeitet an einem Roman, wissen Sie. Und auch an einem Theaterstück.« Er sprach so, als sei von irgendwelchen interessanten, aber ganz entlegenen Ereignissen des Cinquecento die Rede; doch seine Augen blickten etwas hoffnungsvoller, als er hinzufügte: »Vielleicht ist's auch eine Kurzgeschichte.«

»Er ist sehr vielseitig, nicht wahr?«

»O ja«, Mr. Cannon lebte auf, »er kann alles ... einfach alles, wenn er sich nur daranmacht. So ein Talent hat's noch nicht gegeben.«

»Ich habe in letzter Zeit nicht viel von seinen Arbeiten gehört.«

»Oh, aber er ist mächtig dabei. Manche Zeitschriften haben Geschichten von ihm, die sie zurückhalten.«

»Zurückhalten? Wofür?«

»Oh, für einen günstigeren Zeitpunkt – einen Aufschwung. Sie finden es gut, etwas von Finnegan auf Lager zu haben.«

Und tatsächlich war Finnegan ein Name, der es in sich hatte. Seine Anfänge waren glänzend gewesen, und wenn er sich auch nicht auf seinem ersten überhöhten Niveau hielt, so setzte er zumindest alle paar Jahre ebenso glänzend von neuem an. Er war der ewige Geheimtipp bei amerikanischen Literaten – und wirklich, was er mit Worten zustande bringen konnte, war verblüffend, sie glühten und funkelten – er schrieb Sätze, Abschnitte, Kapitel, die wahrhaft meisterlich fein gesponnen und verwoben waren. Erst als ich einen armen Teufel von Drehbuchschreiber traf, der versucht hatte, aus einem seiner Bücher eine in sich schlüssige Story herauszuziehen, merkte ich, dass er auch seine Feinde hatte.

»Es ist alles fabelhaft, wenn man's liest«, sagte dieser Mann verärgert, »aber wenn man es mit einfachen Worten niederschreiben will, ist's wie 'ne Woche in der Klapsmühle.«

Von Mr. Cannons Büro aus ging ich zu dem meines Verlegers in der Fifth Avenue, und auch dort erfuhr ich als Erstes, dass Finnegan für den nächsten Tag erwartet wurde. Tatsächlich warf er einen so langen Schatten voraus, dass das Mittagessen, bei dem ich über meine eigenen Arbeiten hatte sprechen wollen, größtenteils Finnegan gewidmet war. Und wieder hatte ich das Gefühl, dass mein Gastgeber, Mr. George Jaggers, nicht zu mir, sondern zu sich selbst sprach.

»Finnegan ist ein großer Schriftsteller«, sagte er.

»Ganz ohne Zweifel.«

»Und er ist wirklich ganz in Ordnung, müssen Sie wissen.«

Da ich die Tatsache nicht in Frage gestellt hatte, erkundigte ich mich, ob da irgendwelche Zweifel bestünden.

»O nein«, beeilte er sich zu sagen. »Es ist nur, weil er in letzter Zeit eine solche Pechsträhne hatte …«

Ich nickte verständnisvoll. »Ja, ich weiß. Dieser Kopfsprung in ein halbleeres Schwimmbecken war eine harte Sache.«

»Oh, es war nicht halb leer. Es war ganz voll Wasser. Voll bis zum Rand. Sie sollten Finnegan darüber hören – er macht eine urkomische Geschichte daraus. Anscheinend war er sehr erschöpft und sprang nur so von der Seite hinein, wissen Sie …« Mr. Jaggers gestikulierte mit Messer und Gabel, »und da sah er ein paar junge Mädchen vom Dreimeterbrett springen. Er sagt, er dachte an seine verflossene Jugend und stieg hinauf, um es ihnen gleichzutun, und machte einen herrlichen Schwalbensprung – aber noch in der Luft brach er sich das Schultergelenk.« Er blickte mich nahezu herausfordernd an. »Haben Sie denn noch nicht von solchen Fällen gehört – ein Baseball-Spieler, der sich den Arm auskugelt?«

Mir fiel im Augenblick keine orthopädische Parallele ein.

»Und dann«, fuhr er schwärmerisch fort, »musste Finnegan an die Decke schreiben.«

»An die Decke?«

»Sozusagen. Er gab das Schreiben nicht auf – er hat massenhaft Mumm, der Bursche, ob Sie es glauben oder nicht. Er ließ sich eine Art von Gerüst bauen, das von der Decke herabhing, und er lag auf dem Rücken und schrieb praktisch in die Luft.«

Eine couragierte Maßnahme, das musste ich zugeben.

»Hat es sich auf seine Arbeit ausgewirkt?«, forschte ich. »Mussten Sie seine Storys von hinten nach vorne lesen – wie Chinesisch?«

»Eine Zeitlang waren sie einigermaßen konfus«, gab er zu, »aber jetzt ist er wieder ganz auf der Höhe. Ich bekam mehrere Briefe von ihm, die wieder mehr nach dem alten Finnegan klangen – lebendig, voll Hoffnung und voller Pläne für die Zukunft ...«

Der abwesende Blick kehrte in sein Gesicht zurück, und ich lenkte das Gespräch auf Dinge, die mir mehr am Herzen lagen. Erst als wir zurück in seinem Büro waren, wurde ich wieder auf das Thema gestoßen – und ich schreibe dies nur errötend, weil ich damit etwas gestehe, was ich nur selten tue: ein Telegramm von jemand anderem zu lesen. Es kam dazu, weil Mr. Jaggers im Vorzimmer aufgehalten wurde, und als ich in sein Büro ging und mich niedersetzte, lag es offen vor mir:

MIT FÜNFZIG KÖNNTE ICH WENIGSTENS SCHREIBDAME BEZAHLEN UND HAARSCHNEIDEN UND BLEISTIFTE STOP LEBEN NACHGERADE UNMÖGLICH UND TRÄUME NUR VERZWEIFELT VON GUTEN NACHRICHTEN FINNEGAN

Ich traute meinen Augen nicht – fünfzig Dollar, und dabei wusste ich zufällig, dass Finnegans Honorar für Kurzgeschichten irgendwo um dreitausend lag. George Jaggers kam herein, als ich immer noch verblüfft auf das Telegramm starrte. Nachdem er es gelesen hatte, blickte er mich betroffen an.

»Ich weiß nicht, wie ich das mit meinem Gewissen vereinbaren soll«, sagte er.

Ich riss die Augen auf und blickte um mich, um sicher zu sein, dass ich mich in dem florierenden New Yorker Verlagshaus befand. Dann begriff ich – ich hatte das Telegramm nicht richtig gelesen. Finnegan bat um fünfzigtausend als Vorschuss – eine Bitte, die noch jeden Verleger umgeworfen hätte, ganz gleich, wer der Autor war.

»Erst vorige Woche«, sagte Mr. Jaggers bekümmert, »habe ich ihm hundert Dollar geschickt. Das bringt meine Abteilung jedes Mal in die roten Zahlen, so dass ich schon nicht mehr den Mut habe, es meinen Partnern zu sagen. Ich nehm's aus meiner eigenen Tasche – verzichte auf einen neuen Anzug und ein paar Schuhe.«

»Sie wollen sagen, Finnegan ist pleite?«

»Pleite!« Er sah mich an und lachte tonlos – und wirklich, die Art, wie er lachte, gefiel mir gar nicht. Mein Bruder hatte mal einen Nerven ..., aber das liegt zu weitab von dieser Geschichte. Nach einer Minute fasste er sich wieder. »Sie werden hierüber keinem etwas sagen, nicht wahr? Es ist so, dass Finnegan auf einem Tiefpunkt war, es kam Schlag auf Schlag in den letzten paar Jahren, aber jetzt beißt er sich durch, und ich weiß, wir bekommen jeden Cent zurück, den wir ihm ...« Er suchte nach einem Wort, aber schließlich entschlüpfte ihm: »gegeben haben«. Diesmal war er es, der darauf aus war, das Thema zu wechseln.

Ich möchte nicht den Eindruck erwecken, als ob Finnegans Angelegenheiten mich während einer ganzen Woche in New York beschäftigten – da ich indessen oft in den Büros meines Agenten und meines Verlegers zu tun hatte, bekam ich zufällig viel mit. Als ich zum Beispiel zwei Tage später in Mr. Cannons Büro das Telefon benutzte, wurde ich versehentlich in ein Gespräch eingeschaltet, das er gerade mit George Jaggers führte. Es war also nur teilweise erlauscht, nicht wahr, weil ich ja nur die eine Seite hören konnte, und das ist nicht so verwerflich, wie alles mitanzuhören.

»Aber ich hatte den Eindruck, er sei bei guter Gesundheit ... vor ein paar Monaten klagte er ein bisschen über sein Herz, aber soviel ich verstand, ging es danach wieder besser ... ja, und dann sprach er von irgendeiner Operation, die er machen lassen wollte – ich glaube, es war von Krebs die Rede ... Nun, es juckte mich, ihm zu sagen, ich hätte selbst eine kleine Operation in petto, die ich schon hätte machen lassen, wenn ich es mir nur leisten könnte ... Nein, das habe ich natürlich nicht gesagt. Er war anscheinend in solcher Hochstimmung, dass es schändlich gewesen wäre, ihn da herunterzuholen. Er fängt heute eine neue Geschichte an, hat mir etwas davon am Telefon vorgelesen ...

... ich habe ihm fünfundzwanzig gegeben, weil er keinen Cent in der Tasche hatte ... o ja, – ich bin sicher, er ist jetzt ganz in Ordnung. Er klingt so, als ob geschäftlich etwas drin wäre.«

Jetzt wurde mir alles klar. Die beiden Männer hatten ein stillschweigendes Abkommen getroffen, sich gegenseitig über Finnegan aufzumuntern. Was sie in ihn, in seine Zukunft investiert hatten, war zu einer solchen Summe angewachsen, dass Finnegan ganz ihnen gehörte. Sie ertrugen es nicht, ein nachteiliges Wort über ihn zu hören – nicht einmal unter sich.

Ich sagte Mr. Cannon meine Meinung.

»Wenn dieser Finnegan ein Bluffer ist, dann können Sie ihm nicht endlos weiter Geld geben. Wenn er erledigt ist, ist er erledigt, und da kann man nichts mehr machen. Es ist absurd, dass Sie eine notwendige Operation verschieben, bloß weil Finnegan irgendwo in halbleere Schwimmbecken springt.«

»Es war voll«, sagte Mr. Cannon geduldig, »voll bis zum Rand.«

»Nun, voll oder leer, ich finde, der Mann ist eine Zumutung.«

»Hier«, sagte Cannon, »ich erwarte ein Ferngespräch aus Hollywood, das schon angemeldet ist. Inzwischen können Sie da mal reinschauen.« Er warf mir ein Manuskript herüber. »Vielleicht hilft es Ihnen, zu verstehen. Er brachte es gestern an.«

Es war eine Kurzgeschichte. Ich begann mit entschiedenem Widerwillen zu lesen, aber schon nach ein paar Minuten war ich völlig darin verstrickt, aufs Höchste entzückt, restlos überzeugt, und ich wünschte bei Gott, ich könnte so schreiben. Als Cannon sein Telefongespräch beendet hatte, ließ ich ihn noch warten, während ich zu Ende las, und als ich fertig war, hatte ich Tränen in diesen alten, im Beruf hart gewordenen Augen. Jedes Magazin im Land würde die Geschichte in der allernächsten Nummer an erster Stelle gebracht haben.

Schließlich hatte niemand je bestritten, dass Finnegan schreiben konnte.

III

Es vergingen Monate, bevor ich wieder nach New York kam, und da traf ich, jedenfalls in den Büros meines Agenten und meines Verlegers, auf eine zur Ruhe gekommene, stabilere Welt. Endlich hatte man Zeit, mit mir über meine eigenen gewissenhaften, wenn auch nicht geistsprühenden literarischen Erzeugnisse zu reden; ich durfte Mr. Cannon auf seinem Landsitz besuchen und Sommerabende mit George Jaggers in Gartenrestaurants verbringen, in die das New Yorker Sternenlicht wie ein anhaltender Blitz senkrecht herabfällt. Finnegan war womöglich am Nordpol – und da befand er sich tatsächlich. Er war dort mit einer Gruppe, zu der auch drei Anthropologen vom Bryn Mawr College gehörten, und es sah so aus, als sammle er dort eine Fülle von Material. Sie würden mehrere Monate bleiben, und wenn die Sache für mich irgendwie nach einer verlockenden kleinen Party klang, so vermutlich nur wegen meiner neiderfüllten, zynischen Einstellung.

»Wir sind alle hoch erfreut«, sagte Cannon, »es ist ein Gottesgeschenk für ihn. Er fühlte sich angeödet und brauchte genau so etwas wie … wie …«

»Eis und Schnee«, half ich ihm.

»Ja, Eis und Schnee. Was er zuletzt sagte, war typisch für ihn. Was immer er schreibe, würde in makellosem Weiß sein … in blendendem Weiß erstrahlen.«

»Das kann ich mir gut vorstellen. Aber sagen Sie mir, wer finanziert das? Bei meinem letzten Besuch hier dachte ich, der Mann sei bankrott.«

»Oh, was das betrifft, so hat er sich wirklich sehr anständig benommen. Er schuldete mir etwas Geld und auch George Jaggers ein bisschen, glaube ich.« Er »glaubte« nur, der alte Heuchler. Dabei wusste er es verdammt genau. »Also bevor er abreiste, überschrieb er uns den größten Teil seiner Lebensversicherung. Für den Fall, dass er nicht zurückkommt ... diese Expeditionen sind natürlich gefahrvoll.«

»Sollte man annehmen«, sagte ich, »zumal zusammen mit drei Anthropologen.«

»Damit sind Jaggers und ich absolut gedeckt für den Fall, dass irgendetwas passiert ... eigentlich ganz einfach.«

»Hat denn die Lebensversicherungsgesellschaft den Ausflug finanziert?«

Er wurde sichtlich nervös.

»O nein. Tatsächlich waren sie ein wenig bestürzt, als sie den Grund für die Überschreibungen erfuhren. George Jaggers und ich kamen zu der Ansicht, dass wir, wenn er schon so einen ganz besonderen Plan gefasst hatte, mit einem ganz besonderen Buch als Endergebnis, ihm noch ein bisschen weiter Hilfestellung geben müssten.«

»Das sehe ich nicht«, sagte ich plump.

»Nein?« Wieder hatte er diesen gequälten Blick. »Nun, ich gestehe, dass wir gezögert haben. Im Grunde weiß ich, dass es nicht richtig ist. Ich hatte mir angewöhnt, Autoren von Zeit zu Zeit kleinere Summen vorzuschießen, aber seit kurzem habe ich mir das verboten – und das Verbot auch eingehalten. Es ist in den letzten zwei Jahren nur ein Mal durchbrochen worden, und das war für eine Frau, die sich schwer durchzukämpfen hatte – Margaret Trahill, Sie kennen sie? Übrigens eine alte Freundin von Finnegan.«

»Sie vergessen, dass ich nicht einmal Finnegan kenne.«

»Richtig. Sie müssen ihn kennenlernen, wenn er zurückkommt … *wenn* er zurückkommt. Sie würden ihn mögen – er ist ganz reizend.«

Wieder reiste ich von New York ab, zu den Nordpolen meiner eigenen Phantasie, während das Jahr sich durch den Sommer und den Herbst trollte. Als die erste Novemberkälte in der Luft lag, dachte ich gleichsam fröstelnd an Finnegans Expedition und beneidete den Fernweilenden. Wahrscheinlich heimste er jede Beute ein, die sich mitbringen ließe, literarisch oder anthropologisch. Als ich dann noch nicht drei Tage wieder in New York war, las ich in der Zeitung, dass er und einige andere Mitglieder seiner Gruppe, als die Vorräte zu Ende gingen, aufgebrochen und in einen Schneesturm geraten waren und dass die Arktis wieder einmal ihren Zoll an unerschrockenen Männern gefordert hatte.

Es tat mir um ihn leid, aber ich dachte immerhin so praktisch, mich zu freuen, dass Cannon und Jaggers nun gut aus der Sache heraus waren. Natürlich sprachen sie nicht darüber angesichts des noch kaum erkalteten Finnegan – wenn dieses Bild nicht allzu taktlos ist –, aber ich schloss, dass die Versicherungsgesellschaften auf das *Habeas-corpus*-Prinzip, oder wie immer das in ihrem Kauderwelsch heißt, verzichtet hatten, und es schien ziemlich sicher, dass die beiden nun kassieren würden.

Sein Sohn, ein gutaussehender junger Mann, kam in George Jaggers' Büro, als ich gerade dort war, und von ihm konnte ich auf Finnegans Charme schließen – eine etwas schüchterne Offenheit und dazu der Eindruck eines still in seinem Innern ausgetragenen tapferen Kampfes, über den zu reden er sich nicht überwinden konnte, der aber wie ein glühender Blitz in seinen Arbeiten aufleuchtete.

»Der Junge schreibt auch gut«, sagte George, nachdem er gegangen war. »Er hat einige erstaunliche Gedichte mitgebracht. Er ist noch nicht so weit, in die Fußstapfen seines Vaters zu treten, aber entschieden vielversprechend.«

»Kann ich etwas von ihm sehen?«

»Gewiss – hier ist etwas, das er eben dagelassen hat, als er ging.«

George nahm ein Blatt von seinem Schreibtisch, entfaltete es und räusperte sich. Dann verdrehte er die Augen und sank ein bisschen in seinem Sessel zusammen.

»Sehr geehrter Mr. Jaggers«, begann er, *»ich wollte Ihnen diese Frage nicht persönlich stellen …«* Jaggers verstummte, während seine Augen rasch weiterlasen.

»Wie viel verlangt er?«, fragte ich.

Er seufzte.

»Er ließ mich in dem Glauben, dies sei eine seiner schriftstellerischen Arbeiten«, sagte er gequält.

»Aber das ist es doch«, tröstete ich ihn. »Natürlich ist er noch nicht so weit, in die Fußstapfen seines Vaters zu treten.«

Später tat es mir leid, dass ich das gesagt hatte, denn schließlich hatte Finnegan seine Schulden bezahlt, und es lebte sich angenehm jetzt, da die Zeiten sich wieder gebessert hatten und Bücher nicht mehr als unnötiger Luxus galten. Viele Autoren, die ich kannte und die sich während der Wirtschaftskrise krummgelegt hatten, verwirklichten jetzt langgehegte Reisepläne oder lösten Hypotheken ab oder schrieben ausgereiftere Sachen von der Art, wie sie einem nur bei einiger Muße und Sicherheit gelingen. Ich sollte gerade einen Tausend-Dollar-Vorschuss für ein Projekt in Hollywood bekommen und fühlte mich ebenso beschwingt wie in alten Tagen, da noch jeder sein Huhn im Topf hatte.

Ich fuhr in die Stadt, um mich von Cannon zu verabschieden und das Geld zu holen, wobei ich zu meiner Freude feststellte, dass auch er profitiert hatte – ich sollte mitkommen und ein Motorboot besichtigen, das er kaufen wollte.

Aber irgendetwas hielt ihn in letzter Minute auf, und ich wurde schon ungeduldig und wollte ihm absagen. Als ich auf mein Klopfen an der Tür seines Heiligtums keine Antwort bekam, drückte ich die Klinke.

Im Innern des Büros schien einige Verwirrung zu herrschen. Mr. Cannon führte mehrere Telefongespräche gleichzeitig und diktierte obendrein einer Stenotypistin etwas wegen einer Versicherungsgesellschaft. Eine Sekretärin warf sich in Mantel und Hut wie für einen eiligen Botengang, und eine andere zählte auf einem Tisch Banknoten aus ihrer Handtasche.

»Nur noch eine Minute«, sagte Cannon, »bloß ein bisschen Aufregung in unserem Büro – so was haben Sie hier noch nicht erlebt.«

»Handelt es sich um Finnegans Versicherung?«, konnte ich nicht umhin zu fragen. »Taugt sie nichts?«

»Seine Versicherung – oh, ganz in Ordnung, durchaus. Es geht nur darum, in Eile ein paar hundert Dollar zu beschaffen. Die Banken haben geschlossen, und wir alle legen zusammen.«

»Ich habe dieses Geld, das Sie mir eben gegeben haben«,

sagte ich. »Ich brauche nicht alles, um bis an die Westküste zu gelangen.« Ich zog zweihundert hervor. »Wird das genügen?«

»Ausgezeichnet – das rettet uns im Augenblick. Nichts für ungut, Miss Carlsen. Mrs. Mapes, Sie brauchen jetzt nicht mehr hinzugehen.«

»Ich denke, ich werde jetzt aufbrechen«, sagte ich.

»Nur noch zwei Minuten«, nötigte er mich. »Ich muss nur noch dieses Telegramm beantworten. Wirklich eine tolle Neuigkeit. Wird Sie aufmuntern.«

Es war ein Überseetelegramm aus Oslo in Norwegen – und ehe ich noch zu lesen begann, hatte ich eine dunkle Vorahnung.

BIN WUNDERBARERWEISE HIER IN SICHERHEIT ABER VON BEHÖRDEN FESTGEHALTEN BITTE DRAHTET ÜBERFAHRTSGELD FÜR VIER PERSONEN UND ZWEIHUNDERT EXTRA BRINGE HAUFEN GRÜSSE VON DEN TOTEN MIT.
FINNEGAN

»Ja, das ist fabelhaft«, stimmte ich zu. »Jetzt wird er was zu erzählen haben.«

»Wahrhaftig«, sagte Cannon. »Miss Carlsen, telegraphieren Sie bitte den Eltern jener Mädchen – und es wäre auch gut, Mr. Jaggers zu informieren.«

Als wir wenige Minuten später die Straße entlanggingen, sah ich, dass Cannon, wie überwältigt von dem Wunder, tief in Gedanken verloren war, und ich wollte ihn nicht stören, denn schließlich kannte ich Finnegan überhaupt nicht und konnte also an seiner Freude nur mit halbem Herzen teilnehmen. Er blieb weiter schweigsam, bis wir beim Eingang der Motorboot-Ausstellung angelangt waren. Hier unter dem Schild blickte er nach oben, als würde ihm erst jetzt klar, wohin wir gingen.

»Du meine Güte«, sagte er und trat zurück. »Da brauchen wir jetzt nicht mehr hinein. Ich dachte, wir könnten vielleicht irgendwo etwas trinken gehen.«

Das taten wir. Mr. Cannon war immer noch etwas geistesabwesend, noch im Bann der gewaltigen Überraschung – er fischte in den Taschen so lange nach dem Geld, um seine Runde zu bezahlen, dass ich darauf bestand, sie gehöre mir.

Er muss damals die ganze Zeit wie betäubt gewesen sein, denn obwohl er ein peinlich gewissenhafter Mensch ist, sind doch die zweihundert, die ich ihm in seinem Büro aushändigte, in den Kontoauszügen, die er mir schickte, nie auf der Habenseite erschienen. Ich glaube aber, dass ich sie eines Tages bestimmt bekomme, denn eines Tages wird Finnegan wieder einen Knüller bringen und die Leute – das weiß ich – lechzen danach zu lesen, was er schreibt. Kürzlich habe ich mir die Mühe gemacht, einigen Geschichten über ihn nachzugehen, und habe gefunden, dass sie größtenteils ebenso unwahr sind wie das halbleere Schwimmbecken. Das Becken war voll bis zum Rand.

Bisher ist erst eine Kurzgeschichte über die Polarexpedition erschienen, eine Liebesgeschichte. Vielleicht war die Sache doch nicht so großartig, wie er erwartet hatte. Aber die Filmleute interessieren sich für ihn – falls sie je einmal etwas von ihm zu Gesicht bekommen sollten, und ich habe allen Grund anzunehmen, dass er's schafft. Er hat's nötig.

Drei Stunden zwischen zwei Flügen

Er musste es einfach auf gut Glück versuchen – Donald, gesund und gelangweilt, hatte das befriedigende Gefühl, eine lästige Pflicht erfüllt zu haben, und war entsprechend in Stimmung. Jetzt würde er sich belohnen. Vielleicht.

Nach der Landung trat er in die Sommernacht des Mittleren Westens hinaus und steuerte den einsamen ländlichen Flughafen an, der wie ein altes rotes Bahnhofsgebäude aussah. Er wusste nicht, ob sie noch lebte, ob sie noch in dieser Stadt wohnte oder wie sie jetzt hieß. Mit wachsender Erregung suchte er im Telefonbuch nach ihrem Vater, der womöglich inzwischen auch gestorben war, es war schließlich zwanzig Jahre her. – Nein. Richter Harmon Holmes – Hillside 3194.

Eine belustigte Frauenstimme beantwortete seine Frage nach Miss Nancy Holmes.

»Nancy ist jetzt Mrs. Walter Gifford. Wer spricht denn da?«

Aber Donald legte auf, ohne zu antworten. Er hatte erfahren, was er hatte wissen wollen, und er hatte nur drei Stunden zur Verfügung. An einen Walter Gifford konnte er sich nicht erinnern, und einen Augenblick war noch einmal alles in der Schwebe, als er erneut das Telefonbuch durchsuchte. Möglich, dass sie nach der Heirat weggezogen war.

Nein. Walter Gifford – Hillside 1191. Das Blut kehrte in seine Fingerspitzen zurück.

»Hallo?«

»Hallo. Ist Mrs. Gifford da? Hier spricht ein alter Freund von ihr.«

»Hier ist Mrs. Gifford.«

Da war der seltsame Zauber in der Stimme, an den er sich erinnerte oder zu erinnern meinte.

»Hier Donald Plant. Ich hab dich zuletzt gesehen, als ich zwölf war.«

»Oh-h-h-h.« Das klang äußerst überrascht und sehr höflich, aber er konnte darin weder Freude ausmachen noch erkennen, ob sie ihn überhaupt noch einzuordnen wusste.

»... Donald«, fügte die Stimme an. Diesmal schwang mehr darin als mühsames Erinnern.

»Seit wann bist du zurück?« Und ausgesprochen herzlich: »Wo bist du überhaupt?«

»Am Flughafen. Nur für ein paar Stunden.«

»Dann komm doch bei mir vorbei.«

»Wenn du nicht gerade ins Bett gehen wolltest?«

»Du lieber Himmel, nein!«, beteuerte sie. »Ich sitze hier allein vor einem Highball. Sag dem Taxifahrer ...«

Auf der Fahrt ging Donald das Gespräch noch mal durch. Sein »am Flughafen« signalisierte, dass er seine Position im oberen Mittelstand hatte halten können. Dass Nancy allein war, konnte bedeuten, dass sie eine unattraktive Frau ohne Freunde und Bekannte geworden war. Ihr

Mann war möglicherweise entweder außer Haus oder im Bett. Und weil sie in seinen Träumen immer noch zehn Jahre alt war, schockierte ihn der Highball. Aber er besann sich mit einem Lächeln: Sie war fast dreißig.

Am Ende einer geschwungenen Auffahrt sah er eine dunkelhaarige kleine Schönheit – ein Glas in der Hand – im Licht stehen, das durch die geöffnete Haustür fiel. Leicht verunsichert, da er sie nun leibhaftig vor sich sah, stieg Donald aus und fragte:

»Mrs. Gifford?«

Sie schaltete die Verandabeleuchtung ein und sah ihn unentschlossen mit großen Augen an. Ein Lächeln durchbrach die Ratlosigkeit.

»Donald … du bist das … wir haben uns alle so verändert. Also das ist wirklich erstaunlich.«

Als sie das Haus betraten, redeten beide davon, »wie doch die Zeit vergeht …«, und Donald hatte plötzlich ein flaues Gefühl im Magen. Ein Grund dafür war das Bild von ihrer letzten Begegnung, das ihm vor Augen stand – als sie auf einem Fahrrad an ihm vorbeigefahren war und ihn wie Luft behandelt hatte –, andererseits befürchtete er, sie könnten sich nichts zu sagen haben. Es war wie bei einem Klassentreffen, dort aber wurde die Unmöglichkeit, die Vergangenheit wiederzufinden, durch Hast und Ausgelassenheit überdeckt. Erschrocken begriff er, dass er womöglich eine lange, leere Stunde vor sich hatte. Mit dem Mut der Verzweiflung stürzte er sich hinein. »Hübsch warst du schon immer. Aber dass du so eine Schönheit geworden bist, wirft mich fast um.«

Es funktionierte. Durch die prompte Anerkennung ihrer veränderten Umstände und das gewagte Kompliment waren aus verlegenen Jugendfreunden interessante Fremde geworden.

»Einen Highball?«, fragte sie. »Nein? Bitte denk nicht, dass ich zur heimlichen Trinkerin geworden bin, ich war heute Abend nur ein bisschen down. Eigentlich hatte ich meinen Mann erwartet, aber er hat telegraphiert, dass er erst in zwei Tagen kommt. Er ist sehr nett, Donald, und sieht gut aus. Ähnlich wie du, auch die Haarfarbe.« Sie zögerte. »… und ich glaube, es gibt da jemanden in New York, aber ich weiß es nicht.«

»Wenn ich dich so sehe, halte ich das für unwahrscheinlich«, beteuerte er. »Ich war sechs Jahre verheiratet, und eine Weile habe ich mich so gequält wie du. Eines Tages habe ich dann die Eifersucht für immer aus meinem Leben verbannt. Nach dem Tod meiner Frau war ich sehr froh darüber. Dadurch blieb eine sehr erfüllte Erinnerung, da gab es nichts, was getrübt oder verpatzt war, nichts, woran man ungern zurückgedacht hätte.«

Sie betrachtete ihn aufmerksam und mit zunehmender Anteilnahme.

»Es tut mir sehr leid«, sagte sie, und nach einer angemessenen Pause: »Du hast dich sehr verändert. Dreh mal den Kopf. Ich weiß noch, dass Vater sagte: ›Der Junge hat Hirn.‹«

»Da hast du vermutlich widersprochen.«

»Es hat mir imponiert. Bis dahin hatte ich gedacht, dass jeder Mensch ein Hirn hat. Deshalb ist es mir in Erinnerung geblieben.«

»Was ist dir noch in Erinnerung geblieben?«, fragte er lächelnd.

Nancy stand unvermittelt auf und tat ein paar rasche Schritte von ihm weg.

»Das ist nicht fair«, sagte sie vorwurfsvoll. »Das klingt, als ob ich ein schlimmes Mädchen gewesen wäre.«

»Warst du nicht«, widersprach er entschieden. »Und jetzt würde ich doch gern was trinken.«

Während sie, immer noch mit abgewandtem Gesicht, den Drink einschenkte, fuhr er fort:

»Bildest du dir ein, dass du das einzige kleine Mädchen warst, das je einen Kuss bekommen hat?«

»Du kommst wohl von dem Thema nicht los.« Dann schmolz der momentane Ärger dahin, und sie sagte: »Was soll's! Wir haben wirklich Spaß gehabt. Wie in dem Song.«

»Beim Schlittenfahren.«

»Genau. Und bei dem Picknick von … ja, von Trudy James. Und in Frontenac, in jenem – jedem Sommer damals.«

An die Schlittenfahrt erinnerte er sich am deutlichsten – wie er im Stroh, in einer Ecke, ihre kühlen Wangen geküsst hatte, während sie lachend zu den kalten weißen Sternen hochgesehen hatte. Das Pärchen neben ihnen hatte ihnen den Rücken zugewandt, und er hatte ihren kleinen Hals und ihre Ohren geküsst, aber nicht die Lippen.

»Und bei der Party von den Macks, als sie Post gespielt haben und ich nicht hingehen konnte, weil ich Mumps hatte«, sagte er.

»Das weiß ich nicht mehr.«

»Du warst aber da. Und du bist geküsst worden, und ich war so rasend eifersüchtig, wie ich es seitdem nie mehr gewesen bin.«

»Komisch, dass ich das nicht mehr weiß. Vielleicht wollte ich es vergessen.«

»Aber warum?«, fragte er belustigt. »Wir waren doch zwei unschuldige Kinder. Wenn ich mit meiner Frau über die Vergangenheit sprach, habe ich ihr immer gesagt, dass ich dich fast so sehr geliebt habe wie sie. Aber ich glaube, ich habe dich genauso sehr geliebt. Als wir wegzogen, hab ich dich wie eine Kanonenkugel im Bauch gehabt.«

»Warst du so … aufgewühlt?«

»Mein Gott, natürlich …« Er merkte plötzlich, dass kaum ein halber Meter sie trennte, dass er redete, als liebte er sie jetzt, dass sie ihn mit halbgeöffneten Lippen und verschleiertem Blick betrachtete.

»Sprich weiter«, sagte sie. »Ich muss gestehen, dass ich das gern höre. Dass dich das so mitgenommen hat, wusste ich nicht. Ich dachte immer, dass nur ich darunter gelitten hätte.«

»Du!«, stieß er hervor. »Weißt du nicht, wie du mich im Drugstore hast abblitzen lassen?« Er lachte. »Die Zunge hast du mir rausgestreckt.«

»Das weiß ich nicht mehr. Ich hatte den Eindruck, dass du mich hast abblitzen lassen.« Ihre Hand legte sich leicht, fast tröstend auf seinen Arm. »Ich hab oben ein Fotoalbum, das ich seit Jahren nicht mehr angeschaut habe, das kram ich mal raus.«

In den folgenden fünf Minuten beschäftigte Donald, während er dasaß und wartete, zum einen die absolute Unmöglichkeit, die Erinnerungen zweier Menschen an denselben Abend in Einklang zu bringen, und zum anderen die erschreckende Tatsache, dass Nancy ihn als Frau so anrührte, wie sie es als Kind getan hatte. Binnen einer halben Stunde hatte sich ein Gefühl entwickelt, das er seit dem Tod seiner Frau nicht mehr kannte und das er gehofft hatte, ein für alle Mal los zu sein.

Sie setzten sich nebeneinander auf die Couch und schlugen das Album auf. Nancy sah ihn glücklich lächelnd an.

»Wie schön das ist«, sagte sie. »Wie schön, dass du so nett bist, dass du so – so liebe Erinnerungen an mich hast. Ich wünschte, das hätte ich damals gewusst. Als du fort warst, habe ich dich gehasst.«

»Ein Jammer«, sagte er sanft.

»Aber jetzt nicht«, versicherte sie, und dann platzte sie heraus: »Gib mir einen Kuss. Zur Versöhnung.«

»Eine gute Ehefrau macht so was nicht«, sagte sie nach einer Minute. »Ich glaube, seit meiner Heirat habe ich keine zwei Männer mehr geküsst.«

Er war erregt, vor allem aber verwirrt. Wen hatte er geküsst? Nancy? Oder eine Erinnerung? Oder diese bildhübsche bebende Fremde, die rasch wegsah und eine Albumseite umblätterte?

»Warte«, sagte er. »Ich könnte im Moment kein Foto erkennen.«

»Wir tun das nicht noch mal. Ich bin auch nicht gerade die Ruhe selbst.«

Donald machte eine dieser trivialen Bemerkungen, die so weitreichende Folgen haben können.

»Wäre es nicht schrecklich, wenn wir uns wieder ineinander verlieben würden?«

»Hör auf!« Sie lachte atemlos. »Das ist vorbei. Es war ein Augenblick. Einer, den ich werde vergessen müssen.«

»Sag deinem Mann nichts.«

»Warum nicht? Ich sage ihm sonst alles.«

»Es wird ihm weh tun. Du darfst einem Mann nie solche Sachen sagen.«

»Gut, ich sag's ihm nicht.«

»Küss mich noch einmal«, sagte er gegen die Abmachung, aber Nancy hatte weitergeblättert und zeigte eifrig auf ein Bild.

»Da bist du«, rief sie. »Wie du leibst und lebst.«

Er sah hin. Ein kleiner Junge in Shorts stand auf einem Pier, im Hintergrund war ein Segelboot.

»Ich weiß noch ganz genau, an welchem Tag das entstanden ist«, lachte sie triumphierend. »Kitty hat es gemacht, und ich hab es ihr stibitzt.«

Zunächst konnte Donald sich auf dem Foto nicht erkennen. Er beugte sich tiefer herunter und erkannte sich überhaupt nicht mehr.

»Das bin nicht ich«, sagte er.

»Doch. Es war in Frontenac. In dem Sommer, als wir ... als wir immer in die Höhle gegangen sind.«

»Was für eine Höhle? Ich war nur drei Tage in Frontenac.« Wieder bemühte er sich, das leicht vergilbte Foto zu erkennen. »Das bin ich nicht. Das ist Donald *Bowers.* Wir sahen uns wirklich ziemlich ähnlich.«

Jetzt sah sie ihn mit großen Augen an, rückte von ihm weg, schien fast abzuheben.

»Aber du bist doch Donald Bowers!« Ihre Stimme war lauter geworden. »Oder – nein: Du bist Donald *Plant*.«

»Das habe ich dir doch schon am Telefon gesagt.«

Sie sprang auf und machte ein entsetztes Gesicht.

»Plant! Bowers! Ich muss verrückt geworden sein. Oder ist es der Whiskey? Ich war ein bisschen daneben, als ich dich vorhin gesehen habe. Hör mal, was hab ich dir erzählt?«

Er rang um mönchische Ruhe, während er weiter in dem Album blätterte.

»Überhaupt nichts«, sagte er. Fotos, auf denen nicht er zu sehen war, zogen an ihm vorbei – Frontenac – eine Höhle – Donald Bowers – »Du hast *mich* abblitzen lassen!«

»Du wirst diese Geschichte niemandem erzählen«, sagte sie vom anderen Ende des Zimmers her. »So was spricht sich sonst herum.«

»Geschichte? Was für eine Geschichte?«, sagte er zögernd. Aber dann dachte er: Sie war also wirklich ein schlimmes kleines Mädchen.

Und jäh erfüllte ihn rasende Eifersucht auf den kleinen Donald Bowers – ihn, der die Eifersucht für immer aus seinem Leben verbannt hatte. Mit den fünf Schritten, die er durchs Zimmer tat, zertrat er zwanzig Jahre und die Existenz von Walter Gifford.

»Küss mich noch einmal, Nancy.« Er ließ sich vor ihrem Sessel auf ein Knie nieder und legte seine Hand auf ihre Schulter. Aber Nancy machte sich los.

»Du hast gesagt, dass du das Flugzeug kriegen musst.«

»Kein Problem. Den Flug kann ich sausen lassen, das spielt keine Rolle.«

»Bitte geh«, sagte sie frostig. »Und versuch dir bitte vorzustellen, wie mir zumute ist.«

»Aber du tust ja, als würdest du dich nicht an mich erinnern«, empörte er sich. »Als würdest du dich nicht an Donald *Plant* erinnern.«

»Doch, an dich erinnere ich mich auch. Aber das ist alles so lange her.« Und wieder ganz sachlich: »Die Taxinummer ist Crestwood 8484.«

Auf dem Weg zum Flughafen kam Donald aus dem Kopfschütteln nicht heraus. Er hatte sich inzwischen wieder gefangen, verdaut hatte er das Erlebnis aber noch lange nicht. Erst als die Maschine sich donnernd in den dunklen Himmel erhob und die Passagiere eine von der festgefügten Welt dort unten getrennte Einheit bildeten, zog er Parallelen zu ihrem Flug. Fünf funkelnde Minuten lang hatte er wie ein Irrer in zwei Welten zugleich gelebt, waren der zwölfjährige Junge und der zweiunddreißigjährige Mann untrennbar und hoffnungslos miteinander verquickt gewesen.

In diesen Stunden zwischen den Flügen hatte Donald viel verloren – aber da die zweite Lebenshälfte ohnehin ein langer Prozess des Loslassens ist, war das für ihn wahrscheinlich gar nicht weiter von Belang.

Ausgemustert

Der Mann und der Junge wechselten hin und wieder ein Wort, während sie in der kühlen Morgenluft den Ventura Boulevard entlangfuhren. Der Junge – George Baker – trug die nüchterne graue Schuluniform einer Militärschule.

»Das ist sehr nett von Ihnen, Mr. Jerome.«

»Keine Ursache. Reiner Zufall. An deiner Schule komme ich jeden Morgen auf dem Weg zum Studio vorbei.«

»So was nennt sich Schule!«, erklärte George nachdrücklich. »Ich tue nichts anderes, als Steppkes den Drill beizubringen, den ich letztes Jahr gelernt habe. In einen Krieg will ich sowieso nicht – höchstens in der Sahara oder in Marokko oder auf dem Posten in Afghanistan.«

James Jerome, in Gedanken mit einer schwierigen Besetzungsfrage beschäftigt, antwortete: »Hm!« Weil das allzu einsilbig war, fügte er hinzu: »Aber du hast mir doch erzählt, dass du Mathe lernst – und Französisch.«

»Wozu braucht man Französisch?«

»Wozu? Das Französisch, das ich im Krieg gelernt habe, würde ich gegen nichts in der Welt eintauschen.«

Das war eine lange Rede für Jeromes Verhältnisse; er ahnte nicht, dass er gleich darauf eine noch längere halten würde.

»Ganz genau«, bekräftigte George. »Als Sie jung waren, war es der Krieg, und heute ist es der Film. Ich könnte beim Film einen Fuß in die Tür bekommen, aber Dolly ist so verbohrt.« Schnell sagte er: »Ich weiß, dass Sie sie mögen, jeder mag sie, ich weiß, und ich kann mich glücklich schätzen, dass ich ihr Neffe bin, aber –«, nahm er den Faden wieder auf, »aber ich bin sechzehn, und wenn ich beim Film wäre, könnte ich vielleicht jemand sein wie Mickey Rooney oder die Dead End Kids oder sogar Freddie Bartholomew.«

»Du willst Filmschauspieler werden?«

George lachte schüchtern. »Nicht mit meinen Ohren; aber es gibt eine Menge andere Möglichkeiten. Sie als Regisseur wissen das. Und Dolly könnte mir helfen, einen Fuß in die Tür zu bekommen.«

Die Berge waren glockenklar zu sehen, als sie sich westwärts in den Verkehr von Studio City einreihten.

»Dolly ist ein echter Schatz«, räumte George ein, »aber Menschenskind, sie hat es geschafft. Sie hat alles – das schönste Haus im Tal und den Academy Award, und wenn sie wollte, könnte sie sich Gräfin nennen. Ich kann nicht verstehen, warum sie zur Bühne will, aber wenn sie hingeht, würde ich gern einen Fuß in die Tür bekommen, solange sie noch hier ist. Da muss sie doch nicht kleinlich sein.«

»Das einzig Kleine an deiner Tante ist ihre Körpergröße«, sagte Jim Jerome streng. »Sie ist eine *grande cliente*.«

»Eine was?«

»Ich dachte, du hättest Französisch.«

»Das Wort hatten wir noch nicht.«

»Schlag es nach«, sagte Jerome kurz angebunden. Er war es gewohnt, eine Stunde lang seine Ruhe zu haben, bevor er ins Studio kam – Dolly Bordons Neffe hin oder her. Sie erreichten Hollywood und kreuzten den Sunset Boulevard.

»Wie spricht man das noch mal aus?«, fragte George.

»*Une grande cliente*«, wiederholte Jerome. »Es lässt sich nicht genau übersetzen, aber ich bin überzeugt, dass deine Tante das schon war, bevor sie berühmt wurde.«

George sprach die französischen Wörter laut nach.

»Es gibt nicht viele dieses Schlags«, sagte Jerome. »Der Begriff wird auch in Frankreich oft falsch verwendet; aber wenn er zutrifft, ist es eine große Auszeichnung.«

Sie fuhren den Cahuenga Boulevard entlang und näherten sich Georges Schule. Als Jerome hörte, wie der Junge die Wörter flüsternd wiederholte, warf er einen Blick auf seine Uhr und hielt den Wagen an.

»Wir sind beide ein paar Minuten zu früh dran«, sagte er. »Damit die Wörter dir nicht im Kopf herumspuken, will ich dir ein Beispiel nennen. Angenommen, du kaufst in großem Stil auf Kredit ein und bezahlst alles: Dann bist du von da an ein *grand client*. Aber es bedeutet mehr als nur das. Vor Jahren saß ich mit Bekannten an einem Tisch im Casino von Cannes. Als ich zufällig den Blick über die Leute schweifen ließ, die einen freien Tisch suchten, sah ich Irving Berlin und seine Frau. Du kennst ihn –«

»Klar, ich bin ihm schon begegnet«, sagte George.

»Dann weißt du, dass er keine besonders auffällige Erscheinung ist. Niemand hat ihn beachtet, er wurde sogar aufgefordert, aus dem Weg zu gehen.«

»Warum hat er nicht gesagt, wer er ist?«, fragte George.

»Das würde Irving Berlin nie im Leben tun. Ich konnte einen Kellner herbeiwinken, aber er hatte den Namen noch nie gehört; es war nichts zu machen; Leute, die nach ihm gekommen waren, bekamen Tische zugewiesen. Doch plötzlich schnappte sich ein Russe an unserem Tisch den Oberkellner, der gerade vorbeikam, sagte: ›Jetzt passen Sie mal auf!‹ und deutete auf den Mann: ›Hören Sie! Geben Sie dem Herrn auf der Stelle einen Tisch. *Il est un grand client – vous comprenez? – un grand client!*‹«

»Hat er einen Tisch bekommen?«, fragte George.

Jerome ließ den Wagen wieder an; beim Fahren streckte er die Beine aus und nickte.

»Ich wäre einfach reingestürmt«, sagte George, »und hätte mir einen Tisch genommen.«

»So kann man es auch machen. Aber vielleicht ist es besser, wie Irving Berlin zu sein – oder wie deine Tante Dolly. Da ist die Schule.«

»Das war sehr nett von Ihnen, Mr. Jerome – und die Wörter werde ich nachschlagen.«

Am selben Abend probierte George sie an der jungen Hauptdarstellerin aus, neben der er bei seiner Tante am Tisch saß. Die meiste Zeit unterhielt sie sich mit dem Schauspieler auf ihrer anderen Seite, doch schließlich hatte George Erfolg.

»Meine Tante«, bemerkte er, »ist eine echte *grande cliente*.«

»Ich kann kein Französisch«, sagte Phyllis. »Ich hatte Spanisch.«

»Ich habe Französisch.«

»Ich hatte Spanisch.«

Damit stockte das Gespräch für einen Augenblick. Phyllis Burns war einundzwanzig, vier Jahre jünger als Dolly – und für Georges Nervensystem die aufregendste Person auf der Leinwand.

»Was bedeutet es?«, fragte sie.

»Es geht nicht darum, dass sie alles hat«, sagte er, »den Academy Award und dieses Haus, und dass sie die Gräfin von Lanclerc ist und so weiter …«

»Ich finde, das ist ganz schön viel«, sagte Phyllis lachend. »Du lieber Himmel, ich wünschte, ich hätte das alles. Ich kenne und bewundere Ihre Tante mehr als sonst jemand.«

Zwei Stunden später bekam George an dem großen Swimmingpool, der mit wechselnder Beleuchtung die Farbe wechselte, seine große Chance. Seine Tante Dolly winkte ihn zu sich.

»George, du hast doch deinen Führerschein, oder?«

»Selbstverständlich.«

»Das ist gut, denn dann kannst du mir eine große Hilfe sein. Könntest du Phyllis Burns nach Hause fahren, wenn die Party zu Ende geht?«

»Aber sicher, Dolly.«

»Ich will sagen: langsam. Ich will sagen, dass sie kein bisschen beeindruckt wäre, wenn du aufs Gaspedal treten würdest. Außerdem mag ich sie.«

Unversehens war sie von Männern umringt – von ihrem Ehemann, dem Grafen Hennen de Lanclerc, und mehreren anderen, die sie hingebungsvoll und aussichtslos liebten –, und als George sich entfernte, schien sie plötzlich im Widerschein eines der Lichter zu glühen, und überrascht, fast erschrocken, blieb er stehen. Fast zum ersten Mal sah er in ihr nicht Tante Dolly, die er immer als großzügig und herzlich erlebt hatte, sondern ein feuriges Züngeln, so lebhaft in der Dunkelheit, so furchtlos und durchdringend, so fähig, ansteckend zu lachen oder sich zu grämen, zu lieben oder zu verachten, dass ihm klar wurde, warum die Welt ihr bereitwillig nachsah, dass sie keine echte Schönheit war.

»Ich habe noch nichts unterschrieben«, erklärte sie. »Weder an der Ostküste noch im Westen. Aber hier ist zurzeit alles so unklar. Wenn ich nur sicher sein könnte, dass *Verstand und Gefühl* gedreht wird, und zwar mit mir. In New York weiß ich wenigstens, in welchem Stück ich spielen werde – und ich weiß, dass es Spaß machen wird.«

Als George später mit Phyllis im Wagen saß, wollte er ihr von Dolly erzählen, doch sie kam ihm zuvor und knüpfte überraschend an das an, worüber sie sich beim Essen unterhalten hatten.

»Was war das mit der *cliente*?«

Ein Wunder geschah – ihre Hand berührte seine Schulter, oder war das der Tau, der so früh fiel?

»Wenn wir ankommen, mache ich Ihnen einen ganz besonderen Drink zum Dank, dass Sie mich nach Hause gefahren haben.«

»Eigentlich trinke ich noch keinen Alkohol«, sagte er.

»Sie haben meine Frage nicht beantwortet.« Phyllis' Hand lag noch immer auf seiner Schulter. »Ist Dolly unzufrieden mit ihrer Karriere – mit dem, was sie erreicht hat?«

Da geschah es – eines der Vier-Sekunden-Erdbeben, von

denen hinterher berichtet wird, sie hätten sich »in einem Umkreis von zwanzig Meilen um den Sender« ereignet. Die Anzeigen am Armaturenbrett oszillierten; ein Wagen, der ihnen entgegenkam, schaukelte und schwankte und streifte den hinteren Kotflügel von Georges Wagen, bevor er unerkannt in die Dunkelheit verschwand und die beiden unversehrt, aber erschrocken zurückließ.

George hielt an, und sie vergewisserten sich, dass Phyllis nichts passiert war; erst da sagte George verblüfft: »Das war das Erdbeben!«

»Das nehme ich an«, sagte Phyllis leichthin. »Fährt der Wagen noch?«

»Ja, natürlich.« Und heiser wiederholte er: »Es war das Erdbeben – *ich* habe die Spur gehalten.«

»Reden wir nicht mehr darüber«, unterbrach ihn Phyllis. »Ich muss um acht Uhr am Set sein, und ich will ins Bett. Worüber sprachen wir gerade?«

»Dieses Erd–« Er beherrschte sich, als sie weiterfuhren, und versuchte sich zu erinnern, was er über Dolly gesagt hatte. »Sie macht sich Gedanken, fragt sich, ob *Verstand und Gefühl* gedreht werden wird. Wenn nicht, will sie ihr Haus schließen und in einem Theaterstück spielen –«

»Das hätte ich ihr sagen können«, meinte Phyllis. »Der Film wird wahrscheinlich nicht gedreht – und wenn, dann hat Bette Davis einen Vertrag für die Hauptrolle.«

George gewann seine Selbstachtung wieder, die das Erdbeben erschüttert hatte, und kehrte zu seinem Lieblingsthema des Tages zurück.

»Sie wäre auch als Bühnenschauspielerin eine *grande cliente*«, sagte er.

»Na ja, ich kenne die Rolle nicht«, sagte Phyllis, »aber es wäre unklug von ihr, zur Bühne zu gehen, das können Sie ihr gerne ausrichten.«

George war es leid, über Dolly zu sprechen; zehn Minuten früher war alles so überraschend angenehm gewesen. Schon hatten sie die Straße erreicht, in der Phyllis wohnte.

»Ich hätte doch Lust auf einen Drink«, bemerkte er mit einem Lachen, das seine Worte verharmlosen sollte. »Ich habe schon öfter Bier getrunken, und nach diesem Erdbeben – ich muss sowieso um halb neun in der Schule sein.«

Als sie vor ihrem Haus anhielten, lag der ganze Himmel in ihrem Lächeln, doch sie schüttelte den Kopf.

»Tut mir leid, dass das Erdbeben uns einen Strich durch die Rechnung gemacht hat«, sagte sie behutsam. »Aber ich will meinen Kopf so schnell wie möglich unter einem großen Kissen verstecken.«

George fuhr die Straße entlang und parkte an einer Ecke, an der zwei geheimnisvolle Männer mit einem großen Suchscheinwerfer sinnlose Bögen über dem Paradies beschrieben. Nicht Dolly »hatte alles«, sondern Phyllis. Dolly hatte alles erreicht, auch im Privatleben. Phyllis dagegen war voller Vorfreude und Erwartungen – der ganzen Welt gegenüber, die auf unerklärliche Weise eher durch das Scheinwerferlicht und das rote und weiße Blinken der Neonschrift von Cocktailbars verkörpert wurde als durch die wechselnde Beleuchtung von Dollys Swimmingpool. Wie Letztere funktionierte, wusste er – er hatte schließlich dabei zugesehen, wie sie am helllichten Tag eingebaut worden war. Doch er wusste nicht, welchen Gesetzen die Welt gehorchte, und er hatte das Gefühl, dass Phyllis in der gleichen köstlichen Ahnungslosigkeit lebte.

Nach dem Herbst sahen die Dinge anders aus. George blieb an der Schule, doch nun als Interner, und besuchte Dolly zu Weihnachten und zu Ostern in New York. Im Sommer darauf kam sie an die Ostküste zurück und öffnete das Haus für einen einmonatigen Erholungsurlaub, doch sie hatte sich für eine weitere Saison im Osten verpflichtet, und George ging mit ihr zurück, um sich an einer Privatschule für Yale vorzubereiten.

Verstand und Gefühl wurde tatsächlich gedreht, doch mit Phyllis und nicht mit Bette Davis in der Rolle der Marianne. George begegnete Phyllis während dieses Jahres nur einmal, als Jim Jerome, der ihn manchmal am Wochenende auf seine Ranch mitnahm, ihm eines Sonntags anbot, er könne sich aussuchen, was sie tun sollten. George schlug vor, Phyllis zu besuchen.

»Erinnern Sie sich noch daran, wie Sie mir erklärt haben, was eine *grande cliente* ist?«

»Willst du behaupten, ich hätte das von Phyllis gesagt?«

»Nein, von Dolly.«

Phyllis, von Männern umschwärmt und vereinnahmt, war an jenem Tag keine unterhaltsame Gesellschaft; nach seiner Rückkehr in den Osten lernte George andere Mädchen kennen und galt als Persönlichkeit, weil er Phyllis gekannt und etwas mit ihr gehabt hatte, was in seiner ehrlichen Erinnerung ein kolossaler Flirt gewesen war.

Nach den Prüfungen im folgenden Juni kam Dolly zum Überseedampfer, um sich von Hennen und George zu verabschieden, die nach Europa aufbrachen; sie selbst wollte mit dem Flugzeug nachkommen, sobald ihr Engagement beendet wäre.

»Ich würde gerne hierbleiben und mit dir zusammen fliegen«, bot George an.

»Du bist achtzehn – du hast noch ein langes und unseriöses Leben vor dir.«

»Und du bist erst siebenundzwanzig.«

»Bleib du mal schön bei deinen Reisekameraden.«

Hennen reiste erster Klasse, George Touristenklasse. An der Gangway der Touristenklasse waren so viele Mädchen von Bryn Mawr und Smith und aus Pensionaten zu sehen, dass Dolly ihren Neffen ins Gebet nahm.

»Trink nicht nächtelang Bier mit ihnen. Und wenn du es gar nicht mehr aushältst, dann schleich dich in die erste Klasse ein, und lass dich von Hennen zur Räson bringen.«

Hennen war sehr still und deprimiert beim Abschied.

»Ich werde in die Touristenklasse runtersteigen«, sagte er verzweifelt. »Und die ganzen schönen Mädchen kennenlernen.«

»Du würdest wie ein schmieriger Schurke wirken«, warnte sie ihn, »wie Ivan Lebedeff im Film.«

Hennen und George unterhielten sich von Deck zu Deck, während das Schiff durch die Meerenge dampfte.

»Ich verachte euch da unten in den Slums von ganzem Herzen«, sagte Hennen. »Ich hoffe, niemand sieht mich mit dir sprechen.«

»Wir sind die Elite der Passagierliste. Man nennt uns Edelfaulpelze. Apropos Pelze, bist du hinter einer dieser Schaluppen im Nerzmantel her?«

»Nein – ich rechne immer noch damit, dass Dolly in meiner Luxuskabine aufkreuzt. Übrigens habe ich ihr telegraphiert, dass sie *nicht* mit dem Flugzeug kommen soll.«

»Sie wird tun, was ihr passt.«

»Kommst du heute Abend hinauf und isst mit mir – wenn du dir die Ohren gewaschen hast?«

An Bord war nur ein einziges Mädchen mit Georges Wellenlänge, und das wurde ihm von einem anderen weggeschnappt – so dass es ihm recht gewesen wäre, wenn Hennen ihn jeden Abend zum Essen eingeladen hätte, doch nach dem ersten Mal gab es nur noch Luncheinladungen, und Hennen saß geistesabwesend und schwermütig am Tisch.

»Ich gehe jeden Abend um sechs Uhr in meine Kabine«, sagte er, »und esse im Bett zu Abend. Ich telegraphiere Dolly, aber ich habe den Eindruck, dass ihr Agent antwortet.«

Am Tag bevor sie Southampton erreichten, stritt das Mädchen, das George gefiel, mit seinem Verehrer über die Länge seiner Fingernägel oder über das Münchner Abkommen oder über beides – und George nahm auf einmal wieder am gesellschaftlichen Leben in der Touristenklasse teil.

Wie es sich gehörte, gab er sich erst einmal ironisch.

»Du und Princeton scheint euch gut amüsiert zu haben«, bemerkte er. »Und jetzt kommst du zu mir zurück.«

»Das war«, erklärte Martha, »weil ich dachte, du würdest dir weiß Gott was darauf einbilden, dass Dolly Bordon deine Tante ist und dass du in Hollywood gelebt hast –«

»Wo habt ihr euch versteckt?«, unterbrach er sie. »War eine tolle Nummer.«

»Es war nichts weiter dabei«, sagte Martha schnell. »Aber wenn du jetzt so ekelhaft sein willst …«

George fand sich mit der Vergangenheit ab und wurde umgehend dafür belohnt.

»Weißt du was, ich zeige es dir«, sagte sie. »Wir tun das, was wir getan haben, bis – bis er mich als Ignorantin abgekanzelt hat. Also wirklich! Als wäre er was Besseres, weil er nach Princeton geht! Mein eigener Vater hat da studiert!«

Ziemlich aufgeregt folgte George ihr durch eine Eisentür mit der Aufschrift »Privat« nach oben, einen Korridor entlang und hinauf zu einer weiteren Tür mit der Aufschrift »Zutritt nur für Passagiere der ersten Klasse«.

Er war enttäuscht.

»Das ist alles? In der ersten Klasse war ich schon.«

»Warte!«

Vorsichtig öffnete sie die Tür, und sie gingen um ein Rettungsboot herum, bis sie ein eingezäuntes Stück Deck im Blickfeld hatten.

Zu sehen gab es nichts – das Gesicht eines Offiziers, der von einem noch höheren Deck aus aufs Meer blickte, tauchte kurz auf, und eine Nerzmantelträgerin saß auf einem Liegestuhl; George spähte sogar in das Rettungsboot, für den Fall, dass sich dort ein blinder Passagier befand.

»Ich habe Dinge erfahren, die mir später nützlich sein werden«, murmelte Martha wie im Selbstgespräch. »Wie sie es machen – sollte ich mich je darauf verlegen, wüsste ich auf jeden Fall, wie man es macht.«

»Wie man was macht?«

»Schau zum Liegestuhl, du Dussel.«

Als George hinsah, tauchte aus dem dichten Dunkel der Gestalt im Nerzmantel ein wohlvertrautes und unverkennbares Gesicht auf. Und im selben Augenblick, in dem er Phyllis Burns erkannte, sah er, dass Hennen neben ihr saß.

»Sieh nur, wie sie es macht«, flüsterte Martha. »Auch wenn du nichts hören kannst, ist dir sicher klar, dass du gerade eine Preview erlebst.«

George war bisher nie seekrank gewesen, doch als Hennen von seinem Liegestuhl zum Fußteil ihrer Liege wechselte und ihre Hand ergriff, hielt nur die Furcht, entdeckt zu werden, die in ihm aufsteigende Übelkeit in Schach. Nach einem Augenblick beugte Phyllis sich vor und berührte Hennen leicht am Arm, genau so, wie George es in Erinnerung hatte; ihr Blick war voll unbeschreiblicher Zuneigung.

Von irgendwoher ertönte die grelle Sirene, die zum Essen rief, und George ergriff Marthas Hand und zerrte sie den Weg zurück, den sie gekommen waren.

»Aber es stört sie doch gar nicht!«, protestierte Martha. »Sie lebt in der Öffentlichkeit. Am liebsten würde ich Walter Winchell auf der Stelle ein Telegramm schicken.«

George hörte nur das Wort »Telegramm«. Keine halbe Stunde später hatte er in unentzifferbarem Code geschrieben:

ER KAM NICHT IN DIE TOURISTENKLASSE RUNTER
WEGEN VERSTAND UND GEFÜHL STOP RATE SOFORT
NACHZUKOMMEN
GEORGE
(PER NACHNAHME)

Entweder hatte Dolly die Botschaft nicht verstanden oder auf den Flug warten müssen, während George mit mulmigem Gefühl durch Belgien radelte und seine Ankunft in Paris auf ihre abstimmte. Sein Brief musste sie gewarnt haben, aber sie ließ sich nichts anmerken, als sie mit Hennen und George vom Flughafen Le Bourget in die Stadt fuhr. Am nächsten Morgen wurde die Katze aus dem Sack gelassen, und bis zum Nachmittag, als George Augenzeuge der Auseinandersetzung wurde, hatte sie beachtliches Format angenommen. Er hatte sich durch eine zähe Menschenmenge zwischen den beiden Hotels seinen Weg bahnen müssen, denn es hatte sich herumgesprochen, dass gleich *zwei* große Stars dort abgestiegen waren.

»Komm rein, George«, rief Dolly. »Phyllis kennst du ja – sie ist auf dem Sprung nach Aix-les-Bains. Sie hat es gut, während Hennen und ich entscheiden müssen, wer von uns beiden auszieht, je nachdem, wer wen verklagt. Ich schlage vor, dass Hennen mich verklagt, weil ich ihn zum Schoßhündchen abgerichtet habe.«

Sie gab sich übermütig, weil Sekretärinnen in Hörweite und Presseleute draußen im Flur waren und Kellner hin und wieder hereingeflitzt kamen. Phyllis war sehr gelassen, als ginge sie das alles nichts an. George war tränenreich, verwirrt und traurig.

»Soll ich Schwierigkeiten machen, George?«, fragte Dolly. »Oder soll ich es wie eine Charakterrolle angehen – wie geschaffen für mein liebenswertes Naturell? Oder soll ich mich primitiv geben? Jim Jerome oder Frank Capra könnten mir helfen. Hast du genug Urteilsvermögen, George, oder lernst du das erst auf dem College?«

»Ehrlich gesagt«, sagte Phyllis und stand auf, »ehrlich gesagt war ich genauso überrascht wie Sie. Ich wusste genauso wenig von Hennens Anwesenheit auf dem Schiff wie er von meiner.«

An der Privatschule, wo er sich auf Yale vorbereitete, hatte George zumindest gelernt, wie man grob wird. Er machte drohende Geräusche und baute sich vor Hennen auf, der sich erhob.

»Mach mich nicht wütend!« George zitterte vor Zorn ein wenig. »Du warst bisher immer nett, aber du bist doppelt so alt wie ich, und ich will dich nicht zu Kleinholz zerlegen.«

Dolly nötigte ihn, sich zu setzen; Phyllis verließ den Raum, und sie hörten ihr nachdrückliches »Jetzt nicht! Jetzt nicht!« im Flur widerhallen.

»Wir beide könnten eine Reise irgendwohin machen«, sagte Hennen hilflos.

Dolly schüttelte den Kopf.

»Solche Verlegenheitslösungen haben keinen Sinn. Das habe ich oft genug miterlebt. Man verreist und nimmt es mit. Schweigen macht sich breit – keiner hat einen Text. Schweigen – man versucht zu erraten, was hinter dem Schweigen steckt – dann versucht man so zu tun, als wäre es wie früher – noch mehr Schweigen – und tiefe Runzeln im Herzen.«

»Ich kann nur sagen, dass es mir sehr leidtut«, sagte Hennen.

»Schon gut. Ich begleite George auf seiner Fahrradtour, wenn er einverstanden ist. Und du nimmst dein neues Flittchen nach Pont-à-Dieu mit, um es deiner Familie vorzustellen. Ich bin am Leben, Hennen – obwohl ich zugeben muss, dass es kein Vergnügen ist. Aber du warst offenbar schon seit einiger Zeit tot, und ich habe es nicht gemerkt.«

Hinterher sagte sie zu George, sie sei Hennen dankbar, dass er nicht an ihren mütterlichen Instinkt appelliert habe. Pragmatisch, wie sie war, hatte sie den heftigsten Schmerz schon im Flugzeug bewältigt. Selbst Heilige müssen eine gewisse praktische Ader haben – und für die Menschen, die sie liebten, war Dolly fast eine Heilige, auch wenn sie ab und zu die Beherrschung verlor.

Doch die ganzen nächsten zwei Monate über sah George an keinem einzigen Morgen ein verräterisches Glitzern in Dollys silbrigblauen Augen; und wenn sie benachbarte Hotelzimmer hatten, lag er nachts oft wach und hörte, wie sie leise wimmerte.

Doch am Frühstückstisch war sie immer eine *grande cliente*. Inzwischen wusste George genau, was dieses Wort bedeutete.

Im September bezogen Dolly, ihre Sekretärin, ihre Kammerzofe und George einen Bungalow, der zu einem Hotel in Beverly Hills gehörte – einen Bungalow voller Blumen, die fast so schnell, wie sie kamen, an Krankenhäuser verteilt wurden. Wieder umgab sie die zwielichtige Geheimwelt der Filmbranche, die sich gegen eine neidische und aufdringliche Außenwelt abschirmte, mit Telefonen, Agenten, Produzenten und Freunden im Inneren.

Dolly machte die Runde, zog Möglichkeiten in Betracht, lehnte Angebote ab und favorisierte andere – und spielte mit dem Gedanken, zur Bühne zurückzukehren, oder tat wenigstens so als ob.

»Aber Liebes! Alle sind so froh, dass du wieder da bist!«

Ihre Gegenwart adelte die anderen; um ihrer selbst willen wollten sie sie wieder im Filmgeschäft haben. Es gab nicht viele andere Schauspielerinnen, von denen man das hätte behaupten können.

»Jetzt muss ich endlich eine Party geben«, sagte sie zu George.

»Das hast du doch längst getan. Deine bloße Anwesenheit macht alles zu einer einzigen Party.«

George wurde langsam erwachsen; in einer Woche würde er in Yale zu studieren beginnen. Doch er hatte die scherzhaften Worte auch ernst gemeint.

»Entweder in ganz kleinem Kreis oder riesengroß«, überlegte sie, »damit sich niemand gekränkt fühlt. Was bei einem Neuanfang auf keinen Fall passieren darf.«

»Deine Sorgen möchte ich haben, wo alle sich ein Bein ausreißen, um dich unter Vertrag zu nehmen.«

Sie zögerte – und dann zeigte sie ihm eine zweiseitige Liste.

»Das sind die ausgerissenen Beine«, sagte sie. »Du wirst sehen, dass jedes Angebot einen Haken oder eine Einschränkung hat. Zum Beispiel diese Charakterrolle: eine faszinierende ältere Frau – und ich bin noch nicht einmal dreißig. Entweder Geld – eine dicke Gage, die an eine verheerende Rolle gekoppelt ist – oder eine nette Rolle und kein Geld. Ich lasse das Haus herrichten.«

Am Tag darauf ging Dolly mit ihren Assistentinnen und

einigen Putzhilfen in das Haus und bereitete die Räume vor, die sie benötigen würde.

»Überall Kerzen«, rief George am Nachmittag vor der Party. »Die müssen ein Vermögen gekostet haben.«

»Hübsch, nicht wahr? Und dabei war ich so undankbar, als ich sie geschenkt bekam.«

»Es ist wunderschön. Ich gehe in den Garten und richte die Swimmingpoolbeleuchtung ein – zur Erinnerung an alte Zeiten.«

»Die geht nicht«, sagte Dolly fröhlich. »Wir haben keinen Strom – der Keller war überschwemmt.«

»Dann lass einen Elektriker kommen.«

»Das geht auch nicht – ich bin völlig pleite. Ungelogen. Die Banken haben es mir unmissverständlich klargemacht. Das Haus ist von oben bis unten mit Hypotheken belastet, und ich versuche es zu verkaufen.«

Er setzte sich auf einen staubigen Stuhl.

»Und wie ist es dazu gekommen?«

»Na ja – es fing damit an, dass ich dem Ensemble versprochen habe, auf Tournee zu gehen, und nach und nach gerieten wir in die Klemme. Dann hat sich der Kassenwart nach Kanada abgesetzt. George, in zwei Stunden kommen unsere Gäste. Kannst du nicht Kerzen um den Swimmingpool herum aufstellen?«

»Wasserdichte Kerzenleuchter haben sie dir zu schenken vergessen. Und wie wäre es, das Geld zurückzufordern, das du anderen Leuten geliehen hast?«

»Was? Ein kleines Glamourgirl wie ich! Außerdem haben die jetzt wahrscheinlich noch weniger Geld als damals. Und über solche Sachen hat Hennen Buch geführt, nur dass er nie etwas aufgeschrieben hat. Wenn du weiter so traurig dreinblickst, wirst du mit diesem Staubtuch auf Hochglanz gewienert. Dein Unterricht ist für ein Jahr im Voraus bezahlt…«

»Denkst du, ich würde dort hingehen?«

Ein Mann, den George noch nie gesehen hatte, kam durch den großen Salon auf sie zu.

»Ich habe kein Licht gesehen, Miss Bordon. Ich wäre nie auf die Idee gekommen, dass Sie hier sind. Ich komme von Ridgeway-Immobilien –« Verlegen hielt er inne. Dass er Kundschaft mitgebracht hatte, musste er nicht eigens erklären, denn die Kundschaft stand direkt hinter ihm.

»Oh«, sagte Dolly. Sie sah Phyllis an, lächelte – und dann setzte sie sich auf das Sofa und brach in Gelächter aus. »Sie sind die Kundschaft; Sie wollen mein Haus kaufen, stimmt's?«

»Ehrlich gesagt hatte ich gehört, dass Sie es verkaufen wollen.«

Dollys Antwort ging in ihrem Gelächter unter, doch George war, als hätte er sie sagen hören: »Eigentlich könnte ich Ihnen gleich meine ganzen Pfandscheine schicken.«

»Was gibt es da zu lachen?«, fragte Phyllis.

»Ziehen Sie mit – Ihrer Familie ein? Entschuldigung, das geht mich nichts an.« Dolly wandte sich an den Immobilienmakler. »Zeigen Sie der Gräfin das Haus – hier haben Sie einen Kerzenhalter. Das Licht geht nicht.«

»Ich kenne das Haus«, sagte Phyllis. »Ich wollte mir nur einen generellen Eindruck verschaffen.«

»Alles inklusive«, sagte Dolly und fügte schalkhaft hinzu: »Außer George. George will ich behalten.«

»Ich besitze die Hypotheken«, sagte Phyllis zerstreut.

George verspürte den Drang, sie an ihrem meergrünen Hosenboden aus dem Zimmer zu befördern.

»Aber Phyllis!«, tadelte Dolly sie sanft. »Sie wissen doch, dass zu diesem Text eine Reitpeitsche und ein schwarzer Schnurrbart gehören. Das müssen Sie sich von der Gewerkschaft genehmigen lassen. Ihr Text lautet: ›Das muss ich mir nicht anhören.‹«

»Das muss ich mir wirklich nicht anhören«, sagte Phyllis.

Als sie gegangen war, sagte Dolly: »Und *mir* haben sie Rollen als Giftnudel angeboten.«

»Es ist nicht mal vier Jahre her«, setzte George an, »da war Phyllis –«

»Ach, sei still, George. Wir sind in Hollywood; da hält man sich an die Spielregeln. Heute Abend kommen Leute, die sogar Morde auf dem Gewissen haben.«

Als sie kamen, war sie bezaubernd wie immer, so dass die Gäste ebenfalls liebenswürdig und bezaubernd waren, und George konnte keinen einzigen Mörder identifizieren. Im Toilettenvorraum schnappte er allerdings geflüsterte Gesprächsfetzen auf, denen er entnahm, dass alle über Dollys Geldnöte Bescheid wussten. Doch der Schein blieb gewahrt. Sogar Hymie Fink durchstreifte die Räume, und das helle Blitzen seiner Kamera, die er auf die einen richtete, oder das Ersatzlächeln, mit dem er an den anderen vorbeiging, sonderten die Aufsteiger von den Absteigern.

Auf der Veranda richtete er seine Kamera auf Dolly. Sie war eine alte Freundin, und er fotografierte sie von allen Seiten. Nach dem Mann zu schließen, der neben ihr saß, würde es wohl nicht mehr lange dauern, bis sie wieder groß im Geschäft war.

»Willst du nicht Mr. Jim Jerome knipsen?«, fragte sie. »Er ist heute erst nach Hollywood zurückgekommen – aus England. Er behauptet, sie würden jetzt bessere Filme drehen; er hat sie dazu überredet, keine Teepausen mitten in großen Liebesszenen einzulegen.«

George sah sie mit einem Gefühl großer Erleichterung zusammen dort sitzen; alles würde sich einrenken. Doch nach der Party, als die Kerzen zu kleinen Talgpfützen zusammengeschmolzen waren, entdeckte er auf Dollys Miene einen Ausdruck von Unsicherheit – zum ersten Mal, seit er sich erinnern konnte. Im Wagen auf der Rückfahrt zu ihrem Hotelbungalow erzählte sie ihm, was geschehen war.

»Er will, dass ich beim Film aufhöre und ihn heirate. O ja, das hat er sich in den Kopf gesetzt. Das alte Gerede von zwei Berufen und so weiter. Ich frage mich …«

»Was fragst du dich?«

»Nein, ich weiß es. Er denkt, ich wäre am Ende. Das ist einer der Gründe.«

»Könntest du dich in ihn verlieben?«

Sie sah George an und lachte.

»Könnte ich? Lass mich überlegen …«

»Er hat dich schon immer geliebt. Er hat es mir einmal fast erzählt.«

»Ich weiß. Aber es wäre eine sonderbare Sache; ich hätte nichts zu tun – genau wie Hennen.«

»Dann heirate ihn nicht; steh es durch. Ich habe schon ein Dutzend Ideen, wie ich Geld verdienen kann.«

»George, du machst mir Angst«, sagte sie scherzhaft.

»Als Nächstes finde ich Wettscheine in deinen Taschen oder sehe dich auf dem Hollywood Boulevard als Erdölspekulant, den Hut in die Stirn gedrückt.«

»Ich meine ehrlich verdientes Geld«, sagte er trotzig.

»Du könntest wie Freddie zur Bühne gehen, und ich wäre deine Tante Prissy.«

»Jedenfalls sollst du ihn nur heiraten, wenn du es auch willst.«

»Ich hätte nichts dagegen – wenn er nur kurz zu Besuch da wäre; schließlich braucht eine Frau einen Mann. Aber er ist so schrecklich stur. Mrs. James Jerome. Nein! So bin ich nicht erzogen, und an seiner Erziehung kann man nichts ändern, nicht wahr? Erinnere mich daran, dass ich ihm heute Abend ein Telegramm schicke – morgen fährt er in den Osten, auf Talentsuche für *Porträt einer Frau*.«

George schrieb das Telegramm und gab es telefonisch auf, und drei Tage später ging er noch einmal in das große Haus im Tal, um einige persönliche Dinge für Dolly abzuholen.

Phyllis war da – der Hauskauf war abgeschlossen –, doch sie machte keine Einwendungen, sondern wollte ihn sogar dazu bewegen, noch mehr Gegenstände mitzunehmen, um wieder in seiner Achtung zu steigen oder ihm wenigstens sein jugendliches Vertrauen auf das Gute in jedem Menschen zurückzugeben. Sie gingen durch den Garten, in dem Arbeiter bereits die Leitungen repariert hatten und gerade die vielfarbigen Glühbirnen um den Swimmingpool herum testeten.

»Alles aus dem Haus, was sie will«, sagte Phyllis. »Ich werde nie vergessen, dass sie mein Vorbild und mein Idol war, und was ihr passiert ist, das kann ehrlich gesagt jedem von uns passieren.«

»Nicht ganz«, widersprach George. »Ihr passieren besondere Dinge, weil sie eine *grande cliente* ist.«

»Was das heißen soll, habe ich nie richtig verstanden«, sagte Phyllis lachend. »Aber ich hoffe, es ist ihr ein Trost, falls sie ins Grübeln gerät.«

»Ach, zum Grübeln hat sie gar keine Zeit. Heute Morgen hatte sie den ersten Drehtag für *Porträt einer Frau*.«

Phyllis blieb abrupt stehen.

»Sie? Aber die Rolle war doch für Katharine Cornell vorgesehen, falls man sie dazu überreden könnte! Und mir hatten sie hoch und heilig versprochen –«

»Niemand hat versucht, Cornell oder sonst wen zu überreden. Dolly hat ihre Probeaufnahmen absolviert – und ich habe noch nie so viele Leute im Vorführraum gleichzeitig weinen sehen. Einer musste sogar rausgehen – dabei waren es nur Drei-Minuten-Aufnahmen.«

Er hielt Phyllis am Arm fest, weil sie ins Schwimmbecken zu taumeln drohte. Schnell wechselte er das Thema.

»Wann werden Sie – wann werden Sie beide einziehen?«

»Ich weiß nicht«, sagte Phyllis. Ihre Stimme wurde lauter. »Ich mag dieses Haus nicht! Sie kann alles zurückhaben – mit schönen Grüßen von mir!«

Doch George wusste, dass Dolly das nicht wollte. Sie befand sich inzwischen in einer anderen Sphäre, eröffnete ein neues Lebenskonto. Was wir schließlich alle auf die eine oder andere Weise tun – ein Konto eröffnen und dann bezahlen.

Ausführung in Gips

»Was meint der Doktor, wie lange wird es noch dauern?«, fragte Mary. Mit seinem gesunden Arm schlug Martin die Bettdecke etwas zurück und zeigte ihr, dass vorne aus dem Gipspanzer ein Quadrat ausgeschnitten war, so dass sein Magen und die untere Partie des Zwerchfells leicht aus der Öffnung traten. Sein ausgekugelter Arm war immer noch hoch über seinem Kopf fixiert, wie zu einem unfreiwilligen Gruß.

»Das war ein großer Fortschritt«, sagte er. »Aber es musste erst die Hitzewelle kommen, damit Ottinger mir dieses Fenster einbaut. Über die Aussichten kann ich nicht viel sagen, aber – hast du die Kollektion von Drähten gesehen?«

»Ja, das habe ich«, antwortete seine Frau und versuchte, belustigt auszusehen.

Sie waren auf dem Tisch ausgelegt wie ein komplettes Chirurgenbesteck – Drähte in jeder Form und Länge, so dass die Schwester jeden Punkt innerhalb des Gipsverbandes erreichen konnte, wenn der Juckreiz durch den Schweiß unerträglich wurde.

Martin schämte sich, immer dasselbe zu sagen.

»Entschuldige«, sagte er. »Aber nach zwei Monaten bekommt man wohl eine Art Medizinpsychose. All das interessiert mich maßlos. Eigentlich –«, fügte er fast ohne Ironie hinzu, »– macht es in gewisser Weise allmählich mein Leben aus.«

Mary kam herüber, setzte sich aufs Bett und nahm ihn, mit Gips und allem, in ihre zarten Arme. Er war leitender Elektrotechniker im Filmstudio, und sein Zehnmetersturz kostete an Arztrechnungen keinen Penny. Aber das – und der Umstand, dass die Katastrophe sie nach vier Monaten der Trennung wieder zusammengeführt hatte – war auch schon der einzige Lichtblick.

»Ich fühle mich dir so nah«, flüsterte sie. »Sogar durch diesen Gips hindurch.«

»Magst du es, wenn wir so miteinander reden?«

»Ja.«

»Ich auch.«

Sie stand auf und ordnete ihr blondes Haar vor dem Spiegel. Er hatte das wohl tausendmal bei ihr gesehen, aber diesmal war es, als entferne sie sich damit von ihm, und das machte ihn traurig.

»Was hast du heute Abend vor?«, fragte er.

Mary wandte sich, beinahe überrascht, zu ihm um.

»Das ist aber ungewöhnlich, dass du mich danach fragst.«

»Wieso? Du erzählst es mir doch fast immer. Du bist meine Verbindung zur großen weiten Welt.«

»Aber du legst doch normalerweise Wert darauf, dich an Vereinbarungen zu halten. Das war unsere Abmachung, als wir uns getrennte Wohnungen nahmen.«

»Du bist aber sehr bürokratisch.«

»Nein – aber das *war* unsere Abmachung. Tatsächlich

habe ich überhaupt nichts vor. Bieman bat mich, zu einer Vernissage mitzukommen, aber er langweilt mich. Und die Franzosen haben angerufen.«

»Wer genau?«

Sie trat näher und sah ihn an.

»Was denn, ich glaube, du bist eifersüchtig«, sagte sie. »Die Frau natürlich. Oder *er,* um genau zu sein, aber er rief nur wegen seiner Frau an – die war angeblich bei mir. So habe ich dich noch nie gesehen.«

Martin war klug genug, zu zwinkern, als hätte es nichts zu bedeuten, und das Thema fallenzulassen, aber Mary machte eine letzte unglückliche Bemerkung.

»Ich dachte, du siehst es gern, wenn ich mit ihnen ausgehe.«

»Das ist es eben«, Martin versuchte ruhig zu bleiben, »– mit ›ihnen‹, aber jetzt ist es ›er‹.«

»Sie reisen am Montag ab«, sagte sie fast ungehalten. »Ich werde ihn wahrscheinlich nie wiedersehen.«

Eine Minute Schweigen. Seit seinem Unfall waren ihre Gesprächsthemen nicht unbegrenzt, außer die Liebe flammte gerade auf. Oder auch nur Mitleid – in den vergangenen vierzehn Tagen war er durchaus bereit gewesen, sich bemitleiden zu lassen. Vor allem bei den Gesprächen über ihre ungewissen Zukunftspläne war eine liebevolle Atmosphäre die Voraussetzung.

»Ich werde mal eben aufstehen«, sagte er plötzlich. »Nein, hilf mir nicht – ruf nicht nach der Schwester. Ich weiß schon, wie ich es mache.«

Der Gips reichte auf einer Seite halb bis zum Knie, aber mit einer schlangenartigen Bewegung schob er sich an den

Rand des Bettes – und richtete sich dann mit einem gewaltigen Schwung auf. Er legte sich einen Hausmantel um, auch das ohne Beistand, und ging zum Fenster. Junges Volk planschte mit viel Geschrei in dem Schwimmbassin draußen vor dem Hotel.

»Ich geh dann mal«, sagte Mary. »Kann ich dir morgen irgendwas mitbringen? Oder auch heute Abend, falls du dich einsam fühlst?«

»Nicht heute. Du weißt, ich bin abends immer schlechter Laune – und ich will nicht, dass du die weite Fahrt zweimal am Tag machst. Geh nur – genieß es.«

»Soll ich nach der Schwester klingeln?«

»Das mache ich gleich.«

Doch er tat es nicht – stand nur so da. Er wusste, dass Mary sich allmählich aufzehrte, dass diese wieder aufgefrischte Liebe zu ihm am Abflauen war. Sein Unfall war für kurze Zeit wie eine Art Damm gewesen, gegen einen Strom, der schon seit Monaten immer weiter angeschwollen war.

Als gegen sechs mit gewohnter Regelmäßigkeit die Schmerzen einsetzten, gab ihm die Schwester etwas mit Codein darin, mixte ihm einen Cocktail und bestellte das Abendessen, eine jener Mahlzeiten, die er nur mit Mühe verdauen konnte, da er ja in seinem Privatbunker gefangen war. Dann hatte die Schwester vier Stunden frei, und er war allein. Allein mit Mary und ihrem Franzosen.

Er kannte den Franzosen nur dem Namen nach, aber Mary hatte einmal gesagt:

»Joris ist ein bisschen wie du – nur natürlich nicht so reif – eher etwas kindisch.«

Seit sie das gesagt hatte, war ihm die Gesellschaft von Mary und Joris in den langen Stunden zwischen sieben und elf immer weniger lieb geworden. Er hatte im Geist mit ihnen geredet, war mit ihnen herumgefahren, zu Filmen und Partys mit ihnen gegangen – und manchmal war auch der beruhigende Geist von Joris' Frau dabei. Er war ihnen nahe gewesen, wenn sie sich liebten, und selbst das ließ sich ertragen, solange er sich vorstellen konnte, sie zu hören und zu sehen. Erst als sie ein Geheimnis daraus machten, rebellierte sein Magen in dem Gipsverband. Er sah jetzt vor sich, wie der Franzose auf Mary zuging und wie sie auf ihn wartete. Denn er war sich nicht sicher, was Joris für sie empfand oder was er von der ganzen Situation halten sollte.

»Ich habe ihm gesagt, dass ich dich liebe«, sagte Mary – und er glaubte ihr das. »Ich habe ihm gesagt, ich könnte nie einen anderen lieben als dich.«

Dennoch konnte er nicht sicher sein, was Mary fühlte, wenn sie in ihrem Apartment auf Joris wartete. Er wusste nicht, ob sie sich nach ihrem »Gutnacht« an der Tür erleichtert abwandte oder ob sie in ihrem Wohnzimmer umherging und später das Buch, in dem sie las, in den Schoß sinken ließ und an die Decke starrte. Oder ob das Telefon noch einmal klingelte für ein weiteres »Gutnacht«.

In den ersten beiden Monaten ihrer Trennung, als er noch gesund und auf den Beinen war, hatte Martin sich über diese Dinge überhaupt keine Gedanken gemacht.

Um halb neun nahm er den Telefonhörer und rief sie an; die Leitung war belegt und war es auch noch um Viertel vor neun. Um neun bekam er keine Verbindung; um neun Uhr fünfzehn nahm niemand ab, und kurz vor neun Uhr dreißig war wieder besetzt. Martin stand auf, zog langsam seine Hosen an und mit der Hilfe eines Laufburschen auch Hemd und Mantel.

»Soll ich nicht mitkommen, Mr. Harris?«, fragte der Junge.

»Nein, danke. Sag dem Taxi, ich bin gleich unten.«

Als der Junge gegangen war, schleppte er sich über die kleine Erhöhung zum Badezimmer, sauste mit dem Arm herum und stieß mit dem Kopf gegen das Waschbecken.

Es war nicht gar so schlimm, aber er verarztete die Sache ungeschickt mit Heftpflaster, und als er sich bei seinem Anblick im Spiegel lächerlich vorkam, setzte er sich hin und wählte zum letzten Mal Marys Nummer – ohne Antwort. Dann ging er hinaus, nicht weil er zu Marys Wohnung wollte, sondern weil er irgendwie zum Feuer gehen musste und ihm dazu kein anderer Ort einfiel.

Um zehn Uhr dreißig war Mary, schon in ihrem Nachtgewand, wieder am Telefon.

»Danke für den Anruf, Joris, aber um die Wahrheit zu sagen, ich habe entsetzliches Kopfweh. Ich bin gerade dabei, zu Bett zu gehen.«

»Hören Sie zu, Mary«, drängte Joris. »Zufällig hat Marianne auch Kopfweh und hat sich schon schlafen gelegt. Das ist der letzte Abend, an dem ich Gelegenheit habe, Sie allein zu sehen. Außerdem haben Sie mir gesagt, Sie hätten *niemals* Kopfweh.«

Mary lachte.

»Das stimmt – aber ich bin wirklich müde.«

»Ich verspreche, nur eine halbe Stunde zu bleiben – Ehrenwort. Ich bin gerade sowieso um die Ecke.«

»Nein«, sagte sie, und ein Hauch von Ärger gab ihren Worten die nötige Entschiedenheit. »Morgen gern zum Lunch oder Dinner, wenn Sie mögen, aber jetzt gehe ich wirklich zu Bett.«

Sie stockte. Sie hatte ein Geräusch gehört, etwas Schweres, das an der Außentür ihres Apartments scharrte. Dann läutete dreimal kurz und seltsam die Klingel.

»Da ist jemand – rufen Sie mich morgen früh an«, sagte sie. Eilig legte sie den Hörer auf und zog einen Hausmantel über.

An der Tür ihres Apartments fragte sie vorsichtig:

»Wer ist da?«

Keine Antwort – nur ein dumpfes Geräusch – wie ein menschlicher Körper, der stürzt und zu Boden sinkt. »Wer ist da?«

Als ein entsetzliches Stöhnen ertönte, wich sie erschrocken zurück. Oben in der Tür war eine kleine Klappe, wie das Guckloch in einer illegalen Kneipe, und da sie wegen des Geräuschs sicher war, dass wer immer es sei, verwundet oder betrunken am Boden lag, griff Mary hinauf und lugte hinaus. Sie konnte nur eine Hand sehen, die mit frischem Blut bedeckt war, und schloss schnell das Fensterchen. Nach einem aufgewühlten Moment spähte sie noch einmal hinaus.

Diesmal erkannte sie etwas wieder – später konnte sie nicht mehr sagen, was – die Krümmung des Armes, ein Stückchen Gipsverband – aber das genügte. Sie öffnete rasch die Tür und kauerte sofort an Martins Seite.

»Arzt holen«, flüsterte er. »Bin auf der Treppe gestürzt und hab was gebrochen.«

Seine Augen schlossen sich, als sie zum Telefon rannte.

Arzt und Ambulanz kamen gleichzeitig an. Was Martin getan hatte, kam einem kleinen Triumph des Missgeschicks gleich. Bei dieser ersten Treppe, die er seit acht Wochen hinaufwollte, war er gestolpert, hatte versucht, sich mit dem Arm, der für gar nichts taugte, zu halten, und war dann am Treppengeländer entlang hinuntergerasselt. Danach hatte er sich in fünf langen Minuten bis vor ihre Tür geschleppt.

»Aber warum denn?«, wollte Mary ausrufen, doch das hätte niemand gehört. Er kam erst wieder zu Bewusstsein, als die Tragbahre unter ihn geschoben und er ins Hospital gefahren wurde, um den neuen Bruch mit einem neuen Gips zu versorgen und mit allem noch einmal von vorn anzufangen. Als er Mary erblickte, sagte er schnell: »Komm nicht mit. Ich will niemand dabeihaben, wenn – wenn – Gib mir dein Ehrenwort, dass du nicht kommst.«

Der Orthopäde sagte, er werde sie in einer Stunde anrufen. Und fünf Minuten später, in der wirren Annahme, das sei schon der Anruf, meldete sich Mary am Telefon.

»Ich kann nicht reden, Joris«, sagte sie. »Es hat einen schrecklichen Unfall gegeben –«

»Kann ich helfen?«

»Es ist schon vorbei. Es war mein Mann –«

Plötzlich wurde Mary bewusst, dass ihr alles lieber war, als hier ganz allein auf den Anruf vom Krankenhaus zu warten.

»Also, dann kommen Sie«, sagte sie. »Sie können mich hinfahren, falls ich gebraucht werde.«

Bis er kam, blieb sie neben dem Telefon sitzen – und sprang mit einem Schrei auf, als er an der Tür läutete.

»Warum? Warum nur?«, schluchzte sie dann. »Ich habe ihm doch angeboten, ihn besuchen zu kommen.«

»Er war nicht betrunken?«

»Nein, nein – er trinkt kaum je etwas. Wollen Sie draußen warten, während ich mich anziehe und zurechtmache?«

Eine halbe Stunde später kam die Nachricht, dass Martins Schulter wieder eingerenkt war und dass er unter Narkose schliefe und bis zum Morgen weiterschlafen würde. Joris Deglen war sehr einfühlsam, hob ihre Füße auf das Sofa, stopfte ihr ein Kissen in den Rücken und fand für ihr unaufhörliches »Warum nur?« jedes Mal eine andere Antwort – Martin sei im Fieberwahn gewesen; habe sich einsam gefühlt; dann, in einem geeigneten Moment, sagte er ihr die Wahrheit, die er schon lange geahnt hatte: Martin war eifersüchtig.

»Das war's«, sagte Mary bitter. »Wir sollten frei sein – nur dass ich nicht frei war. Nur frei, um alles hinter seinem Rücken zu tun.«

Aber jetzt war sie frei, frei wie ein Vogel. Und später, als er sagte, er würde nicht sofort gehen, sondern noch eine Weile im Wohnzimmer sitzen und lesen, bis sie sich ganz beruhigt hatte, ging Mary mit völlig klarem Kopf in ihr Zimmer. Nachdem sie sich zum zweiten Mal an diesem Abend ausgezogen hatte, verweilte sie ein paar Minuten vor dem Spiegel, ordnete ihr Haar und hielt alle Gedanken an Martin von sich fern, außer dass er jetzt schlief und im Augenblick keine Schmerzen hatte.

Dann öffnete sie ihre Schlafzimmertür und rief ins Wohnzimmer:

»Wollen Sie kommen und mir Gutnacht sagen?«

Das verlorene Jahrzehnt

Menschen aller Art kamen in die Büros der Wochenzeitung, und Orrison Brown hatte auf alle möglichen Arten mit ihnen zu tun. Außerhalb der Bürostunden war er »einer der Redakteure« – während der Arbeitszeit war er nur irgendein kraushaariger Mann, der noch ein Jahr zuvor das Dartmouther College-Magazin *Jack-O-Lantern* herausgegeben hatte und jetzt froh war, die undankbaren Aufgaben im Umkreis des Büros zu übernehmen, vom Entziffern unleserlicher Manuskripte bis hin zur Rolle eines Laufburschen, ohne als solcher tituliert zu werden.

Er hatte den Besucher, der eben zum Redakteur hineingegangen war, wohl gesehen – einen blassen, hochgewachsenen Mann von vierzig mit blondem anliegendem Haar und einem Verhalten, das weder scheu noch ängstlich war, noch weltfern wie ein Mönch, sondern eine Mischung aus alledem. Der Name auf seiner Karte, Louis Trimble, rief irgendeine vage Erinnerung in ihm wach, aber da Orrison keinen Anhaltspunkt hatte, rätselte er nicht weiter darüber – bis ein Summton auf seinem Schreibtisch ertönte und er aus früheren Erfahrungen schloss, dass Mr. Trimble ihm als erster Gang zum Lunch beschert werden würde.

»Mr. Trimble – Mr. Brown«, sagte die Quelle aller Essensspesen. »Orrison, Mr. Trimble ist lange Zeit fort gewesen. Oder jedenfalls kommt es ihm so vor – nahezu zwölf Jahre. Manche Leute würden sich glücklich schätzen, wenn sie die letzten zehn Jahre versäumt hätten.«

»So ist es«, sagte Orrison.

»Ich kann heute nicht zum Mittagessen weg«, fuhr der Chef fort. »Führen Sie ihn zu Voisin oder ins 21 oder wohin immer er will. Mr. Trimble meint, es gebe eine Menge Neues für ihn zu entdecken, was er nicht kennt.«

Trimble wehrte höflich ab.

»Oh, ich komme schon zurecht.«

»Ich weiß, alter Junge. Niemand kennt diese Stadt so wie Sie einst – und wenn Brown etwa versuchen sollte, Ihnen das pferdelose Fahrzeug zu erklären, schicken Sie ihn mir einfach zurück. Und Sie selbst wollen bitte gegen vier zurück sein, nicht wahr?«

Orrison holte seinen Hut.

»Sie sind also zehn Jahre fort gewesen?«, fragte er, während sie im Fahrstuhl hinunterfuhren.

»Man fing gerade mit dem Bau des Empire State Building an«, sagte Trimble. »Wann war das ungefähr?«

»Um 1928. Aber wie der Chef schon sagte, Sie haben glücklicherweise eine Menge versäumt.« Und er streckte noch einen Fühler aus: »Womöglich haben Sie inzwischen Interessanteres erlebt.«

»Kann ich nicht sagen.«

Sie kamen auf die Straße, und die Art, wie Trimble bei dem Verkehrslärm das Gesicht verzog, brachte Orrison auf noch eine Vermutung.

»Waren Sie fern von aller Zivilisation?«

»In gewissem Sinne.« Das kam in so gemessenem Ton heraus, dass Orrison den Schluss zog, dieser Mann würde nicht reden, wenn er es nicht selbst wollte – und gleichzeitig fragte er sich, ob er womöglich die dreißiger Jahre in einem Gefängnis oder einem Irrenhaus verbracht haben könnte.

»Dies ist das berühmte 21«, sagte er, »oder würden Sie lieber anderswo essen?«

Trimble blieb stehen und betrachtete eingehend das Backsteinhaus.

»Ich kann mich an die Zeit erinnern, als der Name 21 anfing, berühmt zu werden«, sagte er, »etwa im gleichen Jahr wie Moriarity.« Dann fuhr er fast entschuldigend fort: »Ich dachte, wir könnten so für fünf Minuten die Fifth Avenue hinaufgehen und da essen, wo wir dann gerade sind. Irgendein Lokal, wo man junge Leute sieht.«

Orrison warf ihm einen raschen Blick zu und dachte wiederum an Gitterstäbe und graue Wände und wieder Gitterstäbe; er fragte sich, ob es wohl auch zu seinen Pflichten gehöre, Mr. Trimble mit gefälligen Mädchen bekanntzumachen. Aber Mr. Trimble sah nicht so aus, als hätte er das im Sinn – der beherrschende Ausdruck auf seinem Gesicht war der einer absoluten, tief eingewurzelten Wissbegierde, und Orrison war schon versucht, den Namen mit Admiral Byrds Schlupfwinkel am Südpol in Verbindung zu bringen oder mit Fliegern, die im brasilianischen Urwald verschollen waren. Er war ein ganzer Kerl oder war es jedenfalls früher einmal gewesen – das sah man. Aber das Einzige, was auf die Herkunft dieses Landsmannes schließen ließ – und was Orrison nicht im Geringsten weiterbrachte –, war dessen peinliche Beachtung der Verkehrsampeln und seine Vorliebe, auf der Seite der Häuser und Läden und nicht am Straßenrand zu gehen. Einmal blieb er stehen und linste ins Schaufenster eines Herrenausstatters.

»Schlipse aus Seidenkrepp«, sagte er. »Hab ich seit meiner College-Zeit nicht mehr gesehen.«

»Wo waren Sie?«

»Massachusetts Technicum.«

»Berühmtes College.«

»Ich will nächste Woche mal wieder hin. Essen wir doch hier irgendwo«, sie waren in den oberen Straßen, »wo Sie es gut finden.«

Direkt um die Ecke gab es ein Restaurant mit einer kleinen Markise davor.

»Was möchten Sie denn hauptsächlich sehen?«, fragte Orrison, als sie Platz genommen hatten.

Trimble überlegte.

»Nun ja … die Hinterköpfe der Leute«, meinte er. »Ihre Nackenpartie – wie ihre Köpfe mit dem Körper verbunden sind. Auch würde ich gern hören, was diese beiden kleinen Mädchen zu ihrem Vater sagen. Nicht genau, was sie sagen, sondern ob die Worte dahinschweben oder untergehen, wie sich ihre Münder schließen, wenn sie zu sprechen aufhören. Nur eine Frage des Rhythmus – Cole Porter kam 1928 in die Staaten zurück, weil er spürte, dass es da neue Rhythmen gäbe.«

Orrison war sicher, jetzt eine Erklärung zu haben, ging ihr aber aus Taktgefühl keinen Schritt weiter nach – ja er unterdrückte einen plötzlichen Impuls zu sagen, es gebe an diesem Abend ein schönes Konzert in der Carnegie Hall.

»Das Gewicht von Löffeln«, sagte Trimble, »so leicht. Eine kleine Schale mit einem Stiel daran. Das leichte Schielen des Kellners. Ich kannte ihn einmal, aber er würde sich nicht an mich erinnern.«

Doch als sie das Restaurant verließen, sah dieser selbe Kellner Trimble verdutzt nach, als glaube er, ihn zu kennen.

Als sie draußen waren, lachte Orrison.

»Nach zehn Jahren vergessen die Leute alles.«

»Oh, ich habe im vorigen Mai dort zu Mittag gegessen ...« Er brach ganz unvermittelt ab.

Das alles grenzte an Verrücktheit, entschied Orrison – und nahm plötzlich die Rolle eines Fremdenführers an.

»Von hier haben Sie einen schönen unverstellten Blick auf das Rockefeller Center«, erklärte er geistreich, »... und auf das Chrysler Building und das Armistead Building, von dem all die neueren Bauten abstammen.«

»Das Armistead Building.« Trimble reckte folgsam den Hals. »Ja – ich hab's entworfen.«

Orrigon schüttelte belustigt den Kopf – er war es gewohnt, alle möglichen Leute auszuführen. Aber diese unsinnige Behauptung, noch vorigen Mai in dem Restaurant gewesen zu sein ...

Bei der Messingtafel, die in den Grundstein des Gebäudes eingelassen war, blieb er stehen. »Errichtet 1928« war da zu lesen.

Trimble nickte.

»Aber ich war in jenem Jahr betrunken – sternhagelvoll. Daher habe ich es bis jetzt nie gesehen.«

»Oh.« Orrison zögerte. »Wollen Sie hineingehen?«

»Ich war drin – unzählige Male. Aber ich hab's nie gesehen. Es wäre mir unmöglich, es jetzt anzusehen. Ich möchte einfach nur sehen, wie die Menschen gehen und woraus ihre Kleider, Schuhe und Hüte gemacht sind. Und ihre Augen und Hände. Hätten Sie etwas dagegen, wenn wir uns die Hand schüttelten?«

»Keineswegs, Sir.«

»Danke. Vielen Dank. Das ist sehr freundlich von Ihnen. Es sieht wohl komisch aus – aber die Leute werden denken, wir sagen uns auf Wiedersehen. Ich werde noch ein bisschen die Avenue hinaufspazieren, also sagen wir wirklich auf Wiedersehen. Bestellen Sie im Büro, ich werde um vier da sein.«

Orrison blickte ihm nach, als er losging, halb in der Erwartung, er werde in die nächste Bar einkehren. Aber nichts an seinem Verhalten erinnerte oder hätte je an einen Trinker erinnert.

»Mein Gott!«, sagte er zu sich. »Zehn Jahre lang betrunken.«

Er befühlte plötzlich den Stoff seines Anzugs, und dann streckte er die Hand aus und drückte sie gegen den Granit des Gebäudes, neben dem er stand.

Der letzte Kuss

I

Es war ein schönes, klares Gefühl, ganz oben angekommen zu sein. Alles war ganz sicher richtig so, wie es war; das Licht der Scheinwerfer fiel fraglos auf schöne Damen und Männer ohne Fehl und Tadel, aus dem Klavier erklangen unweigerlich die richtigen Töne, und die jungen Lippen, die sie sangen, mussten von einem heiteren Herzen künden. All die schönen Gesichter ringsum waren zweifellos rundum glücklich.

Und dann führte ein Rumba im Dämmerlicht ein Gesicht an Jims Tisch vorbei, das nichts Heiteres hatte. Es war verschwunden, bevor Jim diesen Gedanken fassen konnte, doch es blieb einige Sekunden lang auf seine Netzhaut gebannt. Es war das Gesicht eines Mädchens; sie war fast so groß wie er, mit dunklen braunen Augen und mit Wangen, so zart wie chinesische Teeschalen.

»Und schon ist es um Sie geschehen«, sagte seine Gastgeberin, die seinem Blick gefolgt war. Sie seufzte. »Eine Sekunde, und schon ist passiert, worum ich mich jahrelang bemüht habe.«

Jim hätte am liebsten geantwortet: Aber Sie haben doch aus dem Vollen geschöpft, waren dreimal verheiratet. Und ich? Mit fünfunddreißig vergleiche ich immer noch jede Frau mit der verlorenen Jugendliebe und entdecke in allen Mädchen noch immer die Ähnlichkeiten, nicht die Unterschiede.

Als das Licht das nächste Mal schummerig wurde, bewegte er sich zwischen den Tischen hindurch zum Eingang. Hier und dort begrüßten ihn Freunde – mehr als üblich, das verstand sich von selbst, denn am Vormittag war sein Vertragsabschluss als Produzent im *Hollywood Reporter* erwähnt worden, doch Jim tat nicht den ersten Schritt auf der Karriereleiter und war dergleichen gewöhnt. Es war ein Wohltätigkeitsball, und an der Bar wartete der Mann, der als Tapete verkleidet war, auf seinen Auftritt, neben sich Bob Bordley als Sandwichmann, auf dem Rücken ein Plakat mit der Aufschrift:

HEUTE NACHT UM ZEHN UHR
LÄUFT IM HOLLYWOOD BOWL
SCHLITTSCHUHSTAR
SONJA HEINE
AUF HEISSER SUPPE

Daneben sah Jim den Produzenten, den er am nächsten Tag ersetzen würde, arglos mit dem Agenten trinken, der seinen Ruin eingefädelt hatte. Neben dem Agenten saß das Mädchen, das so traurig ausgesehen hatte, als es beim Rumba an ihm vorbeigetanzt war.

»Ah, Jim«, sagte der Agent, »Pamela Knighton, Ihr künftiger Star.«

Sie wendete sich Jim mit professionellem Enthusiasmus

zu. Was die Stimme des Agenten ihr vermittelt hatte, war: Leg dich ins Zeug! Er ist jemand.

»Pamela hat sich unter meine Fittiche begeben«, sagte der Agent. »Ich will sie dazu bringen, ihren Namen in Boots zu ändern.«

»Ich dachte, Sie hätten Toots gesagt«, sagte das Mädchen lachend.

»Toots oder Boots. Es geht um den Klang. Das volle runde U, das den Mund füllt, so bluumig, einfach suuper. Da lässt sich doch jeder mit Vergnügen ein U für ein X vormachen. Pamela kommt aus England. Eigentlich heißt sie Sybil Higgins.«

Jim spürte den Blick des ausgetauschten Produzenten, mit einem undefinierbaren Ausdruck – es war weder Hass noch Eifersucht, sondern ein tiefes, sogar neugieriges Unverständnis, das fragte: Warum? Warum? Um Himmels willen, warum? Jim, den dies mehr verstörte, als Feindseligkeit es getan hätte, forderte zu seiner eigenen Überraschung das englische Mädchen zum Tanzen auf. Als sie einander auf dem Parkett gegenüberstanden, erfüllte ihn wachsende Erregung.

»Hollywood ist völlig in Ordnung«, sagte er, als wollte er eventueller Kritik zuvorkommen. »Es wird Ihnen gefallen. Den meisten Engländerinnen gefällt es; sie haben keine großen Erwartungen. Mit englischen Mädchen habe ich gute Erfahrungen bei der Arbeit gemacht.«

»Sind Sie Regisseur?«

»Ich war schon alles, vom PR-Agenten aufwärts. Gerade habe ich einen Vertrag unterschrieben, und morgen fange ich als Produzent an.«

»Es gefällt mir hier«, sagte sie nach kurzem Schweigen. »An den Erwartungen kann man nichts ändern. Aber wenn sich nichts ergibt, kann ich immer noch als Lehrerin arbeiten.«

Jim beugte sich zurück, um sie besser betrachten zu können, und der Eindruck war der von rosig-silbrigem Reif. Sie hatte so wenig von einer Schulmamsell, nicht einmal von einer Schulmamsell in einem Western, dass er lachen musste. Doch gleichzeitig war da dieser traurige und ein wenig trostlose Ausdruck in dem Dreieck aus Augen und Mund.

»Mit wem sind Sie da?«, fragte er.

»Joe Becker.« Sie gab den Namen des Agenten zur Antwort. »Er hat mich und drei andere Mädchen mitgebracht.«

»Wissen Sie, ich muss für eine halbe Stunde weg. Um mit jemandem zu sprechen – das ist kein Witz. Würden Sie mich begleiten und ein bisschen Nachtluft schnuppern?«

Sie nickte.

Unterwegs kamen sie an Jims Gastgeberin vorbei, die das Mädchen undurchdringlich musterte und Jim mit leisem Kopfschütteln bedachte. Draußen in der klaren kalifornischen Nacht gefiel ihm sein großer neuer Wagen zum ersten Mal, besser, als wenn er ihn selbst gefahren hätte. Die Straßen waren um diese Zeit unbelebt, und die Limousine glitt lautlos durch die Dunkelheit. Miss Knighton wartete, dass er das Wort ergriff.

»Was haben Sie als Lehrerin unterrichtet?«, fragte er.

»Rechnen. Zwei und zwei macht fünf und diesen ganzen Kram.«

»Von da nach Hollywood ist es ein ganz schöner Sprung.«

»Und es ist eine lange Geschichte.«

»So lang kann sie nicht sein; Sie sind höchstens achtzehn.«

»Zwanzig.« Besorgt fragte sie: »Finden Sie, das ist zu alt?«

»Du lieber Himmel, nein! Ein wunderbares Alter. Ich muss es wissen, ich bin einundzwanzig, und meine Arterien zeigen lediglich die allerersten Verkalkungserscheinungen.«

Sie warf ihm einen ernsten Blick zu, erwog sein Alter, sagte aber nichts.

»Ich würde die lange Geschichte gern hören«, sagte er.

Sie seufzte.

»Na gut, eine Menge alte Männer haben sich in mich verliebt. Alte, uralte Männer, ich war ein Altherrenliebchen.«

»Meinen Sie alte Knacker von zweiundzwanzig?«

»Sie waren zwischen sechzig und siebzig. Wirklich. Ich ließ mich aushalten und holte genug Geld aus ihnen heraus, um nach New York zu gehen. Am ersten Tag war ich im Twenty-One, und dort bin ich Joe Becker aufgefallen.«

»Und eine Rolle im Film hatten Sie noch nie?«, fragte er.

»O doch, heute Morgen hatte ich Probeaufnahmen.«

Jim musste lächeln.

»Und Sie hatten keine Skrupel, von diesen alten Männern Geld anzunehmen?«

»Eigentlich nicht«, sagte sie ungerührt. »Sie haben es mir gern gegeben. Und irgendwie war es kein echtes Geld. Wenn sie mir Geschenke machen wollten, habe ich sie zu einem Juwelier geschickt, den ich kannte, und hinterher habe ich das Geschenk zurückgebracht und vier Fünftel von dem Erlös bekommen.«

»Sie sind ja ganz schön gerissen!«

»Ja«, bestätigte sie gelassen. »Die Methode hat mir jemand beigebracht. Ich nehme alles, was ich kriegen kann.«

»Hat es ihnen denn nichts ausgemacht – ich meine den alten Männern –, dass Sie die Geschenke nie getragen haben?«

»Ach, getragen habe ich den Schmuck ja, ein einziges Mal. Alte Männer sehen nicht mehr besonders gut und haben ein schlechtes Gehör. Und das ist der Grund, warum ich überhaupt keinen Schmuck besitze.« Sie hielt inne. »Ich habe gehört, dass man hier Schmuck leihen kann.«

Jim sah sie wieder an und lachte.

»Darüber würde ich mir nicht den Kopf zerbrechen. In Kalifornien wimmelt es nur so von alten Männern.«

Sie waren in einen Vorort gelangt. Als sie um eine Ecke bogen, ergriff Jim das Sprachrohr.

»Halten Sie hier.« Er drehte sich zu Pamela um. »Ich muss hier eine schmutzige Arbeit erledigen.«

Er sah auf die Uhr, stieg aus und ging die Straße entlang zu einem Haus, an dem sich ein Schild mit den Namen verschiedener Ärzte befand. Er ging langsam an dem Schild vorbei; gleich darauf kam ein Mann aus dem Haus und folgte ihm. Im Dunkeln zwischen zwei Straßenlaternen trat Jim zu ihm, reichte ihm einen Umschlag und sagte ein paar Worte in entschiedenem Ton. Der Mann entfernte sich in die andere Richtung, und Jim kam zu seinem Wagen zurück.

»Ich lasse gerade alle alten Männer erledigen«, erklärte er. »Es gibt Dinge, die schlimmer sind als der Tod.«

»Oh, ich bin nicht mehr frei«, versicherte sie ihm. »Ich bin inzwischen verlobt.«

»Oh.« Dann fragte er: »Mit einem Engländer?«

»Ja, natürlich. Dachten Sie –« Zu spät hielt sie inne.

»Sind wir so uninteressant?«, fragte er.

»O nein!« Ihr beiläufiger Ton machte es noch schlimmer. Und als sie lächelte, fiel das Licht einer Bogenlampe in den Wagen und steigerte ihre Schönheit zu einem weißen Leuchten, was ihn noch mehr aufbrachte.

»Aber jetzt müssen *Sie* mir etwas sagen«, sagte sie. »Verraten Sie mir, um welches Geheimnis es hier geht.«

»Es geht nur um Geld«, sagte er halb geistesabwesend. »Dieser kleine griechische Arzt redet einer gewissen Dame ein, dass ihr Blinddarm nicht in Ordnung ist, aber wir brauchen sie für einen Film. Deshalb haben wir ihn gekauft. Es war das letzte Mal, dass ich diese Art von Drecksarbeit für andere verrichtet habe.«

Sie runzelte die Stirn.

»Muss sie wirklich am Blinddarm operiert werden?«

Er zuckte die Schultern.

»Vermutlich nicht. Der Kurpfuscher wäre jedenfalls der Letzte, der es wüsste. Er ist ihr Schwager und er ist geldgierig.«

Nach langem Schweigen sagte Pamela entschieden: »Ein Engländer würde so etwas nicht tun.«

»Manche schon«, sagte er brüsk. »Und manche Amerikaner nicht.«

»Aber nicht ein englischer Gentleman.«

»Ist das nicht womöglich die falsche Einstellung«, sagte er liebenswürdig, »wenn Sie hier arbeiten wollen?«

»Oh, ich habe nichts gegen Amerikaner, solange sie kultiviert sind.«

Ihrer Miene entnahm Jim, dass sie ihn damit meinte, doch statt versöhnt zu sein, war er verärgert.

»Sie haben vielleicht Nerven«, sagte er. »Ich kann wirklich nicht verstehen, woher Sie den Mut nehmen, mit mir wegzufahren. Ich könnte alles Mögliche in meinem Zylinder versteckt haben.«

»Sie hatten keinen Zylinder auf«, sagte sie gleichmütig. »Außerdem hat Joe Becker mir zugeraten. Es könnte eine Rolle für mich drin sein.«

Schließlich war er Produzent, und es war nicht gut für die Karriere, wenn man sich aufregte, es sei denn aus Kalkül.

»Ich bin mir sicher, dass eine Rolle für Sie drin sein könnte«, sagte er und merkte, wie sich ein verräterisches Schmeicheln in seine Stimme stahl.

»Wirklich?«, fragte sie. »Glauben Sie, man wird tatsächlich auf mich aufmerksam – oder bin ich nur eine unter Tausenden?«

»Man ist bereits auf Sie aufmerksam geworden«, fuhr er im gleichen Ton fort. »Vorhin hatten alle nur Augen für Sie.«

Er fragte sich, ob das auch nur entfernt wahr war. Hatte er nicht als Einziger etwas Besonderes in ihr gesehen?

»Sie sind ein neuer Typ«, fuhr er unverdrossen fort. »Ein Gesicht wie das Ihre könnte dem amerikanischen Film eine – eine kultivierte Note verleihen.«

Das war seine Spitze, doch zu seiner Verblüffung prallte sie an ihr ab.

»Oh, finden Sie das wirklich?«, rief sie. »Wollen Sie mir etwa eine Chance geben?«

»Aber sicher.« Kaum zu glauben, dass seine Ironie ihr nicht auffiel. »Es kann natürlich sein, dass Sie nach dem heutigen Abend so heftig umworben werden…«

»Oh, für Sie würde ich aber am liebsten arbeiten«, sagte sie. »Ich werde Joe Becker sagen –«

»Sagen Sie ihm nichts«, fiel er ihr ins Wort.

»Oh, kein Wort. Ich werde alles tun, was Sie sagen.«

Ihre Augen waren weit aufgerissen und voller Erwartung. Verstört merkte er, dass Wörter ihm in den Mund gelegt wurden oder ihm unbedacht entschlüpften. Dass sich hinter dieser sanften englischen Stimme so viel Unschuld und so viel skrupellose Gerissenheit paaren konnten!

»In kleinen Rollen wären Sie verschwendet«, sagte er. »Sie brauchen eine Hauptrolle –« Er verstummte und sprach dann weiter: »Sie haben eine so starke Persönlichkeit –«

»Oh, sprechen Sie nicht weiter!« Er sah Tränen in ihren Augenwinkeln glitzern. »Mit der Erinnerung an Ihre Worte will ich heute einschlafen. Rufen Sie mich morgen Vormittag an – oder dann, wenn Sie mich brauchen können.«

Der Wagen hielt an dem roten Teppich vor dem Ballsaal. Bei Pamelas Anblick schob die Menge sich im Bad des Scheinwerferlichts wie eine unförmige Welle vor, die Autogrammalben gezückt, doch als sie in Pamela niemanden wiedererkannten, wichen die Neugierigen seufzend hinter die Absperrung zurück.

Im Ballsaal tanzte Jim mit ihr zu Beckers Tisch.

»Ich verrate kein Wort«, flüsterte sie. Aus ihrer Abendhandtasche nahm sie eine Karte, auf die sie den Namen ihres Hotels geschrieben hatte. »Wenn ich andere Angebote bekomme, nehme ich sie nicht an.«

»O nein«, sagte er schnell.

»O doch.« Sie lächelte ihn strahlend an, und für einen Augenblick kehrte die Empfindung wieder, die Jim bei ihrem ersten Anblick gehabt hatte. Ihr Gesichtsausdruck sprach von ungekünsteltem, warmherzigem Mitgefühl, von Jugend und Leiden zugleich. Er nahm allen Mut zusammen, um einen letzten Schlag zu führen und die eben entstandene Seifenblase zum Platzen zu bringen.

»Nach einem Jahr vielleicht –«, setzte er an. Doch die Musik und ihre Stimme übertönten ihn.

»Ich werde auf Ihren Anruf warten. Sie sind – Sie sind der kultivierteste Amerikaner, den ich je kennengelernt habe.«

Sie wendete sich ab, als setzte die Großartigkeit ihres Kompliments sie in Verlegenheit. Jim ging zu seinem Tisch zurück, doch als er sah, wie seine Gastgeberin sich über seinen leeren Platz hinweg mit jemandem unterhielt, änderte er seine Richtung. Der Raum, der Abend hatten einen Misston angenommen, eine dissonante, beliebige Mischung aus Stimmen und Musik, und sein Blick sah im ganzen Raum nur noch Missgunst und Hass, die wie dröhnende Trommelwirbel einen Fanfarenstoß ankündigten. Er war dem Schlachtgetümmel nicht so enthoben, wie er geglaubt hatte.

Er ging zur Garderobe, in Gedanken mit den Worten beschäftigt, die er seiner Gastgeberin schreiben wollte: »Sie tanzten, als ich –« Dann fand er sich kurz vor Pamela Knightons Tisch wieder, machte kehrt und nahm einen anderen Weg zur Tür.

II

Ein Filmproduzent kann ohne schöpferische Intelligenz überleben, aber nicht ohne Taktgefühl. Jim Leonards Taktgefühl ließ für fast nichts anderes mehr Platz. Seine neue Macht hätte die Diplomatie aushebeln und ihn freier machen müssen, doch stattdessen bestimmte sie all seine Beziehungen – zu Produzenten, Regisseuren, Drehbuchautoren, Schauspielern und Technikern seines Studios und daneben zu Studioleitern, Zensoren und den »Herren aus dem Osten«. Dass er ein einsames englisches Mädchen hinhielt, dessen einzige Waffen das Telefon und ein Brieflein waren, das Jim von der Rezeption gebracht wurde, hätte ihm keine Sorgen bereiten dürfen.

Kam an Ihrem Studio vorbei und dachte an Sie und an unsere Fahrt. Hatte ein paar Angebote, halte Joe Becker aber hin. Wenn ich umziehe, sage ich Ihnen Bescheid.

Eine Stadt voller Jugend und Hoffnung sprach daraus, sprach aus den zwei durchsichtigen Lügen und der tapferen Verstellung des Tons. Es machte ihr gar nichts aus, all das Geld und all der Ruhm hinter den uneinnehmbaren Mauern. Sie war nur vorbeigekommen – nur vorbeigekommen.

Das war zwei Wochen später gewesen. Eine weitere Woche darauf kam Joe Becker zu ihm.

»Es geht um die kleine Engländerin, Pamela Knighton, erinnern Sie sich? Wie fanden Sie sie?«

»Sehr nett.«

»Aus irgendeinem Grund wollte sie nicht, daß ich mit Ihnen spreche.« Joe sah aus dem Fenster. »Ich nehme an, Sie haben sich an dem Abend neulich nicht gut verstanden.«

»Doch, sehr gut.«

»Das Mädchen ist nämlich mit einem Burschen in England verlobt.«

»Das hat sie mir erzählt«, sagte Jim irritiert. »Ich habe sie nicht angefasst, falls Sie das wissen wollen.«

»Regen Sie sich nicht auf, ich bin kein Moralapostel. Ich wollte Ihnen nur etwas über sie sagen.«

»Interessiert sich sonst niemand für sie?«

»Sie ist erst seit einem Monat hier. Anfangen muss jeder. Ich will nur sagen, dass sie damals, als sie in das Twenty-One kam, alle Barhocker vom Hocker geholt hat. Glauben Sie mir, nach einer Minute hat die ganze Café-Society nur noch von ihr geredet.«

»Muss toll gewesen sein«, sagte Jim sarkastisch.

»War es auch. Heddy LaMarr war auch da. Glauben Sie mir, Pam war ganz allein und hatte vermutlich englische Sachen an, nichts, wo man zweimal hinsieht, Kaninchenpelz. Aber trotzdem strahlte sie wie ein Diamant.«

»So?«

»Gestandene Frauen mussten in ihre Vichyssoise weinen. Elsa Maxwell –«

»Joe, ich habe heute noch eine Menge zu tun.«

»Wären Sie bereit, sich ihre Probeaufnahmen anzusehen?«

»Probeaufnahmen sind was für Maskenbildner«, sagte Jim ungehalten. »Gute Probeaufnahmen sind nicht aussagekräftig. Und schlechte erst recht nicht.«

»Sie bilden sich gern Ihre eigene Meinung, was?«

»Wenn Sie nichts dagegen haben. Im Vorführraum wurden schon viele falsche Schlüsse gezogen.«

»Hinter Schreibtischen auch«, sagte Joe, der sich erhob.

Eine Woche später kam ein zweiter Brief.

Als ich gestern anrief, sagte eine Sekretärin, Sie seien unterwegs, und eine andere, Sie seien in einer Besprechung. Falls Sie mich von Pontius zu Pilatus schicken wollen, sagen Sie es mir. Ich werde nicht jünger. Mein einundzwanzigster Geburtstag steht mir vor Augen – und Sie haben die alten Männer offenbar alle erledigt.

Inzwischen war ihr Gesicht verblasst. Er erinnerte sich an die zarten Wangen und die schwermütigen Augen wie an etwas aus einem Film, den er vor langer Zeit gesehen hatte. Es war nicht schwer, einen Brief zu diktieren, der von geänderten Plänen sprach, von einer neuen Besetzung, von Schwierigkeiten, die es unmöglich machten …

Er kam sich schäbig vor, aber zumindest war die Sache damit beendet. Als er abends im Drugstore um die Ecke ein Sandwich aß, ließ er mit Wohlgefallen die Arbeit des vergangenen Monats vor seinem inneren Auge Revue passieren. Sein Taktgefühl brach alle Rekorde. Im Studio lief alles wie geschmiert. Die Schatten, die sein Geschick lenkten, würden staunen.

Im Drugstore waren nur wenige Kunden. Das Mädchen am Zeitschriftenstand war Pamela Knighton. Überrascht sah sie von einer Ausgabe der *Illustrated London News* zu ihm auf.

Jim, der sich an den Brief erinnerte, der zur Unterschrift auf seinem Schreibtisch lag, wünschte, er könnte so tun, als sähe er sie nicht. Er wendete sich halb ab, hielt die Luft an, lauschte. Doch obwohl sie ihn gesehen hatte, geschah nichts, und voller Scham über seine Hollywood-Feigheit drehte er sich zu ihr um und lüpfte den Hut.

»Sie sind spät unterwegs«, sagte er.

Pamela sah ihn forschend an.

»Ich wohne um die Ecke«, sagte sie. »Ich bin umgezogen – ich habe Ihnen heute geschrieben.«

»Ich wohne auch in der Nähe.«

Sie legte die Zeitschrift zurück. Jims Taktgefühl ließ ihn im Stich. Er fühlte sich mit einem Mal alt und abgespannt und stellte prompt die falsche Frage.

»Wie steht es mit Ihrer Karriere?«

»Oh, sehr gut«, sagte sie. »Ich spiele in einem Stück, einem richtigen Theaterstück, im New Faces Theatre in Pasadena. Um Erfahrungen zu sammeln.«

»Oh, das ist sehr vernünftig.«

»In zwei Wochen ist Premiere. Ich hatte gehofft, Sie könnten kommen.«

Sie verließen den Drugstore gemeinsam und standen im Schein der roten Neonschrift. Auf der anderen Seite der herbstlichen Straße riefen Zeitungsjungen das Ergebnis des abendlichen Footballspiels aus.

»Welche Richtung?«, fragte sie.

Ihre auf keinen Fall, dachte er, doch als sie ihre Richtung angab, begleitete er sie. Es war Monate her, dass er den Sunset Boulevard gesehen hatte, und der Name Pasadena erinnerte ihn an die Zeit, als er vor zehn Jahren nach Kalifornien gekommen war, grün und frisch.

Pamela blieb vor ein paar winzigen Bungalows an einem Hof stehen.

»Gute Nacht«, sagte sie. »Machen Sie sich keine Gedanken, wenn Sie mir nicht helfen können. Joe hat mir erklärt, wie es ist, mit dem Krieg und so weiter. Ich weiß, dass Sie es gut gemeint haben.«

Er nickte ernst und verachtete sich dafür.

»Sind Sie verheiratet?«, fragte sie.

»Nein.«

»Dann geben Sie mir einen Gutenachtkuss.«

Als er zögerte, sagte sie: »Ich mag Gutenachtküsse. Ich kann dann besser schlafen.«

Er nahm sie unbeholfen in die Arme, beugte sich zu ihren Lippen hinunter, berührte sie nur ganz flüchtig – dachte mit Gewissensbissen an den Brief auf seinem Schreibtisch, den er nicht mehr abschicken konnte –, und es gefiel ihm, sie so zu halten.

»Sehen Sie, ganz harmlos«, sagte sie, »wie unter guten Freunden. Nur ein Gutenachtkuss.«

Auf dem Weg zur Straßenecke sagte Jim laut: »Verdammt noch mal«, und diese finsteren Worte wiederholte er im Bett noch mehrere Male.

III

Am dritten Abend von Pamelas Theateraufführung fuhr Jim nach Pasadena und nahm einen Platz in der letzten Reihe. Er betrat einen winzigen Zuschauerraum; abgesehen von aufgeregten Platzanweisern und Gehämmer und Geplapper hinter der Bühne war er der bislang einzige Anwesende. Er erwog einen diskreten Rückzug, doch zu seiner Beruhigung erschienen fünf weitere Zuschauer, darunter Joe Beckers erster Assistent. Das Licht erlosch; ein Gong wurde geschlagen; die Aufführung begann vor einem Publikum von sechs Personen.

Jim beobachtete Pamela; vor ihm tuschelten die fünf Leute nach jedem ihrer Auftritte. War sie gut? Davon war er überzeugt. Doch in Zeiten, in denen die Studios die halbe Welt nach neuen Talenten abgrasten, war etwas wie ein »Naturtalent« so gut wie ausgeschlossen. Es gab nur Gelegenheiten und Glück. Das Glück war er. Vielleicht war er das Glück für dieses Mädchen – falls er den Eindruck gewinnen sollte, dass ihre Wirkung auf ihn sich verallgemeinern ließ. Stars waren nicht mehr das Ergebnis des zufälligen Begehrens eines Einzelnen wie in den guten alten Stummfilmtagen, aber für Mädchen im Ensemble, Probeaufnahmen und Chancen galt das immer noch. Als der letzte Vorhang gefallen war, so unspektakulär wie eine heruntergelassene Jalousie, ging Jim hinter die Bühne, indem er einfach eine Tür durchschritt. Pamela erwartete ihn.

»Ich hatte gehofft, Sie würden heute Abend nicht kommen«, sagte sie. »Wir sind durchgefallen. Aber am Premierenabend war es voll, und ich habe nach Ihnen gesucht.«

»Sie waren hervorragend«, sagte er schüchtern.

»O nein. Sie hätten mich am ersten Abend sehen sollen.«

»Ich habe genug gesehen«, sagte er. »Ich kann Ihnen eine kleine Rolle besorgen. Wollen Sie morgen ins Studio kommen?«

Er beobachtete ihren Gesichtsausdruck. In ihren Augen, in dem Schwung ihres Mundes leuchtete plötzlich überwältigendes Mitleid auf.

»Oh«, sagte sie. »Oh, das tut mir schrecklich leid. Joe hat ein paar Leute mitgebracht, und am nächsten Tag habe ich bei Bernie Wise unterschrieben.«

»Wirklich?«

»Ich wusste, dass Sie mich haben wollten, aber mir war nicht klar, dass Sie nur eine Art Aufseher sind. Ich dachte, Sie hätten mehr Einfluss –« Sie hielt inne und versicherte ihm dann schnell: »Oh, als Mensch mag ich Sie viel lieber. Sie sind viel kultivierter als Bernie Wise.«

Schmerz und Aufbegehren durchzuckten ihn. Nun gut, dann war er eben kultiviert.

»Kann ich Sie nach Hollywood mit zurücknehmen?«, fragte er.

Sie fuhren durch eine aprilmilde Oktobernacht. Als sie eine Brücke überquerten, deren Geländer Maschendraht sicherte, deutete er hin, und sie nickte.

»Ich weiß, was das heißt«, sagte sie. »Wie albern! In England bringt man sich nicht um, wenn man nicht bekommt, was man will.«

»Ich weiß. Man geht nach Amerika.«

Sie lachte und sah ihn beifällig an. Oh, sie konnte ihn doch beeinflussen. Sie legte ihre Hand auf seine.

»Gutenachtkuss?«, fragte er nach einiger Zeit.

Pamela blickte zum Chauffeur hinter der Trennscheibe.

»Gutenachtkuss«, sagte sie.

Am nächsten Tag flog Jim an die Ostküste, auf der Suche nach einer jungen Schauspielerin, die ihr möglichst ähnlich war. Er suchte so verbissen, dass er von jedem Augenpaar mit liebreizend melancholischem Ausdruck und von jeder hellen englischen Stimme sofort eingenommen war. Es schien ein hoffnungsloses Unterfangen zu sein, eine zweite Pamela Knighton zu finden. Und als ein Telegramm ihn dringend nach Hollywood zurückbeorderte, wurde Pamela ihm auf dem Tablett serviert.

»Jim, Sie kommen noch mal zum Zug«, sagte Joe Becker. »Vermasseln Sie es diesmal nicht.«

»Was ist passiert?«

»Es gab keine Rolle für sie. Sie stecken im Schlamassel. Wir haben den Vertrag gelöst.«

Mike Harris, der Studioleiter, stellte Nachforschungen an. Warum ließ ein cleverer Bursche wie Bernie Wise das Mädchen aus den Fingern?

»Bernie sagt, sie kann nicht spielen«, berichtete er Jim. »Schlimmer noch, sie macht Schwierigkeiten. Ich musste sofort an Simone und die zwei Österreicherinnen denken.«

»Ich habe sie spielen gesehen«, widersprach Jim. »Und ich habe Pläne mit ihr. Ich will sie noch nicht aufbauen. Ich will sie in dieser kleinen Rolle einsetzen, dann könnt ihr euch selbst überzeugen.«

Eine Woche später stieß Jim nervös die gepolsterte Tür von Studio III auf. Kostümierte Komparsen drehten sich im Halbdunkel zu ihm um; Augen wurden groß.

»Wo ist Bob Griffin?«

»Drüben in dem Bungalow mit Miss Knighton.«

Sie saßen nebeneinander auf einer Couch im grellen Schminklicht, und Pamelas störrische Miene verriet Jim, dass es ernste Probleme gab.

»Hat nichts zu bedeuten«, versicherte Bob leutselig. »Wir sind ein Herz und eine Seele, nicht wahr, Pam?«

»Sie riechen nach Zwiebeln«, sagte Pamela.

Griffin versuchte es noch einmal. »Es gibt die englische Art und die amerikanische Art. Und wir suchen nach dem goldenen Mittelweg, weiter nichts.«

»Es gibt eine nette Art und eine dämliche Art«, sagte Pamela schroff. »Ich will kein Dummerchen abgeben.«

»Bob, lassen Sie uns kurz allein?«, fragte Jim.

»Klar. So lange Sie wollen.«

Jim hatte sie in dieser hektischen Woche voller Probeaufnahmen, Kostümproben und Stellproben nicht gesehen, und nun dachte er, wie wenig er von ihr und sie von ihnen wusste.

»Bob geht Ihnen offenbar auf die Nerven«, sagte er.

»Er verlangt, dass ich Dinge sage, die kein normaler Mensch sagen würde.«

»Na gut, mag sein«, räumte er ein. »Pamela, haben Sie schon mal Ihren Text vergessen, seit Sie hier arbeiten?«

»Wieso – das passiert doch jedem mal.«

»Passen Sie jetzt auf, Pamela: Bob Griffin bekommt fast zehnmal so viel Geld wie Sie, und das aus einem ganz bestimmten Grund. Nicht weil er der großartigste Regisseur von Hollywood wäre – das ist er nicht –, sondern weil er nie seinen Text vergisst.«

»Er ist doch gar kein Schauspieler«, sagte sie verblüfft.

»Ich meine seinen Text als Regisseur. Ich habe ihn für diesen Film engagiert, weil ich hin und wieder meinen Text vergesse. Bob würde das nie passieren. Er hat einen Vertrag für eine gigantische Gage unterschrieben, die er nicht verdient – die kein Mensch verdient. Aber er bekommt sie, weil die vierte Dimension in unserem Geschäft reibungslose Abläufe sind und weil Bob gelernt hat, nie das Wort Ich zu sagen. Leute, die dreimal so begabt sind wie er – Produzenten und Schauspieler und Regisseure –, verschwinden von der Bildfläche, weil sie das nicht begriffen haben.«

»Ich weiß, dass Sie mir gerade die Leviten lesen«, sagte sie unsicher, »aber ich verstehe Sie nicht ganz. Als Schauspielerin hat man seine eigene Persönlichkeit –«

Er nickte.

»Und wir bezahlen dieser Schauspielerin fünfmal so viel, wie sie woanders bekommen würde – vorausgesetzt, sie lässt ihre Persönlichkeit in der Garderobe, wo niemand darüber stolpern kann. Pamela, wir stolpern alle die ganze Zeit über Ihre Persönlichkeit.«

Ich dachte, Sie wären mein Freund, sagten ihre Augen.

Er sprach noch einige Minuten länger mit ihr. Alles, was er sagte, kam aus tiefster Überzeugung, doch weil er diese Lippen zweimal geküsst hatte, wusste er, dass sie Schutz und Zuspruch von ihm erwarteten. Er hatte nichts erreicht, als sie ein wenig zu erschrecken, weil er nicht ihre Partei ergriff. Mit einem Gefühl der Ratlosigkeit und des Mitleids für ihre Einsamkeit ging er zur Tür des Bungalows und rief: »He, Bob!«

Jim kümmerte sich um andere Dinge. Als er in sein Büro zurückkam, wartete Mike Harris dort auf ihn.

»Das Mädchen macht schon wieder Ärger.«

»Ich war eben dort.«

»Ich meine, vor fünf Minuten«, rief Harris. »Sie hat Ärger gemacht, nachdem Sie weg waren! Bob Griffin musste zu drehen aufhören. Er ist auf dem Weg hierher.«

Bob kam herein.

»Es gibt einen Menschentyp, mit dem man sich einfach nicht verständigen kann – weiß der Himmel, warum die so sind.«

Alle schwiegen. Mike Harris, den die Situation beunruhigte, argwöhnte, dass Jim eine Affäre mit dem Mädchen hatte.

»Geben Sie mir Zeit bis morgen früh«, sagte Jim. »Ich glaube, ich kann herausfinden, was dahintersteckt.«

Griffin zögerte, doch Jims Blick appellierte an etwas in ihm, an ihre langjährige Verbundenheit.

»In Ordnung, Jim«, sagte er.

Als sie gegangen waren, wählte Jim Pamelas Nummer. Er hatte es nicht anders erwartet, und doch verließ ihn die Zuversicht, als eine Männerstimme antwortete.

IV

Abgesehen von Krankenschwestern sind Schauspielerinnen die leichteste Beute für skrupellose Männer. Jim hatte die Erfahrung gemacht, dass hinter den Problemen oder dem Versagen dieser Frauen oft ein Blender und Aufschneider steckte, der seine Männlichkeit durch Einmischung, nächtliches Nörgeln und schlechte Ratschläge unter Beweis stellte, indem er die Arbeit der Frau heruntermachte und die Beweggründe und den Sachverstand derer, für die sie arbeitete, zerpflückte.

Jim erreichte das Bungalowhotel in Beverly Hills, in das Pamela umgezogen war, nach sechs Uhr abends. Im Hof plätscherte ein kalter Springbrunnen sinnlos gegen den Dezembernebel an, und Jim hörte Major Bowes' Stimme aus drei Radios dröhnen.

Als die Wohnungstür geöffnet wurde, war Jim sprachlos. Der Mann war alt, ein gebeugter, verwelkter Engländer, auf dessen Gesicht die Röte der Winterkälte verblich. Er trug einen alten Morgenmantel und Hausschuhe und bat Jim, Platz zu nehmen, in einem Ton, als wäre er zu Hause. Pamela würde bald kommen.

»Sind Sie ein Verwandter?«, fragte Jim verwundert.

»Nein, Pamela und ich haben uns hier in Hollywood kennengelernt, Fremde in einem fremden Land. Arbeiten Sie im Filmgewerbe, Mr. – Mr. –«

»Leonard«, sagte Jim. »Ja. Zurzeit bin ich Pamelas Chef.«

Der Blick des Mannes veränderte sich – das wässrige Blinzeln seiner Augen wurde misstrauisch, die alten Lider spannten sich. Der Mund verzog sich, und Jim starrte in eine Fratze von abgrundtiefer Bösartigkeit. Dann glätteten die Züge sich wieder zur ausdruckslosen Miene eines alten Mannes.

»Ich hoffe doch, dass Pamela anständig behandelt wird?«

»Waren Sie auch beim Film?«, fragte Jim.

»Bis meine Gesundheit nicht mehr mitgemacht hat. Aber ich bin immer noch in der zentralen Besetzungskartei, und das Gewerbe und das Innenleben seiner Betreiber kenne ich aus dem Effeff –«

Er hielt inne. Die Tür ging auf, und Pamela kam herein.

»Oh, hallo«, sagte sie überrascht. »Kennen Sie sich schon? Honorable Chauncey Ward – Mr. Leonard.«

Ihre strahlende Schönheit wehte von draußen herein, als wäre sie Wind und Wetter entrissen worden, und raubte Jim für einen Augenblick den Atem.

»Ich dachte, meine Standpauke hätten Sie mir heute Nachmittag gehalten«, sagte sie mit einer Spur Trotz.

»Ich wollte außerhalb des Studios mit Ihnen sprechen.«

»Lassen Sie sich auf keine Gagenkürzung ein«, sagte der alte Mann. »Das ist ein uralter Trick.«

»Darum geht es nicht, Mr. Ward«, sagte Pamela. »Bislang war Mr. Leonard mein Freund. Aber heute wollte der Regisseur mich lächerlich machen, und Mr. Leonard hat zu ihm gehalten.«

»Die kleben alle zusammen wie Pech und Schwefel«, sagte Mr. Ward.

»Ich frage mich –«, sagte Jim nachdenklich. »Könnten wir uns unter vier Augen unterhalten?«

»Ich vertraue Mr. Ward«, sagte Pamela argwöhnisch. »Er ist seit mehr als fünfundzwanzig Jahren hier, und er ist gewissermaßen mein Manager.«

Jim fragte sich, welcher tiefen Einsamkeit diese Beziehung entsprungen sein mochte.

»Ich habe gehört, es hätte neue Schwierigkeiten am Set gegeben«, sagte er.

»Schwierigkeiten!« Empört riss sie die Augen auf. »Griffins Assistent hat mich beleidigt, ich habe es genau gehört. Daraufhin habe ich das Set verlassen. Und wenn Griffin Sie jetzt als Friedensboten schickt, um sich bei mir zu entschuldigen, dann will ich nichts davon hören; mit Griffin verkehre ich nur noch beruflich.«

»Er will sich nicht entschuldigen«, sagte Jim unfroh. »Er stellt Ihnen ein Ultimatum.«

»Ein Ultimatum!«, rief sie erstaunt. »Ich habe doch einen Vertrag, und Sie sind sein Chef, oder?«

»In gewisser Hinsicht ja«, sagte Jim, »aber eine Filmproduktion ist ein Gemeinschaftsunternehmen –«

»Dann geben Sie mir einen anderen Regisseur.«

»Kämpfen Sie für Ihre Rechte«, sagte Mr. Ward. »Nur so können Sie bei diesen Leuten etwas ausrichten.«

»Sie tun alles, um dieses Mädchen zu ruinieren«, sagte Jim leise.

»Wir lassen uns von Ihnen nicht ins Bockshorn jagen«, geiferte Ward. »Ihre Sorte kenne ich.«

Jim sah wieder zu Pamela. Er konnte tatsächlich nichts für sie tun. Wären sie ein Liebespaar gewesen, hätte sich je der richtige Moment ergeben, um den Funken zwischen ihnen zu entfachen, dann hätte er nun vielleicht Gehör bei ihr gefunden. Aber es war zu spät. Ihm war, als spürte er, wie die Räder der Filmindustrie sich draußen im Dunkel Hollywoods weiterdrehten. Er wusste, dass Mike Harris am nächsten Morgen, wenn das Studio öffnete, neue Pläne haben würde, in denen Pamela keine Rolle mehr spielte.

Er zauderte noch einen Augenblick. Er war beliebt, noch

relativ jung und gut angesehen. Er konnte den anderen seinen Willen aufzwingen und das Mädchen zu einem Schauspiellehrer schicken. Er konnte nicht tatenlos mit ansehen, wie sie einen so fürchterlichen Fehler beging. Andererseits stand zu befürchten, dass sie früher einmal zu nachsichtig behandelt worden und damit für diese Art von Laufbahn verdorben war.

»Hollywood ist kein sonderlich kultivierter Ort«, sagte Pamela.

»Es ist ein Dschungel«, bekräftigte Mr. Ward, »in dem gefräßige Raubtiere herumschleichen.«

Jim stand auf.

»Falls Sie mich meinen, ich schleiche mich jetzt davon«, sagte er. »Pam, das tut mir alles sehr leid. Wenn Sie so empfinden, dann wäre es sicher am besten, nach England zurückzugehen und zu heiraten.«

Für einen Augenblick flackerte in ihren Augen ein Zweifel auf. Doch ihre Zuversicht, ihre jugendliche Selbstgefälligkeit behielten die Oberhand über ihr Urteilsvermögen; sie ahnte nicht, dass dieser Moment die eine Gelegenheit war, die nie wiederkommen würde.

Denn sie hatte sie verpasst, als Jim sich abwendete und hinausging. Es dauerte Wochen, bis sie merkte, was geschah. Sie erhielt noch einige Monate lang ihr Gehalt – dafür hatte Jim gesorgt –, doch sie setzte nie wieder einen Fuß auf den Boden dieses Studios und auch keines anderen. Stillschweigend wurde sie auf die schwarze Liste gesetzt, eine ungeschriebene Liste, die beim abendlichen Backgammon oder auf dem Weg zum Pferderennen ihre Wirkung tat. Einflussreiche Männer beäugten sie ab und zu interessiert im Restaurant, doch alle Erkundigungen, die sie über sie einzogen, endeten in derselben Sackgasse.

Sie gab den Kampf in den folgenden Monaten nicht auf, sogar lange nachdem Becker sie aufgegeben hatte und sie in Armut lebte und nicht mehr dort gesehen wurde, wo man hinging, um gesehen zu werden. Weder Kummer noch Entmutigung, sondern ganz gewöhnliche Umstände waren die Ursache für ihren Tod im Juni.

V

Als Jim davon erfuhr, konnte er es kaum glauben. Er hörte zufällig, dass sie mit einer Lungenentzündung ins Krankenhaus gekommen war, und als er dort anrief, erfuhr er, dass sie gestorben war. »Sybil Higgins, Schauspielerin, Engländerin. Alter einundzwanzig Jahre.«

Im Todesfall war der alte Ward zu benachrichtigen, und es gelang Jim, ihm Geld für die Bestattung zukommen zu lassen, unter dem Vorwand, es handele sich um ausstehenden Arbeitslohn. Weil er befürchtete, Ward könne die Herkunft des Gelds erraten, blieb er der Beerdigung fern und besuchte ihr Grab erst eine Woche später.

Es war ein langer, schöner Junitag, und er verbrachte eine Stunde auf dem Friedhof. Überall in der Stadt waren junge Leute, die nur lebten und sich ihres Lebens freuten, und es kam ihm so sinnlos vor, dass die kleine Engländerin davon ausgeschlossen war. Immer wieder versuchte er, in Gedanken alles so zu arrangieren, dass es für sie gut ausging, aber es war zu spät. Der rosige und silbrige Reif war geschmolzen. Er sagte ihr laut Adieu und gelobte wiederzukommen.

Im Studio bestellte er einen Vorführraum und ließ sich ihre Probeaufnahmen und die paar Muster des Films bringen, auf denen sie zu sehen war. Er saß in einem großen Ledersessel im Dunkeln und drückte den Knopf für den Vorführer.

Auf den Probeaufnahmen war Pamela genauso gekleidet wie auf dem Ball, bei dem er sie zum ersten Mal gesehen hatte. Sie sah sehr glücklich aus, und Jim war froh, dass sie wenigstens dieses bisschen Glück gekannt hatte. Dann wurde die Rolle mit Mustern aus dem Film eingelegt und lief holperig ab; Bob Griffin gab aus dem Off Regieanweisungen, und zwischen den Einstellungen wurde immer wieder die Klappe mit Nummer und Anzahl der Aufnahmen ins Bild gehalten. Bei der vorletzten Aufnahme zuckte Jim zusammen, denn er sah, wie sie sich von der Kamera wegdrehte und flüsterte: »Lieber wäre ich tot, als es so zu spielen.«

Jim stand auf; er ging in sein Büro zurück, öffnete die drei Briefe, die sie ihm geschickt hatte, und las sie abermals.

… kam an Ihrem Studio vorbei und dachte an Sie und an unsere Fahrt.

Nur vorbeigekommen. Er wusste, dass sie im Frühjahr zweimal angerufen hatte und dass er sie gern gesehen hätte. Aber er konnte nichts für sie tun, und er hätte es nicht ertragen, ihr das zu sagen.

»Ich bin nicht sehr tapfer«, sagte er sich. Selbst in diesem Moment regte sich in seinem Herzen die Furcht, dass ihn dies genauso verfolgen könnte wie jene Jugenderinnerung, und er wollte nicht unglücklich sein.

Einige Tage darauf arbeitete er bis spätabends im Synchronstudio, und danach kaufte er sich im Drugstore um die Ecke ein Sandwich. Es war eine warme Nacht, und an der Theke standen viele junge Leute. Er zahlte gerade, als ihm am Zeitschriftenstand eine Gestalt auffiel, die über die Seiten einer Zeitschrift zu ihm herspähte. Er hielt inne; er wollte sich nicht umdrehen, wollte nicht genauer hinsehen und feststellen müssen, dass die Ähnlichkeit nur eine Täuschung war. Aber er wollte auch nicht weggehen.

Er hörte das Geräusch des Blätterns, und aus dem Augenwinkel sah er den Titel der Zeitschrift, *The Illustrated London News*.

Er verspürte keine Furcht, dafür dachte er zu schnell, zu verzweifelt. Wenn das hier wahr wäre und er sie zurückholen könnte, wenn er damals, an jenem Abend, neu ansetzen könnte.

»Ihr Wechselgeld, Mr. Leonard.«

»Danke.«

Ohne sich umgedreht zu haben, ging er zur Tür; die Zeitschrift wurde zugeschlagen und auf einen Stapel gelegt, und er hörte, wie jemand dicht neben ihm atmete. Zeitungsjungen riefen auf der anderen Straßenseite eine Sonderausgabe aus, und nach kurzem Zögern schlug er die falsche Richtung ein, ihre Richtung, und hörte ihre Schritte hinter sich – so deutlich, dass er langsamer ging, weil er den Eindruck hatte, dass sie nicht mit ihm Schritt halten konnte.

Vor dem Bungalowhotel nahm er sie in die Arme und hielt ihre strahlende Schönheit an seiner Brust.

»Gib mir einen Gutenachtkuss«, sagte sie. »Ich mag Gutenachtküsse. Ich kann dann besser schlafen.«

Dann schlafe, dachte er, als er ging, schlafe. Ich konnte dir nicht helfen. Ich wollte dir helfen. Als du deine Schönheit brachtest, wollte ich sie nicht verschleudern, aber ich habe es doch getan. Jetzt ist nichts für dich geblieben, als zu schlafen.

Pat Hobbys Wunschzettel

I

Im Studio war Heiligabend. Gegen elf Uhr vormittags hatte der Weihnachtsmann die meisten der vielen, die das Studio bevölkerten, ihren Wünschen entsprechend beschert.

In den Büros und Studiogebäuden trafen aufwendige Geschenke ein, von den Produzenten für die Stars, von den Agenten für die Produzenten; an jedem Drehort sprach man von den bösartigen Gaben, mit denen Regisseure von Schauspielern oder Schauspieler von Regisseuren bedacht worden waren; Sekt war von der Presseabteilung an die Presse gegangen. Und Trinkgelder – Fünfziger, Zehner und Fünfer, von Produzenten, Regisseuren und Autoren gespendet – regneten wie Manna auf die Klasse der geistig Arbeitenden.

Doch es gab auch Ausnahmen bei dieser Art von Abwicklung. Pat Hobby, zum Beispiel, der das Spiel aus zwanzigjähriger Erfahrung kannte, hatte tags zuvor den Einfall gehabt, sich seiner Sekretärin zu entledigen. Nun war jeden Augenblick die neue fällig – aber am ersten Tag würde sie kaum ein Geschenk erwarten.

Er wartete auf sie, indem er den Korridor entlangschritt

und in offene Büros lugte, um zu sehen, ob sie von Leben erfüllt seien. Bei Joe Hopper von der Drehbuchabteilung machte er halt.

»Auch nicht mehr wie früher«, trauerte er. »Auf jedem Schreibtisch eine Pulle.«

»Ein paar gibt's immer noch.«

»Aber nicht viele.« Pat seufzte. »Und danach haben wir immer einen Film gemacht – aus den rausgeschnittenen Metern.«

»Davon hab ich gehört. Das ganze Zeug, das nicht genommen worden war.«

Pat nickte, und seine Augen glänzten.

»Das hatte doch noch einen Sinn. Ins Hemd haben wir uns gemacht vor Lachen ...«

Er stockte beim Anblick einer Frau, die, einen Schreibblock in der Hand, am anderen Ende des Korridors sein Büro betrat und ihn auf diese Weise an die traurige Gegenwart gemahnte.

»Wegen Gooddorf soll ich während der Feiertage durcharbeiten«, lautete seine bittere Klage.

»Würde ich nie tun.«

»Ich ja auch nicht, aber nächsten Freitag sind meine vier Wochen um, und wenn ich ihn hängenlasse, verlängert er meine Probezeit nicht.«

Er wandte sich zum Gehen, und Hopper wusste bereits, dass Pats Probezeit ohnehin nicht verlängert würde. Man hatte ihn herangezogen, um eine altmodische Pferdeoper zu schreiben, und »die Jungs, die er unter sich hatte« – das heißt: die seinen Kram überarbeiteten –, meinten, das Zeug sei durchweg steinalt und über weite Strecken völlig unlogisch.

»Ich bin Miss Kagle«, sagte Pats neue Sekretärin.

Sie war um die sechsunddreißig, hübsch, etwas verwelkt, müde, tüchtig. Sie ging zur Schreibmaschine, prüfte sie, setzte sich und brach in Tränen aus.

Pat schaltete. In dieser Umgebung war Selbstkontrolle, wie tief man auch gesunken sein mochte, die oberste Devise. War es denn nicht schon schlimm genug, am 24. Dezember arbeiten zu müssen? Nun – nicht ganz so schlimm wie gar nicht zu arbeiten. Er ging zur Tür und machte sie zu; jemand hätte auf den Gedanken kommen können, er habe das Mädel beleidigt.

»Kopf hoch«, war sein Rat. »Wir haben schließlich Weihnachten.«

Der Sturm ihrer Gefühle hatte sich beruhigt. Nun saß sie wieder aufrecht, sie keuchte und wischte sich die Augen.

»Nichts wird so heiß gegessen, wie es gekocht wird«, beruhigte er sie, wenig überzeugend. »Worum geht's denn überhaupt? Sollen Sie gefeuert werden?«

Sie schüttelte den Kopf, schniefte einen letzten Schniefer und klappte ihren Stenoblock auf.

»Für wen haben Sie bisher gearbeitet?«

Zwischen plötzlich zusammengebissenen Zähnen stieß sie die Antwort hervor.

»Mr. Harry Gooddorf.«

Pat riss seine permanent blutunterlaufenen Augen auf. Jetzt erinnerte er sich, sie in Harrys Außenbüro gesehen zu haben.

»Seit 1921. Achtzehn Jahre. Und gestern hat er mich in die Abteilung zurückgeschickt. Er sagte, ich würde ihn deprimieren ... ich würde ihn ständig daran erinnern, dass er vorwärtskommt.« Ihr Gesicht war grimmig. »So hat er vor achtzehn Jahren nach Dienstschluss nicht gesprochen.«

»Klar, damals war er noch ein Schürzenjäger«, sagte Pat.

»Ich hätte damals etwas unternehmen sollen, als noch Zeit war.«

Pat verspürte Regungen von Rechtschaffenheit.

»Eheversprechen gebrochen? Das genügt noch nicht!«

»Ich hätte aber etwas Solides gegen ihn in der Hand gehabt. Wesentlich solider als Bruch des Eheversprechens. Und das habe ich immer noch. Aber Sie müssen auch bedenken, dass ich geglaubt hatte, ich wäre in ihn verliebt.« Sie dachte kurz nach. »Möchten Sie jetzt etwas diktieren?«

Pat entsann sich seines Berufes und schlug die Seiten einer Rohfassung auf.

»Ein Insert«, begann er. »Szene 114 A.«

Pat ging im Büro auf und ab.

»Außen. Lange Fahrt über die Ebene«, verfügte er. »Buck nähert sich mit den Mexikanern der Hyazenda.«

»Der was?«

»Der Hy-a-zen-da – dem Gebäude von der Ranch.« Er sah sie strafend an. »114 B. Zweier-Totale: Buck und Pedro. Buck: ›Dieser schmutzige Hurensohn? Ich reiß ihm die Gedärme raus!‹«

Miss Kagle sah verwirrt auf.

»Soll ich das wirklich hinschreiben?«

»Logisch.«

»Das kommt aber nicht durch.«

»*Ich* schreibe das. Natürlich kommt das nicht durch. Aber wenn ich stattdessen ›diese Ratte‹ schreibe, hat die Szene keinen Biss.«

»Aber irgendjemand muss es dann doch in ›diese Ratte‹ umändern?«

Er starrte sie durchdringend an; er wollte nicht jeden Tag die Sekretärin wechseln.

»Das soll Harry Gooddorfs Sorge sein.«

»Arbeiten Sie für Mr. Gooddorf?«, fragte Miss Kagle alarmiert.

»Bis er mich rausschmeißt.«

»Ich hätte, glaube ich, nicht davon anfangen …«

»Keine Sorge«, beschwichtigte er sie. »Wir sind nicht mehr so dick miteinander. Nicht zu dreifünfzig die Woche, wenn man zweitausend gewohnt ist … Wo war ich stehengeblieben?«

Wieder schritt er auf und ab, wobei er seine letzte Zeile genüsslich wiederholte. Doch diesmal schien sie sich nicht auf einen Filmcharakter zu beziehen, sondern auf Harry Gooddorf. Plötzlich hielt er inne, gedankenverloren. »Sagen Sie mal, was liegt eigentlich gegen ihn vor? Wissen Sie, wo er die Leiche vergraben hat?«

»Das ist so wahr, dass es schon nicht mehr komisch ist.«

»Hat er einen umgenietet?«

»Mr. Hobby, es tut mir leid, dass ich überhaupt davon angefangen habe.«

»Nennen Sie mich doch Pat. Wie heißen Sie vorne?«

»Helen.«

»Verheiratet?«

»Im Augenblick nicht.«

»Dann hören Sie mal zu, Helen: Wie wär's mit einem kleinen Imbiss?«

II

Am Abend des 25. Dezembers versuchte er immer noch, ihr das Geheimnis zu entlocken. Sie hatten das Studio fast für sich allein; lediglich eine Rumpfmannschaft von Technikern bevölkerte sporadisch Straßen und Intendanz der Filmgesellschaft. Sie hatten Weihnachtsgeschenke ausgetauscht. Pat gab ihr einen Fünfdollarschein, Helen kaufte ihm ein weißlinnenes Taschentuch. Nur zu gut entsann er sich der Zeiten, als noch Dutzende solcher Taschentücher die Ernte einer einzigen Christnacht gewesen waren. Zwar machte das Drehbuch nur im Schneckentempo Fortschritte, doch die Freundschaft der beiden war beträchtlich gereift. Ihr Geheimnis, so sagte er sich, war ein wertvoller Aktivposten, und er fragte sich, wie viele Karrieren sich auf einen solchen Aktivposten gegründet haben mochten. Mancher, da war er ganz sicher, hatte es auf diese Weise zu Wohlstand gebracht. Genau, das war fast so gut wie verwandt zu sein, und er malte sich ein imaginäres Gespräch mit Harry Gooddorf aus.

»Harry, im Grunde sieht's doch so aus. Ich glaube, meine Erfahrung wird nicht ausreichend genutzt. Die jungen Spunde sollten die Schreiberei übernehmen … ich könnte dann eine mehr überwachende Funktion ausüben.«

»Sonst …?«

»Tja, sonst …«, sagte Pat mit fester Stimme.

Mitten in seinen Tagtraum platzte unerwartet Harry Gooddorf.

»Fröhliche Weihnachten, Pat«, sagte er jovial. Sein Lächeln wurde weniger robust, als er Helen sah. »Oh, hallo,

Helen … ich wusste gar nicht, dass du jetzt bei Pat bist. Ich hatte dir eine kleine Aufmerksamkeit in die Script-Abteilung geschickt.«

»Das hättest du dir schenken können.«

Harry wandte sich flink an Pat. »Der Boss sitzt mir im Nacken. Donnerstag muss ich ein fertiges Manus haben.«

»Hier bin ich«, sagte Pat. »Sie kriegen es. Habe ich Sie schon jemals hängengelassen?«

»Meistens«, sagte Harry. »Meistens.«

Er schien noch einiges hinzufügen zu wollen, aber ein Bote trat ein und überreichte Helen Kagle einen Umschlag – woraufhin Harry kehrtmachte und hinauseilte.

»Sein Glück, dass er abgehauen ist!«, brach es aus Miss Kagle hervor, nachdem sie den Umschlag geöffnet hatte. »Zehn Scheine – *zehn* lausige Scheine – von einem aus der Direktionsetage – nach achtzehn Jahren.«

Das war Pats Chance. Er saß auf ihrem Schreibtisch und erläuterte ihr seinen Plan.

»Für Sie und mich ist das Ganze kinderleicht«, sagte er. »Sie kriegen die Script-Abteilung, und ich werde Produktionsassistent. Dann sind wir für den Rest unseres Lebens aus dem Schneider – nie wieder schreiben – nie wieder auf die Maschine einhacken. Wir könnten sogar – wir könnten sogar – wenn alles klappt, könnten wir sogar heiraten.«

Sie zögerte lange. Als sie ein neues Blatt Papier in die Maschine spannte, fürchtete Pat, er habe verloren.

»Ich kann es aus dem Gedächtnis schreiben«, sagte sie. »Er hat diesen Brief *eigenhändig* am 3. Februar 1921 getippt. Er klebte ihn zu, und ich sollte ihn einstecken … aber es gab da eine Blondine, für die er sich interessierte, und ich fragte mich, warum er so ein geheimnisvolles Getue mit dem Brief machte.«

Während sie sprach, hatte Helen getippt, und nun gab sie Pat eine Notiz.

An: Will Bronson
First National Studios
– persönlich –
Lieber Bill,
wir haben Taylor umgebracht. Wir hätten ihm schon viel früher einheizen sollen. Also halt's Maul.

Dein Harry

Pat starrte verblüfft auf das Papier.

»Haben Sie das mitgekriegt?«, sagte Helen. »Am 1. Februar 1921 wurde William Desmond Taylor, der Regisseur, umgenietet. Und bis heute weiß man nicht, von wem.«

III

Achtzehn Jahre lang hatte sie das Original des Briefes behalten, den Umschlag, alles. Sie hatte lediglich eine Kopie an Bronson geschickt und Harry Gooddorfs Unterschrift durchgepaust.

»Die Sache ist gelaufen, Baby«, sagte Pat. »Ich hatte schon immer das Gefühl, dass es bei Taylor ein *Mädel* war.«

Aus lauter Übermut öffnete er eine Schublade und entnahm ihr eine Viertelliterflasche Whiskey. Dann besann er sich und fragte:

»Ist der Brief an einem sicheren Ort?«

»Worauf Sie sich verlassen können. Er würde ihn nie finden.«

»Dann hat er verloren, Baby!«

In einer funkelnden Montage schwammen Bargeld, Autos, Mädchen und Swimmingpools vor Pats geistigem Auge.

Er faltete das Papier zusammen, stopfte es in die Jackentasche, nahm einen weiteren Schluck und griff nach seinem Hut.

»Wollen Sie etwa jetzt mit ihm reden?«, fragte Helen mit einiger Panik in der Stimme. »Warten Sie lieber, bis ich aus dem Studio bin. *Ich* hab keine Lust, mich umbringen zu lassen.«

»Keine Sorge! Hören Sie zu: Wir treffen uns in der Muncherie, Fifth Street Ecke La Brea Avenue ... in einer Stunde.«

Auf dem Weg zu Gooddorfs Büro beschloss er, innerhalb der Studiomauern weder Fakten noch Namen zu erwähnen. Damals, in jener kurzen Epoche, die ihn als Leiter der Drehbuchabteilung gesehen hatte, war er der Urheber eines Plans gewesen, im Büro jedes Autors ein Abhörgerät anbringen zu lassen. So hätte man ihre Loyalität dem Studio gegenüber mehrmals täglich überprüfen können.

Man hatte die Idee verlacht. Aber später, als er »zum Schreiber degradiert« war, fragte er sich oft, ob man seine Anregung insgeheim nicht doch aufgenommen hatte. Vielleicht war eine seiner eigenen unbedachten Äußerungen für die Hundehütte verantwortlich, in der man ihn nun schon eine Dekade lang begraben hielt. So, verborgene Abhörgeräte im Geiste wägend, die durch einfachen Zehendruck betätigt werden konnten, betrat er Harry Gooddorfs Büro.

»Harry ...«, sorgfältig wählte er seine Worte, »erinnern Sie sich an die Nacht des 1. Februar 1921?«

Leicht verdutzt lehnte sich Gooddorf in seinem Drehstuhl zurück.

»Was?«

»Versuchen Sie nachzudenken. Es ist sehr wichtig für Sie.«

Wie er so seinen Freund betrachtete, glich Pats Gesichtsausdruck dem eines beunruhigten Leichenbestatters.

»1. Februar 1921.« Gooddorf grübelte. »Nein. Wie soll ich mich an so was erinnern? Glauben Sie, ich führe Tagebuch? Ich weiß nicht mal, wo ich damals war.«

»Sie waren genau hier, in Hollywood.«

»Wahrscheinlich. Wenn Sie es wissen, sagen Sie's mir.«

»Es wird Ihnen einfallen.«

»Mal sehen. Sechzehn bin ich an die Westküste gekommen. Bis 1920 war ich bei Biograph. Hab ich da nicht irgendwelche Witzfilme gemacht? Aber genau. Das war ein Streifen namens *Knuckleduster* – Außenaufnahmen.«

»Sie waren nicht ununterbrochen bei den Außenaufnahmen. Am 1. Februar waren Sie in der Stadt.«

»Was soll das?«, wollte Gooddorf wissen. »Ist das der dritte Grad?«

»Nein, aber ich besitze einige Informationen, die Ihre Aktivitäten an diesem Datum betreffen.«

Gooddorfs Gesicht rötete sich; sekundenlang hatte es den Anschein, als werde er Pat vor die Tür setzen – dann schnappte er plötzlich nach Luft, befeuchtete sich die Lippen und starrte auf seinen Schreibtisch.

»Oh«, sagte er, und dann, eine Minute später: »Aber ich sehe immer noch nicht, was Sie das angeht.«

»Das geht jeden anständigen Menschen an.«

»Seit wann sind Sie ein anständiger Mensch?«

»Zeit meines Lebens«, sagte Pat. »Und selbst wenn ich das nicht wäre – so etwas hätte ich nie getan.«

»Herr, du meine Fresse!«, sagte Harry verächtlich. »Ausgerechnet *Sie* tanzen hier mit einem Heiligenschein an! Und wo haben Sie, wenn schon, denn schon, Ihre Beweise? Man sollte meinen, Sie hätten ein schriftliches Geständnis. Das ist doch alles längst vergessen.«

»Ein anständiger Mensch vergisst dergleichen nie«, sagte Pat. »Und was das schriftliche Geständnis angeht – damit kann ich dienen.«

»Das wage ich zu bezweifeln. Und ob es vor Gericht standhält, ist auch noch sehr die Frage. Man hat Sie auf den Arm genommen.«

»Ich habe es gesehen«, sagte Pat mit wachsender Zuversicht. »Und es genügt, um Sie zu hängen.«

»Ich schwör's Ihnen: Wenn das auch nur die geringste Publicity gibt, jage ich Sie aus der Stadt.«

»*Sie* jagen *mich* aus der Stadt.«

»Ich brauche keine Publicity.«

»Dann sollten Sie vielleicht doch auf mich hören. Und vorher mit niemandem reden.«

»Wohin gehen wir?«

»Ich kenne eine Bar, wo wir ungestört sind.«

Die Muncherie war in der Tat menschenleer, wenn

man vom Barkeeper und von Helen Kagle absah, die, vor Erregung bebend, an einem Tisch saß. Bei ihrem Anblick nahm Gooddorfs Miene einen Ausdruck grenzenlosen Tadels an.

»Schön versaute Weihnachten«, sagte er, »wo meine Familie mich seit einer Stunde erwartet. Ich will jetzt wissen, worum es geht. Ihr behauptet, ihr hättet irgendein Papier mit meiner Handschrift.«

Pat zog den Zettel aus der Tasche und las das Datum vor. Dann blickte er hastig auf:

»Das ist nur eine Kopie. Es hat also nicht den geringsten Sinn, sich den Zettel greifen zu wollen.«

Er beherrschte die Technik derartiger Szenen. Als die Western-Welle zeitweilig abgeebbt war, hatte er über mancher Orgie des Verbrechens geschwitzt.

»An William Bronson, lieber Bill, wir haben Taylor umgebracht, wir hätten ihm schon viel früher einheizen sollen, also halt's Maul, dein Harry.«

Pat hielt inne. »Das haben Sie am 3. Februar 1921 geschrieben.«

Schweigen. Gooddorf wandte sich an Helen Kagle.

»Warst *du* das? Habe ich dir das diktiert?«

»Nein«, gab sie mit ehrfürchtiger Stimme zu. »Das hast du selbst geschrieben. Ich habe den Brief geöffnet.«

»Ach so. Na schön, was wollt ihr?«

»Alles«, sagte Pat und begeisterte sich am Klang dieses Wortes.

»Was genau?«

Pat hob ab und beschrieb die Karriere, die eines Mannes um die neunundvierzig würdig sei. Eine strahlende Laufbahn. Im Laufe dreier Whiskeys gewann sie eher noch an Schönheit und Kraft. Auf eine Forderung jedoch kehrte er immer wieder zurück.

Morgen schon wollte er Produzent sein.

»Warum denn schon morgen?«, wunderte sich Gooddorf. »Kann das nicht warten?«

Ganz plötzlich hatte Pat Tränen in den Augen – echte Tränen. »Heute ist Weihnachten«, sagte er. »Das ist mein einziger Wunsch. Mir ist es so dreckig gegangen. Ich hab so lang gewartet.«

Gooddorf stand abrupt auf. »Spielt sich nichts ab«, sagte er. »Sie mache ich nicht zum Produzenten. Das kann ich der Firma nicht antun. Dann schon lieber ein Prozess.«

Pats Mund klappte auf.

»Was? Sie weigern sich?«

»Und wie. Lieber baumele ich.«

Er wandte sich, gesammelten Ernst im Gesicht, und bewegte sich auf die Tür zu.

»Nun gut«, brüllte Pat ihm nach. »Dies ist Ihre letzte Chance.«

Und dann plötzlich die Überraschung, als Helen Kagle aufsprang, um Gooddorf nachzusetzen – und ihn zu umarmen versuchte.

»Mach dir keine Sorgen!«, schrie sie. »Ich zerreiß den Wisch, Harry! War alles nur ein Witz, Harry ...«

Ihr versagte die Stimme. Sie hatte bemerkt, dass Gooddorf von heftigem Gelächter geschüttelt wurde.

»Was ist daran so komisch?«, erkundigte sie sich mit wieder aufflackernder Wut. »Glaubst du etwa, ich hätte es nicht?«

»Aber klar hast du es«, heulte Gooddorf. »Du hast es ... aber es ist nicht das, was du glaubst.«

Er kam an den Tisch zurück, setzte sich und wandte sich Pat zu.

»Wissen Sie, was ich dachte? Mit dem Datum? Ich hatte angenommen, das wäre der Tag gewesen, an dem Helen und ich zum ersten Mal aufeinander abdröhnten. Das hab ich gedacht. Und ich dachte, sie macht jetzt Wirbel deswegen. Ich dachte, sie spinnt. Seit damals war sie zweimal verheiratet und ich ebenfalls.«

»Das erklärt aber noch nicht den Brief«, sagte Pat zielstrebig, wenn auch sinkenden Muts. »Sie geben zu, Taylor umgebracht zu haben.«

Gooddorf nickte.

»Wir waren wohl alle daran beteiligt«, sagte er. »Wir waren ein ziemlich wilder Haufen – Taylor und Bronson und ich und die übrigen Großverdiener. Also haben sich ein paar von uns zusammengetan und uns gesagt, wir sollten es eher wieder langsam angehen lassen und es nicht allzu bunt treiben. Die Nation wartete darauf, einen von uns hängen zu sehen. Wir versuchten, Taylor klarzumachen, dass er kurztreten soll, aber er hat nicht auf uns gehört. Anstatt ihm also gehörig einzuheizen, haben wir ihn so weitermachen lassen. Und irgendeine Ratte hat ihn dann abgeknallt. Wer das nun genau war, entzieht sich meiner Kenntnis.«

Er erhob sich.

»*Sie* sind verladen worden, Pat, und zwar nach allen Regeln der Kunst. Aber wir haben seinerzeit schon alle so herzlich über Sie gelacht, und außerdem waren wir viel zu beschäftigt.«

Plötzlich schniefte Pat.

»Ich *bin* verladen worden«, sagte er. »Und nicht zu knapp.«

»Zu spät, die Einsicht«, sagte Gooddorf und fügte hinzu: »Inzwischen dürften Sie sich etwas ganz anderes zu Weihnachten wünschen, und diesen Wunsch werde ich Ihnen unter Garantie erfüllen. Ich werde niemandem etwas über den heutigen Nachmittag erzählen.«

Als er gegangen war, saßen Pat und Helen schweigend beieinander. Mit raschem Entschluss kramte Pat den Zettel hervor und überflog seinen Inhalt.

»›Also halt's Maul‹«, las er vor. »Das hat er nicht erklärt.«

»Also halt's *Maul*«, sagte Helen.

Ein Mann steht im Wege

I

Pat Hobby konnte das Gelände der Filmgesellschaft jederzeit betreten. Fünfzehn Jahre hatte er mit Unterbrechungen dort gearbeitet – in den letzten fünf Jahren eher mit Unterbrechungen als überhaupt –, und beim Studiowerkschutz kannten ihn fast alle. Wenn ein besonders eifriger Kunde gerade Wache schob und seinen Ausweis sehen wollte, konnte er immer noch hineinkommen, indem er Lou, den Buchmacher, anrief. Auch Lou hatten die Studios jahrelang ein Heim geboten.

Pat war neunundvierzig. Er war zwar Autor, aber er hatte nie viel geschrieben, geschweige denn die »Originale« gelesen, nach denen er arbeitete, weil vieles Lesen bei ihm einen Brummschädel verursachte. In der guten alten Stummfilmzeit nahm man sich einfach von irgendjemandem die Handlung und eine gescheite Sekretärin, welche man sechs bis acht Stunden pro Woche unter Benzedrin mit einer »Handlungsstruktur« quälte. Der Regisseur sorgte dann für die Gags. Nachdem der Tonfilm aufgekommen war, hatte er sich immer mit jemandem zusammengetan, der Dialoge schreiben konnte. Ein junger Mensch musste es sein, der gern arbeitete.

»Ich komme in mehr Vorspannen vor als sonst wer«, erzählte er Jack Berners. »Ich brauche nur eine Idee und jemanden, der nicht gänzlich bescheuert ist.«

Er hatte Jack vor dem Produktionsbüro erwischt, als Jack zum Mittagessen wollte, und nun gingen sie zusammen in Richtung Intendanz.

»Dann schaffen Sie eine Idee heran«, sagte Jack Berners. »Bei der angespannten Lage können wir niemanden auf die Gehaltsliste setzen, wenn er keine Idee hat.«

»Und wie kommt man ohne Gehalt auf Ideen?«, wollte Pat wissen – um dann hastig hinzuzufügen: »Ich habe jedenfalls den Keim einer Idee, und beim Mittagessen könnte ich Ihnen alles darüber erzählen.«

Vielleicht fiele ihm beim Essen ja tatsächlich etwas ein. Da gab es immerhin die Andeutung, die Baer wegen dieser Pfadfindergeschichte gemacht hatte. Doch Jack sagte fröhlich:

»Zum Mittagessen bin ich schon verabredet, Pat. Schreiben Sie doch einen ausführlichen Entwurf und schicken ihn bei mir vorbei, ja?«

Er kam sich dabei zwar grausam vor, denn er wusste, dass Pat nicht imstande war, irgendetwas ausführlich niederzuschreiben, aber im Augenblick hatte er selbst Probleme. Der Krieg war ausgebrochen, und jeder Produzent auf dem Gelände wollte, dass die Geschichte, die er gerade machte, damit endete, dass der Held in den Krieg zog. Und Jack Berners fand, dass er diesen Einfall zuerst gehabt hatte, und zwar für seine laufende Produktion.

»Sie schreiben also einen Entwurf, ja?«

Als Pat nicht antwortete, sah Jack ihn an: Pats Blick

drückte ein solches Maß an Knechtung und Elend aus, dass er ihn an seinen eigenen Vater erinnerte. Pat hatte schon das große Geld verdient, als Jack noch aufs College ging; drei Autos und über jeder Garage je eine Mieze. Jetzt sahen seine Klamotten aus, als habe er drei Jahre lang an der Ecke Hollywood Boulevard/Vine Street gestanden.

»Schnüffeln Sie doch ein bisschen auf dem Gelände herum, und reden Sie mit irgendeinem Autor«, sagte Jack. »Wenn Sie einen für Ihre Idee interessieren können, schicken Sie ihn zu mir.«

»Eine Idee gebe ich ungern aus der Hand, wenn nichts dabei rausspringt«, brütete Pat pessimistisch vor sich hin. »Diese jungen Spunde klauen einem doch den Stuhl unterm Arsch weg.«

Sie hatten die Tür zur Intendanz erreicht.

»Alles Gute, Pat. Immerhin sind wir jetzt nicht in Polen.«

»Dein Glück«, murmelte Pat lautlos. »Die würden dir ganz schön den Arsch aufreißen.«

Wie sollte es nun weitergehen? Er ging ein Stockwerk höher und wanderte durch den Korridor, an dem die Klausen der Autoren lagen. Fast alle waren beim Mittagessen, und die noch da waren, kannte er nicht. Man sah immer mehr unbekannte Gesichter. Und er war dreißigmal im Vorspann erwähnt worden; zwanzig Jahre war er nun schon in der Branche, Publicity, Drehbuchabteilung, alles.

Die letzte Tür des Korridors führte zu einem Mann, den er nicht mochte. Er brauchte aber einen Ort, an dem er kurz verschnaufen konnte, und so klopfte er einmal und stieß die Tür auf. Der Mann war nicht da – nur ein sehr hübsches, zerbrechlich wirkendes Mädchen. Sie las ein Buch.

»Ich glaube, er ist nicht mehr in Hollywood«, beantwortete sie seine Frage. »Sie haben mir sein Büro gegeben und vergessen, meinen Namen an die Tür zu kleben.«

»Sie schreiben?«, fragte Pat überrascht.

»Ich versuch's.«

»Die sollten mal Probeaufnahmen von Ihnen machen.«

»Nein. Ich schreibe gern.«

»Was lesen Sie denn da?«

Sie zeigte es ihm.

»Ich will Ihnen einen Rat geben«, sagte er. »Auf die Weise kriegt man nie und nimmer mit, was wirklich in einem Buch steckt.«

»Oh.«

»Ich bin schon jahrelang dabei – ich bin Pat Hobby –, und ich weiß *Bescheid.* Geben Sie das Buch vier Freunden zum Lesen. Fragen Sie sie, was haftengeblieben ist. Schreiben Sie's auf, und fertig ist der Film. Klar?«

Das Mädchen lächelte.

»Das ist ein sehr … ein sehr origineller Rat, den Sie mir da geben, Mr. Hobby.«

»Pat Hobby«, sagte er. »Kann ich bei Ihnen eine Minute warten? Der Mann, mit dem ich mich treffen wollte, ist zum Essen gegangen.«

Er setzte sich an die andere Seite ihres Schreibtischs und ergriff eine Illustrierte.

»Oh, ich will das noch eben rot anstreichen«, sagte sie schnell.

Er sah sich die Seite an. Da waren Gemälde aus einem europäischen Museum abgebildet, die verpackt und abtransportiert wurden, um sie aus der Gefahrenzone zu bringen.

»Wie wollen Sie das verwenden?«, sagte er.

»Ich dachte, es wäre vielleicht ganz filmisch, wenn da ein alter Mann dabei wäre, wenn die Bilder eingekistet werden. Ein armer, alter Mann, der einen Job sucht und sich nützlich machen will. Aber keiner kann ihn gebrauchen – er steht im Wege –, er ist nicht einmal mehr als Kanonenfutter zu verwenden. Die Welt braucht starke junge Menschen. Und dann stellt sich heraus, dass er der Mann ist, der vor vielen Jahren die Bilder gemalt hat.«

Pat bedachte das.

»Klingt gut, aber ich kapiere es nicht«, sagte er.

»Ist ja auch nicht viel, vielleicht ein kurzer Kurzfilm.«

»Haben Sie ein paar gute Ideen für Filme? Ich kenne hier alle Märkte.«

»Ich stehe unter Vertrag.«

»Benutzen Sie einfach einen anderen Namen.«

Ihr Telefon klingelte.

»Ja, hier spricht Pricilla Smith«, sagte das Mädchen.

Nach einem Augenblick wandte sie sich ihm wieder zu.

»Könnten Sie mich jetzt vielleicht entschuldigen? Ein Privatgespräch.«

Er begriff und ging hinaus, den Flur entlang. Er fand ein Büro ohne Namensschild, betrat es und schlief auf der Couch ein.

II

Am späten Nachmittag kehrte er in Jack Berners' Vorzimmer zurück. Er hatte eine Idee: Ein Mann trifft ein Mädchen in einem Büro und glaubt, sie sei eine Stenosekretärin, es stellt sich aber heraus, dass sie Autorin ist. Trotzdem engagiert er sie als Sekretärin, und sie fahren dann zusammen in die Südsee. Das war ein Anfang, es war etwas, was man Jack erzählen konnte, dachte er – und, dabei an Pricilla Smith denkend, polierte er einige alte Praktiken auf, die er schon seit Jahren nicht mehr in Aktion gesehen hatte.

Dabei echauffierte er sich richtiggehend; einen Augenblick lang fühlte er sich wieder ganz jung, er ging im Vorzimmer auf und ab und probte im Geiste die erste Sequenz. »Wir haben hier also eine Situation wie in *It Happened One Night* – aber in neu. Ich stell mir Hedy Lamarr vor, wie sie …«

Oh, er wusste, wie man mit diesen Burschen sprach, wenn man bis zu ihnen vorgedrungen war. Und etwas zu sagen hatte.

»Hat Mr. Berners noch immer keine Zeit?«, fragte er zum fünften Male.

»Leider nein, Mr. Hobby. Mr. Bill Costello und Mr. Bach sind bei ihm.«

Er überlegte blitzschnell. Jetzt war es halb sechs. Früher war er manchmal einfach in ein Büro hineingeplatzt und hatte eine Idee verkauft, eine Idee, die dann mehrere Riesen wert war, weil er den richtigen Augenblick erwischt hatte, wenn alle das, was sie gerade taten, herzlich satthatten.

Voller Unschuld ging er hinaus und zu einer anderen Tür des Korridors. Diese Tür, so viel wusste er, führte durch ein Badezimmer direkt in Jack Berners' Büro. Er holte tief Atem und stürzte sich mitten hinein …

»… also, so stell ich mir das ungefähr vor«, fasste er nach fünf Minuten zusammen. »Nur so eine Idee, alles noch nicht richtig ausgearbeitet, aber ihr könntet mir ein Büro geben und ein Mädel, und in drei Tagen hätte ich was für euch, und zwar in Schwarz auf Weiß.«

Berners, Costello und Bach brauchten nicht einmal Blicke zu wechseln. Berners sprach für alle, als er freundlich, aber bestimmt sagte:

»Das ist noch keine Idee, Pat. Dafür kann ich Sie nicht auf die Gehaltsliste setzen.«

»Arbeiten Sie's doch zu Hause noch ein bisschen durch«, schlug Bill Costello vor. »Danach sehen wir dann weiter. Wir brauchen Ideen – besonders über den Krieg.«

»Mit Gehalt denkt sich's besser«, sagte Pat.

Es trat Stille ein. Costello und Bach hatten mit ihm getrunken, hatten mit ihm gepokert, waren mit ihm zum Pferderennen gegangen. Sie wären ehrlich froh gewesen, ihn irgendwo untergebracht zu wissen.

»Über den Krieg, was?«, sagte er düster. »Nur noch Krieg, Krieg, Krieg, egal, wie oft ein Mann im Vorspann erwähnt wurde. Wisst ihr, woran mich das erinnert? Das erinnert mich an einen berühmten Maler, den sie aufs Abstellgleis geschoben haben. Es ist Krieg, und er ist nutzlos – ein Mensch, der nur im Wege steht.« Er begann, sich für diese Konzeption seiner selbst zu erwärmen, »… aber die ganze Zeit karren die Leute *seine eigenen Gemälde* durch die Gegend, weil sie das Einzige sind, was sich zu retten noch lohnt. Und lassen ihn nicht mal dabei helfen. Daran erinnert mich das.«

Wieder trat für Augenblicke Stille ein.

»Das ist keine schlechte Idee«, sagte Bach nachdenklich. Er wandte sich an die anderen. »Oder? So für sich genommen?«

Bill Costello nickte.

»Ganz und gar nicht schlecht. Und ich weiß auch schon, wo wir das einhängen können. Genau am Ende der vierten Sequenz. Wir machen den ollen Ames einfach zum Maler.«

Und sogleich sprachen sie in Zahlen.

»Dafür gebe ich Ihnen zwei Wochen«, sagte Berners zu Pat. »Zu zwei fünfzig.«

»Zwei fünfzig!«, protestierte Pat. »Es gab Zeiten, da habt ihr mir zehnmal so viel gezahlt.«

»Das war vor zehn Jahren«, erinnerte ihn Jack. »Tut mir leid. Mehr läuft beim besten Willen nicht.«

»Bei euch komme ich mir vor wie dieser alte Maler, der ...«

»Nun verkaufen Sie's nicht gleich zweimal«, sagte Jack lächelnd und erhob sich. »Sie sind auf der Gehaltsliste.«

Pat ging hinaus, hastig und zuversichtlichen Auges. Ein halber Riese – damit wäre er einen Monat lang aus dem Gröbsten heraus, und zwei Wochen konnte man auf drei ausdehnen – manchmal sogar auf vier. Stolz verließ er das Studio durch den Haupteingang und machte erst beim Schnapsladen halt, um sich ein Fläschchen mit aufs Zimmer zu nehmen.

Gegen sieben Uhr sah alles sogar noch besser aus. Morgen vielleicht nach Santa Anita auf die Rennbahn, wenn er einen Vorschuss kriegen konnte. Und heute Abend – heute Abend musste etwas Festliches geschehen. Er empfand einen unvermittelten lustvollen Schub und ging hinunter zur Empfangshalle. Er rief im Studio an und erkundigte sich nach der Nummer von Miss Pricilla Smith. So etwas Hübsches hatte er ja seit Jahren nicht gesehen …

In ihrer Wohnung sprach Pricilla Smith ziemlich bestimmt ins Telefon.

»Es tut mir furchtbar leid«, sagte sie, »aber ich kann wirklich jetzt nicht … Nein … Ich habe die ganze Woche leider keine Zeit.«

Als sie auflegte, sprach Jack Berners, der auf ihrer Couch lag.

»Wer war das denn?«

»Ach, so ein Typ, der heute in mein Büro geschneit kam«, lachte sie, »und mir weismachen wollte, dass man nie ein Buch lesen darf, wenn man es verfilmen will.«

»Das soll ich dir glauben?«

»Aber ja doch. Vielleicht fällt mir auch gleich sein Name wieder ein. Jetzt muss ich dir aber erst mal die Idee erzählen, die ich heute Morgen hatte. Ich habe da ein Foto in einer Illustrierten gesehen; da wurden Kunstwerke von der Tate-Galerie in London verpackt. Und da habe ich mir gedacht …«

»Kochend heißes Wasser – jede Menge kochend heißes Wasser!«

Pat Hobby saß in seinem Büro im Autorentrakt und betrachtete die Ausbeute eines Vormittags, die gerade aus der Script-Abteilung zurückgeschickt worden war. Er »redigierte«, und das war der einzige Job, den er heutzutage noch bekam. In Blitzesschnelle sollte er eine völlig verhauene Sequenz reparieren, aber das Wort »Blitzesschnelle« konnte ihn weder inspirieren noch einschüchtern, denn Pat war bereits seit seinem dreißigsten Lebensjahr in Hollywood; und jetzt war er neunundvierzig. Die ganze Arbeit dieses Vormittags (abgesehen davon, dass er einige Zeilen vertauscht hatte, um sie als die seinen ausgeben zu können), alles also, was er bisher erfunden hatte, war ein einziger imperativer Satz, von einem Arzt ausgesprochen.

»Kochend heißes Wasser – jede Menge kochend heißes Wasser!«

Das war eine gute Zeile. Sie war ihm – bereits völlig ausgereift – in den Sinn gekommen, als er das Script zum ersten Mal gelesen hatte. Damals, in der Stummfilmzeit, hätte Pat sie als Zwischentitel verwendet und damit seinen Dialogsorgen ein schnelles Ende bereitet, aber er brauchte das eine oder andere gesprochene Wort für andere handelnde Personen. Nichts passierte.

»Kochend heißes Wasser«, wiederholte er bei sich, »jede Menge kochend heißes Wasser!«

Das Wort »kochend« rief bei ihm den schnellen und frohen Gedanken an die Kantine hervor. Auch Ehrerbietung spielte in diese Gedankenverbindung hinein, denn für einen alten Hasen wie Pat war es schon immer wichtiger gewesen, mit wem man beim Mittagessen an einem Tisch saß, als was man in seinem Büro diktierte. Dies war, wie er oft sagte, keine Kunstform, sondern eine Industrie.

»Dies ist keine Kunstform«, teilte er Max Leam mit, der in aller Ruhe auf dem Flur ein Eiswasser trank, »sondern eine Industrie.«

Max hatte ihm – gerade noch rechtzeitig – die rettenden drei Wochen verschafft.

»Sagen Sie mal, Pat, haben Sie schon irgendwas zu Papier gebracht?«

»Ich würde sagen, ich habe etwas, da …« Er beschrieb eine gebräuchliche biologische Funktion, und zwar mit der eher beunruhigenden Versicherung, dies alles werde in einem Lichtspielhaus stattfinden.

Max versuchte, den Grad seiner Ernsthaftigkeit abzuschätzen, und fragte: »Wollen Sie's mir mal vorlesen?«

»Noch nicht. Aber es hat wieder den alten Biss, falls Sie wissen, was ich damit meine.«

Max war voller Zweifel.

»Na, dann nur zu. Und wenn Sie auf irgendwelche medizinischen Probleme stoßen, fragen Sie den Arzt in der Ambulanz. Soll ja schließlich alles stimmen.«

Unübersehbar flackerte der Geist von Pasteur in Pats Augen.

»Es wird alles stimmen.«

Es war ein gutes Gefühl, mit Max über das Gelände zu wandeln; es war so gut, dass er beschloss, sich an die Fersen des Produzenten zu heften und neben ihm am Großen Tisch zu sitzen. Doch Max vereitelte diesen Plan, indem er »bis dann« gurrte und zum Friseur entwich.

Einst war Pat am Großen Tisch ein gewohnter Anblick gewesen; wie oft hatte er in der Blüte seiner Jugend mit den leitenden Herren in ein und derselben Kantine diniert! Da er noch zum Hollywood der ersten Stunde gehörte, verstand er ihre Witze, ihre Eitelkeiten, ihre Gesellschaftsordnung mit ihren flinken Wechselfällen. Aber jetzt waren zu viele neue Gesichter am Großen Tisch – Gesichter, die ihn mit dem umfassenden Argwohn Hollywoods anblickten. Und an den kleinen Tischen saßen die jungen Autoren, und die schienen ihre Arbeit schrecklich ernst zu nehmen. Und wenn man dann doch nur *irgendwo* saß – mit Sekretärinnen oder Komparserie zusammen –, konnte Pat sich gleich eine Stulle an der Ecke besorgen.

Er machte einen kleinen Abstecher zur Ambulanz und fragte nach dem Arzt. Ein Mädchen, eine Krankenschwester, gab ihm vom Waschbeckenspiegel aus Bescheid, vor welchem sie sich gerade hastig die Lippen nachzog: »Er ist nicht da. Worum geht es denn?«

»Oh. Dann komme ich später wieder.«

Jetzt war sie fertig und drehte sich um – lebendig und jung, ein tröstliches Lächeln auf den Lippen.

»Miss Stacey wird Ihnen helfen. Ich wollte essen gehen.«

Da war es wieder, das alte, alte Gefühl, ein Überbleibsel

aus der Zeit, als er noch Gattinnen gehabt hatte, das Gefühl, es könne üble Folgen haben, wenn man diese kleine Schönheit zum Mittagessen einlud. Doch dann fiel ihm schnell ein, dass er im Augenblick gar keine Gattinnen hatte; sie hatten es beide aufgegeben, ihn wegen Unterhaltszahlung zu bedrängen.

»Ich bin gerade an einer Kittelschnulze«, sagte er. »Und da brauche ich Hilfe.«

»An einer Kittelschnulze?«

»Ja. Daran schreibe ich gerade. Die Sorte, wo ein Arzt drin vorkommt. Aber warten Sie mal – ich lasse für Sie ein Mittagessen springen. Und Sie geben mir dafür ein paar medizinische Auskünfte.«

Die Krankenschwester zögerte.

»Ich weiß nicht. Ich bin heute zum ersten Mal auf dem Gelände.«

»Keine Bange«, beruhigte er sie. »Bei Filmgesellschaften geht es demokratisch zu; hier heißt jeder ›Joe‹ oder ›Mary‹ – von den großen Bossen bis zum letzten Komparsen.«

Dies stellte er in geradezu großartiger Manier unter Beweis, als sie zum Essen gingen und er einen männlichen Star begrüßte und zur Belohnung mit voller Namensnennung zurückgegrüßt wurde. Und in der Intendanz-Kantine setzten sie sich ganz nah an den Großen Tisch, und sein Produzent, Max Leam, blickte auf, machte eine kleine Geste, die Einverständnis ausdrücken mochte, und zwinkerte ihm zu.

Die Krankenschwester – sie hieß Helen Earle – spähte eifrig umher.

»Ich sehe ja gar keinen«, sagte sie. »Doch! Da ist Ronald

Colman. Ich hätte nie geglaubt, dass Ronald Colman so aussieht.«

Plötzlich zeigte Pat auf den Fußboden.

»Und da ist Mickey Mouse!«

Sie sprang auf, und Pat lachte über seinen Scherz, aber Helen starrte bereits wieder sternenäugig auf die kostümierten Komparsen, die die Kantine mit den Farben des Rokoko erfüllten. Pat war über ihr Interesse an diesen so überaus unwesentlichen Erscheinungen pikiert.

»Die großen Bosse sitzen hier, einen Tisch weiter«, sagte er feierlich und voller Wehmut. »Die Regisseure und alles, nur die ganz großen Bosse nicht. Für die würde Ronald Colman mit Kusshand Hosen bügeln. Normalerweise sitze ich auch da drüben, aber gegen Damen haben sie etwas. Das heißt, beim Essen haben sie etwas gegen Damen, sonst natürlich nicht.«

»Ach ja«, sagte Helen Earle, höflich, aber uninteressiert. »Ist es nicht wunderbar, Drehbuchautor zu sein? Das ist doch sicher sehr interessant.«

»Doch, doch. Hat durchaus etwas für sich«, sagte er ... und seit Jahren hatte er ein Hundeleben geführt, dachte er.

»Was wollten Sie mich wegen des Arztes fragen?«

Schon wieder Arbeit. In Pats Geist klinkte irgendetwas aus, wenn er an seine Story dachte.

»Also, Max Leam – der Typ schräg gegenüber –, Max Leam und ich haben ein Script über einen Arzt in der Mache. Verstehen Sie? So eine Art Krankenhausfilm.«

»Ich weiß.« Und einen Augenblick später fügte sie hinzu: »Deshalb bin ich ja auch Krankenschwester geworden.«

»Und wir wollen, dass alles *stimmt,* weil hundert Millionen Menschen sich den Streifen kritisch ansehen werden. Also. Der Arzt im ersten Entwurf sagt den anderen Typen, sie sollen Wasser kochen. Er sagt: ›Kochend heißes Wasser – jede Menge kochend heißes Wasser.‹ Und da haben wir uns gefragt, was die Leute nun als nächsten Schritt unternehmen werden.«

»Tja ... wahrscheinlich werden sie das Wasser abkochen«, sagte Helen, und dann sagte sie noch, von der Frage leicht verwirrt: »Was für Leute eigentlich?«

»Na, die Tochter von jemandem und der Mann, der da wohnte, und ein Rechtsanwalt, und der Verletzte.«

Helen versuchte, dies zu verarbeiten, bevor sie antwortete.

»... und noch ein Typ, aber den schneide ich raus«, vervollkommnete er seinen Satz.

Es entstand eine Pause. Die Kellnerin servierte Thunfisch-Sandwiches.

»Wenn ... wenn ein Arzt Anordnungen erteilt, dann sind das Anordnungen«, entschied Helen.

»Hm.« Pats Interesse hatte sich zu einer merkwürdigen kleinen Szene verlagert, die sich am Großen Tisch abspielte, und er fragte geistesabwesend: »Verheiratet?«

»Nein.«

»Ich auch nicht.«

Vor dem Großen Tisch stand ein Komparse. Ein russischer Kosak mit kühnem Schnurrbart. Er hatte die Hand auf die Lehne eines leeren Stuhls zwischen Regisseur Paterson und Produzent Leam gelegt.

»Ist hier noch frei?«, fragte er mit schwerem zentraleuropäischen Akzent.

Plötzlich waren die Blicke aller, die um den Großen Tisch saßen, auf ihn gerichtet. So lange, bis alle annahmen, er sei ein bekannter Schauspieler. Er war es aber nicht; er trug eine der farbenfrohen Uniformen, die im Augenblick das Bild der Kantine beherrschten.

Einer von der Tischrunde sagte: »Besetzt.« Trotzdem zog sich der Mann den Stuhl heran und nahm Platz.

»Irgendwo muss der Mensch schließlich essen«, bemerkte er mit einem Grinsen.

Ein Erschauern ging von Tisch zu Tisch. Pat Hobby glotzte mit weit offenem Munde. Es war, als hätte jemand mit Bleistift Donald Duck aufs *Abendmahl* gemalt.

»Sehen Sie sich das an!«, riet er Helen. »Was werden sie mit ihm machen? Meine Güte.«

Die bestürzte Stille, die auf dem Großen Tisch lastete, wurde durch den Produktionsleiter Ned Harman unterbrochen. »Dieser Tisch ist reserviert«, sagte er.

Der Komparse blickte von seiner Speisekarte auf.

»Mir wurde gesagt, man kann sich überall hinsetzen.«

Er winkte einer Kellnerin; und sie zögerte, in den Gesichtern ihrer Vorgesetzten nach Antworten forschend.

»Komparsen essen hier nicht«, sagte Max Leam, immer noch höflich, »dies ist ein …«

»Essen muss ich was«, sprach störrisch der Kosak. »Ich habe sechs Stunden lang herumgestanden, als dieser himmelschreiende Stuss verbrochen wurde, und jetzt muss ich etwas essen.«

Das Schweigen hatte sich noch ausgebreitet; Pat schien es, als schwebten alle daran Beteiligten in halber Manneshöhe durch die Luft.

Müde schüttelte der Kosak das Haupt.

»Wer diesen Mist verbrochen hat, weiß ich nicht«, sagte er, und Max Leam setzte sich in seinem Stuhl zurecht, »aber es ist die mit Abstand übelste Schote, die je in Hollywood gedreht wurde.«

An seinem Tisch fragte sich Pat, warum denn niemand etwas unternahm? Ihn niederschlug, vom Platz zerrte. Und wenn sie schon selbst nicht den Mumm dazu hatten, könnten sie wenigstens den Werkschutz alarmieren.

»Wer ist denn das?« Unschuldig folgte Helen Earle seinem Blick.

»Jemand, den man kennen sollte?«

Er lauschte aufmerksam der Stimme von Max Leam, und Ärger wallte in ihm auf.

»Steh auf, und mach, dass du weiterkommst, mein Junge, aber ein bisschen plötzlich!«

Die Miene des Komparsen verfinsterte sich.

»Wer sagt das?«, wollte er wissen.

»Augenblick mal.« Max appellierte an die gesamte Tafelrunde. »Wo ist Cushman … Wo ist der Personalchef?«

»Wenn Sie mich rausschmeißen wollen«, sagte der Komparse, »genügt eine einzige falsche Bewegung«, und er hob den Griff seines Säbels über die Tischplatte, so dass ihn alle deutlich sehen konnten, »und Sie kriegen diesen hier übers Ohr gesemmelt. Ich kenne meine Rechte.«

Das Dutzend Männer, welches um den Tisch saß und je tausend Dollar pro Stunde repräsentierte, war wie vom Donner gerührt. Weit hinten an der Tür bekam einer der Werkschutzleute Wind von den Geschehnissen und begann, sich mit den Ellenbogen einen Weg durch die überfüllte Kantine zu bahnen. Und sehr bald war auch Big Jack Wilson zur Stelle, ebenfalls ein Regisseur, im Begriff, um den Großen Tisch herumzugehen.

Doch alle kamen zu spät; Pat Hobby hatte es nicht mehr ausgehalten. Er war aufgesprungen und hatte ein schweres Serviertablett vom benachbarten Büfett gerissen. Mit zwei Sätzen hatte er den Brennpunkt des Geschehens erreicht und rammte das Tablett mit all der Stärke, die neunundvierzig Lenze zuließen, auf den Kopf des Komparsen. Der Komparse, der sich erhoben hatte, um Wilsons Androhungen besser gerüstet entgegentreten zu können, bekam den Schlag in voller Wucht auf Gesicht und Schädeldecke, und als er zusammenbrach, quollen dutzendweise rote Rinnsale unter der dick aufgetragenen Fettschminke hervor. Zwischen zwei Stühlen knallte er auf den Fußboden.

Über ihm stand Pat. Keuchend, das Tablett in Händen.

»Diese dreckige Ratte!«, schrie er. »Der glaubt ja wohl, er kann sich hier alles …«

Der Mann vom Werkschutz kam herangedrängelt; Wilson schob sich ebenfalls näher; vom Nebentisch eilten zwei bestürzte Männer herbei, um die Situation zu überprüfen.

»Mensch, das war doch nur ein Gag!«, brüllte einer von ihnen. »Das ist Walter Henrick, der Autor! Das ist sein Film.«

»Mein Gott!«

»Er wollte Max Leam einen Streich spielen. Das war ein Gag! Wenn ich's euch doch sage!«

»Bringt ihn weg … Holt einen Arzt … Obacht, dahinten!«

Nun war selbst Helen Earle alarmiert; Walter Henrick wurde auf ein Stück freien Kantinenfußbodens gezerrt, und alles gellte: »Wer war's? Wer hat ihn umgelegt?«

Pat ließ das Tablett auf einen Stuhl fallen, doch dieses Geräusch ging in der allgemeinen Verwirrung unter.

Er sah, wie Helen Earle sich behende mit einem Stapel sauberer Papierservietten am Kopf des Mannes zu schaffen machte.

»Aber warum haben sie *ihn* umgelegt?«, rief jemand.

Pat versuchte, Max Leams Blick zu erhaschen, aber zufällig blickte Max gerade in eine ganz andere Richtung, und Pat empfand wieder jenes gewisse Gefühl. Das Gefühl hatte er immer, wenn er glaubte, es werde unrecht getan. Er, in der Krise, ganz auf sich gestellt, er hatte *gehandelt.* Was ihn betraf, so hatte er wie ein Mann gewirkt, während sich diese Angeber beleidigen und verhöhnen ließen. Und nun dieses – nur, weil Walter Henrick mächtig und beliebt war, ein Mensch, der dreitausend die Woche wert war und die großen Shows in New York schrieb. Und dabei sollte man dann merken, dass das Ganze nur ein Gag ist?

Inzwischen war ein Arzt erschienen. Pat sah, wie er etwas zur Kantinenwirtin sagte, und ihre schrille Stimme sandte die Kellnerinnen wie Herbstlaub in die Küche.

»Kochend heißes Wasser – jede Menge kochend heißes Wasser!«

Wild und unwirklich stürmten diese Worte auf Pats bedrängte Seele ein. Doch obwohl er wusste, was als Nächstes zu erwarten war, war es ihm unmöglich, den ersten Schritt zu tun.

Pat Hobby und das Genie

I

Ich wusste, was auf mich zukommt, als ich Sie anforderte«, sagte Jack Berners, »aber es geht hier um einen Job, bei dem Sie sich möglicherweise nützlich machen könnten.«

Obwohl Pat Hobby nicht beleidigt war, weder als Mann noch als Autor, hielt er einen formellen Protest für angebracht.

»Ich bin seit fünfzehn Jahren in der Branche, Jack. Mein Name steht in mehr Vorspannen, als ein Hund Flöhe hat.«

»Ich hätte mich vielleicht anders ausdrücken sollen«, sagte Jack. »Ich meine ja auch nur, dass das schon lange her ist. Und was das Geld betrifft – wir zahlen Ihnen dasselbe wie Republic letzten Monat – dreifünfzig die Woche. Also. Haben Sie jemals etwas von René Wilcox gelesen?«

Der Name war ihm unbekannt. Pat hatte in der letzten Dekade kaum ein Buch aufgeschlagen.

»Sie ist nicht schlecht«, behauptete er kühn.

»Es handelt sich um einen Mann, um einen englischen Dramatiker. Er ist nur wegen seiner Gesundheit hier in L. A. Und nun haben wir seit einem Jahr einen russischen Ballettfilm in der Schmiede – drei lausige Rohentwürfe. Da haben wir vorige Woche René Wilcox unter Vertrag genommen; er schien uns der richtige Mann dafür.«

Pat überlegte.

»Ist der etwa …«

»Ich weiß es nicht, und ich will es auch nicht wissen«, unterbrach Berners scharf. »Wir können wahrscheinlich die Zorina ausborgen und wollen das Ganze deshalb ein bisschen beschleunigen – gleich ein fertiges Drehbuch und nicht erst eine Rohfassung. Wilcox hat noch keine Erfahrung, und so sind wir auf Sie verfallen. Sie waren doch mal ein ganz guter Mann für Handlungsstruktur.«

»Ich *war* mal?«

»Schon gut, vielleicht sind Sie es immer noch.« Jack glühte vor flüchtiger Kameradschaft. »Suchen Sie sich ein Büro, und tun Sie sich mit Wilcox zusammen.« Als Pat sich zum Gehen anschickte, rief er ihn zurück und drückte ihm eine Banknote in die Hand. »Zuallererst legen Sie sich mal einen neuen Hut zu. Sie waren doch früher so ein toller Hirsch bei den Sekretärinnen. Mit neunundvierzig gibt man doch noch nicht auf!«

Im Autorentrakt musterte Pat den Wegweiser in der Empfangshalle und klopfte dann an die Tür mit der Nummer 216. Es kam keine Antwort, aber er trat ein und entdeckte einen schlanken, blonden Jüngling von fünfundzwanzig Lenzen, der bedrückt aus dem Fenster starrte.

»Tag, René!«, sagte Pat. »Ich bin Ihr Partner.«

Wilcox' Gesichtsausdruck verriet nicht, ob er ihn überhaupt wahrgenommen hatte, aber Pat fuhr aus übervollem Herzen fort: »Ich höre, wir sollen denen die Karre aus dem Dreck ziehen. Schon mal im Team gearbeitet?«

»Ich habe noch nie für den Film gearbeitet.«

Dies erhöhte zwar Pats Chancen auf eine Erwähnung im Vorspann, die er so sehr brauchte, bedeutete aber auch, dass er würde arbeiten müssen. Der bloße Gedanke daran machte ihn durstig.

»Das ist etwas völlig anderes als Theaterstücke schreiben«, gab er Wilcox mit angemessenem Nachdruck zu verstehen.

»Ja … ich habe ein Buch darüber gelesen.«

Fast hätte Pat gelacht. 1928 hatte er zusammen mit einem anderen Typ so eine Idiotenfalle ausgeheckt, *Wie schreibe ich ein Drehbuch?* Das Buch wäre auch gut gegangen, wenn nicht plötzlich der Tonfilm aufgekommen wäre.

»Es sieht doch eigentlich ganz einfach aus«, sagte Wilcox. Plötzlich nahm er seinen Hut vom Haken. »Ich hab's eilig.«

»Wollen Sie nicht mit mir über das Script sprechen?«, fragte Pat. »Wie weit sind Sie denn schon?«

»Ich habe noch gar nicht daran gearbeitet«, sagte Wilcox bedächtig. »Berners, dieser Schwachkopf, hat mir irgendeinen Mist gegeben und gesagt, ich sollte von dort aus weitermachen. Es ist aber zu grässlich.« Seine blauen Augen verengten sich. »Sagen Sie mal, was bedeutet ›Mikrogalgen‹ in der Regieanweisung?«

»Mikrogalgen? Das ist eine Aufnahme von oben.«

Pat beugte sich über den Schreibtisch und griff sich einen blau eingebundenen »Entwurf«. Auf dem Umschlag stand:

BALLETTSCHUHE

Ein Entwurf

von

Consuela Martin

Erste Fassung nach einer Idee

von Consuela Martin

Pat überflog Anfang und Ende.

»Mir wäre es lieber, wenn wir den Krieg irgendwo einbauen könnten«, sagte er mürrisch. »Die Tänzerin könnte doch Rotkreuzschwester werden und sich auf diese Weise regenerieren. Verstehen Sie, was ich meine?«

Er erhielt keine Antwort. Pat drehte sich um und sah, wie die Tür sich leise schloss.

Was soll das?, fragte er sich. Wie soll man mit einem Menschen zusammenarbeiten, der einfach abhaut? Wilcox hatte sich nicht einmal angemessen entschuldigt – mit den Rennen in Santa Anita zum Beispiel.

Die Tür öffnete sich wieder, das Gesicht eines hübschen Mädchens zeigte sich leicht verängstigt einen Augenblick lang, sagte »Oh?« und verschwand. Dann kam es zurück.

»Ach, Sie sind das, Mr. Hobby!«, rief sie. »Ich war auf der Suche nach Mr. Wilcox.«

Er versuchte krampfhaft, auf ihren Namen zu kommen, aber sie steuerte ihn von sich aus bei.

»Katherine Hodge. Ich war vor drei Jahren Ihre Sekretärin.«

Er wusste, dass sie einst für ihn gearbeitet hatte, aber im Augenblick konnte er sich nicht daran erinnern, ob das ein tiefergehendes Verhältnis gewesen war. Liebe war es wohl nicht gewesen – aber wie er sie jetzt so betrachtete, schien das ein Versäumnis gewesen zu sein.

»Setzen Sie sich«, sagte Pat. »Sind Sie Wilcox zugeteilt?«

»Ich dachte – er hat mir aber noch keine Arbeit gegeben.«

»Ich glaube, er spinnt«, sagte Pat düster. »Mich hat er gefragt, was ein Mikrogalgen ist. Vielleicht ist er krank … Deswegen ist er ja auch hier. Wahrscheinlich kotzt er uns als Nächstes das ganze Büro voll.«

»Es geht ihm schon wieder besser«, warf Katherine schnell ein.

»Den Eindruck habe ich aber gar nicht. Kommen Sie mit in mein Büro. Heute Nachmittag können Sie für *mich* arbeiten.«

Pat lag auf seiner Couch, während ihm Miss Katherine Hodge das Script von *Ballettschuhe* vorlas. Etwa in der Mitte der zweiten Sequenz schlief er ein, den neuen Hut auf der Brust.

II

Bis auf den Hut war dies genau die Stellung, in der er René am nächsten Vormittag um elf vorfand. Und so ging es drei Tage lang weiter: Mal schlief der eine, mal der andere; oft schliefen beide. Am vierten Tage hielten sie mehrere Besprechungen ab, in deren Verlauf Pat wieder seine Vorstellung vom Kriege als regenerierender Anstalt für Balletteusen vortrug.

»Könnten wir einmal *nicht* über den Krieg sprechen?«,

schlug René vor. »Meine beiden Brüder sind bei den Royal Guards.«

»Da haben Sie Glück, dass Sie hier in Hollywood sind.«

»Möglich.«

»Und was für eine Idee haben Sie für den Anfang?«

»So, wie er jetzt ist, gefällt mir der Anfang gar nicht. Er erfüllt mich mit nahezu physischem Ekel.«

»Also brauchen wir etwas anderes. Deshalb wollte ich doch den Krieg ...«

»Ich komme noch zu spät zum Essen«, sagte René Wilcox. »Wiedersehen, Mike.«

Pat maulte Katherine Hodge an:

»Er kann mich nennen, wie er will, aber jemand muss diesen Film schreiben. Ich würde ja zu Jack Berners gehen und ihm alles sagen – aber ich glaube, dann fliegen wir beide hochkantig raus.«

Er kampierte zwei weitere Tage lang in Renés Büro und versuchte, ihn zu Aktionen zu provozieren, doch war ihm kein Erfolg beschieden. Am nächsten Tag vollends verzweifelt – der Dramatiker war nicht einmal im Studio erschienen –, nahm Pat eine Benzedrin-Tablette und attackierte die Geschichte auf eigene Faust. Mit dem Entwurf in der Hand das Büro abschreitend, diktierte er Katherine, wobei er eine kurzgefasste, von Vorurteilen entstellte Geschichte seines Lebens in Hollywood in Einsprengseln unter das Diktat mengte. Als der Tag zu Ende ging, hatte er zwei Seiten Manuskript.

Die folgende Woche war die härteste Woche seines Lebens – keine freie Minute, um es bei Katherine Hodge wenigstens mal zu versuchen. Nach und nach geriet sein arg mitgenommener Leib in Bewegung. Morgens weckten ihn Benzedrin und mehrere Liter Kaffee, nachts ließ er sich von Whiskey narkotisieren. In den Füßen machte sich eine alte Nervenentzündung wieder bemerkbar, und während seine Nerven zu knistern begannen, entwickelte er einen Hass auf René Wilcox, der ihm als eine Art Ersatz-Energie diente. Er wollte das Script ganz allein fertigstellen und es Berners mit der Bemerkung überreichen, Wilcox habe keine einzige Zeile dazu beigetragen.

Aber es war zu viel; mit Pat war es bereits zu weit gediehen. Als er das Script zur Hälfte fertig hatte, hielt er es nicht mehr aus und unternahm einen vierundzwanzigstündigen Bummel – um am nächsten Morgen ins Studio zurückzukehren und eine Notiz vorzufinden, die besagte, Mr. Berners wolle das fertige Script um vier sehen. Es war Pat elend und konfus zumute, als die Tür geöffnet wurde und René Wilcox eintrat, ein Typoscript in der einen, Berners' Nachricht in der anderen Hand.

»Alles klar«, sagte Wilcox. »Ich hab's fertig.«

»Was? Haben Sie *gearbeitet?«*

»Ich arbeite immer nachts.«

»Was haben Sie gemacht? Einen Rohentwurf?«

»Nein, ein Drehbuch. Zuerst hatte ich noch zu viele persönliche Sorgen, aber dann war es ganz einfach. Man stellt sich einfach hinter die Kamera und fängt an zu träumen.«

Pat erhob sich entsetzt.

»Aber wir sollten doch zusammenarbeiten. Jack wird außer sich sein.«

»Ich arbeite schon immer allein«, sagte Wilcox freundlich. »Heute Nachmittag erkläre ich es Berners.«

Pat war benommen. Wenn Wilcox' Script gut war? Aber wie sollte ein erstes Script gut sein? Wilcox hätte es ihm zeigen können, während er daran arbeitete; *dann* hätte etwas Vernünftiges dabei herauskommen können.

Die Angst brachte seinen Geist auf Touren; seit er diesen Auftrag übernommen hatte, war dies sein erster eigener Einfall. Er rief in der Script-Abteilung an und forderte Katherine Hodge an. Als sie kam, sagte er ihr, was er von ihr wollte. Katherine zögerte.

»Ich will es doch nur *lesen*«, sagte Pat hastig. »Wenn Wilcox in seinem Büro ist, können Sie es natürlich nicht holen. Aber vielleicht ist er gar nicht da.«

Er wartete nervös. Nach fünf Minuten war sie mit dem Script zurück.

»Es ist noch nicht abgezogen und auch noch nicht gebunden«, sagte sie.

Er saß an der Schreibmaschine und tippte zitternd mit zwei Fingern einen Brief.

»Kann ich Ihnen helfen?«, fragte sie.

»Suchen Sie mir einen neutralen Briefumschlag, eine gebrauchte Briefmarke und etwas Klebstoff.«

Pat klebte den Brief eigenhändig zu und gab seine Anweisungen:

»Lauschen Sie mal an Wilcox' Bürotür. Wenn er drin ist, schieben Sie den Brief unter der Tür durch. Wenn er weg ist, schnappen Sie sich einen Boten; der soll ihn ihm zustellen. Sagen Sie, er kommt aus der Expedition. Und dann verschwinden Sie besser für diesen Nachmittag vom Gelände. Damit er nichts merkt, kapiert?«

Als sie hinausging, wünschte Pat, er hätte eine Kopie des

Briefes behalten. Er war stolz auf sein Werk; es hatte einen Anklang authentischen Ernstes, der seinen Arbeiten sonst allzu oft fehlte.

Lieber Mr. Wilcox,
es tut mir leid, Ihnen mitteilen zu müssen, dass Ihre beiden Brüder heute vor dem Feind gefallen sind. Sie sind das Opfer einer Thompson-MPi mit hoher Reichweite geworden. Sie, Mr. Wilcox, werden jetzt unverzüglich in England gebraucht.

John Smythe
Britisches Konsulat, New York

Doch Pat war klar, dass jetzt nicht die Zeit für Eigenlob war.

Er öffnete das Script von Wilcox.

Zu seiner namenlosen Verwunderung war es technisch perfekt. Überblendungen, Abblenden, Schnitte, Totalen und Fahrten waren völlig korrekt angegeben. Das machte alles viel einfacher. Er wandte sich wieder der ersten Seite zu und schrieb als Überschrift:

BALLETTSCHUHE
Zweite Fassung
von Pat Hobby und René Wilcox

doch das änderte er schnell um:

von René Wilcox und Pat Hobby

Dann brachte er in verbissener Arbeit mehrere Dutzend kleinerer Änderungen an. Er ersetzte das Wort »Verdufte!« durch »Geh mir aus den Augen!«, er schrieb »in der Bredouille« statt »in Nöten«, und für »Das wirst du bereuen!« wählte er das treffende »Oder ich ...!« Dann rief er in der Script-Abteilung an.

»Hier ist Pat Hobby. Ich habe mit René Wilcox an einem Script gearbeitet, und Mr. Berners möchte, dass es bis halb vier abgezogen ist.«

Damit hätte er eine Stunde Vorsprung vor seinem nichtsahnenden Mitarbeiter gewonnen.

»Ist es dringend?«

»Das will ich meinen.«

»Dann müssen wir mehrere Mädchen dafür einteilen.«

Pat vervollkommnete das Script weiter, bis der Bote erschien. Er wollte noch seinen Einfall mit dem Krieg einbauen, aber die Zeit drängte. Trotzdem befahl er dem Boten, sich zu setzen, während er mühevoll mit Bleistift auf die letzte Seite schrieb:

NAH: *Boris und Rita*
Rita: *Was kümmert uns das jetzt noch! Ich habe mich freiwillig als Rotkreuzschwester gemeldet.*
Boris (bewegt): *Der Krieg reinigt und regeneriert!*
(Er umarmt sie hitzig. Die Musik braust auf. AUSBLENDEN.)

Von seiner Anstrengung matt und erschöpft, brauchte er jetzt einen Drink, und so verließ er das Studiogelände und glitt vorsichtig in die Bar gegenüber, wo er einen Gin mit Wasser bestellte. Mit der ersten Glut des Alkohols kehrten warme Gedanken in seinem Hirn ein. Er hatte das, wozu man ihn angeheuert hatte, *fast* ausgeführt – obwohl er nun weniger die Handlungsstruktur als die Dialoge betreut hatte. Aber woran sollte Berners merken, dass die Struktur nicht von Pat stammte? Katherine Hodge würde nichts sagen – aus Angst, in die Sache verwickelt zu werden. Sie alle hatten Schuld, am meisten jedoch René Wilcox, weil er sich geweigert hatte, das Spiel mitzuspielen. Er, Pat, hatte, so fand er, immer mitgespielt.

Er nahm noch einen Drink, kaufte sich Pastillen für reinen Atem und vergnügte sich noch ein Weilchen am Spielautomaten im Drugstore. Louie, der Studio-Buchmacher, fragte ihn, ob er an einem größeren Einsatz interessiert sei.

»Heute nicht, Louie.«

»Wie viel zahlen sie dir, Pat?«

»Tausend die Woche.«

»Gar nicht übel.«

»Weißt du, viele von der alten Garde sind wieder stark im Kommen«, prophezeite Pat. »In der Stummfilmzeit kriegte man doch noch die richtige Ausbildung; die Regisseure filmten zack, zack aus dem Ärmel und brauchten in Sekundenbruchteilen einen Gag. Was dagegen heutzutage verlangt wird, schafft jede trübe Tasse spielend. Jetzt beschäftigen sie schon englische Oberlehrer beim Film! Keine Ahnung, die Leute.«

»Wie wär's denn mit ein paar Moppen auf ›Quaker Girl‹?«

»Nein«, sagte Pat. »Heute Nachmittag habe ich eine größere Sache fertigzumachen. Da will ich mich nicht auch noch mit Pferden belasten.«

Um Viertel nach drei kehrte er in sein Büro zurück und fand zwei Kopien seines Scripts mit strahlend neuem Einband vor.

BALLETTSCHUHE

von

René Wilcox und Pat Hobby

Zweite Fassung

Es beruhigte ihn, seinen Namen in Maschinenschrift zu sehen. Während er in Jack Berners' Vorzimmer wartete, hätte er die Reihenfolge am liebsten wieder geändert. Mit dem richtigen Regisseur konnte dies leicht ein zweites *It Happened One Night* werden, und wenn sein Name bei so etwas im Vorspann stand, dann bedeutete das drei bis vier Jahre des Luxus. Doch diesmal würde er sein Geld zusammenhalten – höchstens einmal die Woche nach Santa Anita; dazu vielleicht noch ein Mädchen in der Machart von Katherine Hodge, das nicht gleich eine Traumvilla in Beverly Hills erwartet.

Berners' Sekretärin unterbrach seine Schwärmerei und sagte ihm, er könne jetzt hinein. Als er eintrat, sah er mit Genugtuung, dass ein Exemplar des neuen Scripts auf Berners' Schreibtisch lag.

»Waren Sie jemals«, fragte Berners unvermittelt, »bei einem Psychiater?«

»Nein«, gab Pat zu. »Aber ich glaube schon, dass ich mich in den Stoff einarbeiten könnte. Ist das ein neuer Auftrag?«

»Wohl kaum. Ich hatte nur den Eindruck, dass Sie sich

nicht mehr ganz im Griff haben. Sogar ein Bagatelldiebstahl erfordert ein gewisses Maß an Geschicklichkeit. Ich habe gerade mit Wilcox telefoniert.«

»Wilcox muss verrückt sein«, sagte Pat aggressiv. »Ich habe doch von Wilcox nichts geklaut. Steht sein Name vorne drauf, oder steht sein Name nicht vorne drauf? Vor zwei Wochen habe ich die gesamte Struktur festgelegt – jede einzelne Szene. Eine ganze Szene habe ich sogar selbst geschrieben – am Schluss, die Sache mit dem Krieg.«

»Der Krieg, natürlich ...«, sagte Berners, als dächte er an etwas ganz anderes.

»Aber wenn Ihnen natürlich Wilcox' Schluss besser gefällt ...«

»Ja, sein Schluss gefällt mir besser. Ich habe noch nie einen Menschen erlebt, der diese Arbeit so schnell begriffen hat.« Er hielt inne. »Pat, seitdem Sie dieses Zimmer betreten haben, haben Sie ein einziges Mal die Wahrheit gesagt ... Und das war, als Sie sagten, Sie hätten Wilcox nichts geklaut.«

»Habe ich auch nicht. Ich habe ihm Stoff *verschafft.*«

Doch es befiel ihn eine gewisse Ödnis, eine graue *malaise,* als Berners fortfuhr:

»Ich hatte Ihnen gesagt, dass wir drei Scripts haben. Sie haben ein altes benutzt, das wir vor einem Jahr auf den Müll geschmissen haben. Wilcox war in seinem Büro, und als Ihre Sekretärin aufkreuzte, hat er Ihnen eins geschickt. Schlau, was?«

Pat war sprachlos.

»Sehen Sie, die beiden mögen sich. Anscheinend hat sie letzten Sommer ein Theaterstück für ihn abgetippt.«

»Die mögen sich«, sagte Pat ungläubig. »Ich dachte, er ist …«

»Mal ganz ruhig, Pat. Sie hatten heute schon genug Ärger.«

»Das ist seine Schuld«, schrie Pat. »Er wollte nicht mit mir zusammenarbeiten … und die ganze Zeit …«

»… hat er an einem hervorragenden Script geschrieben. Und wenn wir ihn überreden können, dass er hierbleibt und noch so eins schreibt, kann er so viel verlangen, wie er will.«

Mehr konnte Pat nicht ertragen. Er stand auf.

»Trotzdem vielen Dank, Jack«, stammelte er. »Rufen Sie meinen Agenten an, wenn sich was ergibt.« Dann stürzte er plötzlich und unerwartet zur Tür.

Jack Berners drückte auf der Gegensprechanlage die Taste des Firmenpräsidenten.

»Haben Sie schon mal reingeschaut?«, fragte er mit einem Ton des Eifers.

»Es ist großartig. Besser, als Sie sagten. Wilcox ist gerade bei mir.«

»Haben Sie ihn unter Vertrag genommen?«

»Ich bin dabei. Anscheinend will er mit Hobby zusammenarbeiten. Reden Sie mal mit ihm.«

Wilcox' ziemlich hohe Stimme kam über den Draht.

»Ich muss diesen Mike Hobby haben«, sagte er. »Bin ihm ja so dankbar. Hatte einen Streit mit einer gewissen jungen Dame, aber heute hat Hobby uns wieder zusammengebracht. Außerdem will ich ein Stück über ihn schreiben. Also geben Sie ihn mir – ihr braucht ihn doch sowieso nicht mehr.«

Berners sprach mit seinem Vorzimmer.

»Treiben Sie Pat Hobby wieder auf. Wahrscheinlich ist er in der Bar gegenüber. Wir setzen ihn wieder auf die Gehaltsliste, aber wir werden es bereuen.«

Er schaltete die Gegensprechanlage aus und schaltete sie gleich wieder ein.

»Ach, bringen Sie ihm auch seinen Hut mit. Er hat seinen Hut vergessen.«

Pat Hobby und Orson Welles

I

Wer ist dieser Welles?«, fragte Pat Louie, den Studio-Buchmacher. »In jeder Zeitung steht was über diesen Welles.«

»Das ist der Typ mit dem Bart«, erläuterte Louie.

»Klar. Dass er diesen Bart hat, weiß ich. Ist ja auch kaum zu übersehen. Aber was hat er sonst geleistet? Was hat er vollbracht, dass er jetzt hundertfünfzig Riesen pro Film verdient?«

Allerdings. Was? Hatte er, wie Pat, mehr als zwanzig Jahre in Hollywood verbracht? Hatte er etwa Erwähnungen im Vorspann, die den Betrachter erblinden lassen mussten? Und zwar über einen Zeitraum hinweg, der sich bis … nun, bis vor fünf Jahren erstreckte, als die Erwähnungen seltener und dünner zu werden begannen?

»Die halten sich nicht lange«, tröstete Louie. »Wir haben erlebt, wie sie kamen; wir haben erlebt, wie sie wieder gingen. Stimmt's, Pat?«

O doch. Aber inzwischen konnten sich jene, die im Schweiße ihres Angesichts im Weinberg des Herrn geschuftet hatten, glücklich preisen, wenn sie hin und wieder ein paar Wochen zu dreifünfzig das Stück abstauben konnten. Männer, die einst Gattinnen besessen hatten, Filipinos und Swimmingpools.

»Vielleicht ist es der Bart«, sagte Louie. »Vielleicht sollten wir uns beide einen Bart stehen lassen. Mein Vater hatte auch einen Bart, aber der hat ihn aus der Grand Street auch nicht rausgerissen.«

Durch alle Widrigkeiten hindurch hatte Pat sich die Gabe der Hoffnung bewahrt; und der wertvollste Verbündete der Hoffnung war die menschliche Nähe. Vor allen Dingen musste man in der Nähe sein, wenn sich der verglaste, matte Geist eines Produzenten an der Frage »Wer?« festgehakt hatte. Also verließ Pat sogleich den Drugstore und überquerte die Straße, um sich auf das Filmgelände zu begeben, das seine Heimat war.

Als er durch einen Nebeneingang ging, stand ihm ein ungewohnter Werkschutzmann im Wege.

»Nur noch durch den Haupteingang.«

»Ich bin der Autor Hobby«, sagte Pat.

Der Kosak war nicht beeindruckt.

»Ausweis?«

»Ich stehe gerade zwischen zwei Filmen. Aber ich bin mit Jack Berners verabredet.«

»Haupteingang.«

Im Gehen sagte Pat Hobby noch: »Blöder Keystone-Cop!« Im Geiste schoss er die Sache mit ihm aus. Plopp! in den Bauch. Plopp! plopp! plopp!

Am Haupteingang sah er ebenfalls ein neues Gesicht.

»Wo ist Ike?«, fragte Pat.

»Ike ist nicht mehr hier.«

»Macht nichts. Ike lässt mich immer durch.«

»Deswegen ist er auch nicht mehr hier«, sagte der Werkschutzmann einschmeichelnd. »Wer hat Sie herbestellt?«

Pat zögerte. Einen Produzenten störte er nicht gern.

»Rufen Sie in Jack Berners' Büro an«, sagte er. »Aber verlangen Sie nur seine Sekretärin.«

Eine Minute später unterbrach der Mann sein Telefonat.

»Worum geht's denn?«, sagte er.

»Um einen Film.«

Er wartete auf eine Antwort.

»Um was für einen Film, will sie wissen.«

»Verdammt noch mal, dann eben nicht«, sagte Pat angewidert. »Hören Sie: Rufen Sie Louie Griebel an. Was soll denn plötzlich dieser ganze Quatsch?«

»Anordnung von Mr. Kasper«, sagte der Pförtner. »Letzte Woche ist ein Besucher aus Chicago in die Windmaschine gefallen ... ja, hallo? Mr. Louie Griebel?«

»Ich spreche mit ihm«, sagte Pat und nahm den Hörer.

»Da kann ich auch nichts machen, Pat«, trauerte Louie. »Ich hatte heute Morgen selbst Schwierigkeiten, dass sie meinen jungen Mann reinlassen. Irgendein junger Fatzke aus Chicago ist in die Windmaschine gefallen.«

»Was hat das mit mir zu tun?«, fragte Pat mit Vehemenz.

Er ging, ein wenig rascher als gewöhnlich, an den Studiomauern entlang, dem Hintereingang entgegen. Zwar stand auch dort ein Wächter, aber hier herrschte ein ständiges Kommen und Gehen, und er schloss sich einer der Gruppen an. Wenn er erst einmal drin war, würde er Jack treffen und diesen absurden Bann abschütteln. Schließlich hatte er dieses Gelände schon gekannt, als hier die ersten

Schuppen errichtet wurden, als dies noch zur Wüste ge rechnet wurde.

»Entschuldigung, Mister, gehören Sie zu dieser Gesell schaft?«

»Ich hab's eilig«, sagte Pat. »Ich habe meinen Auswei verloren.«

»Ehrlich? Für meinen Geschmack könnten Sie auch ei Schnüffler sein.« Er hielt Pat eine aufgeschlagene Illus trierte unter die Nase: »Ich würde Sie nicht mal reinlassen wenn Sie mir sagten, dass Sie dieser Orson Welles sind.«

II

Es gibt einen alten Chaplin-Film mit einer überfüllte Straßenbahn, und immer, wenn hinten einer einsteigt, mus vorne einer aussteigen. An den folgenden Tagen wurd Pats Geist von einem ähnlichen Bild heimgesucht, wan immer er an Orson Welles dachte. Welles war drin; Hobb war draußen. Noch nie hatte man das Studio vor Pat ver schlossen gehalten, und obgleich Welles bei einer andere Gesellschaft unter Vertrag stand, schien es Pat, als hab Welles ihn mit seinem massigen Körper, dreist aus den Nichts hervorbrechend, durch das Portal hinausgestoßen.

»Was jetzt?«, dachte Pat. Er hatte schon in anderen Stu dios gearbeitet, doch sie konnten ihm das eigene nicht er setzen. In diesem Studio hatte er nie das Gefühl gehabt stellungslos zu sein; in den – nicht lang zurückliegenden – Tagen der Bedrängnis hatte er in den Aufbauten das Re quisiten-Essen genossen: einen halben kalten Hummer während eine Szene von *The Divine Miss Carstairs* gedreht wurde; oft hatte er auf Requisiten geschlafen, und vorigen Winter hatte er einen Chesterfield-Mantel aus dem Kostüm-Fundus in Betrieb genommen. Orson Welles hatte nicht das Recht, ihn aus alldem hinauszudrängen. Orson Welles sollte da bleiben, wo er hingehörte: bei den ganzen anderen Snobs in New York.

Am dritten Tage war er außer sich vor Bitterkeit. Eine Notiz nach der anderen hatte er Jack Berners hinaufgeschickt; sogar Louie hatte er gebeten, sich für ihn ins Mittel zu legen; und nun bekam er endlich den Bescheid, dass Jack nicht in der Stadt weile. Man hatte kaum noch Freunde. Trostlos stand er vor der Automobileinfahrt, und um ihn scharte sich ein Haufen glotzender Kinder. Endlich war das Ende gekommen.

Eine mächtige Limousine rollte heraus, und im Fond erkannte Pat das große verquollene Römergesicht von Harold Marcus. Das Auto rollte auf die Kinder zu und wurde langsamer, als eines der Kinder vor den Kühler lief. Der alte Mann sprach in sein Sprechrohr, und der Wagen hielt an. Blinzelnd lehnte er sich heraus.

»Gibt es hier denn keinen Polizisten?«, fragte er Pat.

»Nein, Mr. Marcus«, sagte Pat schnell. »Unverantwortlich. Ich bin Pat Hobby, der Autor … Könnten Sie mich vielleicht ein Stück mitnehmen?«

Damit hatte niemand gerechnet. Es war ein Akt der Verzweiflung, aber Pats Nöte waren beträchtlich.

Mr. Marcus musterte ihn genauer.

»Ah ja, ich erinnere mich an Sie«, sagte er. »Steigen Sie ein.«

Höchstwahrscheinlich meinte er damit den Platz neben dem Chauffeur. Pat schloss einen Kompromiss, indem er hinten einen der Notsitze herunterklappte. Mr. Marcus war einer der mächtigsten Männer der gesamten Filmwelt. Er machte keine eigenen Produktionen mehr. Meist verbrachte er seine Zeit damit, in D-Zügen von Küste zu Küste zu schaukeln, hier eine kleine Verbindung anknüpfend, dort eine kleine Trennung vollziehend, wie eine häufig geschiedene Frau.

»Diese Kinder werden sich eines Tages ernstlich verletzen.«

»Und ob, Mr. Marcus«, pflichtete Pat ihm herzhaft bei. »Mr. Marcus …«

»Die sollten hier einen Werkschutzmann postieren.«

»Genau, Mr. Marcus. Mr. Marcus …«

»Hm-m-m!«, sagte Mr. Marcus. »Wo soll ich Sie absetzen?«

Pat stellte sich auf schnelles Handeln ein.

»Mr. Marcus, als ich noch Ihr Presseagent war …«

»Ich weiß«, sagte Mr. Marcus. »Sie wollten zehn Dollar mehr die Woche.«

»Dieses Gedächtnis!«, schrie Pat voll Wonne. »Dieses Gedächtnis! Doch diesmal, Mr. Marcus, doch diesmal will ich gar nichts.«

»Ein Wunder.«

»Ich bin ein Mensch von bescheidenen Ansprüchen, müssen Sie wissen, und ich habe genug auf die hohe Kante gelegt, um mich zurückzuziehen.«

Schüchtern ließ er seine Schuhspitzen sehen. Gnädig verbarg der Chesterfield das Übrige.

»Das würde mir auch gefallen«, sagte Mr. Marcus düster. »Eine Farm – aber mit Hühnern. Vielleicht noch einen kleinen Neun-Loch-Golfplatz dabei. Aber nicht einmal einen Börsenticker.«

»Ich will mich zurückziehen, aber anders«, sagte Pat ernst. »Der Film war mein Leben. Ich will sehen, wie er wächst und wächst …«

Mr. Marcus stöhnte.

»Bis er platzt«, sagte er. »Sehen Sie sich Fox an! Ich habe um ihn geweint.« Er zeigte auf seine Augen. »Tränen!«

Pat nickte voller Mitgefühl.

»Ich wünsche mir nur eins.« Der vertrauliche Ton machte ungewohnter Redeweise Platz. »Ich sollte jederzeit das Gelände betreten dürfen. Wie nichts. Nur, um auf dem Gelände sein zu können. Das kann doch keinen stören. Nur, damit ich den jungen Leuten von Fall zu Fall ein bisschen behilflich sein kann.«

»Sprechen Sie mit Berners«, sagte Marcus.

»Er sagte, ich soll mit Ihnen sprechen.«

»Also wollten Sie doch was«, lächelte Marcus. »Na schön, mir soll's recht sein. Wo soll ich Sie jetzt absetzen?«

»Könnten Sie mir einen Passierschein schreiben?«, bestürmte ihn Pat. »Nur eine Notiz auf Ihrer Visitenkarte?«

»Ich werd's mir überlegen«, sagte Mr. Marcus. »Im Augenblick habe ich andere Sorgen. Ich muss auf einen Empfang.« Er seufzte tief. »Ich soll diesen neuen Orson Welles kennenlernen, der neuerdings in Hollywood ist.«

Pats Herz zuckte. Da war er wieder – dieser Name, unheilvoll und erbarmungslos, all seine Himmel wie eine schwarze Wolke überziehend.

»Mr. Marcus«, sagte er so ernst, dass ihm die Stimme bebte, »es würde mich nicht wundern, wenn Orson Welles die größte Bedrohung wäre, die Hollywood seit Jahren heimgesucht hat. Er kriegt hundertfünfzig Riesen pro Film, und es würde mich nicht wundern, wenn er so radikal wäre, dass man ganz neuartige Ausrüstungen anschaffen muss und noch mal völlig von vorn anfangen wie 1928, als der Ton aufkam.«

»O mein Gott!«, ächzte Mr. Marcus.

»Ich dagegen«, sagte Pat, »alles, was ich will, ist ein Passierschein und kein Geld; ich will ja nur, dass alles bleibt, wie es ist.«

Mr. Marcus griff nach seiner Brieftasche.

III

Für jene, die unter dem Rubrum »Talent« zusammengefasst sind, ist die Atmosphäre eines Studios nicht unweigerlich von großem Glanz gekennzeichnet; zu rasch finden die Übergänge zwischen hochgesteckten Hoffnungen und bitteren Wahrnehmungen statt. Nur wenige beschließen, es sei um ihre Arbeit aufs heiterste bestellt und sie seien mit Sicherheit ihr Geld wert; die Übrigen leben in einem Nebel des Zweifels, der Entdeckung ihrer unsäglichen Unzulänglichkeit stets gewärtig.

Pats Psychologie war – sonderbar genug – die der Herrschenden, und meist machte er sich keine Sorgen, obschon er auf keiner Gehaltsliste stand. Trotzdem befand sich ein dickes Haar in der Suppe: Zum ersten Mal im Leben spürte er einen Identitätsverlust. Aus Gründen, die er nicht ganz verstand, die sich aber gleichwohl bis zu jenem Gespräch zurückverfolgen lassen mochten, begann ihn eine Reihe von Leuten als »Orson« anzusprechen.

Nun ist es in jedem Fall nachlässig, die Identität zu verlieren. Sie aber an einen Feind zu verlieren, oder doch zumindest an jemanden, der zum Sündenbock für unsere Missgeschicke geworden ist – das ist mehr als hart. Pat war *nicht* Orson. Jede Ähnlichkeit konnte nur eine entfernte sein und an den Haaren herbeigezogen, und er war sich klar darüber. Das Ganze sollte nur darauf hinauslaufen, ihn als leicht exzentrisch abzustempeln, was das betraf.

»Pat«, sagte Joe, der Friseur, »heute war Orson da und sagte, ich soll ihm den Bart stutzen.«

»Ich hoffe, du hast ihn in Brand gesteckt«, sagte Pat.

»Habe ich.« Joe zwinkerte über einem heißen Handtuch dem Kunden zu. »Er sagte, ich soll die Spitzen absengen. Da habe ich ihm die ganze Matte abgenommen. Jetzt ist sein Gesicht so kahl wie deins. Du hast tatsächlich eine gewisse Ähnlichkeit mit ihm.«

An diesem Morgen waren die Sticheleien so allgegenwärtig, dass Pat, um ihnen zu entgehen, zu Mario's Bar hinübertrödelte. Er trank zwar nicht – das heißt, er trank nicht an der Bar, weil er bis auf die letzten dreißig Cent abgebrannt war, aber er erfrischte sich wiederholt aus einer Viertelliterflasche, die er in der Gesäßtasche mit sich führte. Er brauchte dieses Stimulans, denn er wollte ein kleines Darlehen aufnehmen, und er wusste, dass sich Geld leichter borgen ließ, wenn man nicht den Eindruck drückender Not erweckte.

Seine Beute, Jeff Boldini, war im Augenblick von wenig Nächstenliebe beseelt. Er war ebenfalls Maskenbildner, allerdings ein erfolgreicher, und eine gewisse bedeutende Dame der Leinwand hatte ihn gerade auf die Palme gebracht, indem sie eine Perücke kritisierte, die er für sie gemacht hatte. In aller Ausführlichkeit erzählte er Pat die Geschichte, und Letzterer wartete ab, bis alles heraus war, bevor er das Gespräch auf sein Anliegen brachte.

»Kommt gar nicht in die Tüte«, sagte Jeff. »Verdammt noch mal, du hast mir ja noch nicht mal zurückgegeben, was ich dir letzten Monat geliehen habe.«

»Aber ich habe jetzt einen Job«, log Pat. »Das wäre jetzt nur zur Überbrückung. Morgen fange ich an.«

»Falls sie den Job nicht Orson Welles geben«, sagte Jeff humorvoll.

Pats Augen verengten sich, aber er brachte das höfliche Gelächter des Bittstellers zustande.

»Warte mal«, sagte Jeff. »Weißt du was: Ich finde, du siehst so aus wie er.«

»Hmm.«

»Ehrlich. Auf jeden Fall könnte ich dich so hinkriegen. Ich könnte dir einen Bart bauen, mit dem du sein Double wärest.«

»Für keine fünfzig Riesen möchte ich sein Double sein.«

Jeff legte den Kopf schief und betrachtete Pat.

»Doch. Könnte ich«, sagte er. »Komm mit auf meinen Stuhl, und lass mich mal versuchen.«

»Nie im Leben.«

»Komm schon. Ich würd's gern mal versuchen. Du hast

sowieso nichts zu tun. Bis morgen arbeitest du doch noch nicht.«

»Ich will keinen Bart.«

»Der geht doch wieder ab.«

»Ich will keinen.«

»Du kriegst ihn aber doch gratis. Ich werde *dich* sogar bezahlen … Ich leihe dir die zehn Moppen, wenn ich dir einen Bart machen darf.«

Eine halbe Stunde später betrachtete Jeff sein Werk.

»Vollkommen«, sagte er. »Nicht nur der Bart, auch die Augen und alles.«

»Na bravo. Nun mach ihn mir wieder ab«, sagte Pat verdrießlich.

»Wozu die Eile? Ist doch eine astreine Matte. Das ist ein Kunstwerk. Da sollte man mal eine Kamera draufloslassen. Zu schade, dass du morgen arbeitest … Bei den Außenaufnahmen von Sam Jones brauchen sie ein Dutzend Bärte, und einen hat die Sitte bei einer Schwulenfahndung hochgehen lassen. Jede Wette: Mit der Matte würdest du den Job kriegen.«

Es waren Wochen vergangen, seitdem Pat das Wort »Job« gehört hatte, und er wusste selbst nicht, wie es ihm gelang, zu existieren und zu essen. Jeff sah das Aufleuchten in seinem Auge.

»Was meinst du? Ich fahr einfach mal aus Spaß mit dir hin«, drang Jeff in ihn. »Ich möchte nur mal feststellen, ob Sam merkt, dass das eine falsche Matte ist.«

»Ich bin Autor und keine Knattercharge.«

»Komm schon! Hinter dem Ding erkennt dich doch keiner. Außerdem beziehst du noch mal zehn Flocken.«

Als sie die Maskenbildnerei verließen, blieb Jeff noch eine Minute in seiner Garderobe. Auf ein Stück Pappe schrieb er säuberlich in großen Blockbuchstaben mit Bleistift den Namen Orson Welles. Und draußen steckte er das Schild, ohne dass Pat es merkte, hinter die Windschutzscheibe seines Autos.

Er fuhr nicht direkt zum Gelände für die Außenaufnahmen. Stattdessen fuhr er ziemlich gemächlich die Studio-Hauptstraße entlang. Vor dem Verwaltungsgebäude hielt er unter dem Vorwand, der Motor ziehe nicht richtig an, und in nahezu null Komma nichts begann sich eine kleine, aber eindeutig interessierte Menschenmenge zu versammeln. Jeffs Pläne zielten jedoch nicht auf längere Aufenthalte ab, und so sprang er in den Wagen, und sie unternahmen eine Rundfahrt um die Intendanz.

»Wohin fahren wir?«, wollte Pat wissen.

Er hatte bereits eine nervöse Anstrengung unternommen, sich den Bart vom Gesicht zu reißen, aber zu seiner Überraschung ging er nicht ab.

Darüber beschwerte er sich bei Jeff.

»Klar«, erläuterte Jeff. »Der ist auf Dauer gearbeitet. Du musst ihn einweichen.«

Der Wagen hielt kurz vor der Tür zur Intendanz. Pat sah, wie ihn ausdruckslose Augen anstarrten, und ausdruckslos starrte er vom Rücksitz zurück.

»Man sollte meinen, ich sei der einzige Bart auf dem Gelände«, sagte er düster.

»Da siehst du, was Orson Welles durchmacht.«

»Soll sich zum Teufel scheren.«

Diese Unterhaltung hätte jene da draußen sicher in Erstaunen versetzt, denn für sie war er niemand Geringerer als das Original.

Jeff fuhr langsam weiter. Vor ihnen ging eine kleine Gruppe von Männern. Einer von ihnen drehte sich um, sah das Auto und lenkte die Aufmerksamkeit der anderen auf das Fahrzeug. Daraufhin warf das älteste Mitglied der Gruppe die Arme wie in einer abwehrenden Geste hoch und brach auf dem Trottoir zusammen, als der Wagen vorüberfuhr.

»Mein Gott, hast du das gesehen?«, schrie Jeff. »Das war Mr. Marcus.«

Er hielt an. Ein aufgeregter Mann kam herangelaufen und steckte den Kopf durchs Wagenfenster herein.

»Mr. Welles, unser Mr. Marcus hat einen Herzanfall. Können wir ihn mit Ihrem Wagen ins Krankenhaus bringen?«

Pat glotzte. Dann öffnete er sehr schnell die Tür auf der anderen Seite des Wagens und stürzte davon. Nicht einmal der Bart konnte die Rasanz seiner Flucht mindern. Der Polizist am Tor, der diese Reinkarnation nicht erkannte, versuchte, ein paar Worte mit ihm zu wechseln, aber Pat schüttelte ihn mit der Leichtigkeit einer echten Dreierbegabung ab, ohne in seinem Lauf innezuhalten, bis er Mario's Bar erreicht hatte.

Am Tresen standen drei Komparsen mit Bart, und erleichtert drängte sich Pat in den Schutz der vereinten Schnauzhaare. Mit zitternden Fingern entnahm er seiner Tasche die schwerverdiente Zehndollarnote.

»Eine Runde«, rief er heiser. »Für jede Matte geb ich einen aus.«

Pat Hobbys Geheimnis

I

In Hollywood ist das Elend immer endemisch und akut. Kaum eine Führungskraft, an der nicht irgendein unlösbares Problem nagte, und auf demokratische Weise lässt sie jeden daran teilhaben, völlig kostenlos. Das Problem, sei es gesundheitlicher oder filmischer Natur, wird dann mit Mut angegangen sowie mit Stoßseufzern im Gegenwert von ein- bis fünftausend die Woche. So werden Filme gemacht.

»Aber das hier macht mich fertig«, sagte Mr. Banizon, »denn wie kam die Bombe in den Koffer von Claudette Colbert oder Betty Field oder wen wir da nehmen? Das müssen wir erklären, damit es das Publikum glaubt.«

Er war im Büro von Louie, dem Studio-Buchmacher, und sein gegenwärtiges Publikum schloss auch Pat Hobby ein, jenen neunundvierzigjährigen altehrwürdigen Hilfstexter. Mr. Banizon erwartete von keinem von ihnen einen Vorschlag, aber er führte nun schon seit einer Woche Selbstgespräche über das Problem und konnte nicht so einfach damit aufhören.

»Welchen Autor haben Sie dafür?«, fragte Louie.

»R. Parke Woll«, sagte Banizon angewidert. »Erst hatte

ich nämlich den Anfang von einem anderen Autor gekauft. Eine großartige Idee, aber eben nur eine Idee. Dann nehme ich mir R. Parke Woll, den Dramatiker, und wir setzen uns ein paarmal zusammen und entwickeln die Sache. Dann, als das Ende schon in Sicht ist, platzt sein Agent dazwischen und sagt, er lässt Woll nicht weiterreden, wenn wir ihm keinen Vertrag geben – acht Wochen zu $ 3000,–! Und ich brauchte ihn nur noch für einen Tag!«

Die Summe brachte ein Glänzen in Pats alte Augen. Vor zehn Jahren hatte er sich ebenfalls beseligt im Bereich eines solchen Gehalts aufgehalten; jetzt war er froh, wenn er ein paar Wochen zu $ 250,– bekam. Sein schnell entflammtes und heftig loderndes Talent hatte für ein zweites Feuer nicht ausgereicht.

»Noch schlimmer ist, dass Woll mir den Schluss erzählt hat«, fuhr der Produzent fort.

»Worauf warten Sie dann noch?«, wollte Pat wissen. »Dann brauchen Sie ihm keinen Cent zu zahlen.«

»Ich habe ihn vergessen!«, stöhnte Mr. Banizon. »In meinem Büro klingelten zwei Telefone gleichzeitig; der eine Anruf war von einem vielbeschäftigten Regisseur. Und während ich telefonierte, musste Woll woandershin. Jetzt fällt mir der Schluss nicht mehr ein, und ich kriege Woll nicht mehr zurück.«

Perverserweise ließ Pats Rechtsempfinden ihn für den Produzenten Partei nehmen, nicht für den Autor. Banizon hatte Woll so gut wie ausgetrickst und war dann durch schnödes Pech um den Erfolg betrogen worden. Und nun nagelte der Stückeschreiber ihn mit der Unverschämtheit eines Ostküsten-Snobs auf vierundzwanzig Riesen fest.

Schließlich war der europäische Markt verloren. Schließlich war Krieg.

»Und jetzt macht er die große Suffreise«, sagte Banizon. »Ich weiß das, weil ich ihn beschatten lasse. Es genügt wirklich, um einen in den Wahnsinn zu treiben … Da hat man nun die ganze Geschichte und nur den Schluss nicht, der alles andere aufklärt. Was soll mir dann das Ganze?«

»Wenn er betrunken ist, quatscht er es vielleicht raus«, schlug Louie pragmatisch vor.

»Nicht bei mir«, sagte Mr. Banizon. »Ich habe auch schon daran gedacht, aber er kennt ja mein Gesicht.«

Nachdem er so das Ende seiner gegenwärtigen Sackgasse erreicht hatte, setzte Mr. Banizon auf ein Pferd im dritten und eins im siebten Rennen und schickte sich zum Gehen an.

»Ich habe eine Idee«, sagte Pat.

Mr. Banizon sah argwöhnisch in die roten alten Augen.

»Ich habe jetzt keine Zeit, sie mir anzuhören«, sagte er.

»Ich will nichts verkaufen«, beruhigte Pat ihn. »Mit Paramount stehe ich so gut wie vor einem Abschluss. Aber ich habe mal mit diesem R. Parke Woll zusammengearbeitet, und vielleicht könnte ich herausfinden, was Sie wissen wollen.«

Er verließ das Büro zusammen mit Mr. Banizon, und sie wanderten langsam über das Gelände. Eine Stunde später und im Besitz einer Vorausvergütung von fünfzig Dollar war Pat dazu angestellt herauszufinden, wie eine Original-Bombe in Claudette Colberts Koffer oder in Betty Fields Koffer oder in wessen Koffer auch immer gelangt war.

II

Das Gefolge, mit dem R. Parke Woll jetzt die Stadt der Engel durchmaß, hätte in den zwanziger Jahren kein besonderes Aufsehen erregt; in den Vorsichtigen Vierzigern aber gellte es wie Gelächter beim Gottesdienst. Er war leicht zu verfolgen: In zwei Hotels hatte man um seine Abwesenheit gebeten, aber er hatte sich eine solche Routine angeeignet, dass er sein Schlafquartier in der Beuge seines Armes mit sich führte. Ein kleines, aber hellwaches Rudel von Ratten und Wieseln versorgte ihn auf seiner Reise mit moralischer Rückendeckung – einer Reise, der sich Pat gegen zwei Uhr morgens in Conk's Old Fashioned Bar anschloss.

Conk's Bar war exklusiver als ihr Name; sie prunkte mit Zigarettenmädchen und einem Rausschmeißer/Portier namens Smith, der sich seinerzeit eine volle Stunde lang gegen Tarzan White behauptet hatte. Mr. Smith war ein verbitterter Mensch, der seine Gefühle dadurch ausdrückte, dass er den Gästen, wenn sie kamen oder gingen, den Mittelfinger ins Gesäß rammte, und so wurde auch Pat begrüßt. Als er sich erholt hatte, entdeckte er R. Parke Woll in reichlich gemischter Gesellschaft an einem Tisch, und mit erstaunter Miene schlenderte er heran.

»Hallo, du Hübscher«, sagte er zu Woll. »Kennst du mich noch? – Pat Hobby.«

Mit einiger Schwierigkeit gelang es R. Parke Woll, die Brennweite seiner Augen auf ihn einzustellen, wobei er den Kopf erst auf die eine, dann die andere Seite neigte, ihn sinken und wieder hochschnappen ließ, um ihn schließlich wie eine Kobra, die einen offenherzigen Schnappschuss macht, nach vorn zu schnellen. Offensichtlich war eine Abbildung zustande gekommen, denn er sagte:

»Pat Hobby! Setz dich, was trinkst du. Meineherrn, dies ist Pat Hobby, der beste linkshändige Drehbuchautor von Hollywood. Wie gehtsnso, Pat?«

Pat setzte sich, ringsum von misstrauischen Blicken aus Raubtieraugen gemustert. War Pat ein alter Freund, ausgesandt, den Dramatiker nach Hause zu schaffen?

Pat bemerkte das und wartete eine halbe Stunde, bis er sich, allein mit Woll, auf der Toilette befand.

»Hör zu, Parke, Banizon lässt dich verfolgen«, sagte er. »Ich weiß nicht, warum er so was macht. Louie hat mir das im Studio gesteckt.«

»Du weißt nicht, warum er das macht?«, schrie Parke. »Ich weiß es. Ich habe etwas, was er will – darum!«

»Schuldest du ihm Geld?«

»Ich – und ihm Geld schulden. Das wär ja noch schöner; er schuldet *mir* Geld! Und zwar für drei lange, harte Konferenzen ... Ich habe ihm einen ganzen verdammten Film entworfen.« Seine wenig zielstrebigen Finger tippten gegen verschiedene Stellen seiner Stirn. »Was er will, ist hier drin.«

Eine Stunde verging an dem turbulenten, orgiastischen Tisch. Pat wartete; und dann, durch den langsamen, begrenzten Kreis, in dem es so üppig wucherte, kehrte Wolls Geist unfehlbar zum Thema zurück.

»Das Komische ist nämlich, dass ich ihm erzählt habe, wer die Bombe in den Koffer gesteckt hat und warum. Und dann hat es der Große Ordnende Geist vergessen.«

Pat hatte eine Inspiration.

»Aber seine Sekretärin weiß es noch.«

»Wirklich?« Woll war verdutzt. »Sekretärin ... Da war keine Sekretärin.«

»Sie ist dann reingekommen«, versuchte es Pat unbehaglich.

»Na, dann muss er mich verdammtnochmal bezahlen, oder ich verklage ihn.«

»Banizon sagt, er hat eine bessere Idee.«

»Den Teufel hat er. Meine Idee war einsame Spitze. Hör zu ...«

Er sprach zwei Minuten lang.

»Gefällt's dir?«, fragte er. Er sah Pat beifallheischend an; doch dann muss er in Pats Augen etwas gesehen haben, das er nicht erwartet hatte. »Du kleines Stinktier«, schrie er. »Du hast mit Banizon gesprochen ... Er hat dich hergeschickt.«

Pat erhob sich und rannte wie ein Kaninchen zur Tür. Er hätte es auch bis auf die Straße geschafft, bevor Woll ihn einholen konnte, wenn Mr. Smith', des Portiers, Intervention nicht gewesen wäre.

»Wo wollen Sie hin?«, wollte er wissen und packte Pat bei den Rockaufschlägen.

»Halten Sie ihn fest«, schrie Woll, der ihm nachgesetzt war. Er holte zu einem Schlag gegen Pat aus, der ihn verfehlte und voll im Munde von Mr. Smith landete.

Wir hatten bereits erwähnt, dass Mr. Smith ein sowohl verbitterter als auch kraftvoller Mensch war. Er ließ Pat fallen, hob R. Parke Woll an Hosenboden und Schulter empor, hielt ihn hoch in die Luft und ließ seinen Körper dann mit einem gigantischen Stoß zu Boden krachen. Drei Minuten später war Woll tot.

III

Außer bei großen Skandalen wie dem Arbuckle-Fall beschützt das Gewerbe die Seinen; und Pat gehörte – wenn auch sporadisch – zum Gewerbe.

Am nächsten Morgen wurde er ohne Kaution aus dem Gefängnis freigelassen, und man brauchte ihn nur noch als Belastungszeugen. Immerhin war die Publicity von Vorteil; zum ersten Mal in einem Jahr erschien sein Name in den Fachzeitschriften. Darüber hinaus war er der einzige lebende Mensch, der wusste, wie die Bombe in Claudette Colberts (oder Betty Fields) Koffer geraten war.

»Wann können Sie zu mir kommen?«, sagte Mr. Banizon.

»Morgen nach dem Lokaltermin«, sagte Pat vergnügt. »Ich fühle mich irgendwie aufgewühlt; ich habe so komische Ohrenschmerzen.«

Auch das bedeutete Macht. Nur Leute, die »drin« waren, konnten über ihre Gesundheit sprechen, und man hörte ihnen zu.

»Woll hat es Ihnen wirklich gesagt?«, forschte Banizon.

»Er hat es mir gesagt«, sagte Pat. »Und es ist mehr wert als fünfzig Scheine. Ich werd mir einen neuen Agenten besorgen, und wenn ich zu Ihnen ins Büro komme, bring ich ihn mit.«

»Ich sage Ihnen mal einen besseren Plan«, sagte Banizon hastig. »Ich setze Sie auf die Gehaltsliste. Vier Wochen zu Ihrem regulären Preis.«

»Was ist mein Preis?«, erkundigte sich Pat finster. »Bisher habe ich alles gekriegt – von viertausend bis null.« Und vielsagend fügte er hinzu: »Wie Shakespeare sagt: ›Jeder Mann hat seinen Preis.‹«

Die Nager, die R. Parke Woll aufgewartet hatten, waren mit ihrer bescheidenen Beute in ihren bequem erreichbaren Rattenlöchern verschwunden und hinterließen Mr. Smith als Beklagten sowie Pat und zwei verängstigte Zigarettenmädchen als Zeugen. Mr. Smith brachte zu seiner Verteidigung vor, er sei angegriffen worden. Bei der Vernehmung bestätigte eines der Zigarettenmädchen seine Aussage; das andere missbilligte sein unnötiges Ungestüm. Als Nächster war Pat Hobby an der Reihe, aber bevor sein Name ausgerufen wurde, zögerte er, denn von hinten sprach ihn eine Stimme an.

»Sie sagen was gegen meinen Mann, und ich reiß Ihnen die Zunge mitsamt den Wurzeln raus.«

Ein wahrer Dinosaurier von einer Frau, volle ein Meter achtzig groß und von breit angelegten Proportionen, lehnte sich gegen seinen Stuhl.

»Pat Hobby, kommen Sie bitte nach vorn … So, Mr. Hobby, nun erzählen Sie mal genau, was geschehen ist.«

Unheildrohend ruhten die Augen von Mrs. Smith auf den seinen, und er fühlte, wie die Augen der Rausschmeißersgattin seinen Hinterkopf durchbohrten und nach seiner Zunge forschten. Er war zutiefst von einem ganz natürlichen Zögern durchdrungen.

»Ich weiß nicht genau«, sagte er, und dann, einer schnellen Eingebung folgend: »Ich weiß nur noch, dass alles weiß wurde!«

»Was?«

»Genau so war es. Ich sah weiß. So, wie andere Leute rot oder schwarz sehen, habe ich weiß gesehen.«

Die Autoritäten berieten sich.

»Nun, was geschah denn, nachdem Sie das Restaurant betreten hatten … bis zu dem Zeitpunkt, als Sie weiß sahen?«

»Tja, ich …«, sagte Pat, um Zeit zu gewinnen. »So etwa war das alles. Ich kam rein und setzte mich, und plötzlich wurde alles schwarz.«

»Sie meinen weiß.«

»Schwarz *und* weiß.«

Es erhob sich allgemeines Gekicher.

»Der Zeuge wird nicht mehr gebraucht. Der Beklagte ist in Untersuchungshaft zu überführen.«

Die paar faulen Witze waren leicht zu ertragen, wenn so viel auf dem Spiel stand. Die ganze Nacht wurde er in seinen Träumen von einem reißenden Gebirgsbach, der die Ausmaße eines Amazonas hatte, heimgesucht, und er brauchte einen starken Drink, bevor er am nächsten Morgen in Mr. Banizons Büro erscheinen konnte. Einer der wenigen Hollywood-Agenten, die ihn noch nicht angenommen und wieder abgeschüttelt hatten, begleitete ihn.

»Die runde Summe von fünfhundert«, bot Banizon an. »Oder vier Wochen zu zweifünfzig für Arbeit an einem anderen Film.«

»Wie nötig brauchen Sie es denn?«, fragte der Agent. »Mein Klient scheint zu finden, es sei dreitausend wert.«

»Von meinem eigenen Geld?«, schrie Banizon. »Dabei ist es nicht einmal *seine* Idee. Jetzt, wo Woll tot ist, ist es Gemeineigentum.«

»Nicht ganz«, sagte der Agent. »Wie Sie bin ich der Meinung, dass Ideen sozusagen in der Luft liegen. Sie gehören dem, der sie gerade hat ... wie Luftballons.«

»Also wie viel?«, fragte Banizon angstvoll. »Woher soll ich wissen, dass er die Idee hat?«

Der Agent wandte sich an Pat.

»Sollen wir es ihn herausfinden lassen ... für tausend Dollar?«

Nach einem Augenblick nickte Pat. Etwas beunruhigte ihn.

»Na schön«, sagte Banizon. »Diese Spannung macht mich noch wahnsinnig. Tausend.«

Schweigen.

»Spucken Sie's aus, Pat«, sagte der Agent.

Noch immer kein Wort von Pat. Sie warteten. Als Pat endlich sprach, schien seine Stimme von weit her zu kommen.

»Alles ist weiß«, keuchte er.

»Was?«

»Tut mir leid ... alles ist weiß geworden. Ich kann es sehen ... weiß. Ich weiß noch, wie ich in die Pinte gekommen bin, aber danach wird alles weiß.«

Einen Augenblick lang dachten sie, er wolle es unnötig spannend machen. Dann wurde dem Agenten klar, dass Pat tatsächlich eine Gedächtnislücke hatte. R. Parke Wolls Geheimnis war für immer in Sicherheit.

Zu spät wurde es Pat klar, dass ihm tausend Dollar entglitten, und er versuchte verzweifelt, sich zu fangen.

»Jetzt fällt es mir wieder ein! Jetzt fällt es mir wieder ein! Irgendein Nazi-Diktator hat sie hineingetan.«

»Vielleicht hat sie das Mädchen selbst eingepackt«, sagte Banizon ironisch. »Für ihr Armband.«

Das unlösbare Problem nagte noch viele Jahre lang an Mr. Banizon. Und während er Pat mit finsteren Blicken musterte, wünschte er, man könnte auf Autoren überhaupt verzichten. Wenn man Ideen doch aus der wenig kostspieligen Luft pflücken könnte!

Pat Hobby, vermeintlicher Vater

I

Die meisten Autoren sehen aus wie Autoren, ob sie wollen oder nicht. Schwer zu sagen, warum das so ist; denn sie trimmen ihr Äußeres grillenhaft auf Wall-Street-Börsianer, Rinderkönige oder englische Entdeckungsreisende hin. Trotzdem hat das nur den Erfolg, dass sie wie Autoren aussehen, und zwar so unverwechselbar typisiert wie »die Öffentlichkeit« oder »die Kriegsgewinnler« in politischen Karikaturen.

Pat Hobby war die Ausnahme. Er sah nicht aus wie ein Autor. Und nur in einem einzigen Winkel der Republik hätte man ihn als Mitglied der Welt des Entertainment identifizieren können. Und sogar dort wäre die erste Vermutung gewesen, es handle sich bei ihm um einen vom Pech verfolgten Komparsen oder um eine Charge, die sich auf die Art Vater spezialisiert, die *niemals* hätte nach Hause kommen sollen. Ein Autor aber war er: Er hatte bei mehr als zwei Dutzend Drehbüchern mitgearbeitet, von denen allerdings, wie wir zugeben müssen, die meisten vor 1929 datierten.

Ein Autor? Er hatte einen Schreibtisch im Autorentrakt auf dem Studiogelände; er hatte Bleistifte, Papier, eine Sekretärin, Büroklammern, einen Notizblock für Aktennotizen. Und er saß auf einem üppig gepolsterten Sessel, mit Augen, die gar nicht einmal so sehr blutunterlaufen waren, und las die tägliche Ausgabe des *Reporter.*

»Ich muss mich an die Arbeit machen«, sagte er um elf zu Miss Raudenbush. Und noch einmal um zwölf:

»Ich muss mich an die Arbeit machen.«

Um Viertel vor eins begann er sich hungrig zu fühlen; bis zu diesem Punkt war noch jeder Schritt, oder besser jeder Augenblick, korrekt in der Autorentradition. Sogar einschließlich der matten Entrüstung darüber, dass ihn niemand belästigt hatte, niemand ihn geärgert, dass niemand den langen, leeren Traum gestört hatte, aus dem sein durchschnittlicher Tag bestand.

Er schickte sich gerade an, seiner Sekretärin vorzuwerfen, sie starre ihn an, als die willkommene Unterbrechung kam. Ein Fremdenführer der Filmgesellschaft klopfte an seine Tür und brachte ihm eine Notiz von seinem Boss, Jack Berners.

Lieber Pat: Nimm Dir bitte frei und führe diese Leute auf dem Gelände herum.

Jack

»Mein Gott!«, rief Pat aus. »Wie kann man von mir erwarten, dass ich gleichzeitig meine Arbeit fertigkriege und Leute auf dem Gelände herumführe? Wer ist es denn?«, wollte er von dem Führer wissen.

»Ich weiß nicht. Einer der beiden scheint irgendwie ein Farbiger zu sein. Er sieht aus wie die Komparsen, die sie bei

Paramount für *Bengal Lancer* hatten. Er spricht kein Englisch. Der andere …«

Pat zog seinen Mantel an, um es selbst herauszufinden.

»Brauchen Sie mich heute Nachmittag noch?«, fragte Miss Raudenbush.

Er blickte sie mit unendlichem Tadel an und verließ den Autorentrakt durch den Haupteingang.

Die Besucher waren schon da. Der eine schwitzte, er war groß und von edler Statur, und bis auf einen Turban trug er einen vorzüglichen englischen Anzug. Der andere war ein junger, ziemlich hellhäutiger Mensch von fünfzehn Jahren. Er trug ebenfalls einen Turban, sehr schön geschnittene Jodhpur-Reithosen und eine Reitjacke.

Sie verbeugten sich förmlich.

»Ich höre, Sie wollen sich ein paar Dreharbeiten ansehen«, sagte Pat. »Sind Sie Freunde von Jack Berners?«

»Bekannte«, sagte der Jüngling. »Darf ich Sie meinem Onkel vorstellen: Sir Singrim Dak Raj.«

Wahrscheinlich, dachte Pat, heckte die Filmgesellschaft einen *Bengalischen Lanzenreiter* aus, und dieser Mann sollte den Schurken spielen, dem der Khaiber-Pass gehörte. Vielleicht zogen sie auch Pat heran – zu dreifünfzig die Woche. Warum eigentlich nicht? Er wusste, wie man diesen Kram schreibt:

Schöne lange Einstellung. Die Schlucht. Hinter Felsen ein Eingeborener. Er schießt.

Halbtotale. Eingeborener wird von Kugel getroffen und fällt kopfüber in die Schlucht. (Stuntman benutzen.)

Halbtotale. Lange Einstellung. Das Tal. Britische Soldaten ziehen eine Kanone hervor.

»Bleiben Sie lange in Hollywood?«, fragte er listig.

»Mein Onkel spricht nicht Englisch«, sagte der Junge mit maßvoller Stimme. »Wir sind nur ein paar Tage hier. Sehen Sie … Ich bin Ihr vermeintlicher Sohn.«

II

»… und ich würde gern Bonita Granville sehen«, fuhr der Junge fort. »Ich habe gehört, Ihre Filmgesellschaft hat sie ausgeborgt.«

Sie waren auf dem Weg zu den Produktionsbüros gewesen, und Pat brauchte eine Minute, bis er begriff, was der junge Mann gesagt hatte.

»Sie sind mein was?«, fragte er.

»Ihr vermeintlicher Sohn«, sagte der junge Mann in einer Art Singsang. »Juristisch bin ich der Sohn und Erbe des Radschah Dak Raj Indore. Aber geboren wurde ich als John Brown Hobby.«

»Ja?«, sagte Pat. »Machen Sie weiter! Worum geht's denn?«

»Meine Mutter war Delia Brown. Sie haben sie im Jahre 1926 geheiratet. Und 1927 ließ sie sich von Ihnen scheiden, als ich erst ein paar Monate alt war. Später nahm sie mich mit nach Indien und heiratete dort meinen gegenwärtigen juristischen Vater.«

»So«, sagte Pat. Sie hatten die Produktionsbüros erreicht. »Sie wollen Bonita Granville sehen.«

»Ja«, sagte John Hobby Indore. »Wenn es keine Umstände macht.«

Pat studierte den Drehplan an der Wand.

»Mal sehen«, sagte er gewichtig. »Wir können ja mal nachsehen.«

Als sie sich zu Studio 4 aufmachten, explodierte er.

»Was soll das heißen: ›mein vermeidlicher Sohn‹? Ich freue mich natürlich, Sie zu sehen und alles, aber sagen Sie mal, sind Sie wirklich das Kind, das Delia 1926 gekriegt hat?«

»Ver*meint*lich«, sagte John Indore. »Damals waren Sie juristisch mit ihr verheiratet.«

Er wandte sich an seinen Onkel und sprach schnell auf Hindustani, woraufhin sich Letzterer vorbeugte, Pat einer kühlen Prüfung unterzog und kommentarlos die Schultern hob. Das Ganze erfüllte Pat mit vagem Unbehagen.

Als er die Intendanz zeigte, wollte John dort anhalten, »um dem Onkel einen Hotdog zu kaufen«. Es schien, dass Sir Singrim eine Passion für sie auf der Weltausstellung in New York entwickelt hatte, von der sie gerade gekommen waren. Morgen wollten sie sich nach Madras einschiffen.

»... und ob ich nun«, sagte John schwermütig, »Bonita Granville sehen kann oder nicht. Ich will sie gar nicht unbedingt *kennen*lernen. Ich bin zu jung für sie. Nach unseren Maßstäben ist sie bereits eine alte Frau. Aber ich würde sie gern *sehen*.«

Es war einer jener Tage, die gar nicht gut sind, wenn man Leute herumführen soll. Nur einer der Regisseure, die heute drehten, war ein Oldtimer, bei dem Pat mit einer Begrüßung rechnen konnte – und an der Studiotür bekam er den Bescheid, dass der Star ständig den Text durcheinanderschmiss und die Räumung des Studios verlangt hatte.

Verzweifelt brachte er seine Schützlinge zu den Außenbauten am hinteren Ende des Geländes und ging mit ihnen die falschen Fassaden entlang; Schiffe und Städte und Dorfstraßen und mittelalterliche Tore – ein Anblick, der dem Jungen ein gewisses Interesse abgewann, den Sir Singrim jedoch enttäuschend fand. Jedes Mal, wenn Pat sie um die Kulisse herumführte, um zu demonstrieren, dass alles unecht war, wechselte Sir Singrims Gesichtsausdruck und zeigte Enttäuschung und leichte Verachtung.

»Was sagt er?«, fragte Pat die Frucht seiner Lenden, nachdem Sir Singrim eifrig einen Juwelierladen auf der 5th Avenue betreten hatte, um dort nichts als Bauschutt vorzufinden.

»Er ist der drittreichste Mann in Indien«, sagte John. »Es widert ihn an. Er sagt, er kann sich nie wieder mit Genuss einen amerikanischen Film ansehen. Er sagt, er will eine unserer Filmgesellschaften in Indien kaufen und jede Kulisse so solide machen wie den Tadj Mahal. Er sagt, wahrscheinlich haben die Schauspielerinnen ebenfalls falsche Fassaden, und deshalb wollen Sie uns keine zeigen.«

Der erste Satz hatte eine Art Glockenspiel in Pats Kopf zum Klingen gebracht. Wenn es etwas gab, was er mochte, dann war das ein schönes Stück Geld – nicht diese elenden, unsicheren zweifünfzig pro Woche, mit denen er sich die Freiheit erkaufte.

»Ich werde Ihnen was sagen«, sagte er mit raschem Entschluss. »Wir versuchen es in Studio 4 und werfen einen Blick auf Bonita Granville.«

Studio 4 war doppelt verschlossen und gesperrt, und zwar für den ganzen Tag; der Regisseur hasste Besucher, und außerdem war es ein »process«-Studio. »Process« war der Gattungsname für Trickfotografie; alle Studios wetteiferten darin miteinander und lebten in beständiger Angst vor Spionen. Genauer bedeutete es, dass eine Projektionsmaschine einen bewegten Hintergrund auf eine transparente Leinwand warf. Auf der anderen Seite der Leinwand wurde eine Szene gedreht und vor diesem bewegten Hintergrund aufgezeichnet. Der Projektor auf der einen Seite der Leinwand und die Kamera auf der anderen Seite konnten so synchronisiert werden, dass als Resultat ein Star vor einer teilnahmslosen Menge auf der Forty-second Street auf dem Kopf stehen konnte – ein *echter* Star vor einer *echten* Menschenmenge –, und das arme Auge konnte nur folgern, dass man es getäuscht hatte, ohne je recht herauszubekommen, wie.

Pat versuchte, es John zu erklären, aber John spähte hinter dem Gewirr von verknäulten Seilen und Eimern, in dem sie sich versteckt hatten, nach Bonita Granville. Sie waren nicht durch den Haupteingang gekommen, sondern durch eine kleine Seitentür für technisches Personal, die Pat kannte.

Vom langen Ausflug durch das hintere Gelände ermattet, nestelte Pat ein Halbliter-Flakon von seiner Hüfte und bot sie Sir Singrim an, welcher ablehnte. John bot er sie nicht an.

»Hemmt das Wachstum«, sagte er feierlich und nahm einen langen Zug.

»Ich möchte nichts«, sagte John würdevoll.

Plötzlich war er hellwach. Er hatte keine sechs Meter von ihnen entfernt sein Idol entdeckt, das noch zaubrischer war als Shiwa – ihren Rücken, ihr Profil, ihre Stimme. Dann entfernte sie sich wieder.

Pat beobachtete sein Gesicht und war ziemlich gerührt.

»Wir können noch näher ran«, sagte er. »Vielleicht können wir in diese Ballsaal-Kulisse. Die wird gerade nicht gebraucht; über den Möbeln sind Schonbezüge.«

Auf Zehenspitzen brachen sie auf, Pat an der Spitze, dann Sir Singrim, dann John. Als sie sich behutsam anschlichen, hörte Pat das Wort »Licht« und blieb wie angewurzelt stehen. Dann, als ihnen ein blendend weißer Glanz in die Augen stach und als die Stimme »Ruhe! Aufnahme!« rief, begann Pat zu rennen, und die anderen folgten ihm schnell durch die weiße Stille.

Die Stille dauerte nicht an.

»Schnitt!«, kreischte eine Stimme. »Was soll denn das, verdammt noch mal zum Teufel auch!«

Aus dem Blickwinkel des Regisseurs war etwas geschehen, das, für den Augenblick, unerklärlich schien. Drei gigantische Silhouetten, zwei von ihnen mit gewaltigen indischen Turbanen angetan, waren durch etwas hindurchgetanzt, was eine Hafenstadt in Neu-England hatte sein sollen; sie waren in eine »process«-Aufnahme getappt. Prinz John Indore hatte Bonita Granville nicht nur gesehen – er hatte mit ihr im selben Film gespielt. Der Schattenriss seines Fußes schien auf wunderbare Weise durch ihren blonden Kopf zu tauchen.

III

Sie verbrachten längere Zeit auf der Wache des Werkschutzes, bevor Jack Berners benachrichtigt werden konnte, der nicht auf dem Gelände war. So hatten sie Muße, sich in aller Ruhe zu unterhalten. Das geschah in Form einer längeren Ansprache von Sir Singrim an John, die Letzterer – ihren Ton, nicht ihren Inhalt mildernd – für Pat übersetzte.

»Mein Onkel sagt, sein Bruder möchte etwas für Sie tun. Er dachte, vielleicht, wenn Sie ein großer Schriftsteller wären, könnte er Sie in sein Königreich einladen, damit Sie seine Lebensgeschichte schreiben.«

»Ich habe nie behauptet ...«

»Mein Onkel sagt, Sie sind eine Schmach von einem Schriftsteller; in Ihrem eigenen Land ließen Sie es zu, dass er von diesen Polizeihunden berührt wurde.«

»Ach, Quatsch«, murmelte Pat unbehaglich.

»Er sagt, meine Mutter habe Ihnen immer wohlgewollt. Aber jetzt ist sie eine hohe und heilige Frau und darf Sie nie wiedersehen. Er sagt, wir werden in unsere Kammern im Ambassador Hotel gehen und meditieren und beten und Ihnen mitteilen, was wir entschieden haben.«

Als sie wieder frei waren und die beiden Moguln von einem Firmen-Jasager unter Entschuldigungen an ihren Wagen geleitet wurden, schien es Pat, als sei die Entscheidung bereits ziemlich endgültig gefallen. Er war wütend. Um seinem Sohn einen kurzen Blick auf Bonita Granville zu verschaffen, hatte er jetzt wahrscheinlich den Job verloren; obwohl er davon noch nicht so recht überzeugt war. Beziehungsweise war er davon überzeugt, dass er ihn, wenn die Woche vorüber war, ohnehin verloren hätte. Bei allem Pech jedoch erinnerte er sich ganz klar an eine Begebenheit dieses Nachmittags, nämlich die Bemerkung, Sir Singrim sei »der drittreichste Mann in Indien«, und nach dem Mittagessen in einer Bar auf der La Cienega Avenue beschloss er, zum Ambassador Hotel zu gehen und das Resultat von Gebet und Meditation herauszufinden.

Die erste Dunkelheit eines Septemberabends hatte sich herabgesenkt. Für Pat war das Ambassador voller Erinnerung – der Coconut Grove in den großen Tagen, als Regisseure am Nachmittag hübsche Mädchen fanden und in der Nacht Stars aus ihnen machten. Vor dem Portal herrschte etwas Gewimmel, und Pat beobachtete es müßig. Solche Mengen Gepäck hatte er selten gesehen, nicht einmal im Gefolge von Gloria Swanson oder Joan Crawford. Er schreckte auf, als er zwei oder drei Männer mit Turbanen sah, die sich an den Koffern zu schaffen machten. Aha: Man ließ ihn im Stich.

Sir Singrim Dak Raj und sein Neffe Prinz John, die sich beide, wie auf Kommando, Handschuhe anzogen, erschienen in der Tür, als Pat aus der Dunkelheit auftauchte.

»Schlagt euch in die Büsche, was?«, sagte er. »He, wenn ihr nach Hause kommt, könnt ihr ausrichten, dass ein einziger Amerikaner es spielend mit …«

»Ich habe Ihnen eine Nachricht hinterlassen«, sagte Prinz John, sich von seinem Onkel ab- und ihm zuwendend. »Ich finde, Sie waren heute Nachmittag sehr nett, und es war alles sehr schade.«

»Kann man wohl sagen«, bestätigte Pat.

»Aber wir werden für Sie sorgen«, sagte John. »Nach unseren Gebeten haben wir beschlossen, dass Sie monatlich fünfzig Sovereign erhalten sollen – zweihundertfünfzig Dollar –, und zwar bis ans Ende Ihres natürlichen Lebens.«

»Was soll ich dafür tun?«, fragte Pat argwöhnisch.

»Die Zahlungen werden nur eingestellt, falls …«

John beugte sich vor und flüsterte in Pats Ohr, und Erleichterung kroch in Pats Augen. Die Bedingung hatte nichts mit Alkohol und Blondinen zu tun, hatte wirklich mit ihm persönlich gar nichts zu tun.

John begann in die Limousine zu steigen.

»Lebe wohl, vermeintlicher Vater«, sagte er, schon fast mit Zuneigung.

Pat stand da und sah ihm nach.

»Leb wohl, mein Sohn«, sagte er. Er beobachtete die Limousine, bis sie nicht mehr zu sehen war. Dann wandte er sich ab und kam sich vor wie … wie Stella Dallas. Er hatte Tränen in den Augen.

Vermeintlicher Vater … was immer das bedeuten mochte. Nach einiger Überlegung fügte er bei sich hinzu: Besser als gar kein Vater.

IV

Er erwachte spät am nächsten Nachmittag mit einem frohen Kater … dessen Ursache er nicht bestimmen konnte, bis die Stimme des jungen John in seine Ohren zu springen schien; sie wiederholte: »Fünfzig Sovereign im Monat, unter einer Bedingung: Die Zahlungen werden im Kriegsfall

eingestellt, denn dann gehen alle Steuereinkünfte unsere
Staates an das Britische Empire.«

Mit einem Aufschrei sprang Pat zur Tür. Vor der Tü lag keine *Los Angeles Times,* auch kein *Examiner* –, nu *Toddy's Daily Form Sheet,* seine Rennzeitung. Hastig blät terte er die orangefarbenen Seiten um. Unter den Tabellen den letzten Resultaten, den endlosen Orakeln für endlos Rennbahnen verfing sich sein Blick in einer zweieinhal Zentimeter hohen Nachricht:

LONDON 3. SEPTEMBER. NACH CHAMBERLAINS ERKLÄ RUNG HEUTE MORGEN KABELT UNS DOUGIE: »ENGLAN AUF SIEG, FRANKREICH AUF FELD, RUSSLAND AUSSENSEI TER.«

See the Stars at Home

Unter einem großen gestreiften Sonnenschirm auf dem Bürgersteig eines Boulevards während einer Hitzewelle in Hollywood saß ein Mann. Der Mann hieß Gus Venske (mit dem bekannten Läufer weder verwandt noch verschwägert), und er trug magentarote Hosen, kirschrote Schuhe und einen Sportbekleidungsartikel aus der Vine Street, der nichts anderem stärker ähnelte als einem blauen Pyjama-Oberteil.

Gus Venske war weder meschugge, noch war seine Kleidung dem Ort und seiner Zeit unangemessen. Er hatte einen Beruf; an einem Stab neben dem Schirm war ein Plakat angebracht:

BESUCHEN SIE DIE STARS DAHEIM

Das Geschäft ging schlecht, sonst hätte Gus jenen nicht sehr erfolgreich wirkenden Mann nicht angesprochen, der neben einem dampfenden Auto auf der Straße stand und besorgt beobachtete, wie es Anstalten machte, abzukühlen.

»Hallo, Kumpel«, sagte Gus ohne große Hoffnung. »Wollen Sie mal die Stars daheim besuchen?«

Die rotgeränderten Augen des Beobachters wandten sich vom Auto ab und hefteten sich herablassend auf Gus.

»Ich bin beim Film«, sagte der Mann, »ich bin selbst beim Film.«

»Schauspieler?«

»Nein. Autor.«

Pat Hobby wandte sich wieder seinem Auto zu, welches pfiff wie eine Rangierlokomotive. Er hatte die Wahrheit gesagt – oder doch das, was einst die Wahrheit gewesen war. In den alten Tagen war sein Name oft auf der Leinwand die wenigen Sekunden lang aufgeblitzt, die man der geistigen Urheberschaft zumaß, aber in den letzten fünf Jahren waren seine Dienste immer seltener in Anspruch genommen worden.

Bald darauf machte Gus Venske seinen Laden über Mittag dicht, indem er seine Mappen und Stadtpläne in eine Aktentasche steckte, sie unter den Arm klemmte und davonging. Da die Sonne mit jedem Augenblick heißer wurde, suchte Pat Hobby Zuflucht unter dem schwachen Schutz des Schirms und inspizierte eine angeschmutzte Mappe, die Mr. Venske fallen gelassen hatte. Wäre Pat nicht bis auf seine letzten vierzehn Cent abgebrannt gewesen, hätte er eine Reparaturwerkstatt angerufen; aber so, wie die Dinge standen, konnte er nur warten.

Etwas später kam eine Limousine mit einem Nummernschild von Missouri neben ihm zum Stehen. Hinter dem Chauffeur saßen ein kleiner Mann mit weißem Schnurrbart und eine große Frau mit kleinem Hund. Sie besprachen sich einen Augenblick lang, dann lehnte sich die Frau etwas verschämt aus dem Auto und richtete das Wort an Pat.

»Welche Stars kann man denn daheim besuchen?«, fragte sie.

Er brauchte einen Moment, bis das eingedrungen war. »Ich meine, können wir zu Robert Taylor nach Hause und zu Clark Gable und Shirley Temple ...«

»Ich glaube schon, wenn man Sie reinlässt«, sagte Pat.

»Weil ...«, fuhr die Frau fort, »... wenn wir die allerbesten Häuser besuchen könnten, die exklusivsten ... dann wären wir bereit, mehr zu bezahlen als Ihren regulären Preis.«

Pat begann es zu dämmern. Hier war sie, die Kombination: weiche Birne und harte Währung. Hier war Hollywoods liebster Traum: der Einstieg. Wenn man den richtigen Einstieg hatte, bedeutete das: Mahlzeiten bei Brown Derby, lange Nächte mit Flaschen und Mädchen, einen neuen Reifen für sein altes Auto. Und hier war ein Einstieg, der sich geradezu aufdrängte.

Er erhob sich und ging zur Limousine.

»Klar. Das könnte ich vielleicht arrangieren.« Wie er so sprach, fühlte er den Stachel des Zweifels. »Wäre es Ihnen möglich, im Voraus zu bezahlen?«

Das Ehepaar tauschte einen Blick aus.

»Wie wär's: Wir geben Ihnen jetzt fünf Dollar«, sagte die Frau, »und noch einmal fünf Dollar, wenn wir Clark Gable oder jemanden in der Art zu Hause besuchen können.«

Es hatte Zeiten gegeben, da wäre so etwas ganz leicht gewesen. Als er noch jung und knackig war, als er noch jährlich zwölf oder fünfzehn Erwähnungen im Vorspann hatte, da hätte Pat viele Leute anrufen können, und die hätten gesagt: »Klar, Pat, wenn dir das was gibt.« Aber jetzt fiel ihm nur noch eine Handvoll Menschen ein, die ihn wirklich wiedererkannten und auf dem Gelände mit ihm sprachen – Melvyn Douglas und Robert Young und Ronald Colman und Young Doug. Die er am besten gekannt hatte, hatten sich zurückgezogen oder waren verstorben.

Und er wusste nur vage, wo die neuen Stars wohnten, aber er hatte bemerkt, dass mehrere Dutzend Namen und Adressen auf die Mappe getippt waren. Mit Bleistift waren Besuchszeiten hinzugefügt.

»Sie können natürlich nicht erwarten, dass jemand zu Hause ist«, sagte er, »vielleicht arbeiten sie gerade im Studio.«

»Das verstehen wir.« Die Dame musterte Pats Auto und wandte schnell den Blick ab. »Wir fahren besser mit unserem Wagen.«

»Klar.«

Pat stieg vorne beim Chauffeur ein und versuchte, schnell zu denken. Der Schauspieler, der am nettesten mit ihm sprach, war Ronald Colman; sie hatten zwar nie mehr als konventionelle Begrüßungen ausgetauscht, aber er konnte ja so tun, als versuche er, Colman an einer Geschichte zu interessieren.

Besser noch: Colman war wahrscheinlich nicht zu Hause, und Pat konnte es vielleicht deichseln, dass seine Kunden sich kurz im Haus umsahen. Das Ganze konnte man dann vielleicht in Robert Youngs Haus wiederholen und danach in Young Dougs Haus und dann bei Melvyn Douglas. Bis dahin hätte die Dame sicher Gable vergessen, und der Nachmittag wäre überstanden.

Er sah auf der Mappe nach, welche Adresse Ronald Colman hatte, und sagte dem Chauffeur die Richtung.

»Wir kennen eine Frau, die sich mit George Brent zusammen fotografieren ließ«, sagte die Dame, als sie losfuhren, »Mrs. Horace J. Ives jr.«

»Sie ist unsere Nachbarin«, sagte ihr Gatte. »Sie wohnt am Rose Drive 372 in Kansas City. Und wir wohnen in der Nummer 327.«

»Sie hat sich mit George Brent zusammen fotografieren lassen. Wir haben uns immer gefragt, ob sie dafür bezahlen musste. Ich weiß natürlich nicht, ob ich *so* weit gehen würde. Ich weiß nicht, was sie zu Hause dazu sagen würden.«

»Ich glaube nicht, dass wir so weit gehen wollen«, stimmte ihr Gatte zu.

»Wohin fahren wir zuerst?«, fragte die Dame behaglich.

»Ich musste sowieso mit ein paar Leuten sprechen«, sagte Pat. »Ich habe mit Ronald Colman etwas zu besprechen.«

»Oh, er ist einer unserer Favoriten. Kennen Sie ihn gut?«

»Doch, doch«, sagte Pat. »Ich bin nicht fest angestellt. Ich springe heute nur für einen Freund ein. Ich bin Autor.«

Wohl wissend, dass dem Publikum keine drei Drehbuchautoren geläufig waren, benannte er sich als den Autor mehrerer nicht lange zurückliegender Erfolge.

»Das ist ja hochinteressant«, sagte der Mann. »Ich kannte auch mal einen Autor – diesen Upton Sinclair oder Sinclair Lewis. Kein übler Bursche, auch wenn er Sozialist war.«

»Warum schreiben Sie jetzt gerade an keinem Film?«, fragte die Dame.

»Tja, wissen Sie, wir streiken gerade«, erfand Pat. »Wir

haben eine Sache namens Screen Playwriters' Guild, und jetzt streiken wir eben.«

»Oh.« Argwöhnisch starrten sie diesen Sendboten Stalins auf dem Vordersitz ihres Wagens an.

»Wofür streiken Sie denn?«, fragte der Mann unbehaglich.

Pats politische Bildung war rudimentär. Er zögerte.

»Och, bessere Lebensbedingungen«, sagte er schließlich, »Bleistifte und Papier gratis. Ich weiß nicht … steht alles im Wagner-Erlass.« Nach einer kurzen Pause fügte er vage hinzu: »Und dass Finnland anerkannt wird.«

»Ich wusste gar nicht, dass Autoren auch Gewerkschaften haben«, sagte der Mann. »Na ja. Wer schreibt denn die Filme, wenn Sie streiken?«

»Die Produzenten«, sagte Pat bitter. »Deshalb sind sie so lausig.«

»Na, das klingt ja alles äußerst merkwürdig.«

Ronald Colmans Haus kam in Sichtweite, und Pat schluckte unbehaglich. Vor dem Grundstück stand ein funkelnder, neuer, offener Tourenwagen.

»Ich gehe besser mal vor«, sagte er. »Ich meine, wir wollen ja nicht … in einen Familienkrach hineinplatzen oder so.«

»Hat er manchmal Familienkrach?«, fragte die Dame eifrig.

»Ach, wissen Sie … Sie wissen ja, wie die Menschen sind«, sagte Pat mit gütiger Milde. »Ich finde jedenfalls, ich sollte erst mal die Lage peilen.«

Der Wagen hielt. Pat holte tief Luft und stieg aus. Im selben Augenblick wurde die Haustür geöffnet, und Ronald

Colman eilte den Kiesweg herunter. Pats Herz setzte einen Herzschlag lang aus, als der Schauspieler in seine Richtung blickte.

»Hallo, Pat«, sagte er. Offensichtlich hatte er keine Ahnung, dass es sich bei Pat um einen Besucher handelte, denn er sprang in sein Auto, und das Geräusch des Motors übertönte Pats Antwort, als er davonfuhr.

»Aha, er hat Sie ›Pat‹ genannt«, sagte die Frau beeindruckt.

»Ich glaube, er hatte es eilig«, sagte Pat. »Aber vielleicht können wir uns sein Haus ansehen.«

Auf dem Kiesweg übte er eine Ansprache ein. Er hatte gerade mit seinem Freund Mr. Colman gesprochen und die Erlaubnis erhalten, sich ein wenig umzutun.

Aber das Haus war abgeschlossen und verrammelt, und niemand reagierte auf sein Klingeln. Er musste es bei Melvyn Douglas versuchen, dessen Begrüßung, wenn man es recht bedachte, doch etwas wärmer war als die von Ronald Colman. Auf jeden Fall war das Vertrauen, das ihm seine Kunden entgegenbrachten, jetzt auf ein solides Fundament gebaut. Das »Hallo, Pat« klang vertrauenerweckend in ihren Ohren nach; fast hatten sie den Zauberkreis schon betreten.

»Jetzt wollen wir's bei Clark Gable versuchen«, sagte die Dame. »Ich möchte zu gern Carole Lombard sagen, was sie mit ihrer Frisur falsch macht.«

Die Majestätsbeleidigung ließ Pats Magen schrumpfen. Er hatte Clark Gable einmal im Gedränge gesehen, es gab aber keinen Grund zu der Annahme, dass sich Mr. Gable daran erinnerte.

»Nun, wir könnten es zuerst bei Melvyn Douglas versuchen und dann bei Bob Young oder auch bei Young Doug. Das liegt alles auf unserem Weg. Gable und Lombard wohnen nämlich weit draußen im St. Joaquin Valley.«

»Oh«, sagte die Dame enttäuscht. »Ich wäre so gern mal nach oben gegangen und hätte mir ihr Schlafzimmer angesehen. Na schön, als Nächstes würden wir dann gern Shirley Temple sehen.« Sie sah ihren kleinen Hund an. »Das würde Boojie sicher auch am besten gefallen.«

»Sie haben da ziemliche Angst vor Kidnappern«, sagte Pat.

Im Innersten aufgewühlt, zog der Mann seine Visitenkarte hervor und überreichte sie Pat.

DEERING R. ROBINSON
Vizepräsident und Vorsitzender
des Aufsichtsrates
Robdeer Food Products

»Klingt *das,* als wollte ich Shirley Temple kidnappen?«

»Sie müssen halt sichergehen«, sagte Pat entschuldigend. »Wenn wir bei Melvyn gewesen sind .. .«

»Nein ... Wir wollen *jetzt* zu Shirley Temple«, beharrte die Frau.

»Wirklich! Ich habe Ihnen doch gleich gesagt, was ich will.«

Pat zögerte.

»Zuerst müssen Sie mich in irgendeinem Drugstore absetzen, damit ich telefonieren kann.«

In einem Drugstore tauschte Pat einige der fünf Dollar

in einen Viertelliter Gin um und nahm hinter einer hohen Theke zwei lange Züge zu sich; danach bedachte er die Lage. Er konnte natürlich Mr. und Mrs. Robinson unverzüglich ihrem weiteren Geschick überlassen; immerhin hatte er ihnen für ihre fünf Scheine Ronald Colman vorgeführt, einschließlich Ton. Andererseits *wäre* es ja möglich, dass sie Miss Temple erwischen, wenn sie gerade kommt oder wenn sie gerade geht ... und für einen angenehmen Tagesverlauf morgen in Santa Anita brauchte er zusätzliche fünf Scheine. Mit der Wärme des Gins hob sich sein Mut, und nachdem er zur Limousine zurückgekehrt war, gab er dem Chauffeur die Adresse.

Doch als sie sich dem Haus Temple näherten, sank ihm der Mut wieder, denn er sah, dass es einen hohen eisernen Zaun gab und ein elektrisches Tor. Und brauchten Fremdenführer nicht eine Lizenz?

»Hier nicht«, sagte er schnell zum Chauffeur. »Ich habe mich geirrt. Ich glaube, es ist ein Haus weiter, oder zwei oder drei Häuser weiter.«

Er entschied sich für ein weitläufiges Herrenhaus inmitten eines offenen Rasens, gebot dem Chauffeur anzuhalten, stieg aus und ging zur Tür. Für den Augenblick hatte er zwar verloren, aber er konnte wenigstens eine Geschichte mit zurückbringen, um sie zu besänftigen ... Miss Temple hatte, zum Beispiel, Mumps. Er konnte ihnen von der Straße aus ihr Krankenzimmer zeigen.

Auf sein Klingeln regte sich nichts, aber er sah, dass die Tür ein wenig offen stand. Vorsichtig drückte er sie auf. Er starrte in einen menschenleeren Salon von fürstlichen Ausmaßen. Er lauschte. Weit und breit niemand, keine Schritte im ersten Stock, kein Gemurmel aus der Küche. Pat nahm noch einen Schluck Gin. Dann eilte er flink zur Limousine zurück.

»Sie ist im Studio«, sagte er schnell. »Aber wenn wir leise sind, können wir den Salon besichtigen.«

Eifrig stiegen die Robinsons und Boojie aus und folgten ihm. Der Salon hätte Shirley Temples Salon sein können, er hätte so manchem in Hollywood gehören können. Pat sah in einer Ecke eine Puppe und machte alle darauf aufmerksam, und Mrs. Robinson hob sie auf, sah sie träumerisch an und zeigte sie Boojie, der sie gleichgültig beschnupperte.

»Könnte ich Mrs. Temple kennenlernen?«, fragte sie.

»Oh, sie ist nicht da … niemand ist zu Hause«, sagte Pat – unvorsichtigerweise.

»*Nie*mand. Oh … in dem Fall würde ich so gern einen ganz kleinen, kurzen Blick in ihr Schlafzimmer werfen.«

Bevor er antworten konnte, war sie die Treppe hinaufgelaufen. Mr. Robinson folgte, und Pat wartete unbehaglich in der Halle, bereit, beim leisesten Geräusch entweder einer Ankunft draußen oder eines Aufruhrs oben zu fliehen.

Er leerte die Flasche, versorgte sie höflich unter einem Sofakissen, kam zu dem Schluss, der Ausflug in den ersten Stock heiße, das Schicksal allzu übermütig herauszufordern, und folgte seinen Kunden nach oben. Auf der Treppe hörte er Mrs. Robinson.

»Aber da ist ja nur *ein* Kinderzimmer. Ich dachte, Shirley hat noch Brüder.«

Ein Fenster bei der Wendeltreppe blickte auf die Straße hinaus, und Pat sah ein großes Auto am Bordstein halten.

Ihm entstieg eine Hollywooder Berühmtheit, die, obschon sie nicht zu jenen gehörte, welchen Mrs. Robinson nachstellte, keiner anderen an Prestige und Macht nachstand. Es war der alte Mr. Marcus, der Produzent, dessen Pressechef Pat Hobby vor zwanzig Jahren gewesen war.

Nunmehr verlor Pat den Kopf. Blitzartig malte er sich eine ausführliche Erklärung aus, seine Anwesenheit betreffend. Man würde ihm nicht verzeihen. Man würde seine gelegentlichen Wochen im Studio vollends tilgen, und ein weiteres *finis* würde unter seine ohnehin fast völlig beendete Karriere geschrieben. Er machte sich – zielstrebig und behende – davon, die Treppe hinunter, durch die Küche und durch die hintere Gartentür; die Robinsons überließ er ihrem Schicksal.

Er empfand ein vages Mitleid mit ihnen, als er schnell den nächsten Boulevard entlangschritt. Er konnte sehen, wie Mr. Robinson seine Karte hervorzog, die ihn als Oberhaupt der Robdeer Food Products auswies. Er konnte Mr. Marcus' Skepsis sehen, und das Eintreffen der Polizei, er konnte sehen, wie Mr. und Mrs. Robinson nach Waffen durchsucht wurden.

Damit wäre es dann zwar wahrscheinlich ausgestanden; die Robinsons jedoch würden wegen seines Betruges wütend auf ihn sein. Sie würden der Polizei erzählen, wo sie ihn aufgesammelt hatten.

Plötzlich begann er, die Straße hinunterzuwanken; aus seiner Stirn perlte verschwenderisch der Gin. Er hatte sein Auto neben Gus Venskes Sonnenschirm stehenlassen. Und jetzt fiel ihm noch ein Anhaltspunkt ein, und er hoffte, dass Ronald Colman sich nicht an seinen Nachnamen erinnerte.

Pat Hobby spielt mit

I

Wenn man Geld mit einer gewissen Anmut borgen will, muss man Zeitpunkt und Ort sorgfältig wählen. Es ist zum Beispiel ein schwieriges Unterfangen, wenn der Bittsteller schielt oder wenn er die Masern hat oder ein auffälliges blaues Auge. Man könnte diese Aufzählung noch beliebig fortsetzen, aber all die verschiedenen Bedingungen von böser Vorbedeutung kann man in einem einzigen Umstand zusammenfassen: Es ist ausgesprochen schwierig, Geld zu borgen, wenn man es dringend braucht.

Pat Hobby fand das Unternehmen in diesem Fall besonders heikel; er wollte einen Schauspieler auf offener Szene anpumpen, während gerade ein Film gedreht wurde. Dies drohte der härteste Job seiner Laufbahn zu werden, aber es würde sein Auto retten. Dem gewinnsüchtigen Auge eines merkantil eingestellten Betrachters mochte die alte Karre nicht als erhaltenswert gelten, aber der großen Entfernungen in Hollywood wegen war es für jeden, der der schreibenden Zunft angehörte, ein unentbehrliches Werkzeug.

»Die Kreditanstalt ...«, erläuterte Pat, aber Gyp McCarthy unterbrach ihn.

»Ich habe in der nächsten Einstellung zu tun. Willst du, dass ich die verpatze?«

»Ich brauche nur zwanzig«, beharrte Pat. »Ich kriege doch keine Aufträge, wenn ich in meinem Schlafzimmer herumhänge.«

»Dadurch würdest du aber Geld sparen; Aufträge kriegst du eh nicht mehr.«

Das war grausam, aber wahr. Doch ob er nun arbeitete oder nicht: Pat liebte es, seine Tage in einem Studio oder in der Nähe eines Studios zu verbringen. Er hatte nun das schmerzliche und unsichere Alter von neunundvierzig Jahren erreicht und sonst nichts zu tun.

»Ich rechne damit, dass ich nächste Woche etwas zum Umschreiben bekomme«, log er.

»So siehst du aus«, sagte Gyp. »Verschwinde lieber von der Szene, bevor Hilliard dich sieht.«

Pat warf einen nervösen Blick auf die Leute bei der Kamera. Dann spielte er seine Trumpfkarte aus.

»Ich habe …«, sagte er, »ich habe dir mal eine Entbindung bezahlt.«

»Allerdings!«, sagte Gyp voller Zorn. »Das war vor sechzehn Jahren. Und wo ist das Baby jetzt? Im Knast, weil es ohne Führerschein eine alte Dame überfahren hat!«

»Ich habe aber gezahlt«, sagte Pat. »Zweihundert.«

»Das ist nichts, verglichen damit, was es mich kostet. Würde ich in meinem Alter noch als Stuntman arbeiten, wenn ich Geld zu verleihen hätte? Würde ich überhaupt arbeiten?«

Irgendwo in der Dunkelheit gab ein Regieassistent einen Befehl:

»Können wir?«

Pat sprach schnell.

»Na, gut«, sagte er. »Fünf!«

»Nein.«

»Auch gut«, Pats rotgeränderte Augen verengten sich. »Dann stelle ich mich da drüben hin und verhexe dich mit dem bösen Blick, wenn du deine Zeile sagst.«

»Ach, um Himmels willen«, sagte Gyp unbehaglich. »Hör zu, ich geb dir fünf. Drüben, in meinem Mantel. Augenblick, ich hol das Geld.«

Er eilte von der Szene, und Pat entrang sich ein Seufzer der Erleichterung. Vielleicht könnte er von Louie, dem Studio-Buchmacher, noch einmal zehn bekommen.

Wieder die Stimme des Regieassistenten:

»Ruhe! ... Wir fangen an! ... Beleuchtung!«

Das Licht stach Pat in die Augen und blendete ihn. Er machte einen Schritt in die falsche Richtung und dann rückwärts. Außer ihm waren noch sechs Menschen in dieser Einstellung – einem Gangster-Schlupfwinkel –, und jeder schien ihm im Wege zu sein.

»Alles klar ... Wir drehen ... Und Klappe!«

In seiner Panik sprang Pat in einen Graben, der ihn gründlich verbergen sollte. Während die Schauspieler ihre Szene spielten, stand er leicht zitternd im Graben und machte den Rücken krumm; er ahnte nicht, dass diese Einstellung mit einer langen Kamerafahrt gedreht wurde und dass die Kamera, die sich geräuschlos auf ihrer Schiene bewegt hatte, schon fast über ihm war.

»Du da, am Fenster ... he du da, *Gyp*! Hände hoch!«

Wie im Traum hob Pat die Hände – und da erst bemerkte er, dass er in eine große schwarze Linse starrte. Im nächsten Augenblick sah er auch die englische Hauptdarstellerin, die an ihm vorbeilief und aus dem Fenster sprang. Nach einer nicht enden wollenden Sekunde hörte Pat den Befehl: »Schnitt!«

Dann rannte er blindlings durch eine Requisitentür, um eine Ecke herum, stolperte über ein Kabel, fing sich und hetzte auf den Eingang zu. Er hörte rasche Schritte hinter sich und lief noch schneller, aber in der Tür wurde er überholt. Er wandte sich abwehrend um.

Es war die englische Schauspielerin.

»Beeilen Sie sich!«, rief sie. »Das war die letzte Einstellung. Ich fliege zurück nach England!«

Während sie in ihre bereitstehende Limousine klomm, warf sie noch eine letzte bedeutungslose Bemerkung hinter sich. »Meine Maschine nach New York startet in einer Stunde!«

Und wenn schon!, dachte Pat verbittert und hastete davon.

Noch ahnte er nicht, dass diese ihre Repatriierung sein ganzes Leben verändern sollte.

II

Und die fünf hatte er auch nicht; er fürchtete, dass nun gerade diese fünf für immer außer Reichweite waren. Andere Mittel mussten gefunden werden, wenn der Himmel nicht über dem Dach seines Zweisitzers einstürzen sollte. Mit Verzweiflung im Herzen verließ Pat das Studiogelände. Er machte nur kurz halt, um Benzin für das Auto und Gin für sich selbst zu kaufen, wahrscheinlich der letzte von vielen Drinks, die sie miteinander geteilt hatten.

Am nächsten Morgen erwachte er, und sein Problem war noch ernster geworden. Denn diesmal hatte er so gar keine Lust, ins Studio zu gehen. Dabei fürchtete er nicht nur Gyp McCarthy, sondern die gesamte korporative Macht der Filmgesellschaft, mehr noch: der Branche. Tatsächlich war das Stören des Drehvorgangs ein Kapitalverbrechen, verglichen mit den kostspieligen Pfuschereien, die sich Produzenten und Autoren vergleichsweise ungestraft erlauben konnten.

Andererseits war übermorgen der Tag X für das Auto, und Louie, der Studio-Buchmacher, schien die letzte Quelle zu sein, wenn auch keine üppig sprudelnde.

Er stärkte sich mit einem unbekömmlichen Imbiss vom Grunde der Flasche und ging um zehn mit hochgeschlagenem Mantelkragen und tief ins Gesicht gezogener Hutkrempe zum Studiogelände. Er kannte eine Art unterirdischen Gang durch die Masken-Abteilung und die Intendanzküche, auf dem er vielleicht unbemerkt zu Louie vorstoßen konnte.

Zwei Werkschutzleute ergriffen ihn, als er beim Frisiersalon um die Ecke bog.

»Halt, ich habe einen Passierschein!«, protestierte er. »Eine Woche lang gültig; von Jack Berners unterschrieben!«

»Mr. Berners möchte Sie persönlich sprechen.«

Es war also so weit; er würde Studioverbot bekommen.

»Wir könnten Sie verklagen!«, schrie Jack Berners. »Aber was würde uns das nützen?«

»Was ist denn schon eine einzige Einstellung?«, fragte Pat. »Nehmt eine andere!«

»Geht nicht; die Kamera hat geklemmt. Und heute Morgen hat Lily Keatts ein Flugzeug nach England genommen. Sie dachte, sie wäre fertig.«

»Schneidet die Szene raus«, schlug Pat vor – und dann, einer Eingebung folgend: »Ich könnte das bestimmt für euch hinkriegen.«

»Sie haben das bereits bestens hingekriegt!«, versicherte ihm Berners. »Wenn man es irgendwie hinkriegen könnte, hätte ich Sie nicht holen lassen.«

Er verstummte und sah Pat sinnend an. Sein Summer ertönte, und die Stimme einer Sekretärin sagte: »Mr. Hilliard.«

»Schicken Sie ihn rein.«

George Hilliard war ein großer Mann, und der Blick, mit dem er Pat von oben bedachte, war nicht freundlich. Aber außer Zorn war noch ein anderes Element in diesem Blick, und Pat krümmte sich ahnungsvoll, während ihn die beiden Männer mit fast unpersönlicher Neugier betrachteten – als wäre er der Spitzenkandidat für die Bratpfanne eines Kannibalen.

»Na, dann will ich mal los«, schlug er unbehaglich vor.

»Was meinen Sie, George?«, fragte Berners.

»Nun …«, sagte Hilliard zögernd, »wir könnten ihm ein paar Zähne wegmachen.«

Pat erhob sich eilig und machte einen Schritt in Richtung Tür, aber Hilliard ergriff ihn und drehte ihn um.

»Sagen Sie mal was«, sagte er.

»Ihr könnt mich nicht zusammenschlagen«, zeterte Pat. »Wenn ihr mir die Zähne einschlagt, verklage ich euch.«

Es entstand eine Pause.

»Was meinen Sie?«, fragte Berners.

»Sprechen kann er nicht«, sagte Hilliard.

»Was? Ich kann nicht sprechen? Ich kann ausgezeichnet sprechen«, sagte Pat.

»Die drei, vier Zeilen können wir ja synchronisieren«, fuhr Hilliard fort, »und kein Mensch bemerkt den Unterschied. Die Hälfte der Leute, die schmierige Schufte spielen, kann nicht sprechen. Wichtig ist nur, dass er die Figur hat, und für die Kamera genügt es, wenn er den Mund richtig bewegt.«

Berners nickte.

»In Ordnung, Pat – Sie sind Schauspieler. Sie spielen den Part, den dieser McCarthy hatte. Nur ein paar Szenen, aber sie sind wichtig. Unterschreiben Sie ein paar Formulare bei der Gewerkschaft und im Besetzungsbüro, und dann können Sie sich heute Nachmittag zur Arbeit melden.«

»Was soll das?«, wollte Pat wissen. »Ich bin doch keine Charge ...« Dann fiel ihm ein, dass Hilliard früher Schauspieler gewesen war, und er nahm von dieser Einstellung Abstand: »Ich bin Autor.«

»Der Charakter, den Sie spielen, heißt ›Die Ratte‹«, fuhr Berners fort. Er erklärte, warum es wichtig war, dass Pat seinen improvisierten Auftritt von gestern fortsetzte. Die Szenen, in denen Miss Keatts vorkam, waren zuerst abgedreht worden, damit sie ein anderes Engagement in England antreten konnte. Aber um das Handlungsskelett mit Fleisch zu füllen, war es nötig zu zeigen, wie die Gangster ihr Versteck erreicht hatten und was sie weiter trieben, nachdem Miss Keatts aus dem Fenster gesprungen war. Da er unwiderruflich zusammen mit Miss Keatts gefilmt worden war, musste Pat noch in einem halben Dutzend anderer Einstellungen erscheinen, und die sollten in den nächsten paar Tagen gedreht werden.

»Was springt denn dabei raus?«, fragte Pat forschend.

»Wir haben McCarthy fünfzig pro Tag gezahlt – Augenblick mal, Pat; ich dachte, ich zahle Ihnen das, was Sie letztes Mal als Autor gekriegt haben, zweifünfzig die Woche.«

»Und mein Ruf?«, warf Pat ein.

»Die Frage beantworte ich nicht«, sagte Berners. »Aber wenn Benchley das kann und wenn Don Stewart und Lewis und Wilder und Woollcott das können, dann glaube ich nicht, dass es Sie ruinieren wird.«

Pat holte tief Atem.

»Kann ich schon mal fünfzig Vorschuss haben?«, fragte er. »Schließlich habe ich die ja gestern schon verdient ...«

»Wenn Sie gekriegt hätten, was Sie verdient haben, wären Sie jetzt im Krankenhaus. Und Sie fangen jetzt keine Sauftour an. Hier sind zehn Dollar, und mehr kriegen Sie in dieser Woche nicht zu sehen.«

»Aber mein Auto ...«

»Zum Teufel mit Ihrem Auto.«

III

»Die Ratte« war der nicht totzukriegende Alte einer Bande, die sich im Auftrag einer nicht näher identifizierten Naziregierung mit Sabotage befasste. Sein Text war die

Einfachheit selber; Pat hatte schon oft Ähnliches geschrieben. »Macht ihn nicht fertig, bevor der Boss kommt«; »Los, verduftet«; »O doch, aber mit den Füßen zuerst.« Pat fand es angenehm; wie immer beim Film, verbrachte er die meiste Zeit mit Warten; und er hoffte, dass sich hieraus noch andere Gelegenheiten ergeben würden. Er fand es schade, dass dieser Job schon so bald vorbei sein sollte.

Seine letzte Einstellung war eine Außenaufnahme. Er wusste, dass »Die Ratte« eine Explosion zünden sollte, bei der sie selbst umkommen würde, aber Pat hatte solche Szenen gesehen und war sicher, dass für ihn keine Gefahr bestand. Er empfand milde Neugier, als man auf dem rückwärtigen Studiogelände bei ihm an Taille und Brustkorb Maß nahm.

»Macht ihr ein Dummy?«, fragte er.

»Nicht direkt«, sagte der Requisiteur. »Das Ding ist schon fertig, aber es wurde für Gyp McCarthy gebaut, und ich will sehen, ob es Ihnen auch passt.«

»Und? Passt es?«

»Wie angegossen.«

»Was ist es denn?«

»Na – so eine Art Schutz.«

Ein leichter Eiseshauch wehte Pats Seele an.

»Ein Schutz? Wogegen? Gegen die Explosion?«

»Ach Quatsch! Die Explosion ist getürkt; das ist eine Trickaufnahme. Dies ist etwas anderes.«

»Was ist es?«, fragte Pat beharrlich. »Wenn ich vor etwas geschützt werden soll, dann habe ich auch ein Recht zu erfahren, wovor.«

Vor der falschen Fassade eines Lagerhauses wurde eine

Batterie Kameras aufgestellt. Plötzlich löste sich Hilliard aus einer Gruppe. Er kam zu Pat, legte ihm den Arm um die Schulter und steuerte ihn zum Umkleidezelt der Schauspieler. Im Zelt überreichte er Pat einen Flachmann.

»Nehmen Sie ein Schlückchen, Alter.«

Pat bediente sich ausgiebig.

»Ich muss mit Ihnen noch etwas besprechen, Pat«, sagte Hilliard. »Es hat sich eine kleine Kostümänderung ergeben. Ich erkläre es Ihnen beim Anziehen.«

Pat wurde seines Jacketts und seiner Weste entkleidet, seine Hose wurde gelockert, und im nächsten Augenblick hatte man seinen Rumpf in ein eisernes Wams mit Scharnieren gezwängt. Es bedeckte ihn von den Achselhöhlen bis zur Schamgegend wie ein Gipsverband.

»Das ist erstklassiges Eisen, Pat«, versicherte ihm Hilliard. »Das Allerbeste an Dehnbarkeit und Widerstandsfähigkeit. In Pittsburgh hergestellt.«

Plötzlich sperrte sich Pat gegen die Bemühungen der zwei Garderobiers, die versuchten, seine Hose über das Ding zu zurren und ihm Weste und Jackett überzuziehen.

»Was soll das?«, fragte er, mit den Armen rudernd. »Das will ich jetzt wissen. Auf mich wird nicht geschossen, wenn ihr das ...«

»Es wird nicht geschossen.«

»Aber was sonst? Ich bin kein Stuntman ...«

»Sie haben genau wie McCarthy einen Vertrag unterschrieben, in dem Sie sich verpflichten, alle an Sie gestellten Forderungen zu erfüllen, wenn sie berechtigt und nach menschlichem Ermessen zumutbar sind; unsere Anwälte haben das bestätigt.«

»Was *ist* es?« Pats Mund war trocken.

»Es ist ein Auto.«

»Ihr wollt mich mit einem Auto anfahren.«

»Geben Sie mir doch mal die Chance, und lassen Sie mich's erzählen«, bat Hilliard. »Niemand wird Sie anfahren. Das Auto fährt über Sie rüber, das ist alles. Dieser Panzer ist so stark ...«

»O nein!«, sagte Pat. Er zerrte an seinem eisernen Korsett. »Da könnt ihr euch aber drauf ...«

George Hilliard packte ihn fest am Arm.

»Pat, Sie haben den Film schon einmal fast ruiniert; Sie werden ihn nicht ein zweites Mal ruinieren. Seien Sie ein Mann.«

»Genau das werde ich auch bleiben. Ich lasse mich von euch nicht plattquetschen wie dieser Komparse letzten Monat.«

Er brach ab. Hinter Hilliard sah er ein bekanntes Gesicht – ein verhasstes und gefürchtetes Gesicht –, das Gesicht des Eintreibers der North Hollywood Finance and Loan Company. Und drüben auf dem Parkplatz stand sein Zweisitzer, treuer Freund und Diener seit 1934, Gefährte seiner Schicksalsschläge, sein einzig sicheres Zuhause.

»Entweder Sie erfüllen den Vertrag«, sagte George Hilliard, »oder Sie sind die längste Zeit beim Film gewesen.«

Der Mann von der Kreditanstalt war einen Schritt näher gekommen. Pat wandte sich an Hilliard.

»Leihen Sie mir ...«, er kam ins Stottern, »schießen Sie mir fünfundzwanzig Dollar vor?«

»Klar«, sagte Hilliard.

Pat sprach mutig mit dem Kredit-Menschen:

»Haben Sie das gehört? Sie kriegen Ihr Geld, aber wenn das Ding bricht, sind Sie für meinen Tod verantwortlich.«

Die nächsten paar Minuten vergingen wie im Traum. Er hörte Hilliards letzte Instruktionen, als er das Zelt verließ. Pat sollte in einem flachen Graben liegen, um das Dynamit zu zünden; und dann würde der Held langsam über seinen Leib fahren. Pat lauschte matt. Er sah sich wie ein aufgeplatztes Ei an der Studiomauer liegen.

Er nahm die Taschenlampe in die Hand und legte sich in den Graben. In der Ferne hörte er den Ruf »Ruhe!«, dann Hilliards Stimme und dann einen Wagen, den man warm laufen ließ.

IV

Als er erwachte, war es dunkel und still. Zunächst gelang es ihm nicht, seine Umgebung einzuordnen. Dann sah er, dass am Himmel Kaliforniens Sterne standen und dass er irgendwo allein war; nein: jemand hielt ihn fest in seinen Armen. Aber die Arme waren aus Eisen, und es wurde ihm klar, dass er sich immer noch in der metallenen Verschalung befand. Und dann kam es alles zurück – bis zu dem Augenblick, als er das Herannahen des Autos gehört hatte.

Soweit er es beurteilen konnte, war er unverletzt. Aber warum hier draußen und warum allein?

Er versuchte heftig, sich zu erheben, musste aber bemerken, dass das unmöglich war, und kurz darauf ließ er einen Hilferuf frei. Mit Unterbrechungen schrie er fünf

Minuten lang, bis schließlich von fern ein Ruf zu ihm herüberdrang; Hilfe nahte in Gestalt eines Werkschutzmanns.

»Worum geht's denn? Bisschen zu viel gebechert?«

»Nein, verdammt noch mal«, schrie Pat. »Ich war hier heute Nachmittag bei den Dreharbeiten. Ein übler Trick, einfach abzuhauen und mich hier im Graben zu lassen.«

»Die müssen Sie in der Aufregung glatt vergessen haben.«

»Mich vergessen! *Ich* war die Aufregung. Wenn Sie mir nicht glauben, fühlen Sie mal, was ich hier anhabe!«

Der Bulle half ihm auf die Beine.

»Die waren halt durcheinander«, erläuterte er. »Passiert schließlich nicht jeden Tag, dass sich ein Star das Bein bricht.«

»Wie? Ist was passiert?«

»Soviel ich weiß, sollte er das Auto über eine Bodenwelle fahren, und da ist das Auto umgekippt, und er hat sich das Bein gebrochen. Sie mussten die Dreharbeiten unterbrechen und sind jetzt alle reichlich sauer.«

»Und mich lassen sie in diesem ... in diesem Ofen. Wie soll ich das Ding heute Nacht noch runterkriegen? Wie soll ich Auto fahren?«

Doch trotz aller Wut fühlte Pat einen gewissen wilden Stolz. In dieser Inszenierung war er jemand; jemand, mit dem man nach Jahren der Nichtachtung wieder rechnen musste. Es war ihm gelungen, den Film ein zweites Mal zu verzögern.

Pat Hobbys Premiere

I

Ich habe keinen Job für Sie!«, sagte Jack Berners. »Wir haben jetzt mehr Autoren, als wir gebrauchen können.«

»Ich hatte gar nicht um einen Job gebeten«, sagte Pat mit Würde. »Aber mir stehen ein paar Eintrittskarten für die Premiere heute Abend zu; da habe ich immerhin eine halbe Erwähnung im Vorspann.«

»Ah ja, darüber wollte ich noch mit Ihnen sprechen«, Berners runzelte die Stirn. »Vielleicht müssen wir Ihren Namen aus dem Vorspann entfernen.«

»Was?«, schrie Pat auf. »Aber er ist doch schon drin! Ich habe es im *Reporter* gesehen. ›Von Ward Wainwright und Pat Hobby.‹«

»Aber wir müssen den Namen vielleicht entfernen, wenn der Film in die Kinos kommt. Wainwright ist von der Ostküste zurück, und jetzt schlägt er einen Heidenkrach. Er sagt, Sie beanspruchen ganze Zeilen für sich, wenn Sie ›Nein‹ in ›Nein, Sir‹ und ›karmesin‹ in ›rot‹ umgeschrieben haben. So in der Art.«

»Ich bin jetzt seit zwanzig Jahren in der Branche«, sagte Pat. »Ich kenne meine Rechte. Dieser Knabe hat Mist gebaut. Ich wurde engagiert, um eine völlig verhauene Plotte zu reparieren!«

»Das ist nicht wahr!«, versicherte ihm Berners. »Nachdem Wainwright nach New York gegangen war, habe ich Sie gerufen, damit Sie eine kleine Rolle fertig einrichten. Wenn ich nicht zum Fischen gefahren wäre, hätten Sie Ihren Namen nicht ungestraft auf das Script kleben können.« Jack Berners brach ab, weil Pats elende rotgeäderte Augen ihn rührten. »Trotzdem war ich froh, dass Sie nach so langer Zeit wieder mal eine Erwähnung im Vorspann haben.«

»Ich trete der Screen Writers' Guild bei und fechte das an.«

»Das ist völlig aussichtslos. Auf jeden Fall ist Ihr Name heute Abend im Vorspann, und er wird alle daran erinnern, dass Sie noch leben. Irgendwo werde ich auch Eintrittskarten für Sie auftreiben; aber nehmen Sie sich vor Wainwright in Acht. Wenn man über fünfzig ist, sollte man sich nicht mehr in Schlägereien einlassen.«

»Ich bin in den Vierzigern«, sagte Pat. Er war neunundvierzig.

Die Gegensprechanlage summte. Berners schaltete sie an.

»Mr. Wainwright ist da.«

»Sagen Sie ihm, er soll warten.« Er wandte sich an Pat: »Wainwright. Gehen Sie lieber zur Hintertür hinaus.«

»Was ist mit den Karten?«

»Kommen Sie heute Nachmittag vorbei.«

Für einen jungen, aufstrebenden Poeten der Leinwand wäre dies ein vernichtender Schlag gewesen, aber Pat war ein anderer, strengerer Menschenschlag. Streng nicht gegen sich, sondern gegen das unbarmherzige Schicksal, das ihn fast ein Jahrzehnt lang gedemütigt hatte. Mit all seiner Erfahrung – und mit Hilfe jedes giftigen Krauts, das zwischen dem Washington Boulevard und der Ventura Avenue, zwischen Santa Monica und der Vine Street seine Blüten trieb – war er tiefer und tiefer gesunken. Manchmal konnte er sich für kurze Zeit an einem Busch festhalten, fand kurze Rast auf einer Insel namens »Script-Redaktion«, doch im Allgemeinen sank er mit einer Geschwindigkeit, die einen Geringeren schwindlig gemacht hätte.

Nachdem er zum Beispiel Berners' Büro heil verlassen hatte, blickte Pat nicht zurück, sondern er fasste sofort die Zukunft fest ins Auge. Er malte sich einen kleinen Drink mit Louie, dem Studio-Buchmacher, aus sowie ein paar Visiten bei alten Freunden auf dem Studiogelände. Gelegentlich, aber von Jahr zu Jahr seltener entwickelten sich einige dieser Besuche schneller zu einem Job, als man »Santa Anita« sagen konnte. Aber nachdem er seinen Drink eingenommen hatte, fielen seine Augen auf ein Mädchen, das sich verlaufen hatte.

Sie hatte sich ganz eindeutig verlaufen. Sie stand herum und starrte sehr hübsch die Lastwagen an, die voller Komparserie zur Intendanz fuhren. Und dann blickte sie hilflos um sich – so hilflos, dass sie beinahe von einem der Lastwagen überfahren worden wäre, wenn Pat nicht den Arm ausgestreckt und sie beiseitegezerrt hätte.

»Oh, danke«, sagte sie, »danke. Ich bin mit einer Reisegruppe hier, und wir wollten das Filmgelände besichtigen, und ein Polizist sagte, ich soll meinen Fotoapparat in irgendeinem Büro abgeben. Dann bin ich zum Studio 5 gegangen, wie er gesagt hatte, aber da war alles zu.«

Sie war ein »hübsches kleines Blondchen«. Pats vom Leberschaden gezeichnetem Auge stellten sich hübsche kleine Blondchen so identisch dar wie Papierpüppchen an einer Schnur. Natürlich hatten sie verschiedene Namen.

»Mal sehen, was sich machen lässt«, sagte Pat.

»Sie sind sehr nett. Ich bin Eleanor Carter aus Boise, Idaho.«

Er sagte ihr seinen Namen und dass er Autor sei. Erst schien sie enttäuscht – dann entzückt.

»Ein Autor? ... Ach, natürlich. Ich wusste, dass man da auch Autoren braucht, aber ich glaube, ich habe noch nie von einem gehört.«

»Autoren machen leicht drei Riesen die Woche«, versicherte er ihr ernst. »Autoren gehören in Hollywood mit zu den größten Tieren.«

»Wissen Sie, so habe ich noch gar nicht darüber nachgedacht.«

»Bernard Shaw war auch schon mal hier«, sagte er, »... und Einstein, aber sie waren nicht gut genug.«

Sie gingen zum Schwarzen Brett, und Pat sah, dass in drei Studios gearbeitet werden sollte; und einer der Regisseure war ein Freund aus alten Tagen.

»Was haben Sie geschrieben?«, fragte Eleanor.

Ein großer männlicher Filmstar ragte undeutlich am Horizont auf, und Eleanor war ganz Auge, bis er vorbeigegangen war. Die Titel von Pats Filmen wären ihr sowieso nicht vertraut gewesen.

»Das waren alles Stummfilme«, sagte er.

»Oh. Und was haben Sie zuletzt geschrieben?«

»Nun, äh … für Universal habe ich eine Sache überarbeitet … Ich weiß nicht, wie sie den Streifen später genannt haben …« Er sah, dass er sie nicht im mindesten beeindruckte. Er dachte schnell nach. Was wussten sie denn schon in Boise, Idaho? »Ich habe *Captains Courageous* geschrieben«, sagte er kühn. »Und *Test Pilot* und *Wuthering Heights* und … und *The Awful Truth* und *Mr. Smith Goes to Washington.*«

»Oh!«, rief sie. »Das sind ja alles meine Lieblingsfilme. Und *Test Pilot* ist der Lieblingsfilm von meinem Freund. Und meiner ist *Dark Victory.*«

»Ich fand *Dark Victory* lausig«, sagte er bescheiden. »Intellektueller Mist«, und um die Waage der Wahrheitsliebe wieder ein wenig ins Gleichgewicht zu bringen, fügte er hinzu: »Ich bin schon seit zwanzig Jahren dabei.«

Sie kamen zu einem Studio und traten ein. Pat ließ dem Regisseur seinen Namen schicken, und sie wurden durchgelassen. Sie sahen zu, wie Ronald Colman eine Szene probte.

»Haben Sie das geschrieben?«, flüsterte Eleanor.

»Man ist damit an mich herangetreten«, sagte Pat, »ich hatte aber zu viel zu tun.«

Er fühlte sich wieder ganz jung, bedeutend und aktiv, in jedem Projekt ein Händchen. Dann fiel ihm etwas ein.

»Heute Abend hat ein Film von mir Premiere.«

»Ehrlich?«

Er nickte.

»Ich wollte Claudette Colbert mitnehmen, aber sie ist erkältet. Hätten Sie Lust?«

11

Er war bestürzt, als sie eine Familie erwähnte, erleichtert, als sie sagte, es sei nur eine Tante, die hier wohne. Wie in der guten alten Zeit würde es sein: mit einem hübschen kleinen Blondchen die Front der gaffenden Menge auf dem Bürgersteig abschreiten. Sein Auto war zwar Jahrgang 33, aber er konnte ja sagen, es sei geliehen – einer seiner japanischen Diener hatte seine Limousine kaputtgefahren. Und dann? Das wusste er noch nicht recht, aber für eine Nacht ließ sich leicht eine gute Schau abziehen.

Er kaufte ihr in der Intendanzkantine ein Mittagessen und war so aufgewühlt, dass er überlegte, ob er sich noch für denselben Tag ein Apartment ausborgen sollte. Er konnte auch immer noch den alten Spruch mit den Probeaufnahmen anbringen. Aber Eleanor dachte nur daran, dass sie zum Friseur wollte, um für heute Abend gerüstet zu sein, und widerstrebend begleitete er sie zum Tor. Er nahm mit Louie noch einen Drink und ging dann wegen der Eintrittskarten in Jack Berners' Büro.

Berners' Sekretärin hielt sie in einem Umschlag für ihn bereit.

»Es war nicht ganz einfach, Mr. Hobby.«

»Wieso denn das? Kann man nicht in seine eigene Premiere? Ist das eine neue Regelung?«

»Das nicht, Mr. Hobby«, sagte sie. »Aber über den Film ist so viel geredet worden, dass kein Platz mehr zu haben war.«

Er war noch nicht versöhnt und klagte: »Und an mich haben sie einfach nicht gedacht.«

»Es tut mir leid.« Sie zögerte. »Diese Karten gehören eigentlich Mr. Wainwright. Er hat sich aber so über etwas geärgert, dass er sagte, er möchte nicht hingehen … und dann hat er sie mir auf den Schreibtisch geknallt. Ich sollte Ihnen das eigentlich gar nicht sagen.«

»Das sind *seine* Plätze?«

»Ja, Mr. Hobby.«

Pat sog an seiner Zunge. Dies sah nach einem Triumph aus. Wainwright hatte die Beherrschung verloren, und das ist das Letzte, was man sich in der Filmbranche leisten konnte; man darf lediglich so tun, als verlöre man sie; also war es nicht allzu rosig um ihn bestellt. Pat erwog, der Screen Writers' Guild beizutreten und dort seinen Fall vorzutragen – falls die Screen Writers' Guild ihn aufnahm.

Dieses Problem war akademischer Natur. Um fünf wollte er Eleanor abholen und sie »irgendwo auf einen Cocktail« mitnehmen. Er kaufte ein Zwei-Dollar-Hemd, das er gleich im Laden anzog, und eine Art Tirolerhut für vier Dollar; dadurch halbierte er sein Bankkonto, welches er seit dem Bank-Holiday von 1933 umsichtig in der Brusttasche verwahrte.

Der bescheidene Bungalow in West Hollywood gab Eleanor kampflos frei. Auf seinen Rat hin hatte sie kein Abendkleid angezogen, aber sie war so proper und glanzvoll wie alle kleinen Blondchen seiner Vergangenheit. Und voller Eifer; sie sprudelte über vor Begeisterung und Dankbarkeit. Er musste sich jemanden einfallen lassen, der ihm morgen sein Apartment borgte.

»Hätten Sie mal Lust zu Probeaufnahmen?«, fragte er, als sie die Brown Derby Bar betraten.

»Welches Mädchen hätte das nicht?«

»Och, da gibt es eine ganze Menge ... nicht für eine Million Dollar würden sie das machen.« Pat hatte Rückschläge in seinem Liebesleben erlebt. »Manche hacken lieber weiter auf die Tasten ein, oder sie hängen lieber dumm rum. Sie würden sich wundern.«

»Für Probeaufnahmen würde ich fast alles tun«, sagte Eleanor.

Als er sie zwei Stunden später betrachtete, fragte er sich allen Ernstes, ob es sich nicht doch arrangieren ließ. Es gab Harry Gooddorf; es gab Jack Berners; doch sein Kredit war überall niedrig. Er konnte etwas für sie *tun*, beschloss er bei sich. Er wollte zumindest versuchen, einen Agenten für sie zu interessieren – wenn morgen alles gutging.

»Was machen Sie morgen?«, fragte er.

»Nichts«, antwortete sie prompt. »Sollten wir nicht allmählich essen gehen? Und dann zur Premiere?«

»Ja doch.«

Er führte einen weiteren Angriff auf sein Bankkonto, um seine sechs Whiskey zu bezahlen; man hatte ja wohl das Recht, vor der eigenen Premiere ein bisschen zu feiern; und führte sie zum Abendessen in ein Restaurant. Sie aßen wenig. Eleanor war zu aufgeregt; Pat hatte seine Kalorien in anderer Form zu sich genommen.

Es war lange her, seit er einen Film mit seinem Namen gesehen hatte. Pat Hobby. Als ein Mann aus dem Volke erschien er im Vorspann immer als Pat Hobby. Es würde schön sein, seinen Namen wiederzusehen, und obwohl er nicht erwartete, dass seine alten Freunde aufstanden und *Happy Birthday to You* sangen, rechnete er doch fest mit einigem Schulterklopfen und sogar mit etwas Aufmerksamkeit, wenn nachher alles aus dem Kino strömte. Das wäre nett.

»Ich habe Angst«, sagte Eleanor, als sie durch die Gasse gingen, die die dichtgedrängten Fans gebildet hatten.

»Alle sehen Sie an«, sagte er keck. »Sie sehen die hübsche kleine Schnute und überlegen, ob Sie eine Schauspielerin sind.«

Ein Fan schob ihr ein Autogramm-Album samt Bleistift hin, aber Pat führte sie entschlossen weiter. Es war schon spät. Das Äquivalent von »Alle Mann an Bord« wurde am Eingang gerufen.

»Ihre Eintrittskarten bitte, Sir.«

Pat öffnete den Umschlag und überreichte sie dem Livrierten. Dann sagte er zu Eleanor:

»Die Plätze sind reserviert. Es macht nichts, wenn wir zu spät kommen.«

Sie drückte sich an ihn, sich an das klammernd, was, wie sich herausstellen sollte, der Höhepunkt ihres Debüts war. Nach weniger als drei Schritten ins Kino hinein fiel eine Hand auf Pats Schulter.

»He, Freundchen, die Karten gelten hier nicht.«

Bevor sie wussten, wie ihnen geschah, waren sie rückwärts hinausgedrängt worden, und ringsum starrten argwöhnische Augen auf sie.

»Ich bin Pat Hobby. Ich habe den Film geschrieben.«

Einen Augenblick lang neigte die öffentliche Meinung dazu, ihm Glauben zu schenken. Dann schnüffelte der hartgesottene Türsteher an ihm und rückte ihm noch näher auf den Leib.

»Du bist besoffen, Alter. Dies sind Karten für eine andere Show.«

Eleanor machte große Augen und fühlte sich unbehaglich, aber Pat war Herr der Lage.

»Gehen Sie rein, und fragen Sie Jack Berners«, sagte Pat. »Er wird's Ihnen sagen.«

»Nun hör mal zu«, sagte der bullige Wächter, »dies sind Karten für eine scharfe Revue in L. A.« Er drängte Pat stetig beiseite. »Nun geh mal schön in deine Show, und nimm deine Freundin mit und viel Spaß.«

»Sie verstehen mich nicht. Ich habe diesen Film geschrieben.«

»Klar. Im Traum. Im Traum, der aus der Pfeife kommt.«

»Sehen Sie sich doch das Programm an. Da steht mein Name drin. Ich bin Pat Hobby.«

»Kannst du das beweisen? Zeig mal deinen Kraftfahrzeugschein.«

Als Pat ihn ihm überreichte, flüsterte er Eleanor zu: »Keine Sorge!«

»Hier steht nicht Pat Hobby«, gab der Kartenabreißer bekannt. »Hier steht, das Auto ist Eigentum der North Hollywood Finance and Loan Company. Bist du das?«

Zum ersten Mal in seinem Leben fiel Pat nichts ein, was er hätte sagen können; er warf einen schnellen Blick auf Eleanor. Nichts in ihrem Gesicht verriet, dass er nicht das war, was er zu sein den Eindruck hatte: einsam und verlassen.

III

Obwohl der Premierenpöbel sich aufzulösen begonnen hatte, wobei er sich jene vage amerikanische Frage stellte, die da lautet »weshalb sind wir eigentlich hergekommen?«, fand doch eine kleine Menschentraube etwas Fesselndes und Schmerzliches in den Gesichtern von Pat und Eleanor. Dies waren offensichtlich ungebetene Gäste, Außenseiter wie sie selbst, aber die Menge verübelte ihnen die Verwegenheit, mit der sie einzudringen versucht hatten – eine Verwegenheit, die der Menge nicht zu Gebote stand. Halblaute höhnische Scherze wurden hörbar. Dann, als Eleanor bereits von der abscheulichen Szene fortzustreben begann, entstand Unruhe bei der Tür. Ein gutgekleideter Hüne von 1,90 Metern kam mit langen Schritten aus dem Kino, blieb stehen und blickte um sich, bis er Pat sah.

»Da sind Sie ja!«, rief er.

Pat erkannte Ward Wainwright.

»Gehen Sie rein, und sehen Sie sich's an!«, röhrte Wainwright. »Sehen Sie es an. Hier sind Kartenabschnitte! Ich glaube, da hat der Requisitenjunge Regie geführt! Gehen Sie, und sehen Sie selbst!« Zum Türsteher sagte er: »Das geht in Ordnung! Er hat's geschrieben. In voller Länge! Keinen Zentimeter davon möchte ich mit meinem Namen unterschreiben!«

Vor Enttäuschung zitternd, warf Wainwright die Arme in die Luft und schritt in die neugierige Menge.

Eleanor war verängstigt. Aber derselbe Geist, der das »Ich würde alles tun, um zum Film zu kommen« beseelt hatte, ließ sie dort ausharren, wo sie stand, obwohl unsichtbare Finger sie nach Boise zu ziehen schienen. Sie hatte vorgehabt zu rennen – schnell und weit weg. Der hartgesottene Türsteher und der hochgewachsene Fremde hatten in ihr das Gefühl übermächtig werden lassen, dieser Pat sei »eher einfältig«. Nie würde sie es diesen rotumränderten Augen gestatten, sich ihr zu nähern – zumindest nicht für mehr als einen Kuss vor der Haustür. Sie hielt sich für den *einen* rein – und das war nicht Pat. Trotzdem spürte sie, dass die lauernde Menge ihr Beifall zollte, Beifall, wie sie ihn nie zuvor hervorgerufen hatte. Sie warf mehrmals einen Seitenblick auf die Menge, einen Seitenblick, aus dem nun nicht mehr flackernde Angst sprach, sondern etwas Königinhaftes.

Sie fühlte sich genau wie ein Star.

Auch Pat war voller Zuversicht. Dies war *seine* Premiere; es war ihm alles in den Schoß gefallen: Allein *sein* Name würde auf der Leinwand stehen, wenn der Film in die Kinos kam. *Irgend*ein Name musste es ja sein, oder? Und Wainwright hatte sich zurückgezogen.

DREHBUCH... PAT HOBBY

Er ergriff Eleanors Ellbogen mit fester Hand und steuerte sie im Triumph zum Eingang:

»Kopf hoch, Baby. So läuft's nun mal. Verstehste?«

… so ist doch der Wille zu loben

I

Pat Hobbys Apartment lag über einem Feinkostladen am Wilshire Boulevard. Und in dem Apartment lag Pat, von seinen Büchern umgeben – dem *Motion Picture Almanac* von 1928 und dem Rennbahn-Jahrbuch *Barton's Track Guide 1939;* von seinen Bildern umgeben – Fotos mit den Originalunterschriften von Mabel Normand und Barbara LaMarr (die, nachdem beide verstorben waren, beim Pfandleiher nichts mehr einbrachten); und umgeben von seinen Hunden, die, mit ihren rissigen Lederschuhchen angetan, aufrecht auf einer schrägen Ottomane saßen.

Pat »hatte seine Ressourcen erschöpft«, obwohl dieser Ausdruck zu verschwommen ist, wenn es gilt, einen Zustand zu beschreiben, in dem er sich die meiste Zeit seines Lebens befand. Er war ein Oldtimer beim Film; einst hatte er sein Leben mit äußerster Prachtentfaltung gestaltet, aber in den letzten Jahren war es immer schwieriger geworden, die Jobs festzuhalten – schwieriger jedenfalls, als es war, Gläser festzuhalten.

»Wenn man drüber nachdenkt«, resignierte er oft, »neunundvierzig – und weiter als bis zum Schriftsteller habe ich es nicht gebracht.«

Den ganzen Nachmittag hatte er auf der Suche nach einer Idee die *Times* und den *Examiner* durchgeblättert. Obwohl er nicht vorhatte, aus dieser Idee einen Film zu komponieren, brauchte er sie, um aufs Studiogelände zu kommen. Wenn man nichts zum Vorzeigen hatte, wurde es immer schwieriger, das Tor zu passieren. Doch obwohl diese beiden Blätter – zusammen mit *Life* – die Quellen waren, aus denen sich die meisten Filme »nach einer wahren Begebenheit« speisten, gaben sie ihm an diesem Nachmittag nichts preis. Es gab Kriege, ein Großfeuer im Topanga Canyon, Pressemitteilungen aus den Studios, Bestechungsaffären in der Stadtverwaltung sowie natürlich die selig machenden Taten der »Trojaner«, der hiesigen Football-Mannschaft, aber Pat fand nichts, was sich als zu Herzen gehende Story mit der Rennseite hätte messen können.

›Wenn ich nach Santa Anita könnte‹, dachte er, ›könnte ich mir ein besseres Bild von den Pferdchen machen.‹

Diese erfreuliche Vorstellung wurde von seinem Hausbesitzer, dem auch das Feinkostgeschäft im Erdgeschoss gehörte, unterbrochen.

»Ich habe Ihnen gesagt, ich nehme für Sie keine Anrufe mehr entgegen«, sagte Nick, »und das hat sich auch nicht geändert. Aber Mr. Carl Le Vigne hat persönlich vom Studio angerufen und sagt, Sie sollen sofort rüberkommen.«

Die Aussicht auf einen Job veränderte Pat. Sie betäubte die bröckeligen, sich sträubenden Überreste seiner Mannhaftigkeit und impfte ihn stattdessen mit einer einschmeichelnden, sorglosen Zuversicht. Wohlgesetzte Rede und feine Lebensart des Erfolgsmenschen kehrten zu ihm zurück. Die Art, wie er dem Studio-Werkschutzmann zuzwinkerte, wie er sich mit Louie, dem Studio-Buchmacher, auf einen kleinen Schwatz einließ, wie er sich schließlich bei Mr. Le Vignes Sekretärin vorstellte, ließ ahnen, dass er bei gewichtigen Geschäften in entlegenen Weltteilen unterbrochen worden war. Indem er Le Vigne mit einem schalkhaften »Hal-*lo*, Captain!«, begrüßte, benahm er sich fast wie ein Gleichgestellter, wie ein erprobter Leutnant, der nie wirklich weg gewesen war.

»Pat, Ihre Frau liegt im Krankenhaus«, sagte Le Vigne. »Wahrscheinlich steht es heute Nachmittag in der Zeitung.«

Pat schrak auf.

»Meine Frau?«, sagte er. »Welche?«

»Estelle. Sie hat versucht, sich die Pulsadern aufzuschneiden.«

»Estelle!«, rief Pat aus. »Sie meinen *Estelle*? Hören Sie mal, ich war doch nur drei Wochen lang mit ihr verheiratet!«

»Sie war das beste Mädchen, das Sie jemals hatten«, sagte Le Vigne grimmig.

»Ich hab seit zehn Jahren nichts von ihr gehört.«

»Aber jetzt hören Sie was von ihr. Wir haben in sämtlichen Studios angerufen, um Sie ausfindig zu machen.«

»Ich hatte nichts damit zu tun.«

»Ich weiß; sie ist erst seit einer Woche hier. Da, wo sie zuletzt lebte, hatte sie ziemliches Pech … War das in New Orleans? Der Mann ist ihr weggestorben, dann das Kind, und kein Geld …«

Pat atmete wieder leichter. Keiner wollte ihm etwas anhängen.

»Sie wird es jedenfalls überleben«, versicherte ihm Le Vigne überflüssigerweise, »und sie war mal das beste Scriptgirl, das wir auf dem Gelände hatten. Wir wollen uns um sie kümmern. Wir dachten, es wäre das Beste, Ihnen einen Job zu geben. Natürlich keinen richtigen Job; ich weiß ja, dass Sie dazu nicht in der Lage sind.« Er blickte in Pats rotgeränderte Augen. »Wir dachten an so etwas wie einen Ehrensold.«

Pat begann, sich unbehaglich zu fühlen. Er kannte das Wort nicht, aber »Ehre« störte ihn, und »Sold« beschwor eine ganze Flut unangenehmer Erinnerungen herauf.

»Sie sind für zweifünfzig die Woche auf der Gehaltsliste, drei Wochen lang«, sagte Le Vigne, »aber davon gehen einsfünfzig die Woche an das Hospital für die Krankenhausrechnung Ihrer Frau.«

»Wir sind aber doch geschieden!«, protestierte Pat. »Und zwar richtig, nicht auf die mexikanische Tour. Ich war seitdem wieder verheiratet und sie auch …«

»Nehmen Sie's an, oder lassen Sie's bleiben. Sie können hier ein Büro kriegen, und wenn sich irgendwas ergibt, was Sie machen können, sage ich Bescheid.«

»Ich habe noch nie für hundert die Woche gearbeitet.«

»Sie brauchen auch nicht zu arbeiten. Wenn Sie wollen, können Sie zu Hause bleiben.«

Pat änderte seine Taktik.

»Ich werde arbeiten«, sagte er schnell. »Sie treiben mir eine gute Story auf, und ich zeige Ihnen, ob ich arbeiten kann oder nicht.«

Le Vigne schrieb etwas auf einen Zettel.

»In Ordnung. Sie kriegen dann ein Büro.«

Draußen sah sich Pat die Notiz an.

»Mrs. John Devlin«, hieß es da, »Good Samaritan Hospital.«

Die Worte irritierten ihn schon als solche.

»Zum Guten Samariter!«, stieß er hervor. »Scheint ein Nepplokal für Kanaken zu sein! Einhundertundfünfzig Scheine pro Woche!«

II

Pat waren schon einige Jobs aus Barmherzigkeit übertragen worden, aber dies war der erste, der ihn mit Scham erfüllte. Er hatte nichts dagegen, wenn er sein Gehalt nicht *verdiente,* es aber nicht zu *kriegen,* das war etwas anderes. Und er fragte sich, ob andere Leute auf dem Gelände, die offensichtlich ebenfalls nichts taten, dafür angemessen entlohnt wurden. Es gab, zum Beispiel, eine ganze Reihe schöner junger Damen, die das abweisende Gehabe von Stars an den Tag legten und die Pat als Inventar-Miezen einschätzte, bis ihm Eric, der Botenjunge, erzählte, sie seien Importe aus Wien und Budapest und noch für keinen bestimmten Film eingeteilt. Ging denn etwa auch die Hälfte ihrer Gehälter an Gatten, die sie nur drei Wochen lang gehabt hatten?

Die Lieblichste von ihnen war Lizzette Starheim, eine veilchenäugige kleine Blondine mit einer mangelhaft vertuschten Aura der Illusionslosigkeit um sich. Pat sah sie jeden Nachmittag in der Intendanzkantine allein beim Tee sitzen – und er machte ihre Bekanntschaft ganz einfach dadurch, dass er sich in einen Stuhl ihr gegenüber sinken ließ.

»Hallo, Lizzette«, sagte er. »Ich bin Pat Hobby, der Autor.«

»Oh, hallo!«

Sie schoss ein derartig strahlendes Lächeln auf ihn ab, dass er einen Augenblick lang dachte, sie müsse von ihm gehört haben.

»Wann kriegen Sie eine Rolle?«, fragte er.

»Ich weiß nicht.« Ihr Akzent war schwach, aber quälend.

»Lassen Sie sich bloß nicht auf die billige Tour vertrösten. Das haben Sie mit so einem Gesicht doch gar nicht nötig.« Ihre Schönheit bewirkte bei ihm eine gewisse rostige Beredsamkeit. »Manchmal behalten die einen unter Vertrag, bis einem die Zähne ausfallen, weil man ihrem Superstar zu ähnlich sieht.«

»O nein«, sagte sie unendlich traurig.

»O doch«, versicherte er ihr, »wenn ich's Ihnen doch sage. Warum gehen Sie nicht zu einer anderen Filmgesellschaft und lassen sich ausleihen? Haben Sie schon mal mit diesem Gedanken gespielt?«

»Ich finde ihn wunderbar!«

Er hatte vorgehabt, das Thema noch tiefer auszuloten, aber Miss Starheim blickte auf ihre Armbanduhr und erhob sich.

»Ich muss jetzt gehen, Mr. …«

»Hobby. Pat Hobby.«

Pat schloss sich Dutch Waggoner an, dem Regisseur, welcher gerade mit einer Kellnerin an einem anderen Tisch knobelte.

»Zwischen zwei Filmen, Dutch?«

»Zwischen zwei Filmen! Dass ich nicht lache!«, sagte Dutch. »Seit sechs Wochen habe ich keinen Film gemacht, und mein Vertrag läuft noch genau sechs Monate weiter. Ich will aussteigen. Wer war denn die kleine Blonde?«

Später, in seinem Büro, diskutierte Pat diese Begegnungen mit Eric, dem Botenjungen.

»Alle unter Vertrag und keinen Schimmer, wo sie hin sollen«, sagte Eric. »Sehen Sie sich diesen Jeff Manfred an! Immerhin Produktionsassistent. Was macht er jetzt? Sitzt in seinem Büro und schreibt Aktennotizen an die Bosse; und ich bringe ihm dann den Bescheid, sie seien zurzeit in Palm Springs. Das bricht mir das Herz. Gestern hat er den Kopf auf die Tischplatte geknallt und geflennt.«

»Und wie soll das anders werden?«, fragte Pat.

»Oben muss sich was ändern«, orakelte Eric. »Und das wird es auch.«

»Und wer wird der neue Boss?«, fragte Pat mit kaum verhohlener Aufregung.

»Das weiß kein Mensch«, sagte Eric. »Aber mir persönlich würde der Job keinen Spaß machen! Mann! Ich wäre gern Autor. Ich habe drei Ideen, die sind so neu, die sind noch klatschnass hinter den Ohren.«

»Das ist wirklich kein Leben«, bestätigte ihm Pat voller Überzeugung. »Ich würde vom Fleck weg mit dir tauschen.«

Am nächsten Tag fing er Jeff Manfred in der Empfangshalle ab, der mit der unglaubwürdigen Eile eines Menschen ohne Ziel vor sich hin hastete.

»Wozu die Eile, Jeff?«, fragte Pat und verfiel in die gleiche Gangart.

»Noch ein paar Scripts durchlesen«, keuchte Jeff wenig überzeugend.

Er mochte sich sperren, wie er wollte; Pat zerrte ihn in sein Büro.

»Jeff, haben Sie von der Umstrukturierung gehört?«

»Aber ich bitte Sie, Pat…« Jeff blickte nervös die Wände an. »Von welcher Umstrukturierung?«, fragte er.

»Ich habe gehört, dass dieser Harmon Shaver unser neuer Boss wird«, versuchte es Pat. »Wall-Street-Kontrolle.«

»Harmon Shaver!«, höhnte Jeff. »Der hat doch nicht die allerleiseste Ahnung vom Film; der ist doch ein reiner Finanzmensch. Der wandelt doch herum wie eine verlorene Seele.« Jeff lehnte sich zurück und überlegte. »Trotzdem. Wenn Sie recht haben sollten, wäre er der Mann, zu dem man gehen kann.« Er schlug seine trauernden Augen zu Pat auf. »Es ist mir seit einem Monat nicht gelungen, mit Le Vigne oder Barnes oder Bill Bohrer zu reden. Ich kriege keinen Auftrag, ich kriege keinen Schauspieler, ich kriege keine Story.« Er verstummte. »Ich habe mir schon gedacht, man sollte mal auf eigene Faust eine größere Sache auskochen. Irgendwelche Ideen?«

»Ich?«, sagte Pat. »Ich habe drei Ideen, die sind so neu, die sind noch klatschnass hinter den Ohren.«

»Und an wen haben Sie dabei gedacht?«

»An Lizzette Starheim«, sagte Pat, »und Dutch Waggoner führt Regie. Na?«

III

»Ich bin hundertprozentig dabei«, sagte Harmon Shaver. »Seit ich beim Film bin, habe ich nichts erlebt, was mir so viel Mut gemacht hätte.« Er trug das breite Grinsen eines Anlageberaters zur Schau. »Ich schwör's Ihnen: Das erinnert mich daran, wie wir einen Zirkus auf die Beine gestellt haben, als ich noch ein kleiner Junge war.«

Sie hatten sich unauffällig wie Verschwörer in seinem Büro versammelt – Jeff Manfred, Waggoner, Miss Starheim und Pat Hobby.

»Gefällt Ihnen dieser Plan?«, fuhr Shaver fort.

»Ich finde ihn wunderbar.«

»Und Sie, Mr. Waggoner?«

»Bisher kenne ich nur die groben Umrisse«, sagte Waggoner mit der Vorsicht des Regisseurs, »aber es scheint wieder den alten emotionalen Biss zu haben.« Er blinzelte Pat zu. »Wusste gar nicht, dass dieser alte Penner es dermaßen draufhat.«

Pat funkelte vor Stolz. Jeff Manfred, obschon ähnlich hochgestimmt, war nicht ganz so heißblütig.

»Vor allem ist es wichtig, dass niemand etwas ausplaudert«, sagte er nervös. »Die Direktionsetage würde doch nur wieder einen Haken finden, um die Sache zu kippen. In einer Woche, wenn wir das fertige Script haben, gehen wir zusammen hin.«

»Ganz meine Meinung«, sagte Shaver. »Die haben den Laden schon so lange und so gut geleitet, dass ich meinen eigenen Sekretärinnen nicht mehr traue … Ich werd sie heute Nachmittag auf die Rennbahn schicken.«

Pat wurde derweil in seinem Büro von Eric, dem Botenjungen, erwartet. Er wusste nicht, dass er der Angelpunkt einer bedeutenden neuen Entwicklung war.

»Hat Ihnen mein Stoff gefallen?«, fragte er eifrig.

»War ganz hübsch«, sagte Pat mit spärlich dosierter Anteilnahme.

»Sie hatten gesagt, Sie würden für die nächste Lieferung mehr zahlen.«

»Nun seien Sie doch mal Mensch!« Pat war bekümmert. »Wie viele Botenjungen kriegen denn schon fünfundsiebzig die Woche?«

»Und wie viele Botenjungen können schreiben?«

Pat überlegte. Von den zweihundert die Woche, die ihm Jeff Manfred aus eigener Tasche vorstreckte, hatte er eine Kommission von sechzig Prozent für sich einbehalten.

»Ich erhöhe auf hundert«, sagte er. »Jetzt melde dich beim Pförtner ab, und warte vor Benny's Bar auf mich.«

Im Krankenhaus wurde Estelle Hobby-Devlin in ihrem Bett aufgescheucht und war vom unerwarteten Besuch überwältigt.

»Gut, dass du kommst, Pat«, sagte sie. »Du warst immer gut zu mir. Hast du meine Nachricht bekommen?«

»Vergiss es«, sagte Pat barsch. Diese Gattin hatte er noch nie gemocht. Sie hatte ihn zu sehr geliebt – so lange, bis sie plötzlich herausfand, dass er kein großer Liebhaber war. In ihrer Gegenwart kam er sich minderwertig vor.

»Draußen wartet ein junger Mann«, sagte er.

»Worauf?«

»Ich dachte, wenn du sonst nichts zu tun hast, kannst du für mein Geld auch mal was leisten …«

Er wedelte mit der Hand über das kahle Krankenzimmer hin.

»Du warst doch mal ein Klasse-Scriptgirl. Glaubst du, du könntest einen roten Faden in eine wirklich erstklassige Geschichte bringen, wenn ich dir eine Schreibmaschine besorge?«

»Na … ja. Ich glaube schon.«

»Das ist ein Geheimnis. Im Studio können wir keinem trauen.«

»Ist ja gut«, sagte sie.

»Ich schicke den Kleinen mit dem Zeug rein. Ich hab jetzt eine Besprechung.«

»Gut. Und … ach, Pat … komm mich wieder mal besuchen, ja?«

»Klar. Ich komme.«

Er wusste jedoch, dass er nie wieder kommen würde. Er mochte keine Krankenzimmer; er wohnte selbst in einem. Nie wieder Armut und Versagen. Was er schätzte, war Kraft; heute Abend nahm er Lizzette Starheim zum Catchen mit.

IV

In seinen privaten Grübeleien nannte Harmon Shaver das bewusste Showdown die »Surprise Party«. Er wollte Le Vigne mit einem *fait accompli* konfrontieren, und bevor er Le Vigne herbeitelefonierte, sammelte er seine Gefolgschaft um sich.

»Wozu?«, wollte Le Vigne wissen. »Sagen Sie's mir doch gleich … Ich habe wirklich viel zu tun.«

Diese Arroganz irritierte Shaver, der schließlich hier war, um die Interessen von Aktionären an der Ostküste wahrzunehmen.

»Ich verlange doch wohl wirklich nicht zu viel«, sagte er scharf. »Ihr dürft jederzeit hinter meinem Rücken über mich lachen und mich aus allem rauslassen. Aber diesmal habe ich etwas, und ich möchte, dass Sie unverzüglich herkommen.«

»Ist ja schon gut ... ist ja schon gut.«

Le Vignes Brauen hoben sich unwillkürlich, als er den Stab der neuen Produktion sah, aber er sagte nichts; er flegelte sich in einen Armstuhl, heftete die Augen auf den Fußboden und bedeckte seinen Mund mit den Fingern.

Mr. Shaver kam um den Tisch herum und ließ Worte fließen, die seit Monaten in ihm gegoren hatten. Auf das Wesentlichste destilliert, lautete sein Protest folgendermaßen: »Ihr wolltet mich nicht mitspielen lassen, aber ich spiele trotzdem mit.« Dann nickte er Jeff Manfred zu, dieser öffnete das Manuskript und las laut daraus vor. Das dauerte eine Stunde, und Le Vigne saß immer noch stumm und bewegungslos da.

»Das wär's«, sagte Shaver triumphierend. »Wenn Sie keine Einwände haben, finde ich, wir sollten ein Budget für das Projekt freimachen und schon mal anfangen. Ich vertrete das dann gegenüber meinen Leuten.«

Schließlich sprach Le Vigne.

»Gefällt Ihnen der Film, Miss Starheim?«

»Ich finde ihn wunderbar.«

»In welcher Sprache gedenken Sie ihn zu spielen?«

Zum allgemeinen Erstaunen erhob sich Miss Starheim.

»Ich muss jetzt gehen«, sagte sie mit ihrem schwachen, aber schmerzlichen Akzent.

»Setzen Sie sich hin, und beantworten Sie meine Frage«, sagte Le Vigne. »In welcher Sprache wollen Sie in dem Film auftreten?«

Miss Starheim schien den Tränen nahe.

»Wenn I gute teachers hätte, konnte ich dann thees role gut spielen«, stammelte sie.

»Aber das Script gefällt Ihnen.«

Sie zögerte.

»Ich finde ihn wunderbar.«

Le Vigne wandte sich an die anderen.

»Miss Starheim ist jetzt seit acht Monaten hier«, sagte er. »Sie hatte bisher drei Lehrer. Falls sich in den letzten drei Wochen nicht alles geändert haben sollte, beherrscht sie die folgenden drei Sätze. Sie kann ›Wie geht es Ihnen?‹ sagen; sie kann sagen: ›Ich finde ihn wunderbar‹, und sie kann ›Ich muss jetzt gehen‹ mit einer gewissen Geläufigkeit vortragen. Es hat sich leider herausgestellt, dass Miss Starheim eine absolute Lusche ist; das ist keine Beleidigung, da sie ohnehin nicht weiß, was das bedeutet. Wie dem auch sei – hier haben Sie Ihren Star.«

Er wandte sich Dutch Waggoner zu, doch Dutch war bereits aufgesprungen.

»Carl, hör mal zu ...«, sagte er abwehrend.

»Sie zwingen mich dazu«, sagte Le Vigne. »Säufern habe ich bis zu einem gewissen Punkt vertraut, aber ich will verdammt sein, wenn ich mich von einem Fixer verladen lasse.«

Er wandte sich Harmon Shaver zu.

»Dutch war insgesamt genau eine geschlagene Woche lang zu gebrauchen – und das in vier Filmen. Im Augenblick ist er sauber, aber wenn der Stress beginnt, braucht er wieder die kleinen weißen Pülverchen. Sei still, Dutch! Sag nichts, was du später bereuen würdest. Wir füttern dich mit durch, und wir *hoffen* auf dich ..., aber ins Studio lassen wir dich erst, wenn du die ärztliche Bescheinigung vorlegen kannst, dass du ein Jahr lang sauber geblieben bist.«

Er wandte sich wieder an Harmon.

»Da haben Sie Ihren Regisseur. Ihr Produktionsassistent, Jeff Manfred, ist nur aus einem einzigen Grunde hier: Er ist der Vetter von Behrers Frau. Ich habe sonst nichts weiter gegen ihn, aber er gehört zu den Zeiten des Stummfilms wie ... wie ...« Seine Augen fielen auf einen schwankenden, gebrochenen Mann. »... wie Pat Hobby.«

»Was wollen Sie damit sagen?«, fragte Jeff.

»Sie haben Pat Hobby geglaubt? Das sagt doch alles.« Wieder wandte er sich an Shaver. »Jeff ist ein Traumtänzer, und er kann das Wasser nicht halten. Mr. Shaver, Sie haben mir da eine Menge schadhaftes Material ins Haus gekarrt.«

»Immerhin habe ich eine gute Story eingekauft«, sagte Shaver trotzig.

»Ja. Das stimmt. Wir machen die Story.«

»Ist das nichts?«, fragte Shaver. »Wie sollte ich denn bei all dieser Heimlichtuerei wissen können, was mit Mr. Waggoner und Miss Starheim los ist? Aber eine gute Story erkenne ich auf Anhieb.«

»Ja«, sagte Le Vigne geistesabwesend. Er stand auf. »Ja ... eine gute Story ist das ... Kommen Sie mit in mein Büro, Pat.«

Er war schon an der Tür. Pat warf einen letzten brechenden Blick auf Mr. Shaver, als sei von diesem Hilfe zu erwarten. Dann folgte er matt.

»Setzen Sie sich, Pat.«

»Dieser Eric hat Talent, was?«, sagte Le Vigne. »Der bringt es noch zu was. Wie haben Sie ihn aufgestöbert?«

Pat fühlte, wie die Riemen des elektrischen Stuhls um ihn festgezurrt wurden.

»Na ja. So aufgestöbert eben. Er ... ist zu mir ins Büro gekommen.«

»Er kommt bei uns auf die Gehaltsliste«, sagte Le Vigne. »Wir sollten mal ein System ausarbeiten, damit diese Kinder eine Chance kriegen.«

Er führte ein kurzes Gespräch auf der Gegensprechanlage und schwang dann seinen Stuhl zu Pat herum.

»Aber wie sind Sie bloß an diesen gottverdammten Shaver geraten. *Sie,* Pat ... ein alter Hase wie Sie?«

»Tja, ich dachte ...«

»Warum verzieht er sich nicht an die Ostküste?«, fuhr Le Vigne angeekelt fort. »Stattdessen bringt er euch arme alte Kacker durcheinander!«

Das Blut floss in Pats Adern zurück. Er wusste, wenn man ihn rief; das war für ihn wie der Pfiff für einen Hund.

»Aber eine Story habe ich Ihnen verschafft, oder etwa nicht?«, sagte er, nicht ganz ohne Prahlerei. Und er fügte hinzu: »Und woher wussten Sie das alles?«

»Ich habe Estelle im Krankenhaus besucht. Sie hat mit diesem Kind zusammen daran gearbeitet. Bin richtig hineingeplatzt.«

»Oh«, sagte Pat.

»Ich kannte das Kind doch vom Sehen. Nun sagen Sie mir das eine, Pat: Dachte Jeff Manfred, Sie hätten das Drehbuch selbst verfasst – oder war er in die Schweinerei eingeweiht?«

»Mein Gott«, trauerte Pat. »Warum muss ich das beantworten?«

Le Vigne beugte sich eindringlich vor.

»Pat, Sie sitzen über einer Falltür!«, sagte er, und wild funkelten seine Augen. »Sehen Sie nicht die merkwürdigen Schnittlinien im Teppich? Ich brauche nur auf diesen Knopf zu drücken, und Sie fahren zur Hölle. Werden Sie *reden?*«

Pat war aufgesprungen und starrte alarmiert den Fußboden an.

»Ich werde reden!«, schrie er. Er glaubte es; er glaubte solche Sachen.

»Na schön«, sagte Le Vigne und entspannte sich. »In der Anrichte steht ein Whiskey. Reden Sie schnell, und ich gebe Ihnen noch einen Monat zu zweifünfzig. Irgendwie tut mir Ihre Anwesenheit wohl.«

Ein patriotischer Kurzfilm

Pat Hobby hatte – als Mann und als Schriftsteller – seine großen Erfolge in Hollywood während jener Epoche gehabt, die Irvin Cobb als »das Mosaik-Swimmingpool-Zeitalter« bezeichnet, »kurz bevor man einen Schienbeinknochen vom heiligen Sebastian als Schaltknüppel im Auto haben musste«.

Mr. Cobb übertreibt zweifellos, denn als Pat in den fetten Jahren des Stummfilms seinen Pool hatte, war dieser durch und durch aus Zement, wenn man von den Rissen absieht, durch die sich das Wasser störrisch seinen Weg ins Erdreich fraß, um mit dem Grundwasser wiedervereinigt zu sein.

»Aber ein Pool war es«, bestätigte er sich mehr als eine Dekade später. Auch wenn er jetzt überaus dankbar für den kleinen Auftrag war, den ihm Produzent Berners verschafft hatte – eine Woche zu zweifünfzig –, so konnten ihm alle Ungebührlichkeiten, die das Büroleben mit sich brachte, diese Erinnerung nicht nehmen.

Er war ins Studio gebeten worden, um einen bescheidenen Kurzfilm zu überarbeiten. Dieser basierte auf der Laufbahn von General Fitzhugh Lee, der erst für die Konföderation und dann für die Vereinigten Staaten gegen Spanien gekämpft hatte, so dass weder Nord noch Süd beleidigt sein konnten. Und in der gerade beendeten Konferenz hatte Pat sich bemüht, etwas beizutragen.

»Ich dachte mir«, hatte er seinen Vorschlag an Jack Berners eingeleitet, »es wäre vielleicht gut, wenn wir der Sache einen jüdischen Touch geben könnten.«

»Wie meinen Sie das?«, fragte Jack Berners schnell.

»Na, ich meine, so, wie die Dinge liegen, wäre es vielleicht eine gute Sache, wenn wir zeigen, dass auch eine ganze Reihe Juden damit zu tun hatten.«

»Womit?«

»Na, mit dem Bürgerkrieg.« Er ging im Geiste schnell seine spärlichen Geschichtskenntnisse durch. »Hatten sie doch, oder?«

»Natürlich«, sagte Berners mit einer gewissen Ungeduld. »Ich vermute, außer den Quäkern hatten alle etwas damit zu tun.«

»Na ja, und ich hatte die Idee, dass dieser Fitzhugh Lee in ein jüdisches Mädchen verliebt ist. Es ist also Ausgangssperre, und sie schnappt sich eine Kirchenglocke …«

Jack Berners lehnte sich ernsthaft auf den Tisch.

»Sagen Sie mal, Pat, Sie wollen diesen Job doch, oder? Na also. Ich habe Ihnen die Story erzählt. Sie haben den ersten Drehbuchentwurf. Wenn Sie sich diesen Quatsch ausgedacht haben, um mir zu imponieren, haben Sie sich nicht mehr ganz im Griff.«

Sprach man so mit einem Mann, der einst einen Swimmingpool besessen hatte, über den keine Geringere als …

Auf diese Weise begann er, über seinen lange verlorenen Swimmingpool nachzugrübeln, als er den Kurzfilm-Trakt betrat. Er erinnerte sich in allen Einzelheiten an einen bestimmten Tag, als er in seinem von einem Filipino gesteuerten Auto beim Studio vorgefahren war; an die ehrerbietige Verbeugung des Wachpostens am Tor, der ihn, sein Auto und alles andere aufs Gelände gewunken hatte; erinnerte sich, wie er zu seinem Büro emporgeklommen war, welches ein Vorzimmer plus Sekretärin besaß und in Wirklichkeit das Büro eines Regisseurs war…

Seine Träumerei wurde jäh von der Stimme Ben Browns unterbrochen, dem Oberhaupt der Kurzfilmabteilung, der ihn in seine Räume führte.

»Jack Berners hat mich gerade angerufen«, sagte er. »Wir wollen keinen neuen Gesichtspunkt, Pat. Wir haben bereits eine gute Story. Fitzhugh Lee war ein fescher Kavallerie-Kommandant. Er war der Neffe von Robert E. Lee, und wir wollen zeigen, wie er vor Appomattox liegt, verbittert, alles. Und dann wollen wir zeigen, wie er sich wieder fängt – wir müssen aufpassen; in Virginia wimmelt es nur so von Lees –, und wie er schließlich von Präsident McKinley einen US-Auftrag annimmt…«

Pats Geist schweifte in die Vergangenheit zurück. Der Präsident… Das war das Zauberwort, das auch jenen Morgen vor vielen Jahren bestimmt hatte. Der Präsident der Vereinigten Staaten sollte das Studiogelände besichtigen. Alle waren aus dem Häuschen, denn noch nie zuvor hatte ein Präsident der Vereinigten Staaten ein Filmstudio besucht. Die leitenden Herren hatten sich alle feingemacht; von einem Fenster seines lang eingebüßten Hauses in Beverly Hills hatte Pat Mr. Maranda gesehen – dessen Villa der seinen benachbart war –, wie er um neun Uhr morgens im Cutaway den Kiesweg hinunterhetzte, und da war ihm klargeworden, dass etwas Großes bevorstand. Er dachte, vielleicht habe sich die Geistlichkeit ein Stelldichein gegeben, aber als er das Gelände erreichte, erfuhr er, dass es der Präsident der Vereinigten Staaten war, dessen Besuch erwartet wurde…

»Entschärfen Sie die Sache mit Spanien«, sagte Ben Brown. »Der Typ, der das Drehbuch geschrieben hat, war ein Roter, und bei ihm haben alle spanischen Offiziere Hummeln in der Hose. Bringen Sie das in Ordnung.«

In dem Büro, das man ihm zugewiesen hatte, betrachtete Pat das Script von *Zwei Flaggen und ein Herz.* In der ersten Einstellung erfährt General Fitzhugh Lee an der Spitze seiner Kavallerie, dass Petersburg evakuiert worden ist. Laut Script verarbeitete Lee diesen Schicksalsschlag pantomimisch, aber Pat bekam zweifünfzig die Woche; also schrieb er – beiläufig und ohne sichtbare Anstrengung – eine seiner liebsten Zeilen nieder:

LEE (zu seinen Offizieren):
Was steht ihr da herum und glotzt? Unternehmt *etwas!*
6. Halbtotale. Die Offiziere rappeln sich auf, schlagen sich gegenseitig auf die Schultern usw.
Überblenden zu:

Ja, wozu? Pats Geist blendete sich wieder aus und hinüber in die glanzvolle Vergangenheit. An jenem frohen Tag in den zwanziger Jahren hatte um die Mittagszeit das Telefon geläutet. Es war Mr. Maranda gewesen.

»Pat, der Präsident nimmt im privaten Speisesaal das Mittagessen ein. Doug Fairbanks kann nicht kommen; deshalb ist ein Stuhl frei, und wir dachten sowieso, es ist besser, wenn auch ein Drehbuchautor dabei ist.«

Die Erinnerung an dieses glanzvolle Diner ließ sein Herz höher schlagen. Der Große Mann hatte ein paar den Film betreffende Fragen gestellt und einen Witz erzählt, und Pat hatte mit den anderen gelacht und gelacht – allesamt gestandene Männer – reich, glücklich und erfolgreich.

Danach sollte der Präsident einige Ateliers besichtigen und bei ein paar Dreharbeiten zusehen, und danach sollte er bei Mr. Maranda zu Hause einige der weiblichen Filmstars zum Tee treffen. Zu dieser Party war Pat nicht eingeladen, aber er ging früh nach Hause und beobachtete von der Veranda aus, wie das Gefolge vorfuhr; Mr. Maranda saß hinten, neben dem Präsidenten. Damals war er stolz auf das Filmgewerbe, stolz auf die Stellung, die er dort innehatte, stolz auf den Präsidenten des glücklichen Landes, in dem er, Pat Hobby, geboren war …

In die Realität zurückgekehrt, blickte Pat auf das Drehbuch von *Zwei Flaggen und ein Herz* und schrieb langsam und wohlüberlegt: *Insert: Ein Kalender; die Jahreszahlen sind deutlich zu erkennen. Sie werden von einem kalten Wind davongeweht, damit man sieht, dass Fitzhugh Lee immer älter wird.*

Seine Mühen hatten ihn durstig gemacht; sein Durst richtete sich nicht auf Wasser, aber er war gut genug beraten, um am ersten Tag eines neuen Jobs nichts zu sich zu nehmen. Er stand auf und ging über den Flur zum Eiswasserspender.

Im Gehen verfiel er wieder in seine Träumerei.

Es war ein herrlicher kalifornischer Nachmittag gewesen, und deshalb hatte Mr. Maranda seine aufgekratzten Gäste mitsamt dem Gefolge der Stars in den Garten gebeten, und dieser Garten grenzte an Pats Garten. Pat war durch die Hintertür aus seinem Haus gegangen und strich gebückt an einer Ligusterhecke entlang, um nicht gesehen zu werden; und plötzlich stand er von Angesicht zu Angesicht dem Präsidenten gegenüber.

Der Präsident hatte gelächelt und genickt. Mr. Maranda hatte gelächelt und genickt.

»Sie haben Mr. Hobby bereits beim Mittagessen kennengelernt«, sagte Mr. Maranda. »Er ist einer unserer Autoren.«

»Ah ja«, sagte der Präsident, »Sie schreiben also die Filme.«

»Ja, genau«, hatte Pat gesagt.

Der Präsident ließ seinen Blick über Pats Besitz schweifen.

»Ich könnte mir vorstellen …«, sagte er, »… dass Sie eine ganze Menge Inspirationen bekommen, wenn Sie so an diesem schönen Swimmingpool sitzen.«

»Ja«, sagte Pat, »ja, genau.«

… Pat füllte seinen Becher am Wasserspender. Vom anderen Ende des Flurs näherte sich eine Gruppe: Jack Berners, Ben Brown und mehrere andere leitende Herren, und sie hatten ein Mädchen bei sich, mit dem sie überaus zuvorkommend und unterwürfig verkehrten. Er erkannte ihr Gesicht: Sie war das Girl des Jahres, das Totale Girl, das Absolute Girl, das Au-Backe-Girl, das Glamour-Girl, das Girl, um das sich alle Filmgesellschaften rissen.

Pat brütete über seinem Getränk. Er hatte miterlebt, wie

ein falscher Stern nach dem anderen auf- und wieder unterging, aber dieses Mädchen *hatte* es; sie war dazu angetan, den Puls eines jeden in der Nation zu beschleunigen. Er spürte bereits, wie sein Herz schneller zu schlagen begann. Schließlich, als sich die Prozession genähert hatte, stellte er den Becher ab, fuhr sich mit der Hand durchs Haar und wagte einen Schritt auf die Mitte des Korridors zu.

Das Mädchen sah ihn an; er sah das Mädchen an. Dann hakte sie sich mit einem Arm bei Jack Berners unter und mit dem anderen bei Ben Brown, und plötzlich schien die Gesellschaft direkt durch ihn hindurchzugehen, und er musste an die Wand zurücktreten.

Einen Augenblick später drehte sich Jack Berners um und sagte: »Tag, Pat.« Und dann warfen einige der anderen halbe Blicke hinter sich. Aber niemand sprach; alle waren viel zu sehr an dem Mädchen interessiert.

In seinem Büro betrachtete Pat die Szene, in der Präsident McKinley Fitzhugh Lee ein Offizierspatent in der Armee der Vereinigten Staaten anbietet. Plötzlich knirschte er mit den Zähnen und drückte kräftig auf den Bleistift, als er schrieb:

> LEE: *Mr. President, nehmen Sie Ihr Offizierspatent, und rutschen Sie mir damit auf dem schnellsten Weg den Buckel runter.*

Dann sank er auf seinem Schreibtisch zusammen; seine Schultern zuckten, als er an jenen Glückstag zurückdachte, als er noch einen Swimmingpool besaß.

Auf den Spuren von Pat Hobby

I

Der Tag hatte schon dunkel begonnen, und ein kalifornischer Nebel kroch in jede Ritze. Er war Pat auf seiner überstürzten, hutlosen Flucht durch die ganze Stadt gefolgt. Sein Ziel, seine Zuflucht war das Studio, in dem er zwar nicht fest angestellt war, das ihm aber in den letzten zwanzig Jahren ein Heim geboten hatte.

War es Einbildung, oder bedachte der Polizist am Tor ihn und seinen Passierschein tatsächlich mit einem besonders langen Blick? Vielleicht lag es daran, dass er keinen Hut hatte; Hollywood war zwar voller hutloser Männer, aber Pat fühlte sich gezeichnet, umso mehr, als er keine Gelegenheit gehabt hatte, sich einen Scheitel durch das dünne graue Haar zu ziehen.

In der Drehbuchabteilung suchte er die Toilette auf. Dann erinnerte er sich: Nach einem inspirierten Ukas von oben waren vor einem Jahr in der Drehbuchabteilung sämtliche Toilettenspiegel entfernt worden.

Auf der anderen Seite des Korridors stand Bee McIlvaines Tür offen, und er erkannte ihre molligen Umrisse.

»Bee, kannst du mir deine Puderdose leihen?«, fragte er.

Bee sah ihn argwöhnisch an. Dann runzelte sie die Stirn und kramte die Dose aus ihrer Handtasche hervor.

»Hast du auf dem Gelände zu tun?«, wollte sie wissen.

»Nächste Woche«, prophezeite er. Er legte die Puderdose auf ihren Schreibtisch und beugte sich mit seinem Kamm darüber. »Warum hängen die nicht wieder Spiegel in den Toiletten auf? Glauben die, dass sich die Autoren dann den ganzen Tag im Spiegel betrachten?«

»Weißt du noch, wie sie die Chaiselongues entfernt haben?«, sagte Bee. »Das war neunzehnhundertzweiunddreißig. Und vierunddreißig haben sie sie dann wieder hingestellt.«

»Ich habe zu Hause gearbeitet«, sagte Pat mit Gefühl.

Nachdem er mit ihrem Spiegel fertig war, überlegte er, ob sie wohl für ein Darlehen gut sein mochte – genug, um einen Hut und etwas zu essen zu kaufen. Bee musste den Ausdruck, der in seinen Augen lag, richtig gedeutet haben, denn sie kam ihm zuvor.

»Mein ganzes Geld ist für Pillen draufgegangen«, sagte sie, »und ich mache mir Sorgen um meinen Job. Entweder kommt mein Film morgen heraus, oder er landet im Keller. Wir haben noch nicht mal einen Titel.«

Sie überreichte ihm eine vervielfältigte Aktennotiz von der Abteilungsleitung, und Pat warf einen Blick auf die Überschrift:

AN ALLE ABTEILUNGEN:

TITEL GESUCHT – FÜNFZIG DOLLAR BELOHNUNG

INHALTSANGABE SIEHE UNTEN

»Die fünfzig könnte ich gebrauchen«, sagte Pat. »Worum geht's denn?«

»Das steht alles auf dem Zettel. Es handelt sich da um alles Mögliche, was in Ferienkolonien passiert.«

Pat schrak auf und sah sie mit wilden Augen an. Er hatte gedacht, hinter den bewachten Toren sei er sicher, aber Neuigkeiten verbreiteten sich rasch. Dies war eine mehr oder weniger gutgemeinte Warnung. Er musste weiter. Jetzt war er ein Verfolgter und hatte nichts mehr, auf das er seinen hutlosen Kopf betten konnte.

»Davon habe ich nicht die mindeste Ahnung«, murmelte er und verließ hastig das Zimmer.

II

Als er die Kantine betreten hatte, sah er sich um. Außer dem Mädchen am Zigarettenstand war kein Wächter zu sehen, aber wenn man an den Hut eines anderen gelangen wollte, gab es eine Komplikation: Die Hutnummer war durch einen oberflächlichen Blick schwer abzuschätzen; ein Mann aber, der in einer Garderobe mehrere Hüte anprobiert, macht sich unweigerlich verdächtig.

Ebenso war der persönliche Geschmack hinderlich. Pat war von einem weichen grünen Filzhut mit einem kecken Federchen angetan, aber der wäre zu leicht zu identifizieren gewesen. Dasselbe traf auf einen schönen weißen Stetson für das Leben unter freiem Himmel zu. Schließlich entschied er sich für einen soliden grauen Homburg, der aussah, als werde er ihm gute Dienste leisten. Mit bebenden Händen setzte er ihn auf. Er passte. Er entfernte sich wieder – in schmerzhafter, nicht enden wollender Zeitlupe.

Sein Selbstvertrauen wurde in der nächsten Stunde durch den Umstand, dass niemand, den er traf, Bemerkungen über Ferienhäuser machte, teilweise wiederhergestellt. Es waren drei magere Monate für Pat gewesen. Er hatte seinen Job bei der Firma *Selecto Tourist Cabins* als reine Zwischenlösung angesehen, die er Freunden gegenüber nie und nimmer erwähnen wollte. Aber als heute Morgen die Polizei eine Razzia veranstaltet hatte, waren die Polizisten lange genug da gewesen, um bei Pat – oder Don Smith, wie er sich nannte – alle Zweifel daran auszuräumen, dass er als Zeuge würde aussagen müssen. Die Geschichte seiner Flucht ist der Kunstform des Melodrams zuzuordnen; wie er durch die Hintertür verschwand; wie er sich einen Viertelliter dessen, was er jetzt so nötig brauchte, im Drugstore an der Ecke kaufte; wie er sich seinen Weg durch die große Stadt per Anhalter gebahnt hatte; wie er beim Anblick von Verkehrspolizisten erstarrt war; und wie er erst wieder frei atmen konnte, als er hoch oben das Emblem der Filmgesellschaft erblickte.

Nachdem er kurz bei Louie, dem Studio-Buchmacher, dessen großer Kunde er einst gewesen war, vorbeigeschaut hatte, besuchte er Jack Berners. Er hatte keine Idee beizusteuern, aber er erwischte Jack, als dieser gerade in großer Eile zu einer Produktionskonferenz aufbrach, und wurde auf diese Weise unerwartet zum Eintreten aufgefordert, um auf Jacks Rückkehr zu warten.

Das Büro war reich und komfortabel ausgestattet. Auf dem Tisch lagen keine lesenswerten Briefe, aber in einem

Schrank stand eine Karaffe mit Gläsern, und bald legte er sich auf die große weiche Couch und schlief ein.

Er wurde von Berners' Rückkehr geweckt, die von lautstarker Indignation geprägt war.

»So ein verdammter Irrsinn! Da rufen sie uns zu einer Blitzkonferenz – sämtliche Abteilungsleiter. Einer kommt zu spät, und wir müssen auf ihn warten. Dann kommt er rein und wird zusammengesaut, weil er Zeit im Werte von mehreren tausend Dollar verplempert hat. Und nun raten Sie mal, was jetzt kommt: Mr. Marcus hat seinen Lieblingshut verloren!«

Es gelang Pat nicht, diese Tatsache mit sich selbst in Verbindung zu bringen.

»Sämtliche Abteilungsleiter unterbrechen die Produktion!«, fuhr Berners fort. »Zweitausend Menschen suchen einen grauen Homburg!« Er sank verzweifelnd in einen Stuhl. »Ich kann mich heute nicht mit Ihnen unterhalten, Pat. Ich muss bis vier Uhr einen Titel für einen Film über ein Touristencamp mit Ferienhäusern gefunden haben. Haben Sie eine Idee?«

»Nein«, sagte Pat. »Nein.«

»Dann gehen Sie zu Bee McIlvaine ins Büro und helfen ihr beim Ausknobeln. Fünfzig Dollar können dabei rausspringen.«

Pat wanderte benommen zur Tür.

»He«, sagte Berners, »vergessen Sie Ihren Hut nicht.«

III

Pat saß in Bee McIlvaines Büro und spürte die Wirkungen eines außerhalb der Legalität verbrachten Tages und eines Schwenkers von Berners' Cognac.

»Wir müssen einen Titel finden«, sagte Bee düster.

Sie gab Pat die vervielfältigte Notiz, in der die fünfzig Dollar Belohnung angeboten wurden, und drückte ihm einen Bleistift in die Hand. Pat starrte das Papier an, ohne etwas zu sehen.

»Na, wie ist es?«, fragte sie. »Hast du einen Titel?«

Eine lange Stille senkte sich auf das Büro.

»*Test Pilot* hat's schon mal gegeben, oder?«, sagte er mit vagem Ton.

»Wach auf! Dieser Film hat doch nichts mit Luftfahrt zu tun.«

»Ich fand ja auch nur, dass das ein guter Titel ist.«

»Das ist *Birth of a Nation* auch.«

»Aber nicht für diesen Film«, maulte Pat. »*Birth of a Nation* würde diesem Film nicht gerecht.«

»Willst du mich auf den Arm nehmen?«, wollte Bee wissen. »Oder verlierst du gerade den Verstand? Das ist eine ernste Angelegenheit.«

»Schon gut, ich weiß.« Er kritzelte matt Worte auf den unteren Rand der Notiz. »Ich habe mir nur ein paar Drinks genehmigt, das ist alles. In einer Minute habe ich wieder einen klaren Kopf. Ich überlege gerade, was die erfolgreichsten Titel waren. Das Dumme ist nur, dass sie alle schon mal verwendet worden sind, wie zum Beispiel *It Happened One Night*.«

Bee sah ihn unbehaglich an. Er hatte Mühe, die Augen offen zu halten, und sie wollte nicht, dass er in ihrem Büro einschlief. Nach einer Weile rief sie Jack Berners an.

»Könnten Sie vielleicht mal bei mir reinschauen? Ich habe ein paar Ideen für den Titel.«

Jack erschien mit einem Bündel Vorschläge, die aus allen Bereichen des Studios eingesandt worden waren; er war jedoch nicht fündig geworden.

»Wie sieht's aus, Pat? Haben Sie was?«

»*It Happened One Morning* finde ich gar nicht mal schlecht«, sagte er und sah dann verzweifelt die Kritzeleien auf der vervielfältigten Notiz an, »oder meinetwegen auch *Grand Motel.*«

Berners lächelte.

»*Grand Motel«,* wiederholte er. »Mein Gott! Ich glaube, da haben Sie etwas gefunden. *Grand Motel.*«

»Ich habe *Grand Hotel* gesagt«, sagte Pat.

»Nein, das haben Sie nicht. Sie haben *Grand Motel* gesagt; und das soll mir die fünfzig wert sein.«

»Ich muss mich hinlegen«, verkündete Pat. »Mir ist nicht gut.«

»Gegenüber ist ein leeres Büro. Das ist eine komische Idee, Pat: *Grand Motel*… oder vielleicht *Der Motelportier.* Wie gefällt Ihnen das?«

Als der Flüchtling überhastet durch die Tür strebte, drückte Bee ihm den Hut in die Hand.

»Gute Arbeit, Oldtimer«, sagte sie.

Pat ergriff den Hut von Mr. Marcus und hielt ihn wie eine Suppenschüssel.

»Geht mir … schon … besser«, murmelte er nach einem

Moment. »Ich komme dann wegen des Geldes noch mal vorbei.«

Er trug seine Bürde und wankte aufs Klo.

Die Freuden der Kunst (ein Blick ins Atelier)

I

Das war im Jahre 1938, als außer den Deutschen noch kaum jemand wusste, dass sie ihren Krieg um Europa bereits gewonnen hatten. Damals kümmerten sich die Menschen noch um Kunst. Sie verarbeiteten alles zu Kunst, von alten Kleidern bis zur Apfelsinenschale. Und auf diese Weise stieß auch die Fürstin Dignanni auf Pat Hobby. Sie wollte ihn zu Kunst verarbeiten.

»Nein, Sie nicht, Mr. DeTinc«, sagte sie. »Sie kann ich nicht malen. Sie sind nämlich ein sehr standardisiertes Produkt, Mr. DeTinc.«

Mr. DeTinc, der beim Film etwas darstellte und sogar zusammen mit Mr. Duchman, dem Spezialisten für verbotene Träume, fotografiert worden war, trat geschmeidig beiseite, um nicht im Weg zu sein. Er war nicht beleidigt; Mr. DeTinc war sein Lebtag noch nicht beleidigt gewesen; aber in diesem Fall war er schon gar nicht beleidigt, denn die Fürstin hatte sich ebenfalls geweigert, Clark Gable, Spencer Rooney oder Vivien Leigh zu malen.

Sie sah Pat in der Intendanzkantine, fand heraus, dass er Autor sei, und bat, man möge ihn auf Mr. DeTincs Party einladen. Die Fürstin war eine schöne Frau und aus Boston, Massachusetts, gebürtig; Pat war neunundvierzig, er hatte rotgeränderte Augen, und sein Atem war von Whiskey durchschmeichelt.

»Sie schreiben Drehbücher, Mr. Hobby?«

»Ich helfe dabei«, sagte Pat. »Man braucht mehr als eine Person, um ein Script vorzubereiten.«

Er fühlte sich von der Aufmerksamkeit geehrt und war nicht die Spur misstrauisch. Dass er überhaupt einen Job hatte, lag daran, dass der Leiter der Drehbuchabteilung ein Nervenbündel war und schon vor einer Woche vergessen hatte, dass Pat überhaupt auf der Gehaltsliste stand. Nachdem Pat in der Kantine entdeckt und zu Mr. DeTinc nach Hause eingeladen worden war, verbrachte der Schriftsteller ein *mauvais quart d'heure.* Die Party ähnelte nicht entfernt den Partys, die Pat in seinen glücklichen Tagen gekannt hatte. Kein einziger Betrunkener lag weggetreten auf dem Klo im Erdgeschoss.

»Ich könnte mir vorstellen, dass man als Drehbuchautor recht gut verdient«, sagte die Fürstin.

Pat sah sich um, um festzustellen, wer sich in Hörweite befand. Mr. DeTinc hatte seinen massigen Körper zwar davongewuchtet, aber eins seiner offenbar voneinander unabhängigen Augen schien funkelnd auf Pat gerichtet zu sein.

»Sogar sehr gut«, sagte Pat – und fügte leiser hinzu: »Wenn man Arbeit kriegt.«

Die Fürstin schien zu verstehen und dämpfte ihre Stimme ebenfalls.

»Meinen Sie damit, dass Autoren schwer Arbeit finden?«

Er nickte.

»In den Gewerkschaften sitzen schon zu viele Autoren.« Um Mr. DeTinc zu gefallen, hob er die Stimme ein wenig. »Alles Rote, die meisten Autoren.«

Die Fürstin nickte.

»Könnten Sie Ihr Gesicht ein wenig ins Licht rücken?«, sagte sie höflich. »Ja. Sehr gut. Sie hätten doch nichts dagegen, morgen in mein Atelier zu kommen? Um mir eine Stunde lang Modell zu sitzen?«

Er unterzog sie einer zweiten genauen Prüfung.

»Nackt?«, fragte er vorsichtig.

»O nein«, versicherte sie. »Mir geht's nur um den Kopf.«

Mr. DeTinc kam näher und nickte.

»Sie sollten unbedingt hingehen. Die Fürstin Dignanni wird einige der größten Stars malen. Jack Benny und Baby Sandy und Hedy Lamarr ... Stimmt's, Fürstin?«

Die Fürstin antwortete nicht. Sie war eine recht gute Porträtmalerin und wusste sehr genau, wie gut sie war und wie viel sie selbst zu dieser Güte beitrug. Sie schwankte zwischen ihren verschiedenen Schulen; Picassos rosa Periode mit einem Hauch von Boldini – oder unverfälschter Reginald Marsh. Aber sie wusste, wie sie ihren Stil nennen würde. Sie würde ihn *Hollywood/Vine* nennen.

II

Trotz der Versicherung, er werde sich nicht ausziehen müssen, erwartete Pat das Zusammentreffen mit Unbehagen. Als er noch jung und beeinflussbar gewesen war, hatte er durch ein Guckloch in eine Maschine gelugt, in der nacheinander zwei Dutzend Postkarten heruntergeklappt wurden. Die Geschichte, die sich da entwickelte, hieß ›Die Freuden der Kunst (ein Blick ins Atelier)‹. Selbst heute noch, da Striptease eine legale, steuerpflichtige Einrichtung war, schockierte ihn die Erinnerung daran ein wenig, und als er sich am nächsten Tag im Bungalow der Fürstin beim Beverly Hills Hotel einfand, hätte es ihn nicht überrascht, wenn sie zu seinem Empfang in ein türkisches Badetuch gehüllt gewesen wäre. Er wurde enttäuscht. Sie trug einen Kittel, und ihr schwarzes Haar war wie bei einem Knaben streng zurückgekämmt.

Pat hatte unterwegs ein paarmal Station gemacht, um sich zu erfrischen, aber seine ersten Worte: »Na, Fürstin, alles klar?«, vermochten jenen jovialen Ton nicht zu treffen, der der Gelegenheit angemessen war.

»Nun, Mr. Hobby«, sagte sie kühl, »es ist nett, dass Sie mir einen Nachmittag opfern wollen.«

»Wir arbeiten in Hollywood nicht allzu verbissen«, beruhigte er sie. »Alles ist ›mañana‹... Das ist spanisch und heißt ›morgen‹.«

Sie führte ihn sogleich in ein rückwärtiges Zimmer, in dem eine Staffelei auf einem quadratischen Stück Leinwand am Fenster stand. Eine Couch stand auch da, und sie setzten sich.

»Ich möchte mich kurz ein bisschen an Sie gewöhnen«, sagte sie. »Haben Sie schon einmal Modell gesessen?«

»Sehe ich so aus?« Er zwinkerte ihr zu, und als sie lächelte, fühlte er sich besser und fragte: »Sie haben nicht zufällig was zu trinken da, oder?«

Die Fürstin zögerte. Sie hatte gewollt, dass er so aussähe, als *brauche* er einen Drink. Sie schloss einen Kompromiss und ging zum Eisschrank, um ihm einen kleinen Highball zu machen. Als sie zurückkam, stellte sie fest, dass er Jackett und Krawatte abgelegt hatte und nun zwanglos auf der Couch lag.

»Viel besser«, sagte die Fürstin. »Ihr Hemd. – Ich glaube, diese Hemden werden eigens für Hollywood hergestellt – wie diese bedruckten Stoffe für Ceylon und Guatemala. Nun trinken Sie das mal, und dann machen wir uns an die Arbeit.«

»Warum holen Sie sich nicht auch was zu trinken, und wir machen es uns ein bisschen nett?«, schlug Pat vor.

»Ich habe mir in der Pantry schon einen genehmigt«, log sie.

»Verheiratet?«, fragte er.

»Ich war verheiratet. Würde es Ihnen jetzt etwas ausmachen, sich auf diesen Hocker zu setzen?«

Pat stand widerstrebend auf, schluckte den Highball herunter, fühlte sich von dem schwachen Geschmack gefoppt und bewegte sich auf den Hocker zu.

»Sitzen Sie jetzt bitte ganz still«, sagte sie.

Sie arbeitete, und er saß ganz still. Es war drei Uhr. In Santa Anita lief jetzt das dritte Rennen, und er hatte genau zehn Dollar. Insgesamt schuldete er Louie, dem Studio-

Buchmacher, sechzig, und Louie stand an jedem Donnerstag entschlossen neben ihm am Lohnschalter. Diese Dame hatte gute Beine unter der Staffelei; ihm gefielen ihre roten Lippen und die Art, wie sie ihre nackten Arme beim Arbeiten bewegte. Früher hätte er keine Frau über fünfundzwanzig angesehen, wenn sie nicht gerade seine Sekretärin war und ihm im eigenen Büro ausgeliefert. Aber die Kinder heutzutage waren ja viel zu patzig; immer gleich mit der Polizei drohen: das war alles, was sie konnten.

»Bitte, sitzen Sie still, Mr. Hobby.«

»Können wir nicht mal aufhören«, schlug er vor. »Diese Arbeit macht einen ganz schön durstig.«

Die Fürstin hatte eine halbe Stunde lang gemalt. Nun hielt sie inne und starrte ihn kurz an.

»Mr. Hobby, Sie sind mir von Mr. DeTinc ausgeliehen worden. Warum benehmen Sie sich nicht ganz natürlich; so, als würden Sie im Studio Überstunden machen? Es dauert nur noch eine halbe Stunde.«

»Und was springt für mich dabei raus?«, fragte er. »Ich bin schließlich kein Modellsitzer; ich bin Autor.«

»Ihr Studio-Gehalt beziehen Sie aber doch weiter«, sagte sie und nahm die Arbeit wieder auf. »Ist es denn so schlimm, wenn Mr. DeTinc möchte, dass Sie so etwas machen?«

»Es ist was anderes. Sie sind eine Dame. Ich muss schließlich auch ein bisschen an meine Selbstachtung denken.«

»Was erwarten Sie denn von mir? Soll ich etwa mit Ihnen flirten?«

»Nein. So ein alter Hut. Aber ich dachte mir, wir könnten uns vielleicht ein bisschen nett hinsetzen und einen heben.«

»Vielleicht später«, sagte sie, und dann fügte sie hinzu: »Ist das hier denn so viel unangenehmer als die Arbeit im Studio? Ist es so schrecklich, mich anzusehen?«

»Dagegen habe ich ja gar nichts, aber könnten wir uns nicht aufs Sofa setzen?«

»Im Studio sitzen Sie doch auch nicht auf dem Sofa.«

»Doch. Immer. Hören Sie zu: Gehen Sie mal in die Drehbuchabteilung und probieren Sie an jeder Tür aus, ob Sie reinkommen oder nicht. Nicht wenige Türen werden Sie verschlossen vorfinden; vergessen Sie das nicht.«

Sie trat einen Schritt zurück und sah ihn unschlüssig an.

»Abgeschlossen? Um ungestört zu sein?« Sie legte ihren Pinsel beiseite. »Ich hole Ihnen was zu trinken.«

Als sie zurückkam, musste sie einen Augenblick auf dem Flur stehen bleiben: Pat stand mitten im Zimmer; er hatte sich das Hemd ausgezogen und hielt es ihr einfältig entgegen.

»Hier ist das Hemd«, sagte er. »Sie können es behalten. Ich weiß, wo ich neue kriege.«

Sie betrachtete ihn noch einen Augenblick länger; dann nahm sie das Hemd und legte es aufs Sofa.

»Setzen Sie sich, damit ich fertig werde«, sagte sie. Als er zögerte, fügte sie hinzu: »Danach heben wir dann einen.«

»Und wann soll das sein?«

»In fünfzehn Minuten.«

Sie arbeitete schnell; oft war sie mit der unteren Gesichtspartie zufrieden; oft bedachte sie alles neu und fing von vorne an. Etwas, das sie in der Intendanzkantine gesehen hatte, schien zu fehlen.

»Malen Sie schon lange?«, fragte Pat.

»O ja.«

»Schon oft in Ateliers gewesen?«

»Natürlich. Ich hatte schon mehrere eigene Ateliers.«

»Ich könnte mir vorstellen, dass es in diesen Ateliers ganz schön hoch hergeht. Haben Sie schon mal ...«

Er zögerte.

»Schon mal was?«, fasste sie nach.

»Haben Sie schon mal einen nackten Mann gemalt?«

»Wenn Sie jetzt mal eine Minute lang nicht sprechen wollten.« Sie hielt inne, den Pinsel erhoben, schien zu lauschen, führte dann einen flinken Pinselstrich aus und betrachtete das Ergebnis zweifelnd.

»Wissen Sie eigentlich, dass Sie gar nicht so leicht zu malen sind?«, sagte sie und legte den Pinsel nieder.

»Diese Modellsitzerei gefällt mir eh nicht«, gab er unumwunden zu. »Machen wir doch einfach Schluss.« Er erhob sich. »Warum ... warum ziehen Sie sich nicht irgendwas Bequemeres an?«

Die Fürstin lächelte. Diese Geschichte wollte sie ihren Freunden erzählen; als Ergänzung zum Gemälde, falls das Gemälde gut werden sollte, was sie inzwischen bezweifelte.

»Sie sollten Ihre Methoden überdenken«, sagte sie. »Haben Sie viel Erfolg mit dieser Art von Annäherungsversuch?«

Pat entzündete eine Zigarette und setzte sich.

»Wenn Sie achtzehn wären, würde ich, überlegen Sie

doch mal selber, einen Spruch machen, dass ich zum Beispiel verrückt nach Ihnen bin, oder so was in der Preislage.«

»Aber warum müssen Sie überhaupt einen Spruch machen?«

»Nun langt's aber allmählich«, ließ er sie wissen. »Sie wollten mich malen, stimmt's?«

»Ja.«

»Na ja, und wenn eine Dame will, dass ein Typ ...« Pat bückte sich und löste seine Schnürsenkel, zappelte mit den Beinen, bis die Schuhe auf den Fußboden gefallen waren, und dann legte er seine bestrumpften Füße auf die Couch. »... wenn also eine Dame einen Typ treffen will, um etwas mit ihm zu besprechen, oder wenn ein Typ eine Dame treffen will, dann ist die Sache doch eigentlich mehr oder weniger gelaufen, kapiert?«

Die Fürstin seufzte. »Dann sitze ich wohl in der Falle«, sagte sie. »Die Sache wird aber noch komplizierter, wenn die Dame den Typ nur malen will.«

»Wenn eine Dame einen Typ malen will ...« Pat schloss die Augen halb, nickte und klatschte ausdrucksvoll in die Hände. Als sich seine Daumen jedoch plötzlich den Hosenträgern näherten, sprach sie mit lauterer Stimme.

»Wachtmeister!«

Hinter Pat entstand ein Geräusch. Er wandte sich um und sah einen jungen Mann in Khaki mit glänzenden schwarzen Handschuhen, der in der Tür stand.

»Herr Wachtmeister, dieser Mann ist ein Angestellter von Mr. DeTinc. Mr. DeTinc hat ihn mir für heute Nachmittag ausgeliehen.«

Der Polizist betrachtete das fleischgewordene Schuldbekenntnis auf der Couch.

»Frech geworden?«, fragte er.

»Ich will von einer Beschwerde absehen; ich hatte vorher bei der Direktion angerufen, damit ich keine Schwierigkeiten bekomme. Er sollte mir nackt Modell sitzen, und jetzt weigert er sich plötzlich.« Sie ging unbekümmert zu ihrer Staffelei zurück. »Mr. Hobby, warum legen Sie diese falsche Scham nicht ab ... Im Badezimmer finden Sie ein türkisches Handtuch.«

Pat tastete benommen nach seinen Schuhen. Irgendwie fiel ihm ein, dass in Santa Anita gerade das achte Rennen lief ...

»Jetzt mal los«, sagte der Werkschutz-Bulle. »Sie haben gehört, was die Dame gesagt hat.«

Pat stand unschlüssig auf und bedachte die Fürstin mit einem langen, brennenden Blick.

»Sie haben gesagt ...«, sagte er heiser, »Sie wollen mich malen ...«

»Und Sie haben gesagt, dass ich etwas ganz anderes wollte. Jetzt beeilen Sie sich bitte. Und in der Pantry finden Sie einen Drink, Herr Wachtmeister.«

... Ein paar Minuten saß Pat im Zentrum des Zimmers, und seine Erinnerung schweifte zu den Voyeur-Automaten seiner Jugend zurück – obwohl er im Augenblick wenig Ähnlichkeit feststellen konnte. Immerhin war er für das türkische Badetuch dankbar; und immer noch machte er sich nicht klar, dass die Fürstin weniger an seiner verwüsteten Figur als an seinem Gesicht interessiert war.

Es trug genau den Ausdruck, der sie bereits in der Intendanzkantine so bestochen hatte, den Ausdruck nämlich, der den Hollywood/Vine-Stil ausmachte, das Alter Ego von Mr. DeTinc … Und sie arbeitete schneller, um das restliche Tageslicht zu nutzen.

Zwei Oldtimer

Phil Macedon, einst der Star der Stars, und Pat Hobby (Drehbuchautor) waren auf dem Sunset Boulevard in der Nähe vom Beverly Hills Hotel miteinander kollidiert. Es war fünf Uhr früh, und Alkohol hing in der Luft, als sie sich stritten, und er hing immer noch in der Luft, als Sergeant Gaspar erschien und sie mit auf die Wache nahm. Pat Hobby, ein Mann von neunundvierzig Jahren, leistete Widerstand – offensichtlich, weil Phil Macedon nicht einsehen wollte, dass sie alte Bekannte waren.

Aus Versehen versetzte Pat Sergeant Gaspar einen Hieb, woraufhin sich dieser so provoziert vorkam, dass er ihn in ein kleines vergittertes Zimmer sperrte, während alle auf das Eintreffen des Captains warteten.

Filmgeschichtlich gehörte Phil Macedon genau zwischen Eugene O'Brien und Robert Taylor. Er war immer noch ein gutaussehender Mann in den frühen Fünfzigern, und er hatte in den großen Tagen genug gespart, um sich eine Hazienda im San Fernando Valley kaufen zu können; dort genoss er seinen Ruhestand so ehrenvoll, so übermütig und mit denselben Vorstellungen vom Leben wie nur irgendein Aktiver.

Mit Pat Hobby war das Leben anders verfahren. Nach einundzwanzig Jahren in der Branche, Drehbuchabteilung,

Werbeabteilung, traf ihn dieser Unfall am Steuer eines Wagens vom Baujahr 1933 an, der gerade zum Eigentum der North Hollywood Finance and Loan Company erklärt worden war. Dabei hatte er einmal, 1928 war das gewesen, einen Punkt erreicht, an dem man so weit gegangen war, ihm für seinen privaten Swimmingpool Angebote zu machen.

Finster stierte er aus seiner beengten Zelle, immer noch darüber verstimmt, dass es Macedon nicht gelungen war, sich an ihn zu erinnern.

»An Coleman erinnern Sie sich vermutlich auch nicht«, sagte er sarkastisch. »Oder an Connie Talmadge oder Bill Corker oder Allan Dwan.«

Macedon zündete sich mit einem Tempo, das so nur in der Stummfilm-Ära erreicht wurde, eine Zigarette an und hielt auch Sergeant Gaspar sein Päckchen einladend hin.

»Kann ich nicht morgen wieder vorbeikommen?«, fragte er. »Ich muss noch ein Pferd bewegen ...«

»Tut mir leid, Mr. Macedon«, sagte der Polizist, und das meinte er sogar ernst, denn der Schauspieler war einer seiner alten Favoriten. »Der Captain muss jeden Augenblick hier sein. Danach können *Sie* selbstverständlich gehen.«

»Nur eine Formalität«, sagte Pat in seiner Zelle.

»Genau, nur eine ...« Sergeant Gaspar starrte Pat an. »Für *Sie* wird es allerdings vielleicht mehr als eine Formalität. Haben Sie schon mal was von Blutprobe gehört?«

Macedon schnippte seine Zigarette zur Tür hinaus und steckte sich eine neue an.

»Und wenn ich in ein paar Stunden wiederkomme?«, schlug er vor.

»Nein«, bedauerte Sergeant Gaspar. »Und da ich Sie in Haft nehmen musste, Mr. Macedon, möchte ich die Gelegenheit ergreifen, um Ihnen zu sagen, wie viel Sie mir einmal bedeutet haben. Dieser Film, den Sie gemacht haben, *The Final Push,* der hat jedem, der im Krieg gewesen ist, viel gegeben.«

»Ah, ja«, sagte Macedon und lächelte.

»Ich habe immer versucht, meiner Frau vom Krieg zu erzählen … wie das alles war mit den Minen und den Maschinengewehren – ich war sieben Monate mit dem 26. New-England-Bataillon dabei; aber sie hat mich nie verstanden. Sie zeigte einfach mit dem Finger auf mich und sagte: ›Peng! Du bist tot!‹, und da habe ich dann einfach gelacht und die Hoffnung aufgegeben.«

»He, kann ich jetzt raus?«, wollte Pat wissen.

»Sie sind mal ganz still!«, sagte Gaspar wild. »Sie waren wahrscheinlich gar nicht im Krieg.«

»Ich war bei der Studio-Heimwehr«, sagte Pat. »Ich hatte schlechte Augen.«

»Hören Sie sich das an«, sagte Gaspar angewidert. »Das sagen sie alle, diese Drückeberger. Na, der Krieg war jedenfalls was Genaues. Und nachdem meine Frau Ihren Film gesehen hatte, brauchte ich ihr nie mehr etwas zu erklären. Da wusste sie Bescheid. Danach hat sie immer ganz anders darüber gesprochen … Von wegen: So mit dem Zeigefinger und ›Peng‹ sagen! Nichts mehr. Ich werde nie vergessen, wie Sie in diesem Bombentrichter saßen. Das war so realistisch, ich hab direkt feuchte Handflächen gekriegt.«

»Danke«, sagte Macedon anmutig. Er steckte sich eine neue Zigarette an, »wissen Sie, ich war ja selbst im Krieg, und ich wusste, was da los war. Ich wusste, was da gespielt wurde.«

»Ja, Sir«, sagte Gaspar, der diese Worte zu würdigen wusste. »Na, jedenfalls bin ich froh über diese Gelegenheit. Endlich kann ich Ihnen mal sagen, was Sie für mich getan haben. Sie… Sie haben meiner Frau den Krieg nahegebracht.«

»Wovon reden Sie eigentlich?«, fragte Pat Hobby plötzlich. »Ist das dieser Kriegsstreifen, den Bill Corker 1925 gedreht hat?«

»Da fängt er schon wieder an«, sagte Gaspar. »Klar: *Birth of a Nation.* Jetzt halten Sie mal den Rand, bis der Captain kommt.«

»Damals kannte Phil Macedon mich noch«, sagte Pat bekümmert. »Ich habe ihn sogar mal bei den Dreharbeiten erlebt.«

»Ich kann mich nur nicht an Sie erinnern, alter Knabe«, sagte Macedon höflich. »Dafür kann ich doch nichts.«

»Sie erinnern sich aber doch noch daran, wie Bill Corker diese Sequenz im Bombentrichter gedreht hat, oder? Das war Ihr erster Tag in dem Film.«

Es trat eine kurze Stille ein.

»Wann kommt der Captain?«, fragte Macedon.

»Jeden Augenblick, Mr. Macedon.«

»Ich erinnere mich jedenfalls noch daran«, sagte Pat. »Ich war nämlich dabei, als er den Bombentrichter ausheben ließ. Er war morgens um neun mit mehreren Kraftmenschen, die das Loch graben sollten, und vier Kameras auf dem hinteren Gelände erschienen. Über ein Feldtelefon hat er Sie angerufen und gesagt, Sie sollen zum Kostümbildner gehen und sich eine Uniform verpassen lassen. Wissen Sie's jetzt wieder?«

»Ich belaste mein Gedächtnis nicht mit Details, Alter.«

»Dann haben Sie zurückgerufen und gesagt, es gibt keine passende Uniform für Sie, und Corker sagte, Sie sollen das Maul halten und sich trotzdem eine überziehen. Als Sie aufs hintere Gelände kamen, waren Sie stocksauer, weil Ihr Kostüm nicht passte.«

Macedon lächelte berückend.

»Sie haben ein bemerkenswertes Gedächtnis. Sind Sie sicher, dass Sie vom richtigen Film sprechen … und vom richtigen Schauspieler?«, fragte er.

»Das kann man wohl sagen!«, sagte Pat grimmig. »Ich sehe Sie direkt vor mir. Sie hatten nur nicht genügend Zeit, um sich über die Uniform zu beschweren, weil Corker ganz andere Pläne hatte. Er fand schon immer, dass es in ganz Hollywood keine Knattercharge gibt, aus der so schwer etwas Natürliches herauszukitzeln ist wie aus Ihnen; und deshalb hatte er einen Plan. Er wollte mit der zentralen Szene des Films noch vor der Mittagspause fertig werden – bevor Sie überhaupt merkten, dass Sie in einem Film mitspielten. Er hat Sie einfach umgedreht und auf dem Hintern in den Bombentrichter geschubst. Und dann hat er ›Kamera‹ gebrüllt.«

»Das ist eine Lüge«, sagte Phil Macedon. »Ich bin freiwillig hineingestiegen.«

»Und warum haben Sie dann so geschrien?«, fragte Pat. »Ich kann Sie immer noch hören: ›He, was soll das denn? Soll das ein Gag sein? Holt mich hier raus, oder ich schmeiße den ganzen Kram hin!‹ …«

»…und die ganze Zeit haben Sie versucht, aus dem Loch herauszukrabbeln, und Sie waren blind vor Wut. Manchmal hatten Sie es schon beinahe geschafft, und dann sind Sie wieder abgerutscht und lagen flach, und in Ihrem Gesicht hat es gearbeitet, und Sie haben nur noch geflennt, und die ganze Zeit hatte Bill vier Kameras auf Ihnen drauf. Nach etwa zwanzig Minuten haben Sie dann aufgegeben und nur noch alle viere von sich gestreckt und schwer geatmet. Davon hat Bill noch ein paar hundert Meter in den Kasten gebracht, und dann hat er Sie von ein paar Komparsen herausziehen lassen.«

Der Polizei-Captain war mit einem Streifenwagen erschienen. In der Tür hob er sich gegen die erste Morgendämmerung ab.

»Was haben Sie da, Sergeant? Einen Besoffenen?«

Sergeant Gaspar ging zur Zelle hinüber, schloss sie auf und bedeutete Pat, er möge herauskommen. Pat blinzelte kurz; dann fiel sein Blick auf Phil Macedon, und er drohte ihm mit dem Finger.

»Sehen Sie, ich *kenne* Sie«, sagte er. »Bill Corker hat die Sequenz dann geschnitten und mit den passenden Zwischentiteln versehen, so dass es so aussah, als wären Sie ein Rekrut, dessen Kumpel gerade gefallen ist. Sie wollten immer aus dem Trichter klettern und den Deutschen zeigen, was Rache ist, aber ringsum explodierten die Minen, und durch den Druck wurden Sie dann immer wieder zurückgeschleudert.«

»Worum geht es?«, fragte der Captain.

»Ich will nur beweisen, dass ich diesen Typ kenne«, sagte Pat. »Bill meinte, die beste Stelle in dem Film war, als

Phil brüllte: ›Jetzt hab ich mir schon den Zeigefingernagel abgebrochen!‹ Bei Bill hieß das dann: ›Zehn Hunnen werden zur Hölle fahren, um dir die Stiefel zu putzen!‹«

»Sie haben hier eine ›Kollision unter Alkoholeinfluss‹«, sagte der Captain und musterte die Ausnüchterungszelle. »Nehmen wir die beiden Burschen mal mit und veranstalten eine kleine Blutprobe.«

»Augenblick mal«, sagte der Schauspieler mit seinem strahlenden Lächeln, »ich heiße Phil Macedon.«

Der Captain hatte seinen Dienstrang gewissen politischen Rücksichten zu verdanken, und er war sehr jung. Er erinnerte sich an den Namen und an das Gesicht, aber er war nicht übermäßig beeindruckt, denn Hollywood wimmelte von ehemaligen Größen.

Sie gingen alle zum Streifenwagen vor der Tür.

Nach der Blutprobe wurde Macedon auf der Revierwache festgehalten, bis Freunde eine Kaution für ihn ausgehandelt hatten. Pat Hobby wurde entlassen, aber sein Auto sprang nicht an, und Sergeant Gaspar erbot sich, ihn nach Hause zu fahren.

»Wo wohnen Sie?«, fragte er, als sie losfuhren.

»Heute Nacht wohne ich nirgends«, sagte Pat. »Deshalb bin ich ja auch in der Gegend herumgefahren. Ein Bekannter von mir wird bald aufwachen, und dann haue ich ihn um ein paar Scheine an und nehme mir ein Hotelzimmer.«

»Na, na«, sagte Sergeant Gaspar, »ich hätte ein paar überflüssige Scheine dabei.«

Die großen Villen von Beverly Hills glitten vorüber, und Pat winkte ihnen seinen Gruß zu.

»In der guten alten Zeit«, sagte er, »konnte ich bei Tag und Nacht in diesen Häusern unterkommen. Und sonntags morgens …«

»Stimmt das eigentlich alles, was Sie auf der Wache gesagt haben«, fragte Gaspar, »… wie er in das Loch geschubst wurde und alles?«

»Klar stimmt das«, sagte Pat. »Ganz so kühl hätte der Typ nicht sein müssen. Schließlich ist er auch nur ein Oldtimer.«

Die Macht des geschriebenen Wortes

I

Der dunkelhäutige Mann, dessen Augen an einem Gummiband, das irgendwo in seinem Hinterkopf befestigt war, vor- und zurückschnippten, hörte auf das Pseudonym Dick Dale. Der große bebrillte Mann, der gebaut war wie ein Kamel ohne Höcker – und man vermisste die Höcker –, hörte auf den Namen E. Brunswick Hudson. Der Schauplatz war ein Schuhputzstand, eine belanglose Zutat des großen Studiogeländes. Wir nehmen die Szene durch die rotgeränderten Augen von Pat Hobby wahr, der auf einem Stuhl neben dem Regisseur Dale sitzt.

Der Schuhputzstand befand sich unter freiem Himmel, gegenüber der Intendanz. Die Stimme von E. Brunswick Hudson bebte vor Leidenschaft, blieb aber gedämpft, um nicht von Passanten gehört zu werden.

»Ich weiß sowieso nicht, was ein Schriftsteller wie ich hier draußen zu suchen hat«, sagte er, nicht ohne Tremoli.

Pat Hobby war ein alter Hase und hätte leicht mit einer Antwort dienlich sein können, doch gehörten die zwei anderen nicht zu seinem Bekanntenkreis.

»Es ist schon ein komisches Geschäft«, sagte Dick Dale, und zum Schuhputzer: »Nehmen Sie ordentlich Sattelfett.«

»Komisch!«, donnerte E., »*un*seriös ist es! Gegen mein besseres Wissen schreibe ich alles so hin, wie Sie es mir sagen; und dann sagt mir das Büro, ich soll abhauen, weil wir anscheinend nicht miteinander harmonieren.«

»Das ist aber höflich«, erläuterte Dick Dale. »Was erwarten Sie denn von mir? Soll ich Sie mal anständig verbimsen?«

E. Brunswick Hudson nahm seine Brille ab.

»Nur zu!«, schlug er vor. »Ich wiege hundertzweiundsechzig und habe am ganzen Körper kein Gramm Fleisch.« Er zögerte und distanzierte sich dann von dieser Äußerung. »Ich meine natürlich *Fett*.«

»Hören Sie mir bloß mit diesem Quatsch auf!«, sagte Dale verächtlich. »Ich kann mich jetzt nicht mit Ihnen herumprügeln. Ich muss diesen Film fertigstellen. Gehen Sie mal schön an Ihre Ostküste zurück, und schreiben Sie eins Ihrer Bücher, und vergessen Sie das Ganze.« Er sah kurz zu Pat Hobby herüber und lächelte, so, als würde *er* ihn schon verstehen, so, als würde außer E. Brunswick Hudson jeder ihn verstehen. »Ich kann Ihnen nicht in drei Wochen alles über den Film beibringen.«

Hudson setzte seine Brille wieder auf.

»Wenn ich ein Buch schreibe«, sagte er, »werden Sie zum Gespött der ganzen Nation.«

Er zog sich zurück, erfolglos, verspottet, besiegt. Nach einer Minute ergriff Pat das Wort.

»Diese Jungens lernen es nie«, kommentierte er. »Ich habe noch nie erlebt, dass es einer gelernt hätte, und ich bin schließlich schon seit zwanzig Jahren in der Branche, Publicity, Drehbuch, alles.«

»Arbeiten Sie auf dem Gelände?«, fragte Dale.

Pat zögerte.

»Hab gerade einen Job fertig«, sagte er.

Das war vor fünf Monaten.

»Stehen Sie schon irgendwo im Vorspann?«, fragte Dale.

»Seit dem Jahre 1920 stehe ich in allen möglichen Vorspannen.«

»Kommen Sie mal in mein Büro«, sagte Dick Dale, »ich habe da etwas, was ich noch ausdiskutieren möchte – nachdem sich dieser Bastard endlich auf seine Farm in Neuengland zurückgezogen hat. Was wollen die eigentlich mit einer Farm in Neuengland, wo der ganze Westen noch unbesiedelt ist?«

Pat gab dem Schuhputzer sein vorletztes Zehncentstück und kletterte vom Schuhputzstand herunter.

II

Und nun befinden wir uns mitten im Entstehungsprozess.

»Das Dumme ist, dass dieser Komponist Reginald De Koven völlig farblos war«, sagte Dick Dale. »Er war nicht taub wie Beethoven und auch kein singender Kellner und nicht im Gefängnis und nichts. Er hat nur Musik geschrieben, und dieses Lied *O promise me* ist der einzige Einstieg, den wir haben. Da müssen wir irgendeine Fabel drumherumspinnen… eine Dame verspricht ihm was, und zum Schluss kassiert er dann ab.«

»Ich brauche Zeit, um das in meinem Geist zu ventilieren«, sagte Pat. »Wenn Jack Berners mich für diesen Film einplant …«

»Das macht er«, sagte Dick Dale. »Ich suche mir nämlich jetzt meine eigenen Autoren aus. Wie viel kriegen Sie? Fünfzehnhundert?« Er sah sich Pats Schuhe an: »Siebenfünfzig?«

Pat starrte ihn einen Augenblick lang leer an; dann fiel ihm aus dem Nichts ein Stück phantasiereicher Prosa ein, wie er es seit einem Jahrzehnt nicht mehr schöner hatte erfinden können.

»Ich hatte da was mit der Frau eines Produzenten«, sagte er, »und da haben sich alle gegen mich verschworen. Ich kriege jetzt nur noch dreifünfzig.«

In mancher Hinsicht war dies der leichteste Job, den er je gehabt hatte. Regisseur Dale war eine Art Mensch, wie man sie vor fünfzig Jahren in jeder amerikanischen Stadt antraf. Meistens war er der Fotograf des Ortes; für gewöhnlich war er der Urheber kleinerer mechanischer Vorrichtungen und die Triebkraft bizarrer, örtlich begrenzter Initiativen, und fast immer schrieb er Gedichte für die Lokalpresse. Die tatkräftigsten Verkörperungen dieses *homo sensationalis* waren fast alle in den Jahren zwischen 1910 und 1930 nach Hollywood gewandert und hatten dort eine psychische Erfüllung gefunden, wie sie in jeder anderen Epoche und an jedem anderen Ort undenkbar gewesen wäre. Endlich konnten sie machen, was sie wollten, und das in großem Rahmen. In den Wochen, die Pat Hobby und Mable Hatman, Mr. Dales Scriptgirl, sitzend mit ihm verbrachten, um das Drehbuch zu schreiben, wurde keine Bewegung, kein Wort niedergeschrieben, das nicht Dick

Dales deutliche Handschrift trug. Manchmal steuerte Pat einen Vorschlag bei, etwas, das »immer ankommt«.

»Augenblick mal! Augenblick mal!« Und schon war Dick Dale auf den Beinen, die Hände abwehrend gespreizt. »Ich glaubte, ich sehe einen Hund.« Sie warteten, angespannt und atemlos, während er einen Hund sah.

»Zwei Hunde.«

Ein zweiter Hund nahm neben dem ersten seinen Platz in ihren gehorsamen Visionen ein.

»Wir fahren also ab und haben einen Hund; an der Leine ... Dann ziehen wir die Kamera zurück, damit man einen zweiten Hund sieht ... Dann beißen sie sich. Wir zoomen noch weiter zurück ... Die Hundeleinen sind an Tischbeinen festgebunden ... Die Tische kippen um. Seht ihr das?«

Oder, wieder anders, aus heiterem Himmel:

»Ich glaube, ich sehe De Koven als Lehrling bei einem Stukkateur.«

»Ja.« Dies hoffnungsfroh vorgebracht.

»Er geht also nun nach Santa Anita und vergipst da die Wände, und bei der Arbeit singt er. Schreiben Sie das mal hin, Mabel.« Er fuhr fort ...

Nach einem Monat hatten sie die nötigen hundertzwanzig Seiten beisammen. Reginald De Koven war, so schien es, zwar nicht direkt ein Alkoholiker, aber er schätzte es doch, hin und wieder »einen über den Durst« zu trinken. Der Vater des Mädchens, das er liebte, war an der Trunksucht gestorben, und nach der Hochzeit überraschte sie ihn dabei, wie er »einen über den Durst« trank, und dagegen half nun gar nichts, außer dass sie ihn für geschlagene zwanzig Jahre verließ. Dann wurde er berühmt, und sie sang seine Songs in ihrer Rolle als Jungfer Marian, aber er sollte nie erfahren, dass sie ein und dasselbe Mädel gewesen war.

Das Script, »Vorläufige Endfassung. Von Pat Hobby« geheißen, trat seinen Weg in die Direktionsetage an. Der Drehplan sah vor, dass innerhalb einer Woche mit den Dreharbeiten begonnen werden sollte.

Vierundzwanzig Stunden später saß Dale mit seinem Stab in seinem Büro, und es herrschte eine Atmosphäre nachdenklicher Trauer. Pat Hobby war am wenigsten niedergeschlagen. Vier Wochen zu dreifünfzig das Stück waren – sogar, wenn man die zweihundert, die in Santa Anita zerronnen waren, einbezog – immer noch etwas ganz anderes als jene zwanzig Cent, die er am Schuhputzstand besessen hatte.

»So läuft's nun mal beim Film«, sagte er tröstend. »Mal ist man oben ... Mal ist man unten ... Mal ist man drin, mal ist man draußen. Das wird Ihnen jeder alte Hase bestätigen können.«

»Ja«, sagte Dick zerstreut. »Mabel, rufen Sie doch mal diesen E. Brunswick Hudson an. Er ist auf seiner Farm in Neuengland ... Melkt wahrscheinlich seine Bienen.«

Nach wenigen Minuten meldete sie sich wieder.

»Er ist heute Morgen mit dem Flugzeug in Hollywood eingetroffen, Mr. Dale. Er scheint, nach allem, was ich herausbekommen konnte, im Beverly Wilshire Hotel abgestiegen zu sein.«

Dick Dale presste das Ohr gegen die Hörmuschel. Einschmeichelnd war seine Stimme und freundlich, als er sagte:

»Mr. Hudson, Sie hatten doch neulich so eine schöne Idee, die mir so ungemein gut gefallen hat. Sie hatten noch gesagt, Sie wollten sie aufschreiben. Es ging da um diesen De Koven und wie er versucht, einem Schäfer in Vermont seine Musik zu stehlen. Wissen Sie noch?«

»Ja.«

»Na bitte. Berners will jetzt gleich voll in die Produktion einsteigen, und wenn es nicht sofort klappt, sind die Schauspieler anderweitig ausgebucht, und deshalb sind wir jetzt ziemlich in Zugzwang, falls Sie wissen, was ich meine. Haben Sie das Zeug zufällig dabei?«

»Wissen Sie noch, wie ich es Ihnen gebracht habe?«, fragte Hudson. »Sie haben mich zwei Stunden warten lassen ... Dann haben Sie es sich zwei Minuten lang angesehen. Der Hals tat Ihnen weh ... Wahrscheinlich hätte man ihn mal gründlich umdrehen sollen. Gott, was hatten Sie für Halsschmerzen! Das war das einzig Erfreuliche an dem Morgen.«

»In der Filmbranche ...«

»Ich bin ja so froh darüber, dass Sie durchhängen. Sie könnten mir fünfzig Riesen anbieten, und ich würde Ihnen nicht einmal die Handlung von *Drei Bären* erzählen.«

Die Telefone klickten, und Dick Dale wandte sich an Pat.

»Verdammte Schreiberlinge!«, sagte er hitzig. »Wofür bezahlen wir euch eigentlich? Das geht doch in die Millionen ... Und alles, was ihr macht: Ihr schreibt jede Menge Stuss zusammen, den ich nicht fotografieren kann, und wenn wir euren Mist nicht lesen, werdet ihr sauer! Wie soll ein Mensch denn Filme machen, wenn er zwei Bastarde wie

Sie und Hudson zugeteilt kriegt? Na? Wie? Wie stellen Sie sich das vor, Sie … Sie alter Wermutbruder?«

Pat erhob sich und unternahm einen Schritt auf die Tür zu. »Weiß ich doch nicht«, sagte er.

»Verschwinden Sie!«, schrie Dick Dale. »Sie stehen nicht mehr auf der Gehaltsliste. Verlassen Sie das Studiogelände.«

Das Schicksal hatte Pat keine Farm in Neuengland beschert, aber gegenüber gab es ein Café, in dem auf Flaschen gezogene bukolische Träume blühten, wenn man das nötige Geld hatte. Er wollte das Studiogelände nicht ganz verlassen, hatte es ihm doch durch so viele Jahre hindurch ein Heim gegeben. Also kam er um sechs zurück und strebte seinem Büro zu. Es war abgeschlossen. Er sah, dass es bereits einem anderen Autor zugewiesen war; der Name an der Tür lautete E. Brunswick Hudson.

Er verbrachte eine Stunde in der Intendanzkantine, stattete der Bar einen neuerlichen Besuch ab, und dann ließ er sich von irgendeinem Instinkt in ein Studio führen, in dem gerade an einer Schlafzimmer-Szene gearbeitet worden war. Er verbrachte die Nacht auf einer Couch, deren gekräuselter Flaum noch am Nachmittag von Claudette Colbert mit Beschlag belegt worden war.

Der Morgen stellte sich ihm etwas trüber dar, aber er hatte noch etwas in seiner Flasche sowie fast hundert Dollar in der Tasche. In Santa Anita liefen die Pferde, und er konnte seinen Einsatz leicht verdoppelt haben, bevor es Nacht wurde.

Als er das Studiogelände verließ, stockte er vor dem Friseursalon, fühlte sich aber zu nervös für eine Rasur. Dann blieb er vollends stehen, denn er hörte Dick Dales Stimme vom Schuhputzstand herüberklingen.

»Miss Hatman hat Ihr zweites Script gefunden, und das ist zufällig Eigentum der Filmgesellschaft.«

E. Brunswick Hudson stand vor ihm.

»Ich will sowieso nicht, dass mein Name genannt wird«, sagte er.

»Wie schön. Ich werde ihren Namen nehmen. Berners findet es ganz großartig, falls die Familie von De Koven keine Zicken macht. Verdammt: Der Schäfer hätte doch eh nie gewusst, wie er diese Melodien vermarkten soll. Haben Sie schon mal von einem Schäfer gehört, der der ASCAP Tantiemen aus den Rippen leiert?«

Hudson nahm seine Brille ab.

»Ich wiege hundertdreiund …«

Pat trat näher heran.

»Gehen Sie doch zur Armee«, sagte Dale verächtlich. »Ich hab jetzt keine Zeit, mich herumzuprügeln. Ich muss einen Film machen.« Sein Blick fiel auf Pat. »Hallo, Oldtimer.«

»Hallo, Dick«, sagte Pat und lächelte. Dann nutzte er den psychologischen Vorteil:

»Wann fangen wir an?«, sagte er.

»Wie viel?«, fragte Dick Dale den Schuhputzer und fügte – sich Pat zuwendend – hinzu: »Die Sache ist gelaufen. Ich habe Mabel schon lange eine Erwähnung im Vorspann versprochen. Schauen Sie doch mal wieder bei mir vorbei, wenn Sie eine passende Idee haben.«

Es gelang ihm, vor dem Friseurladen jemanden anzuhalten, und er entfernte sich eilig. Hudson und Hobby,

Männer der Feder, die sich nie zuvor getroffen hatten, betrachteten einander. In Hudsons Augen standen Tränen der Wut.

»Es ist hier nicht leicht für Autoren«, sagte Pat mitfühlend. »Sie hätten gar nicht erst herkommen sollen.«

»Und wer schreibt dann die Handlung? Diese Schwachköpfe etwa?«

»Autoren schreiben sie schon mal nicht«, sagte Pat. »Autoren können sie nicht gebrauchen. Was sie wollen, sind Schreiber. So was wie mich.«

Pat Hobby geht aufs College

I

Der Nachmittag war dunkel. Blank erhoben sich zu beiden Seiten die Wände des Topanga Canyon. Sie musste es loswerden. Das Geklirr auf dem Rücksitz machte ihr Angst. Evylyn schätzte diese Angelegenheit gar nicht. Dann dachte sie an Mr. Hobby. Er glaubte an sie, er vertraute ihr … und dies tat sie für ihn.

Ihre Mission war jedoch schwierig. Evylyn Lascalles verließ den Canyon und kreuzte vor den ungastlichen Küsten von Beverly Hills. Oft bog sie in Gassen ein, oft parkte sie vor unbebauten Grundstücken, aber immer wieder versetzte sie ein Fuß- oder Müßiggänger in einen Zustand nervöser Angst. Einmal blieb ihr fast das Herz stehen, als sie von jemandem, der aussah wie ein Detektiv, aufmerksam – oder argwöhnisch? – gemustert wurde.

»Er hatte nicht das Recht, mich um diesen Gefallen zu bitten«, sagte sie zu sich selbst. Nie wieder. Das werde ich ihm sagen. Nie wieder.

Schnell senkte sich die Nacht. Evylyn Lascalles hatte es noch nie so schnell dämmern sehen. Also zurück zum Canyon, zurück zum wilden, ungebundenen Leben. Sie fuhr eine enge Schlucht hinauf, die alle Farben des Malkastens besaß und jetzt dem Tag ihre letzten Pastelltöne schenkte. Dann gewann Evylyn in einer Biegung, von der man einen weiten Blick auf tief unten liegendes Plateauland hatte, eine gewisse Sicherheit.

Hier würde es keine Komplikationen geben. Wenn sie jeden einzelnen Artikel über das Riff warf, würde er so weit von ihr entfernt sein, als befände er sich in einem anderen Bundesstaat.

Miss Lascalles stammte aus Brooklyn. Sie hatte sich so sehr gewünscht, nach Hollywood zu ziehen und der Filmindustrie als Sekretärin zu dienen; nun wünschte sie, sie hätte ihre Heimat nie verlassen.

Doch nun an die Arbeit; sie musste sich von ihrer Fracht trennen; sobald dieses Auto um die Kurve verschwunden war …

II

… Unterdessen stand ihr Arbeitgeber, Pat Hobby, vor dem Frisiersalon und sprach mit Louie, dem Studio-Buchmacher. Morgen würden Pats vier Wochen zu zweifünfzig abgelaufen sein, und er hatte bereits jenes quälende und bestürzende Gefühl, das jenen eigentümlich ist, die immer am Rande der Solvenz leben.

»Vier lausige Wochen an einem schlechten Script«, sagte er. »Das ist alles, was ich in sechs Monaten hatte.«

»Wie lebst du denn so?«, fragte Louie, ohne allzu viel Interesse an den Tag zu legen.

»Ich lebe nicht. Die Tage vergehen, die Wochen vergehen. Aber wer will das schon wissen? Wer will das – nach zwanzig Jahren – denn schon wissen?«

»Es gab aber Zeiten, als es dir ganz schön gutging«, gab ihm Louie zu bedenken.

Pat sah einer Beleuchtungskomparsin nach. Sie trug ein schimmerndes Lamé-Kleid.

»Klar«, gab er zu. »Ich hatte drei Gattinnen. Mehr kann man nicht verlangen.«

»Wieso? War *das* eine deiner Gattinnen?«, fragte Louie.

Pat spähte der verschwindenden Figur nach.

»Nein. Ich habe nicht gesagt, dass *das* eine war. Aber ich habe durchaus die eine oder andere aus meiner Tasche ernährt. Jetzt natürlich nicht mehr. Ein Mann von neunundvierzig wird nicht mehr als menschliches Wesen betrachtet.«

»Du hast doch eine hübsche kleine Sekretärin«, sagte Louie. »Hör zu, Pat, ich habe einen Tipp für dich …«

»Kann ich nicht gebrauchen«, sagte Pat, »hab nur noch fünfzig Cent.«

»Die Art Tipp meine ich nicht. Hör zu: Jack Berners will einen Film über die University of the Western Coast drehen, weil er da einen Sohn hat, der Basketball spielt. Ihm fehlt die Story. Warum gehst du nicht einfach zur U.W.C. und sprichst mit dem Sportdekan? Doolan heißt er. Dieser Sportfritze schuldet mir noch drei Riesen auf die Pferdchen, und vielleicht könnte er dir mit einer Idee zu einem Collegefilm aushelfen. Die schleppst du dann an und verkaufst sie Berners. Du bist doch auf der Gehaltsliste, oder?«

»Bis morgen«, sagte Pat düster.

»Sprich mal mit Jim Kresge. Der ist immer im Campus-Sport-Shop. Der stellt dich dann dem Sportfritzen vor. So, Pat, ich muss los, Geld einsammeln. Und vergiss nicht: Dieser Doolan schuldet mir drei Riesen.«

III

Pat schien das alles nicht sehr vielversprechend, aber es war besser als nichts. Als er in den Autorentrakt zurückgegangen war, um seinen Mantel aus dem Büro zu holen, kam er gerade rechtzeitig, um den Hörer eines klagenden Telefons abzunehmen.

»Ich bin's, Evylyn«, sagte eine flatternde Stimme. »Ich werde es heute Nachmittag nicht mehr los. Auf allen Straßen sind Autos unterwegs …«

»Ich kann hier nicht darüber sprechen«, sagte Pat schnell, »ich muss wegen eines Vorhabens zur U.W.C. …«

»Ich hab's versucht«, wimmerte sie, »immer wieder! Und jedes Mal kommt ein Auto vorbei …«

»Na, ich bitt' Sie …« Er hängte auf; er hatte selbst genug um die Ohren.

Pat verfolgte seit Jahren die Taten der »Trojaner« von der University of Southern California sowie das Treiben der fast ebenso berühmten »Roller Coasters«, die die University of the Western Coast repräsentierten. Sein Interesse war weniger physiologisch, taktisch oder intellektuell begründet, sondern eher mathematischer Natur; die Rollers hatten ihn seinerzeit eine schöne Stange Geld gekostet, und deshalb betrat er den Campus, der halb im Stil von De

Mille und halb im Stil der alten Azteken erbaut war, mit einem unbestimmten Gefühl von Besitzerstolz.

Er machte Kresge ausfindig, und dieser führte ihn zu Superintendent Kit Doolan. Mr. Doolan, ein früherer Mittelstürmer, war blendender Laune. Er hatte in diesem Jahr fünf farbige Giganten eingekauft, von denen keiner alt genug war, um später pensionsberechtigt zu sein; trotzdem waren es allesamt erfahrene Männer, und sein Team hatte beste Aussichten auf eine gute Platzierung in der Regionalliga.

»Ich freue mich, wenn ich Ihrer Firma helfen kann«, sagte er. »Mr. Berners helfe ich jederzeit gern ... oder Louie. Was kann ich für Sie tun? Wollen Sie einen Film machen? ... Na, ein bisschen Reklame können wir immer gebrauchen. Mr. Hobby, ich muss in fünf Minuten zu einer Lehrkörperkonferenz, und vielleicht hätten Sie Lust, den Herren von Ihrem Vorhaben zu berichten?«

»Ich weiß nicht«, sagte Pat zweifelnd. »Ich hatte mir gedacht, ich könnte die Sache vielleicht mit Ihnen mal durchquatschen. Wir können doch irgendwo hingehen und einen heben.«

»Tut mir leid«, sagte Doolan jovial. »Wenn diese Schlauberger an mir herumschnüffeln und Schnaps riechen – mein lieber Mann! Kommen Sie doch mit auf die Konferenz; da hat jemand auf dem Campus Uhren und Schmuck gestohlen, und wir sind ziemlich sicher, dass es ein Student war.«

Mr. Kresge, der seine Rolle gespielt hatte, erhob sich und wandte sich zum Gehen.

»Können Sie einen guten Tipp für das fünfte morgen gebrauchen?«

»Ich nicht«, sagte Mr. Doolan.
»Sie, Mr. Hobby?«
»Ich nicht«, sagte Pat.

IV

Nachdem sie dergestalt ihre Verbindungen zur Unterwelt abgebrochen hatten, schritten Pat Hobby und Superintendent Doolan den Korridor des Verwaltungsgebäudes entlang. Vor dem Büro des Dekans sagte Doolan:

»Ich hole Sie dann so bald wie möglich rein und stelle Sie vor.«

Da er weder Jack Berners noch die Filmgesellschaft offiziell repräsentierte, wartete Pat mit einer gewissen *malaise.* Er spürte beim Gedanken an ein Zusammentreffen mit einem Haufen Intellektueller nicht die mindeste Vorfreude, aber es fiel ihm ein, dass er ein bescheidenes, aber aufdringliches Stück Handelsware im abgewetzten Überrock mit sich trug. Die Sekretärin des Dekans hatte ihren Schreibtisch verlassen, um die Konferenz zu protokollieren, und so vervollständigte er seinen Kalorienhaushalt mit einem langen, knebelnden Schluck.

Augenblicklich stellte sich jenes anerkennende Glühen ein, und er machte es sich auf einem Stuhl bequem, die Augen auf die Tür gerichtet, an der geschrieben stand:

SAMUEL K. WISKITH
Beauftragter für studentische
Belange

Das konnte ein schreckliches Treffen werden.

... aber warum eigentlich? Das waren doch Korinthenkacker; so viel war schon mal klar. Sie hatten einen akademischen Grad, aber sie waren käuflich. Wenn sie für die Filmgesellschaft Ball spielten, konnten sie für ihre U.W.C. eine Menge gute Reklame herausschinden. Und das bedeutete ein höheres Gehalt, oder? – auf jeden Fall mehr Mäuse.

Die Tür zum Konferenzzimmer öffnete sich zögernd und schloss sich dann wieder. Niemand kam heraus, aber Pat setzte sich aufrecht hin und machte sich bereit. Immerhin repräsentierte er die viertgrößte Industrie Amerikas, oder er repräsentierte sie doch zumindest beinahe, und da brauchte er sich von einem Haufen Intellektueller nicht einschüchtern zu lassen. Außerdem war er selbst nicht ganz ohne intime Kenntnis der höheren Bildung; in frühester Jugend war er einmal im Delta-Kappa-Eta-Verbindungshaus der University of Pennsylvania Mädchen für alles gewesen. Und mit ermutigendem Chauvinismus versicherte er sich, dass Pennsylvania diesem Pionier-Unternehmen haushoch überlegen war.

Die Tür öffnete sich; ein verwirrter junger Mensch mit Schweißperlen auf der Stirn kam herausgestürzt, raste durch den Raum und verschwand. Mr. Doolan stand ruhig in der Tür.

»In Ordnung, Mr. Hobby«, sagte er.

Seine Befürchtungen waren grundlos. Erinnerungen an die goldenen Tage auf dem College überfluteten Pat verschwenderisch, als er eintrat. Und augenblicklich – der Saft der Zuversicht floss durch seinen Kreislauf – hatte er seine Idee ...

»… es ist eher eine realistische Idee«, sagte er fünf Minuten später. »Verstehen Sie?«

Dekan Wiskith, ein hochgewachsener, bleicher Mann mit Hörrohr, schien es verstanden, aber nicht rundum gebilligt zu haben. Pat hämmerte ihm noch einmal seine Pointe ein.

»Das ist doch aber brandheiß, das Thema«, sagte er geduldig. »›Aktuell‹ nennen wir so einen Film. Sie geben doch zu, dass dieser junge Spund, der hier eben rausgekommen ist, Uhren geklaut hat, oder?«

Die Professorenkonferenz tauschte – Doolan ausgenommen – Blicke, aber niemand unterbrach Pat.

»Na, sehen Sie«, sagte Pat triumphierend. »Sie geben seine Geschichte an die Zeitungen. Und jetzt kommt der Knüller. In dem Film, den wir machen, stellt sich heraus, dass er die Uhren klaut, um seinem kleinen *Bruder* zu helfen; und mit diesem kleinen Bruder steht und fällt die Football-Mannschaft! Er ist nämlich der Einzige, der im richtigen Moment spurtschnell ist. Wir werden wahrscheinlich versuchen, Tyrone Power auszuborgen, aber als Double nehmen wir selbstverständlich einen von Ihren Spielern.«

Pat hielt inne, um alles noch einmal zu überdenken.

»… Der Film kommt natürlich auch in den Südstaaten raus; da müssen wir einen weißen Spieler nehmen.«

Es entstand eine unruhige Pause. Mr. Doolan kam zu seiner Rettung.

»Keine schlechte Idee«, deutete er an.

»Eine entsetzliche Idee«, brach es aus Dekan Wiskith hervor. »Eine …«

Langsam spannte sich Doolans Gesicht.

»Augenblick mal«, sagte er. »Wer kommandiert hier *wen* herum? Hören Sie *ihm* lieber mal zu!«

Die Sekretärin des Dekans, die den Raum auf den Ruf eines Summers hin kurz verlassen hatte, war wieder erschienen und flüsterte dem Dekan etwas ins Ohr. Dieser holte Luft.

»Einen Augenblick, Mr. Doolan«, sagte er. Er wandte sich an die anderen Mitglieder des Komitees.

»Der Pedell hat da draußen einen Verstoß gegen die Hausordnung, er kann den Täter aber rein juristisch nicht belangen. Können wir das zuerst regeln? Danach kommen wir dann auf diese ...«, er starrte Mr. Doolan an, »... auf diese *wider*natürliche Idee zurück.«

Er nickte, und die Sekretärin öffnete die Tür.

Dieser Pedell, dachte Pat und ließ den Geist zu jenem weinlaubüberwucherten Campus zurückschweifen, sah aus wie alle Pedelle, ein eingeschüchterter Bulle, ein nur notdürftig zivilisiertes Raubtier.

»Meine Herren«, sagte der Pedell mit fein moduliertem Respekt, »ich habe hier einen Fall, der sich nicht aus der Welt diskutieren lässt.« Er schüttelte ratlos den Kopf und fuhr dann fort: »Ich weiß, dass alles falsch ist ..., aber *mir* will das alles nicht in den Kopf. Ich möchte *Ihnen* den Fall übertragen ... Ich werde Ihnen einfach das Corpus Delicti und den Delinquenten vorführen ... Kommen Sie mal rein, Sie ...«

Evylyn Lascalles trat ein, kurz darauf folgte ihr ein klirrender Kissenbezug, den der Pedell neben ihr hinstellte, und Pat dachte noch einmal an den ulmenbestandenen Campus der University of Pennsylvania. Inbrünstig wünschte er, jetzt dort zu sein. Er wünschte sich das mehr als irgendetwas auf der Welt. Sein zweitsehnlichster Wunsch galt Doolans breitem Kreuz, hinter dem er sich durch Verrücken seines Stuhles zu verstecken trachtete; er wünschte sich, dieses Kreuz wäre noch breiter.

»Da sind Sie ja!«, schrie sie dankbar. »Ach, Mr. Hobby … Gott sei Dank! Ich konnte sie nicht loswerden … Und nach Hause konnte ich sie auch nicht mitnehmen; meine Mutter hätte mich umgebracht. Da bin ich hierhergekommen, um Sie zu suchen … Und dieser Mann hat nachgesehen, was ich auf dem Rücksitz im Auto habe!«

»Was ist in diesem Sack?«, fragte Dekan Wiskith, »Bomben? Was?«

Sekunden vorher hatte der Pedell den Sack aufgehoben und auf dem Fußboden aufprallen lassen, und das hatte ein klares, unmissverständliches Geräusch gemacht; Pat hätte es ihnen sagen können. Es waren gefallene Soldaten – Halbliterflaschen, Viertelliterflaschen, Flachmänner – beredtes Zeugnis von vier Wochen zu zweifünfzig – leere Flaschen, aus den Schreibtisch-Schubladen seines Büros eingesammelt. Da sein Vertrag morgen beendet war, hatte er es für das Klügste gehalten, diese Zeugen zu beseitigen.

Während er nach einer Fluchtmöglichkeit suchte, schweifte sein Geist ein letztes Mal zu jenen sorglosen Tagen des gehorsamen Apportierens bei der University of Pennsylvania zurück.

»Ich übernehme das schon«, sagte er und erhob sich.

Er schwang sich den Sack über die Schulter, bot der Rektoratskonferenz die Stirn und sagte überraschend: »Denken Sie mal drüber nach.«

V

»Und das haben wir auch getan«, sagte Mr. Doolan noch in derselben Nacht zu seiner Frau. »Aber wir sind nicht schlau daraus geworden.«

»Irgendwie ist das gespenstisch«, sagte Mrs. Doolan. »Hoffentlich träume ich heute Nacht nicht. Der arme Mann mit dem Sack! Ich stelle mir die ganze Zeit vor, wie er im Fegefeuer sitzt… und muss in jede einzelne dieser Flaschen ein Buddelschiff bauen, bevor er in den Himmel darf.«

»Nein!«, sagte Doolan schnell. »Jetzt bläst du *mir* Träume ein. Es waren so unendlich viele Flaschen.«

Der Zusammenbruch

I

Zweifellos ist alles Leben ein Zersetzungsprozess, doch die Schicksalsschläge, die den dramatischen Teil des Geschehens ausmachen, die Schläge, die einen so unerwartet ereilen oder zu ereilen scheinen, die, an die man sich erinnert und die man für das verantwortlich macht, was passiert – und von denen man in schwachen Augenblicken seinen Freunden erzählt –, zeitigen ihre ganze Wirkung nicht sofort. Es gibt eine zweite Art von Schlag, die von innen erfolgt, die man nicht spürt, bis es zu spät ist, etwas dagegen zu tun, bis man sich nicht mehr gegen das Wissen sperren kann, dass man in gewisser Hinsicht nie mehr der sein wird, der man einmal war. Der erstgenannte Zusammenbruch geschieht augenscheinlich schnell, der zweite fast so, dass man ihn gar nicht wahrnimmt, bis man plötzlich begreift, was passiert ist.

Bevor ich diese kurze Geschichte weitererzähle, würde ich gerne eine allgemeingültige Beobachtung festhalten: Einen erstklassigen Kopf erkennt man daran, dass er in der Lage ist, zwei widersprüchliche Gedanken gleichzeitig zu denken, und trotzdem noch funktioniert. Man sollte beispielsweise in der Lage sein zu erkennen, dass die Lage hoffnungslos ist, und dennoch entschlossen sein, das zu ändern. Diese Geisteshaltung entsprach der ersten Zeit meines Erwachsenendaseins, als ich erlebte, dass das Unwahrscheinliche, das Unerklärliche, ja das »Unmögliche« wahr wurde. Man konnte den Gang des Lebens bestimmen, wenn man etwas taugte. Mit Grips und Willen oder so viel Grips und Willen, wie man aufbrachte, war es zu meistern. Ein erfolgreicher Schriftsteller zu sein war eine romantische Angelegenheit – man würde natürlich nie so berühmt sein wie ein Filmstar, aber das Ansehen, das man hatte, wäre wahrscheinlich dauerhafter; man würde nie so viel Macht haben wie ein Mann mit starken politischen oder religiösen Überzeugungen, aber man wäre ganz gewiss unabhängiger. Selbstverständlich blieb einem in der Ausübung des gewählten Gewerbes immer etwas zu wünschen übrig, doch ich hätte mein Gewerbe gegen kein anderes eintauschen wollen.

Als die zwanziger Jahre sich im Gefolge meiner eigenen zwanziger Jahre verabschiedeten, verwandelte sich mein Jugendkummer, dass ich erstens nicht groß genug (oder nicht gut genug) war, um am College American Football zu spielen, und zweitens im Krieg nicht nach Europa gekommen war, in kindische Träumereien von phantasiertem Heldentum – Einschlafhilfen in schlaflosen Nächten. Die großen Lebensprobleme schienen lösbar zu sein, und da es anstrengend war, sich damit herumzuschlagen, hatte man keine Energie übrig, um sich mit weitergehenden Problemen abzugeben.

Das Leben war vor zehn Jahren hauptsächlich eine persönliche Angelegenheit. Ich musste die Balance wahren zwischen dem Gefühl, jede Anstrengung sei sinnlos, und der Erfordernis, nicht aufzugeben, zwischen der Überzeugung vom unvermeidlichen Scheitern und der Entschlossenheit, es dennoch »zu schaffen« – und schlimmer noch, zwischen dem lähmenden Gewicht der Vergangenheit und den hochfliegenden Zukunftswünschen. Gelänge mir das über alles übliche Ungemach häuslicher, beruflicher und persönlicher Natur hinweg, dann würde mein Ich seine Bahn wie ein Pfeil vom Nichts ins Nichts so ungebremst fortsetzen, dass nur die Schwerkraft es zuletzt zu Boden zwingen könnte.

Siebzehn Jahre lang ging alles seinen Gang – bis auf ein Jahr bewussten Faulenzens und Ausruhens in der Halbzeit –, und jede neue Mühsal war nur eine interessante Aussicht für den nächsten Tag. Mein Leben war ziemlich anstrengend, aber ich sagte mir: »Bis neunundvierzig halte ich das durch. Darauf kann ich mich verlassen. Wer so gelebt hat wie ich, der kann nicht mehr verlangen.«

Und dann wurde mir zehn Jahre vor diesem Termin auf einmal klar, dass mir vor der Zeit die Luft ausgegangen war.

II

Man kann auf ganz verschiedene Weise die Kontrolle verlieren – im Kopf, und dann übernehmen es andere, Entscheidungen für einen zu treffen, oder körperlich, so dass man keine andere Wahl hat, als sich der weißen Krankenhauswelt zu unterwerfen, oder nervlich. William Seabrook schildert in einem unsympathischen Buch nicht ohne Stolz und mit einem Ende wie im Film, wie er zu einer Last für die Gesellschaft wurde. Was seinen Alkoholismus auslöste oder damit zusammenhing, war ein Zusammenbruch seines Nervensystems. Obwohl der Verfasser dieser Zeilen in einer weniger prekären Situation war – ich hatte seit einem halben Jahr nicht einmal ein Glas Bier getrunken –, machten seine Nerven nicht mehr mit: zu viel Zorn und zu viele Tränen.

Überdies, um zu meiner Theorie zurückzukehren, dass das Leben sein Angriffsschema variiert, kam mir die Erkenntnis des Zusammenbruchs nicht auf einmal, sondern mit Verzögerung.

Kurz davor hatte ich in der Praxis eines berühmten Arztes eine ernste Diagnose vernommen. Mit einer, wie mir im Nachhinein scheinen will, gewissen Gelassenheit hatte ich mein Leben in der Stadt, in der ich damals wohnte, weitergelebt, ohne mir groß Gedanken oder Sorgen darüber zu machen, was alles unerledigt geblieben war oder welcher Verantwortung ich nicht nachgekommen war – wie Leute es in Büchern zu tun pflegen; ich war gut versichert und hatte ansonsten das meiste, was mir überlassen worden war, nicht besonders gepflegt, nicht einmal meine Begabung.

Aber plötzlich hatte ich das starke instinktive Bedürfnis, allein zu sein. Ich wollte mit niemandem zu tun haben. Ich hatte mein Leben lang mit so vielen Leuten zu tun gehabt – ich war nur durchschnittlich gesellig, doch überdurchschnittlich in meinem Bestreben, mich, mein Denken und mein Geschick mit denen aller Gesellschaftsklassen zu identifizieren, mit denen ich in Berührung kam. Ich war ständig damit beschäftigt, andere zu retten oder selbst gerettet zu werden – an einem einzigen Vormittag durchlebte ich alle Empfindungen, die man Wellington bei Waterloo zuschreiben kann. Ich lebte in einer Welt unergründlicher Widrigkeiten und unentbehrlicher Freunde und Helfer.

Doch nun wollte ich mit nichts und niemandem zu tun haben und achtete darauf, mit verschiedenen Dingen nicht in Berührung zu kommen.

Es war keine unglückliche Zeit. Ich verreiste und sah weniger Leute. Ich merkte, wie unendlich erschöpft ich war. Ich konnte herumlümmeln und mich darüber freuen; manchmal schlief oder döste ich zwanzig Stunden am Tag, und die restliche Zeit bemühte ich mich redlich, nicht zu denken; stattdessen verfasste ich Listen – Listen, die ich dann zerriss, Hunderte von Listen: Listen von Kavallerieleitpferden, Footballspielern und Städten, von Schlagern und von Baseballspielern, von glücklichen Zeiten und Hobbys und Häusern, in denen ich gewohnt hatte, von der Anzahl meiner Anzüge seit der Militärzeit und der meiner Schuhe (ohne den Anzug mitzuzählen, den ich in Sorrent gekauft hatte und der eingegangen war, oder die Abendschuhe und das Frackhemd samt Kragen, die ich jahrelang mit mir herumgeschleppt und nie getragen habe, weil die Abendschuhe feucht und brüchig wurden und die Stärke von Frackhemd und Kragen vergilbte und vermoderte), Listen von Frauen, die mir gefallen hatten, und von Anlässen, bei denen ich zugelassen hatte, dass Leute, die mir weder charakterlich noch an Können überlegen waren, mich von oben herab behandelten.

Und dann ging es mir überraschenderweise plötzlich besser.

Und bei dieser Erkenntnis bekam ich einen Sprung wie ein alter Teller.

Das ist das eigentliche Ende der Geschichte. Wie es weitergehen sollte, wird an jenem Ort ruhen müssen, den man früher als »Schoß der Zeit« bezeichnete. Ich will mich mit der Mitteilung begnügen, dass ich nach einer Stunde einsamen Kopfkissentrostsuchens zu begreifen begann, dass mein Leben zwei Jahre lang daraus bestanden hatte, Reserven anzuzapfen, die ich nicht besaß, dass ich mich körperlich und geistig bis zum Gehtnichtmehr übernommen hatte. Was war daneben schon das kleine Geschenk des neuen Lebens für jemanden, der früher gewusst hatte, was er wollte, und auf seine Unabhängigkeit vertraut hatte?

Ich merkte, dass ich mich, um etwas zu bewahren – vielleicht eine innere Stille, vielleicht auch nicht –, in diesen zwei Jahren von allem losgesagt hatte, was ich liebte, dass jede Alltagsgeste – vom morgendlichen Zähneputzen bis zum Abendessen mit einem Freund – zu einer Anstrengung geworden war. Mir wurde klar, dass ich seit langem keine Menschen und keine Dinge mehr mochte, sondern nur eine fadenscheinige Behauptung aufrechtzuerhalten versuchte. Mir wurde klar, dass sogar meine Liebe zu dem, was mir am teuersten war, zu dem Bemühen zu lieben heruntergekommen war und dass mein Verkehr mit anderen Leuten wie Verlagsangestellten, Tabakverkäufern, Kindern von Freunden nur mehr etwas war, woran ich mich aus früheren Tagen dunkel erinnerte. In diesem einen Monat wurde ich allergisch gegen Dinge wie das Knistern des Radios, die Reklame in Zeitschriften, das Quietschen von Straßenbahnen in den Gleisen und die Totenstille auf dem

Land, ich begann, menschliche Nachgiebigkeit zu verachten, ertrug aber (ohne es mir anmerken zu lassen) Härte genauso wenig – ich verabscheute die Nacht, weil ich nachts nicht schlafen konnte, und den Tag, weil er in die Nacht mündete. Ich schlief inzwischen auf der Herzseite, denn je eher ich diesen Körperteil auch nur ein wenig ermüden konnte, desto früher würde sich die ersehnte Stunde des Nachtmahrs einstellen, die mir wie eine Katharsis ermöglichen würde, dem nächsten Tag gefasster entgegenzusehen.

Es gab einzelne Stellen und einzelne Gesichter, deren Anblick ich ertragen konnte. Wie die meisten Leute aus dem Mittleren Westen hatte ich nie nennenswerte Rassenvorurteile – ich hatte immer eine heimliche Sehnsucht nach den bezaubernden skandinavischen Blondinen, die in St. Paul auf der Veranda saßen und es finanziell nicht weit genug gebracht hatten, um an dem teilzuhaben, was damals als Gesellschaft galt. Sie waren keine dummen jungen Dinger, dafür waren sie zu nett, und sie wurden auf dem Weg zu ihrem Platz an der Sonne viel zu früh aus dem Verkehr gezogen, aber ich erinnere mich, wie ich um die Häuserblocks wanderte, um einen Blick auf schimmerndes Haar zu erhaschen – auf den hellen Schopf eines Mädchens, das ich nie kennenlernen würde. Das ist gespreiztes Gerede, und es hat nicht das Geringste damit zu tun, dass ich in letzter Zeit den Anblick von Kelten, Engländern, Politikern, Fremden, Virginiern, Negern (hell- oder dunkelhäutig) nicht ertragen konnte, den von Leuten in Jagdkleidung, von Einzelhandelsverkäufern und von Maklern überhaupt, von ausnahmslos allen Schriftstellern (um Schriftsteller machte ich einen besonders großen Bogen, denn sie können Konflikte schüren wie niemand sonst) und aller Gesellschaftsklassen als Klassen und ihrer Mitglieder als Klassenmitglieder …

Ich suchte nach irgendeinem seelischen Halt; ich konnte Ärzte leiden und Mädchen bis zum Alter von etwa dreizehn Jahren und wohlerzogene Knaben von acht Jahren an aufwärts. Mit diesen wenigen Menschen waren mir Seelenfrieden und Glück möglich. Ich vergaß zu sagen, dass ich alte Männer mochte, Männer über siebzig, auch über sechzig, wenn sie wettergegerbte Gesichter hatten. Ich mochte Katharine Hepburns Gesicht auf der Leinwand (ohne mich darum zu scheren, was über ihre Arroganz gemunkelt wurde) und Miriam Hopkins' Gesicht und alte Freunde, wenn ich sie nicht öfter als einmal im Jahr sah und mich an die, die sie einmal gewesen waren, erinnern konnte.

Das klingt alles ziemlich unmenschlich und ungesund, nicht wahr? Tja, Freunde, so sehen die untrüglichen Anzeichen des Zusammenbruchs aus.

Es ist kein schönes Bild. Und unweigerlich wurde es in seinem Rahmen herumgereicht und diversen Kritikern vorgeführt. Eine der Kritikerinnen lässt sich am ehesten damit charakterisieren, dass das Leben anderer Leute sich neben ihrem Leben wie Totenstarre ausnimmt – sogar in dem spezifischen Fall, als ihr die an und für sich undankbare Rolle zufiel, Hiob zu trösten. Obwohl meine Geschichte längst zu Ende ist, würde ich unser Gespräch gerne als Postskriptum anfügen:

»Statt sich in Selbstmitleid zu suhlen, überlegen Sie mal«, sagte sie. (Sie sagt immer: »Überlegen Sie«, weil sie denkt, tatsächlich *denkt*, während sie spricht.) Sie sagte also: »Überlegen Sie. Angenommen, nicht Sie hätten einen Sprung bekommen, sondern der Grand Canyon.«

»Ich habe einen Sprung«, sagte ich tapfer.

»Überlegen Sie mal! Die Welt existiert nur in Ihren Gedanken, in Ihrer Vorstellung. Sie können sie so groß oder klein sehen, wie Sie wollen. Und Sie wollen jetzt unbedingt ein jämmerliches kleines Subjekt sein. Mein Gott, wenn ich einen Zusammenbruch hätte, würde ich alles tun, damit die Welt mit mir zusammenbricht. Überlegen Sie! Die Welt existiert nur kraft Ihrer Wahrnehmung, und deshalb wäre es viel vernünftiger zu sagen, dass nicht Sie einen Sprung bekommen haben, sondern der Grand Canyon.«

»Braves Kind, hat seinen ganzen Spinoza aufgegessen!«

»Von Spinoza habe ich keine Ahnung. Aber ich weiß –« Und sie erzählte von alten Verletzungen, die mir als Zuhörer schmerzlicher vorkamen als das, was mir widerfahren war; sie erzählte, wie sie dem Leid die Stirn geboten hatte, es überwältigt, es besiegt hatte.

Ich spürte eine gewisse Reaktion auf ihre Worte, doch ich denke langsam, und beim Zuhören hatte ich zugleich die Erkenntnis, dass von allen Naturkräften die Vitalität am wenigsten vermittelbar ist. Zu Zeiten, als der Lebenssaft einem kostenlos zur Verfügung stand, versuchte man, ihn weiterzuverteilen, was nie gelingen wollte; anders gesagt – um eine weitere Metapher zu strapazieren –, Vitalität ist nicht »ansteckend«. Man hat sie, oder man hat sie nicht, so wie Gesundheit oder braune Augen oder Ehrgefühl oder einen Bariton. Ich hätte sie um ein bisschen davon bitten können, sauber eingepackt und fertig für Zubereitung und Verzehr zu Hause, aber bekommen hätte ich nichts, selbst wenn ich tausend Stunden lang mit dem Zinnbecher des Selbstmitleids in der Hand auf die milde Gabe gewartet hätte. Mir blieb nichts anderes übrig, als zu gehen, ganz vorsichtig, als wäre ich zerbrochenes Geschirr, in die Welt der Bitternis hinaus, in der ich mir mit dem, was zur Hand war, eine Bleibe schaffen musste, und mir, als ich ging, die Worte zu sagen:

»*Ihr seid das Salz der Erde. Wenn nun das Salz kraftlos wird, womit soll man's salzen?*« Matthäus, 5.13.

Das Zusammenflicken

Im früheren Artikel berichtete der Verfasser dieser Zeilen von seiner Erkenntnis, in dem Gericht, das ihm aufgetischt wurde, nicht das wiederzufinden, was er sich für sein viertes Lebensjahrzehnt bestellt hatte. Und da er und das Gericht ein und dasselbe waren, bezeichnete er sich als Teller mit einem Sprung, einen Teller, bei dem man sich fragt, ob es sich lohnt, ihn aufzubewahren. Die Redaktion war der Ansicht, dass in dem Artikel allzu vieles nur gestreift und nicht näher erörtert wurde, eine Ansicht, die möglicherweise viele Leser geteilt haben, ganz zu schweigen von jenen, die jede Selbstentblößung verachten, sofern sie nicht mit hochtrabenden Dankesworten an die Götter für die »unbesiegbare Seele« endet.

Ich aber hatte den Göttern schon zu lange und für nichts und wieder nichts gedankt. Ich hätte gern eine Klage in meinen Bericht eingeflochten, um der Sache Kolorit zu verleihen, auch ohne Shelleys »Euganeische Hügel«. Es waren keine Euganeischen Hügel in Sichtweite.

Es kommt vor, dass ein Teller mit Sprung im Geschirrschrank bleibt, weil man ihn noch brauchen kann. Er kann nicht mehr vorgewärmt werden und nicht mehr mit den anderen Tellern im Spülbecken gestapelt werden, man wird ihn keinem Gast vorsetzen, aber für Salzgebäck später am

Abend oder für Reste im Kühlschrank ist er immer noch gut genug …

Deshalb diese Fortsetzung – die weitere Geschichte eines gesprungenen Tellers.

Als Patentrezept wird Leuten mit Depressionen empfohlen, an die zu denken, die wirklich Mangel leiden oder schwer erkrankt sind – Rundumerbauung für verdüsterte Gemüter und wohlfeiler Rat für jedermann. Doch um drei Uhr morgens hat jede Kleinigkeit das gleiche tragische Gewicht wie ein Todesurteil, und das Rezept schlägt nicht an – und in wahrer seelischer Düsternis ist es immer drei Uhr morgens, Tag für Tag. Um drei Uhr morgens hat man nur den Wunsch, der Wirklichkeit so lange wie möglich zu entfliehen und sich in infantile Träume zu flüchten, aus denen man allerdings immer wieder durch das Hereinbrechen der Wirklichkeit aufgeschreckt wird. Diese Zwischenfälle versucht man möglichst schnell und beiläufig zu meistern, um sich wieder in den Traum zurückzuziehen in der Hoffnung, dass ein großer, unverhoffter materieller oder spiritueller Glücksfall alles ins Lot bringen wird. Doch je länger man sich entzieht, desto mehr verflüchtigt sich der Glücksfall, bis einem zumute ist, als warte man nicht darauf, eine Sorge verschwinden zu sehen, sondern als sei man eher ungewollter Zeuge einer Hinrichtung, der Zersetzung der eigenen Persönlichkeit …

Sofern nicht Wahnsinn, Drogen oder Alkohol ins Spiel kommen, endet diese Phase irgendwann und wird von einer dumpfen Ruhe abgelöst. In diesem Zustand kann man zu erwägen versuchen, was weggeschnitten und was übrig gelassen wurde. Erst als ich diese Ruhe erfuhr, wurde mir klar, dass ich bereits zwei vergleichbare Erfahrungen durchgemacht hatte.

Das erste Mal war vor zwanzig Jahren gewesen, als ich Princeton im ersten Jahr mit einem als Malaria diagnostizierten Leiden verlassen musste. Eine Röntgenaufnahme, die ein Dutzend Jahre später gemacht wurde, enthüllte, dass es sich um Tuberkulose gehandelt hatte; ich war nur leicht erkrankt und konnte nach ein paar Monaten Erholung wieder das College besuchen. Aber ich hatte verschiedene Aufgaben verloren, vor allem den Vorsitz des Triangle Club und die Leitung eines Musicals, und ich wurde ein Jahr zurückversetzt. Die Collegezeit konnte für mich nie wieder sein, was sie gewesen war. Keine Auszeichnungen, keine Medaillen. Eines Märznachmittags war mir, als hätte ich alles verloren, was ich mir gewünscht hatte – und am Abend dieses Tages erhaschte ich zum ersten Mal den Schatten des Weiblichen, neben dem eine Zeitlang alles andere bedeutungslos erschien.

Jahre später begriff ich, dass mein Scheitern als große Nummer am College mir letzten Endes genützt hatte: Statt in Ausschüssen zu sitzen, begeisterte ich mich für englische Dichtung, und als ich zu ahnen begann, was es damit auf sich hatte, machte ich mich daran, das Schreiben zu lernen. Nach Shaws Devise, dass man gut beraten ist, zu mögen, was man bekommt, wenn man nicht bekommen kann, was man mag, hatte ich Glück im Unglück gehabt, doch damals war es für mich eine harte und bittere Erkenntnis, dass es mit meiner Karriere als Leitfigur für andere vorbei war.

Seit jenem Tag bin ich außerstande, einen unfähigen Hausangestellten zu feuern; ich staune über Leute, die es können, und bin von ihnen beeindruckt. Ein urtümlicher Wunsch, andere zu beherrschen, war gebrochen und vergangen. Das Leben um mich herum war ein ernster Traum, und ich lebte von den Briefen, die ich einem Mädchen in einer anderen Stadt schrieb. Von solchen Schlägen erholt man sich nicht – man wird ein anderer, und irgendwann findet die neue Person neue Dinge, die ihr am Herzen liegen.

Das zweite Erlebnis, das meiner gegenwärtigen Lage entspricht, ereignete sich nach dem Krieg, als ich mir abermals zu viel zugemutet hatte. Es war eine jener Liebesgeschichten mit tragischem Ausgang infolge von Geldmangel, und eines schönen Tages beendete das Mädchen aus reiner Vernunft die Affäre. Einen langen verzweifelten Sommer verbrachte ich damit, statt Briefen einen Roman zu schreiben, so dass es doch noch gut ausging, doch der Mensch, für den es gut ausging, war ein ganz anderer. Der Mann mit dem klingelnden Kleingeld in der Tasche, der im Jahr darauf das Mädchen heiratete, beäugte die Wohlhabenden sein Leben lang mit unstillbarem Misstrauen und Widerwillen – nicht mit der Überzeugung eines Revolutionärs, sondern mit dem Ressentiment des Bauern. In jener Zeit begann ich mich zu fragen, woher meine Freunde ihr Geld hatten, und mich davor zu fürchten, dass plötzlich ein *droit de seigneur* in Kraft treten und einem von ihnen mein Mädchen geben könnte.

Sechzehn Jahre lang lebte ich weitgehend das Leben dieses anderen, ich misstraute den Reichen und arbeitete gleichzeitig für Geld, um an ihrer Mobilität und an der Eleganz teilzuhaben, mit der manche von ihnen ihr Leben führten. In dieser Zeit wurde mir eine ganze Menge der üblichen Pferde unter dem Hintern weggeschossen; an einzelne Namen kann ich mich noch erinnern – *Verletzter Stolz*, *Enttäuschte Erwartungen*, *Treulos*, *Angeber*, *Harter Schlag*, *Nie Wieder*. Und nach einiger Zeit war ich nicht mehr fünfundzwanzig und dann nicht einmal mehr fünfunddreißig, und nichts war mehr wie früher. Doch in all den Jahren gab es keinen Moment der Entmutigung, an den ich mich erinnern könnte. Ich habe erlebt, wie anständige Menschen in Schwermut verfielen und mit dem Selbstmord liebäugelten – manche gaben sich auf und starben; andere passten sich an und wurden erfolgreicher als ich; doch wenn ich mich blamierte, sank mein Lebensmut nie unter den Pegelstand, bei dem der Selbstekel einsetzt. Schwierigkeiten sind nicht notwendig mit Entmutigung verbunden – die Entmutigung hat ihren eigenen Ursprung und unterscheidet sich von Schwierigkeiten nicht weniger als Arthritis von Gelenksteife.

Als im vergangenen Frühjahr ein neuer Himmel die Sonne verfinsterte, brachte ich das zuerst nicht mit dem in Zusammenhang, was vor fünfzehn oder zwanzig Jahren passiert war. Erst allmählich kam eine gewisse Verwandtschaft zum Vorschein – ich hatte mir zu viel zugemutet, hatte die Kerze an beiden Enden abgebrannt, hatte körperliche Ressourcen ausgebeutet, die ich gar nicht besaß, wie jemand, der sein Bankkonto überzieht. Die Auswirkung dieses Schlags war heftiger als die seiner Vorgänger, aber ähnlich: ein Gefühl, als stünde ich in der Dämmerung auf einem einsamen Schießstand mit einem leeren Gewehr in der Hand und ohne Zielscheibe. Kein Problem weit und breit, nur Stille, in der das einzige Geräusch der eigene Atem war.

Diese Stille sprach von einem gewaltigen Desinteresse an jeglicher Verpflichtung, einem Entweichen all meiner Wertvorstellungen. Leidenschaftlicher Glaube an die Ordnung, eine gewisse Verantwortungslosigkeit nebst einer Vorliebe für Ahnungen und Prophezeiungen, die Gewissheit, dass Können und Fleiß in jedem Universum Bestand hätten: Diese und andere Überzeugungen lösten sich eine nach der anderen in Luft auf. Ich erkannte, dass der Roman, der auf dem Höhepunkt meiner Entwicklung das stärkste und gelenkigste Medium war, um Gedanken und Gefühle von einem Menschen zum anderen zu übermitteln, inzwischen einer mechanischen und plebejischen Kunst untergeordnet wurde, die nur die plattesten Gedanken und plakativsten Emotionen wiederzugeben vermochte, unabhängig davon, ob sie von Geschäftsleuten aus Hollywood oder von russischen Idealisten ausgeübt wurde. In dieser Kunst waren die Wörter den Bildern untergeordnet, und die Individualität war in den unvermeidlich niedrigeren Gang der Zusammenarbeit hinuntergeschaltet. Schon 1930 ahnte ich, dass neben dem Tonfilm sogar der erfolgreichste Romancier bald so archaisch wirken würde wie der Stummfilm. Die Leute lasen noch immer, selbst wenn es nur das von Professor Canby empfohlene Buch des Monats war, neugierige Kinder blätterten im Drugstore in den Schlüpfrigkeiten eines Mr. Tiffany Thayer – aber bestehen blieb die nagende Schmach, die für mich fast zu einer Obsession geworden war, mit ansehen zu müssen, dass die Macht des geschriebenen Wortes einer anderen, schillernderen, grobschlächtigeren Macht untergeordnet worden war …

Das halte ich fest als Beispiel dessen, was mich in den langen Nächten heimsuchte; es war etwas, was ich nicht hinnehmen und wogegen ich mich nicht wehren konnte, etwas, was meine Anstrengungen zwangsläufig ersticken musste, so wie die Ladenketten den kleinen Einzelhändler geschwächt haben, eine Kraft von außen, unbesiegbar –

(Jetzt kommt es mir vor, als hielte ich einen Vortrag und sähe auf die Uhr auf dem Pult vor mir, um zu wissen, wie viele Minuten mir noch bleiben.)

Nun gut, als ich diese Phase des Verstummens erreicht hatte, sah ich mich zu einer Maßnahme genötigt, die niemand freiwillig auf sich nimmt: Ich war gezwungen zu denken. Du lieber Himmel, wie schwierig das war! Wie das Herumschieben großer Schrankkoffer. Bei der ersten Pause fragte ich mich erschöpft, ob ich mich schon jemals mit Denken abgegeben hatte. Nach einer langen Weile gelangte ich zu folgenden Schlussfolgerungen:

1. Dass ich bislang sehr wenig gedacht hatte, soweit es nicht um Fragen meines Handwerks ging. Zwanzig Jahre lang war ein bestimmter Mensch mein intellektuelles Gewissen gewesen. Dieser Mensch war Edmund Wilson.
2. Dass ein weiterer Mensch meine Vorstellung von einem »guten Leben« verkörperte, obwohl ich ihn nur alle zehn Jahre sah und er in der Zwischenzeit vor die Hunde gegangen sein mochte, und zwar ein Pelzhändler im Nordwesten, der seinen Namen in diesem Zusammen-

hang nicht gerne lesen würde. Aber in schwierigen Situationen habe ich oft versucht, mir vorzustellen, was er wohl gedacht und wie er wohl gehandelt hätte.

3. Dass ein dritter Zeitgenosse eine Art künstlerisches Gewissen für mich gewesen war – ich hatte seinen ansteckenden Stil nicht nachgeahmt, weil mein eigener Stil im Guten wie im Schlechten fertig ausgebildet war, bevor ich etwas von ihm gelesen hatte, doch wenn ich nicht mehr weiterwusste, wirkte er wie ein Magnet.
4. Dass ein vierter Mann es übernommen hatte, meine Beziehungen zu anderen Leuten zu lenken, wenn diese Beziehungen fruchtbar waren – was zu tun, was zu sagen war, wie man andere wenigstens für einen Augenblick glücklich machen konnte (im Gegensatz zu Mrs. Posts Theorien, wie man mit systematisch vulgärem Benehmen jedermann ein Größtmaß an Unbehagen verschaffen kann). Das hat mich immer verwirrt und hat in mir den Wunsch geweckt, mich schnell irgendwo zu betrinken, doch dieser Mann kannte die Spielregeln, hatte sie analysiert und war Sieger geblieben, und auf ihn war Verlass.
5. Dass ich in den letzten zehn Jahren kein nennenswertes politisches Gewissen besessen hatte, das über eine gewisse Ironie in meinem eigenen Kram hinausging. Als ich mir wieder Gedanken über das System zu machen begann, in das ich eingespannt war, rüttelte mich ein wesentlich jüngerer Mann mit einer Mischung aus Leidenschaft und frischem Wind auf.

Es gab also kein »Ich« mehr, keine Grundlage für irgendwelche Selbstachtung, abgesehen von meiner unbegrenzten Fähigkeit zum Schuften, die ich offenbar eingebüßt hatte. Es war eigenartig, keine eigene Persönlichkeit mehr zu besitzen – sich vorzukommen wie ein kleiner Junge allein in einem großen Haus, der weiß, dass er nun tun und lassen kann, was er will, und feststellen muss, dass es nichts gibt, was er gerne tun würde –

(Die Uhr zeigt an, dass die Stunde vorbei ist, und ich habe noch nicht einmal meine These vorgetragen. Ich bin mir nicht sicher, dass die Sache auf breites Interesse stößt, aber falls jemand mehr hören will, ist genug Stoff vorhanden, wie der Herausgeber dieser Zeitschrift bestätigen kann. Falls Sie genug haben, sagen Sie es ruhig – aber bitte nicht zu laut, denn ich habe das Gefühl, dass irgendjemand, wer, weiß ich nicht genau, tief und fest schläft, jemand, der mir hätte helfen können, meinen Laden am Laufen zu halten. Lenin ist es nicht und Gott auch nicht.)

Vorsicht, zerbrechlich

Ich habe an anderer Stelle berichtet, wie ein ausnehmend optimistischer junger Mann den Zusammenbruch all seiner Werte erfuhr, einen Zusammenbruch, der ihm erst bewusst wurde, als er sich schon längst ereignet hatte. Ich habe von der darauf folgenden Trostlosigkeit berichtet und von der Erfordernis, weiterzuleben, wenn auch ohne Ermutigung durch heroische Verse à la Henleys »das Haupt voll Blut, doch ungebeugt«, denn die Überprüfung meiner geistig-seelischen Verbindlichkeiten ergab, dass ich kein nennenswertes Haupt besaß, gebeugt oder ungebeugt. In früheren Zeiten hatte ich ein Herz gehabt, aber das war auch schon fast alles.

Dies war jedoch zumindest ein Anknüpfungspunkt, um aus dem Morast hinauszugelangen, in dem ich zappelte: »Ich fühlte, also war ich.« Irgendwann einmal hatten sich alle möglichen Leute auf mich verlassen, waren gekommen oder hatten mir geschrieben, um meinen Rat zu suchen, und hatten diesem Rat und meiner Einstellung zum Leben einfach vertraut. Der fadeste Platitudenklopfer und der skrupelloseste Rasputin müssen irgendeine individuelle Persönlichkeit aufweisen, wenn sie die Geschicke so vieler beeinflussen können, und deshalb stellte sich die Frage, warum und wann ich mich verändert hatte, wo die lecke

Stelle war, aus der, ohne dass ich es merkte, mein Enthusiasmus und meine Vitalität so unaufhaltsam und vorzeitig versickert waren.

Eines qualvollen und verzweifelten Abends packte ich meine Aktentasche und fuhr tausend Meilen weit weg, um darüber nachzudenken. Ich mietete ein billiges Zimmer in einer stupiden Kleinstadt, in der ich niemanden kannte, und gab alles Geld, das ich mit mir führte, für einen Vorrat von Dosenfleisch, Crackern und Äpfeln aus. Aber glauben Sie bloß nicht, der Wechsel von einer ziemlich vollgestopften Welt zu verhältnismäßiger Askese hätte die Größe einer *Research Magnificent* à la H.G. Wells gehabt – ich suchte nur völlige Ruhe, um herauszufinden, warum ich eine traurige Haltung zum Traurigsein entwickelt hatte, eine melancholische Haltung zur Melancholie und eine tragische Haltung zum Tragischen, kurzum: *warum ich mit dem Gegenstand meines Abscheus oder Mitleids eins geworden war.*

Klingt das nach einer noblen Auszeichnung? Das ist es nicht: Diese Art des Sich-Identifizierens ist der Tod jeder Leistung, nicht unähnlich dem, was Geistesgestörte daran hindert zu arbeiten. Lenin hat sich ebenso wenig freiwillig den Leiden seines Proletariats unterzogen wie Washington denen seiner Soldaten oder Dickens denen seiner Londoner Armen. Und als Tolstoi versucht hat, sich dem Gegenstand seiner Aufmerksamkeit anzuverwandeln, war es nur Mummenschanz und ein Schlag ins Wasser. Ich nenne diese Männer, weil sie uns allen am bekanntesten sind.

Es war ein gefährlicher Nebel. Als Wordsworth befand, dass »ein Glanz der Erde entschwunden« sei, fühlte er keinen Drang, mit dem Glanz zu entschwinden, und der feurige Funke Keats gab nie den Kampf gegen die Schwindsucht auf oder die Hoffnung, zu den großen englischen Dichtern zu zählen, selbst als er in den letzten Zügen lag.

Meine Selbstopferung war eine finstere und trübe Sache. Sie war ganz eindeutig nicht modern, obwohl ich das Phänomen auch bei anderen beobachtet habe, bei einem Dutzend ehrenhafter und arbeitsamer Männer nach dem Krieg. (Ja, ich weiß, aber das wäre zu einfach – unter ihnen waren sehr wohl Marxisten.) Ich hatte zugesehen, wie ein berühmter Zeitgenosse ein halbes Jahr lang mit der Vorstellung spielte, mit allem Schluss zu machen; ich hatte miterlebt, wie ein anderer, der ähnliches Ansehen genoss, Monate in einer Nervenheilanstalt verbrachte und keinen Kontakt mit seinen Mitmenschen ertrug. Und ich könnte ein Dutzend Männer aufzählen, die aufgegeben hatten und gestorben waren.

Das führte mich zu der Überlegung, dass diejenigen, die überlebt hatten, eine einschneidende Zäsur vorgenommen haben mussten. »Zäsur« ist ein gewichtiges Wort und bezeichnet etwas Gewichtigeres als einen Gefängnisausbruch, der einen wahrscheinlich in ein neues Gefängnis bringt oder in das alte zurückbefördert. Die berühmte »Flucht aus dem Alltag«, bei der man »alles hinter sich lässt«, ist ein Ausflug in eine Falle, selbst wenn die Falle die Südsee einschließt, die nur etwas für jene ist, die sie malen oder dort segeln wollen. Eine Zäsur ist etwas, was keine Rückkehr erlaubt, was sich nicht rückgängig machen lässt, weil es die Vergangenheit auslöscht. Wenn ich den Verpflichtungen, die das Leben mir auferlegt hatte, nicht mehr nachkommen konnte, warum sollte ich dann nicht die leere Hülle zerschlagen, die vier Jahre lang so getan hatte, als ob? Ich musste Schriftsteller bleiben, denn das war die einzige Existenzform, die mir möglich war, doch ich würde nicht mehr versuchen, ein Mensch zu sein, freundlich, gerecht oder großzügig zu sein. Es war genug Falschgeld in Umlauf, das anstelle dieser echten Währung durchgehen konnte, und ich wusste, wo ich es billig bekommen konnte. Im Lauf von neununddreißig Jahren lernt der aufmerksame Mensch erkennen, wo die Milch mit Wasser verdünnt und der Zucker mit Sand versetzt ist, wo Rheinkiesel als Diamanten und Stuck als Stein ausgegeben werden. Ich würde nichts mehr von mir preisgeben, denn alles Geben wäre ab sofort mit einem neuen Namen gebrandmarkt, der da lautet: »Vergeudung«.

Der Entschluss stimmte mich fast übermütig, wie alles, was sowohl echt als auch neu ist. Gewissermaßen zum Einstand wartete zu Hause ein ganzer Stapel Briefe darauf, in den Papierkorb geworfen zu werden, Briefe, deren Verfassern ich einen Gefallen tun sollte – das Manuskript des einen lesen, das Gedicht des anderen verhökern, ohne Manuskript im Rundfunk sprechen, Einführungsworte verfassen, ein Interview geben, bei der Handlung dieses Theaterstücks und bei jenen Familienproblemen helfen, diese oder jene Tat der Menschlichkeit oder Barmherzigkeit üben.

Der Zylinder des Zauberers war leer. Lange war es ein Taschenspielertrick gewesen, Dinge daraus hervorzuzaubern, doch nun (um das Bild zu wechseln) hatte ich mich für alle Zeiten von der Geberseite der Wohlfahrt verabschiedet.

Das rauschhafte schurkische Gefühl hielt an.

Ich kam mir vor wie jene Pendler mit ihren kleinen glänzenden Augen, die ich vor fünfzehn Jahren im Zug von Great Neck zur Arbeit fahren sah, Männer, die sich nicht darum scherten, ob die Welt am nächsten Tag unterging, solange ihre Häuser verschont blieben. Nun war ich einer von ihnen, einer von den Schlaumeiern, die sagen: »Tut mir leid, aber dafür habe ich keine Zeit.« Oder: »Das hätten Sie sich überlegen müssen, bevor Sie sich in diesen Schlamassel begeben haben.« Oder: »Da kann ich Ihnen leider nicht helfen.«

Und ein Lächeln – oh, ein Lächeln würde ich mir zulegen. An diesem Lächeln arbeite ich noch. Es enthält wenn möglich die besten Eigenschaften eines Hoteliers ebenso wie die eines gewieften alten Gesellschaftstiers, eines Internatsleiters am Besuchstag, eines farbigen Liftboys, eines Schwulen, der eine Pose ausprobiert, eines Produzenten, der seinen Stoff für den halben Marktwert bekommt, einer Krankenschwester, die eine neue Stelle antritt, einer Verkäuferin körperlicher Reize auf ihrem ersten Hochglanzfoto, eines hoffnungsfrohen Komparsen, der sich unverhofft in Kameranähe sieht, einer Balletttänzerin mit entzündeter Zehe und – selbstverständlich – die unwiderstehliche Ausstrahlung ausgesuchter Freundlichkeit, die von Washington bis Beverly Hills all jene kennzeichnet, die für ihren Lebensunterhalt darauf angewiesen sind, ihre Visage zu verzerren.

Und die Stimme – daran arbeite ich mit einem Lehrer. Wenn ich sie perfektioniert habe, wird dem Kehlkopf keine Überzeugung anzumerken sein außer der Überzeugung meines jeweiligen Gegenübers. Da sie hauptsächlich das Wort »Ja« äußern muss, richten mein Lehrer (ein Anwalt) und ich unser Augenmerk darauf, allerdings in Sonderstunden. Ich lerne auch, ihr die höfliche Härte zu verleihen, die dem anderen bedeutet, dass er mehr als unwillkommen ist und einer unablässigen und vernichtenden Analyse unterzogen wird. Da hat das Lächeln natürlich nichts zu suchen. Das kommt ausschließlich bei denjenigen zum Einsatz, von denen ich nichts zu erwarten habe, alte, abgearbeitete Menschen und junge Leute, die es nicht leicht haben. Ihnen kann das nichts ausmachen – du lieber Himmel, so werden sie doch immer behandelt.

Aber genug. Keine leichtfertigen Scherze mit diesem Gegenstand. Sollten Sie jung sein und mir schreiben, dass Sie mich besuchen und von mir lernen wollen, wie man ein trübseliger Literat wird, der Artikel über den Zustand emotionaler Erschöpfung schreibt, die Schriftsteller auf dem Höhepunkt ihres Schaffens ereilen kann – falls Sie jung und dumm genug sein sollten, das zu tun, würde ich Ihren Brief nicht einmal zur Kenntnis nehmen, es sei denn, Sie wären mit einer ausgesprochen reichen und wichtigen Persönlichkeit verwandt. Und wenn Sie vor meinem Fenster Hungers stürben, würde ich schnell hinaustreten und Ihnen die Stimme und das Lächeln schenken (allerdings ohne Ihnen die Hand zu geben) und in der Nähe bleiben, bis jemand anderes das Kleingeld für die Telefonzelle aufgetrieben hätte, um einen Krankenwagen zu rufen – vorausgesetzt, ich wäre der Ansicht, den Zwischenfall verwerten zu können.

Zu guter Letzt bin ich ein reiner Schriftsteller geworden.

Der Mann, der zu sein ich so beharrlich versucht hatte, war zu einer solchen Last geworden, dass ich ihm »den Laufpass gegeben« hatte, ohne mehr Gewissenbisse als eine Negerdame, die am Samstagabend einem lästigen Zeitgenossen den Laufpass gibt. Das Gutsein überlasse ich den guten Menschen – den überarbeiteten Ärzten, die in den Steigbügeln sterben und eine Woche »Urlaub« im Jahr haben, die sie darauf verwenden können, ihre Familienprobleme zu lösen, den arbeitslosen Ärzten, die sich für jeden Fall abstrampeln müssen, der ihnen einen Dollar Behandlungshonorar einbringt, und den Soldaten, die sich totschießen lassen, damit sie umgehend in ihr Walhall eingehen können. Das ist ihr Pakt mit den Göttern. Ein Schriftsteller braucht solche Ideale nicht, es sei denn, er stellt sie selbst für sich auf, und für mich kommt das nicht mehr in Frage. Der alte Traum davon, ein ganzer Mensch in der Goethe-Byron-Shaw-Tradition zu sein, versehen mit einem kräftigen amerikanischen Einschlag – eine Mischung aus J. P. Morgan, Topham Beauclerk und Franziskus von Assisi –, ist auf dem Müllhaufen gelandet, bei den Schulterpolstern, die einen Tag lang beim Erstsemesterfootball in Princeton getragen wurden, und bei der Überseemütze, die nie in Übersee zum Einsatz kam.

Und was folgt daraus? Inzwischen denke ich Folgendes: dass der naturgegebene Zustand des fühlenden Erwachsenen gemäßigtes Elend ist. Und ich denke, dass der Wunsch eines Erwachsenen, zartbesaiteter zu sein als andere, sein »unermüdliches Streben« (wie es die ausdrücken, die davon leben, es so auszudrücken), letzten Endes nur zu seinem Elend beiträgt – genauso unausweichlich, wie unsere Jugend und Hoffnung enden. Mein eigenes einstiges Glücksgefühl war oft so überschwenglich, dass ich es nicht einmal mit dem mir teuersten Menschen teilen konnte, sondern es auf abgelegenen Straßen und Wegen ablaufen musste, bis nur Fragmente übrig waren, die ich zu Zeilen in Büchern verdichten konnte – und mir scheint, dass dieses Glück oder Talent zur Selbsttäuschung, oder nennen Sie es, wie Sie wollen, eine Ausnahme war. Es war nicht das Übliche, sondern das Unübliche, so unüblich wie die Börsenhausse, und meine Erfahrungen in letzter Zeit entsprechen der Welle der Verzweiflung, die über das Land hereinbrach, als die Hausse vorbei war.

Ich werde mich mit der neuen Sachlage abfinden und damit leben, auch wenn es einige Monate gedauert hat, sie anzuerkennen. Und wie der frohgemute Stoizismus, mit dem der amerikanische Neger seine unerträglichen Lebensbedingungen zu ertragen vermochte, ihn seinen Wahrheitssinn gekostet hat, so muss auch in meinem Fall ein Preis entrichtet werden. Ich kann den Briefträger nicht mehr leiden und auch nicht den Krämer, meinen Herausgeber oder den Ehemann meiner Cousine, und sie werden mich bald auch nicht mehr leiden können; das Leben wird entsprechend freudloser sein, und das Schild *Cave Canem* hängt Tag und Nacht über meiner Tür. Dennoch will ich mich bemühen, ein gewissenhafter Wachhund zu sein, und wenn Sie mir einen Knochen mit genug Fleisch daran zuwerfen, lecke ich Ihnen vielleicht sogar die Hand.

Nachwort
von
Verena Lueken

Zu viel Zorn, zu viele Tränen – so lautet die Selbstdiagnose in dem Essay ›Der Zusammenbruch‹. Das war der Zustand, in dem Francis Scott Fitzgerald die Geschichten schrieb, die in diesem Band versammelt sind. Doch nicht nur. Denn zu viel Zorn, zu viele Tränen verbanden sich mit seiner immensen Energie, sich dagegenzustemmen, produktiv zu bleiben, vielleicht doch noch in Hollywood als Drehbuchautor Anerkennung zu finden, vor allem aber: noch einen Roman zu Ende zu bringen. Und bei alldem seine Familie zu ernähren.

Die hier vorliegenden Geschichten entstanden sämtlich in Fitzgeralds letzten Lebensjahren. Er starb jung, im Jahr 1940, im Alter von vierundvierzig Jahren an einem Herzschlag. Natürlich konnte er nicht wissen, als er die zwar etwas dünne, aber auch abgründig traurige Geschichte vom »armen Pfau« schrieb, die am Anfang dieser Sammlung steht, dass er kaum noch fünf Jahre leben würde. Aber er wusste wohl, dass er sehr weit unten angekommen war – so weit, dass er an eine Erzählung wie diese über die Familie Davis, in der es nur bergab geht, ein glückliches Ende klebte, um, wie er dachte, dem Geschmack seiner Leser entgegenzukommen, die einen unglücklichen Ausgang in jener unglücklichen Zeit der Depression nicht akzeptieren wollten. Denn das Wichtigste in diesen letzten Jahren des Schriftstellers war, für die Geschichten einen Käufer, ein Magazin, das zahlen wollte, zu finden. Und das war gar nicht so einfach. Seine Geschichten waren längst nicht mehr die sichere, üppig sprudelnde Einnahmequelle, die sie einmal waren. Den »armen Pfau« verkaufte Fitzgerald trotz des glücklichen Endes nicht. Das Magazin *The Saturday Evening Post*, das in den zwanziger und frühen dreißiger Jahren noch zwischen 2500 und 4000 Dollar für jede seiner Stories bezahlt hatte, lehnte ›Lo, the Poor Peacock!‹ ebenso ab wie das *Ladies' Home Journal*. Fitzgeralds Agent, Freund und oft genug auch Retter in der Not, Harold Ober, zog die Geschichte zurück und legte sie in die Schublade. Gekürzt und heftig redigiert erschien sie dann erstmalig mehr als dreißig Jahre nach Fitzgeralds Tod 1971 im *Esquire*. Die hier abgedruckte Geschichte ist die ungekürzte Fassung, wie sie Fitzgerald mit letzten Änderungen hinterlassen hat.

Fitzgerald schrieb damals in sein Notizbuch nichts weiter über diese Geschichte, als dass er sie verfasst hatte, und fuhr fort: »Sehr krank. Schreckliche Schulden. Wurde mit dem Alkohol rückfällig am Donnerstag, dem 7. (oder Mittwoch, dem 6., abends um halb neun).«

In diesem kurzen Eintrag in seinem Monatsbuch für den Februar 1935 sind nahezu alle Themen dieser letzten Jahre versammelt: seine angegriffene Gesundheit, die zunächst mit einer nicht ganz ausgeheilten Tuberkulose aus früheren Jahren zu tun hatte, aber zunehmend auch von seinem Lebensstil, vor allem seinem Alkoholismus zerrüttet wurde; die ständigen Geldsorgen; und der immer wieder scheiternde Versuch, nüchtern zu bleiben. Was nicht darin steht, ist sein künstlerischer Ehrgeiz, der seine letzten Jahre ausfüllte. Fitzgerald hatte den festen Plan, sich seinen Rang als erfolgreicher Schriftsteller zurückzuerobern, den er sich als Vierundzwanzigjähriger mit seinem ersten Roman *Diesseits vom Paradies* im Jahr 1920 über Nacht erworben, mit dem Erzählband *Flappers and Philosophers* im selben Jahr und zwei Jahre später mit seinem zweiten Roman, *Die Schönen und Verdammten*, und einem weiteren Band mit Kurzgeschichten, *Tales from the Jazz Age*, auch er im Jahr 1922 erschienen, glänzend bestätigt hatte. Mit diesen Bestsellern war ein beispielloser wirtschaftlicher Aufstieg verbunden gewesen, über den Fitzgerald penibel Buch geführt hatte. Aber sie lagen lange zurück. Und zurück lag auch die Zeit, da er mit seiner schönen Frau Zelda als glamouröses Paar erst New York bezauberte, dann durch Frankreich reiste und an der Riviera Hof hielt, wie er das in der zweiten Hälfte der zwanziger Jahre immer wieder getan hatte. In jener Zeit begann seine Freundschaft mit Ernest Hemingway, dem zweiten literarischen Wunderkind dieser Generation. Hemingway, den damals noch niemand kannte, beneidete Fitzgerald sehr. Dieser wiederum setzte sich für den fünf Jahre Jüngeren ein, pries sein Talent und vermittelte ihn an seinen eigenen Verlag. Wie fast alles andere auch, kehrte sich das Verhältnis zu Hemingway in den letzten Lebensjahren Fitzgeralds dramatisch um. Hemingway ließ ihn gnadenlos fallen.

Geld war eines der ewigen Themen in Fitzgeralds Leben und in seinem Schreiben, selbst zu Zeiten, da er viel davon hatte, erst recht natürlich, als er um fünfzig oder hundert Dollar bei seinem Agenten oder seinem Lektor Max Perkins vom Verlag Charles Scribner's Sons betteln musste. Er starb mit Schulden bei allen dreien, dem Agenten, dem Lektor und dem Verlag. Und in seinen letzten Lebensjahren geht es ständig ums Geld. Seine Frau Zelda, die 1930 ihren ersten Nervenzusammenbruch erlitten hatte, wurde mit der Diagnose Schizophrenie 1936 ins Sanatorium eingewiesen, das sie nur noch für kurze Zeitabschnitte verlassen sollte und für das Fitzgerald bis zu seinem Tod erhebliche monatliche Summen bezahlte. Die gemeinsame Tochter Scottie, 1921 geboren, war inzwischen auf dem College, für dessen Kosten Fitzgerald ebenfalls aufkommen musste. Viele der späten Stories erzählen daher neben ihrer Geschichte auch vom Zustand des Mannes, der sie verfasste. Von Kompromissen, die er mit dem Publikumsgeschmack (oder dem der Zeitschriftenredakteure) beim Schreiben machte; von den technischen Fähigkeiten, die ihm zur Verfügung standen und die ihn eine Weile retteten, wenn ihm der Stoff oder das Gefühl ausging, was er selbst als Erster merkte; und von den Momenten, in denen die Technik versagte und er eine Erzählung, die »in der Mitte so dünn war, dass der Wind sie wegblasen konnte«, wie es in der Geschichte ›Der Nachmittag eines Schriftstellers‹ heißt, ablieferte, weil er die 250 Dollar dringend brauchte, die sie ihm noch einbrachte.

Die Jahre 1935/36 markieren einen Wendepunkt in Fitzgeralds Produktion von Kurzgeschichten. Von Anfang an hatte er das Schreiben von Stories vor allem als Geldquelle betrachtet, die ihm das Schreiben von Romanen ermöglichen sollte. Für ihn stand die künstlerische Rangfolge zwischen beiden Formaten unumstößlich fest. Immer wieder bedauerte er, die Zeit, die er in die Geschichten steckte, ginge den Romanen verloren. Was nicht bedeutet, er hätte das Geschichtenschreiben etwa leichtgenommen. Im Gegenteil. Das Schreiben nach vorgegebenem Erfolgsmuster, das sich in Variationen von schon einmal Ausgedachtem erschöpfte, ließ seinen »Stift einfrieren«, wie er es in einem Brief an Zelda wenige Monate vor seinem Tod ausdrückte, um ihr zu erklären, warum er sich zunehmend schwertat mit den Geschichten und also mit dem Geldverdienen. Harold Ober gegenüber hatte er schon 1935 dargelegt, ihm werde das kommerzielle Schreiben immer mühseliger, weil jede seiner Geschichten ein besonderes Gefühl, eine besondere Erfahrung bräuchte – geradeso wie ein Roman. Nichts daran fiele ihm leicht. Und in seinen Notizbüchern fügte er noch hinzu, beim Verfassen einer Kurzgeschichte müsse man so verfahren, als hätte man nur »Geld für genau ein Kostüm. Nicht für Teile von vielen. Ein Fehler bei den Schuhen oder der Krawatte, und man ist geliefert«.

Trotz dieser Sorgfalt auch gegenüber der kurzen Form schrieb er vor allem deshalb Geschichten, um irgendwann damit aufzuhören und seinen nächsten Roman anzugehen. Anders gesagt: Die Geschichten, rund hundertsechzig in zwanzig Jahren (Hemingway, zum Vergleich, schrieb ungefähr fünfzig in vierzig Jahren), schrieb er fürs Geld. Die Romane für die Kunst, die er mit dem Einkommen aus den Geschichten finanzierte. Denn spätestens seit sein heute bekanntester, sein größter Roman, *Der große Gatsby*, 1925 bei weitem nicht den Erfolg brachte, mit dem Fitzgerald gerechnet hatte, wusste er, dass er sich auf Einkünfte aus Romanen auch in Zukunft nicht würde verlassen können.

Bis zum Jahr 1936 war die anspruchsvolle *Saturday Evening Post*, in der auch William Faulkner etwa oder Arthur Conan Doyle veröffentlichten, für ihn der sicherste Abnehmer seiner Kurzgeschichten. Sie war nicht nur eine der angesehensten Zeitschriften der Zeit, sondern sie zahlte auch besonders gut. Fitzgerald hatte großen Respekt vor seinem Redakteur George Lorimer, und er veröffentlichte dort zwischen 1920 und 1936 sechsundsechzig Erzählungen. Eine der letzten, die die *Post* akzeptierte, und zwar noch zum für die Depressionszeit erstaunlichen Honorar von 3000 Dollar, war ›Einfach süß‹. Es ist eine Vater-Tochter-Geschichte, die von den halb ironischen, aber nie herablassenden Beobachtungen einer Teenager-Welt lebt, in der alles »süß« ist, wofür die Wörter noch fehlen.

Fitzgerald schrieb diese Geschichte im Dezember 1935 im Skyline Hotel in Hendersonville in North Carolina, wo er sich erholen wollte. Eigentlich plante er sie als erste Geschichte in einer Serie von Erzählungen, die sich um die Figur der dreizehnjährigen Gwen drehen sollten. Fitzgeralds

Tochter Scottie war damals in diesem Alter, und Gwen trägt deutlich ihre Züge. Ebenso wie Gwen in der Geschichte hatte auch Scottie eine Phase, in der sie das Musical *Top Hat* von Mark Sandrich mit Fred Astaire und Ginger Rogers, das in diesem Jahr in die Kinos gekommen war, sieben Mal hintereinander gesehen hatte und der Song *Cheek to Cheek* tagelang aus ihrem Zimmer ins Haus schwebte und ihren Vater verrückt machte. Am Ende der Geschichte ist die Zeit des Wortes »süß« vorbei. Und der Vater hat für die Tochter ein Verständnis gezeigt, das weit über das Erwartbare hinausgeht. Dieser glückliche Ausgang der Story über eine Gruppe von Teenagern, die verbotenerweise einen Abschlussball besuchen, für den sie viel zu jung sind, hat eine ganz andere Qualität als der angehängte Schluss des »armen Pfaus« – warm und optimistisch und wahr im Sinne der Beziehung, die hier gezeichnet wird.

Schon früher hatte Fitzgerald Story-Serien geschrieben (die »Basil«- und die »Josephine«-Geschichten zwischen 1928 und 1931), und er hatte die Vorstellung, mit einer neuen Serie für eine Weile sein Einkommen zu sichern und gleichzeitig ein wenig leichter schreiben zu können. Die Welt der Heranwachsenden interessierte ihn, weil ihn seine Tochter interessierte. Außerdem ist eine Reihe von Geschichten mit denselben Figuren in derselben Umgebung meistens weniger aufwendig zu schreiben, als wenn jede Geschichte von neuem in allen Einzelheiten erfunden werden muss. Aber schon die zweite Folge der »Gwen«-Geschichten wurde von der *Post* abgelehnt, die dritte dann wieder gekauft, die vierte aber abgelehnt. So wurde aus der guten, kraftsparenden Idee nur zum Teil, was Fitzgerald sich erhofft hatte. Und die Zeit, da er in der *Saturday Evening Post* einen sicheren Abnehmer hatte, ging zu Ende.

Sie wurde abgelöst von der Zusammenarbeit mit einem relativ neuen Magazin, dem *Esquire*. Gegründet 1933 zunächst als *Quarterly for Men*, das im Untertitel *Fiction – Sports – Humour – Clothes – Art – Cartoons* versprach, damals unerhörte 50 Cent kostete und sich bald schon ein monatliches Erscheinen leisten konnte, veröffentlichte der *Esquire* Geschichten und Gedichte von ungefähr allen, die damals einen Namen hatten. Dashiell Hammett schrieb in der ersten Ausgabe, es folgten John Dos Passos, Frank O'Connor, Ernest Hemingway, Arnold Zweig, Thomas Mann, Langston Hughes und eben F. Scott Fitzgerald. Der *Esquire* war ein guter Ort für seine Geschichten; der Nachteil war, dass er deutlich weniger bezahlte als die *Post* – 250 Dollar, maximal 300.

Die wichtigste Veröffentlichung im *Esquire* war im Jahr 1936 der autobiographische Essay ›Der Zusammenbruch‹ (›The Crack-Up‹). Er besteht aus drei Teilen, geschrieben im Herbst 1935 wieder im Skyline Hotel in North Carolina, veröffentlicht zwischen Februar und April 1936. Darin beschreibt Fitzgerald passagenweise anklagend und selbstmitleidig, in weiten Teilen aber mit einigem Witz, durch den seine Verzweiflung durchscheint wie ein vernarbter Körper durch ein dünnes Hemd, wie er an den Punkt gekommen war, sich einzugestehen, er habe sein Talent verschleudert; die Kontrolle verloren; ihm sei als

Schriftsteller »vor der Zeit die Luft ausgegangen«, und alles, was ihn einst interessierte, ginge ihn nichts mehr an. Und wie er verstummte, gedemütigt von der Einsicht, das geschriebene Wort, vor allem der Roman als seine höchste Form, sei verdrängt worden von einer »grobschlächtigen Macht«: der Filmindustrie.

Um das zu verstehen, muss man sich daran erinnern, wie Fitzgerald im Jahr 1927 als berühmter, gefeierter Autor mit Zelda nach Hollywood gegangen war, um für United Artists die Komödie *Lipstick* zu schreiben. Er bekam 3500 Dollar Vorschuss, weitere 12 500 Dollar sollte er erhalten, wenn sein Drehbuch angenommen würde. Zwei Monate blieb das Paar in Hollywood. Die beiden wurden in der glamourösen Gesellschaft herumgereicht, wo Fitzgerald eines Tages dem Produzenten Irving Thalberg, Wunderkind und Chef von Metro-Goldwyn-Mayer, begegnete, der Vorbild wurde für die Titelfigur von Fitzgeralds letztem, unvollendet gebliebenem Roman *Die Liebe des letzten Tycoon*. Dennoch: Fitzgerald verachtete das Filmgeschäft, die dort übliche Arbeit im Team erschien ihm eine mindere Form, vor allem war es eine, die er überhaupt nicht beherrschte. Darauf bezieht sich der Satz im ›Zusammenbruch‹, beim Schreiben für den Film würde die »Individualität in den unvermeidlich niedrigeren Gang der Zusammenarbeit hinuntergeschaltet«. Sein Drehbuch zu *Lipstick* wurde abgelehnt. 1931 kehrte er nach Hollywood zurück, wurde für ein paar Monate bezahlt, scheiterte als Autor aber erneut. Später, im Jahr 1939, als er bereits seit zwei Jahren zum dritten Mal in Kalifornien saß und diesmal den ernsthaften Versuch unternommen hatte, ein guter Drehbuchautor zu werden, schrieb er in Erinnerung an jene erste Zeit in Hollywood an seine Tochter: »Ich glaubte allen Ernstes, dass ich ohne irgendeine Anstrengung meinerseits ein Wort-Zauberer geworden war. Eine merkwürdige Vorstellung, weil ich doch so hart an der Entwicklung eines farbigen Prosastils gearbeitet hatte. Wie auch immer, das Ergebnis war: tolle Zeit, keine Arbeit.«

›Der Zusammenbruch‹ ist wahrscheinlich der beste Essay, den Fitzgerald überhaupt geschrieben hat, und er geht über eine persönliche Beichte weit hinaus. Aber er ist natürlich vor allem eine Selbstaussage: die Analyse eines seelischen Bankrotts, die das Paradox produzierte, dass hier ein Autor brillant über seine Unfähigkeit zu schreiben schreibt. Man kann das, wie Robert Sklar es in seiner Fitzgerald-Biographie *The Last Laocoön* (Oxford University Press 1967) tut, als ein Drama in drei Akten lesen. Im ersten Akt, ›Zusammenbruch‹, wird der alte Fitzgerald demontiert und der Verlust an Vitalität in dem Bild, er sei wie »ein zersprungener Teller«, beklagt; im zweiten, ›Zusammenflicken‹, werden die Trümmer beseitigt, und im dritten, ›Vorsicht, zerbrechlich‹, wird uns ein neuer Fitzgerald präsentiert, einer, der alle Hoffnung auf Grandiosität (ein »ganzer Mensch in der Goethe-Byron-Shaw-Tradition« zu werden, »versehen mit einem kräftigen amerikanischen Einschlag – eine Mischung aus J.P. Morgan, Topham Beauclerk und Franziskus von Assisi«) fahren lässt, um nur noch eins zu sein: Schriftsteller. Und das im Zustand gemäßigten Elends.

Zu sagen, diese Artikelfolge hätte die Öffentlichkeit gespaltet, wäre stark untertrieben. Die Reaktionen reichten von blasiertem Mitleid über sadistische Schadenfreude zu glattweg verachtender Abkehr. Seine Verdienstmöglichkeiten bei Magazinen oder in der Filmindustrie sanken weiter, das versteht sich von selbst. Fitzgerald hatte zugegeben, ein gebrochener Mann zu sein. Wer sollte da noch an seine Fähigkeit glauben, kommerziell Verwertbares abzuliefern? Der Veröffentlichung des ›Zusammenbruchs‹ folgte eine Zeit der Demütigungen. Seine Freunde wandten sich von ihm ab. John Dos Passos etwa schrieb ihm einen empörten Brief: »Mensch, wie findest Du nur die Zeit, Dir mitten im allgemeinen Flächenbrand dieser Tage über solche Dinge Sorgen zu machen? Wir leben in einem der verdammt tragischsten Momente der Geschichte – wenn Du darüber zerbrechen willst, okay, aber dann solltest Du einen erstklassigen Roman darüber schreiben (was Du vermutlich auch tun wirst), statt für Arnold Gingrich [Fitzgeralds Redakteur beim *Esquire*] solche Stückchen.« Perkins, sein Scribners-Lektor, fand das Ganze peinlich, Hemingway feige und beschämend, eine »öffentliche Winselei«. Hemingway selbst stand damals kurz vor dem Höhepunkt seines Ruhms, und er verachtete Fitzgerald, den er während ihrer engen Freundschaft Mitte der zwanziger Jahre, als Hemingway noch ein Niemand, Fitzgerald aber bereits ein Star war, doch so bewundert hatte. Schon ein Jahr, bevor die ›Zusammenbruch‹-Serie erschien, hatte er einen niedergeschlagenen Brief Fitzgeralds mit dem Vorschlag beantwortet, er könne dafür sorgen, dass Fitzgerald in Kuba getötet würde, damit Zelda und Scottie wenigstens die Versicherungsprämie kassieren könnten. Und angefügt, er würde sich bereit erklären, dann seinen Nachruf zu schreiben. Das mag humoristisch gemeint gewesen sein, klang aber vor allem zynisch und half Fitzgerald gewiss nicht über seine Verzweiflung hinweg. Noch demütigender aber war, dass im Augustheft des *Esquire* gemeinsam mit Fitzgeralds Sketch ›Nachmittag eines Schriftstellers‹, einer Ergänzung zur ›Zusammenbruch‹-Serie, Hemingways Geschichte ›Schnee am Kilimandscharo‹ erschien – und darin von dem »armen Scott Fitzgerald« die Rede war, der die Schönen und Reichen für eine »besondere Rasse« hielt und der, als er seinen Irrtum feststellte, am Boden zerstört war, »wie über alles andere auch«.

Das ging schon weit unter die Gürtellinie, vor allem auch deshalb, weil Fitzgerald im ›Zusammenbruch‹ Hemingway, ohne allerdings dessen Namen zu nennen, als sein »künstlerisches Gewissen« bezeichnet hatte und weil Hemingway wusste, dass der *Esquire* die einzige noch verlässliche Einnahmequelle für Fitzgerald war, und er sich ausgerechnet dort nun über ihn lustig machte. Doch selbst nach diesem Frontalangriff schoss Fitzgerald nicht zurück, sondern schrieb einen freundlichen Brief, in dem er Hemingways Geschichte auch noch lobte. Und ihn bat, wenn ›Schnee am Kilimandscharo‹ in Buchform herauskäme, seinen Namen zu ändern. Hemingways Antwort auf diesen Brief ist nicht erhalten. Gingrich allerdings soll sie »brutal« genannt haben, wie Matthew J. Bruccoli berichtet, der Biograph und Erbwalter Fitzgeralds, der wahrscheinlich jeden Zettel aus Fitzgeralds Nachlass einmal in der Hand gehabt hat. Den absoluten Tiefpunkt erreichte Fitzgerald schließlich, als wenige Wochen nach Hemingways niederträchtiger Bloßstellung des einstigen Freundes ein Reporter der *New York Post* bei ihm vorbeikam, um ein Porträt zu seinem vierzigsten Geburtstag vorzubereiten, und ihn betrunken antraf. Der Artikel, der daraufhin erschien und Fitzgerald in all seiner Jämmerlichkeit und Schwäche ausstellte, war eine Katastrophe. Sie wurde noch gesteigert, als die Zeitschrift *Time* die Geschichte kaufte und im ganzen Land verbreitete. Fitzgerald wusste, er war nun ganz unten angekommen. Er versuchte sich das Leben zu nehmen. Er trank wochenlang. Allein die Kraft, die es ihn gekostet haben muss, sich aufzurichten und aus diesen Tiefen wieder hochzukrabbeln, ist kaum vorstellbar. Er musste für seine Familie sorgen, nur deshalb hörte er nicht auf zu schreiben. Von Hemingways Tiefschlag allerdings erholte er sich erstaunlich schnell. »Er ist nervlich genauso am Ende wie ich«, schrieb er wenige Wochen später in einem Brief an seine Freundin Beatrice Dance, »es äußert sich nur anders. Er neigt zum Größenwahn. Ich zur Melancholie.« Nach Erscheinen des Artikels in *Time* bat Fitzgerald ausgerechnet Hemingway um Hilfe – die dieser versprach, bis beide einig wurden, es sei nichts zu machen.

Ab 1937 verkaufte Fitzgerald seine Geschichten ausschließlich an den *Esquire*. Auch wegen der mageren Honorare, die er erfolglos in die Höhe zu treiben suchte, entwickelte er eine neue Form, eine Art Kürzestgeschichte von nur wenigen Seiten, die sich schon allein dadurch deutlich von denen für die *Post* und andere besser bezahlende Magazine unterschied. Dazu gehören jene Geschichten, die entweder ausdrücklich autobiographisch sind – wie der noch zu ihren Lebzeiten geschriebene Nachruf auf seine Mutter Molly McQuillan Fitzgerald, die im September 1936 (als auch die Geschichte erschien) starb und ihn mit einem Erbe von 25 000 Dollar vorübergehend aus seinen Schulden herausholte, sowie der ›Nachmittag eines Schriftstellers‹ –, und jene, die man, ohne allzu spekulativ zu werden, als autobiographisch deuten kann, wie den ›Fall von Alkoholismus‹, ›Finnegans Finanzen‹ oder ›Das verlorene Jahrzehnt‹.

Fitzgeralds Alkoholproblem kam in den Essays des ›Zusammenbruchs‹ nicht vor. ›Ein Fall von Alkoholismus‹ aus dem Jahr 1937 und ›Das verlorene Jahrzehnt‹ von 1939 aber erzählen von seinen Erfahrungen mit dem Trinken, der Gewalttätigkeit, zu der er betrunken neigte, und dem Erschrecken über die Zeit, die ihm im Suff verlorengegangen war. Autobiographisch heißt ja nicht, Fitzgeralds Krankenschwester, die ihm im Grove Park Inn in Asheville in North Carolina zugewiesen wurde, nachdem er mit einem Revolver um sich geschossen hatte, sei ein Typ gewesen wie jene, die im ›Fall von Alkoholismus‹ porträtiert wird, und auch nicht, er sei nach zehn Jahren der Volltrunkenheit wieder mal in New York spazieren gegangen wie der Mann im ›Verlorenen Jahrzehnt‹. Autobiographisch heißt nur, er zehrte beim Erfinden dieser Geschichten von eigenem Erleben, und das Trinken, sosehr er in sagenhaften Kraftanstrengungen versuchte, es zu lassen, blieb für ihn existentiell.

Im Juni 1937 unterschrieb Fitzgerald einen Drehbuchautoren-Vertrag mit MGM und brach zum dritten Mal in seinem Leben nach Hollywood auf. Der Vertrag kam als Rettung in höchster finanzieller Not, und Fitzgerald war fest entschlossen, dieses Mal so zu arbeiten, dass er einige Zeit bleiben konnte. Zunächst kam es darauf an, in den ersten sechs Monaten etwas vorzuweisen, das zu einer Vertragsverlängerung führen würde. Dies gelang ihm, so dass er bis zum Januar 1939 im Dienste der MGM bleiben konnte und finanziell halbwegs abgesichert war. In jene Zeit fällt die Arbeit an dem einzigen Drehbuch, für das er als Autor im Abspann genannt wird, *Three Comrades*, eine Adaption von Erich Maria Remarques *Drei Kameraden.* Allerdings ging auch das nicht ohne Demütigung ab. Denn Joseph Mankiewicz, der Regisseur, schrieb Fitzgeralds Dialoge in weiten Teilen um, weil die Schauspieler sich beschwert hatten, die Sätze seien zu literarisch. Fitzgerald war außer sich. Dennoch kann man nicht sagen, Hollywood hätte ihn, im Großen und Ganzen, schlecht behandelt. Obwohl auch bei diesem dritten Versuch bald klar war, Fitzgerald würde nie ein wirklich guter Drehbuchautor werden, bekam er immer wieder Aufträge, mit denen er sich über Wasser halten konnte.

Nachdem sein Vertrag mit MGM ausgelaufen war und nicht verlängert wurde, versuchte es Fitzgerald wieder einmal mit einer Serie, und zwar beim *Esquire*. Wegen des traurigen Honorars aber waren die Geschichten über Pat Hobbys Abenteuer in Hollywood, die Fitzgerald zwischen 1939 und seinem Tod dort veröffentlichte und die in diesem

Band vollständig abgedruckt sind, nicht gerade eine Goldgrube. Und autobiographisch, wie sie oft gedeutet wurden, waren sie schon gar nicht. Fitzgerald nannte einmal die Helden seiner Geschichten seine Brüder. Und ein Bruder, das ist Pat Hobby allemal. Die kurzen Geschichten sind satirische Sketche, die sich aus Fitzgeralds Beobachtungen in den Autorenquartieren der Studios speisten; und wenn man sich an den ›Zusammenbruch‹ erinnert und daran, welche Rolle das neunundvierzigste Lebensjahr als tiefer Einschnitt dort spielt – ein Alter, das Fitzgerald nicht erreichen sollte, ein Gefühl und ein Zustand aber, die er schon mit Mitte dreißig hinter sich hatte –, wird die Ironie im Entwurf von Pat Hobby, diesem Neunundvierzigjährigen, in aller Schärfe deutlich. Seine besten Einfälle aber, seine scharfsinnigsten Gedanken zur Filmindustrie und seine Einsichten, wie dort Fiktionen entwickelt und in Bilder übertragen wurden, sparte sich Fitzgerald für den Roman auf, an dem er in jener Zeit und bis zu seinem Tode arbeitete, für *Die Liebe des letzten Tycoon*.

Eine Ausnahme in gewisser Weise ist ›Ausgemustert‹, eine Geschichte, die sich im Kern fast wie ein Vorgriff auf Josef Mankiewiczs Film *All About Eve* (Alles über Eva) liest, der 1950 in die Kinos kam. Wie der Ehrgeiz Beziehungen zerfrisst und die Jugend das Alter abserviert, das lag damals offenbar als Thema schon in der Luft. Fitzgeralds Story entstand im Juli 1939. Er hatte sich, um sie besser verkäuflich zu machen, einer Längenbeschränkung unterworfen, und seiner eigenen Einschätzung nach litt sie darunter. So ergaben sich, schrieb er an seinen Agenten Harold Ober, keinerlei Nebenstränge der Erzählung, die schließlich häufig zu den Höhepunkten einer Story führten, und er sah selbst keine Möglichkeit, das zu ändern. Und ausgerechnet über diese Geschichte, die allerdings besser ist, als Fitzgerald sie damals machte, kam es zum Zerwürfnis mit dem treuen Freund Ober. Denn dieser weigerte sich schließlich, Fitzgerald weiterhin Vorschüsse auf unverkaufte Stories zu geben. Fitzgerald reichte ›Ausgemustert‹ ohne den Umweg über Ober bei *Collier's* ein, offenbar in der Hoffnung, einen Fuß in die Tür dieses Magazins zu bekommen, das deutlich besser zahlte als der *Esquire.* Jedenfalls deutet er in einem Brief an Kenneth Litauer, den dortigen Literaturredakteur, an, dass er ein Honorar erwarte, das dem der *Saturday Evening Post* entspräche: nicht unter 3000 Dollar. Was er nicht sagte, war, dass die *Post* die Geschichte, die zu diesem Zeitpunkt noch ›Director's Special‹ hieß, wegen ihres unklaren Ausgangs bereits zweimal zurückgewiesen hatte. Auch Litauer lehnte die Geschichte ab, ebenso *Cosmopolitan.* Am Ende erschien sie acht Jahre nach Fitzgeralds Tod in *Harper's Bazaar*. Für *Die Liebe des letzten Tycoon* hat er sie nie verwendet.

Anders verhält es sich mit dem ›Letzten Kuss‹ aus dem Jahr 1940. Wie gut seine Idee war, vor allem, wie organisch sie sich in *Die Liebe des letzten Tycoon* fügte, bemerkte Fitzgerald in diesem Fall erst, nachdem er eine Story daraus gemacht hatte. Wer *Die Liebe des letzten Tycoon* gelesen hat, wird vieles in dieser Geschichte wiedererkennen – zuallererst in der Figur der Pamela Knighton, die frappierende Ähnlichkeit mit Kathleen Moore in dem Romanfragment hat. Was wir dort in den entsprechenden Szenen lesen, ist tatsächlich eine Adaption des ›Letzten Kusses‹. Fitzgerald hat die Geschichte, als sie beim ersten Veröffentlichungsversuch von *Cosmopolitan* abgelehnt wurde, nicht weiter zu verkaufen versucht, sondern in den *Letzten Tycoon* integriert. Er war, was die Mehrfachverwendung seiner Geschichten anging, außerordentlich streng mit sich selbst: Was Eingang in seine Romane fand, wurde für ihn als Stoff für eine Story unbrauchbar. Wenn er eine Geschichte schrieb, deren Figuren und Motive er dann doch in einem Roman verwenden wollte, legte er sie in die Schublade, statt sie zur Post zu bringen. Das war einerseits eine Frage der Ehre; andererseits aber auch die realistische Einschätzung, sein Marktwert werde massiv leiden, wenn der Eindruck entstünde, er kannibalisiere sein eigenes Werk. ›Der letzte Kuss‹ kam (in einer frühen Fassung) erst neun Jahre nach seinem Tod in *Collier's* heraus und brachte tausend Dollar in seinen bescheidenen Nachlass ein. Die hier veröffentlichte Fassung folgt der von Fitzgerald hergestellten letzten Version.

Dorothy Parker, die oft in New York und auch in Hollywood mit Fitzgerald betrunken und ihrerseits eine wunderbare Geschichtenschreiberin war, hat einmal gesagt, es sei schon möglich, dass Fitzgerald eine schlechte Erzählung herausbringe. Vollkommen ausgeschlossen aber sei, dass er schlecht schriebe. Wie recht sie hatte, das beweisen diese letzten Geschichten, die Fitzgerald sich in den Jahren vor seinem Tod unter immenser Anstrengung abgerungen hat, selbst jene von Pat Hobby, dem heruntergekommenen

Drehbuchautor in Hollywood, dem jedes Mittel recht ist, seinen Fuß in irgendeine Tür zu bekommen, die anderswohin als in den Abgrund vollkommener Vergessenheit führt.

In einer gerechten Welt hätte Fitzgerald in seinen letzten Lebensjahren sich nicht mit diesen Geschichten abgequält, sondern seinen Roman *Die Liebe des letzten Tycoon* zu Ende gebracht. Aber die Welt war nicht gerecht zu Francis Scott Fitzgerald, und er hatte keine Wahl.

Leben und Werk

1896 Am 24. September wird Francis Scott Key Fitzgerald in St. Paul, Minnesota, geboren.

1898–1908 Die Familie lebt in Syracuse und in Buffalo, New York. 1908 kehren die Fitzgeralds nach St. Paul zurück, wo Francis in die St. Paul Academy eintritt.

1909 In der Schulzeitschrift der St. Paul Academy, *Now and Then*, erscheint Fitzgeralds erste Erzählung ›The Mystery of the Raymond Mortgage‹.

1911 Fitzgerald wechselt in ein Internat, die Newman School in New Jersey, für deren Schulzeitung er ebenfalls Stories und Theaterstücke verfasst.

1913–1916 Fitzgerald studiert in Princeton und lernt unter anderem Edmund Wilson und John Peale Bishop kennen, die seine Freunde werden. Er schreibt Stücke und Lieder für Aufführungen des Princeton Triangle Club und veröffentlicht ab 1914 Stücke, Gedichte und Geschichten im *Princeton Tiger* und im *Nassau Literary Magazine*. Seine vielen Interessen neben dem Studium führen immer wieder zu schlechten Noten. In Princeton beginnt Fitzgerald auch seinen ersten Roman *Diesseits vom Paradies*, der 1918 vom Verlag Scribners abgelehnt wird.

1917 Fitzgerald meldet sich als Freiwilliger zur Armee.

1918 lernt er in Montgomery, Alabama, wo er stationiert ist, die junge Zelda Sayre kennen.

1919 Fitzgerald tritt aus der Armee aus und jobbt kurze Zeit in einer Werbeagentur in New York. Er überarbeitet seinen Roman und schickt ihn erneut an Scribners. Diesmal wird er akzeptiert.

1920 *Diesseits vom Paradies* wird zum Bestseller. Fitzgerald und Zelda Sayre heiraten und werden in New York bald zu bekannten Persönlichkeiten. 1921 kommt die Tochter Frances Scott zur Welt. Außerdem erscheint die Kurzgeschichtensammlung *Flappers and Philosophers*.

1922 Der Roman *Die Schönen und Verdammten* und die Storysammlung *Tales of the Jazz Age* erscheinen. Umzug nach Great Neck auf Long Island bei New York.

1924 Scott und Zelda ziehen nach Europa, um Geld zu sparen. Sie halten sich in den nächsten Jahren an der französischen Riviera, in Rom und in Paris auf.

1925 *Der große Gatsby* erscheint. Fitzgerald lernt in Paris Ernest Hemingway kennen.

1926 Die dritte Kurzgeschichtensammlung *All the Sad Young Men* erscheint.

1930 Zelda erleidet in Paris einen Nervenzusammenbruch und verbringt den Sommer in psychiatrischen Kliniken in der Schweiz. Zwei weitere schwere Zusammenbrüche folgen 1932 und 1934.

1931 Die Fitzgeralds kehren nach Amerika zurück. Scott zieht nach Hollywood, wo er für die MGM-Studios Drehbücher schreibt.

1933 Fitzgerald beendet den Roman *Zärtlich ist die Nacht*, der ein Jahr später erscheint.

1935 Die Storysammlung *Taps at Reveille* erscheint.

1936 Mit ›The Crack-Up‹ erscheint im *Esquire* der erste einer Reihe von Artikeln, in denen Fitzgerald seinen eigenen Kollaps beschreibt.

1939 Fitzgerald beginnt den Roman *Die Liebe des letzten Tycoon*, der unvollendet bleibt.

1940 Am 21. Dezember stirbt Fitzgerald nach zwei Herzinfarkten in Hollywood.

1948 Zelda Fitzgerald stirbt beim Brand einer Klinik in Asheville am 10. März.

Editorische Notiz

Von den insgesamt rund hundertsechzig Kurzgeschichten, die F. Scott Fitzgerald in seinen vierundvierzig Lebensjahren geschrieben hat, sind weniger als ein Drittel, nämlich nur sechsundvierzig, zu seinen Lebzeiten in Buchform erschienen. Die meisten Erzählungen wurden kurz nach ihrem Entstehen in Zeitschriften oder Zeitungen abgedruckt. Wichtigste Abnehmerin war *The Saturday Evening Post,* aber auch *The Smart Set* in früheren und *Esquire* in späteren Jahren.

Der erste Band mit ausgewählten Short Stories, *Flappers and Philosophers,* wurde 1920 publiziert, wenige Monate nach *Diesseits vom Paradies* – jenem Roman, der Fitzgerald über Nacht berühmt machte. Mit der Erzählsammlung beabsichtigte der Verlag Charles Scribner's, an den Erfolg anzuschließen und ihn zu zementieren. Die weiteren Erzählbände sollten nach dem gleichen Muster erscheinen: Auf *Die Schönen und Verdammten* folgte 1922 *Tales of the Jazz Age;* auf *Der große Gatsby* (1925) folgte 1926 *All the Sad Young Men;* und kurz nach *Zärtlich ist die Nacht* (1934) erschien 1935 *Taps at Reveille.*

Daraus erklärt sich das Prinzip, nach dem der Autor selbst bei der Auswahl der Short Stories für die einzelnen Bände verfuhr: Nichts, was er an Erzählstoff für seine Romane verwendet hatte, sollte Eingang in einen Erzählband finden. Fitzgerald wollte dem Leser nur Neues bieten und ihn immer wieder überraschen.

Sosehr sich dieses Kriterium dem Autor damals aufdrängte – für die Nachzeit kann es nicht mehr gelten. Denn viele von Fitzgeralds besten Erzählungen sind im Umkreis von Romanen entstanden und, gerade weil sie auch seine Arbeitsweise beleuchten, für den Leser oft besonders interessant.

Entsprechend hat Malcolm Cowley, einer der wenigen Freunde Fitzgeralds, die ihm bis zu seinem Tod und darüber hinaus verbunden blieben, in seiner wegweisenden Auswahl *The Stories of F. Scott Fitzgerald* von 1951 schon Geschichten publiziert, die der Autor selbst weggelassen hatte. Diese Edition begründete, zusammen mit Arthur Mizeners Biographie *The Far Side of Paradise*, ein erstes Fitzgerald-Revival. In den siebziger Jahren explodierte das Interesse an Fitzgerald regelrecht. Zu verdanken ist dies nicht zuletzt dem Amerikanisten Matthew J. Bruccoli, der sich zeit seines Lebens intensiv mit F. Scott Fitzgerald beschäftigte. Bruccoli hat (zusammen mit Scottie Fitzgerald Smith) 1974 *Bits of Paradise* herausgegeben, eine Sammlung von Kurzgeschichten sowohl von F. Scott als auch von Zelda Fitzgerald; 1979 folgte ein dicker Band weiterer vergessener, da nur in Zeitungen und Zeitschriften publizierter Geschichten von F. Scott Fitzgerald unter dem Titel *The Price Was High*. 1989 legte er nach mit *The Short Stories of F. Scott Fitzgerald*, einer ausgezeichneten Auswahl.

Die vorliegenden vier Bände enthalten insgesamt dreiundneunzig Kurzgeschichten sowie fünf Essays. Darunter befinden sich siebenundzwanzig deutsche Erstveröffentlichungen. Die Taschenbuchedition, die in den achtziger Jahren im Diogenes Verlag erschien, wurde, was die Auswahl der Geschichten anbelangt, nicht grundsätzlich in Frage gestellt und dient dieser Edition als Basis. Die Übersetzungen wurden jedoch alle überprüft: Siebzehn Erzählungen und ein Essay erscheinen in neuer, alle anderen in überarbeiteter Übersetzung (abgesehen von den Pat-Hobby-Geschichten, deren Übersetzung sich gut gehalten hat).

Die Neuedition der Kurzgeschichten berücksichtigt jede Schaffensperiode in gleichem Maße – die immer dünner werdenden Bände spiegeln somit schlicht Fitzgeralds schwindende Schaffenskraft wider. Keinen Eingang fand das Frühwerk aus der Zeit vor 1920, auch weil es zum Teil in identischem Wortlaut im ersten Roman, *Diesseits vom Paradies,* nachzulesen ist.

Alle weiteren Kriterien der Auswahl sind rein subjektiv, was wohl in der Natur der Sache liegt. Neben den Geschichten, die allgemein als die besten angesehen werden, sollten auch diejenigen Platz finden, die Fitzgeralds Modernität, seine Wandelbarkeit und vor allem seine Fähigkeit, uns zu berühren, zum Ausdruck bringen.

Die Ausgabe ist wie folgt unterteilt: Band I enthält Erzählungen aus den sehr produktiven Jahren 1920–1924, der Zeit vor dem *Großen Gatsby,* Band II versammelt Geschichten aus den Jahren 1925–1929, Fitzgeralds finanziell einträglichsten Jahren, Band III bringt Kurzgeschichten aus den wirtschaftlich und privat prekären Jahren 1930–1934, der Zeit nach dem New Yorker Börsenkrach bis zum Erscheinen von *Zärtlich ist die Nacht*, und Band IV versammelt die Short Stories aus den letzten Jahren, 1935–1940, die der Autor zum großen Teil in Hollywood verbrachte.

Grundlage für die Neuedition ist, wo immer möglich, die im Jahr 2000 in Angriff genommene historisch-kritische *Cambridge Edition of the Works of F. Scott Fitzgerald*, herausgegeben von James L. W. West III, die vom Text letzter Hand ausgeht. Die Arbeit daran ist noch nicht abgeschlossen, erst etwa die Hälfte der Geschichten – hauptsächlich das Werk bis 1926 sowie die Essays – ist in dieser Edition herausgekommen. Die anderen Übersetzungen folgen den Ausgaben *The Price Was High* und *The Short Stories of F. Scott Fitzgerald*, beide herausgegeben von Matthew J. Bruccoli, die in der Regel ebenfalls den Text letzter Hand wiedergeben.

Die Anordnung der Erzählungen erfolgt chronologisch nach dem Datum der amerikanischen Erstveröffentlichung. Ausnahmen sind die postum erschienenen Geschichten, die nach ihrem Entstehungsdatum eingeordnet sind, sowie die Essays am Schluss jedes Bandes. Diese können als Fitzgeralds persönlicher Kommentar zur jeweiligen Schaffensperiode gelesen werden.

Auf Anmerkungen wurde bewusst verzichtet, da sich die meisten Geschichten selbst erklären. Für die Einordnung der Short Stories in Leben und Werk sorgen die Nachworte sowie der folgende Nachweis der einzelnen Geschichten.

Sieh nur, der arme Pfau! *(Lo, the Poor Peacock!)*
Geschrieben im Frühjahr 1935, AE in *Esquire*, September 1971
Erstmals in Buchform in *The Price Was High*, New York 1979
DE in *Der ungedeckte Scheck*, Zürich 1985

Die intimen Fremden *(The Intimate Strangers)*
AE in *McCall's*, Juni 1935
Erstmals in Buchform in *The Price Was High*, New York 1979
DE in *Der ungedeckte Scheck*, Zürich 1985

Das Bild im Herzen *(Image on the Heart)*
AE in *McCall's*, April 1936
Erstmals in Buchform in *The Price Was High*, New York 1979
DE in diesem Band

Einfach süß *(Too Cute for Words)*
AE in *The Saturday Evening Post*, 18. April 1936
Erstmals in Buchform in *The Price Was High*, New York 1979
DE in diesem Band

Nachmittag eines Schriftstellers *(Afternoon of an Author)*
AE in *Esquire*, August 1936
Erstmals in Buchform in *Afternoon of an Author*,
Princeton 1957
DE in *Manhattan, Baltimore, Paris*, München 1993
Neuübersetzung

Die Mutter eines Schriftstellers *(An Author's Mother)*
AE in *Esquire*, September 1936
Erstmals in Buchform in *The Price Was High*, New York 1979
DE in diesem Band

Ein Fall von Alkoholismus *(An Alcoholic Case)*
AE in *Esquire*, Februar 1937
Erstmals in Buchform in *The Stories of F. Scott Fitzgerald*, New York 1951
DE in *Die besten Stories*, Berlin 1954

Der langsame Abgang *(The Long Way Out)*
AE in *Esquire*, September 1937
Erstmals in Buchform in *The Stories of F. Scott Fitzgerald*, New York 1951
DE unter dem Titel ›Der lange Weg hinaus‹ in *Die besten Stories*, Berlin 1954

Der Gast aus Zimmer neunzehn *(The Guest in Room Nineteen)*
AE in *Esquire*, Oktober 1937
Erstmals in Buchform in *The Price Was High*, New York 1979
DE in diesem Band

Finnegans Finanzen *(Financing Finnegan)*
AE in *Esquire*, Januar 1938
Erstmals in Buchform in *The Stories of F. Scott Fitzgerald*, New York 1951
DE in *Wiedersehen mit Babylon*, Zürich 1980

Drei Stunden zwischen zwei Flügen *(Three Hours Between Planes)*
Geschrieben im Frühjahr 1939, EA in *Esquire*, Juli 1941
Erstmals in Buchform in *The Stories of F. Scott Fitzgerald*, New York 1951
DE in *Ein Diamant – so groß wie das Ritz*, Berlin 1972
Die Neuübersetzung erschien erstmals in *Drei Stunden zwischen zwei Flügen*, Zürich 2006

Ausgemustert *(Discard)*
Geschrieben im Juli 1939, AE in *Harper's Bazaar*, Januar 1948
Erstmals in Buchform in *The Price Was High*, New York 1979
DE in diesem Band

Ausführung in Gips *(Design in Plaster)*
AE in *Esquire*, November 1939
Erstmals in Buchform in *Afternoon of an Author*,
Princeton 1957
DE in *Wiedersehen mit Babylon*, Zürich 1980

Das verlorene Jahrzehnt *(The Lost Decade)*
AE in *Esquire*, Dezember 1939
Erstmals in Buchform in *The Stories of F. Scott Fitzgerald*,
New York 1951
DE in *Wiedersehen mit Babylon*, Zürich 1980

Der letzte Kuss *(Last Kiss)*
Geschrieben 1940, AE in *Collier's*, 16. April 1949
Erstmals in Buchform in *Bits of Paradise*, New York 1974
DE in diesem Band

Pat Hobbys Wunschzettel *(Pat Hobby's Christmas Wish)*
AE in *Esquire*, Januar 1940
Erstmals in Buchform in *The Pat Hobby Stories*, New York 1962
DE in *Pat Hobby's Hollywood-Stories*, Zürich 1978

Ein Mann steht im Wege *(A Man in the Way)*
AE in *Esquire*, Februar 1940
Erstmals in Buchform in *The Pat Hobby Stories*, New York 1962
DE in *Pat Hobby's Hollywood-Stories*, Zürich 1978

»Kochend heißes Wasser – jede Menge kochend heißes Wasser!«
(»Boil Some Water – Lots of It«)
AE in *Esquire*, März 1940
Erstmals in Buchform in *The Pat Hobby Stories*, New York 1962
DE in *Pat Hobby's Hollywood-Stories*, Zürich 1978

Pat Hobby und das Genie *(Teamed with Genius)*
AE in *Esquire*, April 1940
Erstmals in Buchform in *The Pat Hobby Stories*, New York 1962
DE in *Pat Hobby's Hollywood-Stories*, Zürich 1978

Pat Hobby und Orson Welles *(Pat Hobby and Orson Welles)*
AE in *Esquire*, Mai 1940
Erstmals in Buchform in *The Pat Hobby Stories*, New York 1962
DE in *Pat Hobby's Hollywood-Stories*, Zürich 1978

Pat Hobbys Geheimnis *(Pat Hobby's Secret)*
AE in *Esquire*, Juni 1940
Erstmals in Buchform in *The Pat Hobby Stories*, New York 1962
DE in *Pat Hobby's Hollywood-Stories*, Zürich 1978

Pat Hobby, vermeintlicher Vater *(Pat Hobby, Putative Father)*
AE in *Esquire*, Juli 1940
Erstmals in Buchform in *The Pat Hobby Stories*, New York 1962
DE in *Pat Hobby's Hollywood-Stories*, Zürich 1978

See the Stars at Home *(The Homes of the Stars)*
AE in *Esquire*, August 1940
Erstmals in Buchform in *The Pat Hobby Stories*, New York 1962
DE in *Pat Hobby's Hollywood-Stories*, Zürich 1978

Pat Hobby spielt mit *(Pat Hobby Does His Bit)*
AE in *Esquire,* September 1940
Erstmals in Buchform in *The Pat Hobby Stories,* New York 1962
DE in *Pat Hobby's Hollywood-Stories,* Zürich 1978

Pat Hobbys Premiere *(Pat Hobby's Preview)*
AE in *Esquire,* Oktober 1940
Erstmals in Buchform in *The Pat Hobby Stories,* New York 1962
DE in *Pat Hobby's Hollywood-Stories,* Zürich 1978

... so ist doch der Wille zu loben *(No Harm Trying)*
AE in *Esquire,* November 1940
Erstmals in Buchform in *The Pat Hobby Stories,* New York 1962
DE in *Pat Hobby's Hollywood-Stories,* Zürich 1978

Ein patriotischer Kurzfilm *(A Patriotic Short)*
AE in *Esquire,* Dezember 1940
Erstmals in Buchform in *The Pat Hobby Stories,* New York 1962
DE in *Ein Diamant – so groß wie das Ritz,* Berlin 1972

Auf den Spuren von Pat Hobby *(On the Trail of Pat Hobby)*
AE in *Esquire,* Januar 1941
Erstmals in Buchform in *The Pat Hobby Stories,* New York 1962
DE in *Pat Hobby's Hollywood-Stories,* Zürich 1978

Die Freuden der Kunst (ein Blick ins Atelier) *(Fun in an Artist's Studio)*
AE in *Esquire,* Februar 1941
Erstmals in Buchform in *The Pat Hobby Stories,* New York 1962
DE in *Pat Hobby's Hollywood-Stories,* Zürich 1978

Zwei Oldtimer *(Two Old-Timers)*
AE in *Esquire,* März 1941
Erstmals in Buchform in *The Pat Hobby Stories,* New York 1962
DE in *Ein Diamant – so groß wie das Ritz,* Berlin 1972

Die Macht des geschriebenen Wortes *(Mightier than the Sword)*
AE in *Esquire,* April 1941
Erstmals in Buchform in *The Pat Hobby Stories,* New York 1962
DE in *Pat Hobby's Hollywood-Stories,* Zürich 1978

Pat Hobby geht aufs College *(Pat Hobby's College Days)*
AE in *Esquire,* Mai 1941
Erstmals in Buchform in *The Pat Hobby Stories,* New York 1962
DE in *Pat Hobby's Hollywood-Stories,* Zürich 1978

Der Zusammenbruch *(The Crack-Up)*
AE in *Esquire,* Februar 1936
Das Zusammenflicken *(Pasting It Together)*
AE in *Esquire,* März 1936
Vorsicht, zerbrechlich *(Handle with Care)*
AE in *Esquire,* April 1936
Erstmals in Buchform in *The Crack-Up,* New York 1945
DE unter dem Titel ›Der Knacks‹ in *Der Knacks,* Berlin 1984
Neuübersetzung

Silvia Zanovello

Bitte beachten Sie auch
die folgenden Seiten

Neuedition der Romane und Erzählungen von F. Scott Fitzgerald

Er war Ernest Hemingways Vorbild. Dashiell Hammett, Raymond Chandler, Gertrude Stein und T. S. Eliot lasen ihn mit Begeisterung. Und heute ist er der Lieblingsautor so unterschiedlicher Persönlichkeiten wie Doris Dörrie, Joey Goebel und Haruki Murakami.

»Einen Unsterblichen gilt es wiederzuentdecken: F. Scott Fitzgerald, der Magier unter den amerikanischen Erzählern.« *Rheinische Post, Düsseldorf*

»Die Diogenes-Ausgabe setzt Maßstäbe. Der definitive deutsche Fitzgerald für lange Zeit.« *Die Welt, Berlin*

Die Romane:

(Fünf Bände in Kassette, auch als Einzelausgaben sowie im Taschenbuch)

Diesseits vom Paradies

Roman. Aus dem Amerikanischen
von Bettina Blumenberg und Martina Tichy
Mit einem Nachwort von Manfred Papst

Amory Blaine ist begabt und privilegiert. Von der Mutter hat er die Überzeugung, zu Höherem geboren zu sein. Er studiert in Princeton, und nach etlichen Flirts begegnet er Rosalind, seiner ersten großen Liebe. Als sie ihn für einen anderen verlässt, zerschellen Amorys jugendliche Ideale. Was bleibt, ist der Alkohol – aber trotz aller Trauer und Enttäuschung auch die Erkenntnis, dass das Leben, so pathetisch und lächerlich es oft scheint, doch lebenswert ist: nicht jenseits, sondern diesseits vom Paradies.

»F. Scott Fitzgerald. Schade, dass er nicht weiß, wie gut er ist. Er ist der Beste.« *Dashiell Hammett*

Die Schönen und Verdammten

Roman. Deutsch von Hans-Christian Oeser
Mit einem Nachwort von Manfred Papst

Gloria und Anthony sind Dandys: exzentrisch, jung, schön, verschwenderisch ... und verdammt. Denn alles endet in einem schrecklichen Kater. Ein Roman, wie Liebende ›galant zur Hölle fahren‹, vom schillerndsten Vertreter der *lost generation*.

Der große Gatsby

Roman. Deutsch von Bettina Abarbanell
Mit einem Nachwort von Paul Ingendaay

New York 1922. Auf seinem Anwesen in Long Island gibt Jay Gatsby sagenhafte Feste. Er hofft, mit seinem neuerworbenen Reichtum, mit Swing und Champagner seine verlorene Liebe zurückzugewinnen. Zu spät merkt er, dass er sich von einer romantischen Illusion hat verführen lassen ...

»Ich glaube, damit hat die amerikanische Literatur den ersten Schritt über Henry James hinaus gemacht.«
T. S. Eliot

Auch als Diogenes Hörbuch erschienen,
gelesen von Gert Heidenreich

Zärtlich ist die Nacht

Roman. Deutsch von Renate Orth-Guttmann
Mit einem Nachwort von Heinrich Detering

Dick und Nicole Diver führen das Leben kultivierter Expatriates an der französischen Riviera. In ihrer Villa gehen Künstler und andere Exzentriker ein und aus. Darunter auch die hübsche Schauspielerin Rosemary. Jung und ehrgeizig, hat sie sich in den Kopf gesetzt, den Herrn des Hauses zu verführen. Allerdings weiß sie nicht, worauf sie sich dabei einlässt – welche Geheimnisse der Psychiater und seine zarte Frau verbergen.

Die Liebe des letzten Tycoon

Roman. Deutsch von Renate Orth-Guttmann
Mit einem Nachwort von Verena Lueken

Er ist der letzte Hollywood-Produzent, der Mittelmaß und Klischees nicht duldet: Monroe Stahr verbringt Tag und Nacht damit, die Arbeit an seinen Filmen zu überwachen. Als ein Gewitter nachts die Kulisse für eine Burma-Szene unter Wasser setzt, ist er sofort zur Stelle – und entdeckt dabei zwei Frauen, die sich unerlaubt auf das Gelände geschlichen haben. Eine davon ist Kathleen Moore – deren natürlicher Charme Monroe Stahr vom ersten Augenblick an in den Bann zieht.

Die Erzählungen:

(Vier Bände in Kassette, auch als Einzelausgaben)

Winterträume

Erzählungen. Herausgegeben von Silvia Zanovello
Deutsch von Bettina Abarbanell, Dirk van Gunsteren, Christa Hotz, Alexander Schmitz, Christa Schuenke, Walter Schürenberg und Melanie Walz
Mit einem Nachwort von Manfred Papst

Geschichten aus der ersten Hälfte der Roaring Twenties (1920–1924). *Winterträume* – das sind die Träume, die unter schneebedeckten Landschaften keimen und in der warmen Jahreszeit erblühen; die Illusionen, die vielversprechende junge Männer hegen und mit denen sie egozentrische junge Frauen verführen. Doch ähnlich wie der große Gatsby will Dexter Green nicht wahrhaben, dass selbst auf die rauschendste Sommernacht ein neuer Winter folgt, unter dessen weißer kühler Decke alles wieder verschwindet.
Geschichten über Liebe, Geld und Erfolg – und über die Vergänglichkeit des Glücks.

Auch als Diogenes Hörbuch erschienen,
gelesen von Friedhelm Ptok

Die letzte Schöne des Südens

Erzählungen. Herausgegeben von Silvia Zanovello
Deutsch von Bettina Abarbanell, Anna Cramer-Klett,
Dirk van Gunsteren, Christa Hotz,
Alexander Schmitz, Walter Schürenberg und Melanie Walz
Mit einem Nachwort von Paul Ingendaay

In den Jahren 1925–1929 verdiente Fitzgerald mit seinen Short Stories so viel wie kein Schriftsteller je zuvor – bis der Börsencrash den goldenen Jahren ein Ende setzte. *Die letzte Schöne des Südens* ist, wie eigentlich das ganze Fitzgerald'sche Werk, die Vorwegnahme dieser Desillusionierung. Was bleibt, ist die Erinnerung an glamouröse Zeiten und bittersüße Melancholie.

»Fitzgerald bleibt ein Beispiel, archetypisch, aber nicht allein für die zwanziger Jahre. Im letzten vertritt er das menschliche Erleben in einer seiner permanenten Formen.« *Malcolm Cowley*

Wiedersehen mit Babylon

Erzählungen. Herausgegeben von Silvia Zanovello
Deutsch von Bettina Abarbanell, Christa Hotz,
Renate Orth-Guttmann, Alexander Schmitz, Christa Schuenke,
Walter Schürenberg und Melanie Walz
Mit einem Nachwort von Daniel Kampa

Nach dem Schwarzen Freitag von 1929 ist nichts mehr wie zuvor. Das muss in *Wiedersehen mit Babylon* auch der Börsenspekulant Charlie Wales erfahren. Schnell hat er sein Vermögen gemacht, noch schneller hat er es wieder verloren. Charlie kehrt nach Paris zurück, sein Geld ist weg, die Frau tot, die kleine Tochter will man ihm nicht anvertrauen – und selbst die Ritz-Bar ist leer.
Geschichten aus den Jahren 1929–1934, über Gewinn und Verlust – über das Leben in Zeiten der Krise.

»*Wiedersehen mit Babylon* ist genial. Hemingway hat dieses Niveau nie erreicht.« *Yasmina Reza*

Der letzte Kuss

Erzählungen. Herausgegeben von Silvia Zanovello
Deutsch von Christa Hotz, Renate Orth-Guttmann, Harry Rowohlt, Alexander Schmitz, Walter Schürenberg und Melanie Walz
Mit einem Nachwort von Verena Lueken

In den fünf Jahren vor seinem Tod 1940 geht dem einst so erfolgsverwöhnten Schriftsteller nichts mehr leicht von der Hand. Alkohol, Geldprobleme sowie die Verantwortung für seine Tochter Scottie und für seine Frau Zelda, deren Aufenthalt in der Nervenheilanstalt finanziert werden muss, treiben Fitzgerald nach Hollywood. Dort lebt er als Außenseiter – und schafft doch noch einmal eine Reihe unvergesslicher Geschichten über die nicht mehr so glänzende Glanzzeit Hollywoods. *Der letzte Kuss* erzählt von einer großen Gelegenheit, wie sie nur das Filmbusiness zu bieten scheint – und die Jim und Pamela verpassen.

»Man wird über Fitzgerald noch reden, wenn die Namen der meisten seiner schreibenden Zeitgenossen verblichen sind.« *Gertrude Stein*

Außerdem lieferbar:

Der seltsame Fall des Benjamin Button

Erzählung. Deutsch von Christa Schuenke

Ein seltsames Baby ist zur Welt gekommen: kein süßer kleiner Fratz, der seine Eltern beglückt, sondern ein alter Mann mit Bart. Sein Name: Benjamin Button. Ein schweres Schicksal ist ihm vorherbestimmt: Er durchläuft das Leben rückwärts – und wird von Tag zu Tag jünger. Als Benjamin schließlich im Alter von fünfzig Jahren die zwanzig Jahre jüngere Hildegarde kennenlernt, steht für ihn, der sein Leben lang nie geliebt wurde, alles auf dem Spiel.

Die literarische Vorlage zum Filmereignis 2009: *Der seltsame Fall des Benjamin Button.* Regie: David

Fincher. Hauptdarsteller: Brad Pitt, Cate Blanchett, Tilda Swinton. Eine anrührende und skurrile Geschichte, jetzt in Neuübersetzung.

Auch als Diogenes Hörbuch erschienen,
gelesen von Gert Heidenreich

Drei Stunden zwischen zwei Flügen

und andere Meistererzählungen
Ausgewählt und mit einem Nachwort von Daniel Kampa
Deutsch von Bettina Abarbanell, Renate Orth-Guttmann,
Walter E. Richartz und Walter Schürenberg

Geschichten aus den Roaring Twenties, als das Trinken und Tanzen kein Ende hatte, skandalöse junge Frauen ihr Haar kurz trugen und nur eines im Sinn hatten: den Männern den Kopf zu verdrehen.

Acht Meistererzählungen
auch als Diogenes Hörbuch erschienen,
gelesen von Helene Grass, Volker Hanisch,
Hannelore Hoger, Dietmar Mues,
Friedhelm Ptok und Ernst Schröder

Junger Mann aus reichem Haus

Erzählungen
Deutsch von Bettina Abarbanell und Walter Schürenberg
Mit einem Vorwort von John Updike

Enthält: *Junger Mann aus reichem Haus, Die Hochzeitsparty, Die letzte Schöne des Südens.* Drei Geschichten über das Geld und die Liebe – und den Verlust von beidem.

Pietro Citati

Schön und verdammt

Ein biographischer Essay über Zelda und F. Scott Fitzgerald

Aus dem Italienischen von Maja Pflug

Ihr Leben widerspiegelt die Zeit der Roaring Twenties und der anschließenden Weltwirtschaftskrise wie kein anderes. Zusammen erlebten Zelda und F. Scott Fitzgerald Aufstieg und Fall, Rausch und Kater einer ganzen Epoche.
Abwechselnd Zelda und Scott porträtierend, nähert sich Pietro Citati dem glamourösesten Paar des Jazz Age an: wie sie sich kennenlernen und verlieben – sie: die Südstaatenschönheit, er: der attraktive, ehrgeizige junge Mann aus dem Mittleren Westen; wie sie in New York die Nächte durchtanzen, trunken vom frühen Ruhm, den Scotts Romane und Erzählungen ihnen verschaffen; wie sie sich schon bald nach der Geburt ihrer Tochter Scottie gegenseitig kritisieren; wie sie nach Europa reisen, nach Paris und an die Côte d'Azur; wie Scott mehr und mehr dem Alkohol verfällt und Zelda in die Nervenheilanstalt eingeliefert wird; wie sich letztlich ihre Wege trennen und sie sich erst recht füreinander verantwortlich fühlen.
Einfühlsam und ohne Partei zu ergreifen zeichnet Pietro Citati mit wenigen, gekonnten Strichen das Leben zweier Verzweifelter, die sich gefunden haben und nicht mehr voneinander lassen können, im Guten wie im Schlechten.

»Ein Buch, reich an unbekannten Episoden, dramatisch wie das Leben von Zelda und Scott. Vom Triumph zum Abgrund des Alkohols und des Wahnsinns – ein Mythos, im Gegenlicht gesehen.«
Manuela Grassi / Panorama, Mailand

W. Somerset Maugham im Diogenes Verlag

Seit 2005 erscheint eine Neuausgabe der Romane und Erzählungen W. Somerset Maughams in revidierten Übersetzungen.

»Somerset Maugham ist noch heute ein Autor von verblüffender Modernität.« *Der Tagesspiegel, Berlin*

»Der meistgelesene englische Schriftsteller des 20. Jahrhunderts.« *Neue Zürcher Zeitung*

»Ein humaner, toleranter Fabulierer, der in der Vielfalt seines Werkes die Antwort auf die Vielfalt der Welt findet. Trotz seiner Produktivität hat Maugham nicht eine einzige langweilige Zeile geschrieben.«
Hessischer Rundfunk, Frankfurt

»Ein glänzender Beobachter. Menschen und Umwelt gewinnen bei ihm höchste Präsenz.«
D. H. Lawrence

Bisher erschienen:
(Stand Winter 2009/2010)

Gesammelte Erzählungen in zwei Bänden in Kassette

Band 1: *Ost und West*
Aus dem Englischen von Felix Gasbarra, Tina und Gerd Haffmans, Ilse Krämer, Eva Schönfeld, Wulf Teichmann, Kurt Wagenseil und Mimi Zoff

Band 2: *Der Rest der Welt*
Deutsch von Felix Gasbarra, Marta Hackel, Monique Humbert, Raymond G. May, Helene Mayer, Claudia und Wolfgang Mertz, Wulf Teichmann, Friedrich Torberg und Mimi Zoff

Die *Gesammelten Erzählungen* sind außerdem in sechs Taschenbuchausgaben lieferbar:

Honolulu

Fußspuren im Dschungel

Der Büchersack

Eine flüchtige Beziehung

Die romantische junge Dame

Die Winterkreuzfahrt

Regen
und andere Meistererzählungen. Ausgewählt von Daniel Keel und Daniel Kampa. Deutsch von Tina und Gerd Haffmans, Ilse Krämer, Irene Muehlon, Simone Stölzel, Friedrich Torberg, Kurt Wagenseil und Mimi Zoff

Auf Messers Schneide
Roman. Deutsch von N.O. Scarpi

Rosie und die Künstler
Roman. Deutsch von Hans Kauders und Claudia Schmölders

Oben in der Villa
Roman. Deutsch von William G. Frank und Ann Mottier

Liza von Lambeth
Roman. Deutsch von Irene Muehlon

Der bunte Schleier
Roman. Deutsch von Anna Kellner und Irmgard Andrae

Der Magier
Ein parapsychologischer Roman. Deutsch von Melanie Steinmetz und Ute Haffmans

Mrs. Craddock
Roman. Deutsch von Elisabeth Schnack

Der schmale Winkel
Roman. Deutsch von Mimi Zoff (vormals: *Südsee-Romanze*)

Außerdem lieferbar:

Die halbe Wahrheit
Keine Autobiographie. Deutsch von Matthias Fienbork

Notizbuch eines Schriftstellers
Herausgegeben und mit einem Essay von Simone und Thomas Stölzel. Deutsch von Irene Muehlon und Simone Stölzel

Books and You
Eine kleine persönliche Geschichte der Weltliteratur. Deutsch von Matthias Fienbork

Ashenden
oder der britische Geheimagent. Erzählungen. Deutsch von Helene Mayer, Eva Schönfeld und Wulf Teichmann

Der Menschen Hörigkeit
Roman. Deutsch von Mimi Zoff und Susanne Feigl

Silbermond und Kupfermünze
Roman. Deutsch von Susanne Feigl

Theater
Ein Schauspieler-Roman. Deutsch von Renate Seiller und Ute Haffmans

Damals und heute
Ein Machiavelli-Roman. Deutsch von Hans Flesch und Ann Mottier

Diogenes Hörbücher:

Regen
und andere Meistererzählungen
Diogenes Sammler-Edition. 6 CD in Geschenk-Verpackung, gelesen von Marietta Bürger, Hans Korte, Friedhelm Ptok und Werner Rehm

Der Büchersack
Erzählung. 1 CD, gelesen von Hans Korte

John Irving im Diogenes Verlag

»John Irving ist ein Phänomen. Er hat nicht nur Leser, er hat Fans. John Irving, so scheint's, hat überhaupt alles. Literarische Reputation und grenzenlose Popularität, seine Romane sind in über 30 Sprachen übersetzt.« *Brigitte Neumann / Norddeutscher Rundfunk, Hamburg*

Das Hotel New Hampshire
Roman. Aus dem Amerikanischen von Hans Hermann

Laßt die Bären los!
Roman. Deutsch von Michael Walter

Eine Mittelgewichts-Ehe
Roman. Deutsch von Nikolaus Stingl

Gottes Werk und Teufels Beitrag
Roman. Deutsch von Thomas Lindquist

Die wilde Geschichte vom Wassertrinker
Roman. Deutsch von Edith Nerke und Jürgen Bauer

Owen Meany
Roman. Deutsch von Edith Nerke und Jürgen Bauer

Rettungsversuch für Piggy Sneed
Sechs Erzählungen und ein Essay. Deutsch von Dirk van Gunsteren

Zirkuskind
Roman. Deutsch von Irene Rumler

Die imaginäre Freundin
Vom Ringen und Schreiben. Deutsch von Irene Rumler

Witwe für ein Jahr
Roman. Deutsch von Irene Rumler

My Movie Business
Mein Leben, meine Romane, meine Filme. Mit zahlreichen Fotos aus dem Film *Gottes Werk und Teufels Beitrag*. Deutsch von Irene Rumler

Die vierte Hand
Roman. Deutsch von Nikolaus Stingl

Bis ich dich finde
Roman. Deutsch von Dirk van Gunsteren und Nikolaus Stingl
Auch als Diogenes Hörbuch erschienen, gelesen von Rufus Beck

Liveaufnahme von John Irvings Lesung im Berliner Ensemble am 20. Februar 2006, englisch gelesen von John Irving, deutsch gelesen von Veit Schubert

Die Pension Grillparzer
Eine Bärengeschichte. Deutsch von Irene Rumler
Auch als Diogenes Hörbuch erschienen, gelesen von Klaus Löwitsch

Außerdem erschienen:

Ein Geräusch, wie wenn einer versucht, kein Geräusch zu machen
Eine Geschichte von John Irving. Mit vielen Bildern von Tatjana Hauptmann. Deutsch von Irene Rumler